BITTERE HITZE

(In der Hitze der Liebe, Buch 3)

LETA BLAKE

Original-Veröffentlichung von Leta Blake Books

Titel der Originalausgabe: Bitter Heat (Heat of Love #3)
Geschrieben und veröffentlicht von Leta Blake

Ins Deutsche übertragen von Betti Gefecht

Cover: Dar Albert
Formatierung: BB eBooks

Erste digitale Ausgabe: 2019
Print Ausgabe
ISBN: 9781626226500

Danksagungen

Mein Dank gilt den folgenden Personen:

West Virginia

Mom & Dad

Brian & Cecily

Kim V für ihre Freundschaft und ihr Verständnis

All den wundervollen Mitgliedern meines Patreon, die mich inspirieren, unterstützen und beraten.

Keira Andrews und Elizah Davis für ihre großzügige Freundschaft und dafür, dass sie regelmäßig meine Hand halten.

Danke an Devon Vesper für das gründliche Editing und die leidenschaftliche Motivierung.

Catherine Marshall und ihr Buch *Christy*, das mich auf eine Weise als Kind und auf eine andere Weise als Erwachsene inspiriert hat. Amanda Palmer und ihr Song „Voicemail for Jill", der mir half, gewisse Aspekte dieser Geschichte zu behandeln.

A.M. Arthur, weil sie das "In der Hitze der Liebe"-Universum so sehr liebt, dass sie zu ihren eigenen Omegaversum-Büchern inspiriert wurde. Sucht nach *Breaking Free*!

Und danke an euch, meine Leser, für die sich alles Blut, Schweiß und Tränen des Schreibens lohnen! Euch gehört mein Herz.

Für Marsha,

Ich liebe dich und vermisse dich. Ich wünschte, du wärst hier und könntest diese Geschichte lesen.

Warnung bezüglich des Inhalts:

Dieser Roman behandelt Probleme mit Sexualität und Fortpflanzung in einer unterdrückerischen Gesellschaft, der daraus hervorgehenden Gewalt und ungewollten Schwangerschaften. Einige Passagen können Gefühle hervorrufen, die mit sexueller Gewalt, Fehlgeburt oder Abtreibung in Zusammenhang stehen.

PROLOG

DAS GEFÄNGNIS ROCH nach Pisse und Angst.

In den Tagen, die Kerry hier eingesperrt verbracht hatte, war der Gestank in seine Kleidung und sein Haar gesickert und hatte sich dort festgesetzt. Er würgte immer noch daran, als die Wachen ihn durch das schwarze Gittertor und aus den mit Stacheldraht gekrönten Gefängnismauern führten. Die vielen Blutergüsse, die von der brutalen Behandlung seines Alphas zurückgeblieben waren, machten es Kerry schwer, die groben Hände der Wachen zu ertragen, aber er hatte weder die Energie zu protestieren, noch die Kraft zu schreien.

Der Wächter zu seiner Rechten – derjenige, der mit diesem tiefen, nieder-calitanischen Akzent redete – setzte sich ans Steuer, während der Wachmann zu seiner Rechten ihn vorsichtig in den Wagen bugsierte, mit einer schützenden Hand über seinem Kopf. Als würde diese kleine Geste ihn vor Verletzungen bewahren – zu wenig, zu spät.

„Alles klar; er ist drin", sagte der Wachmann mit seinem dicken Akzent. Dann beugte er sich hinab und betrachtete Kerry mit sorgsam gedämpften Mitgefühl in den Augen. Kerry glaubte, es war möglicherweise derselbe Wachmann, der sich auch um ihn gekümmert hatte, nachdem seine letzte Hitze geendet hatte. „Komm gut nach Hause, okay?"

Kerry antwortete ihm nicht. Er war nach der langen Tortur noch zu benommen, um zu sprechen. Ihm tat alles weh – von Kopf bis zu seinem Loch und hinunter zu den Zehen – er hätte am liebsten geheult, aber es wollten keine Tränen kommen. Seine Beine zitterten, zu erschöpft nach der Hitze, die er gezwungenermaßen mit dem verurteilten und hier einsitzenden Alpha verbracht hatte, an den er vertraglich gebunden war. Nur der ekelhafte Gefängnisfraß hatte ihn am Leben gehalten, und das unkontrollierbare, animalische Verlangen, von dem er sich wünschte, es einfach auslöschen zu können.

Fast so sehr, wie wünschte, *sich selbst* einfach auslöschen zu können.

Sicher im Rücksitz eines der luxuriösen Automobile der Monhundys, gefahren von einem Mann, den seine Schwiegereltern angeheuert hatten und der nun für Kerrys Wohlbefinden verantwortlich war, strich er mit zitternden Händen sein nun völlig zerknittertes Seidenhemd glatt. Er verstand nicht, wieso seine Schwiegereltern stets darauf bestanden, dass er sich für diese Gefängnisbesuche schick anzog. Niemand sah ihn in diesen Sachen, abgesehen von den Wachen und dem Gefängnispersonal. An dem Punkt, da er zu Wilbet gebracht wurde, war er bereits nackt. Aber die Monhundys würden es nicht gutheißen, sollte Kerry „in der Öffentlichkeit" jemals anders aussehen als wohlbehalten und gepflegt.

Draußen schien die Sonne; die Hitze des Sommers hatte in der wüstenähnlichen Landschaft rund um das Gefängnis bereits ihren Höhepunkt erreicht. Die Luft flimmerte, und Kerry sehnte sich nach den kühlen Schatten seiner geliebten Berge, nach dem frischen Wasser des Sees und der tröstlichen Umarmung seines Paters.

Bittere Galle stieg ihm in die Kehle, und er drückte die Fingerspitzen in seine Augen, um das Licht auszublenden. Es war die dritte Hitze gewesen, die seine Schwiegereltern ihn gezwungen hatten, mit Wilbet zu ertragen, seit der wegen Vergewaltigung eines Prostituierten im Calitan-Distrikt im Gefängnis saß. Und jede davon war demütigender und gewalttätiger gewesen als die davor.

Es hatte Zeiten gegeben, da hatte Kerry vor dem Einsetzen einer Hitze erwogen, die Dinge selbst in die Hand zu nehmen. Ein Messer, eine Pistole, ein Seil – die Mittel waren ihm egal. Alles, was zählte, war, dieses Trauma zu beenden, bevor es aufs Neue begann.

Aber das konnte er seinem Pater nicht antun. Die Monhundys und ihr skrupelloser Wunsch nach einem Erben aus dem Fleisch und Blut ihres Sohnes sollten wolfgottverdammt sein, wenn es nach Kerry ging. Aber sein Pater brauchte ihn. Würde Kerry dem Drang folgen, seinem Leben ein Ende zu bereiten, so würde das ein Loch in das Herz seines Paters reißen, zu groß, um jemals wieder zu heilen.

Sobald Kerry sich auf dem Rücksitz angeschnallt hatte, lenkte der Fahrer den Wagen auf die Straße, weg vom Gefängnis, und holperte über die Schlaglöcher im Asphalt. Ein scharfer Schmerz schoss durch Kerrys Unterleib, und der Geruch von Wilbets Samen, der noch von dem letzten Knoten in ihm zurückgeblieben war, stieg Kerry in die Nase. Das Sperma lief nun aus ihm heraus. Genau wie bei den ersten zwei Hitzen nach Wilbets Verurteilung, hatten die Gefängniswärter – mit Schusswaffen ausgestattet, um Wilbets gewalttätige Impulse im Zaum zu halten – jegliche nicht tödliche Misshandlung ignoriert, die Wilbet Kerry zugefügt hatte. Erst als die letzte Welle endlich vollständig abgeflaut war, hatten sie Kerry von seinem Alpha weggezogen und aus dem Hitzezimmer gebracht. Wir immer hatte ein Arzt ihn untersucht, um ernsthafte Verletzungen auszuschließen, ihm dann zugesehen, wie er sich mit zitternden Händen wieder anzog, und ihn schließlich seiner Wege geschickt – ohne eine Dusche oder ein Bad.

Wie immer.

Der Gefängnisgeruch hing noch an ihm, aber so weit es Kerry betraf, war Wilbets Geruch weit schlimmer. Sein Vertrags-Alpha war ihm zutiefst verhasst und stand nun unter Acht und Bann, dennoch war Kerry rechtlich so lange an ihn gebunden, wie die

Monhundy-Familie sich weigerte, ihre Seite des Vertrags zu lösen. Seit Wilbet im Gefängnis saß, hatten seine Schwiegereltern rechtlich die Zügel in der Hand, was Kerrys sämtliche Lebensentscheidungen, Finanzen und Hitzen anging. Das ging auf eine Nebenklausel im Vertrag zurück, die Kerry bei seinem Abschluss nicht in Frage gestellt hatte, weil er sich nie hatte vorstellen können, dass es einmal so weit kommen würde. Er hatte sich mehr Sorgen um die Aufhebung des Vertrags im Falle eines vorzeitigen Ablebens von Wilbet gemacht, und diese Verhandlungen hatten zu seinen Gunsten geendet. Die anderen Nebenklauseln für unvorhergesehene Ereignisse aber hatte er leider missachtet.

Erneut lief Sperma aus seinem Arsch. Kerry bekam Magenschmerzen. Er informierte den Fahrer über seine Notlage, und der Wagen fuhr rasch rechts ran. Kerry drückte die schwere Tür auf, beugte sich hinaus und erbrach sich auf die Straße. Bittere, scharfe Säure kam von tief unten hoch wie Gift aus seiner Seele.

„Schätze, es hat wohl geklappt dieses Mal, oder?", sagte der Fahrer, als Kerry wieder auf dem Rücksitz saß und sich mit einem knitterigen Taschentuch den Mund abwischte. Mit einem schwachen Knall zog Kerry die Tür zu. „Wirst jetzt ein Pater, hm?"

Kerry schluckte heftig, um sich nicht noch einmal zu erbrechen, dann starrte er aus dem Fenster und sagte nichts. Tränen stiegen ihm in die Augen, während sie sich von dem gigantischen Gefängnisbau entfernten. Es thronte drohend hinter ihnen – ein solides, dunkles Ungeheuer aus Stein voller Grausamkeit – vor dem Hintergrund einer weißen Sonne und eines heißen, farblosen Himmels. So farblos wie Kerrys Zukunft, und genauso leer.

Erneut strich er sein Hemd glatt und wünschte, er hätte eine Jacke, um nicht länger so zu zittern. Er schloss die Augen und betete zu Wolfgott, dass er nicht schwanger war. Er betete um eine Lösung, einen Ausweg aus seinem zerstörten Leben. Und am allermeisten betete er um Freiheit.

Denn um Liebe zu beten, würde er nie wieder wagen.

TEIL EINS

Später Frühling

KAPITEL 1

DIE ZWEISTÖCKIGE, WEIß getünchte Pension lag oben in den Bergen, fünf Stunden von der Stadt entfernt, und anderthalb Stunden vom nächsten Versorgungsort. Nach der Fahrt vom Zugbahnhof hierher in einer klapperigen Pferdekutsche tat Janus jeder Knochen weh, und er war erschöpft von der Reise. Er bezahlte den Kutscher – einen Beta mit struppigem, braunen Bart und jeder Menge fehlender Zähne – beschloss, sich selbst um seine beiden schweren, mittelgroßen Koffer zu kümmern, und schickte den Mann seiner Wege. Die Nachmittagssonne versank hinter ihm in einer Spalte zwischen den Bergen und entzündete ein Feuer in den Fensterscheiben des Hauses, welche das orangefarbene Leuchten des Himmels reflektierten.

Er blickte zu dem Gebäude hinauf, das er sich als Zuhause für die nächsten beiden Jahre ausgesucht hatte. Das steile Schrägdach hoch oben über der zweiten Etage und die blitzsauberen Fenster darunter wiesen darauf hin, dass der Dachboden gut instand gehalten wurde. Der Steinweg, der zur Veranda und um das Haus herum führte, war makellos gepflegt und frei von Unkraut. Auch hatte das Haus irgendwann in den letzten paar Jahren einen neuen Außenanstrich erhalten. Am Rand des Rasens standen mehrere Nebengebäude, und auch die sahen gut instand gehalten aus. Alles in allem machte es den Eindruck, als gehörte die Pension einem stolzen, anständigen Mann.

Aber es war auch nicht zu übersehen, dass Janus' neues Zuhause nichts von der Opulenz der verschiedenen Wohnungen und Häuser besaß, welche er – finanziert durch das Vermögen der Heelies-Familie – im Laufe seines Lebens bewohnt hatte. Janus hegte keinen Zweifel, dass die neuen Umstände seinen Entschluss, unabhängig zu sein, auf die Probe stellen würden. Aber von außen verschaffte ihm die Pension nicht den Eindruck, als gäbe es einen Grund zu ernsthafter Klage. Es war die Sorte von Unterkunft, die die meisten, weniger privilegierten Männer recht nett, wenn nicht sogar großartig finden würden. Nur die sehr Verwöhnten, wie er selbst einer war, würden auf die Idee kommen, über die bescheidene Ernsthaftigkeit dieses Ortes die Nase zu rümpfen.

Janus nahm seine Koffer und trug sie zu den Stufen, die auf eine breite Veranda führten, welche einmal um das ganze Haus herum verlief. Dort blieb er stehen, sah sich alles noch einmal an und horchte auf irgendwelche Zweifel in seinem Inneren. Halb erwartete er, nur allzu leicht welche zu finden, aber er empfand nichts dergleichen.

Nachdem er seit seiner Jugend an der Zitze des Vermögens seines Onkels Doxan Heelies gehangen hatte, hatte Janus den Entschluss gefasst, sich sein eigenes Leben aufzubauen, komme was wolle. Selbst im Angesicht eines Schindelhauses, für das kaum mehr sprach als das Vorhandensein fließenden Wassers und offensichtliche Sauberkeit, hielt er an diesem Entschluss fest. Es war sowohl eine Frage des Stolzes, als auch Teil seines wahrscheinlich fruchtlosen Versuchs, ein besserer Mensch zu werden.

Sei vorsichtig, ermahnte er sich selbst streng, als er zu den blauen Fensterläden und der robusten Dachkante hinauf sah. Er sollte das Experiment wirklich nicht schon als Fehlschlag betrachten, bevor es überhaupt begonnen hatte. Ganz gleich, wie sehr sein Cousin Xan auch davon überzeugt zu sein schien, dass diese Persönlichkeitsreform zum Scheitern verurteilt war – Janus klammerte sich an die ermutigenden Worte von Caleb, auch wenn er den wunderschönen Omega an Xan verloren hatte. Janus seufzte, als die vertraute

Traurigkeit ihn überkam.

Tja, und da war es schließlich doch: das Bedauern, auf das er gewartet hatte. Er hatte in seiner Vergangenheit viel zu viele Fehler gemacht, geboren aus Eitelkeit, Egoismus und Überheblichkeit. Aber Caleb zu verletzen, war der schlimmste von allen gewesen. Er hatte den brillanten, hübschen Mann enttäuscht, alles nur wegen seines Egos, und weil er selbstsüchtig lüsternen Bedürfnissen nachgelaufen war.

Janus schüttelte diese Gedanken ab. Caleb war jetzt glücklich. Er hatte sich aus vollem Herzen für ein überaus unerwartetes Leben entschieden und Glück und Zufriedenheit darin gefunden. Janus hatte sich damit abgefunden, dass er jegliche Chance bei Caleb schon vor Jahren eingebüßt hatte, und er hoffte, selbst ebenfalls einen Weg zu einem guten und zufriedenen Leben zu finden. Mit etwas Glück würde diese neue Richtung, die er einschlug, ihm dabei helfen. Wolfgott wusste, dass die Art und Weise, wie er sich bisher durchgeschlagen hatte, weder tugendhaft noch freudvoll gewesen war.

Er stieg die vier Stufen zur Veranda hinauf und stellte einen seiner Koffer ab, um die Klingel neben der blauen Vordertür zu betätigen. Ein schrilles Geräusch ertönte im Inneren des Hauses, als würde mit einem Hammer in schneller Folge eine Messingglocke geschlagen. Während er wartete, stellte er auch die andere Tasche auf den Boden, um sich mit den Händen sein lockiges, modisch überlanges braunes Haar zu glätten. Es reichte ihm nicht bis ganz zum Kinn, war aber bedeutend länger als der militärisch kurze Schnitt, den er während der Krankheiten getragen hatte, die ihn in den vergangenen paar Wintern geplagt hatten.

Dann prüfte er noch einmal seine Kleidung. Sein taillierter, brauner Reisemantel war ein wenig staubig von der Reise und passte ihm nicht mehr so gut wie vor seiner letzten Lungenentzündung. Er klopfte sich den Straßenstaub von den Hosenbeinen, dann zupfte er am Saum seines Jacketts, um es etwas zu glätten.

Er nahm an, der Besitzer der Pension würde ihn auch aufnehmen, falls er ein wenig ramponiert aussah, vor allem, da er genug
bezahlte, um mit seiner Miete allein das Haus durch den kommenden Winter mit Kohle und Strom zu versorgen. Trotzdem konnte
es nicht schaden, dem Mann etwas Respekt zu erweisen. Diese
Lektion hatte er ein wenig spät in seinem Leben gelernt, aber er
hatte sie *gut* gelernt.

Er fragte sich, was den Pensionswirt so lange davon abhalten
mochte zu antworten. Der Beta, dem das Haus gehörte, hatte sich
während der Vorab-Korrespondenz eifrig genug gezeigt. Janus war
also sicher, dass er erwartet wurde.

Ein Rascheln kam von der Seite des Hauses her, gefolgt vom
Knirschen der Verandabretter. Janus trat von der Vordertür zurück,
setzte ein freundliches Lächeln auf und rief zur Ecke des Hauses:
„Hallo? Jemand zuhause?"

Ein erneutes Rascheln, dieses Mal zusammen mit einem dump-
fen Schaben … das Geräusch von Holz, das über Holz schleifte, als
würde jemand einen Stuhl von einem Platz zum anderen zerren.
Janus wischte seine schwitzigen Hände an den Hosenbeinen ab. Er
runzelte die Stirn und drehte sich zur Auffahrt um, die nun
verlassen dalag, weil der Kutscher längst weggefahren war. Er ließ
den Blick über das Grundstück schweifen. Die untergehende Sonne
blendete ihn, und von dem Hausbesitzer war nichts zu sehen.
Erneut wandte er sich der Tür zu. Auf den Zehenspitzen stehend
versuchte er, durch das kleine Glasfenster oben in der Tür zu
schauen. Der düstere Hausflur im Inneren zeigte niemanden, der
kam, um ihn zu begrüßen.

Nachdem er ein weiteres Mal erfolglos geklingelt hatte, ließ
Janus sein Gepäck an der Tür stehen, um hinter dem Haus
nachzusehen, woher die Geräusche gekommen waren. Vielleicht
war der Besitzer draußen und erledigte irgendwelche notwendigen

Arbeiten, Gartenarbeit zum Beispiel. Dann hatte er Janus vielleicht nicht gehört. Betas waren bekanntermaßen harte Arbeiter, und der Mann hatte wahrscheinlich nicht einfach herumsitzen wollen, um auf Janus zu warten.

Er streckte den Kopf um die Ecke und entdeckte einen schlichten, hölzernen Schaukelstuhl. Eine Gestalt lehnte darin. Der Mann hatte eine kuschelig aussehende, graue Decke über den Beinen, und die offenen Locken seines langen, dunklen Haars bewegten sich in der Brise. Der Wind wehte von dem nächsten interessanten Anblick herauf, der Janus ins Auge fiel – das makellose Glitzern des weiten, blaugrünen Sees. Huds Basin – der See, der auch diesem Ort seinen Namen gab – war für seine friedvolle, erholsame Schönheit bekannt, was als besonders reizvolle Eigenschaft dieser Pension genannt worden war. Aber da es die einzige Pension in dieser Gegend war, konnte Janus nicht behaupten, dass die Lage am See ein echter Entscheidungsfaktor gewesen wäre.

Dennoch, es war ein wunderschöner See. Huds Basin erstreckte sich weit zwischen den immergrünen Bäumen, getrennt vom Haus durch eine dichte Waldfläche. Allein der Anblick des Wassers machte Janus den Mund wässrig, und er konnte sich vorstellen, welches Vergnügen es bereiten würde, an einem heißen Sommertag hier zu schwimmen. So verschwitzt und staubig, wie er nach der langen Reise war, reizte ihn dieser Gedanke auf der Stelle.

Der Duft sommerreifer Beeren wehte auf der Brise zu Janus herüber, gemischt mit geradezu schockierend rauem Moschus. Der Mann in dem Schaukelstuhl war also ein Omega. Seine Pheromone waren stark und schienen in der Luft zwischen ihnen zu flimmern. Ein Schauer lief Janus über den Rücken, und er beugte sich unwillkürlich nach vorn und atmete tief ein. Plötzlich zog es in seinem Unterleib, und ein erregendes Kribbeln fuhr durch seinen Körper, als würde jede einzelne Zelle auf den Fremden reagieren. Es war so überwältigend, dass er beinahe aufgestöhnt hätte. Der Stuhl schaukelte erneut, und das Knirschen von Holz auf Holz klang klagend.

Janus räusperte sich, um eine Begrüßung zu formulieren, wurde aber unterbrochen, bevor er das konnte.

„Kann ich Ihnen helfen?" Die scharfe Stimme ertönte hinter ihm. Janus fuhr herum. Sein Herz schlug schnell, fast als wäre er bei etwas Verbotenem erwischt worden. Die Zunge klebte ihm am Gaumen, und er blinzelte verwirrt.

Die zuvor so unüberwindliche Haustür stand nun weit offen, und ein grauhaariger Beta, bei dem es sich nur um den Inhaber der Pension handelt konnte, stand auf der Schwelle.

„Ah, hallo!", sagte Janus mit einem Lächeln, sobald er sich gefasst hatte. Er drehte der mysteriösen Gestalt im Schaukelstuhl den Rücken zu und trat hastig zur Vordertür. Der freundlich wirkende Mann vor ihm trug eine braune Alltagshose und ein sauberes, wenn auch schlichtes, weißes Hemd. Er hielt einen Besen in der Hand und hatte eine mehlbestäubte, braune Schütze umgebunden.

Janus streckte die Hand aus und begann sich vorzustellen: „Ich bin Janus Heelies, und–"

„Und Sie werden eine Weile bei uns wohnen", unterbrach der Beta mit einem breiten Grinsen. An seinen grauen Augen bildeten sich Lachfältchen. Er stellte den Besen zur Seite und hielt die Vordertür ein wenig weiter auf. „Ja, wir haben Sie schon erwartet."

Lächelnd bat er Janus hinein. „Nun, lassen Sie uns Ihre Sachen hineintragen. Ich bringe Sie hinauf zu dem Zimmer, das wir für Sie vorbereitet haben. Ich bin sicher, Sie sind erschöpft von der Reise."

Als sie gemeinsam das Haus betraten, musterte Janus seinen Gastgeber etwas genauer. Der Beta hatte graues Haar, ja, aber er war nicht sehr alt. Eher mittleren Alters. Er war dünn, blass und schien nicht bei bester Gesundheit zu sein. Aber er wirkte auch nicht wirklich krank. Er hatte eine muntere Art an sich, eine Energie, die Janus an jedem Mann bewundern konnte, aber besonders an Betas.

Der Mann sah also ein wenig blass und mitgenommen aus, und wenn schon.

Da Janus sich selbst immer noch von seiner letzten Lungenentzündung erholte, konnte er auch nicht gerade behaupten, besonders stolz auf seine eigene Verfassung oder sein Aussehen zu sein. Seine Erscheinung ließ nach mehreren aufeinanderfolgenden Wintern der Krankheit zu wünschen übrig, und er nahm gerade erst wieder ein bisschen zu. Er hoffte, hier in den Bergen und weit entfernt vom Virensammelbecken der Stadt einmal eine Pause von den schlimmsten winterlichen Infektionen zu bekommen.

Aber er war längst nicht mehr der unerhört attraktive junge Mann, der er einst gewesen war. Über die Jahre hatte er oft seine braunen Augen blitzen lassen und zahlreiche Omegas – sowie einige Betas – mit seinem Lächeln verführt. Dabei war er immer wieder in skandalöse Affären verwickelt gewesen. Aber nach seinen vielen gesundheitlichen Krisen würde so etwas kaum wieder passieren, selbst dann nicht, wenn er das wollen würde.

„Ich nehme an, Sie führen die Pension?", fragte Janus, während der Mann seine Schürze abnahm und an einen Haken hinter der Tür hängte.

„Ja, in der Tat. Entschuldigung." Der Beta wischte sich die Hände an seiner weichen, braunen Hose ab, dann streckte er die Hand aus. „Zeke Monkburn. Willkommen im Monkhaus in Huds Basin. Wir freuen uns, Sie bei uns zu haben."

Zeke nahm eine von Janus' Taschen, dann schoben sich die beiden an den Möbeln vorbei – einem Sideboard, einem Garderobenständer, drei Stühlen und einem vollen Bücherregal – durch den vollgestellten Eingangsflur. Sie kamen an einem Wohnzimmer zur Rechten und drei verschlossenen Gästezimmern zur Linken vorbei, dann stiegen sie die dunklen, hölzernen Stufen zum zweiten Stock hinauf.

„Ich kann Ihnen eine Hausführung geben, wann immer Sie

wollen", sagte Zeke lächelnd über die Schulter. „Aber die Küche ist leicht zu finden, und das Wohnzimmer auch. Sie können beides benutzen und sich wie zu Hause fühlen. Was führt Sie nach Huds Basin?"

Janus bewegte seinen Koffer von einer Hand in die andere. Es frustrierte ihn, wie sehr er bereits nach ein paar Stufen außer Atem war. Er wünschte, Zeke würde schneller gehen, damit er sein Gepäck nicht länger tragen musste. Die Muskeln seiner Arme schmerzten. „Dr. Crescent hauptsächlich. Ich werde bei ihm ein Praktikum absolvieren."

„Ah. Ich hatte mich schon gefragt, wieso Sie für einen so langen Zeitraum ein Zimmer gemietet haben. Die meisten unserer Gäste kommen höchstens für eine Saison her." Als Zeke oben ankam, sah er über die Schulter zurück zu Janus, der sich immer noch aufwärts schleppte. „Dann wollen Sie also Arzt werden?"

„Zunächst einmal Krankenpfleger." Janus lächelte und hob seinen Koffer ein wenig höher. „Ich hatte in den letzten Jahren einige gesundheitliche Probleme und habe den Wert guter medizinischer Versorgung schätzen gelernt. Das würde ich nun gern weitergeben." Und er hoffte, nun etwas Gutes aus seinem Leben zu machen, nachdem es ihm gerettet worden war. Zu viele andere waren während der Grippeepidemien gestorben. Er schuldete es jenen, die ihr Leben verloren hatten, das seine nicht mehr an Glücksspiel, Wettkämpfe und skandalöse Liebschaften mit gebundenen Omegas zu verschwenden. So oder ähnlich hatte sich auch Caleb geäußert, als sie zuletzt miteinander geredet hatten. Und Janus hatte ihm nach anfänglichem Zögern geglaubt, weil er einfach zu erschöpft gewesen war, um etwas anderes zu glauben. „Ich freue mich darauf, mit Dr. Crescent zu arbeiten und alles zu lernen, was er mir beibringen kann. Aber ich freue mich auch über die Gelegenheit, hier oben in den Bergen ein gemächlicheres Leben zu führen."

„Gemächlicher, hm? Nun, ich denke, das kommt ganz darauf an, wie man es betrachtet. Brauchen Sie noch Zeit, um sich zu erholen?", fragte Zeke, als Janus oben bei ihm auf dem Treppenabsatz ankam.

Zusammen gingen sie den Flur entlang. Die Holzdielen wirkten frisch gefegt und poliert; sie glänzten im Licht, das durch das Fenster am Ende des Flurs schien.

Tapeten, die mindestens so alt waren wie Janus selbst, bedeckten die Wände, die mit einem Muster aus röhrenden Hirschen, Nadelbäumen und dem gelegentlichen, glücklich wirkenden Reh übersät waren. Das Dekor war altmodisch, aber irgendwie so gemütlich, dass Janus am liebsten hineingekrochen wäre. Einen Moment lang fühlte er sich wie ein kleiner Junge, der davon träumte, zwischen den gemalten Bäumen zu tollen.

„Sie waren also krank in letzter Zeit, ja?", fragte Zeke erneut.

Janus schüttelte die märchenhaften Visionen ab, die seit seinen vielen Krankheiten immer häufiger auftauchten, und antwortete: „Ja. Es ging mir nicht so gut in den letzten paar Jahren."

„Die Grippe, nehme ich an." Zeke schüttelte den Kopf und umrundete einen kleinen Abstelltisch, der an einer Wand des Korridors stand.

„In der Tat. Ich habe erst vor kurzem eine dritte Infektion überstanden, die zu einer Lungenentzündung geführt hatte. Bei der großen Epidemie vor vier Jahren wäre ich fast gestorben. Seitdem haben sich meine Lungen nie wieder richtig erholt."

Zeke schnalzte mitfühlend mit der Zunge. „Wir bekommen hier jetzt jeden Winter einen Haufen Leute aus der Stadt, die versuchen, einer Infektion zu entgehen. Letztes Jahr war es fast so schlimm wie bei der großen Welle vor vier Jahren." Zeke blieb vor einer dicken, dunklen Holztür stehen und stellte Janus' Koffer auf den Boden. Dann drehte er sich zu ihm um, die Hände in die Hüften gestemmt. „Damals war ich selbst krank. Ziemlich krank sogar." Einen Moment lang blickten seine Augen ins Unendliche, dann fuhr er fort: „Heutzutage flüchten diejenigen, die es sich leisten können, beim ersten Anzeichen einer Ansteckungsgefahr aus der Stadt, und viele kommen hier hinauf in die Berge, so schnell ihre Brieftaschen es erlauben." Ein angenehmer Bergakzent kennzeichnete Zekes Sprache.

Janus fand es charmant; es gefiel ihm. Der alte Janus hätte einem tief verwurzelten Snobismus nachgegeben und den Mann als dumm und ungebildet abgestempelt. Der neue Janus jedoch wollte mit dieser selbstbezogenen Wir-gegen-sie-Haltung nichts mehr zu tun haben. Zeke war eindeutig ein kluger, freundlicher Mann, der etwas zu bieten hatte – unter anderem hoffentlich bald eine Tasse Tee – und der neue Janus freute sich darauf, das eine oder andere von ihm zu lernen.

Ja, der neue Janus wollte lernen und helfen, wo immer möglich.

Zeke öffnete die Tür mit einem Schlüssel aus seiner Hosentasche. Er erklärte: „Wir haben drei Gästezimmer im Parterre, und hier oben sind vier der sechs Zimmer ebenfalls für Pensionsgäste. Wir können hier bis zu vierzehn Männer beherbergen, falls sie Betten teilen. Aber wir haben gerade erst unsere letzten Langzeitgäste der vergangenen Winterwelle verloren. Sind letzte Woche ausgezogen."

„Dann bin ich der einzige im Haus?", fragte Janus, als Zeke ihn in das saubere Zimmer führte, das an der Rückseite des Hauses lag.

Janus blieb in der Tür stehen, verzaubert von dem Ausblick auf den schimmernden See und die dunklen Umrisse der Bergkette dahinter. Das Fenster war geöffnet, und eine Brise frischer Luft wehte ins Zimmer. Erneut nahm er den köstlichen Duft von reifen Beeren und Moschus wahr, den der Omega im Schaukelstuhl verströmte. Die Veranda, wo er saß, musste sich direkt unter diesem Fenster befinden.

„Ja. Also, nein ..." Zeke runzelte die Stirn und ließ die Schultern sinken. „Mein Sohn wohnt ebenfalls hier, für eine Weile zumindest. Er ist …" Zeke schien nicht recht zu wissen, wie er die Situation erklären sollte. Er lächelte abwesend, dann beendete er den Satz mit: „Auch erholungsbedürftig."

„Ihr Sohn?" Janus neigte den Kopf zur Seite. Er war verwirrt. Betas konnten keine Kinder haben. Er dachte an die dunkelhaarige Gestalt, die er gerochen hatte, und unterdrückte ein irrationales Schaudern.

„Eigentlich mein Neffe", korrigierte Zeke. „Aber ich habe ihn aufgezogen, nachdem sein Pater bei dem Versuch starb, ihm einen Bruder zu gebären. Er ist also in jedem Sinne mein Sohn, denke ich."

Es würde ein wenig kompliziert werden, dieses Haus mit Zekes Sohn zu teilen. Der junge Mann hatte … einzigartig gerochen. Nicht so, wie Janus' *Erosgápe* riechen würde (nicht dass Janus überhaupt eine Ahnung hatte, was für ein Geruch das sein würde, da er nie den Gefährten gefunden hatte, den Wolfgott einem jeden Alpha versprach), aber der Duft war faszinierend und sehr speziell.

„Er nennt mich Pater, und ich nenne ihn Sohn. Da ist nichts als Liebe zwischen uns."

Janus lächelte und betrat schließlich das bescheidene, aber gut möblierte Zimmer. Ein Bett mit zwei großen Kissen und dicken Steppdecken, ein Schreibtisch unter dem Fenster, eine Kommode, ein Nachttisch und ein cremefarbener Teppichläufer vor dem Bett. Vier klassische Landschaftsgemälde hingen an den Wänden, die das Bergpanorama in den verschiedenen Jahreszeiten zeigten. „Familie gründet auf Liebe. Ich verstehe das. Mein Onkel hatte ebenfalls eine Hand in meiner Erziehung."

Zeke öffnete den Kleiderschrank und die Tür zum Badezimmer. „Sie werden hier alles in guter Ordnung vorfinden – im Bad gibt es einen Schrank für Sie ganz allein. Den Kamin braucht man um diese Jahreszeit nicht, aber in den Wintermonaten ist er sehr angenehm. Und dieses Zimmer hat von allen im Haus die beste Aussicht, wenn ich das so sagen darf." Zeke setzte ein strahlendes Lächeln auf und deutete zum Fenster. „Ich habe heute Morgen das Fenster aufgemacht, um das Zimmer durchzulüften. Aber Sie können es natürlich schließen und öffnen, wie es Ihnen behagt."

„Die Aussicht ist großartig", stimmte Janus zu. Er stellte seine Tasche auf der weichen Steppdecke des Bettes ab und ließ den Blick über die Landschaft vor dem Fenster schweifen. Während er die Berge und das Seeufer betrachtete, wunderte er sich kurz über Zekes hastigen Themenwechsel. Offenbar wollte der Mann nicht über seine Familie reden. Wenn der Pater seines „Sohnes" gestorben war, was war mit dem Alphavater in dieser Geschichte? Hatte er so sehr unter dem Verlust seines Omegas gelitten, dass er nicht in der Lage gewesen war, das Kind zu versorgen? Hatte es vielleicht gar keinen Vertrag gegeben?

Hier in den Bergen liefen die Dinge anders. Das wusste jeder. In der Stadt würde ein ungebundener Omega, der schwanger war, geächtet werden. Hier jedoch nicht unbedingt. Die besonders puritanischen Diktate des Heiligen Buchs von Wolf wurden hier in den Bergen nicht geschätzt; stattdessen griff man auf alte Traditionen zurück. Alte Befruchtungsrituale und Bräuche – darin eingeschlossen der gelegentliche „offene Wettbewerb" mehrerer Alphas um einen einzigen Omega in Hitze – waren immer noch erlaubt. Sehr zum Entsetzen der städtischen Touristen, wenn diese bei den Dorfbewohnern zufällig über solch ein brutales Gerangel stolperten.

Nach allem, was Janus wusste, konnte Zekes Sohn bei solch altertümlichen Bräuchen gezeugt worden sein. Er fragte sich, wieso er sich überhaupt so viele Gedanken über die Abstammung des Omegas machte. Schließlich hatte er ja nicht vor, den Mann zu verführen. Solche Kapriolen hatte er bewusst hinter sich gelassen.

Der leichte Wind warf kleine Wellen im See auf, und das bewegte Wasser reflektierte den Himmel, blau wie ein Rotkehlchenei, und das satte Grün der Bäume. Der See war ein schimmernder Spiegel der Welt, die ihn hier umgab. Da war nicht ein Hauch von Brutalität. Der Duft von Beeren und Moschus vervollständigte die wundervolle Atmosphäre nur noch. Janus entspannte seine Schultern. Er konnte beinahe spüren, wie der Frieden des Anblicks durch seine Poren sickerte und die Stellen heilte, die immer noch schmerzten, körperlich und seelisch. Er lächelte sanft.

„Ja, das wird gut", murmelte er – offenbar laut genug, um von Zeke gehört zu werden, denn als Janus sich umdrehte, grinste der Mann.

„Das freut mich zu hören. Eine Sache noch – in der Schublade am Bett sind Kerzen und Streichhölzer. Wir haben während der Sommermonate im Haus bis neun Uhr abends Elektrizität, aber dann wird der Strom abgeschaltet bis zum Morgengrauen."

„Wieso das?", fragte Janus. Er wusste, dass es vielerorts in den Bergen überhaupt keine Elektrizität gab, und hatte halb damit gerechnet, ausschließlich mit Kerzenlicht auskommen zu müssen. Aber wieso sollte es nur die halbe Zeit über Strom geben?

„Ist eine Kostenfrage", sagte Zeke ein wenig brüsk. „Es gibt nur einen Stromerzeuger in den Bergen, und der Betreiber, ein Alpha, liebt Profit mehr als alles andere. Wir bezahlen ihn monatlich, und er liefert uns den vereinbarten Anteil. Aber es ist teuer. Deshalb schalten wir den Strom nach neun Uhr abends aus. Früher hatten wir ein paar batteriebetriebene Lampen, aber die Batterien wurden schneller leer, als wir sie ersetzen konnten, und kosten bedeutend mehr als Kerzen. Den meisten Gästen macht es nichts aus."

„Mir macht es auch nichts aus", sagte Janus überrascht. Er fragte sich, ob er Caleb bitten könnte, ihm eine batteriebetriebene Lampe oder zwei aus der Stadt zu schicken, und auch einen kleinen Vorrat an Batterien. Dann verwarf er den Gedanken. „Solange es genug Kerzen gibt."

Zeke musterte ihn für einen Moment. „Dann bleiben Sie abends wohl lange auf?"

„Kann sein. Ich werde sicher so manche Nacht studieren müssen."

„Das können Sie natürlich, aber ich denke mir, dem Doc wird es lieber sein, dass Sie ausgeruht sind, wenn Sie in seiner Praxis arbeiten."

„Das denke ich mir auch", gab Janus zurück. Unbewusst nahm er die Sprechweise des Bergbewohners an. „Ist es mit dem Wasser dasselbe?", fragte er. „Eingeschränkte Mengen oder Zeiten, wann man es benutzen kann? Braucht man eine spezielle Heizvorrichtung zum Baden oder Duschen?"

„Nein, fließendes Wasser bekommen wir reichlich aus den kleinen Flüssen, die den See speisen, und wir betreiben moderne Wassererhitzer. Unsere Gäste müssen sich über Bäder und Duschen keine Sorgen machen." Zeke klang, als wäre er stolz darauf. „Wie wäre es, wenn ich etwas Tee und Gebäck bereitstelle, damit Sie nach der Reise einen Snack nehmen können? Das Wetter ist kühl genug für einen heißen Tee, finden Sie nicht auch? Oder trinken Sie lieber kalten?"

Die Brise vom See, die durchs Fenster wehte, besaß eine angenehme Kühle, die sich nach der staubigen, warmen Reise gut anfühlte. Aber sie schien eine kalte Nacht zu verheißen. „Heißen", sagte Janus und nickte. „Heißer Tee wäre wunderbar."

„Ja, ich stimme zu." Zeke zwinkerte ihm zu. „Bis etwa um Mittsommer herum, und dann gibt es kalten Tee."

Janus neigte den Kopf zur Seite und fragte: „Bin ich richtig informiert, dass die richtige Sommerhitze erst in einem Monat oder so zu erwarten ist?"

„In der Tat. Falls es überhaupt heiß wird." Der Mann deutete auf die hügelige Landschaft hinter dem See. „Die Berge bieten mächtigen Schutz, und wir sind dafür bekannt, selbst auf dem

Höhepunkt der Sommersaison noch leichte Pullover zu tragen. In der Stadt ist es heißer, wie ich höre. Nicht genug Bäume zum Atmen. Bäume sind Wolfgottes Lunge, wissen Sie? Durch sie haucht er uns allen Leben ein."

Solche Bemerkungen hörte man in dieser Gegend viele. Die Bergmenschen waren anders als das Stadtvolk. Sie bewahrten einen alten Glauben, den die Kirche von Wolf nicht hatte ausrotten können, und erzählten Geschichten über die ursprüngliche Magie der Erde, der Bäume, des Himmels und des Wassers. Sie glaubten, dass jedes Naturelement in grundsätzlicher Harmonie mit Wolfgottes Kindern existierte. Die Bergbewohner verachteten die Wissenschaft ebenso wie die konservativen Glaubenssätze der alten Kirche. Sie lebten, heilten und gebaren auf ihre eigene Weise. Genau über diesen Glauben wollte Janus mehr erfahren und lernen, und sei es auch nur, um dem Bergvolk die wissenschaftlichen Errungenschaften der modernen Medizin nahezubringen.

„Nun, falls Sie weiter keine Fragen mehr haben, lasse ich Sie jetzt in Ruhe, damit Sie sich einrichten können. Tee für Sie wird in Kürze bereitstehen. Sie können dann einfach herunterkommen. Und zum Abendessen gibt es heute leckeren Auflauf. Und zwar um sechs, was bald ist. Die Sonne ist fast untergegangen, richtig? Jedenfalls, wir müssen Pläne machen, was die Mahlzeiten angeht, vor allem, sobald Sie richtig mit der Arbeit bei Dr. Crescent angefangen haben. Aber jetzt entspannen Sie sich erst einmal und leben sich ein wenig ein."

„Das werde ich. Danke sehr."

Janus brauchte nicht lange, um seine Sachen auszupacken. Er hatte nicht viel mitgebracht. Er musste lachen, als er sich daran erinnerte, wie sein persönlicher Beta-Diener Wallace ihn praktisch angefleht hatte, noch eine dritte Tasche mitzunehmen. „Sie brauchen doch sicher Ihren Smoking, Mr. Heelies? Und eine gute Jagdjacke?"

Er hatte geantwortet, dass er sich nicht vorstellen konnte, bei seinem zukünftigen Lebenswandel je wieder einen Smoking zu brauchen. Und er würde auch nicht mehr jagen, höchstens mal ein freches Eichhörnchen verscheuchen. Und selbst organisiertere Jagden auf Rehwild oder wilde Truthähne würden informell sein. Nein, in den Bergen, würden die Leute zur Jagd höchstwahrscheinlich fadenscheinige Nietenhosen aus grober Baumwolle tragen, und Hemden, die schon bessere Tage gesehen hatten. Er hatte sich jedoch noch nicht überwinden können, für sich selbst eine grobe Nietenhose zu kaufen, obwohl ihm klar war, dass die Berge seine derzeitige Garderobe in Nullkommanichts ruinieren würden.

Der arme Wallace war fast den Tränen nahe gewesen, als Janus sich geweigert hatte, die Kleidungsstücke einzupacken. Aber Janus hatte nicht nachgegeben, nicht einmal für den lieben, alten Mann. Janus' Cousin Ray hatte Wallace eingestellt, damit der sich bei Janus' letztem Krankheitsschub um ihn kümmerte, und der betagte Beta-Diener war ein sehr altmodischer Mann.

Janus seufzte bei der Erinnerung an die Umstände, die dazu geführt hatten, dass Wallace seinem Haushalt in der Stadt hinzugefügt worden war. Als sich abgezeichnet hatte, dass Janus wiederum eine schwere Krankheit befallen hatte, hätte er nur zu gern erneut um Aufnahme in Xans Haus gebeten, um sich von Caleb pflegen zu lassen. Er liebte es, wie Caleb ihn behandelte, Calebs Stimme, wenn er ihm aus einem Buch vorlas, um ihn von seinem Leiden abzulenken. Calebs lange, blasse Finger, die beruhigend sein Haar gestreichelt hatten. Aber das wäre gegenüber allen anderen rücksichtslos gewesen – ganz zu schweigen von der Gefahr für Calebs Kinder. Zum Glück hatte Ray diesen selbstsüchtigen Gedanken im Keim erstickt, indem er Wallace eingestellt hatte.

Und Wallace war ihm ein guter Diener gewesen, ein gütiger Mann. Er hatte Janus vorgelesen, wenn der keine Ruhe finden konnte, und ihm auf die intimste Weise geholfen. Sie waren einander freundschaftlich nahe gekommen. Es war ihm schwer gefallen, den Mann zurückzulassen, aber Janus wollte keine extravaganten Privilegien mehr genießen, die er sich nicht aus eigener Kraft leisten konnte. Und Diener waren auf jeden Fall etwas Extravagantes.

Er hängte seine Anzüge und anderen Kleidungsstücke in den Schrank, klopfte den Staub aus den Stoffen und strich sie glatt – beinahe so gut, wie Wallace das gemacht hätte. Dann legte er seine Rasierutensilien und seine Zahnbürste in dem angeschlossenen Badezimmer zurecht. Er prüfte das Wasser, und ja, es lief warm aus dem Hahn der altmodischen, tiefen Badewanne. Offenbar gab es keine Dusche. Das war in Ordnung. Zwar würde er sich in der kleinen Wanne ein wenig verrenken müssen, aber er konnte sich waschen. Die Handtücher waren ein wenig abgenutzt, aber noch nicht fadenscheinig. Sie würden ihren Zweck erfüllen, genau wie die weichen Decken auf dem Bett, das schon bessere Tage – oder Jahre – gesehen hatte. Das war nun die Realität, die seinem derzeitigen und zukünftigen Einkommen angemessen war, und Janus stellte fest, dass ihn das alles nicht so sehr störte, wie er erwartet hätte.

Als er aus dem Bad kam, nachdem er alles wegsortiert hatte, fand er im Zimmer ein Tablett mit Tee und Kuchen auf dem Schreibtisch unter dem Fenster. Er setzte sich, um beides zu genießen und etwas in sein Tagebuch zu schreiben, während er die Aussicht bewunderte. Nachdem er seine Gedanken festgehalten hatte, versuchte er, den See zu zeichnen, und brachte noch weitere Eindrücke und Kritzeleien zu Papier, bis fast sechs Uhr – lange nachdem der Tee kalt geworden war.

Als er von unten Essen roch, verließ er sein Zimmer und durch-schritt den Flur. Er bemerkte die geschlossenen Türen auf der anderen Seite des Flurs – zwei Gästezimmer, die derzeit leer waren, und ein drittes, in dem möglicherweise Zekes Sohn wohnte. Auf

Janus' Seite des Flurs gab es ebenfalls drei Türen. Die, welche direkt neben seiner lag, war ebenfalls verschlossen, aber die letzte Tür direkt neben dem Treppenabsatz war zu zwei Dritteln geöffnet. Janus hörte Bewegung aus dem Zimmer dahinter und kam zu dem Schluss, dass dieses Zimmer möglicherweise Zekes war. Er trat an die Türschwelle, um zu fragen, ob das Abendessen unten schon fertig war.

Aber es war nicht Zekes Zimmer.

Es war ein Raum von auffälliger Schlichtheit – weiße Bettwäsche auf einem einfachen Bett, ein Schaukelstuhl, ähnlich dem von der Veranda, und eine schmale Kommode. Zwei benutzte Kerzen lagen neben dem Bett auf einem kleinen Nachttisch, und eine neue steckte einsatzbereit in einem Halter.

Außerdem gab es einen Vogelkäfig. Ein verzierter, goldener Käfig, der aussah, als wäre er mehr wert als der ganze Rest der Zimmereinrichtung zusammen.

Ein Mann saß auf dem breiten Sims des offenen Fensters und badete im letzten Licht der untergehenden Sonne. Sein weißes, langärmeliges Hemd war nur zur Hälfte zugeknöpft und bauschte sich ein wenig in der Brise. Und seine dunkle Hose war maßgeschneidert und saß perfekt an seinen schlanken, wohlgeformten Beinen. Sein langes, dunkelbraunes Haar trug er offen, genau wie es gewesen war, als Janus auf der Veranda einen Blick auf den Mann erhascht hatte, und auch die Locken bewegten sich im Windhauch aus dem offenen Fenster.

Das war der Omega, den Janus gerochen hatte. Janus nahm einen tiefen Atemzug, und erneut stieg ihm der Duft von Beeren und Moschus in die Nase.

Der Omega sagte etwas Unhörbares zu dem kleinen, leuchtend blauen und grünen Vogel, der auf seiner offenen Handfläche saß. Das runde O seiner blassen Lippen war der einzige Hinweis darauf, dass er offenbar Laute von sich gab. Das, und wie der Vogel den

Kopf neigte, während er aufmerksam zuhörte.

Die schlanke Muskulatur war im Glühen des Sonnenuntergangs durch das dünne, weiße Hemd sichtbar – klare Linien, jedoch nicht aufgepumpt – und als er den Vogel höher hob, zeigte sich die seltsame Form der Brust des Mannes. Ein wenig konkav, falls Janus' Augen ihn nicht täuschten.

Der Mann wurde sehr still, vollkommen reglos. Der Raum schien die Luft anzuhalten, und Janus tat dasselbe, bis der Mann langsam, sehr langsam den Kopf drehte und Janus ansah. Ein elektrisches Kribbeln durchfuhr Janus, und er sog scharf den Atem ein. Die Augen des Mannes hatten die Farbe von getöntem, bernsteinfarbenem Apothekerglas im Gegenlicht, und in ihnen stand deutlicher Argwohn. Die Zeit schien stillzustehen. Janus blinzelte und öffnete den Mund, aber es kam nichts heraus. Der Mann sagte ebenfalls nichts, sondern saß nur reglos da, während der Vogel begann, auf seiner Hand umherzutrippeln und seine bunten Flügel auszubreiten, als wollte er davonfliegen.

„Hallo", brachte Janus schließlich mit seltsam trockener Kehle heraus. „Entschuldigung. Ich wollte nicht stören."

Nichts.

„Ich war auf der Suche nach Zeke."

Immer noch nichts.

Janus zwang sich zu lächeln und versuchte es mit einer Andeutung seines früheren, charmanten und arroganten Ichs. Sicher steckte das Arschloch noch irgendwo in ihm drin. „Ich bin Janus. Ich werde eine Weile hier wohnen. Sie sind bestimmt…" An dieser Stelle fiel ihm auf, dass Zeke ihm gar nicht den Namen seines Sohnes verraten hatte.

„Pater ist in der Küche", sagte der Omega. Er wandte nicht eine Sekunde lang den Blick ab, so als wäre Janus ein wildes Raubtier und er oder sein Vogel die Beute. „Unten."

Janus erschauerte. Die Stimme des Omegas war anders als jede andere, die Janus je gehört hatte. Dunkel und rau, und doch kaum lauter als ein Flüstern. Der Mann starrte ihn schweigend an, ohne noch etwas hinzuzufügen. Er nannte nicht einmal seinen Namen.

„Richtig. Ich werde dann mal ..." Janus deutete mit dem Daumen über seine Schulter zur Treppe. „Entschuldigung."

Der Mann starrte ihn weiterhin nur an. Ein Hauch reifen Beerendufts und Moschus', gemischt mit dem frischen Grün der Bäume, wehte beim nächsten Luftzug aus dem Fenster zu Janus herüber.

Oh, wie er in diesem Moment wünschte, der alte Janus zu sein. Der Janus, der nicht gewusst hatte, wann er aufhören musste, und dem es gleich gewesen war, ob er jemanden kränkte. Der sich mit süßen Worten und raffinierten Tricks in die Betten, wenn nicht sogar die Herzen viel zu vieler Omegas getrickst hatte – vertraglich gebundener Omegas obendrein!

Nicht dass er in dieses Mannes Bett oder Herz wollte. Aber der alte Janus hätte gewusst, wie er den Mann zum Lächeln bringen konnte. Wie er seinen Namen erfahren hätte. Der alte Janus hätte ihm die Hand geschüttelt wie ein vernünftiger Mann mit Manieren.

Aber der alte Janus existierte nicht mehr; er war in einer ganzen Serie von Fieberanfällen und der einen, großen Enttäuschung gestorben. Jetzt war er zu mager, zu müde und eindeutig nicht mehr in der Lage, einen Mann zu bezirzen, der ihm nicht das geringste höfliche Entgegenkommen erwies.

Er trat den Rückzug an, drehte sich um und lief die Treppe hinunter. Sein Herz hämmerte wie wild in seiner Brust. Er leckte sich die Lippen auf der Suche nach dem verlockenden Duft.

Panik rauschte durch seine Adern, als wäre er einem Geist begegnet anstelle eines jungen Mannes mit einem hübschen, zahmen Vogel.

KAPITEL 2

KERRY VERSUCHTE, DIE seltsamen Alpha-Pheromone zu ignorieren, die sein Zimmer erfüllt hatten und immer noch in der Luft hingen, und streichelte Kiwi – so genannt zu Ehren der tropischen Frucht, die er erstmals während während der Flitterwochen mit Wilbet gekostet hatte. Er küsste den Kopf des Vogels und seufzte bei der Erinnerung daran.

Nicht alle Paare machten nach der vertraglichen Bindung Flitterwochen, aber Wilbet hatte darauf bestanden, und Kerry hatte nicht widersprochen. Er hatte schon immer die Welt sehen wollen, und er hatte sich auf die Reise gefreut. Dass er einen Vertrag mit einem Alpha ergattert hatte, der über ausreichende Mittel verfügte, um einen ganzen Monat lang extravagante Reisen zu exotischen Orten zu finanzieren, die Kerry bis dahin nur von Bildern gekannt hatte, hatte ihn mit Stolz und Glück erfüllt. Als er zum ersten Mal Huds Basin verlassen hatte, um Mont Juror in der Stadt zu besuchen, hatte er davon geträumt, das Leben in den Bergen für immer hinter sich zu lassen, und während der ersten paar Wochen der Flitterwochen mit Wilbet war er unheimlich stolz darauf gewesen, dass sein Traum sich zu erfüllen schien.

Sie segelten mit der schicken Yacht der Monhundys zu den südlichen Inseln, fickten und schmusten, aßen und tranken, lasen und sonnten sich, bis sie schließlich auf der Insel Saturnalie anlegten. In der Wärme der südlichen Sonne konnte Kerry sich entspannen, und das weite, blaue Meer erfüllte ihn mit Staunen. Als er das üppige Grün der Insel sah, umgeben von sanften Wellen und wunderschönen Landschaften, hatte er sich zu Wilbet umgedreht, so aufgeregt und glücklich, dass er fast das Gefühlt gehabt hatte, verliebt zu sein. Kerry hatte Wilbet geküsst und gesagt: „Danke, Wilbet. Wolfgott, ich will nie wieder vergessen, wie ich mich jetzt gerade fühle. Ich bin so dankbar, so voller Freude."

Wilbet hatte den Kuss erwidert. Und dann hatte er Kerry bei der Hand genommen und ihn zum Strand geführt.

Nachdem sie eine Zeitlang in der Sonne gebadet hatten, hatte Wilbet ihm Kiwi als Geschenk gekauft, von einem Inselbewohner in einer Hütte. Und wiederum konnte Kerry sich nicht erinnern, jemals so glücklich gewesen zu sein. Er war sich sicher gewesen, Wilbet mit der Zeit lieben lernen zu können.

Aber es war nur eine Woche später, als Wilbet ihn zum ersten Mal verletzt hatte.

Kerry wusste, eigentlich hätte Kiwi nach allem, was daraufhin passiert war, eine grausame Erinnerung an all das sein müssen, was er ertragen und verloren hatte. Aber das war er nicht. Kiwi war ein farbenfroher, munterer und neugieriger kleiner Kerl, und er würde in Kerry Augen nie etwas anderes sein als rein und perfekt. Kerry liebte sein kleines, süßes Gesicht, und wie er voller unschuldiger Lebensfreude herumtanzte, fröhlich zwitscherte und seine Flügel flattern ließ. Vollkommen ahnungslos, in welcher Zwangslage sie sich befanden. Kerry legte eine Hand auf seinen immer noch flachen Bauch. Die Zwangslage, in der sie alle drei sich befanden.

Kerry schaute aus dem Fenster hinunter auf den See, dessen Wasser in der untergehenden Sonne pink- und korallfarben glitzerte, und dachte über seine Zukunft nach. Sein Pater hatte nichts gesagt, während sich in den vergangenen drei Wochen die Anzeichen gehäuft hatten, dass der letzte erzwungene Besuch im Gefängnis tatsächlich das erwartete Endergebnis produziert hatte.

Kerry wusste nicht, ob Pater einfach nur die Realität leugnete, oder ob es seine unendliche Geduld war, die ihn schweigen ließ. Es waren noch vier Monate zu überstehen. Und es konnte so viel schiefgehen, bei jeder Schwangerschaft, für jeden Omega. Das wusste jeder.

Aber Kerrys genetisch bedingte Missbildung – dieselbe, mit der sein leiblicher Pater Ranz zur Welt gekommen war – machte die Chancen für eine sichere und gesunde Geburt nicht gerade besser. Es gab Spekulationen, dass diese Missbildung zum Teil dafür verantwortlich gewesen war, dass Ranz die Geburt von Kerrys Bruder nicht überlebt hatte. Während Kerry Kiwi streichelte, dachte er an das einzige Foto von sich und seinem leiblichen Pater, das er besaß. Er war darauf ein Krabbelkind in kurzen Hosen, an die Seite seines Paters geschmiegt, mit einer Hand auf dessen schwellendem Bauch. Das Baby hatte ebenfalls nicht überlebt; es war zu früh zur Welt gekommen. Zeke hatte ihm den Namen Jack gegeben und ihn zusammen mit Ranz begraben.

Kerry erschauderte und schloss die Augen. Nach der Beerdigung hatte ihn auch sein Vater verlassen. War gegangen, um einen anderen Omega zu finden und eine neue Familie zu gründen. Kerry hatte er zurückgelassen, ohne einen Gedanken zu verschwenden. Den Gerüchten zufolge sollte er gesagt haben, dass er keinen Omega-Sohn gebrauchen konnte. Um die Wahrheit zu sagen – wären seine Eltern einander nicht zu einer Zeit begegnet, als der damals ungebundene Ranz gerade von einer Hitze überwältigt war, was schließlich zu Kerrys Geburt geführt hatte, wären sie wahrscheinlich nicht einmal Freunde geworden. Ihre Beziehung war tragisch gewesen. Zorn, Geschrei und sogar gelegentliche körperliche Angriffe von beiden Seiten. Das waren Kerrys frühe Eindrücke von der Dynamik zwischen Alphas und Omegas gewesen, was vielleicht der Grund war, wieso er keine der zahlreichen und deutlichen Warnsignale wahrgenommen hatte, bevor der Vertrag mit Wilbet zustande gekommen war.

Kerry betastete seine eingesunkene Brust. Hatte das wirklich ursächlich zu Ranz' Tod geführt und dazu beigetragen, dass Jack eine Frühgeburt gewesen war? Pater glaubte das, aber wer konnte es schon genau sagen? All diese Probleme hatte Pater erwähnt, bevor sie den Vertrag mit Wilbet geschlossen hatten. Pater hatte die Warnungen vorher ausgesprochen, und jetzt – Wolfgott möge ihn schützen – schien er dennoch bereitwillig zu akzeptieren, was immer als Nächstes kam. So wie er bis jetzt stets alles akzeptiert hatte – Kerry als seinen adoptierten Sohn, Kerrys ablehnende Haltung gegen Huds Basin und seinen Umzug in die Stadt. Und dann Kerrys Vertrag mit den Monhundys, Wilbets Verhaftung und Kerry beschämende Heimkehr. Und jetzt ... *das*. Erneut tätschelte er seinen Unterleib.

Kerry nagte an seiner Unterlippe, ließ Kiwi über seinen Unterarm trippeln und dann auf seine Schulter hüpfen. Die untergehende Sonne flammte noch einmal zwischen zwei Bergkuppen auf und ließ den See leuchten wie eine Glühlampe, die Kerry blendete. Er schloss die Augen, und violette und blaue Punkte tanzten hinter seinen Lidern.

Ganz gleich, was passierte ... immer war sein Pater da für ihn, mit offenen Armen, und ohne auch nur einmal etwas zu äußern wie „Ich hab's dir ja gesagt". Kein einziges missbilligendes Wort. Kerry wusste nicht, ob er selbst fähig wäre, sich so zurückzuhalten, wenn sein eigenes Kind so viele Fehler begehen würde. Er ballte die Hand an seinem Bauch zur Faust und schauderte. Falls das Kind in seinem Leib seine Chance war herauszufinden, ob er jemanden bedingungslos lieben konnte, dann war das schon jetzt fehlgeschlagen. Er konnte diesem Baby nicht einmal vergeben, dass es von Wilbet Monhundys Samen stammte. Es zu lieben, schien unmöglich zu sein.

Tatsache war, sollte er das Kind bei der Geburt verlieren, würde Kerry das nicht so sehr bedauern, wie er sollte. Kerrys Missbildung und die damit einhergehenden Befürchtungen waren für ihn bei den Philia-Abendgesellschaften ein Nachteil gewesen und hatten seine Chancen auf einen guten Vertrag getrübt. Nun aber konnte es vielleicht seine Rettung sein.

Der Geruch eines herzhaften Auflaufs wehte von unten herauf. Der köstliche Duft erinnerte Kerry an die Wintermonate, die hinter ihnen lagen. Die Pension hatte zwei *Érosgápe*-Paare beherbergt, reiche Stadtleute, die der letzte Grippewelle entkommen wollten. Zeke hatte sie in den Zimmern im zweiten Stock untergebracht, die jeweils ein eigenes Bad hatten. Eine Gruppe von ungebundenen Betas – Cousins, die gemeinsame Ferien machten – hatten die drei Zimmer unten belegt und sich das Bad im Flur geteilt. Das Monkhaus war nicht voll belegt gewesen, aber sie hatten genug zu tun gehabt, und Kerry hatte die Arbeit nichts ausgemacht. Sie hatte ihn von der damals bevorstehenden nächsten Hitze abgelenkt, und er hatte die Lesungen und Vorführungen genossen, die zwei der Betas zur Abendunterhaltung für alle Gäste abgehalten hatten.

Der Sommer jedoch nahte, ohne dass überhaupt Gäste gebucht hatten. Abgesehen von dem nervenden Alpha, der nach frischen Rosen mit einem Hauch Pinie roch. Der Mangel an Pensionsgästen war höchstwahrscheinlich Paters unterschwellige Voraussicht auf die kommenden Monate, die für Kerry bedeutende körperliche Veränderungen bringen würden, zusammen mit der frustrierenden sexuellen Erregung und Empfindlichkeit, die oft mit Schwangerschaften einhergingen.

Von der unvermeidlichen Geburt am Ende des Sommers ganz zu schweigen. Falls es wirklich Paters Art war, Kerry den Frieden und die Ruhe zu geben, sich mit seinem Schicksal abzufinden, dann war es nur gut, dass Wilbets Eltern, die Monhundys, dafür sorgten, dass immer genug Geld da war, wann immer Kerry in Huds Basin verweilte. Zusätzliche Pensionsgäste waren also nicht notwendig für Paters und sein Auskommen. Es war eine der wenigen guten Klauseln in Kerrys Vertrag.

Kerrys einzige selbstlose Motivation, als er Huds Basin für „ein besseres Leben" verlassen hatte, war die Hoffnung gewesen, einen Vertrag mit einem Alpha zu ergattern, der wohlhabend genug war, um auch Paters Zukunft zu sichern. Kerry war damals jung und arrogant genug gewesen zu glauben, dass seine einzige Option für ein gutes Leben die Flucht war. Er hatte nicht mit einem der örtlichen Alphas enden und sich aus Verzweiflung während einer Hitze rammeln lassen wollen, um dann zu einem harten Leben in den Bergen gezwungen zu sein, ein Gör nach dem anderen zu gebären und kaum genug zum Beißen zu haben.

Also war er in die Stadt gegangen, hatte angefangen, Hitzehemmer zu schlucken und Mont Juror besucht. Erst nachdem es ihm nicht gelungen war, seinem *Érosgápe* zu begegnen, hatte er begonnen, an den Philia-Abendgesellschaften teilzunehmen, entschlossen, einen Vertrag mit einem wohlhabenden Alpha einzugehen, um nicht wieder zu dem Hinterwälder-Leben zurückkehren zu müssen, dessen er sich so geschämt hatte. Und auf einer dieser Gesellschaften hatte er Wilbet Monhundy getroffen.

Wolfgott, Kerry empfand nur noch Demütigung, wenn er sich jetzt zurückerinnerte. Wie leicht er auf die Schmeicheleien hereingefallen war. Und noch leichter hatte er sich verführen lassen. Er schauderte. Erneut drückte er einen zarten Kuss auf Kiwis Schnabel – er brauchte das liebevolle Antwort-Schnäbeln des kleinen Vogels mehr, als Kiwi je seine Zuneigung benötigte.

Der Essensduft aus der Küche wurde stärker und machte Kerry den Mund wässrig. Sein Pater verwendete Pastinaken, was dem Auflauf einen festlichen Geschmack verlieh, auch wenn es noch Monate dauern würde bis zu den Feiertagen der Herbstnächte.

Kerrys Magen knurrte; er ergab sich dem Hunger und setzte Kiwi auf eine Stange in dessen Käfig. Kiwi gab ein süßes Zwitschern von sich, und Kerry murmelte: „Es ist fast Schlafenszeit. Aber ich lasse dich bald wieder fliegen, mein Liebling."

Der Vogel tanzte fröhlich über die Stange, dann drehte er sich um und bewunderte sich selbst in dem kleinen Spiegel, den Kerry im Käfig angebracht hatte. Kiwi liebte es, sich darin anzusehen – offenbar fand er seine bunten Federn herrlich. Kerry war einstmals selbst so gewesen, geschmeichelt und aufgeplustert unter Wilbets Bewunderung. Aber dieser Tage konnte er sein eigenes Spiegelbild nicht ertragen.

Apropos ...

Kerry bürstete sein langes, lockiges Haar. Er wollte Pater nicht durch seine Erscheinung in Verlegenheit bringen. Er band das Durcheinander im Nacken zu einem Pferdeschwanz, dann ging er leise die Treppe hinunter. Vor der vom Herd aufgeheizten Küche blieb er stehen und drückte sich einen Moment lang gegen die weiche, abblätternde Tapete im Flur, um zu lauschen.

Alphas konnten bisweilen recht anmaßend sein, und Kerry hatte keine Lust, sich das anzutun. Nicht heute Abend. Er fragte sich, was Pater sich dabei gedacht haben mochte, um diese Zeit des Jahres die Buchung eines Alphas anzunehmen. Es konnte recht unangenehm werden, wenn ein schwangerer Omega mit einem ungebundenen Alpha unter einem Dach wohnte, ohne dass des Omegas eigener Alpha als Puffer anwesend war. Kerry schluckte heftig, als ihm plötzlich etwas dämmerte.

Wolfgott, Pater, das kann nicht dein Ernst sein!

„Sollten wir nicht auf ihn warten?", hörte er den Alpha fragen.

„Nein, greifen Sie nur zu. Er kommt von allein herunter, falls überhaupt." Es entstand ein kurzes Schweigen. „Also, dann haben Sie Kerry bereits getroffen?" Teller klapperten, und ein Löffel schlug gegen einen Topf.

„Kerry? Ist das Ihr Sohn?" Die Stimme des Alphas klang höher als Kerrys, aber es war ein hübscher, heller Tenor. Der Mann war sicher ein guter Sänger. Wie hieß er doch noch gleich?

Ah, Janus. Genau.

Diesen Namen hatte der Alpha genannt, als er in der Tür von Kerrys Zimmer gestanden und attraktiv und deutlich weltlicher ausgesehen hatte, als gut für ihn war. Es ärgerte Kerry, dass sein Körper nach allem, was er über das Leben im Allgemeinen und Alphas im Besonderen gelernt hatte, immer noch gegen seinen Willen reagierte. Dieser Duft – Rosen, Zitrus und ein Hauch Pinie … hatte noch eine Weile verführerisch in der Luft gehangen. Um es auf die Schwangerschaftshormone zu schieben, war es doch sicherlich noch zu früh, oder?

Aber wie auch immer, es hatte Wirkung auf ihn gehabt.

Janus fuhr fort: „Ja, ich habe ihn ganz kurz getroffen, aber nicht seinen Namen erfahren."

„Ja, er heißt Kerry", sagte Pater, und es ertönte noch mehr Töpfeklappern. Pater war noch nie ein leiser Koch gewesen. „Und sein kleiner Vogel heißt Kiwi. Ich nehme an, falls Sie Kerry oben gesehen haben, dann hatte er den Vogel auf seiner Hand."

„Ja." Janus schwieg einen Moment lang, dann sagte er verlegen: „Ein sehr hübsches Ding."

Kerry schlüpfte hinter die offene Küchentür und lugte durch den Spalt zwischen Tür und Angel, um einen Blick auf die Szene an dem kleinen Tisch zu erhaschen. Der köstliche Duft des neuen Alphas setzte sich sogar über den des leckeren Auflaufs hinweg, und Kerry kämpfte gegen den Drang, tief einzuatmen und das Aroma zu kosten. Stattdessen konzentrierte er sich und beobachtete die Szene.

Pater schien guter Laune zu sein. Auch hatte er sich ein bisschen Mühe mit seiner äußeren Erscheinung gemacht; sein graues Haar war ordentlich gekämmt. Janus sah ebenfalls gut aus. Seine Wangen waren ein wenig gerötet, wahrscheinlich von der Hitze des Herds. Er trug ein hübsches, modernes Hemd, das nach seiner langen Reise nur wenig zerknittert zu sein schien. Und dann – *oh Wolfgott, steh mir bei* – sein markanter Kiefer, die großen Augen und das offene, lockige Haar, das ihm in die Stirn fiel. Der Mann war ausgesprochen schneidig und hatte zweifellos schon vielen Omegas weiche Knie gemacht.

Kerry biss die Zähne zusammen. Ja, Janus war der Inbegriff eines Traumalphas – gutaussehend, gut gebaut und wahrscheinlich aus gutem Hause. Allerdings hatte Kerry seine Lektion nur allzu gut gelernt: das Aussehen konnte täuschen, und aus gutem Hause zu stammen war absolut keine Garantie für einen guten Charakter.

Plötzlich errötete Janus noch mehr und räusperte sich verlegen. „Ich meinte den Vogel. Der *Vogel* ist ein hübsches Ding. All die, äh, Farben."

Kerrys Lippen schienen einen eigenen Willen zu haben und verzogen sich zu einem kleinen Lächeln.

Janus fand also, dass *er* ebenfalls hübsch war. So ärgerlich es auch war – Kerrys ausgehungertes Ego sonnte sich in dem Wissen, dass er für Alphas immer noch attraktiv war. Auch wenn er das in Wirklichkeit gar nicht sein wollte. Auch, wenn es sich gefährlich anfühlte.

Er biss sich auf die Unterlippe, beobachtete Janus aufmerksam und suchte nach den leisesten Anzeichen für Ärger oder Jähzorn. Nach irgendetwas, das ihm verraten würde, womit er für die nächsten Monate zu rechnen hatte. Oder nach einem Grund, darauf zu bestehen, dass sein Pater den Mann direkt wieder wegschickte. Auf den ersten Blick konnte er nichts dergleichen finden.

„Sehr hübsch", sagte Janus noch einmal, beinahe verzweifelt.

„Ja, das ist er. Der Vogel, meine ich", antwortete Pater und erlöste Janus aus seinem Elend.

Dessen große Erleichterung war so offensichtlich, dass Kerry ein leises Schnauben von sich gab, das in der Vergangenheit als Lachen herausgekommen wäre. Aber echtes Lachen war bei ihm dieser Tage Mangelware.

„Es ist ein männliches Exemplar dieser Spezies", erklärte Pater und nahm den ersten Bissen von seinem Teller. „Daher das bunte

Gefieder. Die Weibchen sind grau, wie Kerry mir sagte. Kann man sich das vorstellen?"

Janus gab ein unbestimmtes Brummen von sich, während er sein Brot dick mit Butter bestrich. Kerry hob eine Braue. Es würde auf jeden Fall in ihr Budget schneiden, falls ihr Gast vorhatte, regelmäßig Butter in solchen Mengen zu vertilgen. Die Monhundys waren großzügig, aber selbst sie hatten ein Limit, was das Geld für Pater anging. In ihren Augen war Pater ein überflüssiges Ärgernis.

„Er war sehr … still", bemerkte Janus.

Pater stocherte in seiner Mahlzeit und seufzte. „Das war nicht immer so. Früher hat er viel gesungen."

„Oh, ich meinte Ihren Sohn, nicht den Vogel."

„Ich meinte ebenfalls Kerry." Pater lächelte. „Er hat immerzu gesungen, als er jünger war. Er hatte eine Stimme, die einem wohlige Schauer über den Rücken jagte. Tief und sonor, aber voller Ernst. Und er konnte so tiefe Noten singen, wie man es bei seiner eingeschränkten Lungenkapazität nicht für möglich gehalten hätte."

In Janus' Miene flackerte so etwas wie Interesse auf, und dann Verständnis. Er musste also Kerrys Brust bemerkt haben. Kerry rieb sich die tiefe Mulde zwischen seinen Brustmuskeln. Lange Zeit hatte er sich deswegen geschämt, aber Wilbet hatte ihm versichert, er besäße genügend andere Attribute, die ihn für einen Alpha anziehend machten. Aber nun, da er den wahren Grund kannte, warum Wilbet sich ihn zum Ziel gemacht hatte, war ihm seine Missbildung oft wieder peinlich.

„Kerry kam beim Singen nie sehr hoch, aber oh, die tiefen Töne! Erstaunlich. Voller Seele." Pater schüttelte betrübt den Kopf. „Aber leider singt er nicht mehr."

„Vorhin sagten Sie, er wäre hier, um sich zu erholen. Hat er sich die Stimme verletzt?"

„Nein, Mr. Heelies. Ich fürchte, er hat einen Vertrag mit einem Alpha geschlossen, und das hat sein Leben ruiniert."

Kerry verdrehte die Augen und hüstelte, bevor er die Küche betrat. Nun war er sich der Gründe seines Paters unerfreulich gewiss, einen Alpha-Gast aufzunehmen, während sie dieser speziellen Krise in ihrem Leben gegenüberstanden. „Ich bezweifele, dass unser Gast unsere Klagegeschichten hören möchte, Pater." Kerry nahm eine Tasse aus dem Schrank und setzte sich an den Tisch zu einem Abendessen, dass er gleichzeitig wollte und nicht wollte. Aber selbst mit seinem mangelnden Appetit war es immer noch besser, mit Janus zusammen zu essen, als seinen Pater ungehindert vor einem Fremden über ihre Privatangelegenheiten plaudern zu lassen.

Einem Fremden, der den Nachnamen Heelies trug.

Aus der Stadt.

Kerry wusste inzwischen genug über diese spezielle Bande, richtig? Niemand hatte Kerry über das Geschäft der Monhundys in Kenntnis gesetzt, und er hatte auch nicht viel erfahren, während er und Wilbet zusammengelebt hatten. Aber er wusste, dass die Heelies-Familie und die Monhundys in denselben Kreisen verkehrten. Er war sogar ein- oder zweimal dem alten Herrn, Doxan Heelies, und seinem *Érosgápe* auf Festen begegnet. Mit diesem Wissen war er jetzt nicht einmal sicher, ob dieser Verwandte hier den Namen des Alphas erfahren sollte, an den Kerry vertraglich gebunden war.

Oh, Pater, was hast du getan?

„Das liegt ohnehin jetzt alles in der Vergangenheit", sagte Kerry mit fester Stimme und machte deutlich, dass damit das Thema um seinen Alpha und sein ruiniertes Leben offiziell abgeschlossen war.

Janus nickte grimmig, sagte aber nichts.

Pater warf Kerry einen Blick zu, als befürchtete er, Kerry hätte den Verstand verloren. Als wäre *Kerry* derjenige, der so verrückt war, Janus hier einzuquartieren. Glaubte Pater wirklich, Kerry würde nicht merken, was er vorhatte? Glaubte er wirklich, Kerry würde so etwas wollen?

Er strich sich über den Bauch und fühlte die Härte, die dort vor einer Woche noch nicht gewesen war, auch wenn nach außen noch nichts sichtbar war. Kerry strich eine deutlich weniger großzügige Menge Butter auf sein Brot, dann goss er sich eine Tasse Tee ein. Der Duft der Auflaufportion auf seinem Teller stieg ihm in die Nase, und sein Magen knurrte erneut.

„Was führt Sie nach Huds Basin?", fragte Kerry, nachdem das Schweigen zu lange gedauert hatte. Seine falsche Höflichkeit war offensichtlich, aber das war ihm gleich. Dieser Janus war sicher aus den gleichen Gründen hier wie alle betuchten Alphas – zur Entspannung, wegen einer irrigen Vorstellung von Möglichkeiten, hier Geschäfte zu machen, oder um über irgendeinen Skandal Gras wachsen zu lassen. Jedenfalls konnte es nichts Gutes für Huds Basin oder Pater und ihn bedeuten. Also konnte Pater sich seine Pläne sonstwohin schieben.

„Er ist hier, um bei Dr. Crescent zu studieren", antwortete Pater an Janus' Stelle. „Mr. Heelies will Krankenpfleger werden." Er warf Kerry einen vielsagenden Blick zu, aber Kerry beschloss, das zu ignorieren.

Als würde die Berufswahl irgendetwas über den Charakter oder die Vertrauenswürdigkeit eines Mannes aussagen. Wie viele Zahnärzte hatte Kerry in der Stadt getroffen, die praktisch reine Sadisten waren? Na gut, nur einen, aber das war schon einer zu viel gewesen. Dass jemand in einem helfenden Beruf arbeitete, bedeutete noch lange nicht, dass es ihm tatsächlich ums Helfen ging. Kerry konzentrierte sich auf den anderen überraschenden Aspekt von Paters Aussage.

„Dr. Crescent unterrichtet?"

„Ja", antwortete Janus. „Ich hatte Glück, dass er mich angenommen hat."

„Wieso das?", fragte Kerry. Er nahm einen Bissen und schloss kurz die Augen, als das weiche Gemüse und Fleisch seine Zunge traf. Als er die Augen wieder aufschlug, stellte er fest, dass Janus ihn aufmerksam beobachtete.

„Ich erfülle eigentlich noch nicht ganz alle Voraussetzungen für ein Praktikum. Durch meine Krankheit letztes Jahr habe ich ein paar Prüfungen und Seminare versäumt und liege zurück. Deshalb werde ich auch nachts lernen müssen", sagte Janus zu Pater gewandt. „Falls Sie Extra-Miete für die zusätzlichen Kerzen brauchen, lassen Sie es mich wissen. Ich werde …" Er runzelte die Stern. „Ich kann an anderer Stelle etwas einsparen, um dafür aufzukommen."

Kerry hob erneut die Brauen. Wieso ließ Janus nicht einfach seine reichen Verwandten für die Kerzen bezahlen? Oder ließ sich batteriebetriebene Lampen schicken? Das war, was Wilbet machen würde.

Nein, Wilbet wäre einfach an sein Bankkonto gegangen und hätte gleich genug Kerzen gekauft, um mindestens ein Dutzend nächtlicher Studenten versorgen zu können. So wie er es getan hatte, bevor sie ihren Vertrag geschlossen hatten. Damals, als er Kerry noch umworben hatte, hatte er einen kompletten Neuanstrich von Paters Pension finanziert, die Installation neuer Warmwasserboiler bezahlt und das Dach neu decken lassen. Und das war nur der Anfang gewesen.

Aber jetzt waren Wilbets Konten eingezogen. Das Geld war unter den Prostituierten aufgeteilt worden, die Wilbets Misshandlungen und Vergewaltigungen zum Opfer gefallen waren. Kerry war das egal. Er wollte nichts mehr mit Wilbet zu tun haben, nicht mit dessen Geld, nicht mit dessen Haus, und nicht mit dessen Kind in seinem Bauch – das, sollte es ein Alpha werden, eines Tages das gesamte verfluchte Monhundy-Vermögen erben würde. Kerry hasste den Gedanken. Nichts als Unglück würde je von dieser Familie kommen. Er wollte nichts mit ihnen zu tun haben. Es war ein Fehler gewesen, aus Huds Basin fortzugehen. Kerry hätte nie die Sicherheit der Berge verlassen sollen. Aber er konnte die Zeit leider nicht zurückdrehen.

Wie auch immer – falls Janus haufenweise Kerzen benutzen oder ein Dutzend Batterielampen kaufen wollte, sollte er problemlos in der Lage sein, seine Familie dazu zu bringen, dafür zu bezahlen. So machten das *diese* Familien. Aber Janus tat so, als wäre das ein Problem. War er vor irgendeinem Skandal in der Stadt davongelaufen? Vielleicht sogar vor einem in Wilbet-Größe?

Kerry schob seinen Teller weg, als Übelkeit ihn ihm hochstieg und der Geruch ihm zu viel wurde. Er bedeckte Mund und Nase mit seiner Serviette und bemühte sich, langsam ein- und auszuatmen. Das passierte ihm oft, wenn er an Wilbet dachte.

„Geht es Ihnen gut?", fragte Janus mit aufrichtiger Besorgnis in der Stimme. „Ist mit ihm alles in Ordnung, Zeke?"

Kerry verspürte den Impuls, Janus anzufauchen, weil der seinen Pater beim Vornamen anredete, als wäre er irgendein Beta-Diener – vor allem, da Pater so respektvoll gewesen war, Janus mit Mr. Heelies anzusprechen. Aber die Übelkeit wurde schlimmer, und er musste bittere Galle herunterschlucken.

„Bisweilen geht es ihm nicht so gut", sagte Pater sanft. „Aber es ist nichts Ansteckendes. Brauchst du einen kalten Lappen für deinen Nacken, Liebes?"

Kerry schüttelte den Kopf. Die Übelkeit ließ bereits wieder nach. Er musste einfach nur versuchen, nicht an das Unvermeidliche zu denken, solange es noch ging. Er wollte nach draußen auf die Veranda hinter dem Haus gehen. In seinem Schaukelstuhl sitzen, auf den See hinausblicken. Die Brise in seinem Haar spüren. Und die winzige, flatternde Bewegung ignorieren, die er am heutigen Tag unterhalb seines Nabels gespürt hatte.

„Entschuldigung", sagte er und ließ die Serviette sinken. „Pater hat recht. Ich fühle mich nicht so gut. Aber es geht schon wieder.

Bitte, erzählen Sie weiter, wie es dazu kam, dass Sie bei Dr. Crescent arbeiten werden. Ich bin überrascht, dass Sie sagen, Sie hätten Glück. Er ist ein schrulliger, alter Mistkerl."

„Er ist der einzige Doktor, der bereit war, mich anzunehmen", sagte Janus und wurde ein wenig rot. „Wie ich schon sagte, erfülle ich nicht alle nötigen Voraussetzungen. Die meisten Ärzte wollten, dass ich noch ein weiteres Jahr warte, aber ich war begierig anzufangen. Auf gewisse Weise ist es, als hätte ich schon ewig gewartet. Und ich muss mich beweisen."

Kerry musterte Janus aus verengten Augen. Er bezweifelte, dass Janus überhaupt wusste, was es wirklich bedeutete zu warten. Aber er behielt den Gedanken für sich und sagte stattdessen: „Viele Männer von gewisser Herkunft würden einfach ihre Väter oder Onkel bitten, einen angemessenen Geldbetrag zu zahlen, um die erforderlichen Voraussetzungen zu, äh, erwerben."

Janus' Miene verfinsterte sich. „Es gab eine Zeit, da hätte ich vielleicht genau das getan. Aber ich habe ein neues Kapitel in meinem Leben aufgeschlagen und bin jetzt ein anderer Mann. Ich lebe nun aus eigenen Mitteln und eigenem Verdienst."

Pater sagte: „Ich bin sicher, Ihr Vater–"

„Onkel", korrigierte Janus.

„Onkel dann. Ich bin sicher, er ist deswegen stolz auf Sie."

„Er ist, ehrlich gesagt, außer sich vor Zorn." Janus lachte leise, aber es klang schmerzvoll. „Aber meine Cousins Xan und Ray freuen sich. Und da ich annehme, länger mit ihnen zu tun zu haben als mit ihrem Vater, ist es mir lieber, bei ihnen gut dazustehen. Außerdem sollte ein Mann auf eigenen Füßen stehen, nicht wahr? Damit er stolz auf sich selbst sein kann?"

„Omegas finden das attraktiv", sagte Pater mit einem Seitenblick zu Kerry.

Kerry funkelte ihn finster an.

„So habe ich es zumindest gehört, aber ich habe schon früher manche Dinge missverstanden." Pater lächelte Janus ein wenig zu herzlich an.

Kerry wechselte das Thema, um wieder sicheres Terrain zu betreten. „Dr. Crescent nimmt es wahrscheinlich nicht so genau, weil er selbst gar keinen medizinischen Titel besitzt."

Janus riss die Augen auf und stellte seine Teetasse hin. „Wie bitte?"

Vielleicht doch kein so sicheres Terrain.

„Das ist wahr", sagte Pater. „Er hat vor einer halben Ewigkeit angefangen, die Leute hier zu behandeln, lange bevor es hier oben überhaupt Gesetze darüber gab, wer Medizin praktizieren und sich Doktor nennen darf, und wer nicht. Und er hat einfach immer weitergemacht. Niemand hat sich je darum gekümmert oder verlangt, dass er aufhört. Und ehrlich gesagt wüsste ich nicht, was Huds Basin tun sollte, falls er aufhören würde."

Janus war völlig verdattert. „Ich würde doch meinen, dass die örtliche Polizei die Befugnis hat, ihn aufzuhalten."

Kerry schüttelte den Kopf. Die Vorstellung, dass Sheriff Tintson gegen Dr. Crescent vorging – der seinem Omega bei den Geburten seiner fünf strammen Alphas geholfen hatte – war absurd. „Dr. Crescent wird in Huds Basin sehr verehrt und geliebt."

„Und Dr. Crescent ist auch geschätztes Mitglied der örtlichen Kirchengemeinde des Heiligen Wolfes. Am Ende eines jeden Jahres zahlt er ein Extra-Zehnt als Ausgleich für versäumte Gottesdienste. *Das* könnte auch etwas damit zu tun haben, dass Sheriff Tintson es nicht für nötig befindet, ihn des Amtsmissbrauchs zu bezichtigen. Das und, na ja, er ist ein verdammt guter Arzt."

„Nicht nach Stadt-Standard", murmelte Kerry in dem Wissen, dass sein Pater sich darüber aufregen würde. Pater hatte Kerry gewarnt, dass er durch einen Vertrag mit Wilbet „verstädtert" werden und sich für immer verändern würde. Nun, mit Letzterem hatte er jedenfalls recht behalten, wenn auch nicht unbedingt mit dem Rest.

„Der ‚Stadt-Standard' soll in Wolfgottes Hölle schmoren. Was hat der ‚Stadt-Standard' uns Bergbewohnern denn je gebracht? Ein bisschen Elektrizität, sicher. Ein bisschen Wissenschaft, auch gut. Aber hat er unsere Babys ernährt oder sie eingekleidet? Hat er Wolfgott genug gefallen, um uns Armut zu ersparen, oder unseren Omegas das Leiden?" Pater klopfte mit dem Zeigefinger auf die Tischplatte. „Nein. Das hat der Stadt-Standard nicht! Da ist es mir allemal lieber, wie wir es hier in den Bergen halten."

„Die paterliche Sterblichkeitsrate während der Geburt ist in den Städten bedeutend gesunken", sagte Kerry. „Im letzten Jahr lag sie nur bei zwei Prozent im Vergleich zu den zwölf Prozent, die wir hier erlebt haben."

Bei den Worten „zwölf Prozent" riss Janus die Augen auf, aß aber weiter seinen Auflauf, als wäre er das feinste Mahl, das er seit Jahren gekostet hatte. Tja, sollte er seine Überraschung schlucken. Es war besser, wenn er von Anfang an wusste, worauf er sich hier eingelassen hatte.

„Vielleicht. Aber um welchen Preis?", entgegnete Pater. Dann schüttelte er den Kopf. „Wolfgott gab uns unsere Art zu leben und bewahrte uns vor der endgültigen Vernichtung, nachdem alle menschlichen Frauen dem Großen Tod zum Opfer fielen. Nein, behalte du nur deinen Stadt-Standard, und ich trage weiter die Segnungen Wolfgottes auf meiner Zunge."

„Das eine muss das andere ja nicht unbedingt ausschließen", sagte Janus und legte für einen Moment seine Gabel nieder. „Man kann beides haben. Wie ich stets zu einigen sehr hübschen, gebundenen Omegas in meinem Bekanntenkreis zu sagen pflegte: Ein bisschen von beidem kann keiner Seele schaden."

„Da bin ich anderer Ansicht", sagte Pater leise.

Kerry seufzte. „Stadt-Standard bedeutet nicht immer das Gleiche, Pater."

„Natürlich nicht. Das weiß ich." Pater entspannte sich wieder und musterte Janus verschmitzt. „Dann waren Sie also ein echter Playboy, hm?" Er schnaubte. „Wieso überrascht mich das nicht? Sieh ihn dir an, Kerry. Gutaussehend, freundlich und mit Grübchen in den Wangen. Wolfgott helfe uns! Und hast du seine Schuhe gesehen? So schick. Die Omegas in der Stadt müssen Ihnen zu Füßen liegen."

Kerry fing Janus' blinzelnden, verlegenen Blick auf und fragte frech: „Nun, tun sie das? Ihnen zu Füßen liegen?"

Janus musste ein wenig husten. Er wischte sich mit der Serviette den Mund ab, während er um Fassung rang. Dann antwortete er: „Ich hatte einige Liebesaffären, aber auch *das* habe ich aufgegeben."

„Noch ein neues Kapitel?", fragte Pater lachend. „Eine neues fürs Geld. Ein neues für die Liebe. Wolfgott segne Ihr Herz, mein Junge. Verstehen Sie mich nicht falsch. Ich hoffe, Sie haben damit Erfolg."

„Und was das Verführen vertraglich gebundener Omegas angeht", fügte Kerry mit einem strafenden Blick auf seinen Pater spitz hinzu, „so hoffe ich, dass Sie es ehrlich meinen, wenn Sie sagen, das liegt in der Vergangenheit. Die Alphas hier verstehen keinen Spaß, wenn andere Alphas sich an ihren Omegas vergreifen. Die meisten besitzen Schusswaffen und haben keine Skrupel, sie auch zu benutzen."

Pater stöhnte leise und starrte Kerry kopfschüttelnd an, behielt aber ansonsten seine Gedanken für sich. Für den Moment.

Janus räusperte sich und richtete seine ernsten, funkelnden Augen auf Kerry. „Meine einzige Absicht bezüglich jedweder Omegas hier in Huds Basin ist es, Dr. Crescent in jeglicher Weise, die er für richtig hält, dabei zu unterstützen, ihre Chancen auf einen positiven Verlauf von Schwangerschaft und Geburt zu verbessern. Und natürlich auch, sie bei Krankheiten zu behandeln. Nicht mehr und nicht weniger."

Janus klang so überheblich. Als hätte er auch nur die geringste Ahnung, wie eine Geburt hier in den Bergen normalerweise ablief! Als hätte er überhaupt irgendeine Ahnung von Huds Basin! Kerry konnte es beinahe nicht erwarten, bis der Mann seine ersten paar Schichten bei Crescent hinter sich haben würde. Das würde diesem selbstsicheren, arroganten Alpha die Augen öffnen.

„Vergessen Sie nur nicht, dass die Dinge hier anders sind", sagte Pater mit einem düsteren Tonfall, den Kerry aus der Zeit wiedererkannte, als Pater ihm ausreden wollte, den Vertrag mit den Monhundys zu unterschreiben.

„Das klingt, als wollten Sie mich davon abschrecken, in Huds Basin zu bleiben", entgegnete Janus ein wenig eingeschnappt. „Aber ich lasse mich nicht verunsichern. Ich bin entschlossen, die Sache durchzuziehen. Ich werde von Dr. Crescent lernen, was ich kann, und wenn alles nach Plan verläuft, werde ich irgendwann selbst hier in der Gegend praktizieren."

„Na gut, Priesterchen", sagte Pater grinsend. „Möge Wolfgott mit Ihnen sein und Ihre Ziele segnen."

„Priesterchen?", fragte Janus.

„Sie erinnern mich an die Stadtpriester, die gelegentlich so eifrig hierher kommen, um das erleuchtete Wort von Wolf zu predigen", sagte Pater. „So sicher, dem armen Landvolk den ‚Stadt-Standard' bringen zu können. Obwohl das arme Landvolk nicht das kleinste bisschen wolfgottverdammte Interesse an etwas Neuem hat. Nicht, wenn es um ihren Glauben geht. Nicht, wenn es um ihre Art zu leben geht." Er tätschelte Janus' Hand, als wäre Janus ein kleines Kind mit schmutzigen Wangen und niedlichen Träumen. „Versuchen Sie nur Ihr Glück, Priesterchen. Ich werde jeden Abend hier sein und das Essen fertig haben, um welche Nachtzeit auch immer Sie heimkommen werden."

Janus starrte Kerrys Pater einen Moment lang an, dann zog er seine Hand weg, nahm sein Butterbrot in die eine und seine Gabel in die andere Hand, und fuhr fort zu essen. Er wirkte plötzlich müde, so als hätte die Straße ihn erschöpft. Obwohl er gutaussehend war – sogar umwerfend – war er auch zu mager für seine Größe. Kerry fragte sich, ob das bei ihm normal war, oder ob es von einer Krankheit herrührte.

„Was haben Sie heute Abend noch vor?", fragte Pater mit einer Geste zum Fenster, vor dem es bereits dunkel wurde. Die Sonne war versunken und hatte nur noch Dämmerlicht zurückgelassen. Man konnte draußen den Gesang der Grillen und Frösche hören. „Wir setzen uns oft zum Lesen ins Wohnzimmer, bis es Zeit zum Schlafen ist. Sie sind herzlich willkommen, sich zu uns zu gesellen."

„Ich denke, ich werde einen kleinen Spaziergang machen."

„Im Dunkeln?", fragte Pater und runzelte besorgt die Stirn.

„Ist es nicht sicher?"

„Wenn der Mond hell genug scheint, ist es durchaus sicher, aber wenn nicht …" Er verstummte. „Sie sind ein erwachsener Mann. Sie können das selbst entscheiden." Dann warf er einen Blick zu Kerry; seine Augen funkelten verschmitzt. „Außer, du möchtest ihn vielleicht begleiten, Sohn? Du kennst die Gegend ums Haus herum besser als sonst wer, sei es im Hellen oder Dunkeln."

„Oder wir geben ihm eine Taschenlampe, und damit hat es sich", antwortete Kerry. Ihm wurde die Kehle eng bei der Vorstellung, nach Einbruch der Dunkelheit draußen herumzulaufen. Beim letzten Mal, als er das getan hatte, waren ihm Gedanken an Selbstmord durch den Kopf gegangen. Zwar war er jetzt zumindest über diesen Impuls hinweg, aber er wollte auch keine Erinnerung daran.

„Haben wir noch Batterien übrig?", fragte Pater.

„Wolfgott im Himmel, Pater, falls nicht, haben wir Gaslaternen!" Kerry schaffte ein paar Bissen von seinem Brot und einen Schluck Tee. „Ich gehe nach oben. Ruf mich, falls du Hilfe mit den Taschenlampen oder Gaslaternen benötigst." Dann drehte er sich zu Janus um. „Aber ich bin sicher, Mr. Heelies ist in der Lage, damit umzugehen."

„Bitte nennen Sie mich Janus", sagte Janus leise. „Wenn es recht ist? Mr. Heelies ist so formell. Es erinnert mich an … Dinge, die ich lieber vergessen würde."

Kerry spürte, dass es da eine Geschichte gab. Etwas, dessen Janus sich vielleicht schämte. Aber im Augenblick hatte er nicht die Energie, sich darum Gedanken zu machen. In letzter Zeit gab es kaum noch etwas, das seine Neugier weckte. Neugier war für ihn genauso Mangelware geworden wie Hoffnung.

„Also gut, Janus. Und du kannst mich Kerry nennen." Er warf einen Blick zu Pater. „Soll mein Pater dich auch Janus nennen?" Es war eine Herausforderung, und Kerry äußerte sie auch als solche. Aber Janus verhielt sich, als wäre alles ganz natürlich.

„Selbstverständlich. Das würde mich sehr freuen."

„Sicher doch."

Janus erhob sich vom Tisch und streckte seine Hand aus. „Ich wünsche eine gute Nacht. Wir sehen uns morgen früh."

Kerry ergriff Janus' Finger. Es überraschte ihn nicht, keine Schwielen zu finden, abgesehen von solchen, die man vom Halten eines Schreibstifts bekam. Zumindest schien er ein eifriger Student zu sein. Vielleicht war er doch nicht so arbeitsscheu und anspruchsvoll wie all die anderen Kerle, die Wilbet in der Stadt stets mit nach Hause gebracht hatte.

„Wenn du deinen Spaziergang machst, halte dich an den Weg, der nach rechts führt", empfahl Kerry. „Er bringt dich an den See. Die Spiegelung der Sterne im Wasser ist magisch. Jedenfalls fand ich das immer als kleiner Junge." Er zog seine Hand weg. Sie kribbelte dort, wo Janus' Finger sie berührt hatten.

„Bis morgen dann?", sagte Janus erneut mit einem hoffnungsvollen Ton in der Stimme, über den Kerry nicht zu genau nachdenken wollte. Er war kein Omega, der von einem attraktiven

Alpha erobert werden sollte, der hier zu Besuch war. Er stand gerade kaum auf seinen eigenen zwei Beinen, nachdem er sich mühsam hochgekämpft hatte. Janus und sein eindringliches Lächeln waren Komplikationen, die er nicht gebrauchen konnte.

„Vielleicht." Kerry würde sich keinesfalls verhalten, als wäre er erpicht auf Janus' Gesellschaft. „Oh, und vermeide den Weg zur Linken. Er führt zu den Höhlen. Wildkatzen benutzen die zum Schlafen. Jetzt im Spätfrühling bekommen sie ihre Jungen, und im Frühsommer werden die Kleinen abenteuerlustig. Man hat schon von Wildkatzen gehört, die einem Mann die Kehle herausreißen, wenn sie ihre Jungen in Gefahr glauben."

Janus sog scharf den Atem ein, und Kerry empfand kindlichen Stolz darüber, ihn verunsichert zu haben.

Als Kerry die Stufen zu seinem Zimmer und zu Kiwi hinaufging, bemerkte er ein kleines, widerborstiges Aufflackern von Neugier in seiner Brust. Was hatte es mit diesem Alpha auf sich?

Kerry nahm Kiwi auf seine Hand, dann setzte er sich mit ihm auf die Fensterbank, wartete und sah hinaus. Er fragte sich, ob Janus nun immer noch wagen würde, seinen Spaziergang zu machen.

Als Janus schließlich mit einer Taschenlampe an der Seite des Hause auftauchte und den Pfad zur Rechten hinunterging, streichelte Kerry Kiwis Federn und flüsterte: „Na dann."

Ein Gefühl von Befriedigung bohrte sich in die betäubte Hülle seines Herzens wie ein kleiner Pfeil.

KAPITEL 3

RÜHER HATTE JANUS für große Geldsummen Ringkämpfe mit Alphas ausgetragen, die doppelt so groß waren wie er selbst. Dieser Tage jedoch vertraute er seiner Kraft nicht einmal genug, um sich gegen einen kleinen Omega zu behaupten, ganz zu schweigen von einer Wildkatze. Er hielt sich an den dunklen Pfad, den Kerry vorgeschlagen hatte, und wich keinen Schritt davon ab.

Er wusste gar nicht, wieso er so entschlossen gewesen war, einen Spaziergang zu machen, allein in der Dunkelheit und in unvertrautem Gelände. Er wusste nur, dass eine Lesestunde in dem – zugegeben recht gemütlich wirkenden – Wohnzimmer für ihn nach der seltsamen Anspannung beim Abendessen unerträglich gewesen wäre. Außerdem war er am ganzen Körper steif nach dem langen Tag erst im Zug und dann in der heißen, klapperigen Kutsche. Und auf sein gemietetes Zimmer zu gehen und den Kopf in die Bücher zu stecken – in dem nervösen Versuch, noch so viel wie möglich in seinen Kopf zu stopfen, bevor er sich am Morgen mit Dr. Crescent traf – klang viel zu stressig. Er musste sich einfach ein wenig die Beine vertreten.

Die Nacht war kühl, und der Mond erhob sich heller als der Schein der Taschenlampe vor ihm auf dem Weg. Janus schüttelte das Unbehagen ab, marschierte zufrieden und machte sich das Terrain zu eigen – für die Dauer seines Aufenthalts hier würde er es nach Herzenslust erkunden. Seine Augen und Ohren sogen den Anblick und die Laute der Welt um ihn herum auf, so anders als in der Stadt. Die ganze Natur gehüllt in wundersame Schatten.

Der Wald war geschwätzig – Frösche quakten, nächtliche Vögel raschelten durchs Laub, und das konstante Zirpen der Grillen war zu hören. Die frische Luft klärte Janus' Gedanken, und er entspannte sich. Bilder tauchten vor seinem inneren Auge auf, allesamt ganz frische Erinnerungen … die sanfte Brise in Kerrys dunklen Locken, zuerst auf der Veranda und später am offenen Fenster. Es war ein wunderschöner Anblick gewesen, wie Kerrys Haar sich im Wind bewegt hatte, als besäße es ein Eigenleben. Und dann sein Duft …

Janus' Puls beschleunigte sich.

Kein Zweifel – Kerry war hübsch. Fast so hübsch wie sein zahmer Vogel.

Aber Janus schüttelte diesen Gedanken ab. Hübsch oder nicht, Janus versuchte, solche Verwicklungen zu vermeiden, anstatt sich sofort wieder mit beiden Beinen ins Chaos zu stürzen. Stattdessen richtete er seine Gedanken auf die Berggemeinde, auf die er während der holperigen Kutschfahrt über die unbefestigten Straßen einen Blick hatte werfen können. Überall zwischen den Haarnadelkurven und in den Tälern lebten Menschen.

Huds Basin war wie eine Reise zurück in der Zeit. Anders konnte Janus es nicht beschreiben, und er hatte vor, genau das in seinem ersten Brief an Caleb zu tun. Außerdem gab es auch kein Telefon im Monkhaus. Das hatte er vorhin festgestellt, als er die Treppe hinunter gegangen war. Da das Abendessen noch nicht ganz fertig gewesen war, hatte er einen kurzen Anruf bei seinem Onkel machen wollen, um ihm zu sagen, dass er gut angekommen war.

„Die Post kommt jeden zweiten Tag", hatte Zeke beinahe entschuldigend gesagt, während er die Kruste seines Auflaufs geprüft hatte. „Vielleicht tut es auch ein Brief?"

„Kein Problem. Dann rufe ich einfach morgen von Dr. Crescents Praxis aus an."

„Das bezweifele ich", hatte Zeke belustigt entgegnet.

„Er hat doch sicher ein Telefon, oder?"

„Wieso sollte er eins haben?"

„Nun, damit die Patienten ihn rufen können, wenn sie seine Hilfe brauchen."

Und dann hatte Zeke wirklich gelacht. Nicht unfreundlich, aber er war das gutmütige Kichern eines älteren Mannes gewesen, der einen jungen Narren vor sich hatte. „Und welche Telefone sollen besagte Patienten wohl benutzen, um Dr. Crescent anzurufen, frage ich mich? Vielleicht die in den Vogelnestern im Wald? Nein, Mr. Heelies, es gibt keine Telefonleitungen, die bis hier hinauf führen. Sehen Sie, es gibt niemanden, der die Kosten dafür übernehmen würde."

Janus wusste, er hätte eigentlich beleidigt sein müssen, weil Zeke sich über ihn lustig gemacht hatte. Aber wie sollte er? Er war ein verwöhnter Städter aus reicher Familie, der sich schämen sollte. Das hier war, wie die Welt für die meisten Leute funktionierte – Alphas, Omegas und Betas gleichermaßen – und dass ihm das so fremd erschien, war sowohl ein Privileg als auch eine Bürde.

Also würde er morgen je einen Brief an seinen Onkel und an Caleb schreiben. Er würde beiden von der wunderschönen, aber holperigen Fahrt die Berge hinauf berichten, und über den Zustand der Pension. Aber nur Caleb würde er von dem Omega erzählen, dem er begegnet war, und von dem seltsamen Gefühl, das ihn gleichzeitig anzog und abschreckte. Natürlich würde er Caleb versichern, dass er keinerlei Absicht hatte, den Mann zu verführen. Nicht die geringste.

Er fragte sich nur, was es war, das Kerry so zornig machte. Und so ängstlich. Und verletzlich. Und wundervoll. Kerry war ein hinreißender Mann und ein Mysterium, das es zu lösen galt. Jeder mochte schließlich Mysterien, oder?

Janus erreichte das Ende des Pfads und betrat den Sandstrand an der Seite des Sees. Es war noch nicht vollkommen dunkel, und der Mond spiegelte sich wunderschön im Wasser. Der große Stern neben dem Mond – Wolfgottes Grübchen – glitzerte ebenfalls auf der Oberfläche.

Das Wasser schwappte sanft an das flache Ufer – ein leise platschendes und einladendes Geräusch. Janus streckte seine Arme in die Höhe und ließ die Schultern kreisen. Die Nacht war angenehm kühl, aber er war verschwitzt von der Reise. Und er fühlte sich immer noch staubig von der Kutschfahrt. Er hatte vor dem Essen Hände und Gesicht gewaschen, aber das war alles. Und jetzt war er klebrig und, ehrlich gesagt, auch ein wenig gereizt von der kleinen Demütigung, die er unter den wachsamen Augen von Zeke und Kerry hatte hinnehmen müssen. Oh, diese Bergbewohner. Sie würden ihn schon noch zurechtstutzen, daran hatte er keinen Zweifel.

Ja, ein Bad im See würde ihm gut tun.

Er trat aus seinen Schuhen – dieselben, die Zeke so bemerkenswert gefunden hatte – und zog sein Hemd aus. Dann schlüpfte er rasch aus seiner Hose und Unterwäsche, bevor er mit einem vorfreudigen Schaudern hinunter zu dem leeren, weiten, einladendem See stapfte. Nackt in das Wasser zu gleiten, war wie Heimkommen. Nicht zu kalt nach dem Tag in der Sonne, aber die Kühle war wie Balsam auf seiner erhitzten Haut. Er schwamm so weit hinaus, bis seine Füße den Boden verloren. Dann ließ er sich auf dem Rücken treiben. Der Himmel öffnete sich über ihm – immer mehr Sterne leuchteten nach und nach auf wie eine elektrische Lichterkette in der Stadt.

Vielleicht war er ein Idiot gewesen, davon überrascht zu sein, dass Dr. Crescent kein lizenzierter Arzt war. Vielleicht sollte ihm das mehr Sorgen machen, als es der Fall war. Calebs Urho hätte dazu zweifellos einige Worte zu sagen, und als der gesetzestreue Alpha, der er war, wahrscheinlich sogar ziemlich unschmeichelhafte Worte. Aber Janus war das eigentlich egal. Wenn Dr. Crescent das Vertrauen der Menschen hier genoss, dann war es das, was zählte.

Würde Urho nach Huds Basin kommen, würde er mit seinem finsteren, todernsten Gebaren nur alle verscheuchen. Aber dieser Dr. Crescent hatte die Leute hier überzeugt, ihm zu vertrauen und weiterarbeiten zu lassen. Janus würde seine Tricks lernen, ihm aber auch selbst ein paar Dinge beibringen. Zusammen würden sie hier etwas verändern. Es würden langsame, aber gute Veränderungen sein. Zum einen würden sie die Sterblichkeitsrate bei Geburten senken, und dann würden sie beide als Helden gepriesen werden.

Er musste schmunzeln.

Interessant, wie der Gedanke, ein Held genannt zu werden, jeglichen Reiz verloren hatte. Einst war es ein Traum von Janus gewesen – dass die Leute ihn als den Retter von Heelies Enterprise betrachten würden. Mehr als nur einmal hatte er betrunken geprahlt, er würde sie alle vor Xans Inkompetenz und Perversionen bewahren. Aber dieser alkoholisierte Traum war rückblickend einfach nur unerträglich widerlich, und Xan war …

Nun, Xan war eine Nervensäge, kein Zweifel. Aber wenn schon? Er war auch ein guter Mann. Ein verdienter Mann. Zumindest Caleb schwor, dass es so war. Er sagte, dass Janus die ganze Zeit der Schurke in diesem Drehbuch gewesen war. Dass es Unrecht von Janus gewesen war, an sich zu reißen, was rechtmäßig Xan gehörte – sowohl dessen Erbe als auch dessen Omega. Und Caleb hatte für gewöhnlich recht.

Die Sterne funkelten zustimmend.

Von jetzt an würde Janus mit dem zurechtkommen, was ihm von Rechts wegen gehörte, und nur ihm allein – was im Grunde genommen nichts war. Er hatte ein kleines monatliches Einkommen, Zahlungen aus dem Nachlass seines Großvaters. Aber nachdem er Heelies Enterprises verlassen hatte und nicht länger vorgab, dort irgendeine Funktion zu erfüllen, war eine beträchtliche Geldquelle für ihn versiegt.

Nicht, dass sein Onkel sich grausam verhalten hätte. Vielmehr hatte er deutlich gemacht, sollte Janus wieder „zu Verstand kommen", in die Stadt und zu seinem „Job" zurückkehren, so würde er den Geldhahn wieder aufdrehen. Aber so etwas wollte Janus nicht länger.

Komisch ... hatte ein Mann erst einmal das Truggebilde von Geld und Macht durchschaut, wurde es beinahe unmöglich, wieder danach zu streben. Und wenige Erlebnisse konnten so gründlich dafür sorgen, wie drei verdammte Male an der Schwelle des Todes zu stehen.

Das Wasser umschmeichelte seinen Körper und schien mit ihm einer Meinung zu sein. Er fühlte sich einen Augenblick lang befreit und leichter, aber dann legte sich ein neues Gewicht auf seine Gedanken. Als er seine jetzigen Motive betrachtete, um zu sehen, ob er schon ein guter Mensch war, war das Ergebnis noch immer unbefriedigend.

Er war nun hier in Huds Basin, aber ... war das, was *er* wirklich wollte? Oder war das ein Unterfangen, von dem er glaubte, Caleb würde es bewundern und attraktiv finden? Das war eine Frage, auf die er die Antwort nicht länger zu kennen schien. Er war nicht sicher, ob das überhaupt noch wichtig war. Irgendwann in der Dunkelheit zwischen Leben und Tod, wo er einmal zu oft verweilt hatte, war er zu dem Schluss gekommen, dass der Motivation nicht halb so viel Bedeutung zukam wie dem Ergebnis.

In der Vergangenheit war seine Motivation stets eine schlechte gewesen. Und selbst, falls das immer noch so sein sollte, spielte das keine Rolle, solange die Ergebnisse, die er erzielte, niemandem schadeten. Er würde nie wieder zum Spaß vertraglich gebundene Omegas verführen. Er würde nicht mehr trinken oder eine Party nach der anderen feiern oder absurde Wetten abschließen, nur weil er es konnte.

Er konnte auch ein anständiges Leben führen, ohne einem Glauben zu folgen, den an Wolfgott eingeschlossen, und ohne von jemandem geliebt zu werden, besonders von Caleb. Davon war er überzeugt. Denn wäre er das nicht, könnte er auch gleich aufhören, sich hier treiben zu lassen und einfach ertrinken.

Schließlich schüttelte Janus die morbiden Gedanken ab, drehte sich um und begann, Wasser zu treten. Zwei Fenster der Pension waren sichtbar, erleuchtet von elektrischem Licht. Ihm fiel ein, dass um neun der Strom abgeschaltet werden würde, und er fragte sich, wie spät es jetzt wohl war. Jason schwamm ans Ufer. Er zitterte in der kühlen Abendluft, nackt und ohne Handtuch. Sein Alpha-Penis schrumpelte in der Kälte zusammen, und es tropfte von sämtlichen Extremitäten seines Körpers, sogar von seiner Nase. Er lachte leise, streckte die Arme weit aus und schloss die Augen. Er atmete tief ein und roch–

Reife Beeren und Moschus!

„Bist du immer ein solcher Exhibitionist?" Kerrys rauchige, tiefe Stimme erklang leise aus der Nähe. „Oder ist das jetzt nur für mich?"

Janus ergriff mit beiden Händen sein Gemächt und riss die Augen auf.

Kerry stand einige Schritte entfernt und hielt ein großes Handtuch ausgebreitet, den Kopf diskret zur Seite gedreht, als hätte er nicht soeben eine ausführliche Präsentation von dem bekommen, was Janus zu bieten hatte. Ganz verschrumpelt und alles. Janus verspürte den Drang, dem Mann zu erklären, dass das kalte Wasser seine übliche Wirkung getan hatte und er eigentlich recht großzügig ausgestattet war. Er hielt sich jedoch zurück. Er musste diesen Omega nicht mit der Länge und Dicke seines Schwanzes beeindrucken. Er musste ihn überhaupt nicht beeindrucken.

Wolfgott, aber er musste trotzdem gegen den Drang ankämpfen.

Kerry murmelte: „Ich dachte, falls du schwimmen gegangen wärst, hättest du vielleicht ein Handtuch vergessen. Und wie es aussieht, hatte ich recht."

„Du …" Janus hatte Mühe, einen Satz zu formulieren, der *nicht* die Größe seines Penis verteidigte. „Ich dachte, du wärst zu Bett gegangen."

„Wie gesagt – ein kleines Vögelchen verriet mir, dass unser Stadt-Standard-Freund nicht so vorausschauend sein würde, ein Handtuch mitzunehmen, also …" Kerry zuckte mit den Schultern und schüttelte das Handtuch, das Gesicht immer noch abgewandt.

„Hieß das Vögelchen zufällig Kiwi?", fragte Janus, als er das Handtuch nahm. Er schlang es sich rasch um die Hüften.

„Er ist recht mitteilsam, wenn man seine Sprache kennt."

„Und du kennst sie?"

„Offensichtlich."

„Ich verstehe." Obwohl er das keineswegs tat. Aber er wollte gern. Plötzlich wollte Janus, dass Kerry ihm beibrachte, wie man mit Vögeln sprach. Und wie man unter dem Sternenlicht und mit vom Wind zerzausten Haaren *so* wunderschön aussehen konnte.

Nein! Er wollte nichts dergleichen! Er war hier, um zu lernen, wie man sich um Kranke und Verletzte kümmerte, nicht um anzubandeln und zu flirten. „Nun, ich danke dir dafür, dass du den ganzen Weg herunter gekommen bist. Das war sehr aufmerksam."

„Ja, war es", stimmte Kerry mit einem kleinen Lachen zu, das sich direkt an Janus' Rückgrat aufwärts zu brennen schien. Er hüstelte ein wenig in der Hoffnung, jegliche Reaktion unter dem Handtuch noch etwas hinauszögern zu können. Wolfgott helfe ihm – diese Anziehung war unerwartet. Und unerwünscht.

Der Mond schien in Kerrys Augen und ließ sie überirdisch leuchten. Sein langes Haar hing wieder offen und wehte in der Brise vom Wasser. Er stand da mit einer mühelosen, sexy Anmut, die Janus schon am Esstisch aufgefallen war, und doch war es offen- sichtlich, dass etwas ihn zurückhielt, sich wirklich zu entspannen. Selbst die freundschaftliche Ouvertüre mit dem Handtuch hatte zurückhaltend und unbeteiligt gewirkt, als hätte die Geste durch ein Loch in einer unsichtbaren Wand stattgefunden.

„Ich gehe jetzt, damit du dich anziehen kannst", sagte Kerry und drehte sich um. „Ich nehme an, du findest den Weg zurück?"

„Warte!" Janus hatte nicht vorgehabt, so drängend zu klingen. Er räusperte sich, dann sagte er in ruhigerem Ton: „Würde es dir etwas ausmachen, auf mich zu warten. Wir können zusammen zurückgehen."

„Angst vor den Wildkatzen?"

Janus hatte ein flatterndes Gefühl im Magen, als er Kerrys neckenden Tonfall hörte. Er lächelte. „Ja, genau."

Das stimmte sogar. Eine Schwäche, die er vor seiner Nahtoderfahrung niemals zugegeben hätte, und dass er das in diesem Moment konnte, schuldete er Caleb und den Lektionen, die er von ihm gelernt hatte. „Ich finde die Wildkatzen sehr beängstigend."

Das Geständnis verblüffte Kerry offensichtlich. Er fuhr wieder herum, bevor Janus seine Hose hochgezogen hatte. Dann bedeckte er hastig mit den Händen seine Augen. „Verzeihung."

„Keine Sorge, Freund. Ich habe den Eindruck, als hättest du bereits alles gesehen."

Kerry erstarrte ein wenig.

Als ihm bewusst wurde, wie sich das angehört hatte, beeilte Janus sich zu erklären: „Ich meine, immerhin stand ich ja hier gerade noch völlig entblößt, oder?"

„Da wusstest du nicht, dass ich dich sehen konnte. Das war etwas anderes."

Oh? Hatte Kerry ihn etwa absichtlich beobachtet? Diesen Gedanken fand Janus auf erfreulich schmutzige Weise aufregend, aber er riss sich zusammen und enthielt sich irgendwelcher Kommentare, die der alte Janus in einem solchen Moment gemacht hätte. „Sicher, aber trotzdem macht es wenig Sinn für mich, jetzt noch schamhaft zu sein."

Kerry ließ die Hände sinken, behielt seinen Blick aber aufs Wasser gerichtet. „Der See ist mein Lieblingsort in Huds Basin. Als ich klein war, habe ich hier viel Zeit verbracht."

„Er ist wunderschön."

„Und friedvoll", fügte Kerry hinzu. „Das Wasser kann alles fortwaschen. Zumindest glaubte ich das als Kind und Jugendlicher. Es gibt Grenzen, habe ich festgestellt, seit ich erwachsen bin. Aber trotzdem dient der See immer noch dazu, die meisten unangenehmen Dinge fortzuspülen." Er errötete. Sogar unter dem Mondlicht konnte Janus sehen, wie Kerrys Haut ein paar Schattierungen dunkler wurde.

„Wie ein heilender Balsam", sagte Janus, der nicht wollte, dass der Mann sich für seine Worte schämte, auch wenn Kerry und sein Pater ihn an diesem Abend ein paarmal gehörig geneckt und in Verlegenheit gebracht hatten. „Ich habe das gespürt, als ich mich da draußen treiben gelassen habe."

„Es dringt in dich ein", sagte Kerry. „Wie alles in Huds Basin – das Wasser, der See, die Luft … es versteht, wer du bist. Heilt dich. Macht dich wieder ganz."

Die Poesie des Augenblicks war so eindringlich, dass Janus nicht wusste, was er damit tun sollte. Er wartete einen Moment lang, ob Kerry vielleicht wieder nüchterner werden würde, aber das tat er nicht. Stattdessen fuhr er erklärend fort: „Es ist normal hier in den Bergen. Diese Art zu reden. Du wirst dich mit der Zeit daran gewöhnen."

„Und Wolfgott billigt so ketzerische Ideen wie heilende Seen?"

„Wolfgott hat sie für uns geschaffen, oder etwa nicht?", fragte Kerry mit erhobenen Brauen. „Ich denke, er ist froh, dass wir uns nicht für zu gut halten für das, was er gesegnet hat."

In der Stadt hatte Janus selten solch spirituelle Reden gehört, und falls doch, dann hätte er die Person als religiösen Irren abgetan. Aber hier, unter den Sternen, und während das Wasser des Sees noch auf seiner Haut trocknete, fühlte es sich richtig an. Und das war bedauerlich, oder?

Denn plötzlich begriff er es.

Kerrys Duft, diese Mischung aus Beeren und Moschus, die so anders war als alles, was er je zuvor gerochen hatte … die alles in Frage stellte, was er je über den Geruch eines Omegas gewusst hatte …

Es lag daran, dass Kerry *schwanger* war!

Janus schloss die Augen, während Eis und Feuer zugleich durch seine Adern kreisten. Während er die Erkenntnis einsinken ließ, ballte er die Fäuste, um seine unangemessene Enttäuschung zu unterdrücken. Er fragte sich gleichzeitig, wo Kerrys Alpha war – der Vater dieser rapide wachsenden Segnung Wolfgottes – und warum ihn das überhaupt kümmerte.

Als er seine Augen wieder öffnete, stellte er fest, dass Kerry immer noch auf den See hinaus starrte, während das Mondlicht sein Gesicht liebkoste. So hübsch. Viel hübscher als sein zahmer Vogel.

Janus öffnete die Fäuste und atmete tief durch. „Lass uns gehen", sagte er und nickte zu dem Pfad hinüber. „Ich bin jetzt angezogen."

Kerry wandte sich ohne Zögern ab und ging voraus.

KERRY HATTE VOM Fenster aus beobachtet, wie der Schein aus Janus' geborgter Taschenlampe sich hüpfend den Pfad hinunter zum See bewegt hatte. Dann hatte er sein Fernglas hervorgeholt. Ebenfalls ein Geschenk Wilbets aus ihren Anfangstagen – gedacht zum Vögel beobachten und als Entschuldigung für etwas zu brutalen Sex, der Kerry zum Weinen gebracht hatte. Aber heute Abend hatte Kerry das Fernglas zu einem anderen Zweck hervorgeholt. Einen, den Wilbet ganz und gar nicht gutgeheißen hätte.

Janus hatte keine Zeit verschwendet und seine Kleidung abgelegt, bis er nur noch seine Haut trug und sonst nichts. Kerry hatte sein Fernglas scharf gestellt, um einen besseren Blick auf den Körper des Mannes zu werfen. Er war sich bewusst, dass er in dessen Privatsphäre eingedrungen war, was ihn aber nicht halb so sehr bekümmerte, wie es sollte.

Es mangelte dem Alpha an Muskeldefinition, ja, aber es war deutlich zu erkennen, dass sie einst da gewesen war. Es zeigte sich in der Art, wie Janus sich bewegte; alles deutete auf das eigene Verlangen seines Körpers, benutzt und gefordert zu werden. Janus war mit Sicherheit irgendeine Art Athlet gewesen, hatte jedoch wegen seiner Krankheit lange ruhen müssen. Seine nackte Gestalt sprach von dieser unbestreitbaren Wahrheit, wie die dunklen Linien auf dem Angesicht des Mondes von den Wunden durch Wolfs ungesehene Klauen sprachen. Der Legende nach war selbst Wolf ein grober Liebhaber. Auch wenn Kerry das lediglich für eine Ausrede von Alphas hielt, brutal sein zu dürfen.

Aber der nackte Janus hatte nicht brutal ausgesehen. Er hatte verletzlich ausgesehen. Und als hätte er vergessen, ein Handtuch mitzunehmen.

Und nun, während er ein Stück vor Janus den Pfad hinaufging, dachte Kerry an jede einzelne Linie von Janus' Körper. Eigentlich hätte er sich bereits mehr als satt gesehen haben sollen, als Janus aus dem Wasser gekommen war und am Strand gestanden hatte, nackt wie Wolfgott ihn geschaffen hatte, und mit dieser sorglosen Freude die Arme ausgebreitet hatte. Aber offensichtlich war dem nicht so. Beim Anblick von Janus Pose hatte Kerry einen Kloß in der Kehle gehabt. Traurigkeit und ein gewisser Neid hatten ihn überkommen, denn es hatte eine Zeit geben, da wäre er auf dieselbe Weise dem Wasser entstiegen, offen und stolz, bereit für alles … und jetzt? Jetzt konnte er es kaum ertragen, lange genug nackt dazustehen, um sich zu waschen. Sein Körper beherbergte den Feind, und er hasste sich selbst dafür.

„Du bist so still", sagte Janus hinter ihm. „Habe ich etwas gesagt, das dich gekränkt ha-?"

Kerry schüttelte den Kopf.

„Okay. Bist du sicher?"

Kerry zuckte die Achseln.

Janus' Schritte klangen schwer auf dem Pfad hinter ihm. „Also … du und dein Pater, ihr lebt ganz allein hier?"

Kerry nickte.

„Sonst niemand? Vielleicht ein Freund, der regelmäßig vorbeischaut?"

Kerry verengte die Augen. Es war offensichtlich, dass Janus versuchte, ihn nach dem Alpha auszufragen, der hier leben müsste *angesichts der Umstände.* Offenbar hatte er Kerrys Zustand endlich erschnuppert. Manchmal brauchten Fremde längere Zeit in der Gegenwart eines schwangeren Omegas, um zu bemerken, dass dessen Geruch nicht nur sein eigener allein war. Kerry antwortete nicht auf die Frage und wartete darauf, dass Janus erneut drängte.

Aber Janus tat nichts dergleichen. Stattdessen sagte er: „Dein Pater erwähnte, dass du früher gesungen hast."

Kerry ging schweigend weiter.

„Tut mir leid. Bin ich zu neugierig?"

„Ich bin nicht an Plauderei interessiert", sagte Kerry und erhob seine Stimme laut genug, um die lebendigen Laute des Waldes zu übertönen, und fest genug, um Janus' Bemühungen, sich mit ihm anzufreunden, hoffentlich im Keim zu ersticken.

„Am Strand warst du mitteilsamer."

„Ein Fehler."

„Eindeutig." Janus klang gekränkt, und wer sollte ihm das verdenken?

Was war nur in Kerry gefahren? Wieso hatte er ihm das Handtuch gebracht? Sollte dieser fremde Alpha sich doch seine empfindlichen Teile abfrieren! Wolfgott allein wusste, was Janus in der Vergangenheit mit ihnen angestellt, welchen Schaden er angerichtet hatte. Stadt-Alphas konnte man nicht trauen. Hätte Kerry das nur früher gewusst, dann würde er jetzt nicht in diesem Schlamassel stecken. Verglichen mit dem, was er durchgemacht hatte, wäre die Verpaarung mit einem der netteren hiesigen Alphas bei Weitem die bessere Wahl gewesen.

Janus sagte nichts mehr für den Rest des Weges hinauf zum Haus. Kerry hielt die Vordertür für ihn auf und ließ ihn als Ersten in den mit Möbeln vollgestopften Eingangsflur treten. Dass dabei Janus' Arm Kerrys Brust streifte, war unbeabsichtigt, aber es jagte einen Schauer durch Kerrys ganzen Körper. Er wollte sich die Berührung wegreiben und sie gleichzeitig tiefer in seine Haut drücken. Verärgert runzelte er die Stirn.

„Gute Nacht, Mr. Heelies", sagte er und drückte sich an Janus vorbei, um die Treppe hinaufzugehen.

„Ich dachte, wir hatten uns auf Janus und Kerry geeinigt?"

„Vielleicht waren wir damit zu voreilig", sagte Kerry.

„Das denke ich nicht. Du hast mich in meiner nackten Haut gesehen. Ich bestehe auf Janus."

Kerry blieb auf halber Treppe stehen – was Janus sagte, klang fair. Schließlich ging er weiter hinauf. Aber erst als er seine Tür schloss und Janus' Schritte auf dem Treppenabsatz hörte, gab er nach. „Gute Nacht, Janus. Möge Wolfgott deine Träume segnen."

Nach einem Moment des Schweigens bekam er ein verwirrtes „Und die deinen, Kerry" zur Antwort. Er wartete noch etwas länger, bis er hörte, wie Janus seine Zimmertür zuzog, dann schloss er seine eigene ab.

Er hatte wohl eigentlich Schlimmeres verdient. Janus hatte sich den ganzen Abend über bewundernswert verhalten, während Kerry sich wie ein unberechenbares, unhöfliches Gör aufgeführt hatte. Vielleicht hatte Kerry den Mann zu streng beurteilt.

Kiwi schlief tief und fest, das Köpfchen unter einen Flügel gesteckt. Kerry ging zum Fenster, setzte sich erneut auf den Sims und starrte hinaus auf den See. Er legte eine Hand auf seinen Bauch und dachte über den Schlaf nach. Würde er Ruhe finden, oder würde er wieder bis zum Morgengrauen wach liegen? Oder schlimmer, würde er mitten in der Nacht schweißgebadet aus einem schrecklichen Traum erwachen?

Er verweilte auf der Fensterbank und betastete seinen Bauch.

Die Zeit würde es zeigen.

KAPITEL 4

D R. CRESCENTS PRAXIS war überhaupt keine Praxis.

Der Doktor behandelte seine Patienten in einem zweckentfremdeten, offenen Stall, wenn das Wetter schön war. Zumindest hoffte Janus das. Ganz sicher würde der Arzt die Kranken nicht bei Regen oder Schnee draußen warten lassen, oder? Aber Janus bekam keine Gelegenheit zu fragen.

Als er ziemlich außer Atem ankam – nach einem steileren Fußmarsch den Berg hinauf, als ihm lieb war – reichte die Schlange der wartenden Patienten bereits einmal um den Stall neben dem flachen Blockhaus herum, das Dr. Crescents Zuhause sein musste.

Die Leute waren mit den verschiedensten Problemen gekommen, aber allen in der Warteschlange gemeinsam war das Elend. Da war ein Paar Betas, ärmlich gekleidet und mit grünlicher Gesichtsfarbe, die einen Brecheimer zwischen sich hielten. Ein Alpha in einem fadenscheinigen Hemd hielt ein blutiges Tuch um eine Hand. Ein verängstigter Pater hatte ein Baby auf dem Arm, das heftig hustete. Und ein laut stöhnender, magerer Omega stützte sich auf seinen *Erosgápe*, während Blut seine Hose durchtränkte. Und das waren nur einige der Patienten, die Janus sah, als er aus dem Waldpfad hervortrat.

Zuerst wusste er gar nicht, was er tun sollte, so verdattert war er angesichts der unerwarteten und grotesken Demonstration menschlichen Leidens. Aber dann straffte er die Schultern, ging weiter und betrat den Stall auf der Suche nach Dr. Crescent. Er fand ihn sofort. Es war ein Bär von einem Mann mit riesigen

Händen, langem Bart und einem verwitterten Gesicht. Und er arbeitete gerade daran, das gebrochene Bein eines Teenagers zu richten. Mit kaum mehr als einem kurzen Blick auf Janus bellte er: „Nun, Junge, an die Arbeit. Tu, was du kannst. Die Leute hier haben nicht den ganzen Tag Zeit, und ich habe nur zwei Hände."

Sich einander vorzustellen, war offenbar nicht nötig. Janus wusch sich die Hände in Wasser, das über einem Holzofen in dem ehemaligen Pferdestall heiß gehalten wurde, dann tat er, wie ihm geheißen. Er war unsicher, ob er der Reihe nach vorgehen oder zuerst die augenscheinlich dringenderen Fälle behandeln sollte. Besonders machte ihm der blutende Omega Sorgen. Aber es blieb ihm keine Zeit für Fragen, denn plötzlich stand ein Patient vor ihm, ein Alpha – groß, ungeduldig und grob – und streckte seine verletzte Hand aus.

Janus reinigte die Wunde, dann nähte er den Finger des Alphas, obwohl er bisher lediglich in Büchern darüber gelesen hatte. Ihm wurde etwas unwohl, als er den Faden durch die Haut zog, aber er tat, was nötig war, und der große Mann biss die Zähne zusammen und gab keinen Piep von sich. Schließlich war der Schnitt geschlossen, und Dr. Crescent warf Janus einen anerkennenden Blick zu, bevor er den Patienten anbrüllte: „Trag ordentlich Honig auf, hörst du? Falls es sich entzündet, komm wieder her."

Dann schob der Alpha, dessen Namen Janus zu keinem Zeitpunkt mitbekommen hatte, ihm eine Handvoll Nüsse als Bezahlung zu. Janus nahm sie an und steckte sie in seine eigene Tasche, unsicher, was er damit tun sollte. Dabei hörte er bereits dem nächsten Mann in der Reihe zu: ein hagerer, junger Omega mit strohblondem Haar – der Junge konnte kaum älter als achtzehn sein – mit einem kranken Neugeborenen. Der Mann war den Tränen nahe, als er beschrieb, wie das Baby die ersten Anzeichen der Krankheit gezeigt hatte.

„Es war wie von einem Moment auf den anderen, ganz plötzlich. Mein Alpha sagte, ich soll ihn zum Doc bringen. Ich habe Angst." Seine Stimme bebte. „Er ist so heiß, und er will nicht an der Brust trinken, und …" Er brach in Tränen aus.

Dr. Crescent zerrte erneut ruckartig an dem gebrochenen Bein seines Patienten. Offenbar hatte er Schwierigkeiten, den Knochen zu richten. Sämtliche Anwesenden erschauderten, als der Teenager vor Schmerzen schrie. Dr. Crescent wartete ab, bis das Kreischen des Jungen abebbte, dann rief er über die Schulter zu Janus: „Holunderbeersirup und Weidentabletten. In dem Stand ganz am Ende. Wirst du die Flasche und die Dose erkennen?"

Janus nickte.

Dr. Crescent richtete seinen Blick auf den jungen Omega und sagte: „Charlie, du musst die Tablette für das Baby vorkauen, und dann spuckst du den Brei in seinen Mund. Pass auf, dass er sich nicht verschluckt. Bringt das Fieber runter. Sirup dreimal am Tag und zweimal nachts. Lass ihn im Sitzen schlafen, dann sammelt sich kein Schleim in den Lungen. Werden ein paar raue Nächte für dich und Dax, aber der kleine Ellis kommt hoffentlich durch, und das ist alles, was zählt."

Dann wandte Dr. Crescent sich erneut dem gebrochen Bein zu. Mit sicheren und geschickten Bewegungen richtete er den Knochen und schiente das Bein mit Holzstäben und Bandagen, während der Teenager – wahrscheinlich ein Beta, aber das ließ sich noch nicht sagen – wimmerte. Sein junges, aufgequollenes Gesicht war tränenüberströmt.

Der junge Omega, Charlie, starrte Janus mit großen, dunklen Augen an. Seine Wangen waren ein wenig hohl, als würde er nicht nicht genug zu essen bekommen und seine körpereigenen Reserven aufzehren, während er das Baby stillte. „Ist das wahr, Doc? Wird Ellis leben?"

Janus räusperte sich. Sein erster Impuls war es, zu erklären, dass er kein Doktor war und keinerlei Garantie geben konnte. Aber da sagte Dr. Crescent: „Sag ihm, dass die Chancen gut stehen, Dr. Heelies."

„Ich bin kein Do–"

„Du arbeitest mit mir? Dann bist du ein Doktor!"

Janus schluckte jeden weiteren Protest herunter und lächelte Charlie beruhigend an. Er streichelte die glatte, feuchte Wange des Babys, spürte das Fieber an seiner Hand und sagte: „Dr. Crescent ist zuversichtlich, dass dein Sohn die Krankheit überwinden wird, solange du dich an seine Anweisungen hältst. Und jetzt lass mich die Medizin für ihn holen, ja?"

Charlie bezahlte Janus tatsächlich mit Geld, und sobald der junge Mann sein immer noch quengelndes Baby weggebracht hatte, nickte Dr. Crescent zu einem Gefäß, das auf einem Tisch zwischen grausam aussehenden, aber glücklicherweise sauberen Operationsbesteck stand. Auf dem Boden des Glasgefäßes lagen einige Münzen. „Einfach da reinwerfen. Dann nimm dir den nächsten Patienten vor, Junge. Den blutenden Omega, bitte. Wir wollen keine Hämorrhagie riskieren. Und pass auf, während der Untersuchung nicht seinen Alpha zu beleidigen. Du weißt, wie die sein können."

Janus blinzelte und schluckte. „Ich allein?"

„Da ist ein Tisch mit einem Vorhang. Achte darauf, dass niemand außer dir den Körper des Omegas sehen kann. Und nun voran, Doktor. Das hier ist kein Spiel. Die Leute brauchen Hilfe."

Schlotternd vor Angst gestikulierte Janus den blutenden Omega und seinen riesigen Alpha hinter den Vorhang, und dann tat er sein Bestes, dem Patienten zu helfen, ohne irgendetwas zu tun, was den Alpha veranlassen könnte, ihn in Stücke zu reißen.

Nachdem er festgestellt hatte, dass die Fehlgeburt vollständig war und keine Rückstände geblieben waren, die innere Blutungen verursachen könnten, verabreichte er dem Omega eine Dosis eines modernen Gerinnungshemmers – es verblüffte ihn, dass Dr. Crescent diesen zur Verfügung hatte. Er überbrachte den beiden die schlechte Nachricht, die keinen von beiden überraschte, und verordnete Ruhe, bis es nicht mehr blutete. Der Alpha, der offenbar sehr in seinen Omega verliebt war, schien eifrig und gewillt zu sein, Folge zu leisten, also beschloss Janus, sich das zunutze zu machen. Da der Omega sehr geschwächt war schlug Janus vor, der Alpha möge ihn nach Hause tragen, falls keine andere Transportmöglichkeit verfügbar sein sollte. Und nachdem er Janus mit einer Handvoll Bohnen entlohnt hatte, tat der Mann genau das.

Janus wusste nicht, was er mit den Bohnen machen sollte und warf sie einfach zu den Münzen ins Glas. Er kramte auch die Nüsse aus seiner Hosentasche und gab sie dazu. Dann wandte er sich an den nächsten Patienten.

Bis zur Mittagszeit war Janus erschöpft und verwirrt. Er hatte noch nie so viele kranke und verletzte Leute gesehen, sich nie vorgestellt, dass so viele Menschen die Berge bevölkerten. „Ist es immer so?", fragte er, als Dr. Crescent ihn zu seinem Blockhaus führte, das weit genug von den Ställen entfernt war, um ein wenig Privatsphäre zu bieten, auch wenn immer noch eine erkleckliche Anzahl weniger kritischer Fälle darauf wartete, nach dem Essen von Dr. Crescent oder Janus behandelt zu werden.

„Nur im Frühling", sagte Crescent. „Die meisten Leute haben während des Winter in ihren Hütten ausgeharrt und darauf gewartet, dass der Schnee schmilzt, und Krankheiten oder Verletzungen auf ihre eigene, sture Art ertragen. Viele sind anfangs zu stolz, um herzukommen, aber irgendwann kommen sie dann doch herunter. Es hat aber auch etwas ausgemacht, dass ich die Nachricht von dem neuen Doktor verbreitet habe, der heute hier anfängt. Viele sind aus Neugier gekommen."

Im Inneren von Dr. Crescents Blockhaus war es sauber und aufgeräumt. Janus war überrascht, auch wenn er nicht genau wusste, warum, als sich ein kleiner, dunkelhaariger Omega von dem altmodische Herd umdrehte – er trug eine gut sitzende Hose, ein weißes Hemd, eine schwarze Schürze und eine offene, neugierige Miene.

„Fan, das ist der Junge aus der Stadt, von dem ich dir erzählt habe. Janus Heelies, das ist Fan. Fan Dunigo."

Sie waren *Erosgápe*, wie Janus zu erkennen glaubte angesichts der Blicke, die sie wechselten, und des Schauders, der Fan sichtlich überlief, als der Doktor ihn mit spürbarem Besitzerstolz vorstellte.

Fan trat rasch vor und streckte Janus seine ruhige, kleine Hand entgegen. „Ich bin sehr froh, dass du da bist, um meinem Crow zu helfen. Er braucht schon so lange ein zweites Paar Hände, aber es ist schwer, hier jemanden zu finden."

„Er hilft nicht *mir*, Pummelchen", sagte Dr. Crescent mit einer Zärtlichkeit, die er selbst bei seinen am meisten leidenden Patienten vermissen ließ. „Ich helfe *ihm*, weißt du noch?"

Fans Lächeln war beinahe ein Schmunzeln, aber er neigte unterwürfig den Kopf und sagte: „Oh ja – mein Fehler. Wir freuen uns, dir zu helfen, Janus. Nicht war, Crow?"

Dr. Crescent zuckte die Achseln. „Mir ist es recht, ob er hier ist oder nicht. Was gibt's zum Essen?"

Fan verdrehte die Augen und warf Janus ein komisches, kleines Grinsen zu. Aber dann ging er wieder an den Herd und hob den Deckel von dem schweren Kupfertopf, der darauf stand. Ein köstlich-fleischiger Duft wehte durch den Raum, und Dr. Crescent stöhnte. „Mein Lieblingsessen? Du bist entschlossen, mich dazu zu bringen, dass ich den Knaben mag, oder?"

Fan zuckte mit den Schultern – eine angedeutete Kopie der Geste, die Dr. Crescent gemacht hatte – und sagte: „Ich hatte noch etwas Hammelfleisch übrig und dachte mir, ein herzhaftes Mittagessen würde dich für den Rest des Nachmittags in gute Stimmung versetzen. Wir wollen schließlich keinen schlechten ersten Eindruck machen."

Janus blinzelte, als ihm bewusst wurde, dass er noch gar keine

Zeit gehabt hatte, seinen Eindruck von Dr. Crescent, den Ställen, den Patienten oder seiner Aufgabe hier zu verdauen. Er hatte sich einfach an die Arbeit gemacht und versucht, sich dem Andrang entgegenzustellen, als würde er Blut aus einer Wunde stillen.

Zwei Plätze am Esstisch waren mit stabilem, blau gefleckten Steingutgeschirr gedeckt. Fan setzte sich nicht zu ihnen; er behauptete, schon gegessen zu haben. Er küsste Dr. Crescents Schläfe, flüsterte ihm etwas ins Ohr und nickte Janus zu. „Wir werden noch genug Zeit haben, einander kennenzulernen, wie ich hoffe. Ich bin sicher, du hast viele Fragen an Crow. Ich lasse euch jetzt allein." Dann verschwand er in einem Hinterzimmer und schloss die Tür.

„Er liest jetzt in seinen Liebesromanen, und dann macht er ein Nickerchen", erklärte Dr. Crescent mit einem liebevollen Stirnrunzeln. „Er genießt ein recht angenehmes Dasein." Dann grinste er. „Aber ich bin derjenige, der das Vergnügen hat, ihn so leben zu lassen."

Janus nickte höflich. *Érosgápe* führten oft ein nicht nachzuvollziehendes Leben miteinander. Biologisch festgelegte Gefährten, die auf den ersten Blick eine Verbindung zueinander hatten, welche die meisten anderen nicht einmal ansatzweise begreifen konnten, und die sich bedingungslos, rückhaltlos und auf irrationale Weise liebten. Oftmals empfanden sie Stolz über genau die Aspekte ihrer Gefährten, über die andere sich beklagen würden. Allerdings ... wenn das Schlimmste, was Fan tat, das Lesen von Liebesromanen und mittägliche Nickerchen waren, dann konnte Janus nicht viel Grund zur Klage erkennen. Er selbst hatte seine Zeit über die Jahre mit erheblich weniger ehrenwerten und viel schädlicheren Dingen verbracht. Außerdem kochte der Mann einen Wahnsinns-Hammeleintopf. Aber vielleicht war Janus nach dem anstrengenden Vormittag auch einfach nur ausgehungert.

„Ich schätze, er hat recht, und du hast einige Fragen", sagte Dr.

Crescent und hob seine dicken, grau-melierten Brauen. „Hast wahrscheinlich vorher noch nie so einen Andrang erlebt, oder?"

„Nein, das kann ich wirklich nicht sagen. Ich habe einige Zeit zur Beobachtung in Praxen verbracht – das war letztes Jahr Teil meines Lehrplans. Aber während der Monate, wo ich praktisch assistieren sollte, war ich krank. Ich dachte, das hätte ich in unserer Korrespondenz deutlich zu verstehen gegeben."

„Das hast du." Dr. Crescent zuckte die Achseln. „Ich dachte, mit einem Städter wie dir konnte es auf zwei mögliche Arten enden: Entweder sind deine Eier so dick, wie es den Anschein hat, nachdem du dich bei mir beworben hast, ohne die Anforderungen dafür zu erfüllen – in diesem Fall wirst du hier klarkommen – oder du bist ein Egoist und Idiot, und in diesem Fall wird dich ein Andrang wie der heutige schnurstracks zurück nach Hause in die Stadt befördern." Er musterte Janus eindringlich.

Janus nahm einen Löffel Eintopf und sagte nichts.

„Aber du verschwindest nicht wieder, oder, Junge? Dir hat die Hektik und das Chaos gefallen."

Janus überlegte kurz, dann zuckte er mit den Schultern. „Ich kam mir nützlich vor."

Dr. Crescent studierte ihn für einen langen Moment, dann nickte er. „Du brauchst die Arbeit so sehr, wie die Leute Hilfe brauchen. Das genügt mir. Ich hoffe, wenn deine Heilung erst abgeschlossen ist" – er tippte sich an die Schläfe und dann an die Brust, wo sein Herz war, und Janus fühlte sich durchschaut – „nimmst du nicht einfach, was du hier gelernt hast, und machst dich aus dem Staub. Ich werde irgendwann jemanden brauchen, der hier die meiste Arbeit übernimmt. Ich habe Fan ein oder zwei romantische Jahrzehnte des Ruhestands versprochen. Und Wolfgott, ich werde nicht jünger."

„Heilung? Ich war krank, das ist wahr", sagte Janus und interpretierte Dr. Crescents Bemerkung absichtlich falsch. „Aber ich hoffe, die Bergluft wird meine Lunge kräftigen."

„Ich meinte nicht *diese* Art Heilung, und das weißt du verdammt genau." Aber Dr. Crescents Tonfall hatte keinen wirklichen Biss. Es war einfach nur der milde Tadel eines alten Mannes. „Nachdem das nun also geklärt wäre, reden wir über deine Bezahlung: sehr wenig. Und deine Arbeitszeiten: lang. Deine Fähigkeiten: Da fehlt noch einiges. Aber keine Bange, *Doktor* Heelies. Das kriegen wir schon hin."

Janus widersprach dem Titel nicht, obwohl es ihm wie ein Stachel unter der Haut saß, wie wenig er es verdiente, so genannt zu werden. Caleb würde das sicher nicht gutheißen. Er überlegte zu fragen, was er an Bezahlung erwarten durfte, aber dann dachte er an das Münzenglas, das mehr Bohnen, fleckige Äpfel und Nüsse enthielt als Geld. Vielleicht war es besser, es nicht zu wissen.

„Sonst noch Fragen?", sagte Dr. Crescent.

„Wo behandeln wir die Patienten, wenn es regnet oder schneit?"

„Ich habe dicke Planen, mit denen ich die Seiten des Stalls abhänge. Das hält die Kälte genug ab, um arbeiten zu können."

„Oh."

Dr. Crescent neigte den Kopf zur Seite. „Falls du die Mittel hast, uns hier eine hübsche Klinik zu bauen, Junge, nur zu."

„Nein, ich …" Janus räusperte sich. „Ihre Lösung erscheint mir recht praktisch."

„Sonst noch was?"

Janus erwog, den Doktor nach Kerry zu fragen. Wäre es zu neugierig, Informationen über den schwangeren Omega in der Pension zu erfragen? Er wollte etwas über Kerrys Alpha erfahren und darüber, was für eine Situation da vorlag. War der Alpha vermisst, verstorben, oder was?

Aber er hatte das Gefühl, dass von den beiden Männern Fan eher derjenige war, mit dem er ein solches Gespräch führen konnte. Dr. Crescent machte nicht den Eindruck, in der Tratsch-Abteilung von großem Nutzen zu sein. Also schüttelte Janus den Kopf, und Dr. Crescent wirkte zufrieden darüber, mit dem geschäftlichen Teil der Unterhaltung fertig zu sein.

Nachdem Janus aufgegessen hatte, wusch er seinen Teller in der Spüle aus, und wartete drauf, dass Dr. Crescent im Badezimmer fertig wurde. Als der Doktor wieder herauskam, wischte er seine Hände an einem frischen Handtuch ab und nickte zur Vordertür. „Weiter geht's, Dr. Heelies. Wenn wir die Horde draußen abgearbeitet haben, sind wir für heute fertig. Aber morgen starten wir in aller Frühe unsere Runde und besuchen die Leute, die nicht selbst herkommen können."

Janus folgte ihm zur Tür hinaus und staunte, als er sah, dass mindestens sechs weitere Leute gekommen waren, um den Arzt zu sehen. Als sie den Stall fast erreicht hatten, nickte Dr. Crescent zu einer kleinen, felsigen Weide, wo drei Pferde standen und grasten. „Wie kommst du auf einem Pferderücken zurecht?"

Bevor Janus antworten konnte, forderten bereits die Patienten Aufmerksamkeit, und ein Omega verwickelte ihn in eine Diskussion über den Durchfall seines Alphas – der offenbar so heftig war, dass der Mann nicht selbst hatte kommen können. Janus durchsuchte den Medizinschrank nach weiteren Tabletten. Dieses Mal war es eine homöopathische Dosis von Cuprum Arsenicosum. Er wurde ausnahmsweise in Münzen entlohnt, und dann kam schon der nächste Patient.

Am Ende des Tages hatte Janus den Inhalt seiner Tasche mit ein paar der gebräuchlichsten medizinischen Kräuter und Tabletten aufgestockt, die er als neuer Doktor am Ort immer zur Hand haben sollte. „Du weißt nie, wann plötzlich ein Patient vor deiner Tür auftaucht", sagte Dr. Crescent mit strenger Miene. „Am besten bist du auf alles vorbereitet." Und Janus zuckte nicht einmal mehr mit der Wimper, wenn die Leute ihn mit „Doktor" ansprachen. Dennoch war er immer noch entschlossen, sich diesen Titel so bald wie möglich tatsächlich zu verdienen.

KAPITEL 5

KERRY BEOBACHTETE VON seinem Fenster aus, wie Janus sich auf den Weg zu seinem zweiten Arbeitstag unter Dr. Crescents Anleitung machte. Janus' kräftige Schultern sanken unter dem Gewicht der Tasche, die er sich über den Rücken geschlungen hatte, und doch marschierte er entschlossen, anscheinend nicht abgeschreckt von dem, was immer er an Schrecken und Elend am Vortag gesehen hatte.

Und Kerry wusste, dass er Dinge gesehen haben musste, die über seine städtischen Erwartungen hinausgegangen waren. So viel hatten der abwesende, überwältigte Ausdruck in seinen Augen, als er gestern nach Hause gekommen war, und die gedämpfte Unterhaltung am Esstisch Kerry verraten.

Und genau wie am ersten Abend, als Janus trotz Kerrys Warnung vor den Wildkatzen allein in die Dunkelheit und zum See hinunter gegangen war, konnte Kerry nicht umhin, ein wenig beeindruckt zu sein, als er Janus nun gehen sah. Nicht jeder Mann war tapfer genug, sich einer zweiten Runde in der Hölle zu stellen. Nicht, wenn er die Wahl hatte.

Kerry rieb sich den Bauch und die gespannte Haut unter seinem Hemd. Scheinbar über Nacht hatte sich zwischen seinem Nabel und seinem Schambein eine Rundung gebildet. Von jetzt an würde das Baby nur schneller und schneller wachsen.

Es war nun einen Monat her seit seinem Besuch im Gefängnis.

Falls er diese Folter beenden wollte, dann musste es heute passieren. Zwar bot Dr. Crescent seine Dienste in dieser Hinsicht nicht offen an, aber es ging das Gerücht, dass er sie dennoch leistete. Oder vielmehr sein Omega Fan leistete sie, ohne Dr. Crescents Aufsicht oder Erlaubnis, in einem geheimen Hinterzimmer ihres Hauses. Aber Fan beendete eine Schwangerschaft ausschließlich im Frühstadium und nur, wenn es keine medizinische Gegenindikation gab.

Kerry hatte keine Ahnung, worum es sich dabei handeln konnte, und er hoffte, seine Missbildung zählte nicht als solche. Wenn überhaupt, dann sollte sie doch wohl eher dafür sprechen, die Angelegenheit zu beenden, bevor sie sich weiter entwickelte. Kerry erhob sich vorsichtig von der Fensterbank, setzte Kiwi zurück in seinen Käfig, und zog sich ein paar alte Sachen an. Falls er stark bluten sollte, wollte er nicht seine beste Hose ruinieren. Dann band er sein Haar hoch, ohne in den Spiegel zu sehen.

In der Küche spülte Pater gerade das Geschirr vom Morgen. Er drehte sich um, als Kerry hereinkam, und sein fröhliches, rotwangiges Lächeln erstarb, als er Kerrys Kluft betrachtete. „Heute?", fragte er.

Kerry nickte.

„Bist du sicher?"

Kerry schüttelte den Kopf, dann zuckte er die Achseln. Sein Pater kam zu ihm, die Hände immer noch nass und Entsetzen im Gesicht. „Pater, bitte nicht. Was soll ich denn sonst tun?"

„Du könntest das Baby bekommen, Kerry. Zusammen schaffen wir das schon."

Erneut schüttelte Kerry den Kopf und wischte sich mit der Hand die Schweißperlen von der Oberlippe. Sein Magen drehte sich um. „Meine Brust …"

„Es ist nicht ideal, aber du bist stark. Ich denke, du würdest es überleben."

Paters Hoffnung war rührend, aber keine Garantie. Außerdem … „Wenn ich ihn bekomme, dann werden sie ihn haben wollen."

Pater streichelte Kerrys Wange. „Und wenn du ihn nicht bekommst, werden sie dich zwingen, es erneut zu versuchen. Das hier könnte dein Ausweg sein. Falls der Kleine geboren wird und das Potential zeigt, ein Alpha zu sein–"

„Das haben wir doch alles schon durchgekaut. Hör auf."

Pater schaute ihn streng an. „Das haben wir nicht. Wir haben noch kein einziges Mal über das Kleine in deinem Bauch gesprochen."

„Tja, ich habe es zur Genüge durchgekaut. In meinem Kopf. Immer und immer wieder. Was glaubst wohl, woran ich in den letzten Tagen und Wochen gedacht habe?"

„Daran, den Kleinen zu lieben?"

Kerry schnaubte, dann verschränkte er die Arme über der Brust und blinzelte zur Decke hinauf. Seine Augen brannten. „Pater, ich kann ihn nicht lieben. Ich habe das einfach nicht in mir. Und glaub mir, ich habe danach gesucht."

„Aber das Kind ist unschuldig."

„Ich weiß." Kerry schüttelte Paters Berührung ab. Er warf einen Blick auf das Frühstück auf dem Tisch, dann wandte er sich ab. „Besser, wenn ich vorher nichts esse. Ich weiß nicht, wie die Prozedur vonstatten geht." Er machte Anstalten zu gehen.

Pater packte seinen Arm. „Lass mich mit dir kommen."

„Nein. Das ist etwas, das ich allein tun muss."

„Warum?"

„Weil ich nicht ertrage, dass du es siehst, oder mich. Ich werde es nicht schaffen, wenn du mich dabei so ansiehst."

Kerry küsste seinen Pater auf die Schläfe, dann wandte er sich ab und weigerte sich, noch mehr zu hören oder seinem Pater auch nur eine Sekunde länger in die traurigen Augen zu sehen. Er nahm seine schwarze Strickjacke vom Haken an der Tür und zog sie über, dann machte er sich auf den gleichen Weg den Berg hinauf, den

Janus genommen hatte. Er hoffte nur, er würde mit der Sache klarkommen und irgendwie ertragen, was immer ihm bevorstand, ohne dass sein Pater sich um irgendeinen Aspekt davon kümmern musste, oder dieser Alpha, Janus, etwas davon erfuhr.

Fehlgeburten kamen häufig genug vor. Und wenn Janus glaubte, dass Kerry das Kind ohne eigenes Zutun verloren hatte, würde er ihn zumindest weiterhin respektieren. Allerhöchstens würde er Kerry vielleicht bemitleiden, und das wäre nicht so schlimm. Ein mitfühlender Alpha war oft ein zuvorkommender Alpha, und auch wenn Kerry keine Freundschaft oder gar mehr mit dem Mann wollte – er hätte auch nichts dagegen, von ihm aufmerksam und beflissen behandelt zu werden.

Der Pfad zu Dr. Crescents Haus ging steil bergauf, und als Kerry schließlich auf die Lichtung trat, war er ziemlich aus der Puste. Er blieb stehen, stemmte die Hände auf die Knie, um zu Atem zu kommen und sah zu den Ställen. Es waren keine Patienten zu sehen. Zwei der Pferde waren fort, und auch vom Doktor oder Janus keine Spur. Offenbar machten sie Hausbesuche.

Einen Moment lang empfand Kerry Enttäuschung, gefolgt von Erleichterung. Ihm war nicht bewusst gewesen, dass er sich zum Teil darauf gefreut hatte, Janus bei der Arbeit zu beobachten und zu sehen, wie fähig er war. Oder nicht war. Aber es spielte keine Rolle. So war es besser, und er war froh, dass der Mann nicht da war und seine Nase in Kerry Angelegenheiten stecken konnte.

Aber Fan war da, wie immer.

Noch nie hatte Kerry ihn außerhalb der Lichtung um die Ställe und das Haus gesehen, und oft hatte er sich gefragt, ob Dr. Crescent dahinter steckte oder nicht. Sein Pater jedoch behauptete, es hätte nichts mit Dr. Crescent zu tun, und dass Fan einfach ein seltsamer Mann war und eine krankhafte, irrationalen Furcht davor empfand, sein Zuhause zu verlassen – eine Art Phobie. Kerry klopfte an die Tür und dachte, dass er sich beinahe vorstellen konnte, wie es sein musste, Angst davor zu haben, sein Zuhause zu verlassen. Einst hatte er es furchtbar eilig gehabt, aus Huds Basin wegzukommen, aber draußen in der weiten Welt hatte nichts Gutes auf ihn gewartet. Jetzt wollte er Huds Basin nie wieder verlassen, falls er es vermeiden konnte.

Die Tür schwang auf, und da stand Fan in all seiner attraktiven Herrlichkeit. Der schmächtige Omega war gut einen Kopf kleiner als Kerry und wie immer hübsch gekleidet in adrett geschneiderten Sachen. Sein fast schwarzes Haar fiel ihm in die Stirn, und er wirkte jünger, als er war, mit seinen runden Wangen und den funkelnden, schwarzen Augen. Fan warf einen langen Blick auf Kerry, dann riss er die Tür weiter auf und bedeutete Kerry mit einer schwungvollen Geste einzutreten.

Kerry zögerte nicht und betrat den gemütlichen Raum – teils Wohnzimmer, teils Küche – wie schon oft über die Jahre, wenn er zusammen mit Pater zu Besuch gekommen war. Aber noch nie war er aus so ernstem Grund hier gewesen wie heute. Fan führte ihn zu einem bequemen Sessel am Kamin, dann servierte er Tee und köstliche, kleine Kekse, denen Kerry nicht widerstehen konnte, obwohl er nicht sicher war, ob er etwas zu sich nehmen sollte. Fan nahm ihm gegenüber Platz und aß ebenfalls mehrere Kekse.

„Dann willst du es also loswerden?", fragte Fan sanft, nachdem sie die üblichen Höflichkeitsfloskeln ausgetauscht hatten. Das Kaminfeuer knackte und knisterte, die Flammen blau, orange und rot. Die Hitze war beinahe erdrückend, aber Kerry bat nicht darum, sich auf einen kühleren Platz zu setzen.

„Woher weißt du es?"

„Es ist für gewöhnlich der einzige Grund, aus dem junge, ungebundene Omegas zu mir kommen, wenn Crow nicht zuhause ist. Sie hören die Gerüchte. Über die Dinge, bei denen ich bereit bin zu helfen, und er nicht." Er nahm einen winzigen Schluck Tee, dann lächelte er Kerry an.

„Ich bin nicht ungebunden."

Fan runzelte die Stirn. „Nein, das bist du wohl nicht."

„Und da wir gerade von Gerüchten reden – ich bin sicher, du hast auch die über mich gehört. Über meinen Alpha?"

Fan nickte. Seine Wimpern flatterten über seinen hohen Wangenknochen. Er mied Kerrys Blick.

Kerry schluckte schwer und spürte, wie sein Gesicht vor Scham heiß wurde. Jeder hier wusste Bescheid, und doch war es so ... demütigend.

Fan räusperte sich leise, stellte seine Teetasse ab und wandte sich wieder zu Kerry um, bevor er fragte: „In der wievielten Woche bist du jetzt?"

„In der vierten."

Fan schnalzte mit der Zunge, zog die Brauen zusammen und kratzte sich ungehalten hinter dem Ohr. „Du kommst ein wenig spät damit, oder, Kleines?"

Kerry nickte und versuchte, nicht über die Ironie zu lachen, von einem so kleinen Mann „Kleines" genannt zu werden. „Ich wusste lange nicht, ob ich es tun wollte oder nicht." Er kaute an seiner Unterlippe und pickte verlegen die Kekskrümel von seinem Teller.

„Und jetzt weißt du es?"

Kerry schüttelte den Kopf. „Es fühlt sich immer noch falsch an. Und es geht gegen alles, woran ich glaube und was man mich gelehrt hat. Hier in den Bergen ist das Leben so zerbrechlich. Wir betrachten alles Leben als heilig. Von den Bäumen zu den Fischen und den Vögeln am Himmel."

„Ja. Und das heiligste von allen ist ein neugeborenes, menschliches Baby."

Kerry ließ den Kopf hängen.

„Du bist nicht der Einzige, der unsicher ist. Die meisten Männer, die zu mir kommen, sind auf die eine oder andere Weise unsicher. Aber die Umstände erlauben nicht immer Sicherheit, wenn es um etwas geht, bei dem der Zeitpunkt so entscheidende Bedeutung hat. Ich würde sagen, du hast noch höchstens drei Tage, bevor das Baby sich so weit entwickelt hat, dass nur ein weitaus intensiverer Eingriff als der, den ich bieten kann, dir helfen könnte." Fan ergriff Kerrys Arm und drückte ihn tröstend. „Und um ganz offen zu sein, es ist durchaus möglich, dass es schon zu spät ist."

„Ich kann dieses Kind nicht lieben", gestand Kerry. „Und deshalb muss ich es loswerden. Verstehst du?"

„Andere könnten es lieben", sagte Fan. „Ich zum Beispiel. Ich bin kinderlos und würde ihn nehmen."

Kerry verbiss sich die Frage, die ihm bei dieser Bemerkung auf der Zunge lag. Schon lange kursierten die verschiedensten Gerüchte über Fans Kinderlosigkeit. Einige behaupteten, er würde seine eigenen Methoden an sich selbst anwenden, um die Bürde und das Risiko einer Geburt zu vermeiden. Andere wiederum sagten, Fans Unfruchtbarkeit wäre Wolfgottes Strafe dafür, dass er anderen Omegas half, ihre Schwangerschaften abzubrechen.

„Die Familie meines Alphas würde das niemals erlauben. Sie würden ihn für sich selbst haben wollen."

Fan nickte. „Und ... wissen sie es?"

„Noch nicht. Aber spätesten, wenn meine nächste Hitze fällig wäre, würden sie es herausfinden." Kerry erschauerte.

„Ich verstehe." Fan nippte erneut an seinem Tee. „Ich biete jedes Mal dasselbe an", murmelte er. „Das Baby aufzunehmen und als mein eigenes aufzuziehen. Bis jetzt hat noch niemand dieses Angebot je angenommen." Er seufzte schwer. „Jeder Mann hat seine Gründe. Manche sind besser als andere. Aber es ist nicht an mir zu urteilen, verstehst du? Das bleibt allein Wolfgott überlassen." Er stellte den Tee beiseite. „Weiß dein Pater, dass du hier bist?"

„Ja."

Es herrschte einige Momente Schweigen, während das Kaminfeuer knisterte und flackerte. „Hast du noch Fragen? Oder sollen wir beginnen?"

Kerry schloss die Augen und schickte ein stummes Gebet um Vergebung zum Himmel; dann stellte auch er seine Teetasse hin. „Ich bin so weit, wenn du es bist."

„Folge mir."

Kerry wappnete sich innerlich und stand auf.

Für die eigentliche Prozedur führte Fan ihn in ein ruhiges Hinterzimmer mit hübschen Blumentapeten und einer schmalen Liege, die an einer Wand stand. Er gab Kerry eine Art Morgenmantel aus weichem, weißen Stoff und sagte freundlich: „Ich werde eine Weile hier drin sein und alles zusammensuchen, was ich brauche." Er deutete auf eine Tür, die in eine große Abstellkammer zu führen schien, wo eine nackte Glühbirne von der Decke baumelte. „Du kannst dich inzwischen ausziehen und in den Morgenmantel schlüpfen, mit der Öffnung nach hinten, und deinen Frieden mit der Sache machen. Ich bin gleich wieder da."

Dann ging Fan in die Kammer und schloss die Tür hinter sich, sodass Kerry Privatsphäre hatte.

Er sah sich noch einmal im Raum um und betrachtete die geschmackvollen, gerahmten Zeichnungen von Blumen, Fröschen und – seltsamerweise – Seemuscheln. Dann ließ er den Blick über den sauberen Fußboden schweifen, den Schreibtisch und das Bettzeug. Es war für das, was sie tun würden, wohl angemessen, nahm Kerry an. Hübscher, als er verdiente, aber es war Fans Zuhause. Natürlich war es hübsch.

Kerry legte seine Kleidung ab und faltete alles ordentlich auf dem Stuhl neben dem Schreibtisch zusammen. Dann zog er den Morgenmantel an, so wie Fan ihn angewiesen hatte.

Das Herz klopfte ihm bis zum Halse, und die Kekse und der Tee drohten wieder hochzukommen. Er schloss die Augen, kniete sich hin und stützte die Ellenbogen aufs Bett. Die Hände hob er in

Gebetshaltung an seine Stirn. „Bitte vergib mir. Es ist so am besten. Ich habe das nie gewollt, Wolfgott. Ich wollte immer nur gesegnete Söhne für dich gebären. Aber … nicht so. Bitte versteh das."

Ein klackendes Geräusch ertönte hinter der geschlossenen Tür, wie Stein auf Stein, und Kerry zuckte nervös zusammen. Er stand auf, setzte sich auf die Liege und wartete. Das Fenster war geöffnet, und der frische Duft von Pinien und Erde wehte herein. Kerry schloss die Augen und bemühte sich, nicht zu weinen, aber sein Kinn bebte, und seine Beine zitterten.

„Klopf, klopf", sagte Fan sanft. „Bist du so weit?"

„Ja." Kerrys Antwort klang so heiser, dass er sie wiederholen musste, um sicher zu sein, dass Fan ihn hörte.

Als Fan eintrat, trug er eine kleine Schale in einer Hand und eine Dose in der anderen. Er stellte beides auf den Nachttisch, dann setzte er sich neben Kerry. Mit ruhiger Miene wandte er sich an ihn. „Diese Paste ist eine Zusammensetzung aus Poleiminze, der Wurzel von Falschem Einkorn und roten Brombeerblättern. Ich werde sie auf deinen Patermund auftragen. Die Paste wird dafür sorgen, dass er sich nach und nach öffnet. Die hier" – er deutete auf die Dose mit den Pillen – „sind aus Sepia und Wacholder. Kräftige, natürliche Abortiva. Sie werden Kontraktionen auslösen, die stark genug sind, um das Kind durch den geöffneten Patermund auszutreiben. Dieser Teil der Prozedur wird sehr schmerzhaft sein. Und er kann lange dauern, einige Stunden mindestens. In diesem Stadium wirst du Blut sehen, und wenn alles so verläuft, wie es soll, auch Gewebeteile – vielleicht sogar die komplette Gestalt des Kindes, aber sehr klein."

Kerry schluckte heftig; seine Kehle schmerzte. „Ich verstehe."

„Du kannst es hier machen und bleiben, bis es vorbei ist, oder du kannst warten und die Pillen mit nach Hause nehmen, wo dein Pater sich um dich kümmern kann. Selbst wenn er noch nicht wüsste, was passiert – aber du sagtest ja, er wüsste Bescheid – alles wird aussehen wie eine gewöhnliche Fehlgeburt. Selbst Crow oder irgendein anderer Arzt könnte nichts anderes feststellen, außer du sagst es ihm. Es liegt ganz allein bei dir."

Kerry starrte die Pillendose an. Er sah sich im Zimmer um und stellte sich vor, wie er hier schwitzend und stöhnend liegen würde, stellte sich den von Erleichterung begleiteten Schmerz vor, das Kind zu verlieren, das er unter Zwang mit Wilbet gemacht hatte, und die Trauer, die danach kommen würde. Und das alles, während Fan seine Hand hielt und ihm mit feuchten Tüchern die Stirn kühlte. Er schloss die Augen.

„Kann ich mich noch entscheiden, nachdem du die Paste aufgetragen hast?"

Fan lächelte sanft und stellte die Pillendose zur Seite. „Natürlich. Du kannst darüber nachdenken. Er stand auf und klopfte auf die Liege. „Es ist intim und ein wenig peinlich, aber du hast eine Hitze mit dem gewalttätigen Alpha ertragen, an den du gebunden bist – im Vergleich zu dieser Demütigung wird das hier wohl nicht der Rede wert sein."

Kerrys Wangen begannen zu glühen, und er starrte auf den Boden. Fan war meistens ein rücksichtsvoller Mann, aber manchmal konnte er brutal direkt sein. Kerry räusperte sich, um den Kloß in seiner Kehle loszuwerden, dann positionierte er sich, wie Fan ihn anwies – auf dem Boden kniend, mit dem Bauch auf der Matratze, den Hintern durch die Öffnung des Gewands herausgestreckt.

Fan nahm die Paste und ergriff mit einer Hand fest Kerrys Hüfte. „Es wird am einfachsten, wenn du die Lordosis-Haltung einnimmst, so als wärest du in Hitze."

Kerry schob sein Hinterteil noch weiter heraus und bog den Rücken durch.

„So ist es besser. Du bist so offener. Ich werde jetzt die Paste auf meine Finger nehmen und in dich hineindrücken. Ich muss mit der ganzen Hand hinein, damit ich die Öffnung deines Gebärpaters erreiche. Dazu werde ich zunächst deine Omegadrüsen etwas massieren, damit sie Schlick erzeugen. Hast du alles verstanden?"

Kerry nickte.

„Also gut. Rechne mit dem üblichen Ziehen und Dehnen für diesen Teil. Wenn ich meine Hand einführe, wird es sich ähnlich wie ein Knoten anfühlen."

Kerry hielt den Atem an, als Fan sich hinter ihm auf den Boden kniete, und verzog das Gesicht, als ein schlüpfriger Finger gegen seinen Anus drückte. Dann glitt der Finger hinein und massierte hart die Omegadrüsen, die am Eingang der Passage lagen. Kerry stöhnte. Das Gefühl war objektiv betrachtet angenehm, aber die Situation war es nicht. Und so verschaffte es ihm keinerlei Freude, während sein Körper große Mengen Schlick produzierte. Fan zog seinen Finger unter zufriedenem Murmeln heraus, dann stellte er die Schale mit der Paste – aus der nun eine großzügige Portion verschwunden war – neben Kerry auf die Matratze. „Jetzt tief einatmen."

Kerry starrte die Blumentapete an. Die Blütenblätter verschwammen abwechselnd vor seinen Augen und wurden wieder scharf. Blaue und grüne Punkte tauchten vor seinen Augen auf und verwischten seine Sicht. Er nahm einen Atemzug.

„Und nun wieder ausatmen", sagte Fan ermunternd. „Und wieder ein."

Kerry holte ein zweites Mal zitternd Luft und hielt den Atem an, bis Fan flüsterte: „Ausatmen."

Kerry blies die Luft aus, und zur selben Zeit sanken Fans schlanke vier Finger mitsamt dem Daumen in Kerrys Eingang, dann noch eine gute Portion seiner Knöchel, aber dort blieb seine Hand stecken. Kerry verspannte sich und zuckte vor Unbehagen. Der Boden unter seinen Knien tat weh, und das Bettzeug unter seinem Bauch fühlte sich plötzlich rau und kratzig an. Ihm wurde am ganzen Körper heiß. Er erinnerte sich an Wilbets Hände auf seinen

Hüften, die brutal zupackten, während er Kerry beknotete.

„Schh", machte Fan und streichelte mit der freien Hand Kerrys Seite. „Lass uns ein paarmal tief ein- und ausatmen."

Kerry gab sein Bestes, aber sein Atem stockte, und plötzlich war der Duft von Pinien und Erde verschwunden. Alles, was er riechen konnte, war der Gefängnisgestank von Pisse und Angst.

Fan redete weiter beruhigend auf ihn ein. „Schließ die Augen und stell dir vor, am See zu stehen. Kannst du ihn sehen? Wie sich der Wald darin spiegelt?"

Kerry wimmerte.

Fan fuhr fort: „ Der Himmel darüber ist wolkenlos blau. Die Sonne ist warm. Das Wasser ist ruhig und einladend. Es ist Sommer." Seine Stimme war wie ein Wiegenlied. Beruhigend und sanft. „Du treibst im Wasser. Der See unter dir und der Himmel über dir tragen dich. Atme einfach ein und aus. Ein und aus."

Kerry überließ sich den Bildern seines geliebten Sees, die Fans ruhige Stimme ihm vermittelte. Langsam beruhigte sich sein Atem, und die Erinnerung an Wilbet verblasste. Seine Muskeln entspannten sich, darin eingeschlossen sein Anus, und Fan konnte tiefer eindringen.

Fans Hand war klein für die eines Mannes, aber sobald sie erst in Kerrys Passage steckte, fühlte sie sich tatsächlich ein wenig wie ein kleiner, pulsierender Knoten an. Kerry atmete weiter und weigerte sich, an Wilbets deutlich größeren Knoten zu denken. Er wusste, sonst würde er sich wieder verspannen, also dachte er konzentriert weiter an das glitzernde Wasser des Sees. Fan streckte seine Finger in ihm — es kitzelte unerwartet, und Kerry gab einen kleinen Laut von sich, beinahe ein Lachen. Fan wertete das als Zeichen, weitermachen zu können, und schob seine Hand tiefer hinein, bis seine mit der Paste bedeckten Finger den Eingang zu Kerrys Gebärpater berührten.

Kerry erstarrte. Das Gefühl war gut — als würde ein Alpha-

Schwanz während einer Hitze gegen den Patermund drücken – aber auch beängstigend.

„So", sagte Fan, nachdem er die Paste kreisförmig auf dem fest verschlossenen Eingang verrieben hatte. „Normalerweise würde sich dieser Teil von dir nur während einer Hitze öffnen, um die Eichel deines Alphas aufzunehmen. Und natürlich während der Geburt. Aber diese Paste überlistet deinen Patermund und bringt ihn dazu, sich zu öffnen. Du wirst in Kürze leichte Krämpfe verspüren. Viele beschreiben das Gefühl als ein Brennen." Fan zog behutsam seine Hand heraus, was ein feuchtes, schmatzendes Geräusch erzeugte, dann war es vorbei.

Es folgte das vertraute Beben des Anus, und Kerry schauderte durch den Prozess. Immer noch bemühte er sich angestrengt, nicht an Wilbet zu denken und daran, wie dessen Schwanz Kerry auf diese Weise offen und gedehnt zurückgelassen hatte. Nach einer kurzen Weile kehrte Kerrys Anus zu seiner normalen Form zurück. Er fühlte sich immer noch ein wenig wund an, nachdem er zu schnell und ohne jegliche sexuelle Befriedigung gedehnt worden war.

Kerry verspürte den Drang zu schluchzen, unterdrückte ihn jedoch. Er schlug die Hände vors Gesicht und betete.

„Ich bin gleich wieder da, Kleines. Ich muss mich waschen."

Kerry nickte. Sein Hinterteil und seine Beine zitterten. Und sein Kinn bebte ebenfalls. Während im Badezimmer das Wasser lief, nutzte er die Zeit, um sich zu fassen. Dann hörte er erneut Wasser laufen, von weiter weg, vielleicht in der Küche.

Als Fan zurückkehrte, war Kerry immer noch auf seinen Knien, das Gesicht in die Matratze gedrückt, und er fühlte sich seltsam und verwundbar. Sein Anus tat weh. Das Herz war schwer unter der Last seiner Entscheidung. Und sein Gebärpater brannte von dem, was Fan dort hineingedrückt hatte. Auf Fans Geheiß erhob sich Kerry und nahm auf dem Bett Platz, aber er zitterte zu sehr, um das

Glas Wasser zu halten, das Fan ihm gebracht hatte.

Schließlich, nach ein paar Schlucken mit der Hilfe von Fan, konnte Kerry sich so weit beruhigen, um das Glas selbst zu halten.

„Fühlst du, wie dein Patermund sich öffnet?", fragte Fan.

Kerry nickte.

„Es ist unangenehm, ich weiß, aber du kannst das aushalten." Er legte einen Arm um Kerrys Schultern und drückte ihn. Dann ließ er ihn los und griff nach der Pillendose. „Nun zu diesen Pillen … du musst sie recht bald nehmen, bevor sich der Patermund wieder schließt. Du kannst sie jetzt nehmen, hier bei mir, und ich kann dich durch die Sache hindurch begleiten."

„Aber was, wenn Dr. Crescent nach Hause kommt? Und der neue Doktor?" Kerry dachte an Janus und daran, dass der Alpha ihn sehen würde, schwitzend, bei einer Fehlgeburt … die bloße Vorstellung machte ihn krank.

Fan, der Kerrys Sorge missverstand, winkt ab. „Selbst wenn Crow früher nach Hause kommt als erwartet, wird er einfach annehmen, dass ich dir durch eine typische Fehlgeburt helfe. Nichts Neues. Oder falls du lieber daheim und in Privatsphäre sein willst – wie ich vorhin schon sagte – dann kannst du die Pillen jetzt mitnehmen und dich bei der Fehlgeburt von deinem Pater betreuen lassen."

„Und wenn irgendwelche Komplikationen auftreten?"

Fan runzelte die Stirn. „Dann muss dein Pater natürlich sofort nach Crow schicken. Und versuche nicht, die Wahrheit vor Crow zu verbergen, falls nötig. Crow tut so, als würde er nichts hören, was mit mir zu tun hat. Aber du wirst hoffentlich einen glatten Abgang haben. Na ja, so glatt wie etwas so Schmerzhaftes eben sein kann." Fan gab Kerry die Dose.

Kerry sah sich in dem gemütlichen Zimmer um. So freundlich Fan auch war, und so komfortabel sein Zuhause zu sein schien, Kerry wollte nur weg. Er wollte niemanden dabei haben, wenn er tat, was er tun musste. Er wollte draußen unter dem freien Himmel sein, mit den Piniennadeln unter seinen Händen und Knien. Er wollte frei zu Wolfgott hinaufschreien, im Tempel seiner Schöpfung, wenn er endlich diesem Alptraum ein Ende setzte, den Wilbet so grausam und selbstsüchtig über ihn gebracht hatte.

„Ich werde die Pillen zuhause nehmen." Es verstörte Kerry, wie leicht es ihm plötzlich fiel zu lügen. Noch etwas, das Wilbet ihn gelehrt hatte.

Fan schien zu spüren, dass etwas nicht stimmte. Er neigte den Kopf zur Seite und musterte Kerry eindringlich. „Bei deinem Pater? Zuhause?", hakte er nach.

Kerry antwortete mit einem bemühten Lächeln.

Fan fuhr fort: „Es dauert etwa fünfzehn Minuten, bis die Pillen wirken."

Kerry nickte.

Fan schien immer noch zu zögern. „Also gut. Ich werde Crow bitten, morgen Nachmittag nach dir zu sehen."

„Bitte nicht. Es wird schon gutgehen."

Fan runzelte die Stirn. „Mein Bauchgefühl sagt mir, dass es besser ist, wenn er nach dir sieht, Kleines."

„Der neue Doc wohnt bei uns", erinnerte Kerry Fan. „Janus wird da sein, falls es heute Abend ein Problem geben sollte."

Fans Miene hellte sich ein wenig auf. „Das stimmt wohl. Crow vertraut diesem Heelies-Mann. Was bedeutet, dass ich ihm auch traue."

Und damit schien die Besprechung erledigt zu sein. Fan verließ das Zimmer, damit Kerry sich in Ruhe wieder anziehen konnte.

Seine Sachen wieder anzulegen, fühlte sich seltsam an – so als hätte Kerry ein Verbrechen begangen und würde den Beweis unter seiner Hose und seinem Hemd verbergen. Und in gewisser Weise war es tatsächlich so. Eine Schwangerschaft zu beenden, galt als Verbrechen. Jeder wusste das.

Allerdings hatte er die Pillen noch nicht genommen. Er konnte immer noch seine Meinung ändern.

Als Fan ihn schließlich zur Tür geleitete, schüttelte Kerry seine eigenen, selbstbezogenen Gedanken ab, um Fan eine Frage zu stellen. „Woher wusstest du, wie der See aussieht? Ich dachte, du würdest diesen Flecken Land hier nie verlassen?"

Fan hielt die Tür auf, betrachtete wehmütig die Lichtung und lächelte. „Das war nicht immer so. Früher habe ich mich überall frei bewegt."

„Was ist passiert?"

Fan gab Kerry die Strickjacke, die er bei seiner Ankunft abgelegt hatte. „Nachdem ich unseren fünften Sohn verloren hatte, machte ich Wolfgott ein Versprechen: Dass ich nie die Lichtung verlassen würde, bis ich Pater geworden war." Einen Moment lang lag Schmerz in seinem Gesicht, aber er verbarg ihn hastig. „Er hat mich jedoch nie gesegnet, und so bin ich an meinen Schwur gebunden. Und nun mach dich auf den Weg, Kleines, und möge Wolfgott mit dir sein. Ich muss das Essen machen, bevor mein Alpha und sein Partner von ihrer Arbeit oben in den Bergen zurückkehren. Sie werden dann hungrig sein."

Kerry verweilte nicht länger. Das Brennen und die Krämpfe waren nun heftiger. Fan schloss die Tür hinter ihm mit einer Endgültigkeit, die über die Lichtung zu hallen schien. Kerry sah hinab zu der kleinen Dose in seinen Händen.

Er war nun mit seiner Entscheidung allein.

KERRY HATTE NOCH nie in seinem Leben etwas so Schmerzhaftes erduldet. Nicht einmal die Stunden, die er der Gnade von Wilbets brutalen Händen ausgeliefert gewesen war, ließen sich mit dieser Qual vergleichen. Kerry glaubte, sterben zu müssen.

Wie war es möglich, dass solche Schmerzen von den Krämpfen seines eigenen Körpers verursacht wurden? Es fühlte sich fremd an, wie äußere Einwirkung, als würde eine Hand in seinem Unterleib wühlen. Kerry war auf Händen und Knien, schreiend und keuchend.

Nackt und allein ertrug er die Qual, deren Grund sein Verstand nicht mehr erfassen konnte – das Einzige, was er noch wusste, war, dass er zwischen den unerträglichen Schmerzattacken irgendwie um Atem ringen musste.

Er hatte eine Lichtung tief im Wald gewählt, nah beim See, aber weit genug von allen Häusern und Wegen, dass er sich sicher genug fühlte, sich auszuziehen und zu warten. Der See würde ihn reinwaschen, wenn die Schmerzen nachließen. Und sollte das Schlimmste eintreten – falls es Komplikationen geben würde, dann sollte Wolfgottes Erde seinen Körper bekommen. Es wäre nur rechtens.

Aber Kerry hatte nicht mit dieser Art von Schmerz gerechnet. Trotz Fans Warnung war er auf dieses Elend nicht vorbereitet; es war jenseits jeder Beschreibung.

Der Wald wiegte Kerry in seiner Handfläche, während er Qualen litt. Die weichen, braunen Piniennadeln unter seinen Händen und nackten Knien hielten ihn. Die wankenden, hoch in den Himmel ragenden Bäume wiegten ihn. Er packte mit beiden Händen in die Nadeln, während Blut an seinen Schenkeln hinablief und von seinen schwingenden Hoden tropfte. Ein neuer Krampf übermannte ihn, und er schrie.

Die Zeit ging dahin. Kerry sank auf dem Waldboden zusammen, stöhnte und schluchzte. Seine Nerven, sein Herz, alles war entflammt. Die Erde war für ihn da, vielleicht auch Wolfgott, und doch hatte er sich noch nie so unendlich allein gefühlt.

KAPITEL 6

DAS KÜHLE WASSER des Sees war genau das, was Janus nach einem langen Tag auf dem Pferderücken und den Hausbesuchen zusammen mit Dr. Crescent in den Bergen brauchte. Er ließ sich nackt hineingleiten; ihm taten sämtliche Knochen weh. Mit einem erleichterten Stöhnen schwamm er ein paar Züge hinaus, tauchte kurz unter, um sein Haar nasszumachen, und ließ sich schließlich auf dem Rücken treiben.

Es war wiederum ein ereignisreicher Tag mit Dr. Crescent gewesen. Sie hatten ein Haus nach dem anderen besucht – oder eine Bruchbude nach der anderen, je nachdem, wie man die heruntergekommenen Behausungen bezeichnen wollte, in denen die meisten Bergfamilien lebten. Sie hatten die Leiden des Alters gelindert, hatten Vorsorgeuntersuchungen bei schwangeren Omegas durchgeführt, Routine-Checks bei gesunden Kindern, und dazu alle möglichen Krankheiten behandelt und Verletzungen versorgt. Die Unterschiede zwischen den Familien hatten Janus verblüfft – alte, junge, einige mit vielen Kindern, andere mit nur einem oder zwei. Er hatte Betas, Alphas und Omegas getroffen, und jede nur mögliche Kombination von ihnen als Erwachsene, die zusammen lebten. Und Janus hatte mehr unterernährt wirkende Kinder gesehen, als er zählen konnte.

Sie waren in einem schockierenden Haushalt gewesen, wo zwei Omegas vertraglich an ein und denselben Alpha gebunden waren. Janus war nicht sicher, ob das überhaupt legal war. Vielmehr war er sogar ziemlich sicher, dass es das nicht war. Und schlimmer noch, beide Omegas hatten dem Alpha mehrere Kinder geboren. Erstaunlich! Und doch lebten sie alle zusammen in zwei zusammenhängenden Bauten, offenbar ohne irgendwelche Dispute zwischen ihnen. Die beiden Omegas schienen gute Freunde zu sein, obwohl einer von ihnen des Alphas *Érosgápe* war, und der andere … nicht. Das war absolut absurd, so weit es Janus betraf. Welcher *Érosgápe* erlaubte seinem Alpha, einen anderen Omega zu beknoten und sich mit ihm fortzupflanzen, sofern er selbst nicht unfruchtbar oder krank war? Janus hatte noch nie zuvor von so etwas gehört.

Hinterher hatte er Dr. Crescent danach gefragt, und der Doktor hatte ihm gesagt, die Familie gehörte zu einer kleinen, aber wachsenden religiösen Sekte, die glaubte, es sei Wolfgottes Wille, dass jeder Alpha sich so oft fortpflanzte, wie irgend möglich. Auch wenn das bedeutete, mehr als einen Omega zu nehmen. Offenbar lebte weiter oben in den Bergen eine andere Familie, deren Alpha Verträge mit vier Omegas geschlossen und sich mit drei von ihnen fortgepflanzt hatte. Skandalös.

Die Mitglieder der Familie, die Janus kennengelernt hatte, trugen allesamt den Nachnamen Whitehoul – was ebenfalls sehr ungewöhnlich war, da die Omegas in der Stadt es vorzogen, ihre Nachnamen zu behalten – inklusive der sieben Welpen, die die zwei Omegas zur Welt gebracht hatten. Und der dunklere von beiden, welcher nicht der *Érosgápe* des Alphas war, war bereits schwanger mit Nummer acht.

Manders – das zweitjüngste Kind und ein dunkles, kleines Ding mit beinahe schwarzen Augen – war der Grund für ihre Visite gewesen. Er hatte Anfang des Jahres bei einem Unfall mit einer Karre, die sich selbstständig gemacht hatte, seinen Fuß verloren. Die Familie hatte Bauholz transportiert, um ihr baufälliges Zuhause auszubessern, als plötzlich die Achse gebrochen und die Karre über Manders' Fuß gefahren war. Eine schwierige Situation, aber sie alle schienen entschlossen zu sein, als Familie damit fertig zu werden.

Nach der Begrüßung der Eltern waren sie zu Manders gebracht worden, der im Haus vor dem Kamin saß und Äpfel für einen Kuchen schälte. Dr. Crescent hatte die Heilung des Stumpfes begutachtet und ihn schorffrei und weder entzündet noch geschwollen vorgefunden. Dann hatte er sich an Janus gewandt. „Dr. Heelies, was würden sie als Nächstes empfehlen?"

Janus hatte die Herausforderung angenommen. Er hatte vorgeschlagen, in der Stadt eine speziell angepasste Prothese für den Unterschenkel des Jungen zu bestellen, komplett mit einem hölzernen Fuß in der richtigen Größe. Der Alpha und seine beiden Omegas hatten mit großen Augen Blicke gewechselt, bis Janus klar wurde, dass diese Familie sich so etwas Kostspieliges keinesfalls leisten konnte – besonders nicht für einen Jungen, der noch im Wachstum war, sodass die Prothese nach spätestens einem Jahr ausgetauscht werden müsste. Janus hatte rasch den Mund gehalten.

„Das ist ein mächtig feiner Vorschlag, Dr. Heelies." Dr. Crescent hatte sich großmütig mit ihm gezeigt. „Etwas, dass man vielleicht für die Zukunft anvisieren könnte, wenn Manders ausgewachsen ist. Aber fürs Erste ist wohl eine stabile Krücke in seiner derzeitigen Größe mit einem Polster unter dem Arm die weniger kostspielige Option."

Janus hatte sofort zugestimmt, aber die heiße Scham über seine eigene Ignoranz hatte ihm den Schweiß auf die Stirn getrieben.

Dessen klebrige Überreste spülte der See nun fort. Er tauchte in das kalte Wasser und schwamm einige Züge, den Kopf unter der Oberfläche und mit geschlossenen Augen, und schüttelte die Frustration und Hilflosigkeit ab. Er mochte dem kleinen Manders jetzt nicht helfen können, nicht mit den begrenzten Mitteln, aber Caleb war ein einfallsreicher und weichherziger Mann. Vielleicht würde er sich überzeugen lassen, in der Stadt eine Wohltätigkeits-Auktion seiner Kunstwerke zu veranstalten, deren Erlös der Gesundheitsversorgung der Bergbewohner zugute käme. Insbesondere solchen wie dem Jungen, den er heute gesehen hatte.

Heftig nach Luft schnappend durchbrach Janus die Wasseroberfläche und schüttelte das Wasser aus seinen Ohren und Augen. Er fühlte sich gestärkt, aber auch erschöpft. Er begann, Wasser zu treten. Die sinkende Sonne glitzerte auf dem See. Da die Tage nun länger wurden, je näher der Sommer rückte, würde Janus auch länger draußen oder am See bleiben können und weniger Kerzen verbrauchen. Nicht, dass er bisher überhaupt schon eine gebraucht hätte. Nach seinem ersten Tag mit Dr. Crescent war er viel zu erledigt gewesen, um noch zu lernen.

Ein Schrei durchschnitt die Luft, menschlich und gequält.

Janus suchte das Land zu seiner Rechten ab, drehte sich im Wasser und versuchte festzustellen, woher der Laut gekommen war. Das Echo des Schreis hing über dem Wasser, hallte von den Klippen an der Ostseite des Sees wider und durch die Hügel und Täler, sodass die Quelle nicht auszumachen war. Dann verklang er, und Janus wartete aufgeregt und so lange, dass er schließlich zu dem Schluss kam, sich das Ganze nur eingebildet zu haben. Oder vielleicht war es der Schrei einer Wildkatze gewesen?

Und dann ertönte er erneut.

Dieses Mal war Janus sicher, dass er vom Land zu seiner Rechten stammte. Er trat noch einen Moment lang Wasser, lauschte mit klopfendem Herzen und wartete auf die Bestätigung, dass er die Richtung korrekt ausgemacht hatte. Als ein dritter Schrei über das Wasser hallte, nickte Janus scharf und begann zu schwimmen.

Die Strecke zwischen seinem Standort und dem Waldgebiet, aus dem die haarsträubenden Schreie drangen, war keine leicht zu überbrückende Entfernung, aber er schwamm entschlossen durch das Seewasser voran. Die Schreie endeten und fingen eine ganze Weile nicht wieder an. Janus pausierte im Wasser, um zu lauschen. Als die Stille anhielt, blickte er zurück auf die Strecke, die er zurückgelegt hatte, und das lange Ufer entlang des Waldes unter dem Monkhaus. Er konnte zurückgehen und Zeke wegen der Schreie fragen. Und dann könnten sie zusammen auf dem Landweg nachsehen, was das Problem war. Aber gerade, als er sich für diesen Weg entscheiden wollte, erhob sich ein weiterer schrecklicher, menschlicher Schrei.

Jemand brauchte Hilfe. Er hatte nicht die Zeit, Zeke zu holen. Also schwamm er weiter.

Seine anfangs so starken Züge wurden schwächer, je weiter er sich dem steinigen Ufer an der Westseite des Sees näherte. Er begann schon, um sich selbst zu fürchten, als seine Kräfte ihn vollends zu verlassen drohten, da berührten seine Füße den Boden. Er warf sich nach vorn und schleppte sich auf Händen und Knien aus dem Wasser. Während er versuchte, zu Atem zu kommen, lauschte er wieder auf die Schreie. So kauerte er einem Moment lang da, während Wasser ihm von Nase und Kinn tropfte. Seine Augen suchten den Waldrand ab. Gerade, als er aufstehen und im Wald nachsehen wollte, kroch ein Mann aus den Bäumen auf den Strand. Nackt.

Janus erhob sich im kniehohen Wasser und starrte mit offenem Mund, erfüllt von Erstaunen und Furcht. Der Geruch, der zu ihm herüber wehte, war ihm sofort vertraut. Der Mann, der da über den Erdboden kroch, war Kerry. Janus erkannte den Duft von Beeren und Moschus, der ihm unter die Haut gegangen war, als er auf der Veranda seinen ersten, kurzen Blick auf den Mann erheischt hatte. Janus war wie erstarrt und versuchte zu begreifen, was er da sah.

Kerry – splitternackt, verdreckt und von der Taille abwärts blutbesudelt – schleppte sich zum Wasser. Sein langes, strubbeliges Haar war voller Piniennadeln, Baumrinde und Laub. Er litt Qualen und war außer sich.

Janus geriet in Bewegung; er sprang los und rannte durch das flache Wasser. Tropfen spritzten wild durch die Luft und verwandelten sich in der Abendsonne in Regenbögen. Als Janus schließlich das Wasser hinter sich ließ, war Kerry zusammengebrochen und lag auf dem Bauch und mit dem Gesicht nach unten auf den Steinen. Er wand sich vor Schmerzen und stöhnte tief und rau. Es klang wie ein Fuß, der in Kies knirscht.

Janus fiel neben ihm auf die Knie. Wasser schwappte gegen ihre Haut. Kerry begann zu würgen und wurde von Schluchzen geschüttelt.

„Kerry? Ich bin es, Janus. Was ist mit dir passiert? Hat dich jemand verletzt?"

Kerry stöhnte tief und heiser. Er schüttelte den Kopf, sagte aber nichts.

Janus scannte Kerrys Körper, sah die blutigen Beine und Genitalien. Der Magen drehte sich ihm um. Vergewaltigung? Oder wahrscheinlicher, eine Fehlgeburt. Er flüsterte: „Kerry? Ich bin hier. Ich werde dir helfen."

Kerry wimmerte und schauderte. In seiner linken Hand umklammerte er eine kleine Pillendose. Janus neigte den Kopf und erkannte die Aufschrift an der Seite. Sein Herz zog sich zusammen. Diese Pillen wurden angewendet, wenn eine Schwangerschaft bereits schiefging und dienten dazu zu helfen, wenn das Baby nicht recht herauswollte – als letztes Mittel, um das Leben des Omegas zu retten. War mit Kerrys Schwangerschaft irgendetwas falsch gelaufen?

„Kerry, hast du das Baby verloren? Kerry … kannst du mit mir reden?"

Kerry zitterte und stöhnte. „Ich weiß nicht. Hat es funktioniert? Ist es weg?", krächzte er. Seine Augen waren glasig, der Blick verloren. Dann krampfte sein Körper sich erneut vor Qual zusammen.

Janus presste die Lippen zusammen. Es überlief ihn eiskalt. Falls er richtig verstanden hatte, dann hatte Kerry mit Hilfe dieser Pillen heute ein Kapitalverbrechen begangen. Janus schloss die Augen und versuchte, seine Gedanken zu ordnen. Als er sie wieder öffnete, stand sein Entschluss, und er handelte, bevor er seine Meinung wieder ändern konnte.

Behutsam nahm er Kerry die Pillendose aus der Hand, dann warf er sie in den See. Richtig oder falsch, er würde Kerry nicht einen solchen Beweis festhalten lassen. Und jetzt, da die Pillen auf dem Grund des Sees lagen, konnte er einfach vergessen, dass er sie je gesehen hatte. Rasch verschaffte er sich einen Überblick über Kerrys Zustand: kein Fieber – Wolfgott sei Dank – heftige Gebärpater-Krämpfe, nach dem steinharten Ball aus Muskeln unter Kerrys Nabel zu urteilen, und Blutungen.

Janus beugte sich vor und atmete ein: Beeren und Moschus. Die seltsame Mischung war weder richtig noch falsch, sondern bedeutete einfach, das Kerry immer noch schwanger war. Kein Hinweis auf Tod oder Fäule. Bis jetzt klammerte sich das Baby noch ans Leben. Was immer Kerry vorgehabt hatte, und wie sehr er auch gelitten hatte, Janus glaubte nicht, dass der gewünschte Erfolg sich eingestellt hatte

„Du solltest nicht hier sein", krächzte Kerry. Seine Lippen waren trocken und aufgesprungen, und einer seiner Mundwinkel blutete. „Ich mache das …" Er stöhnte und wand sich, als wollte er seinem Körper entkommen. „Allein."

„Tust du nicht. Jetzt nicht mehr." Janus rollte Kerry auf die Seite und hob Kerrys Kopf auf seinen Schoß, um es ihm etwas bequemer zu machen. Als Kerrys schmutziges, langes Haar seinen Penis streifte, wurde Janus erstmals bewusst, dass sie beide *nackt* waren. Er fuhr beruhigend mit den Fingern durch Kerrys Locken und entfernte das Gröbste der kleinen Zweige und Blätter. Er hoffte, Kerry so weit zu beruhigen, dass er ihn untersuchen konnte.

„Kerry?"

Die plötzliche Reglosigkeit von Kerrys Körper war das einzige Zeichen, dass er Janus gehört hatte.

Janus fragte: „Hast du irgendwelches Gewebe gesehen? Oder nur Blut?"

„Nur Blut. Aber es tut so weh. Die Krämpfe sind so stark."

„Sie sind sehr schmerzhaft, ja?"

„Ja." Kerrys Stimme brach, und er wand sich an Janus' Bein, aber er strengte sich an und versuchte, mit Janus zu reden. „Das kann er unmöglich aushalten. *Ich* kann es kaum aushalten", stieß Kerry hervor. Dann schrie er auf, als ein neuer Krampf begann.

Sie waren noch nicht außer Gefahr.

„Ich muss mir das ansehen." Janus wünschte, er hätte heißes Wasser zur Verfügung, um seine Hände ordentlich zu waschen, aber das hatte er hier nicht, und auf keinen Fall konnte er jetzt weggehen und Kerry sich selbst überlassen, um Hilfe zu holen. Auch war es vollkommen unmöglich, Kerry in diesem Zustand durch das Wasser oder durch die Hügel zur Pension zu schleppen. Janus musste einfach das Beste hoffen.

„Schon gut. Es ist alles in Ordnung mit mir", sagte Kerry, dann wurde er kreidebleich und begann zu zittern. „Es ist alles gu–" Er schrie erneut, sein Körper bäumte sich auf, und seine Beine verdrehten sich. Blut spritzte aus seinem Anus, und Janus konnte nicht länger warten.

„Ich muss dich jetzt untersuchen. Verstehst du mich? Du könntest innerlich verbluten. Ich muss mir das ansehen, damit ich entscheiden kann, was zu tun ist."

Kerry nickte schluchzend, während ein neuer Blutschwall aus seinem Körper lief.

Janus legte Kerry auf die Seite, beugte sich über ihn und drückte zwei Finger hinein, um die Omegadrüsen für zusätzlichen Schlick zu melken, aber das Blut reichte schon aus, um seine Hand fast mühelos in Kerry einzuführen. Kerry erstarrte und schrie auf, dann wurde er unglaublich, beinahe erschreckend still.

„Es ist alles gut", sagte Janus so sanft und beruhigend, wie er konnte. Er versuchte, sich Erinnerungen an die liebevolle Stimme seines süßen Caleb während seiner schlimmsten Krankheitsphase ins Gedächtnis zu rufen. „Ich bin bei dir. Es ist nur für einen kurzen Moment unangenehm. Bitte keine plötzlichen Bewegungen jetzt, auch wenn es wehtut. Ich muss nur nachsehen–"

Kerry schauderte und schrie erneut, und der Muskelkrampf um Janus' Handgelenk war atemberaubend. Er wusste, dass es auch Kerry große Schmerzen bereiten musste. Es überraschte ihn nicht, dass Kerry in panisches Schluchzen ausbrach, sobald der Krampf nachließ.

„Schh", machte Janus und schob seine Hand so tief hinein, wie es ging, ohne Kerry zusätzliche Schmerzen zu verursachen. Die Öffnung von Kerrys Gebärpater war weich, kein Zweifel, und glitschig. Jemand hatte Reifepaste angewendet ... aber wer? Wer würde das tun und Kerry dann allein so leiden lassen? Janus kannte Zeke kaum mehr als einen Tag, aber er wusste bereits, dass Kerrys Pater so etwas niemals tun würde.

Zumindest schien sich nichts im Patermund verfangen zu haben, und offenbar war auch nichts punktiert. Er musste das Beste hoffen. Sobald die Wirkung der Pillen nachließ, würden die Krämpfe aufhören. Und hoffentlich auch die Blutung.

Vorsichtig entfernte Janus seine Hand und war froh über die Nähe des Wassers. Er wusch sich im See, dann kehrte er zurück und zog erneut Kerrys Kopf in seinen Schoß. Kerry weinte immer noch, aber die Abstände zwischen den Krämpfen schienen größer geworden zu sein. Janus streichelte beruhigend Kerrys Haar, seinen Nacken und die Schultern. Kerry protestierte nicht, aber er entspannte sich auch nicht wirklich.

„Der Gebärpater ist noch immer verschlossen", sagte Janus schließlich leise. „Das Blut kommt von den starken Kontraktionen, die die innere Schicht der Gebärpaterwand ablösen und vielleicht auch ein wenig einreißen. Aber ich konnte keine Punktierung fühlen, die sicher zu …" Er beendete den Satz nicht. „Das Kind könnte trotzdem Schaden genommen haben, sodass du trotz allem eine Fehlgeburt haben könntest, aber im Augenblick behältst du ihn bei dir."

Kerry kauerte sich zusammen. Er drehte sein Gesicht in Janus' Bauch; sein schwerer Atem wehte über Janus' Genitalien und Unterleib. Dann begann Kerry zu weinen – nasse, heftige Schluchzer, die seine Schultern beben ließen – aber es klang anders als das Weinen von zuvor wegen der Schmerzen. Jetzt waren es Tränen der Trauer, verlorener Hoffnung und abgrundtiefen Kummers.

Janus wusste nicht, was er sagen sollte, und so fuhr er einfach mit dem Streicheln fort. Ein wortloser Trost. Die Sonne sank tiefer am Himmel. Janus wusste, dass Kerry keinesfalls nach Hause schwimmen konnte, und er selbst war nicht mehr der kräftige Mann von einst. Jemanden von Kerrys Gestalt und Größe über diese weite Distanz zu tragen, war undenkbar. Er konnte nichts anderes tun, als hier zu sitzen und zu warten, bis es vorbei war.

Nachdem die Krämpfe endlich ganz aufgehört hatten, war Kerry in der Lage, sich im Wasser des Sees zu waschen. Seine dunklen Augen blickten weiterhin gehetzt und leer. Er sah hierhin und dorthin, mied Janus' Blick und ignorierte dessen tröstende und beruhigenden Worte.

„Wir müssen einander helfen" sagte Janus schließlich und stützte Kerry, als der unsicher auf die Füße kam. „Weißt du den Weg?"

Kerry blinzelte – der verlorene Blick eines Mannes, der drauf und dran war, Janus zu sagen, er möge ihn einfach zurücklassen. Janus wollte gerade gegen diese Haltung protestieren, als Kerry eine zitternde Hand hob und auf einen Pfad zeigte, der in den Wald führte. „Dort geht es immer am See entlang, bis nach Hause."

Janus nickte und legte sich Kerrys schlaffen Arm über die Schultern. „Dann komm. Du brauchst ein heißes Bad, Tee und ein Bett. Dann muss ich deinen Gebärpater und deinen Kanal noch einmal untersuchen, um sicherzugehen, dass für die Ausscheidung alles so funktioniert, wie es soll, was noch ein paar Tage lang problematisch sein kann. Aber wir werden dafür sorgen, dass du wieder in Ordnung kommst."

„Ich werde nie wieder in Ordnung kommen", flüsterte Kerry. Seine Beine zitterten, und er hatte Mühe, aufrecht stehenzubleiben.

Aber zusammen machten sie einen Schritt vorwärts und auf den Pfad, den Kerry gezeigt hatte, dann noch einen und noch einen. Als sich das Laubdach über ihnen schloss, hörte Janus den klagenden Ruf eines Vogels, der den endgültigen Sonnenuntergang verkündete.

IM LICHT DER Abenddämmerung stolperte sie heimwärts. Ein Mann erschöpft und gebrochen, der andere immer noch von Krankheit gezeichnet, von einem langen Tag und einer langen Schwimmstrecke. Als sie die letzte Anhöhe erreichten, die zur Pension führte, kam Zeke ihnen mit einer Taschenlampe und besorgter Miene entgegen.

„Wolfgott, was ist passiert?", rief Zeke aus, als er sie zusammen den Weg herauf taumeln sah, nackt, verschmutzt und beide jenseits von erschöpft.

„Pater ...", murmelte Kerry und fiel aus Janus' Halt in Zekes Arme. Der alte Mann konnte Kerry jedoch kaum aufrecht halten, und die Taschenlampe fiel auf den Boden. Der Wald um sie herum tschilpte, knisterte und stöhnte vor Leben ... Insekten, Vögel, Frösche und Bäume.

„Mein lieber Junge", flüsterte Zeke und drückte Kerry fest an sich. „Oh, was hast du getan? Was hast du *getan*?"

Kerry begann erneut zu weinen, und Janus stand hilflos daneben und ließ die Arme hängen. Seine Nacktheit schien plötzlich

Bedeutung zu erlangen, trotz seiner vorherigen Selbstvergessenheit.

Zeke fing seinen Blick auf, musterte ihn eindringlich und erachtete ihn irgendwie als vertrauenswürdig. Er hielt Kerry fester und seufzte. „Lieber Junge, lass uns—"

Ein Fauchen und Grollen ließ sie alle erstarren. Wildkatzen? Janus wusste es nicht, aber Zeke war auf der Stelle angespannt. Was immer es war, es konnte also nicht gut sein.

„Lass uns zum Haus hinaufgehen, jetzt sofort", murmelte Zeke, zog Kerry an seine Seite und schlang einen Arm um seine Taille. „Die Katzen riechen Blut, denke ich."

Janus hob erschöpft die Taschenlampe auf und folgte. Dabei sah er sich immer wieder nervös um und erwartete halb, gelb glühende Katzenaugen zu sehen, die ihn anstarrten. Aber nichts bewegte sich, und keine Wildkatzen oder glühende Augen tauchten in der Dunkelheit auf. Trotzdem, während sie langsam die Steigung zum Hof hinaufgingen, auf die hintere Veranda und schließlich in die warme Küche, konnte Janus das furchtsame Kribbeln im Nacken nicht abschütteln.

Sie gingen durch die Küche am Esstisch vorbei direkt zur Treppe. Kerry die Stufen hinaufzubringen, war ein anstrengendes Gemeinschaftsprojekt, und sie alle atmeten erleichtert auf, als sie ihn endlich durch den Flur in sein Zimmer manövriert hatten und ihn sanft auf seinem Bett ablegen konnten. Kiwi tschilpte aufgeregt in seinem goldenen Käfig, und das Zimmer brauchte mehr Licht, als die Abenddämmerung vor dem Fenster hergab. Zeke zündete mehrere Kerzen an, dann ließ er sich neben seinen Sohn auf die Bettkante sinken. Jetzt wünschte Janus, er hätte batteriebetriebene Lampen bestellt.

„Was ist passiert?", fragte Zeke eindringlich und strich Kerry das lange Haar aus der Stirn. „Wie konnte Fan zulassen, dass du in diesen Zustand gerätst?"

Fan? Dr. Crescents Omega? Interessant.

Janus wusste, dass alle Omegas ihre Geheimnisse und zwielichtige Methoden hegten, was Schwangerschaft und Geburt betraf, und die meisten würden, wenn man nur hartnäckig genug nachhakte, zumindest zugeben, dass sie bereit wären, jenen zu helfen, die, aus welchen Gründen auch immer, die Mühsal und Gefahren von Schwangerschaft und Geburt nicht durchmachen wollten. Falls ein solcher Omega Zugang zu Abtreibungsmitteln hatte, so wie Fan … nun, wer konnte schon wissen, was sie damit anfangen würden? Janus fragte sich, ob Dr. Crescent von Fans Machenschaften wusste.

Janus hatte von Caleb über die Jahre jede Menge über die Fortpflanzungsrechte von Omegas, beziehungsweise ihren ungerechten Mangel daran, zu hören bekommen, besonders damals, als sie wahre Freunde gewesen waren, in den frühen Tagen ihrer Jugend. Janus stimmte den meisten Aussagen von Caleb zu. Dennoch, als Alpha hatte er den Gedanken an einen Schwangerschaftsabbruch aus irgendeinem anderen Grund, als um das Leben des Omegas zu retten, immer abscheulich und unverzeihlich gefunden. Die Nachkommen eines Alphas waren eine geheiligte Sache, ein Geschenk von Wolfgott, ein Segen, den man nicht als selbstverständlich betrachten sollte – jedenfalls, wenn man religiös war. Sie brauchten jedes neue Leben, ganz besonders jetzt nach den Grippe-Epidemien der letzten Jahre.

Und doch konnte Janus nicht anders, als Angst um Kerry zu haben. Er empfand ihm gegenüber Mitgefühl, und sein Herz war ganz weich. Obwohl er die Entscheidung des Mannes nicht verstand und seine Beweggründe nicht kannte, verurteilte er Kerry und dessen Tat nicht so sehr, wie er eigentlich sollte.

Sicher gab es eine Erklärung, die Sinn ergab. Und selbst, wenn nicht …

Kerry war menschlich. Menschen machten Fehler.

Und in diesem Moment roch er so verwundbar und verängstigt. Und traurig. Sein Duft und die verführerischen Omega-Pheromone waren stark nach der Tortur, die er hinter sich hatte, und Janus verspürte den Drang, ihn zu beschützen – ganz besonders, weil er auch nach Schmerz und Verzweiflung roch. Janus' innerer Alpha hätte sich am liebsten über ihn geworfen, um ihn in Sicherheit zu wissen.

„Fan hat nichts ‚zugelassen'", sagte Kerry. Seine Stimme, die sonst so rauchig und tief klang, war jetzt nur noch ein heiseres Flüstern. „Ich habe ihn angelogen. Ich habe ihm gesagt, ich würde die Pillen zuhause nehmen, unter deiner Aufsicht und Pflege. Gib nicht ihm die Schuld."

Zeke lehnte sich zurück. Seine Wangen röteten sich, als hätte man ihn geohrfeigt. Er starrte seinen Sohn an. „Du hast mir nicht vertraut, dass ich mich um dich kümmern würde? Ich weiß, ich war mit deiner Entscheidung nicht einverstanden und habe dir das heute Morgen noch gesagt, aber ich würde niemals–"

„Pater, nein", krächzte Kerry, und seine Augen füllten sich erneut mit Tränen. „Nein. Natürlich würdest du dich um mich kümmern. Ich wollte ... nein, ich *musste* es allein tun. Ich wusste nur nicht, dass es so ..." Er verstummte; sein Blick ging wieder ins Unendliche. Dann drehte er sich auf die Seite. Sein Rücken war schmutzig, genau wie seiner Hinterbacken, seine Hüften und Schenkel. Das braune, getrocknete Blut auf seiner Haut und in den Haaren an seinen Beinen sah grausam aus.

„Sind die Krämpfe vorüber?", fragte Janus.

Kerry nickte.

„Ich weiß, du bist müde, aber es wäre gut, dich zu baden, und auch, diese Laken zu wechseln, da sie nun schmutzig geworden sind. Und dann, wenn du sauber bist, untersuche ich dich noch einmal."

Kerry rührte sich nicht, aber er nickte noch einmal, langsam, als wäre er nicht ganz anwesend.

Zeke wandte sich mit großen Augen an Janus und betrachtete

ihn von oben bis unten. „Du brauchst selbst ein Bad, Priesterchen. Ich kümmere mich schon um meinen Kerry. Du gehst und wäschst dich und, na ja …" Er wurde ein wenig rot. „Ziehst dir etwas an."

Janus blickte an seiner nackten Gestalt herunter. Er hatte schon wieder völlig vergessen, dass er nackt war, was so gar nicht zu ihm passte. Aber seine ganze Aufmerksamkeit war bei Kerry gewesen, der so verletzlich roch. Und hier stand er nun, splitterfasernackt wie am Tag seiner Geburt und mit baumelndem Schwanz, als hätte er nicht das geringste Schamgefühl. „Ich war schwimmen im See, und …" Er verstummte und rang unsicher nach Worten, um zu erklären, wie er Kerry gefunden hatte, und warum sie beide nackt waren.

Aber Zeke wirkte nicht entrüstet, nur eifrig bedacht, die Situation in Ordnung zu bringen und das Richtige für seinen Sohn zu tun. „Bitte, Janus, mach nur. Ich wasche derweil Kerry und beziehe das Bett frisch. Und dann kannst du ihn noch einmal untersuchen, ja? Nachsehen, ob in seinem Inneren alles intakt ist?"

Janus nickte. Er machte sich nicht die Mühe zu sagen, dass in Kerrys Innerem alles bestens war, überwiegend jedenfalls. Nur ein paar winzige Risse; nichts allzu Besorgniserregendes. Es war das Kind, das möglicherweise Schaden genommen hatte. Was bedeutete, dass sie vielleicht in ein paar Tagen alles noch einmal durchmachen müssten, und dann mit einem anderen Ergebnis.

Als Janus sich zum Gehen wandte, setzte Zeke sich zu seinem Sohn aufs Bett und fragte: „Ich habe eine Menge Blut gesehen – ist das Kind also weg, mein Junge?"

Kerry schüttelte auf dem Kissen den Kopf. Sein Körper zuckte, aber er unterdrückte das Schluchzen, das tief aus seiner Kehle emporsteigen wollte. Janus staunte über Kerrys Willenskraft, mit der er alles zurückhielt. Es musste an seinem Pater liegen, für den er zweifellos Stärke zeigen wollte. Draußen am See mit Janus hatte Kerry ungehindert geweint.

„Ich kann das Kind immer noch riechen", flüsterte Janus.

Zeke ließ die Schultern hängen.

Janus berührte seinen Arm und sagte leise: „Ich gehe mich waschen und anziehen, so wie du gesagt hast."

„Danke", sagte Zeke, der bereits stand, um in Kerrys Badezimmer zu gehen. Aber er ergriff Janus' Arm und sagte: „Ich weiß zwar immer noch nicht, wie du ihn gefunden hast oder was passiert ist, aber danke dafür, dass du meinem Jungen geholfen hast."

Janus nickte, dann ging er, um sich zu waschen. Danach würde er erneut Kerrys Anus, Kanal und Gebärpater untersuchen müssen. Janus war erschöpft, hungrig und verwirrt. Unentwegt dachte er an Kerrys gebrochene Gestalt, die aus dem Wald gekrochen kam, und daran, wie Kerry geschluchzt hatte, als ihm klar wurde, dass die ganze Qual vergeblich gewesen war.

Wieso drängte es Janus so sehr danach, Kerry zu trösten und all den Kummer von ihm zu nehmen? Er sollte wütend auf den Mann sein, weil er dem menschlichen Bedürfnis nach mehr Leben und Wolfgottes Geschenk an ihn Gewalt angetan hatte. Stattdessen hätte er Kerry am liebsten fest in die Arme genommen, seinen seltsamen, schwangeren Duft eingeatmet, und ihm seine Kraft geliehen. Am liebsten hätte er all den Schmerz einfach ausgelöscht.

Während er verdreht in der zu kleinen Badewanne lag und sich mit der nach Pinien duftenden Seife abschrubbte, die er aus der Stadt mitgebracht hatte, versuchte er vergeblich, diesen Drang zu begreifen. Caleb, mit seinem scharfen Verstand, hätte sicher das eine oder andere dazu zu sagen gehabt. Janus würde ihm schreiben und nach seiner Ansicht fragen.

Auch wenn ihm davor graute, was Caleb vielleicht sagen würde.

KAPITEL 7

Z UMINDEST KIWI WAR ein Trost.

Kerry lag in seinem Bett auf der Seite. Sein ganzer Leib schmerzte, als hätte ein sehr starker Mann ihn wiederholt in den Bauch geboxt, und seine Schenkel zitterten vor Erschöpfung. Er sollte eigentlich schlafen, aber er schien keine Ruhe finden zu können. Nachdem er sich vorsichtig eine Weile hin und her gedreht hatte, war er aus dem Bett gekrochen, hatte Kiwi aus dem Käfig befreit und sich dann wieder unter die Bettdecke gekuschelt. Der Vogel hüpfte zwischen dem Kopfende des Betts, Kerrys Haaren und Schultern herum. Manchmal flatterte er auf und flog durch den von Kerzen erhellten Raum.

Schließlich wurde Kiwi müde und flog er von allein zurück in seinen Käfig, wo er den Kopf unter einen Flügel steckte und einschlief. Aber Kerry fand immer noch keinen Schlaf. Er wusste nicht, ob er Angst hatte zu träumen, oder ob er einfach nur mehr von Paters und Janus' Gespräch hören wollte, das leise von unten aus dem Wohnzimmer heraufklang.

Kerrys Zimmertür war offen, damit er im Notfall rufen konnte, und so konnte er jede Silbe hören – ein wenig hallend und dumpf, aber deutlich genug zu verstehen. Er wusste nicht, ob die beiden Männer sich bewusst waren, dass er sie hörte, aber er hatte weder den Wunsch, noch die Energie, es ihnen zu sagen.

„Er hilft Omegas, ihre Babys zu verlieren?", sagte Janus erneut. Teetassen klapperten, und es knusperte, als würde jemand in einen Keks beißen. Kerrys Magen knurrte, aber er wollte nichts essen. Er wollte nicht einmal atmen, aber das konnte er nicht kontrollieren.

„Die meisten Omegas auf diesem Berg sind sich einig, dass Fan ein gutes Werk tut. Oder zumindest akzeptiert er bereitwillig, dass der Tod manchmal eine Notwendigkeit ist", sagte Pater ernst. „Er selbst ist untröstlich kinderlos, und manche sagen, in seiner Bitterkeit würde er bisweilen anderen etwas zu gern helfen, ihre Söhne ebenfalls zu verlieren. Aber das ist eine gemeine Lüge. In Wahrheit nimmt er die Bürde seiner Arbeit auf sich, weil er weiß, falls er es nicht tut, wird es jemand anderes tun, der vielleicht nicht mit derselben Sorgfalt oder Kenntnis vorgeht. Ich bin erstaunt, dass er Kerry einfach so geglaubt hat, er würde zu mir kommen."

„Macht Kerry eine Gewohnheit daraus zu lügen?"

Kerry verzog das Gesicht. War es das, was Janus nun von ihm dachte?

„Natürlich nicht!" Ah, natürlich verteidigte Pater seinen ange-schlagenen Ruf. Auch wenn der jetzt in Janus' Augen so oder so ruiniert war.

Janus räusperte sich. „Dann verstehe ich, wieso der Mann Kerry gehen gelassen hat. Er nahm an, Kerry wäre ehrlich, und hatte keinen Grund, etwas anderes zu glauben. Außerdem wusste Fan, dass ich hier wohne. Ich bin sicher, er dachte, ich würde mich um ihn kümmern, falls irgendwelche Probleme auftauchen."

Ganz genauso war es ja auch, dachte Kerry. Und Janus *hatte* sich darum gekümmert, oder etwa nicht? Trotz Kerrys verrücktem Plan, eine Fehlgeburt allein und im Wald zu haben.

In jenem Moment, als er die Entscheidung getroffen hatte, war sie ihm richtig erschienen – natürlich. Ein Wolf kam in Hitze; ein Wolf gebar im Wald. Natürlich war Kerry kein Wolf. Er war so menschlich wie alle anderen. Aber Wolfgott hatte den Menschen nach seinem Abbild geschaffen, und nach seinem Willen waren sie zu Alphas und Omegas geworden und hatten sich fortgepflanzt. Kerry hatte sich vorgestellt, Wolfgott würde ihn dort unter den

Bäumen und auf der Erde trösten und beschützen. Er hatte geglaubt, er würde sich dort sicher fühlen, behütet in Wolfgottes Hand.

Und so war es zunächst auch gewesen. Bis die Schmerzen so stark geworden waren, dass er das Bewusstsein verloren hatte und dann wieder von ihnen geweckt worden war. Bis er vor Qual geschrien hatte, in höheren Tönen als er je geglaubt hätte, hervorbringen zu können. Bis er in Janus' Schoß geschluchzt hatte wie ein verlorenes Kind.

Wolfgott, was hatte er sich nur gedacht?

Kerry konnte sich glücklich schätzen, dass Janus ihn gefunden hatte. Er hätte es allein niemals nach Hause geschafft. Und dort im Wald unten am See in seinem Blut zu liegen, während die wilden Katzen ihre Jungen hatten, war zu töricht, um es in Worte zu fassen. Leichte Beute für die Raubtiere. Wilbet hatte recht. Kerry *war* ein Idiot.

Unten räusperte Janus sich erneut, dieses Mal mit einem gewissen Stolz. „Und ich *habe* mich um ihn gekümmert."

Oh, na toll. Alpha-Getue. Kerry hätte die Augen verdreht, hätte er Janus' aufgeblasene Bemerkung nicht irgendwie tröstlich gefunden. Er erinnerte sich daran, wie sicher Janus' Hände auf seinem Körper gewesen waren – sowohl unten am See als auch hier im Zimmer – und wie sanft und gütig. Viele Alphas wären außer sich und zornig gewesen über das, was Kerry getan hatte. Aber Janus, trotz seiner städtischen Erziehung, hatte nicht mit der Wimper gezuckt, sondern ohne Zögern geholfen und ihn gehalten. Wie ein Alpha es tun sollte. Wie Wilbet es nie getan hatte.

Kerry schloss die Augen, lauschte aufmerksamer auf Janus' Tenorstimme und verspürte eine seltsame, innere Wärme dabei. Eine Art himmlischer Frieden überkam ihn mit jeder Silbe, die Janus sprach. Aber vielleicht war das auch nur die Mohn-basierte Tablette, die Janus ihm zur Beruhigung gegeben hatte und die nun langsam Wirkung zeigte.

Janus fuhr fort: „Weiß Dr. Crescent Bescheid? Über Fans Nebengeschäft?"

„Es ist kein Geschäft", beeilte Pater sich zu erklären. „Fan verlangt kein Geld dafür. Er betrachtet es als eine traurige Pflicht, als Dienst an der Gemeinschaft. Und ja, Dr. Crescent weiß davon, zieht es jedoch vor, so zu tun, als wüsste er nichts. Es ist für alle Beteiligten sicherer so. Er war sogar bei einigen Abtreibungen dabei, die nicht gut verlaufen sind. Und obwohl ihm bisweilen gesagt worden war, dass Fan den Omegas Abtreibungspillen verabreicht hatte, behandelte der Doktor die Fälle genau so wie gewöhnliche Fehlgeburten. Einigen der Alphas hier gefällt das nicht. Aber Dr. Crescent besitzt genug Autorität, um sich gegen sie zu behaupten."

„Ich verstehe."

„Ich würde ihm gegenüber aber nichts davon erwähnen", warnte Pater. „Es würde dir eher eine Ohrfeige einbringen als eine andere Antwort. Er würde nie zulassen, dass etwas oder jemand seinen Omega in Gefahr bringt."

„Natürlich nicht." Janus schwieg einen Moment lang. „Und Fan? Kann ich mit ihm reden?"

„Er wird sich vielleicht schüchtern geben oder ahnungslos tun", überlegte Pater. „Er ist offener mit Omegas und Betas als mit Alphas. Aber dich kennt er schon ein wenig und vertraut dir. Das nehme ich jedenfalls an, da er Crow noch nicht gesagt hat, er soll dich zurück in die Stadt jagen. Wenn du nicht irgendwie drohend wirkst, redet Fan vielleicht mit dir. Aber vielleicht auch nicht. Es geht ja auch um Kerry, dessen Privatsphäre er schützen wollen wird."

Es entstand ein langes Schweigen, und nicht einmal das Klappern einer Teetasse war zu hören. Schließlich fragte Janus: „Es steht mir vielleicht nicht zu, das zu fragen, aber ich muss es wissen. Warum? Warum hat Kerry das getan, obwohl neues Leben so kostbar und notwendig ist?"

„Das ist eine Geschichte, die nur Kerry allein dir erzählen kann, Priesterchen. Aber er hat Gründe. Dunkle und schmerzvolle Gründe, dessen kannst du sicher sein. Und auch wenn ich seine Entscheidung nicht gutgeheißen habe, so konnte ich sie nachvollziehen."

„Wie?"

Pater seufzte schwer. „Wie ich neulich Morgen schon sagte – er ist vertraglich an einen Alpha gebunden. Und, na ja, Junge … er ist ein übler Mann. Verdorben bis ins Mark. Mehr kann ich nicht darüber sagen, ohne Kerrys Vertrauen zu missbrauchen. Es ist an ihm, dir davon zu erzählen, sollte er dir irgendwann genug vertrauen, nicht an mir."

Janus schien das so hinzunehmen. Jedenfalls drängte er nicht weiter. Kerry lauschte angestrengter und versuchte, irgendwelche Bewegungen aufzufangen. Sein Augenlider sanken herab, schwer und müde, und schließlich ließ er sie zufallen und ließ die Welt dunkel werden. Er spitzte jedoch immer noch die Ohren, und schnupperte nun auch, suchte etwas, auch wenn er nicht genau wusste, was.

Und dann fand er es: Rosen, Limone und Pinie – Janus' Duft.

Kerry atmete ihn sorgsam ein; er war von sich selbst beeindruckt, dass er ihn von unten bis hier hinauf erkannt hatte. Wilbets Duft hatte er nie wirklich genossen und daher auch nie von seinem wolfgottgegebenen Geschenk, den speziellen Duft eines anderen Mannes erkennen zu können, Gebrauch gemacht. Aber Janus' zu finden, war nicht einmal schwierig. Und da war auch ein neuer, anderer und leicht feuchter Duft an ihm. Vielleicht Wasserrückstände vom See. Oder von seinem Bad? Vielleicht beides.

Er duftete nach Heimat und Sicherheit. Kerry hatte noch nie zuvor so etwas gerochen. Aber er erinnerte sich jetzt auch an das köstliche Moschusaroma von Janus' Lenden, als er in dessen Schoß geweint hatte. Er war benommen gewesen und hatte Schmerzen gehabt, aber selbst da war ihm aufgefallen, wie selten es war, dass ihm der intime Duft eines Alphas gefiel.

Kerry seufzte, während die Wärme des Mohns sich über ihn und in ihm ausbreitete wie eine behagliche Decke, die ihn schützte und einhüllte. Er konnte ganz in Frieden Janus' Duft erkunden, der von unten zu ihm heraufwehte, zusammen mit Janus' Stimme. Es war nicht wichtig, was er sagte, nur dass er noch da war und redete, hier in ihrem Haus – dass er seinem Pater Gesellschaft leistete und sie beide beschützte.

Kerry legte eine Hand auf seinen Bauch und spürte erneut die zarte Bewegung des Kindes. Es war noch am Leben. Janus würde sich darüber freuen. Mohnwarmer Schlaf überwältigte ihn, als unten das Geräusch von Stühlen zu hören war, die zurückgeschoben wurden, und das Klappern von Geschirr anzeigte, dass Pater und Janus ihr Gespräch beendeten.

Kerry atmete Janus' nach Frieden und Sicherheit duftenden Geruch ein und war weggetreten, bevor die Schritte der Männer auf der Treppe zu hören waren.

JANUS KONNTE NICHT schlafen.

Die Last dessen, was an diesem Nachmittag und Abend passiert war, fühlte sich zu groß an, um sie allein zu tragen. Schließlich stand er aus dem Bett auf, setzte sich an den kleinen Schreibtisch und beschloss, seine erste Kerze zu benutzen.

Janus nahm eine aus einer Schachtel in der Schreibtischschublade und riss ein Streichholz an, um sie anzuzünden. Er fand auch einen kleinen, schlichten Kerzenhalter in der Schublade und steckte die brennende Kerze hinein. Er hielt ihn an dem gebogenen, metallenen Handgriff und stellte ihn auf den Tisch. Janus stand noch einmal auf, um sich seinen Morgenmantel über den Schlafanzug zu ziehen, dann setzte er sich wieder.

Er nahm ein glattes, cremefarbenes Stück Papier und einen neuen Bleistift heraus und starrte eine Weile in das flackernde Kerzenlicht, bevor er zu schreiben begann:

Lieber Caleb,

ich hoffe, es geht Dir und den Deinen gut. Ganz besonders hoffe ich, die Kinder sind gesund und munter. Bitte schicke mir ein paar von Deinen Zeichnungen oder Drucken, wenn Du magst. Ich habe Deine Kunst immer geliebt und mich geehrt gefühlt, wenn Du sie mir gezeigt hast. An diesem Punkt in meinem Leben kann ich Dir jedoch nicht länger einen fairen Preis für Deine Stücke anbieten, sodass ich verstehe, falls du etwas so Unbezahlbares nicht umsonst hergeben willst. So oder so bin ich auf ewig Dein Bewunderer.

Es wird Dich wahrscheinlich nicht überraschen, aber ich fühle mich hier in Huds Basin ziemlich überfordert. Natürlich wusste ich, dass es so kommen würde. Ich bin ja kein völliger Narr. Oder zumindest versuche ich, keiner mehr zu sein. Aber es ist hier weitaus seltsamer und auch bedrückender, als ich mir vorstellen konnte. Kannst Du das glauben? Ich bin sicher, das kannst Du. Ich kann Dich praktisch hören: „Janus, das zeigt einfach mehr deine mangelnde Vorstellungskraft als alles andere." Und damit hättest Du wohl auch recht.

Sieh nur, lieber Freund, Dein arroganter Janus hat gerade tatsächlich zugegeben, dass es an seinem eigenen Versagen liegen kann. Bist Du stolz auf mich?

Janus hielt inne, überflog die Absätze, die er bisher geschrieben hatte, und erwog, die letzten paar Zeilen durchzustreichen, oder vielleicht das ganze Blatt zusammenzuknüllen und von vorn anzufangen. Er wollte Caleb nicht den Eindruck verschaffen, er würde mit ihm flirten.

Sein Körper vibrierte vor nervöser Erschöpfung. Er war zu müde und zu angespannt, um etwas Neues zu schreiben, also machte er weiter.

Antworte nicht darauf. Ich weiß, ich sollte danach streben, selbst stolz auf mich zu sein, aber

*ich weiß kaum, wo ich heute Abend anfangen soll. Ich habe das Gefühl, dass ich, wo auch immer ich beginne, irgendwelche Hintergrundinformationen auslasse, die zum Verständnis wichtig sind. Sei es die große Armut, in der viele Leute hier leben, oder ihre kuriosen Bräuche, oder die schwierige Situation, in welche ich heute Abend mit dem Omega-Sohn meines Wirtes geraten bin, der ebenfalls in der Pension lebt. Nicht **diese** Art von Situation, Caleb! Kein Grund, gleich schmutzige Gedanken zu hegen. So etwas tue ich nicht mehr!*

Er war schon drauf und dran, das letzte Bisschen durchzustreichen, tat es aber dann doch nicht. Dann flirtete er eben ein wenig, und wenn schon? Caleb konnte damit umgehen. Sie wussten beide, wo sie standen.

Nein, es war eine Situation, in welcher die Moral, zu der ich mich als Krankenpfleger und Arzt verpflichtet habe, in Widerstreit zu meiner Moral als menschliches Wesen geriet. (Sie bestehen hier darauf, mich Doktor zu nennen, auch wenn meine Kompetenz dazu kaum ausreicht! Auch das steht im Widerstreit zu meinem neu entwickeltem Gefühl für richtig und falsch. Und es ist so seltsam!) Ich kenne nicht einmal alle Details zu diesem jüngsten Vorfall, und selbst wenn, könnte ich sie nicht teilen, ohne das Vertrauen des Mannes zu missbrauchen, der heute Abend auf höchst dramatische Weise zu meinem Patienten wurde. Und doch habe ich das Bedürfnis, mein Herz auszuschütten und meine Verwirrung mit einer Person meines Vertrauens zu teilen. Und so sehr wir beide es nicht wollen mögen – für mich bist Du diese Person, Caleb. Es kann niemand außer Dir sein. Habe ich Dir letztlich gesagt, wie dankbar ich für Deine Vergebung und Deine Freundschaft bin? Das bin ich nämlich.

Ich plappere hier, und sage nichts. Meine Nerven sind aufgekratzt, und mein Herz rast immer noch nach den Ereignissen des heutigen Abends. Ich werde den fraglichen jungen Omega nur K nennen, um seine Privatsphäre nicht zu verletzen, und weil es der Anfangsbuchstabe seines Namens ist.

Während ich heute Abend im See in der Nähe der Pension schwamm – ich glaube, ich habe ihn in meinem ersten, noch nicht abgeschickten Brief an Dich erwähnt – da hörte ich Schmerzensschreie. Als ich nach der Quelle suchte, fand ich K in großer Qual vor; augenscheinlich erlitt er eine Fehlgeburt. Das mag an sich noch nicht so ungewöhnlich erscheinen – wir kennen ja beide Urhos Erfahrungen in seiner Praxis und die schlechten Statistiken bei Omega-Geburten. Aber ich fand eine Pillendose in Ks Hand und erkannte auf der Stelle ein allgemein verwendetes Abortikum, und so wusste ich, was er getan hatte.

Und doch, obwohl ich keinen Grund für seine Entscheidung sehe, abgesehen von seiner seltsam geformten Brust und einem abwesenden (und Gerüchten zufolge schlecht gewählten) Alpha, empfinde ich nichts als Mitgefühl für ihn und seine Verzweiflung. Und schlimmer noch – (schlimmer? Ist es schockierend, dass ich es so ausdrücke?) – es war ihm nicht gelungen, das Kind abzutreiben. Er hatte also ganz vergeblich gelitten.

Vergeblich? VERGEBLICH? Siehst Du, was ich hier sage,

Caleb? Ich bin nicht einmal seit einer Woche hier, und meine Moralvorstellungen sind völlig verdreht, und meine Gefühle für einen jungen Mann, den ich kaum kennengelernt habe, überschatten in meinem Herzen das Gesetz. Ich habe sogar jeden Beweis für die Kräuter, die er benutzt hat, vernichtet. Ich habe die Pillendose versteckt, wo niemand sie finden kann, und mit dieser einen Tat meine eigenen Gedanken und Gefühle ihm gegenüber besiegelt. Er ist jetzt meine Priorität. Nicht das Baby. Jedenfalls noch nicht.

Was bedeutet das alles? Ich bin so verwirrt.

Und all das treibt mich, Dich daran zu erinnern, lieber Caleb, bei Deinen Schwangerschaften auf Deine Sicherheit und Gesundheit zu achten. Du bist zu vielen Menschen zu wichtig, um zu oft das Risiko einzugehen. Bestehe auf Vorsichtsmaßnahmen während der Hitzen. Entschuldige meine Unverfrorenheit, aber Dein Wohlbefinden bedeutet mir zu viel, um nichts zu sagen.

Wolfgott, und ich habe Dir noch nicht einmal von meinem Hausbesuch bei einem Alpha mit zwei vertraglich gebundenen Omegas erzählt! Und ihren gemeinsamen Kindern! Und auch nicht von dem Elend, in dem hier so viele Leute leben – sie alle arbeiten so schwer für so wenig. Oder von dem Doktor und seinem Érosgápe-Omega (der offenbar der örtliche Abtreiber ist!). Und da ist noch so viel mehr! Ich bin so außer mir, dass ich nur noch Ausrufungszeichen benutze, wie Du siehst. Entschuldige.

Caleb, vielleicht sollte ich diesen Brief verbrennen, anstatt ihn abzuschicken. Die Kerze hier auf meinem Tisch flackert recht verlockend. Ich könnte so leicht das Papier falten und in die Flamme halten, aber ich sehne mich danach, von Dir zu hören und Deine Meinung zu erfahren. Ich weiß, Du wirst mich sogar aus der Ferne trösten, auch wenn ich das gar nicht

verdiene. Sag mir, was ich denken und fühlen soll. Ich weiß,
Du wirst gerecht und gütig sein. Das bist Du immer.

Auf ewig dein unwürdiger Diener,
Janus

Janus adressierte den Umschlag und klebte eine Briefmarke in die Ecke, dann stand er auf und streckte sich. Er lauschte auf Geräusche aus dem Flur, aber Zeke war schon vor Langem zu Bett gegangen, und sein Patient schlief hoffentlich auch.

Dennoch beschloss Janus, noch einmal nachzusehen, ob Kerry kein Fieber bekommen hatte, bevor er einen erneuten Versuch starten würde, seiner Schlaflosigkeit Herr zu werden. Auch wenn das Kind sich zunächst festgeklammert zu haben schien, war es immer noch möglich, dass Kerry das Baby verlor. Und falls das der Fall war, konnte er von möglichen Geweberückständen eine Infektion oder Blutvergiftung bekommen. Es ließ sich schwer sagen, wann die Gefahr vorüber sein würde, aber falls Kerrys Leib weiterhin wuchs, dann sollte gegen Ende der Woche der Herzschlag des Kindes festzustellen sein – vorausgesetzt, der Zeitpunkt der Empfängnis, den Zeke genannt hatte, traf zu.

So leise wie möglich schlich er durch den Flur, um Zeke nicht zu wecken oder ihm Sorge zu bereiten. Die Tür zu Kerrys Zimmer stand einen Spalt offen – Zeke hatte sie nicht verschlossen für den Fall, dass sein Sohn ihn in der Nacht brauchte. Janus drückte sie weiter auf und war erleichtert, als er Kerry tief schlafend in seinem Bett liegen sah. Mondlicht fiel auf den Boden und über die Bettdecke. Es beleuchtete Kerrys Gesicht, die vollen Lippen und die glatte Stirn. Seine Wimpern lagen dunkel auf seinen Wangen, und sein Haar breitete sich offen und wunderschön auf dem Kissen aus.

Der glänzende Vogelkäfig stand zu Janus' Rechten, als er auf Zehenspitzen das Zimmer betrat, und er war erleichtert, dass Kiwi weiterschlief, den Kopf unter einen Flügel gesteckt. Janus trat an

Kerrys Bett und streckte die Hand aus. Die Versuchung, mit den Fingern durch das schöne Haar des Omegas zu fahren, war groß. Aber dann zog Janus seine Hand zurück. Kerry war nicht sein Omega, nicht einmal ein Freund, und er hatte kein Recht, ihn so liebevoll zu berühren. Als Doktor, ja, aber nicht auf andere Weise.

Kerry machte keinen fiebrigen Eindruck, aber Janus legte dennoch behutsam seine Finger an Kerrys Stirn. Wenn überhaupt, dann fühlte sie sich eher kühl an. Janus wandte sich vom Bett ab, um das Fenster zu schließen, das Zeke offen gelassen hatte, dann drehte er sich um, um zu gehen.

„Danke." Das Flüstern kam vom Bett. Kerry im Mondlicht war von einer seltsamen Schönheit, die Janus bewegte. Am liebsten hätte er die Decke glattgestrichen, noch einmal Kerrys Wange berührt und ihm versichert, dass er jetzt in Sicherheit war, weil Janus sich um ihn kümmern würde. Janus schüttelte das seltsam besitzergreifende Gefühl ab. Es war im besten Falle unangemessen, im schlimmsten verstörend. Kerry hatte gerade erst versucht, sein Kind abzutreiben! Was war nur mit Janus los, dass ihn all diese verrückten, ungewollten Alpha-Anwandlungen überkamen?

Janus flüsterte vor sich hin: „Es ist meine Pflicht, so zu empfinden. Ich bin jetzt Krankenpfleger." Das musste es sein, oder? Intensive Empfindungen in einer intensiven Situation. Nichts weiter. „Ich will dir nur helfen. Es ist mein Job zu tun, was nötig ist, damit du sicher bist." Seine Stimme war rau, und er musste schwer schlucken. Sein Job. Es war sein *Job*, so zu empfinden. Das war alles. Das *musste* es sein.

Janus wandte sich vom Bett ab und ging zur Tür. Er hatte sie fast erreicht, als er Kerry sagen hörte: „Aus dir wird ein guter Arzt werden."

Janus drehte sich nicht noch einmal um. Er fürchtete, sonst etwas zu tun oder zu sagen, das er nicht zurücknehmen konnte. Und Kerry sagte auch nichts weiter und versuchte nicht, Janus vom

Gehen abzuhalten.

Janus ließ die Tür erneut einen Spalt offen, dann kehrte er zu seinem eigenen Bett zurück. Mit gemischten und verwirrenden Gefühlen kletterte er hinein und starrte er für eine lange Zeit an die Zimmerdecke. Als der Schlaf ihn schließlich einholte, träumte er von dunklem, lockigen Haar auf einem frischen, weißen Kissen, und von einer rauchigen Stimme, die in sein Ohr flüsterte. Die Worte waren sinnlich, aber nicht sexuell, und als Janus am Morgen schaudernd erwachte, versuchte er sich an sie zu erinnern.

Es gelang ihm nicht.

KAPITEL 8

ICH WOLLTE DIR nie weh tun", *sagte Wilbet leise und streckte seine große, kräftige Hand aus, um Kerrys Gesicht zu streicheln. Dann packte er Kerrys Kinn, und Kerry wand sich. „Aber du machst es mir so schwer ..."*

Kerry schreckte aus dem Schlaf hoch. Sein Herz raste, und die Bettdecke lag auf dem Boden. Zumindest war er erwacht, bevor der Alptraum sein übliches Ende genommen hatte. Er legte eine Hand auf seinen Magen und spürte die harte Bauchdecke. Kerry schloss die Augen. Was für ein Mensch wuchs da in ihm? Ein Ungeheuer wie Wilbet?

Er rollte sich aus dem Bett auf die Füße, rannte ins Bad und übergab sich – zum ersten Mal seit der ersten Schwangerschaftswoche. Dann wusch er sich das Gesicht und ging wieder zurück ins Bett. Die Morgensonne schien so halbherzig ins Zimmer, als wäre es ihr gleich, was sie berührte und wie das Objekt ihrer Zuneigung sich dabei fühlte.

Es war nun drei Tage her, seit Kerry versucht hatte, das Kind abzutreiben, und er hatte bisher noch nicht wieder sein Zimmer verlassen. Nicht, weil er dazu nicht in der Lage gewesen wäre, sondern weil er sich schämte. Pater brachte ihm Essen und Wasser, versorgte Kiwi und las Kerry abends aus Büchern vor – für gewöhnlich Gedichte. Nichts, was Kerrys oder seine Aufmerksamkeit für lange in Anspruch nahm.

Janus für seinen Teil erfüllte seine Pflichten und machte mit seinem Leben weiter, als wäre nichts Außergewöhnliches vorgefallen. Natürlich versäumte er es nicht, nach Kerry zu sehen. Das tat er dreimal am Tag: am Morgen, dann am Nachmittag, wenn er von seiner Arbeit bei Dr. Crescent zurückkehrte, und ein letztes Mal vor dem Schlafengehen. Sie redeten jedoch nicht viel miteinander, und die Interaktion zwischen ihnen blieb sachlich und unpersönlich. Kerry wusste nicht, was er davon halten sollte, aber er hatte den Eindruck, das Problem war nicht, dass Janus sich nichts aus ihm oder der Situation machte, sondern eher, dass er sich zu viel daraus machte. Und dass er Fragen hatte, die er Kerry stellen wollte, von denen er aber vielleicht dachte, sie würden sich nicht ziemen.

Kerry lag im Bett und fragte sich, warum Janus heute Morgen noch nicht bei ihm gewesen war; die Sonne stand bereits hoch am Himmel. Normalerweise kam Janus kurz nach dem Morgengrauen. Kerry mochte, wie Janus morgens roch – frisch nach dem Waschen war er eine Mischung aus Rosen und Limone auf einer festen Basis Pinienduft. Kerry fragte sich, ob er Seife oder Haarcreme benutzte, die nach Pinien duftete, oder ob er einfach von Natur aus nach dem Immergrün roch. Er wollte die Antwort wissen, obwohl es schon gefährlich war, eine solche Frage auch nur zu denken.

Er hatte auch gegen Janus' Nachmittagsgeruch nichts einzuwenden. Der Schweiß und die Wärme des Tages strömten aus seiner Haut und seiner Kleidung, und Kerry konnte sich gut vorstellen, wie er jedes bisschen Erschöpfung verdient hatte, die sich ebenfalls unter das Aroma mischte, wie eine leicht säuerliche Note unter all dem herrlichen Rosen- und Zitrus-Odeur.

Und abends ... oh, am Abend roch Janus nach dem See, feucht und grün. Er schwamm jeden Abend nach dem Essen. Pater hatte es nebenbei erwähnt, aber Kerry hätte es auch so gewusst. Die Art, wie das Bad im See Janus' Duft veränderte, ließ sich nicht leugnen. Kerry war in Versuchung gewesen, sein Bett der Schande zu verlassen, sich auf die Fensterbank zu setzen und Janus erneut durch sein Fernglas zu beobachten. Aber das hatte er nicht getan.

Selbstmitleid war ein mächtiger Gegner für jeden Anflug von Tatendrang.

Es klopfte leise an der Tür, und Kerry rollte sich auf die Seite. Neugierig fragte er sich, wieso Janus heute wohl so spät dran war. Aber als die Tür sich öffnete, stand dort lediglich Pater und wartete darauf, dass Kerry ihn hereinwinkte. Kerry tat das, aber die Enttäuschung lag wie ein Stein in seinem Magen.

„Janus ist heute schon vor dem Morgengrauen zu Crow aufgebrochen", sagte Pater, als könnte er Kerrys Gedanken lesen. „Er denkt, du bist jetzt außer Gefahr. Aber er hat mich angewiesen, heute Morgen nach dir zu sehen und auszuschließen, dass du Fieber, Krämpfe oder andere ungewöhnliche Schmerzen hast." Pater seufzte, und seine müden Augen betrachteten Kerry mit derselben Traurigkeit wie schon in den letzten Tagen.

Kerry sagte nichts. Er erwiderte den Blick seines Paters mit einem Kloß in der Kehle. Er wünschte, irgendwie die Zeit zurückdrehen zu können, die Pillen mit nach Hause gebracht und sie unter Pater Aufsicht und Fürsorge genommen zu haben – es „auf die richtige Art" getan zu haben. Und er wünschte sich, die Pillen hätten gewirkt und das Kind, das zu gebären er nun verdammt war, wäre verschwunden. Und dass Janus keine Ahnung hätte, was passiert war. Aber die Zeit verlief grausam nur in eine Richtung. Was geschehen war, war geschehen, und das Ergebnis ließ sich nicht ändern. Er würde lernen müssen, es zu akzeptieren. Aber wie sollte er je wieder diesen Blick des Verrats aus Paters Augen löschen?

„Wie fühlst du dich heute Morgen?", fragte Pater, als das Schweigen unangenehm wurde.

„Es geht mir gut", stieß Kerry hervor. Sein Pater hob eine Braue, und Kerry räumte ein: „Körperlich geht es mir gut. Der Rest von mir …" Er zuckte die Achseln.

Pater nickte, dann ließ er die Schultern hängen. „Wolfgott steh mir bei, ich weiß nicht, ob es gute oder schlechte Nachrichten sind."

„Wovon sprichst du?"

Pater stieß einen langen Seufzer aus. „Ich muss mit dir reden, Sohn. Ernsthaft. Zieh dich an, und dann komm herunter. Ich habe Beeren und Käse für dich."

Kerry nickte. Ihm wurde ganz flau im Magen. Er schaute seinem Pater hinterher, bevor er aufstand und sich fertig machte. Während er sich anzog, ließ er Kiwi ein bisschen im Zimmer umherfliegen. Er fragte sich, was seinen Pater plagen mochte. Er konnte sich nicht vorstellen, was Pater ihm so Ernstes zu sagen haben könnte, aber Kerry schätzte, das hatte er wohl verdient. Er gab dem Vogel einen Kuss auf den Schnabel, dann setzte er ihn zurück in seinen Käfig und vor den kleinen Spiegel.

Kerry wäre gern langsam die Treppe hinunter gegangen. Bei jedem Schritt spürte er noch die Anspannung in den Muskeln nach den Krämpfen, aber er zwang sich zu einem normalen Tempo.

Der Teekessel auf dem Herd klapperte noch von der Hitze, und die Küche war durch und durch warm von der Morgensonne, die durchs Fenster schien. Kerry setzte sich zu dem schlichten Frühstück, das Pater für ihn auf den Tisch gestellt hatte, und aß langsam, während Pater das Geschirr von Janus' Frühstück spülte. Nachdem er alles weggeräumt hatte, setzte Pater sich zu Kerry an den Tisch.

„Kerry", begann er, sobald Kerry seine Beeren und den Käse vertilgt hatte. „Ich weiß, du hast Schlimmes durchgemacht, und ich verstehe, warum."

„Ich wollte nur–„

„Schh. Gib mir keine Ausflüchte, die ich nicht hören will. Ich verstehe deinen Schmerz. Deswegen macht es mir solchen Kummer, was ich dir sagen muss …"

Kerry senkte den Kopf und wartete mit angehaltenem Atem.

„Sohn, es ist eine Botschaft für dich gekommen."

Kerrys Blut gefror zu Eis. Er riss den Kopf hoch und sah seinem Pater in die Augen. Eine Botschaft für ihn konnte nur eines bedeuten.

Pater nickte; seine Wangen zitterten ein wenig. „Ja, ich weiß."

„Scheiße."

Pater tadelte ihn nicht für den Fluch. „Rodes brachte sie heute Morgen vom Fuß des Berges, kaum dass die Sonne aufgegangen war. Ich habe ihn an der Tür getroffen, als Janus das Haus verließ."

„Eine Botschaft. Für mich." Kerry wiederholte die Worte, versuchte zu akzeptierten, was sie bedeuteten.

„Ja."

Erneut fluchte Kerry leise, dann schlug er die Hände vors Gesicht.

„Sie sind im Hotel in Blumzound." Die Stimme seines Paters war ganz rau.

Kerry rang die Hände im Schoß. „Ich verstehe."

„Und sie warten darauf, dich zu sehen, Sohn."

Kerry atmete zitternd aus und sah seinem Pater flehend in die Augen. Woher wussten sie es? Es gab noch keine Anzeichen für eine Schwangerschaft, keinen Grund dafür, dass sie von seinem Zustand erfahren haben konnten. Selbst, wenn sie einen Spion hier hatten – was Kerry nicht verwundert hätte – niemand wusste, was er getan hatte. Aber natürlich brauchten sie auch gar keine Nachricht, oder? Kerrys Hitze lag einen Monat zurück. Falls er ein Kind empfangen hatte, war jetzt der Zeitpunkt, um das festzustellen.

In der Vergangenheit jedoch hatten sie sich nie die Mühe gemacht, persönlich zu kommen. Aber das hatte daran gelegen, dass Kerry jedes Mal frühzeitig einen Brief geschickt und ihnen mitgeteilt hatte, dass er „kein Glück" gehabt hatte. Das hatte er dieses Mal nicht getan. Genau wie bei seinem Versuch, das Kind loszuwerden, hatte er zu lange gewartet, hatte aus Unsicherheit nicht gehandelt und somit sein Schicksal besiegelt.

Pate fuhr fort: „Sie erwarten dich am Mittag. Die Botschaft ist unmissverständlich. Sie wollen, dass du mit ihnen zu Mittag isst. Du weißt, wie sie sind. Ungeduldig." Er schob das gefaltete, vornehme Briefpapier – geprägt mit einem hellroten M – über den Tisch zu Kerry.

Kerry nahm es mit zitternden Händen und las die knapp abgefasste Nachricht in der geschwungenen Schrift seines Schwiegerpaters. Wilbets Pater Monte hatte nach seinem Vertragsschluss mit Wilbets Vater Lukas den Namen Monhundy angenommen. Als Kerry Wilbet nach diesem ungewöhnlichen Umstand gefragt hatte, hatte der ihn informiert, dass Montes Eltern beschämend arm waren und Monte daher nur zu gern jeder Assoziation mit ihnen entrinnen wollte. Obwohl Kerry begierig gewesen war, Huds Basin zu verlassen, hatte er nie dieselbe Art von Verachtung für seine Bergvolk-Herkunft empfunden, und so hatte er seinen Namen behalten und sich seinen Stolz bewahrt. Das allein hatte dazu geführt, dass Monte Monhundy von Anfang an eine kaum verhohlene Abneigung gegen Kerry gehegt hatte. Obwohl Kerry verzaubert und eifrig gewesen war, hatte er damit bereits in einem wichtigen Punkt versagt, der leicht zu formende Schwiegersohn zu sein, den Monte gewollt hatte.

„Ich glaube, ich kann das nicht", sagte Kerry. Seine Stimme war kaum ein Flüstern.

„Ist mir recht", antwortete sein Pater und seufzte erleichtert. „Dann schicken wir eine Antwort und schreiben ihnen, dass, ja, du schwanger bist, aber möglicherweise eine Fehlgeburt haben wirst. Das kommt der Wahrheit nah genug. Janus sagte vor ein paar Tagen, dass ein erhebliches Risiko dazu besteht, da das Baby von den Kontraktionen sehr mitgenommen sein muss. Und auch, wenn er denkt, dass du jetzt darüber hinaus bist, ist es immer noch eine gute Entschuldigung. Sie werden nie den Unterschied erfahren."

Kerry schüttelte den Kopf und rieb sich mit den Fingern über die verschwitzte Oberlippe. „Wenn wir ihnen das sagen, dann schicken sie nur einen Doktor aus der Stadt her, der mich untersuchen soll, und wenn sie mich bei Kräften vorfinden, werden sie darauf bestehen, dass ich für den Rest der Schwangerschaft bei ihnen in der Stadt bleibe." Er schloss die Augen und versuchte nachzudenken. „Nein, wir müssen sie überzeugen, dass es das Beste ist, wenn ich das Kind hier austrage und zur Welt bringe." Abgesehen davon, dass er nicht sicher gewesen war, das Kind loswerden zu wollen – der andere Grund, warum er seine Schwiegereltern nicht über seinen erwartungsvollen Zustand hatte in Kenntnis setzen wollen, war seine Furcht, sie würden ihn in die Stadt zurückbeordern, fort aus Huds Basin. Das hätte all dem Horror noch die Krone aufgesetzt.

Pater verzog das Gesicht. Keiner von beiden wollte während der Schwangerschaft und Geburt voneinander getrennt sein. Und während Kerry im Zuhause der Monhundys in der Stadt „stets willkommen" war, so galt das für Pater eindeutig nicht. Sie hatten sogar in den Vertrag mit Wilbet aufnehmen lassen, dass Zeke niemals die Häuser und Anwesen der Monhundys betreten durfte, und dass alle Familienbesuche ausschließlich in der Form stattfinden würden, dass Kerry zu ihm in die Berge reisen musste.

Damals war das wie eine beleidigende, aber verständliche Forderung erschienen. Kerrys Pater war entsetzlich ländlich und hatte ohnehin keinerlei Bedürfnis gehabt, in die Stadt zu kommen. Wilbet hatte sich großzügig gezeigt, Geschenke gemacht und so viele Verbesserungen und Reparaturen am Monkhaus durchführen lassen, dass Kerry nicht weiter darüber nachgedacht oder es als mehr als allgemein abschätzig erachtet hatte. An diesem Punkt in seinem jungen Leben wollte er so verzweifelt etwas Besseres erreichen und von den Monhundys und ihresgleichen akzeptiert werden, dass er bewusst über die wahre Gemeinheit dieser Bedingung hinweggesehen hatte. Selbst jetzt noch schob er das alles auf schlichte Gier und behauptete, sie allein hätte ihn so gründlich geblendet, dass er einen solch schäbigen Vertrag unterzeichnet hatte. Aber die Wahrheit war, er war naiv und blind gewesen, voller unverdienter Bewunderung für die so noble Stadtbevölkerung. Rückblickend war er davon angewidert. Was für ein dummes Kind er doch gewesen war.

Pater fragte: „Gibt es einen anderen Ausweg aus diesem Treffen?"

Eine Weile lang grübelten beide stumm, erwogen und verwarfen seufzend Optionen. Schließlich beugte Pater sich nach vorn und sagte: „Es muss einen Weg geben, dich ihnen zu verweigern. Sag einfach, du wirst nicht hinunterkommen. Was wollen sie dann tun? Hier heraufkommen? Du weißt, sie würden lieber sterben, als einen Fuß auf meinen Grund und Boden zu setzen. Und ich habe ein Gewehr, mit dem ich ihnen eine Lehre erteilen kann."

„Nein." Kerry nagte an seiner Unterlippe; ihm wurde übel. „Das ist keine Lösung. Das Gesetz ist auf ihrer Seite, und wir ..." Er sah zur Uhr. Er hatte lange geschlafen, aber nicht zu lange. Sein Pater musste beinahe direkt, nachdem Janus gegangen war und er die Botschaft gelesen hatte, zu ihm ins Zimmer gekommen sein. „Aber uns bleibt noch Zeit. Wenn ich Glück habe."

Aber sie konnten nicht länger warten, wenn er es bis zum Mittag den Berg hinunter schaffen wollte. Er stand auf und hob das Kinn. Mit tapferer Miene sagte er: „Im Augenblick gibt es nichts, das wir tun können, Pater. Ich muss gehen und mich mit ihnen treffen."

„Wir müssen das Auto nehmen", sagte Pater und widersprach nicht länger.

Der Wagen war ein weiteres Geschenk von Wilbet gewesen. Kerry erinnerte sich, dass Pater es damals als eine sinnlose Verschwendung von Geld und Treibstoff bezeichnet hatte. Aber am Ende hatte er zugegeben, dass es einfacher war, als für Einkäufe und Besorgungen jedes Mal eine Kutsche zu mieten. Die nächste größere Stadt war Blumzound und lag gute anderthalb Stunden Fahrt entfernt. Ein Auto war schneller und zuverlässiger als eine Kutsche. Außerdem konnte er damit fahren, wann immer er wollte, ohne jemandem einen Gefallen zu schulden oder viel Geld auszugeben – Benzin war preiswerter als ein Kutscher, wenn man noch das Trinkgeld und die Zeit mit einbezog. Kerry war einst stolz darauf gewesen, der Grund dafür zu sein, dass sein Pater so etwas Extravagantes wie ein Auto besaß. Jetzt war auch der Wagen nur eine Erinnerung an das, was er dafür geopfert hatte.

„Ich kann selbst fahren."

„Sei nicht so ein Sturkopf, Sohn." Pater legte beide Handflächen auf den Tisch. „Ich fahre."

„Nein. Ich gehe allein." Kerry schauderte und umarmte sich unwillkürlich selbst.

Falls die Monhundys seinen Pater auch nur in der Hotellobby sahen, konnte ihr Ärger darüber, an Kerrys ländliche Herkunft gemahnt zu werden, die Richtung des Gesprächs auf eine Weise beeinflussen, die Kerry für die kommenden Monate strategisch ins Hintertreffen brachte.

„Jetzt hör mal zu, Sohn." Paters Wangen glühten, und seine Stimme klang aufgebracht. „Du hast erst neulich eine Entscheidung ganz für dich allein getroffen, und sieh nur, was passiert ist. Heute lässt du mich fahren, ob es dir gefällt oder nicht." Er schlug mit der Faust auf den Tisch.

„Reg dich nicht auf", sagte Kerry und versuchte, ihn zu beruhigen. „Ich will nur nicht, dass du hier all deine Verpflichtungen vernachlässigst. Wer wird hier sein, wenn Janus heimkommt? Er braucht ein Abendessen."

Pater winkte ab. „Wir werden längst wieder hier sein, wenn das Priesterchen zurückkommt."

Dagegen konnte Kerry nichts einwenden. Janus' Tage bei Dr. Crescent dauerten lange bis in den Nachmittag. Falls sie sich beeilten, und falls es Kerry gelang, seine Ziele bei einem schnellen Essen mit den Monhundys zu erreichen, würden sie vor Janus wieder zuhause sein. Falls nötig, konnte Pater ihm kalten Braten servieren.

Kerry schloss die Augen. Wenn doch diese schweren Tage nur schon hinter ihm lägen, wie all die schweren Tage der Vergangenheit, und er säße hier an ihrem gemütlichen Tisch mit seinem Pater und einem gutaussehenden Alpha, der ihn nicht so beängstigte, wie er eigentlich sollte. Kerry wusste, es war dumm, sich bei Janus bereits so sicher zu fühlen, aber er konnte nicht leugnen, dass es so war. Janus hatte so behutsame Hände. Und er hatte Kerry nicht einmal gescholten für das, was er getan hatte. Zumindest bis jetzt nicht.

„Wir verschwenden Zeit", sagte Pater und sah zu der Uhr über dem Herd. „Wir müssen jetzt aufbrechen, wenn wir zum Mittag dort sein wollen."

Kerry las noch einmal die Nachricht von seinen Schwiegereltern. Sie war in Wirklichkeit ein Befehl, keine Einladung oder gar Bitte. Die Monhundys würden sich zwar nie so weit versteigen, eine Drohung schriftlich niederzulegen, aber sie wussten die Dinge stets so zu formulieren, dass Kerry an alles erinnert wurde, was er zu verlieren hatte, sollte er nicht gehorchen. Das Wichtigste, was er verlieren konnte – das Recht, hier in den Bergen bei seinem Pater zu bleiben, fern von der Stadt und den Erinnerungen – war die größte Waffe in ihrem Arsenal. Macht gegen einander und andere auszuspielen, war, wie es in dieser Familie zuging.

Wilbet war gut darin gewesen, Kerry stets an alles zu erinnern, was er ihm gegeben hatte und was er ihm jederzeit wieder wegnehmen konnte. Auch wenn er in seinen Drohungen nicht so subtil gewesen war wie seine Eltern. Er war nicht klug genug, um geschickt zu spielen. Wilbet war brutal und unvorsichtig, laut und gewalttätig. Kerry nahm an, dass er deshalb am Ende von der Polizei geschnappt worden war. Hätte Kerry nur nicht so bereitwillig weggesehen und Entschuldigungen sowohl für Wilbet als auch für die Gemeinheiten seiner Eltern akzeptiert und selbst formuliert, dann würde er jetzt vielleicht nicht in dieser schrecklichen Lage stecken.

Nicht, dass man ihn nicht gewarnt hätte. Es hatte sogar reichlich Warnungen von anderen Omegas bei den Philia-Abendgesellschaften gegeben. Mehr als einmal hatten ihn auf diesen vornehmen Partys andere Omegas zur Seite genommen und ihn vor Wilbets Gemeinheit gewarnt. Aber Champagner hatte in seinen Adern geprickelt, er hatte sich beinahe verliebt gefühlt, und die Aussicht auf eine Zukunft voller großartiger, ungeahnter Möglichkeiten hatte ihm den Geist vernebelt. Und Wilbet hatte ihn anfangs so galant und großzügig behandelt. Hatte ihn mit Geschenken und Komplimenten und Schmusereien in dunklen Ecken umgarnt. Sie hatten wilde Autofahrten unternommen, romantische Küsse im Mondlicht getauscht, und der Sex war freudvoll gewesen, wenn auch nicht umwerfend.

Kerry hob all diese Erinnerungen auf wie kleine, glänzende Kieselsteine, die, sobald man sie in der Hand hielt und umdrehte, eine schleimig-grüne Unterseite offenbarten. Dann schob er sie alle zur Seite. Er musste sich jetzt konzentrieren und seine Sinne beisammen halten.

Sie holten das kleine, grüne Auto aus dem Nebengebäude am Rand des Gartens, wo auch die Ackerfräse, und Garten- und Haushaltsgeräte untergebracht waren. Kerry dachte immer noch darüber nach, wie er Pater davon abhalten konnte, mit ihm den ganzen Weg den Berg hinunter zu machen. Aber am Ende gab er auf. Nach dem, was er mit Fans Pillen gemacht hatte, nachdem er ganz allein dieses Risiko auf sich genommen hatte, gab es keine Möglichkeit, Pater abzuschütteln. Er würde Kerry nicht trauen, allein in den Ort zu fahren. Vielleicht dachte er über zu viele verlockende Abhänge nach.

Seinen Pater davon zu überzeugen, dass er sich nichts antun wollte, dass er zumindest *darüber* hinaus war, war an diesem Punkt zwecklos. Er war leichtsinnig gewesen. Für diese dumme Entscheidung bezahlte er nun mit einer überängstlichen Eskorte. Jetzt musste er sich darauf konzentrieren, dass er heute nicht einen noch größeren Preis bezahlen und gezwungen würde, seine Schwangerschaft in der Stadt zu verbringen.

Während Pater den Wagen steuerte, sorgte das Gerumpel auf den unebenen Straßen dafür, dass Kerrys geschundener Körper erneut überall schmerzte. Es war ein Wunder, dass das Baby in seinem Gebärpater blieb. Er war ein entschlossenes, kleines Ding. Ganz wie Kerry selbst, nahm er an. Kerry klammerte sich an den Griff über der Beifahrertür, während sie über die entsetzlich holperige Straße ratterten.

Zumindest war das Wetter schön.

Sie hatten die Fenster heruntergekurbelt, und der Wind verwandelte Kerrys Haar in ein wildes Vogelnest. Aber die frische Luft war ein wenig beruhigend, auch wenn Kerrys Hände noch immer zitterten, als sie das Ortsschild von Blumzound passierten.

Es war wirklich nur eine winzige Stadt mit einer kleinen Reihe moderner Gebäude, die gebaut worden waren, nachdem vor fünf Jahren die Eisenbahnstrecke hier entlang geführt worden war. Der Handel war erblüht und hatte das Leben auf dem Berg zu einem gewissen Grad verbessert, weil der Zugang zu Waren und Dienstleistungen leichter geworden war. Aber im Großen und Ganzen war Blumzound immer noch nichts weiter als ein winziger, unbedeutender Flecken auf der Landkarte.

Die Häuser der Stadt und die Hauptstraße waren entlang der Ostseite an den Fuß des Berges geklebt worden, in die Biegung eines dunklen, grauen Flusses namens Blum. Das Hotel stand auf der anderen Seite der Stadt, nahe der Bahnstation.

„Lass mich hier raus", sagte Kerry, als sie vor dem vierstöckigen Gebäude anhielten, dem höchsten in Blumzound. „Parke auf der Rückseite, Pater. Ich treffe dich dort, wenn es vorbei ist."

„Oh, nein. Ich komme mit dir."

Kerry dreht sich zu ihm um. „Bitte, Pater. Du wirst es nur schlimmer machen." Er hasste es, so direkt sein zu müssen. Sein Pater wollte immer gern mit allen Menschen gut auskommen und hatte sich in der Vergangenheit sehr bemüht, einen guten Eindruck auf die Monhundys zu machen in der Hoffnung, ihre Haltung ihm gegenüber zu ändern. Dass ihm das nicht gelungen war, war etwas, das ihnen beiden großen Kummer bereitete.

„Ich verstehe."

Kerry benutzte einen Spiegel und eine Bürste, die er in einem Fach zwischen den Sitzen aufbewahrte, um sein Haar zu kämmen. Es ziepte, aber er verzog nicht das Gesicht, sondern fuhr zornig mit der Bürste durch die Knoten und versuchte, seine Wut zu einem Schild aufzubauen. „Kannst du in der Zwischenzeit nicht irgendwelche Besorgungen erledigen? Tank den Wagen auf. Du könntest Tee und Zucker besorgen. Den Kerzenvorrat aufstocken." Er band sein Haar zusammen, dann zögerte er, bevor er hinzufügte: „Kaufe ein paar weiche Stoffe für Schwangerschaftskleidung für mich? Die werde ich bald brauchen. Und auch andere Stoffe für Babysachen." Er berührte seinen Bauch. Die Kehle wurde ihm eng.

Pater beugte sich zu ihm hinüber und strich ihm eine rebellische Locke hinters Ohr. Mit feucht glänzenden Augen musterte er ihn von oben bis unten, und schließlich nickte er. „Na gut, mein Sohn. Ich lasse dich das allein regeln. Anscheinend habe ich wohl keine Wahl, so gern ich auch mit dir zusammen hineingehen und dich vor ihnen beschützen möchte. Rechtlich stehe ich im Abseits. Und sie respektieren mich ohnehin nicht."

Kerry drückte Paters Hand. „Es tut mir leid."

Pater entzog sich ihm und wischte die Entschuldigung zur Seite.

„Unterschreibe nichts oder stimme irgendetwas zu, das du nicht willst."

„Werde ich nicht."

„Versprich es mir."

„Ich verspreche es. Ganz bestimmt." Kerry küsste seinen Pater auf die Wange. „Und mach dir keine Sorgen. Ich sorge dafür, dass ich zur Geburt hier in den Bergen sein werde. Ich weiß schon, was ich sagen muss."

Pater schaute skeptisch drein, und das mit gutem Grund, denn Kerry war sich keineswegs sicher, wie er bekommen sollte, was er wollte. Aber Pater nickte dennoch und legte den Gang ein. „Tu dein Bestes." Er schnaubte. „Also gut. Wir treffen uns um zwei Uhr herum hinter dem Hotel. Versprich es mir, sonst komme ich dich holen."

„Ja. Zwei Uhr. Hinter dem Hotel." Wo niemand ihren staubigen Wagen oder Paters Arbeitskleidung sehen würde. Kerry machte sich schon Sorgen darüber, was die Monhundys von seinem eigenen Aufzug halten würden. Er hätte sich mehr Mühe geben und für solch einen Fall schönere Sachen einpacken sollten. Aber als er die Stadtwohnung verlassen hatte, direkt nach seiner letzten Hitze und nachdem er sich zurückgemeldet hatte, hatte er all seine guten Anzüge dort im Schrank zurückgelassen. In Huds Basin hatte er keine Verwendung dafür. Aus mehreren Gründen.

Kerry sah an seiner weichen, bequemen Hose herab, die einst gut gesessen hatte, bevor er so viel Gewicht verloren und sein Bauch zu wachsen angefangen hatte. Er glättete mit den Fingern sein bestes, weißes Hemd und richtete die Manschetten der modischsten Jacke, die er mitgenommen hatte. Sie war seit mindestens zwei Saisons überholt, aber sie war sauber und musste jetzt einfach genügen.

Den Hoteliers in Blumzound würde es nichts ausmachen, und wenn Kerry nicht gerade eine wandelnde Werbung für die Macht und den Reichtum der Monhundys war, dann mussten sie das eben schlucken.

Die Lobby des Hotels war erst kürzlich modernisiert worden. Früher hatte sie nach Stadt-Standard als kaum bewohnbar gegolten, aber der neue Zustrom von Besuchern und somit von Geld – nach dem Bau der Bahnstrecke – hatte ihnen erlaubt, alles vom Dach bis zum Boden zu renovieren. Der ehemalige Holzfußboden war nun aus blassem, rosa Marmor, und die gewölbte Decke war passend dazu gefliest worden. Es war nicht so glorios wie die Hotels in der Stadt, aber zumindest war zu erkennen, dass man sich in dem Berg-Etablissement große Mühe gegeben hatte, auch wenn es keine echte Klasse erreichte.

Kerrys Leib und seine Oberschenkelmuskeln schmerzten noch immer, und sein Magen drehte sich nervös um, als er die große Hotelhalle durchquerte. Aber er versuchte, keinerlei körperliches oder emotionales Unbehagen zu zeigen. Abwesend bemerkte er, dass in der Lobby jetzt cremefarbene Sofas und Sessel standen, zusammen mit niedrigen Couchtischen. Wenn er die Monhundys davon überzeugen wollte, dass Huds Basin der richtige Ort für ihn war, und dass ihr Enkel sicher sein würde – nein, am *sichersten* – wenn er hier in ihm wuchs, dann musste er einen vollkommen gesunden und gut gelaunten Eindruck machen.

Wolfgott, wenn er nur ein besserer Schauspieler wäre!

Der Beta in mittlerem Alter, der an der Rezeption stand, schickte ihn zum Hotelrestaurant. „Ja, man wartet dort auf Sie, Sir", sagte er mit einem Anflug von Ehrfurcht in der Stimme. Kerry erinnerte sich, dass er einst gegenüber den eleganten Monhundys dasselbe empfunden hatte. Inzwischen kannte er die Wahrheit über das, was sich wirklich hinter all dem Glanz verbarg, und jegliche Bewunderung, die er einst gehegt hatte, hatte sich in nacktes Grauen verwandelt.

Das Restaurant war zur Hälfte mit Gästen gefüllt und roch nach

Butter, Marmelade und irgendeiner Art fleischigen Eintopfes – vielleicht Kaninchen – bei dem Kerry der Magen knurrte. Sein Appetit hatte beschlossen, voll und ganz zurückzukehren, was gut war. Es würde ihn befähigen, überzeugend zu demonstrieren, dass er das Ding, das in ihm wuchs, herzhaft fütterte. Und seine Magerkeit konnte er damit erklären, dass sie das Resultat seiner inzwischen überwundenen Morgenübelkeit war. Solange niemand anfing, von Wilbet zu reden, was ihm den Magen umdrehen würde, sollte alles gutgehen.

Kerry entdeckte seine Schwiegereltern an einem Tisch in der Nähe des Fensters. Beide hatten die Köpfe zu der Aussicht auf den Garten gedreht und unterhielten sich leise über das, was immer sie da draußen sahen. Kerry betrachtete ihre makellosen, grauen Maßanzüge, die gestärkten Hemden und modischen Krawatten, und schluckte. Er war in der Tat underdressed für dieses Treffen mit ihnen.

Montes glänzendes, rotes Haar war seidenglatt und mit Pomade aus dem Gesicht frisiert, die, wie Kerry wusste, dezent nach Zitrone duftete. Er war etwa zehn Jahre jünger als Kerrys Pater und ziemlich eitel, was sein Aussehen betraf. Kerry wusste, er trug ein spezielles Gesichtspuder, um sich vor der Sonne zu schützen, sowohl damit seine helle Haut nicht verbrannte, als auch um nicht noch mehr Sommersprossen zu bekommen. Monte war geradezu paranoid wegen seiner Sommersprossen. Er behauptete, sie sähen unordentlich aus.

Lukas, Wilbets Vater, hatte silberfarbenes Haar. Nach den Fotografien, die Kerry von seiner und Montes Vertragsfeierlichkeiten gesehen hatte, hatte Lukas bereits mit Mitte zwanzig angefangen zu ergrauen. Von ihm hatte Wilbet den kräftigen Alpha-Kiefer und seine breite, muskulöse Brust geerbt. Aber Lukas sah aus wie ein Schurke, während Wilbet zum Schwärmen attraktiv gewirkt hatte. Anfangs jedenfalls. Es war schwer zu sagen, wann genau sich Kerrys

Meinung über Wilbets Aussehen geändert hatte. Wahrscheinlich um die Zeit herum, als Wilbet Kerry zum ersten Mal absichtlich weh getan hatte, während er ihn gefickt hatte.

Ja, das war wohl der Zeitpunkt gewesen.

Kerry schüttelte die grimmige Erinnerung ab, setzte ein fröhliches Lächeln auf und marschierte entschlossen auf seine Schwiegereltern zu. Irgendetwas draußen vor dem Fenster fesselte ihre Aufmerksamkeit. Kerry näherte sich unbemerkt ihrem Tisch und stand dann eine lange, schreckliche Minute einfach da, ohne dass sie ihn sahen. Die Szene vor dem Fenster war harmlos: Kaninchen im Garten. Braune Kaninchen, um genau zu sein, die mit puscheligen, weißen Hinterteilen umherhoppelten.

Kerry räusperte sich. „Vater, Pater", sagte er leise und benutzte die Titel, mit denen seine Schwiegereltern ihn angewiesen hatten sie anzusprechen, auch wenn sich das in seinem Herzen stets falsch anfühlte. „Ich habe eure Botschaft heute Morgen erhalten und bin gleich hergekommen."

Seine Schwiegereltern drehten sich sofort zu ihm um, beinahe gleichzeitig, als wären sie ein und dieselbe Person. Kerry unterdrückte ein angewidertes Schaudern und machte gute Miene.

„Schätzchen", hauchte Monte und erhob sich rasch. Seine Augen leuchteten auf, und ein Lächeln breitete sich über seine zarten Gesichtszüge aus. „Du siehst gut aus."

Kerry unterdrückte sein Zittern, während Monte ihn mit Küssen überschüttete – sein feuchter Mund landete auf Kerrys Wangen und Stirn, immer wieder. Kerry erinnerte sich, dieses Verhalten einst für ein Zeichen von echter Zuneigung und Akzeptanz seitens Wilbets Paters gehalten zu haben, anstatt für eine weitere Methode, Macht und Kontrolle auszuüben. Er war ein solcher Idiot gewesen.

„Pater", sagte er erneut und nahm Monte in die Arme, um wenigstens den Küssen ein Ende zu bereiten. „Du siehst auch gut aus."

Und das stimmte. Natürlich sah der Mann gut aus. Er gab mehr für Schönheitsprodukte und -prozeduren aus, als andere Männer im Jahr verdienten. Montes Haut leuchtete geradezu im Licht des Vormittags, das vom Garten durchs Fenster hereinschien. Kerry hoffte, seine eigene, gebräunte Haut möge im Vergleich dazu nicht zu fahl wirken, und falls doch, dass sie es vielleicht auf zu viel Sonne zurückführen würden und nicht darauf, dass er in letzter Zeit vielleicht krank gewesen war.

Ein kräftiger Arm legte sich um Kerrys Schulter.

Lukas zog ihn aus Montes Armen und führte ihn zu einem Stuhl, der zwischen den ihren stand, sodass Kerry direkt auf das Fenster zum Garten blickte und das Restaurant im Rücken hatte. Sofort fühlte er sich ausgeliefert und verwundbar.

„Also, nun entspann dich erstmal", sagte Lukas dröhnend. Sein breiter Mund bearbeitete die Worte wie ein schwer zu kauendes Steak. „Du siehst überhaupt nicht gut aus, mein Junge. Kein bisschen. Vielmehr würde ich sogar sagen, du siehst ein wenig angeschlagen aus." Seine braunen Augen glänzten erwartungsvoll, und er hob herausfordernd eine Braue.

Monte legte seine Serviette zurück in seinen Schoß und sagte: „Liebling, sei nicht so unhöflich zu unserem lieben Jungen. Bestimmt ging es ihm nicht gut." Seine Augen leuchteten ebenfalls vor aufrichtig fasziniertem Interesse. Er ließ Kerry nicht aus den Augen, während er sein Glas mit süßem Tee hob – ein Grundnahrungsmittel in den Bergen – und daran nippte. Dann sagte er: „Er sieht recht gut aus, unter den Umständen, finde ich."

Lukas verengte einen Moment lang die Augen, dann glühte sein Blick mit derselben erwartungsvollen Neugier wie Montes. Er lehnte sich in seinem Stuhl zurück und warf einen Arm über die Lehne, sodass er sich weiter umdrehen konnte, um jeden Gesichtsausdruck und jede Bewegung von Kerry mitzubekommen, und fragte drängend: „Dann hast du also gute Neuigkeiten für uns? Hast du unter Morgenübelkeit gelitten?"

„Lass den Jungen doch erst einmal essen!", rief Monte dramatisch aus und winkte dem Kellner. „Du bist heute wirklich besonders unhöflich, Liebster."

„Er hat uns wochenlang im Ungewissen gelassen, Liebling", wandte Lukas ein, aber als der Kellner an den Tisch trat, hielt er lange genug den Mund, damit Monte für Kerry bestellen konnte – so wie er früher für Wilbet bestellt hatte, selbst noch, als Wilbet bereits ein erwachsener Mann war, der eigene Entscheidungen treffen konnte.

Sobald der Kellner wieder gegangen war, um die große Anzahl der Forderungen zu erfüllen – denn offenbar plante Monte, das Problem von Kerrys Magerkeit während einer einzigen Mahlzeit zu beheben – bedrängte Lukas Kerry auch schon wieder, schweigend, aber eine Antwort verlangend.

Kerry lächelte, rutschte ein wenig mit dem Stuhl zurück, um mehr Luft zum Atmen zu haben, und nickte. Er hob das Kinn und versuchte, glücklicher zu klingen, als ihm zumute war. „Ja. Ich habe wundervolle Neuigkeiten! Es ist wahr. Ich bin schwanger."

Ein zufriedener Ausdruck fiel über Lukas' Gesicht. Er strahlte so viel Stolz aus, als wäre er selbst derjenige, der Kerry geschwängert hatte. Er nickte Monte zu und sagte mit kaum verhohlener Abfälligkeit: „Ich habe es dir ja gesagt. Es ist gut, dass wir hergekommen sind."

„Wieso das?", fragte Kerry und packte den Stier bei den Hörnern. Warum nicht sofort ihre Befürchtungen um sein geistiges Wohlbefinden, die Gesundheit des Babys, seine Zukunftspläne oder was auch immer zerstreuen? Ganz gleich, wie korrekt diese Befürchtungen auch sein mochten, jetzt ging es darum, sie von seiner vollkommenen Stabilität und seiner Begeisterung für diese Schwangerschaft zu überzeugen.

„Als du uns so lange nicht geschrieben hast, haben wir angefangen, uns zu wundern", sagte Monte, nahm Kerrys Hand und drückte sie. Seine Finger waren kalt, und sein Griff schmerzhaft kräftig. Er sprach mit leiser und süßer Stimme. Zu süß. Und mit weit aufgerissenen Augen. Zu weit. „Wir wissen, es war nicht leicht für dich, Kerry ... *emotionell* ... seit Wilbets unrechter Verhaftung–"

Kerry konnte kaum ein Schnauben unterdrücken. Unrecht! Monte würde das immer sagen, oder? Trotz der Beweise, trotz der Zeugenaussagen und sogar der Fotos, die ein Undercover-Ermittler geschossen hatte, der von dem Geliebten eines der Prostituierten, die Wilbet misshandelt hatte, angeheuert worden war. Und trotz Kerrys eigenen, geflüsterten und tränenreichen Geständnisses, in dem er seinen Schwiegereltern im Privaten berichtet hatte, was Wilbet ihm angetan hatte. Monte bestand noch immer darauf, dass alles nur ein Missverständnis war. Er behauptete, Wilbet musste geglaubt haben, dass Kerry Sex auf diese Weise wollte, dass sie *alle* solchen Sex wollten.

Monte redete in einem fort. „– und deshalb haben wir dir erlaubt, hier zu sein, bei deinem, ähem, Onkel." Er lächelte, aber dieses Mal hatte es eine gemeine Note. „Als die Wochen vergingen und wir nichts von dir hörten, wurden wir misstrauisch."

„Tatsächlich?" Kerry versuchte, verwirrt zu klingen.

„Oh ja. Wieso hast du uns nicht von dem Kind wissen lassen, sobald dir der Verdacht kam?"

„Die ersten fünf Wochen sind bekanntermaßen immer heikel", sagte Kerry sachlich und in einem Tonfall, der deutlich machte, dass Monte und somit auch Lukas sich seltsam aufführten, falls sie von ihm erwartet hatten, die Schwangerschaft zu irgendeinem früheren Zeitpunkt zu bestätigen als genau jetzt. „Ich wollte ganz sicher sein, dass dieses süße Ding uns auch erhalten bleiben wird, bevor ich euch Hoffnungen mache." An dieser Stelle streichelte er seinen Bauch liebevoll und hoffte nur, nicht zu dick aufzutragen.

Montes Augen funkelten begierig. „Aber jetzt bist du sicher? Dass mit der Schwangerschaft alles gut gehen wird?"

„Ich habe ein gutes Gefühl dabei", sagte Kerry vorsichtig. In diesem Moment knurrte sein Magen erneut, und dieser Beweis für seinen Hunger verschaffte ihm einige kostbare Augenblicke.

„Wo bleibt der Kellner?", fragte Monte, schnippte ungehalten mit den Fingern und sah sich um. Er fing den Blick eines gehetzt wirkenden Beta-Kellners auf und starrte ihn so verärgert an, das der arme Mann vom Hals aufwärts bis unter die Wurzeln seines blonden Haars errötete.

„Kommt sofort, Sir", rief der Kellner und eilte in die Küche.

„Wir können schließlich unser Enkelkind nicht hungern lassen", schnurrte Monte und nahm erneut Kerrys Hand. „Isst du auch gut? Du siehst dünn aus. Dein Onkel kümmert sich doch um dich, oder? Er verschwendet nichts von dem, was wir schicken?"

Kerry verbiss sich eine zornige Entgegnung und sagte stattdessen: „Ich kann inzwischen endlich wieder meine alten Portionen essen. Ein paar Wochen lang war mein Magen sehr empfindlich. So weit ich weiß, ist das normal."

„Ja, besonders, wenn du einen zukünftigen Alpha in dir trägst", sagte Monte und glühte praktisch, als würde der Mond durch seine blasse Haut brechen wollen. Dann grinste er Lukas an. „Hast du das gehört? Er hatte einen empfindlichen Magen." Dann stieß er einen kleinen Jubelschrei aus.

„Mach dir noch keine voreiligen Hoffnungen", beschwichtigte Lukas und ergriff über den Tisch hinweg Montes andere Hand. „Du weißt so gut wie ich, dass wir nach der Geburt noch gut einige Jahre warten müssen, bis wir sicher sein können."

„Außer, wenn es ein Omega wird", sagte Monte mit einem Anflug von Besorgnis. „Dann wissen wir es sofort."

„Ja."

Als die Gerichte eintrafen, stellte Kerry fest, dass Monte die *gesamte* Speisekarte geordert hatte. Der Tisch wurde überhäuft mit Brot, Marmelade, Eintopf, Eiern, Früchten, Pfannkuchen, Speck, Salat, Bücklingen und einer fetten Zimtschnecke. Kerry nahm kleine, stärkende Bissen von jedem Gericht, außer von dem Fisch, den er nicht mochte. Er war vorsichtig, um es nicht zu übertreiben, und aß langsam, um es so lange wie möglich auszudehnen. Er wollte nicht zu viel reden müssen, wenn er es vermeiden konnte, und die Monhundys hatten eine feste Regel, die besagte, dass niemand über etwas Ernstes diskutieren durfte, solange eine Person aß. Sie glaubten, dass das zu Magenverstimmungen führte und in manchen Fällen, wenn das Thema besonders schwierig war, zu Durchfall.

Gewiss ein altes Omega-Märchen, so wie der Glaube, dass starke Morgenübelkeit während der Schwangerschaft die Geburt eines Alphas verhieß. Trotz ihres modernen Lebens in der Stadt glaubten die Monhundys viele solche Märchen. Kerry erinnerte sich noch immer daran, wie sie darauf bestanden hatten, dass er vor seiner ersten Hitze mit Wilbet zwei Tage lang nichts anderes als Buttersandwiches essen durfte. Sie hatten behauptet, das würde den Weg für den Knoten ebnen. Irrsinn.

Und jetzt beobachteten sie mit Argusaugen, wie Kerry schluckte, als würde jeder Bissen, der in seinen Mund wanderte, direkt der Gesundheit und dem Wohlergehen ihres zukünftigen Enkels zugeführt. Und als Kerry pausierte, um einen Schluck Wasser zu trinken, hielten sie den Atem an, als würde er jeden Moment gebären. Es war ein seltsames, mächtiges Gefühl. Sie fraßen ihm gewissermaßen aus der Hand. Jetzt musste er nur noch die Kontrolle behalten und dafür sorgen, dass es so blieb.

„Ich glaube, das Baby ist stark", sagte Kerry schließlich, als er die intensiven Blicke nicht länger zugunsten von Essen ignorieren konnte. Er lehnte sich in seinem Stuhl zurück, vollgestopft und nicht mehr im Geringsten hungrig. „Er scheint sich gut zu entwickeln." Kerry wusste, er würde das nie mit ihnen diskutieren.

Monte streckte die Hand aus, als wollte er Kerrys Bauch anfassen, aber nachdem er sich kurz unter den anderen Gästen im Restaurant umgesehen hatte, zog er seine Hand wieder zurück. Offenbar hatte er es sich noch einmal überlegt, etwas Derartiges in der Öffentlichkeit zu tun. Was die Falschheit seiner anfänglichen Küsse nur noch mehr unterstrich – die waren nur Show gewesen. Aber das gerade war ein echtes Bedürfnis gewesen, eine Verbindung zu dem Kind in Kerrys Bauch herzustellen, ein viel zu verletzlicher Wunsch für Monte Monhundy, um ihn öffentlich zu zeigen.

„Und was ist das voraussichtliche Datum?", fragte Lukas. Er beugte sich vor und starrte auf Kerrys Bauch, als könnte er das Baby darin sehen.

„Ende des Sommers, oder Anfang Herbst."

„Natürlich. Ja." Monte richtete den Blick, der ein wenig glasig wurde, zur Decke und rechnete im Geiste. „Das kommt hin."

„Du wirst natürlich mit uns zusammen nach Hause kommen. Du hattest genug Zeit hier mit deinem … Onkel." Lukas runzelte die Stirn und schnalzte mit der Zunge. „Kein Grund, auch nur einen Tag länger als nötig mitten im Nirgendwo auszuharren. Er hatte seine Zeit mit dir; jetzt sind wir an der Reihe."

„Eigentlich würde ich lieber bleiben", sagte Kerry mit einer Bestimmtheit, von der er nicht sicher war, dass sie ihm das Recht dazu einräumten. Aber von hier aus half nichts als Wagemut. Er konnte nur beten, dass es funktionieren würde.

Lukas' dichte, dunkle Brauen hoben sich. „Oh?"

Monte keuchte. „Wieso solltest du das tun wollen, Schätzchen, wenn die medizinische Versorgung in der Stadt so viel besser ist? Jeder weiß, dass die Geburt für einen Omega eine heikle Phase ist, und ganz besonders für einen mit deiner …" Er deutete auf Kerrys Brust. „Nun, *Missbildung*, in Ermangelung eines besseren Wortes. Da sollten wir keinerlei Risiko eingehen."

„Es gibt einen neuen Doktor, der in Pat–" Kerry fing sich gerade noch. Er würde nie verstehen, warum es ihnen so sehr widerstrebte, wenn er von Zeke als seinem Pater sprach, aber das tat es. Also lächelte er verlegen, täuschte ein kleines Rülpsen vor und fuhr dann fort: „Ein neuer Doktor wohnt im Haus meines Onkels."

„Und?"

„Nun …" Kerry nahm all seine Fähigkeiten zum Lügen zusammen, die er nach seinem Vertrag mit Wilbet notgedrungen erlernt hatte. „Äh, dieser neue Doktor ist ein Beta – ungewöhnlich, ich weiß." Er zuckte die Achseln. „Aber das gibt es dieser Tage mehr und mehr."

„Ja, Betas bleiben oft nicht, wo sie hingehören", stimmte Lukas zu.

Oh, Wolfgott, das nahm die falsche Richtung. Kerry weitete seine Lüge hastig aus. „In diesem Fall ist es aber vielleicht zum Besten. Er ist ein anerkannter Arzt, in der Stadt ausgebildet, und hat tatsächlich praktische Erfahrung in der Behandlung von Omegas mit meinen speziellen Knochenbau-Problemen."

„Wie ungewöhnlich", murmelte Monte mit skeptischem Gesichtsausdruck.

Kerry holte tief Luft und log, als hinge sein Leben davon ab. Was es in gewisser Weise auch tat. „Ja. Es ist ein echter Glücksfall, wirklich. Er hat bereits zwei Omegas, die dieselbe Missbildung haben wie ich, ohne Zwischenfall von gesunden Babys entbunden."

„Tatsächlich?" Lukas strich sich nachdenklich das Kinn, während der Beta-Kellner kam, um den Tisch abzuräumen.

„Und was macht er dann hier in den Bergen, wenn er so gut ist?", wollte Monte wissen, sobald der Kellner wieder gegangen war.

„Er ist sehr religiös", sagte Kerry und rümpfte die Nase, wie um zu zeigen, wie geschmacklos er das fand. „Ein Gläubiger der Heiligen Kirche von Wolf. Ihr kennt ja die Sorte. Betet morgens, mittags und abends und glaubt, dass er zehn Prozent seines Lebens wohltätiger Arbeit widmen muss. Und für das kommende Jahr hat er Huds Basin ausgewählt, um sein gutes Werk zu tun."

Lukas schnalzte leise mit der Zunge. Und Monte starrte Kerry an, als würde er die Lüge entdecken wollen, konnte aber nicht den Finger darauf legen.

„Wir werden ihn natürlich bezahlen", sagte Lukas mit einem Ausdruck gekränkter Würde. „Unser Enkelsohn wird nicht Teil seiner Almosen sein."

„Natürlich nicht." Kerry bemühte sich um einen Ton, der deutlich machte, dass das zu keiner Sekunde in Frage gestanden hatte.

Lukas gab einen Laut der Zustimmung von sich, dann sagte er: „Vielleicht hat Wolfgott beschlossen, dieser Familie zu vergeben, und das Glück ist uns endlich wieder wohlgesonnen. Das ist ein großartiger Zufall."

Monte verbiss sich eine Antwort und nippte schweigend an seinem inzwischen wässrigen, süßen Tee. Kerry nahm an, er hatte gegen die Aussage aufbegehren wollen, dass die Familie Vergebung nötig hatte. Was Wilbets Schuld betraf, vertraten Monte und sein Alpha unterschiedliche Ansichten.

Dennoch war Kerry schockiert darüber, dass seine Schwiegereltern ihm die Geschichte so einfach abkauften. Immerhin war die Missbildung seiner Brust etwas sehr Seltenes. Er hatte nie jemanden getroffen, der dasselbe hatte.

„Ich kann euch Referenzen für diesen Doktor zukommen lassen", fuhr Kerry fort und hoffte, dass der nächste Teil ebenso glatt lief wie der bisherige. „Sein Familienname lautet Heelies." Er wartete kurz ab, bis der Name sackte. Es war ein Risiko und konnte durchaus schiefgehen. Falls seine Schwiegereltern beschlossen, Janus' Qualifikation persönlich zu prüfen, würden sie umgehend seinen Alpha-Status erkennen. Ganz zu schweigen davon, dass auch sein Mangel an Zulassung und Erfahrung auffliegen würde. Kerry hielt den Atem an. „Ja, Dr. Janus Heelies? Ich glaube, ihr kennt die

Familie. Ich erinnere mich, einen Mann dieses Familiennamens auf einigen eurer Partys in der Stadt getroffen zu haben."

Monte und Lukas wechselten vielsagende Blicke, und Monte hüstelte nervös. „Heelies, sagst du?"

„Ja."

„Wir versuchen seit zwei Jahren, wieder ihren Respekt zu erlangen und sie als Geschäftspartner zurückzugewinnen", murmelte Lukas.

„Ich bin sicher, Dr. Heelies kann bei seinem Onkel ein gutes Wort einlegen", sagte Kerry munter. „Als mein Arzt wird er mir auf jede erdenkliche Weise helfen wollen. Ihr wisst ja, wie Betas sein können, immer so eifrig darauf bedacht zu helfen."

„Arschkriecher, meinst du", bemerkte Monte lachend.

„Deine Worte, aber ja", antwortete Kerry mit einem bemühten Lächeln. Die ganzen Lügen lähmten beinahe seine Zunge. Er nahm sein Wasserglas, trank einen langen Schluck und stellte es mit leicht zitternder Hand wieder hin. Er hoffte, seine Schwiegereltern würden es nicht bemerken. „Und jeder weiß schließlich, wie wichtig es ist, einen Omega während der Schwangerschaft bei Laune zu halten. Wenn Dr. Heelies glaubt, dass es mich glücklich macht oder mir die Schwangerschaft erleichtert, wird er sicher nicht zögern."

Lügen über Lügen. Kerry bewegte sich auf dünnem Eis. Er spürte, wie die Schwerkraft an ihm zerrte und ihn warnte, sein nächster Schritt könnte einer zu weit sein.

Monte beugte sich eifrig vor. „Hat dieser Dr. Heelies dir von den früheren Geschäftsverbindungen unserer Familien erzählt?" Er kaute an seiner Unterlippe und zitterte ein wenig, als er sich noch weiter nach vorn beugte. „Oder, oh Schätzchen, hat er etwas über ... *die Situation* erwähnt?"

Kerry wusste, „die Situation" war Montes Code für Wilbets Gefängnisaufenthalt und die Gründe dafür. Zumindest auf diese Frage brauchte Kerry nicht mit einer Lüge zu antworten. „Nein, Dr.

Heelies hat nichts dergleichen erwähnt. Er scheint sich im Moment gar nicht der Situation bewusst zu sein. Ich habe den Eindruck, er hat zu jener Zeit nicht in den Kreisen verkehrt, in denen das ein Gesprächsthema war." Diese Lüge würde nur Bestand haben, sofern Monte glauben und hoffen wollte, dass es anständige Teile der Gesellschaft gab, wo sich noch nicht herumgesprochen hatte, was sein Sohn getan hatte. „Ich glaube, Dr. Heelies war damals während der Grippewelle sehr krank. Er hat meinem Onkel so etwas erzählt."

„Oh ja, das war ein dunkles Jahr", sagte Lukas und machte ein grimmiges Gesicht. „So viele Grippetote, und dann natürlich, nun ja …" Er warf einen Blick zu Monte, seufzte und stieß hervor: „Die Situation." Lukas legte Kerry beruhigend eine Hand auf die Schulter. „Am besten denken wir nicht allzu sehr daran. Vor uns liegt eine helle Zukunft, besonders jetzt, da du froher Erwartung bist."

Kerry schluckte heftig. „Jedenfalls, ich würde Dr. Heelies lieber über Wilbet im Dunklen lassen."

Seine beiden Schwiegereltern zuckten zusammen; der Name ihres Sohnes landete wie eine Bombe auf dem Tisch. Aber Kerry würde heute nicht davor zurückscheuen, ihn auszusprechen, wie sehr er auch sonst versuchte, nicht an seinen Alpha zu denken. Sein falsches Selbstvertrauen in Bezug auf Wilbet war eines der wenigen Verhandlungsmittel, die er gegen seine Schwiegereltern ins Feld führen konnte.

Sie glaubten, dass er sich der Familie verpflichtet fühlte, wenn schon nicht ihrem Sohn. Nachdem die Monhundys seine ursprünglichen Bitten um Nachsicht und Schutz vor Wilbet während seiner Hitzen abgelehnt hatten, war Kerry klar geworden, dass er sie überzeugen musste, der Familie zu dienen, wenn er hoffen wollte, nicht für alle Zeiten eine mitleidlos misshandelte Gebärmaschine für sie zu sein.

„Unsere privaten Familienangelegenheiten gehen niemanden

etwas an." Kerry hob die Brauen und sah seine Schwiegereltern eindringlich an. „Das stimmt doch, oder?"

Monte und Lukas lehnten sich erleichtert zurück und wechselten einige Blicke. Offenbar führten sie eine stumme Unterhaltung, wie es nur *Érosgápe* konnten. Schließlich setzte Lukas sich wieder auf und fragte mit dem leichtesten Anflug von Argwohn. „Ist dieser Dr. Heelies, äh …" Er lächelte süßlich. „Wie soll ich es ausdrücken? Ist er übermäßig an deinem Wohlergehen interessiert?"

„Er ist sehr pflichtbewusst, wie alle Ärzte. Ich vertraue ihm." Die nächsten Worte sprach Kerry sehr sorgfältig, denn falls die Monhundys auf die Idee kamen, dass Janus ihm etwas bedeutete oder er ihn irgendwie anziehend fand – was natürlich nicht der Fall war – dann würden sie Kerry auf der Stelle aus Paters Haus wegbringen, bevor sich womöglich der nächste Skandal erheben konnte. „Ich vertraue seinen Fähigkeiten. Wie gesagt, er hat bereits früher Männer wie mich von gesunden Söhnen entbunden."

„Vielleicht sollten wir persönlich ein Wort mit ihm reden", sagte Monte mit ernstem Blick und sah zustimmungsheischend zu Lukas. „Wir könnten Dr. Rose den Berg hinaufschicken, damit er sich mit diesem Dr. Heelies besprechen und sicherstellen kann, dass der wirklich die bestmögliche Qualifikation besitzt, und dann–"

„Nein", sagte Kerry. Er hoffte, nicht zu hastig widersprochen zu haben.

Lukas zog eine Grimasse. „Den Berg hinauf? Zu dieser schmutzigen, kleinen Pension? Soll er etwa dort übernachten? Zusammen mit diesem Mann essen?"

Monte runzelte ebenfalls die Stirn. „Wo liegen deine Prioritäten, Liebling? Es geht um Kerrys Sicherheit! Und die unseres Enkelkindes!"

Kerry widersprach erneut. „Ich verstehe, wie sehr ihr um mich besorgt seid und wollt, dass ich sicher und in guten Händen bin. Aber es könnte den Eindruck erzeugen, als würdet ihr Dr. Heelies und seinen Fähigkeiten nicht trauen, wenn ihr einen anderen Doktor aus der Stadt herbringt, um ihn zu überprüfen. Ihr wisst, wie Ärzte sind. Arrogant. Empfindlich. Er mag zwar kein Alpha sein, aber …" Kerry suchte verzweifelt nach einer plausiblen Erklärung. „Er ist nicht weniger arrogant. Und sehr leicht gekränkt, wenn es um seinen Ruf geht. Er hat stets Sorge, dass die Leute ihn nicht so sehr respektieren wie einen Alpha-Doktor."

„Na, selbstverständlich tun sie das nicht!", rief Lukas aus.

„Richtig. Aber das Problem ist trotzdem, dass er gekränkt sein wird. Und wäre es uns gleich, was die Heelies von uns denken, würde ich sagen, dass wir seine Gefühle vernachlässigen können. Aber es ist uns nicht gleich. Außerdem will ich nicht die Gelegenheit verlieren, sein Patient sein zu können. Niemand sonst besitzt seine Erfahrung. Bei einem anderen Arzt zu gebären, ist auf jeden Fall riskanter."

Lukas hatte sich gegen den Gedanken gesträubt, dass dieser Beta-Arzt denselben Respekt verdiente wie ein Alpha-Doktor, aber Monte war überzeugt. Er war schließlich ein Omega. Er kannte die Gefahren von Schwangerschaft und Geburt nur zu gut.

„Nein, nein, wir wollen ihn nicht beleidigen. Wenn du dir sicher bist, dass er der beste Doktor für dich ist, Kerry. Und besonders, da er ein Heelies ist", murmelte Monte. „Die Familie könnte davon erfahren. Ihre Akzeptanz und ihre Freundschaft in der Gesellschaft würden für uns einen großen Unterschied machen." Monte verzog das Gesicht und sah zu Lukas. „Denkst du nicht auch?"

„Wenn wir jetzt darauf bestehen, dass Kerry mit uns nach Hause kommt, dann kann dieser Heelies-Beta es nicht persönlich nehmen. Wir müssen nur klarmachen, dass wir Kerry für die Geburt unseres Enkels nah bei uns haben wollen. Das ist nur vernünftig und nachvollziehbar."

Wolfgott, das war völlig aus dem Ruder gelaufen. Kerry öffnete den Mund, um etwas zu sagen – auch wenn er nicht wusste, was – als ihm überraschend Monte zur Hilfe kam. „Tja, nun, so gern ich Kerry auch in der Nähe hätte, und so sehr es mir widerstrebt, ihn hierzulassen – Kerry muss selbst entscheiden können, wo und wie er das Baby zur Welt bringt." Montes Augen leuchteten voller Ernst im Licht, das durchs Fenster schien. „Du weißt, wie entscheidend das Wohlbefinden des Omegas für den Ausgang jeder Schwangerschaft ist. Ich wünschte, es wäre anders, aber ... so ist es nun einmal. Immer. Jeder weiß das."

„Ja, sicher, aber ... in den Bergen? Ohne notfallmedizinische Einrichtungen in der Nähe? Wie kann ein schrulliger Wunsch das unbestreitbare Risiko aufwiegen?"

Monte seufzte. „Liebling, es gibt kaum ein größeres Risiko für den Ausgang einer Schwangerschaft als einen unglücklichen Omega, und ob es uns nun gefällt oder nicht, Kerry hängt sehr an seinem Onkel und an diesem lächerlichen See." An dieser Stelle verdrehte Monte die Augen, als wäre das unerträglich, würde aber zum Wohle ihres Enkelkindes toleriert werden müssen. Flüsternd fuhr er fort: „Das Bergvolk glaubt, dass dem See Magie innewohnt. Und Kerry glaubt das ebenfalls, auch wenn er das in unserem Beisein nie zugeben würde. Omegas sind abergläubisch während der Schwangerschaft und Geburt. Du weißt, wie das ist."

„Und wegen des absurden Märchens von einem magischen Seen sollen wir dem Hinterwäldler-Omega unseres Sohnes nachgeben, selbst wenn wir dabei seinen und den Tod des Kindes riskieren?"

Hier mischte Kerry sich erneut ein. „Ich weiß, ihr wollt nicht nur, dass das Kind die Geburt überlebt, sondern auch ich. Wir alle wissen, dass es mehrere Jahre dauern wird, bis sich sagen lässt, ob das Kind ein Alpha wird oder nicht. Es ist sicherer, nicht alles auf eine Karte ..." Er musste den Satz nicht beenden.

Es war den Monhundys bewusst, dass kein Omega je wieder einen Vertrag mit Wilber – ihrem einzigen Kind – eingehen würde, selbst falls Kerry sterben und Wilbet wieder frei für eine neue Beziehung sein würde. Ihre einzige Hoffnung auf einen Familienerben ruhte auf Kerry und dessen fortgesetzte Fähigkeit, auch in Zukunft Kinder für Wilbet zu gebären, falls dieses Baby nicht überleben oder sich als Beta oder Omega erweisen sollte.

„Ich verstehe." Lukas ließ die Worte fallen wie Steine.

Kerry schluckte. „Ihr wisst, dass ich mich hier bei meinem Onkel in den Bergen und auf dem Land, das ich liebe, am meisten zuhause fühle. Und ja, auch in Huds Basin selbst. Aber es ist mir auch wichtig, so weit wie möglich von der Demütigung und dem Skandal, den Wilbet in mein Leben gebracht hat, entfernt zu sein. All das Gerede hat mich fast umgebracht."

Es war weniger das Gerede gewesen als vielmehr das blanke Entsetzen über das, was der Mann, an den er vertraglich gebunden war, anderen menschlichen Wesen angetan hatte. Monte würde Kerrys Worte jedoch nur zu bereitwillig glauben, denn *ihn* hatte der Skandal tatsächlich beinahe umgebracht. Er hatte wochenlang nicht das Bett verlassen, nachdem er von der Anklage gegen seinen Sohn erfahren hatte. Und dann noch einmal nach dem Urteil und der Verkündung der Haftstrafe.

„Die Gerüchte zerstreuen sich bereits", entgegnete Lukas und berührte sanft Kerrys Hand. Trotz des Mitgefühls in Lukas' Blick fühlte Kerry sich schmutzig. „Die Leute wollen sich wieder anderen Dingen zuwenden, und uns ist das nur allzu recht. Bitte, Kerry, denk darüber nach, mit uns zu kommen. Wie ließe sich die Erinnerung in den Köpfen besser auslöschen als durch die Freude eines neugeborenen Babys?"

„Dann sollten wir vielleicht abwarten, bis das Baby neugeboren ist", sagte Kerry. „Oder vielleicht sogar schon etwas älter – ein Krabbelkind. Findest du nicht auch, dass der lebende, gesunde und niedliche Beweis für die Zukunft der Familie einen größeren Eindruck auf die Gesellschaft machen würde als ein watschelnder, unzufriedener, schwangerer Omega?"

Erneut wechselten Kerrys Schwiegereltern mehrere Blicke.

„Du warst schrecklich schwierig während deiner Schwangerschaft mit …" Lukas verstummte, nicht gewillt, den Namen seines Sohnes auszusprechen. Er hatte Wilbet kein bisschen mehr verziehen als Kerry, auch wenn er auf andere Weise damit umging.

Monte schnaubte leise, als wollte er widersprechen, aber dann warf er einen langen, prüfenden Blick auf Kerry und sagte: „Dein Onkel wird sich zweifellos viel besser um deine Launen und Wünsche kümmern, als ich es könnte. Und ich würde ungern extra einen Diener bezahlen, wenn wir deinem Onkel ohnehin schon so viel Geld schicken. Soll er es sich ausnahmsweise mal verdienen."

Kerry schluckte seinen aufsteigenden Zorn herunter. Stattdessen setzte er ein Lächeln auf, auch wenn es sich anfühlte, als würde er Glasscherben kauen.

„Ganz recht, soll er es sich verdienen", stimmte Lukas mit einem knappen Nicken zu, das Kerry ihm am liebsten aus dem Gesicht geschlagen hätte. „Dann sieht er mal eine Weile lang, wie es sich anfühlt zu arbeiten."

Kerry nahm hastig ein Stück Schokolade von dem kleinen Desertteller, den er kaum angerührt hatte, und steckte es sich in den Mund. Er ließ den Geschmack über seine Zunge gleiten und seine Worte versüßen. „Er würde sich freuen, sich um mich kümmern zu dürfen, und es wäre ihm eine Ehre, wenn ihr das Gefühl hättet, dass er das Geld verdient, das ihr ihm schickt."

Es blieb unerwähnt, dass dieses Geld Kerry gehörte – es war Bestandteil des Vertrages, der ihn zu Wilbets Omega machte, dass die Monhundys es schickten. Ganz davon zu schweigen, dass er, so weit es ihn betraf, dieses Geld für die nächsten tausend Jahre verdiente und mehr, indem er ihre dämonische Ausgeburt austragen und zur Welt bringen würde. Er hielt den Mund und lächelte und schluckte die Schokolade. Dann sagte er: „Danke dafür, dass ihr mich in Huds Basin bleiben lasst. Mein Zuhause gibt mir so viel Frieden. Und ich weiß, dass Dr. Heelies mehr als kompetent ist, mich bei der Geburt zu betreuen. Wie gesagt, hat er in der Stadt studiert und gearbeitet."

Sie nickten und sahen aus dem Fenster, wobei sie erneut gleichzeitig die Köpfe drehten, als wären sie ferngesteuert. Nach einem Moment unangenehmen Schweigens schaute Monte zurück zu Kerry und sagte: „Es versteht sich von selbst, dass das Kind in unserem Haus in der Stadt aufwachsen wird."

Kerry nickte und biss die Zähne zusammen, um nichts zu sagen. Er wusste ohnehin nicht, wieso er protestieren wollte. Es war stets sein Plan gewesen, das Kind den Monhundys zu überlassen. Er würde seinen Sohn keinesfalls jeden Tag sehen wollen – eine lebende, atmende Erinnerung an Wilbet. Er wollte nicht die tägliche Bürde tragen müssen, das Kind zu hassen. Er wünschte, er könnte es lieben.

„Und du wirst ihn stillen, wenn du körperlich dazu in der Lage bist. Zwei Jahre lang."

Kerry nickte erneut.

„Benötigen wir einen separaten Vertrag?", fragte Monte. „Um sicherzustellen, dass wir alle unsere Rollen verstehen?"

Kerry ballte unwillkürlich die Fäuste in der Serviette, die er auf seinem Schoß hielt. „Das erscheint mir unnötig. Wir sind uns alle einig. Das Kind wird in der Stadt aufwachsen, aber ich werde ihn hier zur Welt bringen … nun, in Huds Basin."

Kerrys Schwiegereltern wechselten zögernde Blicke; sie hassten es eindeutig, die Kontrolle abzugeben. „Wir würden ungern die Heelies beleidigen, indem wir einen Doktor aus ihrer Familie anzweifeln, aber …", begann Lukas erneut.

„Wenn der Zeitpunkt nah ist, wirst du uns Bescheid geben", sagte Monte und berührte Kerrys Arm. „Und ein paar Tage nach der Niederkunft wirst du unseren Enkel zu uns in die Stadt bringen.

Es wird sich ein Arzt für eine umfassende Untersuchung bereit halten."

„Wenn du darauf bestehst."

„Das tue ich."

Kerry nahm einen langen, kalten Schluck Eiswasser. Es überraschte ihn nicht, die Eiswürfel klappern zu hören oder zu sehen, dass seine Hand ein wenig zitterte, als er das Glas wieder hinstellte. „Ich stimme deinen Bedingungen zu."

„Und falls du irgendwelche Anzeichen einer drohenden Fehlgeburt erkennst, wirst du uns umgehend davon unterrichten und den Doktor akzeptieren, den wir dir schicken."

„Ja."

Sie starrten einander über den Tisch hinweg an.

„Also gut dann", sagte Monte und neigte seinen hochroten Kopf. „Ich denke, mehr können wir zu diesem Zeitpunkt wohl nicht verlangen."

Kerry wurde ganz schwindelig vor Erleichterung. Ihm war klar, dass sie von Rechts wegen durchaus viel mehr hätten verlangen können. Sie hätten sogar verlangen können, dass er auf der Stelle aufbrach und mit ihnen zusammen in die Stadt zurückkehrte, um dort zu entbinden, ob er wollte oder nicht. Rechtlich gesehen trug er Wilbets Eigentum in sich, und während Wilbet im Gefängnis saß, war jeglicher Besitz, der nicht seinen Opfern zugesprochen worden war, Eigentum seiner Eltern geworden. Und das schloss auch das Kind ein, das Kerry unter dem Herzen trug, wenn auch nicht Kerry selbst.

„Ihr seid so gütig und verständnisvoll", sagte Kerry. „Ich weiß nicht, wie ich euch danken soll."

„Danke uns, indem du einen gesunden Sohn zur Welt bringst. Vorzugsweise einen Alpha, auch wenn ich annehme, dass du wenig Einfluss darauf hast." Monte klang bitter, so als wünschte er, Kerry dafür verantwortlich machen zu können. „Und vergiss nicht, dass

wir dir sehr viel Freiraum gelassen haben, und wie sehr wir dir
entgegengekommen sind …" Er verstummte, als ihm offenbar
auffiel, dass seine Worte einen drohenden Unterton annahmen. Er
riss sich zusammen, lächelte Kerry an und tätschelte dessen Arm.
„Wir freuen uns so sehr, Großeltern zu werden, und können dir gar
nicht genug danken, dass du das für uns tust."

Als hätte er eine Wahl! Man hatte ihn gezwungen, und das
wussten sie ganz genau. Zweimal hatte er ein Bittgesuch eingereicht,
um einem anderen Alpha zu erlauben, ihm mit Alphakondomen
durch seine Hitzen zu helfen, um die Besamung zu vermeiden. Und
beide Male hatten sie sich geweigert. Sie hatten um jeden Preis ein
Enkelkind gewollt; ob Kerry dabei körperlich und seelisch Gewalt
angetan wurde, war ihnen vollkommen egal gewesen. Und dafür, so
hoffte Kerry inständig, würde Wolfgott sie eines Tages zur Rechen-
schaft ziehen.

Kerry lächelte unterwürfig, aß noch ein Stück Schokolade und
sagte nichts.

Für den Augenblick war er ihnen ausgeliefert.

DAMIT HÄTTE ES eigentlich gut sein sollen. Aber das war es nicht.

Wie sich herausstellte, waren Monte und Lukas in Begleitung
von Dr. Rose angereist – einem Arzt aus der Stadt, der in ihren
Diensten stand –für den Fall, dass Kerry abstreiten sollte, schwanger
zu sein. Und scheinbar wollten sie in jedem Fall die ärztliche
Bestätigung, obwohl Kerry bereits gestanden hatte, dass er in der
Tat ihr Enkelkind in sich trug.

„Mein Onkel wartet draußen im Auto auf mich", sagte Kerry
leise.

„Wir haben hier ein Zimmer für dich gebucht. Unser Fahrer
kann dich morgen früh zurück auf den Berg bringen", sagte Monte

und ignorierte Kerrys schwachen Widerspruch. „Ich bestehe darauf, dass du dich von unserem Doktor untersuchen lässt, und dann ruhst du dich für den Rest des Nachmittags in einem anständigen Bett aus. Und natürlich isst du auch mit uns zu Abend. Nicht wahr, Lukas? Wir müssen über so vieles reden."

Ach ja? Kerry fand, das Mittagessen war schon schwierig und unangenehm genug gewesen. Wie konnten sie das wiederholen wollen? Und schon so bald?

„Ich ziehe es vor, in meinem eigenen Bett zu schlafen." Kerry tätschelte seinen Bauch und spielte die einzige Karte aus, die er hatte. „Es ist besser, wenn ich nachts gut schlafe. Besser für das Baby."

Monte verengte misstrauisch die Augen, fuhr aber fort, als hätte Kerry eine berechtigte Sorge geäußert. „Oh, Schätzchen, wir schicken dich am Morgen nach Hause. Eine Nacht hier wird dir nicht schaden."

Kerry Gedanken wirbelten, während er vergeblich nach einer anderen Ausflucht suchte. Er warf einen Blick auf die Wanduhr und sagte: „Ich habe Pater – ich meine, ich habe meinem Onkel versprochen, ihn um zwei Uhr zu treffen. Er wird sich Sorgen machen, wenn ich nicht erscheine."

„Sei nicht albern. Er wird verstehen, dass wir dich vermisst haben. Geh und sag ihm, dass du hier bei uns übernachtest. Lukas kann dich hinaus zum Auto begleiten und für dich mit ihm sprechen, falls das hilft."

„Nein", sagte Kerry rasch. „Ich mache das schon." Er stand auf, lächelte verkniffen und stimmte zu, Pater zurück auf den Berg zu schicken und sich in spätestens einer Viertelstunde wieder mit seinen Schwiegereltern in der Hotellobby zu treffen.

„So lange wird es doch sicher nicht dauern, den Mann wegzuschicken", sagte Monte ungehalten, jedoch mit einem süßlichen Lächeln.

„Ich will nur sichergehen, dass er versteht, was vor sich geht. Er macht sich leicht Sorgen." Aber weitere Erklärungen gab Kerry nicht dazu ab. Er wollte sie nicht wissen lassen, dass Pater außer sich vor Angst sein würde, dass sie Kerry vielleicht gegen seinen Willen hier festhielten, oder dass sie ihn praktisch in die Stadt verschleppen könnten. Kerry würde seinen Pater davon überzeugen müssen, dass er aus freiem Willen im Hotel blieb, oder er riskierte, dass Pater hier hereinstürmte und einen Aufstand machte. Das wollte niemand.

Pater hatte im Schatten einer alten Eiche geparkt, die Fenster heruntergekurbelt, und schien auf dem Fahrersitz geduldig ein Nickerchen zu machen. Auf dem Rücksitz standen Einkaufstüten. Er hatte in der Tat Besorgungen gemacht, wie Kerry es vorgeschlagen hatte. Aus einer Tüte lugte Stoff heraus, eine andere enthielt Beutel mit Saat für den Garten und einen Vorrat Kerzen.

Kerry trat an die Fahrertür, beugte sich herab und flüsterte: „Pater, wach auf. Pater … ich bin's."

Pater schreckte hoch und ließ die Zeitung fallen, die er im Schlaf gehalten hatte. „Oh! Wie ist es gelaufen, Sohn? Alles in Ordnung?"

„Ich werde über Nacht hier bleiben. Sie haben mich zum Abendessen eingeladen."

Pater verengte die Augen. „Ach ja? Und was ist der wirkliche Grund?"

Kerry schmunzelte. Er mochte ja seine Schwiegereltern belügen können wie Wolfgottes teuflischer Welpe, aber sein Pater hatte ihn schon immer durchschaut. „Sie haben einen Doktor aus der Stadt mitgebracht, und das will ich ausnutzen. Ich will mich von ihm untersuchen lassen."

Pater hob skeptisch die Brauen. „Du vertraust Janus' Urteil nicht?"

„Eine zweite Meinung kann nie schaden."

Pater verzog die Lippen und sah aus, als wollte er widersprechen, aber dann nickte er. „Na schön. Da hast du wohl recht. Auch wenn du nicht die Wahrheit darüber sagst, wessen Idee das ist."

Das stritt Kerry nicht ab. Er beugte sich vor und küsste Pater auf die Wange. „Ich sehe dich am Morgen. Wahrscheinlich recht früh, wenn es mir gelingt, mich zumindest vor einem peinlichen Frühstück mit ihnen zu drücken, auch wenn ich ein Abendessen ertragen muss."

„Ich werde ungeduldig auf dich warten."

„Ich weiß. Und oh, Pater, erzähl Janus nichts von allem. Ich will nicht, dass er von Wilbet erfährt. Noch nicht."

Pater schien sich sträuben zu wollen, aber dann nickte er und drückte Kerrys Hand. „Pass auf dich auf, Kerry. Unterschreibe nichts, versprich mir das."

„Sie verlangen nicht, dass ich irgendetwas unterschreibe, Pater. Sie wollen nur, dass der Doktor mich ansieht."

Pater drückte seine Hand fester. „Nichts. Unterschreiben."

„Ich verspreche es."

Kerry trat vom Wagen zurück und schickte seinen Pater auf den Weg. Er wartete, bis das kleine, grüne Auto außer Sicht war, dann drehte er sich wieder zum Hotel um. Er setzte ein Lächeln auf und kehrte zu seinen Schwiegereltern zurück, die bereits am Hintereingang auf ihn warteten.

KAPITEL 9

E S STELLTE SICH als schwierig heraus, eine Gelegenheit zu finden, um Fan zu der Situation mit Kerry zu befragen. Dr. Crescent war um seinen Omega ängstlich besorgt und, wie die meisten *Érosgápe*, mehr als nur ein wenig besitzergreifend. Es ergab sich einfach nicht, dass Janus mit Fan allein reden konnte. Eine vorgeschützte Pinkelpause im Haus zwischen zwei Patienten ließ Janus auch nicht genug Zeit für die Art von Gespräch, die er führen wollte. Und so fasste er sich bereits seit drei Tagen in Geduld und wartete auf eine Chance.

Und Fan schien ebenfalls mit Janus reden zu wollen, wie sich zeigte. Der letzte Patient des Nachmittags hatte sich kaum verabschiedet, als der Omega von selbst aus dem Haus trat und zum Stall kam.

„Pummelchen!", rief Dr. Crescent erfreut. Ein Lächeln breitete sich auf seinem sonst so griesgrämigen Gesicht aus.

Fan näherte sich mit einem beinahe verschlagenen Schmunzeln im Gesicht und wiegenden Hüften, beide Hände hinter dem Rücken versteckt. Als er schließlich vor Dr. Crescent stehen blieb, zog er die Hände nach vorn und fächerte einen Stapel Briefumschläge auf. „Es wäre gut, wenn die heute noch rausgingen, Crow", sagte er mit großen Augen. „Kannst du sie für mich zur Sammelstelle bringen, bevor der Postwagen den Berg wieder hinunterfährt?"

Dr. Crescents Lächeln erstarb ein wenig, aber Fan schmiegte sich an seine Seite, sah zu ihm hinauf und klimperte mit den Wimpern. „Du weißt, wie viel Sorgen meine Familie sich um mich hier oben in den Bergen macht. Ich muss ihnen versichern, dass ich immer noch glücklich bin. Du willst schließlich auch nicht, dass mein Vater und mein Pater plötzlich hier auftauchen, oder?"

Dr. Crescent grummelte: „Sie sind zu alt, um noch hier herauf zu kommen. Wolfgott sei Dank."

Fan lächelte erneut. „Bist du sicher?"

Dr. Crescent grummelte noch mehr. Fan klimperte noch mehr mit den Wimpern. Es war zu witzig. Aber Janus verbiss sich das Lachen.

Schließlich verdrehte Dr. Crescent die Augen über die Umtriebe seines Omegas, und nach nicht mehr als einem weiteren Lächeln und einem gehauchten „Bitte" griff er nach seinem Hut und stopfte Fans Briefestapel in seine tiefe Jackentasche. Er wollte gerade zu den Pferden gehen, da wandte er sich noch einmal an Janus und fragte: „Ich nehme nicht an, dass du auch irgendetwas hast, das du mit der Post schicken willst?"

„Ehrlich gesagt, doch", antwortete Janus. „Habe ich." Er griff in die Umhängetasche, die er stets dabei hatte, und holte die beiden Briefe heraus, die er an Caleb geschrieben hatte – und über die er tagelang unsicher gewesen war, ob er sie abschicken sollte oder nicht – zusammen mit dem Schreiben an seinen Onkel, das er am ersten Tag verfasst hatte. „Wenn es keine Umstände macht?"

Dr. Crescent steckte Janus' Briefe zu Fans in die Tasche, dann küsste er seinen Omega herzhaft, bevor er sich auf seine Lieblingsstute Jenny Bluebells schwang und die Lichtung verließ. Es entstand ein Moment des Schweigens, aber schließlich drehte Fan sich mit neugierigem Blick zu Janus um. „Wie geht es Kerry in den letzten Tagen?"

Janus wusch sich im heißen Wasser über dem Herd die Hände, dann begann er den Stall aufzuräumen, um für den morgigen Tag alles wieder bereit zu machen. „Er war noch im Bett, als ich im Morgengrauen aufgebrochen bin." Janus warf Fan einen langen, prüfenden Blick zu. „Er hat das Baby nicht verloren, falls es das ist, was du wissen willst."

Fan presste seine Lippen fest zusammen, lehnte sich gegen einen Stützpfeiler und starrte finster auf den staubigen Stallboden. Dann trat er plötzlich heftig mit dem Absatz auf. Nach einem Moment, in dem er sich sichtlich sammeln musste, strich er sich das seidig-schwarze Haar aus der Stirn, stieß einen langen, traurigen Seufzer aus und sagte: „Ich verstehe."

Janus hob eine Augenbraue und fuhr fort: „Er hatte stundenlang Krämpfe, er verlor jede Menge Blut und hat seinem Pater und mir viel Kummer bereitet. Aber das Kind hat sich ans Leben geklammert."

Fan nickte langsam. Seine Miene war verspannt, aber ausdruckslos. „Er könnte es immer noch verlieren."

„Ja, jeder Omega kann jederzeit eine Fehlgeburt erleiden. Aber was die Wirkung der Pillen angeht, die du ihm gegeben hast, ist die Gefahr wohl vorüber."

Fan stöhnte und rieb sich das Gesicht. Erneut lehnte er sich zurück an den Pfeiler. „Verdammt."

Janus wurde zornig. Für wen hielt sich dieser Omega, in Wolfgottes Werk herumzupfuschen? „Wieso hast du ihm geholfen, so etwas zu tun? Oder anderen Omegas? Es war ja nicht so, als wäre es um sein Leben gegangen!"

Fan richtete sich auf und sah Janus endlich in die Augen. Er trat langsam auf ihn zu, mit gemessenen, gleichmäßigen Schritten. Er nahm Janus die Werkzeuge, die der gerade reinigte, aus den Händen und legte sie beiseite. Dann ergriff er Janus' Kinn und hielt es sehr, sehr fest.

Janus versuchte, den Kopf wegzuziehen, aber Fan war überraschend stark.

„Hör jetzt gut zu, was ich dir sage, junger Alpha. Es steht dir nicht zu, diese Frage zu stellen. Es ist nicht an mir, nicht einmal an

Kerry selbst, dir die ‚richtige Erklärung‘ zu liefern, um seine Handlungen zu rechtfertigen, und es ist nicht an dir, sie von mir oder ihm zu verlangen.“

„Es war falsch.“

„Nach wessen Definition?“

„Nun, nach dem Gesetz, zum einen!“

Fan neigte den Kopf zur Seite. „Hast du noch nie ein Gesetz gebrochen?“

Janus starrte in Fans dunkle Augen und knirschte mit den Zähnen. Natürlich hatte er Gesetze gebrochen, sowohl weltliche als auch heilige, und aus lächerlichen Gründen. Aber hier ging es um Leben und Tod, nicht um ein Schäferstündchen mit einem gebundenen Omega, nicht um eine Spritztour mit einem Auto, das nicht ihm gehörte, nicht um einen Ringkampf außerhalb der Clubs oder eine illegale Wette. Es ging um das Leben, um Wolfgottes Willen. „Das ist ja wohl kaum dasselbe.“

„Oh, jetzt bist du also der Richter?“ Fan schmunzelte. „Richter, Ankläger, Geschworene – alles in Personalunion? Interessant. Und ich dachte, du wärest nicht einmal ein richtiger Doktor. Nur ein Pfleger, der nicht einmal dafür alle nötigen Zeugnisse besitzt.“ Seine dunklen Augen blickten nun ebenfalls zornig, und er packte Janus’ Kinn so grob, dass es wehtat. „Erstaunlich, wie du plötzlich so viel besser weißt als Kerry oder ich, was richtig und falsch ist, und was genau Gefahr für ein Leben begründet.“

„Das habe ich nicht gesagt.“ Janus riss sein Kinn aus Fans Griff. „Ich wollte es nur verstehen.“

Fan hob seine dünnen, schwarzen Brauen. „Hier ist, was *du* verstehen musst: *niemand* versteht es je.“ Er spie die Worte aus wie Gift. „Nicht ich. Nicht du. Nicht Kerrys Pater. Nicht sein Alpha, eingesperrt im Gefängnis, wo er hingehört. Nicht Crow. Nicht einmal ein anderer Omega, der dieselbe Entscheidung getroffen hat wie er. *Niemand* versteht es wahrhaftig, und das ist es, was es so unendlich bitter macht für jeden Mann, der es je versucht hat." Fan schüttelte den Kopf; der Blick seiner dunklen Augen war scharf und stechend, als er fortfuhr: „Aber es versucht und *nicht geschafft* zu haben? Seine Seele aufs Spiel gesetzt und dennoch darin versagt zu haben, sich selbst oder das Kind vor der grausamen Zukunft zu bewahren, die auf ihn wartet? Ich versichere dir, das Letzte, was Kerry jetzt – oder jemals –braucht, sind Fragen, Vorwürfe oder Zweifel, was seine Gründe angeht."

Janus starrte den kleinen, wütenden Omega mit offenem Mund an. Er war so sprachlos, dass er sich verlegen wieder der Reinigung der Instrumente zuwandte, wobei er besonders sorgfältig mit dem Skalpell, den Nadeln und anderen scharfen Objekten hantierte.

„Ja, so ist es recht. Tu deine Arbeit und halte den Mund. Deine Aufgabe ist es, ihn zu behandeln, nicht, ihn zu verurteilen. Oder mich, was das angeht." Fan stemmte die Hände in die Hüften und musterte Janus eindringlich. „Aber weil ich dich gut leiden kann und Crow dich braucht, werde ich dir noch eine Sache sagen. Erinnere dich an den schlimmsten Moment in *deinem* Leben, Janus Heelies. Was hat dich in *deinem* schlimmsten Moment gerettet?"

Janus blinzelte ihn verwirrt an, unsicher, wie Fans scharfer Verstand so plötzlich bei ihm und seinen eigenen Fehlern und Leiden der Vergangenheit gelandet war.

„Welches Geschenk hat dir jemand gegeben, Janus, als du dem schlimmsten Teil deiner selbst begegnet bist?" Fans Brauen hoben sich erneut. „Oder hast du noch nie einen guten, langen Blick in den Spiegel geworfen?"

Janus biss die Zähne zusammen. Er hatte genug Nahtoderfahrungen hinter sich, um ausreichend darüber nachgedacht zu haben, wie er in der Vergangenheit die Zuneigung und das Vertrauen anderer missbraucht hatte. Er hatte gesehen, wie nahe er daran gewesen war, ein Ungeheuer zu werden, und hatte sich schließlich für einen anderen Weg entschieden. Für wen hielt Fan sich, das zu hinterfragen? Es gab nur einen einzigen Mann, dem Janus etwas beweisen musste. Nur einen Mann, den er von seine Güte und Menschlichkeit überzeugen musste! Calebs schönes Gesicht tauchte vor Janus' innerem Augen auf, er hörte Calebs sanfte Stimme und dachte an seine unendliche Vergebung, die Janus nicht verdient hatte.

Janus schluckte heftig. Dann hob er den Blick und sah Fan an.

„Ah, ja. *Dieser* Moment. Genau das hier. Denk genau *darüber* nach, lange und gut, bevor du heute Abend nach Hause gehst", fuhr Fan fort. „Und frage dich selbst: Kannst du diese Art von Geschenk Kerry geben? Wäre das nicht ein besserer Balsam, als von ihm zu verlangen, dir das Unbegreifliche begreiflich zu machen?"

Fan machte auf dem Absatz kehrt und stapfte mit kerzengerade aufgerichtetem Rückgrat zurück zum Haus. Janus sah ihm nach, während in seinem Kopf die Gedanken wirbelten. Als er wieder richtig atmen konnte, machte er zu Ende sauber. Er war müde und hungrig. Und er wünschte, er hätte nicht noch den langen Weg zur Pension vor sich, bevor er genießen konnte, was immer Zeke heute zum Abendessen für ihn zubereitet hatte. Und es würde unangenehm werden, Kerry am Tisch zu sehen nach allem, was vorgefallen war.

Aber so war es eben.

Er war jetzt ein Doktor – nun ja, ein doktor-artiger Pfleger – und es war täglicher Bestandteil seiner Arbeit, Leute in ihren schlimmsten Momenten zu sehen. Allein die Tatsache, dass er Kerry bisher ausschließlich in seiner schlimmsten Lage gesehen hatte, machte die Sache so unangenehm, denn Janus wollte ihn beschützen. Sämtliche Alpha-Instinkte in ihm drängten ihn, den verletzlichen Omega einzuwickeln und abzuschirmen, ihn zu dem seinen zu machen und–

Nein.

Fast hätte er sich aus Versehen mit der Nadel gestochen, die er gerade reinigte. Stattdessen richtete er seine Konzentration wieder auf seine Arbeit. Scharfe Objekte gingen nicht gut Hand in Hand mit verwirrenden Gedanken über schwangere Omegas – oder über einen *bestimmten* schwangeren Omega. Und Janus wusste genug über die Dynamik zwischen Alphas und Omegas, um sich darüber klar zu sein, dass diese Fürsorge und der Beschützerdrang, den er für Kerry verspürte, im Laufe der nächsten Monate nur wachsen würden. Aber er war ein neuer Mann mit neuen Prinzipien ... er konnte widerstehen.

Als Janus fertig war, machte er sich auf den steilen Abstieg zurück zum Monkhaus. Unterwegs hörte er immer wieder Fans Worte in seinem Kopf. Er wollte entrüstet sein über das, was sie implizierten. Und er wollte an seinem Zorn gegen Fan festhalten, wegen des Zustands, in dem Kerry aus dem Wald ans Seeufer gekrochen war, als Janus ihn gefunden hatte. Aber es gelang ihm nicht. Etwas an Fans aufrechter Empörung war zu echt und seine Worte an Janus zu scharf, um sie als etwas anderes abzutun als die Wahrheit. Woher wollte er als Alpha schon wissen, was ein Omega erduldete? Und in der nächsten Sekunde fand er sich erneut auf Kerrys Seite.

Zwar konnte Janus sich immer noch nicht dazu bringen zu sagen, was Kerry getan hatte, wäre richtig gewesen. Aber eines stimmte: Er schuldete Janus keine Erklärung oder Rechtfertigung.

Als sich der Pfad vor ihm zu einem steinigen Tunnel unter den Pinien verengte, entdeckte Janus an dessen Ende weiße Blüten. Sie erinnerten ihn an weiße Spitze – die Sorte Spitze, die man an altmodischen Hemden aus der Alten Welt fand – und er näherte sich neugierig den Zweigen. Er blickte an dem Baum hinauf und bewunderte, wie die grauen Äste sich über seinem Kopf ausbreiteten und die Blüten mit dem Hintergrund des Piniendaches kontrastierten. Janus streckt einen Arm über den Kopf, ergriff einen der dünnen Blütenzweige und brach ihn ab.

In seinem schlimmsten Moment war Caleb gekommen und

hatte ihm Vergebung geschenkt, obwohl Janus sie nicht verdient hatte. Caleb hatte keine Erklärung für Janus' schreckliches Verhalten gefordert – auch wenn Janus sie verzweifelt angeboten hatte – und nichts weiter verlangt, als dass Janus wieder gesund wurde. Calebs liebevoller Mangel jeglicher Schuldzuweisung und Vergeltung hatte Janus' Welt vollkommen auf den Kopf gestellt und ihn an den Platz in seinem Leben gebracht, wo er jetzt war. Etwas, das es wert war, weitergegeben zu werden, oder? Fan schien jedenfalls so zu denken.

Janus dachte über seine Mission nach, ein besserer Mann zu werden. Gehörte es dazu, Kerry bedingungslose Akzeptanz anzubieten? Oder war das nur schlecht verhohlene Feigheit? Es war sicher *einfacher*, der Konfrontation auszuweichen und von Kerry keine vernünftige Rechtfertigung für sein Handeln zu verlangen. Aber war es auch das Richtige?

Janus kaute auf der Innenseite seiner Wange und grübelte. Die Gründe spielten keine Rolle. Es kam auf das Ergebnis an. Und das Ergebnis musste sein, dass Kerry wieder vollkommen gesund wurde – emotional und spirituell – zu seinen eigenen Gunsten und denen des Babys.

Kerry musste Janus und Dr. Crescent vertrauen können, um die Schwangerschaft und bevorstehende Geburt durchzustehen. Ihn jetzt über dem offenen Feuer zu rösten, eine Erklärung oder gar Reue zu verlangen … nichts davon wäre hilfreich.

Janus brach noch einen weiteren Blütenzweig ab und ging weiter zur Pension. Er ließ die Geräusche des Waldes hinter sich und nahm Tempo auf – nun, da er nicht mehr das Gefühl hatte, Kerry zur Rede stellen zu müssen, freute er sich darauf, den Omega zu sehen. Er konnte stattdessen der Held sein und Kerry einen Neuanfang zwischen ihnen anbieten.

Aber Kerrys Zimmer war leer, als Janus ankam, abgesehen von dem bunten Vogel in seinem Käfig.

Zeke war unten im Garten und stocherte in den Karotten und Beeten. Janus beschloss, sich kurz im Rest des Hauses umzusehen, aber Kerry tauchte auch in keinem der anderen Räume auf.

Als es Zeit fürs Abendessen war und Kerry immer noch nicht zuhause war, schlug Janus' Puls schneller vor Sorge. Er fragte Zeke nach Kerrys Abwesenheit und hoffte, nicht zu alpha-mäßig herrschsüchtig zu klingen. Aber Zeke antwortete lediglich, dass Kerry für den Abend anderweitige Verpflichtungen hätte. Aber falls Janus die Falte zwischen seinen Brauen richtig deutete, war auch Zeke besorgt.

„Aber hast du ihn heute gesehen?", verlangte Janus zu wissen.

„Ja, natürlich."

„Und du findest nicht, er sollte – oh, ich weiß nicht – im Moment *beobachtet* werden?", fragte Janus und schob die Kartoffeln und das Fleisch auf seinem Teller hin und her, ohne einen Bissen zu nehmen. „Seine emotionale Verfassung scheint labil zu sein. Er sollte nicht sich selbst überlassen bleiben."

„Dem stimme ich zu, aber wie gesagt, er kümmert sich um eine, wie ihr Stadtleute es nennt, Angelegenheit persönlicher Natur. Er ist nicht sich selbst überlassen."

Janus überlief es kalt. „Versucht er es erneut?"

„Aber nein." Zeke tätschelte beruhigend Janus' Arm. „Das liegt nun wahrhaftig hinter ihm. Er ist in Sicherheit, aber viel mehr kann ich dir nicht erzählen. Das würde Kerry nicht wollen."

Janus konnte sich kaum beherrschen, um nicht vor Frust mit den Zähnen zu knirschen. „Aber du bist sicher, dass er nicht gerade irgendwo da draußen mit Fieber herumläuft? Oder schlimmer, dieses Mal tatsächlich eine Fehlgeburt hat?"

„Er ist in guten Händen." Zeke presste die Lippen zusammen.

Janus starrte ihn an. „Bedeutet das, du bist sicher, dass er kein Fieber hat?"

Zeke wirkte angespannt, weigerte sich aber, Janus Sorge nachzugeben. „Nicht, als ich ihn zuletzt gesehen habe. Abgesehen von leichten Nachwirkungen, sowohl körperlich als auch seelisch, scheinst du recht zu behalten. Es ist kein wirklicher Schaden eingetreten."

Janus schnaubte, stellte aber keine weiteren Fragen. Es fiel ihm schwerer, den Mund zu halten, nachdem sein egoistischer Plan, Kerry mit den Blütenzweigen und seiner eigenen Version von Calebs bedingungsloser Großmut zu beschenken, durch die unerwartete und unerwünschte Abwesenheit des Empfängers geplatzt war. Außerdem war er nicht ganz so sicher, dass Kerrys geistige Verfassung nicht doch zu dessen eigenem Schutz Beobachtung erforderte, um zu verhindern, dass er sich etwas antat oder einen erneuten Abtreibungsversuch machte.

„Er wird am Morgen zurück sein", versicherte Zeke und tätschelte Janus erneut. „Das hat mir jemand versprochen, der im Augenblick allen Grund hat, sich mein Vertrauen zu verdienen. Keine Sorge."

„Am Morgen?"

„Ja." Zeke nahm einen Happen von seinen Kartoffeln, schien sie aber nicht sonderlich zu genießen. „Übrigens, da morgen Samstag und somit Wolfgottes Tag der Ruhe ist, nehme ich an, der Doc hat dir frei gegeben?"

Janus nickte.

„Gut. Ich fange Samstags ebenfalls ein wenig später an. Frühstück gibt es dann um neun anstatt im Morgengrauen, wenn es dir recht ist."

Janus konnte wiederum nur nicken.

Dieses Mal machte Zeke sich ans Essen, als hätte er etwas zu beweisen. Nur einmal hielt er noch inne, um eine Hand auf Janus Schulter zu legen und zu wiederholen: „Mach dir keine Sorgen um Kerry. Er ist in guten Händen."

Aber Janus machte sich Sorgen. Er verstand nicht, wieso Zeke

Kerry überhaupt aus den Augen gelassen hatte, oder wie er darauf bestehen konnte, dass der Mann in Sicherheit war, wenn er doch nirgends zu sehen oder zu riechen war. Geschweige denn zu berühren.

Die Stunden vergingen, und Kerrys Abwesenheit nagte an Janus. Der Duft von Beeren und Moschus begann aus dem Haus zu verschwinden, und Janus vermisste ihn.

In der Nacht wälzte er sich lange unruhig im Bett hin und her, bis ihm endlich die Augen zufielen und der Schlaf ihn davon abhielt, sich weiterhin um Kerry zu sorgen. Kerry, der zu einem wesentlichen Bestandteil von Janus' wachsendem Konzept des Monkhauses als seinem Zuhause geworden war, wie unvernünftig das auch sein mochte.

DAS FAHLE LICHT des Morgengrauens lugte durchs Fenster und bewegte sich durchs Zimmer, während Janus noch in einem Zustand von halb Wachen, halb Schlafen war. Entfernt, wie in einem Traum, in den er immer wieder zurücksank, hörte er jemanden singen. Es war ein leises, klagendes Lied, das ihn berührte und sein Herz mit einem Sehnen erfüllte, das er nicht ignorieren konnte. Er ließ die tiefe Vibration des Gesangs seinen Körper durchdringen, seine Seele berühren und den letzten Schlummer vertreiben.

Als er schließlich die Augen öffnete, um die aufgehende Morgensonne zu begrüßen, hatte er das Gefühl, beinahe die leisen, traurigen Töne wie Sommerhitze in der Luft flimmern sehen zu können. Als müsste er nur die Hand ausstrecken, um die rauen Töne zu ergreifen wie eine Wolldecke. Er lauschte noch ein wenig länger, bis ihm bewusst wurde, dass tatsächlich jemand sang, und dass, nach der köstlichen Rückkehr des Duftes von Beeren und

Moschus zu urteilen, dieser Jemand Kerry sein musste.

Sofort entspannte Janus sich und ließ sich ins Bett zurückfallen. Der schwangere Omega des Monkhauses war zuhause, wo er hingehörte, und die Welt war wieder in Ordnung. Die Melodie von Kerrys Lied machte Janus die Lider schwer, und er ließ sich von ihr zurück in einen leichten Schlummer wiegen, lauschte mit einem Lächeln auf den Lippen und ließ Traumbilder hinter seinen geschlossenen Lidern spielen.

Plötzlich ertönte ein Rumpeln über ihm. Janus schreckte hoch. Das Bettzeug war um seinen Körper gewickelt, und er lag darin wie gefangen, starrte an die Decke und fragte sich, was das Geräusch zu bedeuten haben mochte. Aber das Singen setzte sich beruhigend fort, nur um einige Sekunden später mitten in der Melodie erneut von einem Poltern abgeschnitten zu werden.

Janus setzte sich im Bett auf und lauschte angestrengt. Ein seltsam schabendes Geräusch begann, als würde irgendetwas über dieselbe Stelle auf dem Boden kratzen, wieder und wieder.

Kerry!

Janus' Herz fing an zu rasen, während er aus dem Bett aufstand, seinen Morgenmantel über sein Schlafzeug zog und die Zimmertür aufriss. Am Ende des Flurs dicht bei der Treppe stand Kerrys Zimmertür offen, und als Janus über die Holzbohlen lief, die sein Zimmer von Kerrys trennten, und einen Blick hineinwarf, war der Raum leer. Das Bett war unberührt; eindeutig hatte niemand darin geschlafen. Und der Vogel war ebenfalls fort.

Janus hob den Kopf zur Zimmerdecke und lauschte erneut. Kein Geräusch.

Ganz offensichtlich aber war es Kerry gewesen, der dort oben gesungen hatte. Was, wenn er etwas Unaussprechliches getan hatte? Das Poltern konnte ein umfallender Stuhl gewesen sein, das kratzende Geräusch auf dem Boden seine Zehen, die über den Boden schleiften, während er hin und her schwang …

Janus schloss die Augen.

Er fuhr sich mit den Hand durchs Haar und verdrängte das Bild. Dann machte er hastig kehrt und rannte durch den Flur, um an Zekes immer noch geschlossene Tür zu klopfen. Zeke hatte es mit dem Ausschlafen am Samstag offenbar ernst gemeint. In der letzten Sekunde aber zog Janus seine Hand zurück, ohne zu klopfen. Falls tatsächlich oben auf dem Dachboden das Allerschlimmste eingetreten war, nun ... Zeke musste das nicht sehen. Kein Pater musste das.

Janus nahm seinen Mut zusammen und beschloss, selbst nachzusehen. Er rannte zum anderen Ende des Flurs und riss die schmale Tür zur Dachbodentreppe auf. Rasch nahm er die Stufen und versuchte, die Panik zu beherrschen, die ihm bei dem Gedanken, was er vorfinden mochte, die Brust eng machte.

Als er die oberste Stufe erreichte, sauste ein grünblauer Vogel an seinem Gesicht vorbei. Janus erschrak so sehr, dass er beinahe die Treppe wieder hinuntergefallen wäre, aber er hielt sich im letzten Moment am Geländer fest. Die grünblaue Vision flatterte erneut um seinen Kopf.

Kiwi.

Janus sah zu den Dachsparren hinauf. Das Herz klopfte ihm bis zum Halse, als er das fahle Morgenlicht betrachtete, das durch das hohe Fenster hereinschien und die überall wirbelnden Staubflocken aufleuchten ließ. Seine Augen suchten jeden Winkel des Dachstuhls ab und fanden nichts außer überraschend saubere Balken. Keine einzige Spinnwebe war zu entdecken.

Und dann sah er ihn.

Kerry.

Wiederum saß er auf einer Fensterbank, lebendig und wohlbehalten, atmend und strahlend. Die Erleichterung war so groß, dass Janus' Herz in Galopp verfiel. Er musste sich vornüber beugen, stützte sich auf seine Knie und atmete so scharf ein, dass es fast wie ein Schluchzen klang. Er unterdrückte den Drang, zu Kerry zu rennen, ihn abzutasten und nach Anzeichen von Schmerzen oder Verletzungen abzusuchen. Schließlich richtete er sich auf und atmete mit tränenfeuchten Augen die Duftkombination ein, die er einzig und allein mit Kerry assoziierte.

Als er seine Fassung wiedergewonnen hatte, betrat Janus den Dachbodenraum und räusperte sich leise.

„Es tut mir leid, Pater", murmelte Kerry, ohne den Kopf zu drehen. Er schaute weiter aus dem Fenster an der Rückseite des Hauses. Nach seiner Position und Janus' Kenntnis des Grundstücks hatte Kerry von hier oben wahrscheinlich freie Sicht auf den See.

Kerry trug erneut eines dieser weiten, blusenartigen Hemden und eine weiche Schlafanzughose. Auch die hing locker an seinem Körper, sodass Janus unter dem Stoff Kerrys Umrisse sehen konnte – alles kräftige Muskeln und schlanke Glieder, abgesehen von der Rundung seines Bauches.

„Ich wollte dich nicht wecken", fuhr Kerry, der immer noch aus dem Fenster blickte, fort. „Ich konnte mich vor dem elendigen Frühstück drücken und sie überreden, gleich heute Morgen nach Hause zu fahren. Ich war zu früh hier, um dich zu wecken, aber ich konnte nicht mehr schlafen. Und ich hatte auch Schuldgefühle, weil Kiwi gestern den ganzen Tag und Abend eingesperrt war." Er schwieg einen Moment lang. Dann – immer noch, ohne den Kopf zu drehen – deutete er zu einer Truhe, die auf der Seite lag. „Die habe ich aus Versehen umgestoßen, als ich versuchte, Kiwi von einer der verdammten Dachstreben da oben herunter zu bekommen. Er war so ein Dickkopf. Von jetzt an werde ich leiser sein. Ich weiß, ich soll unser Priesterchen nicht stören."

„Euer Priesterchen ist bereits gestört", sagte Janus leise.

Kerry fuhr herum. Seine dunklen, müden Augen wurden weit in seinem Gesicht, das sogar blasser als sonst war. Sein lose zusammengebundenes Haar wirkte ungekämmt, und er sah aus, als hätte er dort, wo immer er die Nacht zugebracht hatte, kein Auge zugetan. Kerry senkte stumm den Blick. Verzeihungsheischend. Verlegen.

Janus fühlte nicht den üblichen Anflug von Macht, der ihn früher immer überkommen hatte, wenn es ihm gelungen war, einen Mann in Verlegenheit zu bringen. Nein, dieses Mal fühlte er selbst so etwas wie Scham und wünschte, er hätte sich schon auf der Treppe bemerkbar gemacht und Kerry diese peinliche Situation erspart. Jetzt stand er da und fragte sich, ob er sich umdrehen und gleich wieder gehen sollte, da er den Beweis hatte, dass Kerry in der Tat am Leben war.

Aber Kerry mit eigenen Augen zu sehen, ihn zu riechen, war eine solche Erleichterung! Er nahm einen tiefen Atemzug, bewahrte ihn in seinem Mund und seiner Kehle und schwelgte darin. Es war ein so guter Duft. Der beste, den er je gekannt hatte, nicht *Érosgápe*, aber … dennoch stark und tief berührend. Janus fragte sich, wie Kerry riechen mochte, wenn er nicht schwanger war. Nur nach Moschus? Oder vielleicht nur nach Beeren? Oder noch ganz anders? Er wollte die Antwort dringender wissen, als er sollte.

Kerry gab einen leisen Pfiff von sich, ohne Janus anzusehen, und Kiwi flog zu ihm, landete auf seiner Schulter und rieb sich an seinem Ohr.

„Er gehorcht dir", stellte Janus fest.

Kerry erhob sich steif von der Fensterbank, als würde sein Körper immer noch von der Tortur am See schmerzen. Er küsste den Schnabel des Vogels, während er Janus argwöhnisch beobachtete. Schließlich flüsterte er: „Es tut mir leid, dass ich dich geweckt habe. Es war eine lange Woche. Du musst erschöpft sein."

Janus dachte an seine Sorge in der Nacht und seine Angst, als er das Poltern der umfallenden Truhe gehört hatte. Bevor er sich bremsen konnte, fragte er in knappem Ton, als hätte er das Recht, es zu wissen: „Wolfgott, wo warst du letzte Nacht?"

Kerry starrte ihn für einen langen Moment an. Das Schweigen wurde unangenehm und erinnerte Janus daran, dass Kerry ihm keinerlei Erklärung schuldete. Er wollte seine Frage gerade zurücknehmen, da bot Kerry ihm trotz allem eine Antwort an.

„In Blumzound." Kerry hörte sich seltsam schuldbewusst an.

„Was? Die Bahnstation unten am Fuß des Berges?"

„Ja."

Janus neigte den Kopf zur Seite. Die Frage war heraus, bevor er es verhindern konnte. „Wozu?"

„Ich habe mich dort mit jemandem getroffen."

Janus musterte Kerrys widerstrebende Körperhaltung und den unsicheren Blick. Plötzlich dämmerte es ihm. Und auch wenn es wehtat, so konnte er dem Mann keinen Vorwurf machen. „Mit einem Doktor?"

Kerry wand sich ein wenig. „Ich habe einen Doktor gesehen, während ich dort war, ja." Er hob das Kinn. „Das Baby und ich, wir sind beide gesund."

Es kränkte Janus ein bisschen, dass Kerry seinem Urteil offenbar nicht vertraut hatte. Als wäre Janus Kerrys Gesundheit und die seines Kindes nicht wichtig. Als würde er sie beide nicht beschützen, ganz gleich, wer oder–

Janus runzelte die Stirn. Für einen Augenblick war er verwirrt.

Aber dann riss er sich zusammen und nahm den Faden wieder auf. Wenn man es genau bedachte, wieso sollte Kerry ihm in einer so wichtigen Angelegenheit vertrauen? Janus war kein Doktor, er war nicht einmal als Krankenpfleger richtig qualifiziert, und Kerry wusste das. Falls es Kerry unangenehm war, wegen der Situation mit Fan und den Abtreibungspillen zu Dr. Crescent zu gehen, verstand Janus auch das. Sein eigener Beschützerdrang hatte wahrscheinlich nur etwas mit der großen Nähe zu tun – ein Alpha, der mit einem schwangeren Omega unter einem Dach lebte, ohne einen vertraglich gebundenen Alpha oder *Erosgápe* als Puffer. Die Pheromone allein würden schon den Beschützerinstinkt auslösen. Es war der Lauf der Natur, neues Leben hüten und nähren zu wollen.

Janus trat näher; er musste einfach sichergehen. Das Wissen um die Ursache brachte den Drang nicht zum Verschwinden. „Keine weiteren Blutungen? Oder Schwellungen? Kein Fieber?"

Kerry schüttelte den Kopf. Mit einem leisen Tschilpen hob der Vogel von Kerrys Schulter ab und flatterte durch den Raum. „Mir tut immer noch alles weh" gestand Kerry. „Als hätte ich zu schwer gehoben. Wie Muskelkater. Aber ich bin sicher, dem Kind geht es gut." Seine Mundwinkel zuckten, beinahe wie ein Lächeln, aber nicht ganz. „Der Doktor hat einen Herzschlag gehört." Er senkte den Blick und biss sich auf die Unterlippe, bevor er wieder aufsah und flüsterte: „Er hat mich genötigt, den Herzschlag ebenfalls anzuhören."

„*Genötigt?*" Wieso sollte ein Arzt das tun? Normalerweise wollte ein schwangerer Omega den Beweis für das Leben hören, aber falls nicht, wieso ihn dann zwingen?

Kerry zuckte die Achseln und wandte sich ab.

Janus ballte die Fäuste, dann löste er sie wieder und verdrängte das bizarre Bedürfnis, diesen Arzt aufzusuchen und dafür zusammenzustauchen, dass er Kerry zu irgendetwas gezwungen hatte. Und vielleicht auch dafür, dass er ihn überhaupt angefasst hatte.

Er blinzelte mehrmals. Wolfgott, wahrscheinlich sollte er sich etwas Alphastiller besorgen, wenn er so starke Reaktionen auf Kerry hatte. Die Droge war dazu gedacht zu verhindern, dass *Érosgápe* sich zu früh körperlich vereinten, aber sie eignete sich auch dazu, einem Alpha zu helfen, während den Hitzen einen kühlen Kopf zu bewahren. Und wenn sie einem anderweitig gebundenen oder alleinstehenden, schwangeren Omega begegneten. Obwohl Janus in seinem Leben reichlich Kontakt zu schwangeren Männern gehabt und bisher nie so etwas empfunden hatte wie bei Kerry.

Er schüttelte den Kopf, um den durch die Pheromone hervorgerufenen Nebel loszuwerden, und schaffte es, einen neutralen Gesichtsausdruck zu bewahren. Kein Tadel, kein Urteil. Ein frischer Neuanfang, so wie er gestern beschlossen hatte. Zu schade nur, dass er nicht die Blütenzweige dabei hatte. „Kerry, mach dir keine Sorgen. Ich bin froh, dass es dir und dem Kind gut geht. Und ich verstehe, dass du eine zweite Meinung wolltest."

Kerry verzog das Gesicht und senkte erneut den Blick. Dann aber hob er den Kopf, um Janus anzusehen. Er ballte die Fäuste an seinen Seiten; sein Hemd hob und senkte sich unter seinem beschleunigten Atem. „So war es nicht." Er klang beinahe flehend. „Ich schwöre, ich vertraue dir." Er trat näher. „Das tue ich."

Janus lächelte. Er rief sich all seine Erinnerungen an Calebs Güte ins Gedächtnis, seinen Großmut und seine Liebenswürdigkeit, seine Bereitschaft zu vergeben. Janus würde Kerry zeigen, dass er ebenfalls bedingungslos vergeben konnte. „Es ist in Ordnung, falls du es nicht tust. Mir vertrauen, meine ich." Sein Inneres rebellierte mit jeder Faser gegen diese Aussage, aber er riss sich zusammen und hoffte, freundlich und vorurteilsfrei zu erscheinen.

„Ist es das?" Kerry runzelte die Stirn. „Warum?"

„Du kennst mich kaum. Wieso solltest du mir vertrauen?"

Kerry musterte ihn ausgiebig und von oben bis unten. Er blieb stumm, verschränkte schließlich die Arme vor der Brust und zog verletzlich die Schultern hoch. Er roch sogar noch göttlicher als sonst, fast himmlisch mit diesem ernsten Gesichtsausdruck.

„Du … hast gesungen", sagte Janus verzweifelt, als das Schweigen zu lange dauerte und er sich kaum beherrschen konnte, Kerry nicht an sich zu ziehen und an seinem Hals zu schnuppern. „Es war durch die Decke zu hören, und ich bin bei dem Lied wach geworden. Es war wunderschön. Ich konnte nicht widerstehen und musste heraufkommen, um mehr zu hören."

Das war geflunkert, aber es gab keinen Grund, Kerry morbide Gedanken in den Kopf zu setzen, oder ihm den furchtbaren

Eindruck zu verschaffen, Janus würde ihn für selbstmordgefährdet halten.

Hatte Kerry bis gerade noch offen gewirkt und den Wunsch gezeigt, Janus zu versichern, dass der Besuch bei dem Stadt-Doktor keine Geringschätzung von Janus' Fähigkeiten gewesen war, so verlor sein Gesicht plötzlich jeden Ausdruck. Dann machte er vollkommen dicht. „Ich singe nicht."

Janus trat näher, dieses Mal jedoch wich Kerry zurück. „Aber ich habe dich gehört."

„Dann hast du etwas Falsches gehört."

Janus starrte ihn an. Wollte Kerry ihn wirklich so platt anlügen? Nach allem, was sie in den letzten Tagen gemeinsam durchlebt hatten? Immerhin hatte er Kerry *nicht* wegen des Abtreibungsversuchs zur Rede gestellt oder Antworten verlangt! Und jetzt das? „Ich weiß, was ich gehört habe."

Kerry schüttelte den Kopf und wich einen weiteren Schritt zurück.

Janus gab nicht nach. „Willst du andeuten, ich hätte nur den Wind gehört? Oder einen Geist? Oder das Knirschen des Hauses?"

„Oder du hast geträumt." Kerry hob trotzig das Kinn.

„Geträumt?"

„Ja."

Janus verlor die Beherrschung. Er trat mit erhobenen Händen vor, und in seiner Stimme lag ein so flehender Ton, dass jeder, der es hörte, seine Gefühle sofort erkannt hätte. „Warum lügst du mich an?"

Kerry straffte die Schultern und hob das Kinn noch höher. Die Körperhaltung betonte seine eingefallene Brust. Der Fall seines Hemds zeigte die leichte Missbildung. „Damit du den Hinweis kapierst, Janus. Ich singe nicht für Publikum. Nicht mehr. Und nie wieder."

Janus neigte den Kopf zur Seite und versuchte, Kerry zu begreifen. Er konnte seinen Duft wieder deutlich wahrnehmen, roch seine Nervosität und seine Furcht. Schließlich entschied er, Kerrys Unhöflichkeit zu ignorieren. Das war, was Caleb getan hätte. Wahrscheinlich. Vielleicht. Ach, egal. Es war, was Janus jetzt tat. Er verschränkte die Arme vor der Brust und sagte nichts.

Nach einigen angespannten Augenblicken verdrehte Kerry die Augen, ließ mit einem hinreißenden Seufzer die angehaltene Luft heraus und entspannte seine Haltung. Janus wurde die Brust weit mit dem Gefühl, gewonnen zu haben, und eine starke Befriedigung erfüllte ihn. Es fühlte sich an, als würde ein Lichtstrahl den Dachboden erhellen. Kiwi flog zurück zu Kerry und zupfte an einer Strähne seines langen Haars.

„Hinweis angekommen", sagte Janus schließlich. „Aber nur damit du es verstehst, ich weiß genau, was ich gehört habe, auch wenn es nicht für meine Ohren bestimmt war."

Kerry wischte sich mit dem Handrücken den Mund, bevor er schließlich mit mehr Fürsorge in der Stimme sprach, als Janus zu deuten wusste: „Es ist noch sehr früh, Janus. Du solltest schlafen. Es tut mir wirklich leid, dass ich dich geweckt habe." Er lächelte ein wenig, so als würde er einer Sache nachgeben, der er bis jetzt widerstanden hatte – auch wenn Janus keine Ahnung hatte, was das sein konnte. „Die nächste Arbeitswoche wird beginnen, bevor du dich versiehst, und an jedem Ersten eines Monats reist Dr. Crescent hinüber nach Stumbling Rock. Das ist eine ziemliche Tortur, und es warten unzählige kranke Leute darauf, behandelt zu werden, wenn ihr dort ankommt." Kerry trat wieder vor und streckte eine Hand aus, als wollte er Janus berühren und zurück zur Treppe führen. „Du brauchst deine Ruhe. Warum gehst du nicht wieder ins Bett? Pater wird noch ein paar Stunden lang nicht aufstehen. Und ich verspreche dir, Kiwi und ich werden dich nicht mehr stören."

„Ich fühlte mich nicht gestört." Janus bemerkte, wie die Schatten im Raum ihr Spiel trieben und kürzer wurden, während die

Sonne aufstieg. Er war in Versuchung, ebenfalls einen Schritt nach vorn zu machen und Kerry anzufassen, mit den Fingern durch sein Haar zu fahren, sein Kinn anzuheben und ... Was? Das hatte in dieser Situation absolut nichts zu suchen! Er räusperte sich. „Ja. Na gut. Ich werde zurück in mein Zimmer gehen, so wie du es willst. Aber, Kerry, lass mich bitte eines sagen."

Kerry verspannte sich, als würde er etwas Furchtbares erwarten. Vielleicht solche Vorwürfe wie die, vor denen Fan Janus gewarnt hatte.

„Du hast eine wundervolle Stimme, und es war ein Vergnügen, dich singen zu hören."

Kerry entspannte sich wieder, sagte aber nichts. Sein Blick ruhte auf Janus, als der zur Treppe zurück ging. Selbst, als Janus schon nicht mehr auf Augenhöhe war, spürte er noch die Intensität von Kerrys Energie im Rücken, fast so, als würde sie ihn körperlich zwingen, die Treppe hinunter und in sein Zimmer zu gehen.

Als er am Fuß der engen Dachbodenstiege angekommen war, drang Kerrys tiefe Stimme zu ihm herunter. „Danke. Für das Kompliment."

Janus hielt inne. Beinahe hätte er sich umgedreht und wäre wieder hinaufgelaufen. Stattdessen antwortete er: „Gern geschehen."

Sorgfältig schloss er die Tür zum Dachboden hinter sich, dann lehnte er sich daran. Plötzlich wurde ihm bewusst, dass er zitterte. Wahrscheinlich lag das daran, dass er nur einen Schlafanzug und seinen Morgenmantel trug, und der Morgen war kühl. Oder es lag daran, dass Kerry ein so verwirrendes Knäuel von Gegensätzen war.

Eines, das Janus auflösen wollte.

KERRY HATTE ES besser gewusst, als auf den Dachboden zu gehen. Aber um ehrlich zu sein, ein Teil von ihm hatte gewollt, dass man ihn singen hören konnte. Vor allem Janus.

Er hatte die vergangene Nacht im vergleichbaren Luxus der feinsten Suite des Hotels in Blumzound verbracht, aber er hatte sich dort nicht im Geringsten sicher gefühlt. Jedes Geräusch auf dem Flur hatte ihn aufschrecken lassen. Bei jedem Seufzen des Gebäudes in der Nacht hatte er sich gewünscht, daheim in seinem durchgelegenen Bett in Huds Basin zu sein. Bei jedem Flüstern seiner Schwiegereltern, das er gehört hatte, war die Sehnsucht nach der Geborgenheit seines Paters und dem seltsam tröstlichen Geruch des Alpha-Pensionsgastes gewachsen, dem er gerade erst angefangen hatte zu vertrauen.

In der kribbelnden Ruhelosigkeit der langen Nacht hatte er die Gedanken schweifen lassen, fort von den Sorgen und Ängsten wegen seiner Schwangerschaft, und hatte erstmals wirklich über Janus nachgedacht. Er hatte in den sicheren, weil heimlichen Gefühlen für den Mann und Alpha geschwelgt und zum ersten Mal Fantasien von Janus gehabt, die er sich bis dahin nicht erlaubt hatte. Nicht solange sie so eng beieinander gehaust hatten. Janus war fraglos attraktiv, aber die Ereignisse um Kerrys Abtreibungsversuch hatten auch gezeigt, dass er fürsorglich, kompetent und gütig war. Zu keinem Zeitpunkt hatte er Kerry zur Rede gestellt oder Antworten verlangt. Er hatte ihn vollkommen professionell behandelt, und vielleicht hatte *das* Kerry ein wenig mehr gekränkt, als Kerry zugeben wollte. Aber gleichzeitig war es tröstlich gewesen, und sicher. An einem aufmerksamen und respektvollen Alpha war nicht Bedrohliches. Nichts Erschreckendes. Es war genug, dass Kerry sich fragte, was für ein Mann Janus wohl erst sein mochte, wenn ihm wirklich jemand etwas bedeutete ...

Eine seltsame Wehmut, gepaart mit dieser Neugier, waren Kerry in der Dunkelheit vor der Morgendämmerung bis nach Hause gefolgt, während er im Rücksitz des gemieteten Wagens über die Bergstraßen geholpert war. Sie hatte an seinem Herzen gezerrt, als er Kiwi aus seinem Käfig gelassen und tief die Janus-durchdrungende Luft in der Pension eingeatmet hatte. Die Sehnsucht hatte ihn fest im Griff gehalten, als er die Treppe zum Dachboden hinaufgestiegen war.

Vielleicht hatte er also absichtlich die Truhe umgeworfen. Vielleicht hatte er ein Lied gesungen, und die Vorstellung, dass Janus es hörte, hatte ihm gefallen. *Vielleicht* hatte er im fahlen Licht des Morgengrauens zum ersten Mal seit einer bitterlich langen Zeit seltsam romantische Gefühle gehabt. Und *vielleicht* hatte er eine Begegnung mit einem starken, gutaussehenden Alpha in einem abseitigen Raum des Hauses herbeigeführt, wo – wäre er ein anderer Mann an einem anderen Ort und nicht annähernd so ängstlich gewesen – etwas zwischen ihnen passiert wäre. Vielleicht hatte er anfangs so getan, als hätte er Janus mit seinem Pater verwechselt, um sein Gesicht zu wahren und noch ein wenig in der Fantasie zu schwelgen, hier oben entdeckt und verführt zu werden.

Aber diese absurde Träumerei hatte sich in Nichts aufgelöst, sobald er sich umgedreht und Janus an der Treppe gesehen hatte. Ja, Janus war immer noch dünn für seine Größe, aber nichtsdestotrotz *war* er groß. Nicht viel größer als Kerry, aber breiter, und bereits nach ein paarmal Schwimmen im See kehrten seine Muskeln deutlich zurück. Janus konnte Kerry mit Leichtigkeit überwältigen. Ihm weh tun. Ihn zwingen.

Und diese plötzliche Erkenntnis hatte die sehnsuchtsvolle, romantische Szene ruiniert, die Kerry herbeigeführt hatte. Die schiere Körperlichkeit von Janus' Persönlichkeit hatte ein paar entscheidende Sekunden lang sämtliche Atemluft aus dem Raum gesaugt, und als Kerry sich wieder gefasst hatte, war es zu spät gewesen.

Und davon abgesehen, für wen hielt Kerry sich? Für einen alleinstehenden Omega, der verführt werden konnte? Er war ein vertraglich gebundener, schwangerer Omega, dessen Alpha wegen Vergewaltigung im Gefängnis saß. Er befand sich in der am wenigsten romantischen Situation, die denkbar war. Weder süße Gesänge noch geheimnisvolle Vogel-Zähmungen auf einem Dachboden konnten daran etwas ändern. Janus mochte ihm gegenüber empfinden wie jeder Alpha angesichts eines schwangeren, ungeschützten Omegas empfinden würde, aber das war den Pheromonen geschuldet, nicht wahrhaftigem Begehren oder Respekt. Das war nicht, wonach Kerry sich bis ins Mark sehnte, auch wenn er nicht darauf zu hoffen wagte.

Und wieso sollte Janus Kerry jemals Respekt entgegenbringen? Hinter der Fassade war Janus wahrscheinlich nicht anders als all die anderen Stadtleute, die Kerry getroffen hatte, während er mit Wilbet zusammengelebt hatte – snobistisch und überheblich, nicht im Geringsten an den Rechten und Gefühlen von Omegas interessiert, solange sie genug Geld zum Verpulvern hatten. Und selbst wenn Janus nicht so wäre ... es spielte keine Rolle. Nichts spielte irgendeine Rolle. Kerry war mit Vollgas unterwegs zu einer Kollision mit mehr Kummer und Elend als bisher schon. Er würde ein Kind zur Welt bringen, das er verabscheute, und es gab weder einen Aufschub noch Erlösung für ihn. Wieso konnte er sich nicht endlich damit abfinden? Wieso erlaubte er sich, jemanden zu begehren, den er niemals haben konnte?

Kerry kletterte wieder auf die Fensterbank. Er legte eine Hand auf seinen Bauch und spürte es wieder: das leichte Treten des Kindes in ihm, wie ein sanftes Flattern. Kerry zog die Hand weg. Er wusste, was dieses Gefühl bedeutete. Trotz des Tees, des Blutes und der Krämpfe wuchs und gedieh das Kind. Dr. Rose hatte das auch gesagt, und der Herzschlag, den Kerry durch das Stethoskop gehört hatte, hatte in seiner Stärke fordernd geklungen, entschlossen.

Sein Alpha war immer ein sturer Mistkerl gewesen. Natürlich würde sein Sohn nicht anders sein.

Dr. Rose war sehr zufrieden gewesen. Genau wie Monte und Lukas. Kerry schauderte bei der Erinnerung an ihre verzückten

Mienen, als auch sie dem Herzschlag gelauscht hatten.

Kerry suchte verzweifelt nach anderen Gedanken, um dieses Bild zu verdrängen, und landete bei der jüngsten Erinnerung an Janus, der Kerrys Lied wundervoll genannt hatte. Seine braunen Augen hatten dabei so ernst geleuchtet, und einen Moment lang hätte Kerry beinahe erneut für ihn gesungen.

Aber romantische Ideen und Hoffnungen waren, was ihn in die Situation mit Wilbet gebracht hatten. Er wäre schlimmer als nur ein Narr, würde er sich je wieder solchen Träumereien hingeben. Kiwi zwitscherte von seinem Platz auf einer der Dachstreben. Kerry starrte auf den See hinaus, tiefblau und in der Sonne glitzernd. Eine nach der anderen verbannte er alle Fragen über Janus zusammen mit dem Nachhall seiner Träume und Fantasien aus seinem Kopf. Er schwor sich, nie wieder eine solche Begegnung zu inszenieren. Die Zeit für jugendlich-romantische Hoffnungen war für immer vorbei. Er hatte sein Schicksal mit der Unterschrift unter jenen Vertrag besiegelt.

Nicht einmal die gute Meinung eines attraktiven, freundlichen Alphas konnte seine Zukunft jetzt noch retten, geschweige denn sein Herz. Mehr war dazu nicht zu sagen, mehr konnte man dazu nicht tun.

Pheromone und Versuchungen sollten verdammt sein.

TEIL ZWEI

Frühsommer

KAPITEL 10

ZWEI WOCHEN WAREN vergangen, und ein neuer heiliger Ruhetag lag vor ihnen. Trotz seiner Neugier war Janus einer Lösung des Mysteriums um Kerry keinen Schritt näher gekommen. Immer noch war der Omega ein Bündel sich widersprechender Signale, und Janus nannte ihre Interaktionen insgeheim den „Komm her und geh weg"-Tanz. Der Duft des Mannes hatte nicht nachgelassen Janus zu verzaubern und zu faszinieren. Aber Kerry schwankte zwischen warm und kalt wie ein Wasserhahn. In einem Moment errötete er hinreißend, während er am Frühstückstisch mit Janus sprach, im nächsten Moment war er wieder kühl, distanziert und verschlossen – eine Hand auf dem wachsenden Bauch und der Blick ohne jegliches Interesse, geschweige denn Leidenschaft.

Während die Tage dahingingen, taten die Schwangerschaftshormone ihr Werk. Janus konnte nun mühelos die süße Reife von Kerrys Körper riechen, und er spürte den Ruf dieses Geruchs bis tief in jede Zelle seines eigenen Körpers. Er wollte Kerry beschützen und berühren, trösten und verwöhnen, und ja, besitzen und ficken. Es war frustrierend, gelinde gesagt. Und es kam ihm jetzt absurd vor, dass er je in der Gegenwart anderer schwangerer Omegas gewesen war und *nicht* so empfunden hatte. Denn es *musste* an Kerrys Pheromonen und der Abwesenheit eines puffernden Alphas liegen, dass Janus so heftig reagierte. Es gab keine andere Erklärung für seine Triebe.

Janus saß am Fenster seines Zimmers und schwelgte in dem süßen Geruch von Schlick, den er wahrgenommen hatte, als er vorhin im Flur an Kerry vorbeigegangen war. Er leckte sich die Lippen, schloss die Augen und konzentrierte sich erneut darauf, in der Hoffnung, dass der Duft zusammen mit Kerrys üblichem Odeur noch immer in der Luft lag. Kerry erzeugte den köstlichsten Schlick, den Janus je gerochen hatte. Und Janus hatte in seiner Jugend ausreichend Gelegenheiten gehabt, im Geruch und Geschmack des Schlicks vieler Omegas zu schwelgen. Aber keiner hatte ihn so geil gemacht und so umgehauen wie Kerrys.

Ja.

Da war der Geruch. Das köstliche Aroma ließ Janus' Schwanz schwellen und pulsieren, und er massierte sich selbst sanft und genoss den Reiz des Dufts und der Reibung zusammen. Mit geschlossenen Augen stellte er sich Kerry auf dem Dachboden vor, das Haar offen und wild. Und er wagte es, sich Kerry auf den Knien auszumalen, den Mund geöffnet und–

Das Geräusch entschlossener Schritte auf der Treppe riss ihn aus seiner Fantasie.

Er stand auf und verbarg rasch den Beweis seiner Erregung – worüber er sehr froh war, als seine Zimmertür nach nur einem höflichen Klopfen aufschwang.

„Post für dich", sagte Zeke ein wenig abwesend. Er trug eine Schürze und eine ernste Miene. Janus wusste von ihrer morgendlichen Unterhaltung beim Frühstück, dass Zeke einen experimentellen Kuchen mit Rhabarber aus dem eigenen Garten machte. Daher hielt er sich nicht lange auf, sondern reichte Janus einfach den Brief, dann flitzte er wieder hinunter in die Küche.

Neugierig betrachtete Janus die Handschrift auf dem Umschlag, und sein Herz machte einen kleinen Hüpfer, als er sah, dass es Calebs war, nicht die seines Onkels.

Lieber Janus,

bitte entschuldige vielmals, dass meine Antwort so spät kommt.

Du hast deinen Brief an unser Haus in Virona geschickt, wo er zwei Wochen lang ungeöffnet lag. Leider waren unsere Diener nicht angewiesen worden, jedwede Post von dir weiterzuleiten, und hatten daher angenommen, es hätte keine Eile. Wir waren in der Stadt in Urhos Haus, wie wir es von Zeit zu Zeit machen, und haben Xans Bruder und seine Eltern noch einmal besucht, bevor das Baby kommt – was mittlerweile jeden Tag so weit sein kann. Jede Sekunde eigentlich. Stell dir mein Missfallen vor, als ich zurück nach Virona kam und zwei Briefe von dir vorfand – wovon einer auch noch dringenden Rat erbat.

Janus überflog den Rest des Briefes hastig, und nachdem er den Inhalt im Großen und Ganzen erfasst hatte, setzte er sich auf die Fensterbank und las alles noch einmal ganz in Ruhe. Immer wieder machte er Pause, um die volle Bedeutung von Calebs Sätzen wirken zu lassen, während er gleichzeitig den beruhigenden Anblick des Sees und des sich darin spiegelnden Waldes genoss, der dichter und grüner wurde, während der Frühling in den Sommer überging.

Calebs tiefsinnigem und inspirierenden Brief lagen zwei Fotos bei, eingefangene Familienmomente, aufgenommen von Xan mit einer dieser neumodischen, tragbaren Kameras, die es neuerdings zu kaufen gab. Caleb schrieb, dass sie von jeder Aufnahme mehrere Kopien hatten, die sie an Freunde und Familie verschickten. Janus studierte beide Fotos aufmerksam und verspürte dabei Wehmut, der jedoch weniger mit den Menschen auf den Bildern zu tun hatte, sondern vielmehr mit dem Sinnbild von Familie, das sie zeigten. Würde er selbst je so etwas haben?

Das erste Bild zeigte Caleb in lockerer, weißer Kleidung und mit einem runden Babybauch. Er saß mit seinem ältesten Sohn Riki am Strand und baute mit ihm zusammen eine Sandburg. Das zweite Foto war von Urho, der Xans und Calebs zweites Kind hielt. Der Junge hieß Levi, ein Alpha oder Beta – was nur die Zeit zeigen würde. Urho schwang das Kind an seinen pummeligen, kleinen Ärmchen im Garten umher. Von Xan war kein Foto dabei. Höchstwahrscheinlich war er derjenige hinter der Kamera.

Janus widmete sich dem Foto von Caleb ein wenig länger, betrachtete die große Rundung seines Bauches. Wenn er so weitermachte, bekam Caleb alle anderthalb Jahre ein Kind. Das machte Janus nervös. Er wusste, dass Caleb es liebte, Pater zu sein, aber es gefiel Janus nicht, dass er so oft das Risiko auf sich nahm. Zwei gesunde Söhne sollten für jeden genug sein, besonders falls Levi sich als Alpha entpuppen sollte.

Schon bald würde Kerry ebenso rund und bereit für die Geburt sein. Janus fragte sich, wie das sein würde, wer bei ihm sein würde, wenn die Wehen einsetzten, und ob es ihm zufallen würde, das Kind auf die Welt zu holen, oder nicht. Kerry würde in jenem Stadium genau so wunderschön sein wie Caleb, daran hatte er keinen Zweifel. Janus konnte sich nur allzu leicht vorstellen, wie Kerry mit zunehmendem Umfang aussehen würde. Bei dem Gedanken überliefen ihn warme Schauer, und das geistige Bild erfüllte ihn mit innerem Frieden.

Schließlich legte Janus Calebs Familienfotos zur Seite und wandte seine Aufmerksamkeit den interessantesten Abschnitten am Ende des Briefes zu. Er hatte sie nun bereits zweimal gelesen, dennoch wollte er den Worten auch das letzte bisschen Verständnis abringen.

In Deinen Briefen an mich hast du den jungen, schwangeren Omega, der bei dir in der Pension lebt, nicht identifiziert. Allerdings habe ich mit Schrecken festgestellt, dass ich den Mann aus deiner Beschreibung kenne. Nicht besonders gut, nur im Vorübergehen. Sein Anfangsbuchstabe zusammen mit der Beschreibung seiner deformierten Brust hat ihn verraten. Das ist nicht Deine Schuld. Du hast alles richtig gemacht, um seine

Identität zu verschleiern, aber der Alpha, an den er gebunden ist, verkehrte für eine Zeit in denselben gesellschaftlichen Kreisen wie Xan, und ich selbst nahm noch an den Philia-Abendgesellschaften teil, als die ungebundenen Omegas seines Jahrgangs des Wolfes dran waren.

Daher bin ich nicht sicher, ob das, was ich jetzt sagen werde, überhaupt angemessen ist, aber in diesem Fall muss Wolfgott die Regeln einmal vergessen! Wenn Du es für richtig hältst oder glaubst, dass es helfen könnte, bitte sag Kerry, dass er Freunde in Virona hat. Um ganz direkt zu sein: Xan und ich würden uns freuen, ihm auf jede Weise zu helfen, die in unseren Möglichkeiten liegt. Urho natürlich auch.

Die Art der Brutalität, die Kerry in der Vergangenheit durch seinen Alpha erfahren haben muss und in der Zukunft weiterhin erfahren mag, ist uns nur zu bekannt. Insbesondere, falls er in der Tat von seinem Alpha schwanger ist, wie Du sagst. Wir werden ihm gern mit rechtlichem Rat zur Seite stehen, mit finanzieller Hilfe oder angemessener medizinischer Versorgung für ihn und das Kind, sollte das erforderlich sein. Ich weiß, dass die Familie seines Alphas Geld besitzt, aber wir würden diesen Leuten nie vertrauen, es fair einzusetzen. Und zu guter Letzt, bitte zögere nicht, an seiner Stelle um Hilfe zu bitten, falls Du denkst, dass sein Stolz ihm verbietet, selbst zu fragen. Es ist unser Wunsch sicherzustellen, dass es ihm gut geht.

Und was Deine Sorgen und moralischen Bedenken angeht, mein Freund, so ist das Leben. Atme tief durch und vertraue Deinem Bauchgefühl. Höre auf Dein Herz. Entscheide Dich dafür, mit Liebe zu handeln. Das sind die einzigen Richtlinien, die ich Dir geben kann.

Und lieber Janus, falls ich da einen Anflug von Interesse an Kerry entdeckt habe, welches über Freundschaft hinausgeht, bitte sei Dir bewusst, dass er möglicherweise Missbrauch grausamster Natur ausgesetzt gewesen ist. Ich kann nicht mehr darüber preisgeben, wie und was genau ich alles weiß, aber ich kann es nicht genug betonen: Sei behutsam mit ihm. Bring ihm nichts als Güte und Freundlichkeit entgegen. Ich habe volles Vertrauen in Dich, was das betrifft.

Wolfgott sei mit Dir,
Caleb

Janus starrte für einen langen Augenblick auf die Unterschrift. Dann kletterte er von der Fensterbank und ging an seinen Schreibtisch, um eine Antwort zu verfassen. Bis zum Abendessen hatte er noch einige Stunden, sodass er sich Zeit lassen konnte. Zunächst schrieb er über seinen anfänglichen Schock nach seiner Ankunft in Huds Basin, und wie sich daraus im Laufe der letzten beiden Wochen das dringende Bedürfnis entwickelt hatte, den Leuten hier zu helfen.

Es gibt hier Alphas, Betas, Omegas und Kinder, die bessere Lebensumstände brauchen, als sie derzeit in der Lage sind zu erringen. Unsere Patienten bezahlen uns meistens gar nicht, und falls doch, dann häufig in Naturalien. Ich weiß nicht, woher Dr. Crescent die Mittel zum Leben nimmt, ehrlich gesagt. Vielleicht hat die Familie seines Érosgápe Vermögen, das in die Hände des guten Doktors gelangte, als er den Vertrag schloss? Ich würde ihn fragen, weil ich zugeben muss, dass mich das brennend interessiert, aber der Mann ist ein Griesgram und manchmal recht schroff. Und sein Omega macht mir, ehrlich gesagt, Angst. Ich weiß, dass sie immer Essen auf dem Tisch haben, aber was unsere Klienten uns geben, reicht nicht, um zu kaufen, was sie zum Leben brauchen.

Wie auch immer – mein Anteil an den Einnahmen wird

nicht reichen, um Kost und Logis hier im Monkhaus zu decken, sobald das Jahr, für das ich im Voraus bezahlt habe, zu Ende geht. Ich habe meinem Mann Warren geschrieben und ihn angewiesen, meine Sachen zu verkaufen. Aber sorge Dich nicht um mich. Ich brauche hier oben weder die Kleidung noch meine Sammlerstücke, und sollte ich je beschließen zurückzukehren und in der Stadt zu praktizieren, so wird bis dahin ohnehin alles hoffnungslos aus der Mode sein. Lieber habe ich jetzt das Geld, damit ich hier helfen kann, wo ich es für nötig halte.

Janus lehnte sich zurück und kaute an seinem Stift. Dann schrieb er weiter. Nach ein paar weiteren Sätzen, in denen er Caleb versicherte, dass er zurechtkommen würde, wanderte sein Blick zurück zum Fenster und der wunderbaren Aussicht. Er fragte sich, was Kerry an diesem warmen Wochenende wohl machte. Die Sonne wärmte Huds Basin nun tagsüber endlich genug, dass Janus ohne Jacke oder Mantel das Haus verlassen konnte. Wie die anderen Männer in den Bergen lief er nun in Hemdsärmeln oder gar nur einem T-Shirt herum, und gegen Mittag war der Stoff meist schon durchgeschwitzt.

Abends hatte sich das Wasser im See genug aufgewärmt, um das Schwimmen angenehm zu machen. Und Janus hatte erfreut festgestellt, dass bei ihm mit der wärmeren Wassertemperatur untenrum nicht mehr so viel schrumpfte. Es hatte ein paar Gelegenheiten gegeben, da hatten ihn Kerrys Pheromone, die durchs Haus wehten, so sehr erregt, dass er gehofft hatte, Kerry möge herunterkommen und zu ihm ins Wasser steigen, damit er sich selbst von Janus' wahrer Größe überzeugen könnte.

Janus dachte an das letzte Mal, als er Kerry gesehen hatte.

In den vergangenen Wochen war Kerrys Bauch sehr gewachsen, und das Kind in ihm erreichte nun die Phase seiner schnellsten

Entwicklung. Die Haut über Kerrys Bauch sah jetzt stark gedehnt und straff aus. Zumindest hatte sie das an jenem Tag, als sie am See aneinander vorbeigegangen waren – Janus auf dem Weg hinunter, und Kerry, der vom Schwimmen zurückkehrte, vollkommen nackt, in entgegengesetzter Richtung. Nie schienen sie zur selben Zeit zum Schwimmen zu gehen, und Janus fing langsam an, das persönlich zu nehmen.

Im Haus bewegte Kerry sich nun langsamer, wie Janus bemerkt hatte, aber es war noch nicht das typische Watscheln eines Omegas kurz vor der Niederkunft. Er hatte immer noch Wochen vor sich, bevor er dieses Stadium erreichen würde. Aber er bewegte sich vorsichtiger, so als wäre seine Balance durch das verschobene Gewicht in seiner Körpermitte beeinträchtigt, was ihn ein wenig unsicher auf den Füßen machte. Auch klagte er häufig über Schmerzen in den Gelenken, während sein Körper Platz für das Baby machte. Natürlich beklagte er sich nicht direkt bei Janus, aber das Haus war klein, und Kerrys Beschwerden bei seinem Pater waren oft die Treppe hinauf zu hören.

Janus fand Kerrys Gegenwart, wann immer es ihm gelang, sie zu genießen, beinahe berauschend. So oft es ging, nahm er Kerrys Duft auf. Am meisten liebte er die Abende, wenn Kerry dem Drängen seines Paters nachgab und sie sich alle zusammen nach dem Essen ins Wohnzimmer setzten, um gemeinsam zu lesen.

Dann schloss Janus die Augen und tat so, als würde er über seinem Buch einschlummern, schwelgte aber stattdessen einfach nur in Kerrys köstlichem Duft. Oft versuchte er zu entscheiden, ob es die Beeren oder das Moschus waren, was Kerrys alleinigen Geruch ausmachte, und welcher dem Kind zuzuordnen war. Aber Janus fand es nie heraus. Er wusste nur, dass er beides berauschend fand.

Vorgestern Abend hatte er die Augen geöffnet und festgestellt, dass Kerry ihn eindringlich beobachtet hatte, wie um sich über etwas klarzuwerden, fast als wollte er in Janus' Seele schauen. Als ihre Blicke sich getroffen hatten, hatte Kerry hastig weggeschaut und vorgegeben, ganz und gar von seinem Buch mit Schnittmustern von Babysachen fasziniert zu sein. Aber Janus hatte nicht weggesehen, sondern Kerry in seinem Sessel beim Umblättern der Seiten beobachtet. Kerry hatte keine Miene verzogen, während er sorgsam die Ecken der Schnittmuster umgeklappt hatte, die er ausprobieren wollte.

Janus' Neugier über den Alpha, an den Kerry vertraglich gebunden war, brannte noch immer hell. Er hatte von Anfang an wissen wollen, warum der Mann in Kerrys Leben abwesend war, und seit Fan ihm verraten hatte, dass er im Gefängnis saß, beschäftigte Janus die Frage, was genau ihn da hingebracht hatte. Calebs Brief hatte Janus' Wissensdurst nur noch mehr angefacht. Dass Caleb in so harschen Worten über diesen Alpha und mit so viel Mitgefühl für Kerry geschrieben hatte, machte Janus sicher, dass seine schlimmsten Befürchtungen zutrafen: Kerrys Alpha musste äußerst gewalttätig oder grausam sein.

Aber falls das der Fall war, wie hatte es dazu kommen können, dass Kerry einen Vertrag mit ihm eingegangen war? Kerry war ein verbitterter Mann, aber er war nicht von Hass erfüllt. Und ein Alpha, der Hass und Grausamkeit verbreitete, hätte ihn niemals angezogen. Wie also war er in den Fängen jenes Mannes gelandet? Das war eine Geschichte, die ihm offenbar niemand erzählen wollte.

Janus hatte Dr. Crescent andeutungsweise nach Kerrys Situation gefragt, aber der Mann hatte ihn ignoriert. Tratsch gehörte nicht zu Dr. Crescents Hobbys. Mit Fan hatte Janus nicht mehr unter vier Augen gesprochen, seit der resolute Omega ihn zurechtgewiesen hatte, weil er Kerrys Entscheidung in Frage gestellt hatte. Und Zeke antwortete stets nur, dass er nicht mehr sagen konnte, als er bereits gesagt hatte, da es Kerrys Angelegenheit war, darüber zu sprechen oder nicht.

Und Kerry …

Nun, Kerry wuchs jeden Tag, auf jede Weise. Er wurde stärker, schöner, runder und leider auch mehr in sich gekehrt. Seit jenem Morgen, als Janus ihn auf dem Dachboden auf seinen Gesang angesprochen hatte, schien er sich immer mehr in sich selbst zurückzuziehen – allerdings ein Verhalten, das viele schwangere Omegas zeigten, je weiter die Schwangerschaft voranschritt. Und doch wollte Janus mit jedem Tag mehr über ihn erfahren. Es war wie eine juckende Stelle, die er nicht erreichen konnte, und Janus' Chancen darauf, dass Kerry ihm irgendetwas über sich selbst erzählen würde, schienen mit jedem Tag mehr zu schwinden.

Janus riss sich aus diesen Gedanken und widmete sich wieder seinem Brief an Caleb:

Es gibt einen Jungen oben in den Bergen, der bei einem furchtbaren Unfall seinen Fuß verloren hat. Als ich Dr. Crescent half, ihn zu behandeln, fielen mir die neuen Prothesen ein, die es für solche Verletzungen in der Stadt gibt. Aber die Familie dieses jungen Mannes kann es sich auf keinen Fall leisten, so etwas für ihn zu kaufen. Nicht jetzt, und schon gar nicht später, wenn sie ersetzt werden müsste, weil der Junge noch im Wachstum ist. Es erschien mir wie ein Problem, das – auch wenn es hier in der Gegend vorherrschend ist – Dich vielleicht besonders berühren würde. Ich weiß, es ist zu viel verlangt (wann hätte ich einmal nicht zu viel von Dir verlangt?), aber ich muss Dich trotzdem fragen. Für diesen Jungen, nicht für mich. Würdest Du in Betracht ziehen, eine Wohltätigkeitsauktion für den Jungen abzuhalten, damit er mit seiner Familie in die Stadt kommen und sehen kann, welche Möglichkeiten zur Zeit für ihn bestehen? Ich weiß, dass als Xans Omega von Dir erwartet wird, dass Du von Zeit zu Zeit solche Wohltätigkeitsveranstaltungen machst, und ich kann persönlich für den Zweck bürgen. Bitte denk darüber nach. Der

Junge ist ebenfalls ein Omega, falls das irgendeinen Unterschied für Dich machen sollte.

Er beendete den Brief mit Beschreibungen seines täglichen Lebens und dem, was er bisher über Medizin gelernt hatte. Abschließend dankte er Caleb und Xan für ihre Bereitschaft, Kerry zu helfen, sollte es nötig werden. Dann schrieb er noch:

> *Was den fraglichen Alpha betrifft, habe ich so gut wie nichts über ihn gehört, außer dass es keine gute Verbindung war. Kerry und sein Pater sind beide sehr zurückhaltend mit Informationen. Ich bitte Dich nicht, mir die Situation zu erklären, weil ich weiß, dass Du nichts für Klatsch und Geschichten über andere Leute übrig hast. Aber falls es mehr gibt, von dem Du denkst, dass ich es wissen sollte – als Mitbewohner und gelegentlich medizinischer Betreuer des jungen Mannes – wäre ich Dir sehr dankbar. Er behält seine Angelegenheiten für sich, und es ist mir bisher noch nicht gelungen, dass er seine Zurückhaltung aufgibt.*

Janus erwog, Caleb zu erzählen, wie ablenkend er Calebs Geruch fand, und Caleb zu fragen, ob er während seiner Schwangerschaften vielleicht Probleme mit Alphas gehabt hatte, die sich übermäßig von ihm angezogen gefühlt hatten. Aber dann entschied er, dass eine solche Frage die Grenzen ihrer derzeitigen Beziehung überschreiten würde. Grenzen, an die er bereits mit seinem letzten Brief und seiner Bitte in diesem gestoßen war. Und so beendete er das Schreiben mit Komplimenten für Calebs gesunde Söhne und guten Wünschen, vor allem für die bevorstehende Geburt.

Dann steckte er den Brief in einen Umschlag, versiegelte und stempelte ihn, und steckte ihn in die Tasche, die er an seinem nächsten Arbeitstag mit zu Dr. Crescent nehmen würde.

Er streckte sich, und als er aus dem Fenster auf das blaue, glitzernde Wasser sah, beschloss er, schwimmen zu gehen. Bis zum Abendessen war noch viel Zeit, und es verlangte ihn nach körperlicher Ertüchtigung, um seine Sorgen zu vertreiben.

KAPITEL 11

JANUS SCHNAPPTE SICH ein Handtuch aus dem Badezimmer – etwas, das er nie mehr vergaß nach dem peinlichen Moment, als Kerry ihn an seinem ersten Abend hier nackt gesehen hatte – verließ das stille Haus und trat hinaus in den Sonnenschein. Zeke, der offenbar mit seinem Kuchen fertig war, hielt sich im Garten auf, grub in der Erde und sang vor sich hin. Er hatte eine gute Stimme, seine Stimmlage ein Tenor wie Janus, aber kein Vergleich mit Kerrys tiefem, sonoren Ton, der ab und zu aus dem Dachboden durch die Decke vibrierte. Janus hatte es jedoch nie wieder gewagt hinaufzugehen und Kerry darauf anzusprechen. Kerry hatte deutlich gemacht, dass sein Gesang nicht für Janus' Ohren bestimmt war.

„Gehst du schwimmen?", fragte Zeke und setzte sich auf seine Fersen zurück. Seine Wangen waren mit Erde beschmutzt, und seine Augen leuchteten voll sommerlicher Energie.

„Ich dachte mir, ich nutze die Gelegenheit."

„Viel Spaß!" Zuerst schien Zeke noch etwas hinzufügen zu wollen, aber dann schüttelte er den Kopf und winkte Janus weiterzugehen. Zeke begann erneut zu singen und machte sich wieder an seine Arbeit.

Janus zögerte und fragte sich, ob er seine Hilfe anbieten sollte. Aber dann entschied er, dass Zeke alles gut im Griff hatte. Der Mann war es gewohnt, allein zu arbeiten, und auch wenn es mit Janus' Hilfe vielleicht ein wenig schneller gehen würde, schien er damit zufrieden zu sein, dass er draußen an der frischen Luft und in der Sonne war. Es war gesund für ihn.

Der Pfad hinunter zum Wasser kam Janus nun kürzer vor, seit ihm die Kurven und Senken vertraut waren. Das grüne Laub über ihm wehte im Wind, warf Halbschatten auf die braune Erde, und das flackernde Sonnenlicht wies Janus den Weg, bis er auf der anderen Seite das sandige Ufer des Sees erreichte. Die Sonne glitzerte so hell auf dem Wasser, dass er seine Augen beschirmen musste, als er hinausblickte.

Dort wo das flache Wasser endete, trieb Kerry auf dem Rücken. Er trug nichts am Leib, so weit Janus es beurteilen konnte. Von Janus stehender Position aus konnte er Kerrys Schwanz und seine Hoden sehen, die sich im Wasser hoben und senkten, die Schenkel und die seltsam geformte Brust. Am meisten hob sich Kerrys gewölbter Bauch aus dem Wasser, und sein Haar fächerte sich über und unter der Oberfläche aus. Dunkle Wimpern beschatteten unter seinen geschlossen Augen die sonnengeküssten Wangen, und er trieb in einem so entspannten Zustand dahin, wie Janus es noch nie zuvor bei ihm gesehen hatte.

Janus schnupperte in der Luft. Er konnte den Duft nicht ganz klar ausmachen, aber er glaubte unter dem Pinienduft der umgebenden Bäume und dem Geruch des Wassers gerade so den süßen Hauch von Beeren und Moschus zu riechen.

Er zögerte im Sand, als ihn Erregung erfasste. Dann zog er sich rasch aus und watete auf die Stelle zu, wo Kerry im Wasser trieb. Dabei spritzte er möglichst viel, um Kerry nicht durch sein plötzliches Erscheinen zu erschrecken.

Es musste funktioniert haben, denn als Janus schließlich ins tiefere Wasser kam und zu schwimmen begann, richtete Kerry sich auf und begann, Wasser zu treten, den Blick argwöhnisch auf Janus gerichtet.

„Der See ist in letzter Zeit wirklich angenehm, nicht zu warm und nicht zu kalt", sagte Janus, als er näherkam. Er klang ein wenig atemlos vom Schwimmen. Kerrys Duft wurde nun stärker, und

Janus spürte, wie sein Schwanz sich regte, versuchte das aber zu ignorieren. „Genießt du das Bad im See?"

Kerry räusperte sich. Seine Stimme, stets so tief und rau, machte Janus' Ständer noch härter. „Das Wasser entspannt mich. Es nimmt mir die Schmerzen."

„Schmerzen?" Janus neigte den Kopf zur Seite. Sofort war er besorgt, was seine Erregung verdrängte. „Neue Schmerzen? Andere als bisher?"

„Nein", antwortete Kerry. „Nur das Übliche, weil mein Bauch wächst. Das Wasser nimmt das Gewicht von meinen Hüften. Das hilft."

Janus hätte Kerry raten können, dass Schwimmen helfen würde, hätte Kerry ihm nur eine Chance gegeben, etwas zu den Schmerzen zu sagen. Aber Janus nahm an, es zählte jetzt nur, dass Kerry von selbst darauf gekommen war. „Das freut mich zu hören." Janus drehte sich auf den Rücken und ließ sich treiben. Er atmete dabei etwas schwerer, als ihm recht war, und hoffte, sein Schwanz würde sich benehmen. „Ich komme fast jeden Abend her, um zu schwimmen. Es macht mir viel Freude. Du weißt, dass du nicht gehen musst, wenn ich herkomme?"

„Ich weiß", sagte Kerry. Seine Stimme klang entfernt, während das Wasser gegen Janus' Ohren schwappte.

„Warum tust du es dann?"

Kerry zuckte die Achseln. „Spielt jetzt keine Rolle. Außerdem tut mir heute alles zu weh, um zum Haus zurückzukehren, nur weil du beschlossen hast, ebenfalls zu schwimmen."

Janus richtete sich wieder auf und schüttelte das Wasser aus seinen Ohren. Kerry hob abwehrend die Hände, dann duckte er sich unter die Wasseroberfläche – offenbar zog er das Untertauchen einer Spritzdusche vor. Als er wieder auftauchte, strich er sein langes Haar zurück und wischte sich das Wasser aus den strahlend braunen Augen.

Janus sagte: „Was ich die ganze Zeit schon fragen wollte … gibt es noch irgendetwas, wofür ich mich entschuldigen müsste?"

„Wie bitte?" Kerry legte verwirrt den Kopf schief. Wasser tropfte von seiner Nasenspitze, und er wischte es weg. „Entschuldigen?"

„Es ist nur, dass du mir immerzu ausweichst. Ich muss noch irgendetwas getan haben, das eine Entschuldigung erfordert. Wenn das so ist, dann sag es mir bitte, und ich werde um Verzeihung bitten." Janus hob eine Augenbraue und lächelte herausfordernd. „Früher war ich sehr schlecht im Entschuldigen, aber wie mit den meisten Dingen in meinem Leben werde ich besser darin, je mehr ich übe."

Das Wasser schwappte und plätscherte um sie herum, und beide wogten leicht auf und ab, während Janus auf Kerrys Antwort wartete. Schließlich lachte Kerry leise, verdrehte die Augen und sagte: „Ich glaube, ich bin wohl eher derjenige, der sich entschuldigen muss."

„Du schuldest mir nicht das Geringste. Keine Entschuldigung und keine Erklärung." Janus hob das Kinn und hoffte, sein Großmut würde für Kerry ein ebenso so großartiges Geschenk sein, wie es Calebs Großmut für ihn selbst gewesen war. Na gut, vielleicht kein so „großartiges Geschenk", aber zumindest etwas Bewundernswertes. Er wünschte sich wirklich, Kerry möge ihn zumindest bewundern. Welcher Alpha würde sich das nicht wünschen? „Du hast getan, was du getan hast, und ich muss nicht unbedingt den Grund verstehen."

Kerry Miene wurde ein wenig düster. „Ich meinte, ich sollte mich bei dir entschuldigen für den Morgen auf dem Dachboden, weil ich da unhöflich zu dir war."

„Oh. Nun, natürlich. Ich meine, du musst dich nicht–" Janus geriet ins Straucheln. „Ich nehme deine Entschuldigung an. Ich will dein Freund sein, Kerry. Ich glaube, du kannst einen gebrauchen."

Kerry duckte sich erneut unter Wasser, und als er auftauchte, wischte er sich die Augen, dann deutete er zum Ufer. „Kommst du mit mir ins Flache?"

Eigentlich hatte Janus noch längst nicht genug geschwommen. Normalerweise schwamm er zur anderen Seite des Sees, wo er an jenem dramatischen Abend Kerry gefunden hatte, und dann wieder zurück zum Sandufer. Aber wenn Kerry seine Gesellschaft wollte, dann konnte die körperliche Ertüchtigung warten.

Er folgte Kerry zum Ufer, bis sie knietiefes Wasser erreichten, dann setzten sie sich beide mit überkreuzten Beinen hin. Das Wasser reichte ihnen auf diese Weise bis zur Brust und bedeckte ihre Nippel, ließ aber die Schultern frei. Der Lehm unter ihren Hinterteilen war weich, und kleine Fische schwammen um sie herum. Aber das Seewasser war sauber und klar, und Janus konnte bis hinunter auf den braunen, schlammigen Boden sehen.

Was bedeutete, dass er auch Kerrys Schwanz, seine Eier und den haarigen Pfad sehen konnte, der an Kerrys gerundetem Bauch abwärts führte. Rasch wandte Janus den Blick ab; sein Puls beschleunigte sich. Er zwang sich, normal zu atmen und blickte hinauf zur gezackten Linie der nadeligen Baumwipfel am Himmel. Janus widerstand dem Drang, erneut hinzusehen, bis er es nicht länger aushielt. Er hoffte, Kerry würde es nicht bemerken, als er einen verstohlenen Seitenblick auf den Penis des Mannes warf und die eines Omegas würdige Länge und den Umfang betrachtete. Sicher, das war nicht übel, aber auch nicht gerade besonders groß. Janus fand, dass Kerry ein nettes Paket mit einem hübschen Paar Hoden anzubieten hatte. Er fand Kerrys Schwanz zum Küssen und – ja, vorausgesetzt, er hatte genug getrunken und war offen für Experimente – auch des Reitens würdig. Und wer könnte schon dem Reiz dieses üppigen Schamhaars widerstehen, oder der zarten Stelle, wo die Innenseite von Kerry Schenkel auf seine Lenden traf?

Kerry räusperte sich, und Janus Blick schoss nach oben. War er erwischt worden? Das schien zum Glück nicht der Fall zu sein.

Kerry starrte in Richtung des Hauses, das durch die Bäume gerade so erkennbar war. „Ich glaube, du solltest ein paar Dinge über mich wissen."

„Das würde ich gern", sagte Janus und biss sich beinahe auf die Zunge, weil er sich so begierig anhörte. Sein Gehirn verarbeitete immer noch den Anblick von Kerrys Schwanz und Hoden. Und die Nähe zu dem Mann und die Spuren des berauschenden Duftes, der in Wellen von ihm abstrahlte, machten Janus leichtsinnig. Aber auch das schien Kerry nicht zu bemerken.

In einem bitteren Ton sagte Kerry: „Ich habe nicht viele Freunde."

„Warum nicht?", fragte Janus und versuchte, seine lüsternen Gedanken zu verdrängen. Er hegte den aufrichtigen Wunsch, Kerry besser kennenzulernen, und es würde alles verderben, ließe er seine Erregung dazwischenkommen. „Ich hätte gedacht, dass du viele Freunde hast. Schließlich bist du hier aufgewachsen, oder?"

„Ja. Aber – und du kannst ruhig lachen, wenn du willst – ich wurde nicht als angemessen ‚reinrassig' betrachtet. Ich gehöre nicht wirklich dem Bergvolk an."

„Wie ist das möglich? Ich verstehe nicht."

Kerry Lippen verzogen sich zu einem leichten Lächeln. „Weil mein Vater nicht von hier stammt."

„Und wieso ist das ein Problem?"

„Ist so etwas in der Stadt nicht auch ein Problem?", fragte Kerry. Er hob eine wohlgeformte Braue. Sein Tonfall verriet Janus, dass sie beide wussten, es war ein Problem. „Außenseiter werden nicht mit offenen Armen willkommen geheißen. Nicht einmal *Érosgápe*. Die gesellschaftliche Klasse ist von Belang."

„Auch hier draußen?"

„Natürlich. Du zum Beispiel wirst *nie* jemand aus Huds Basin sein, ganz gleich, wie lange du hier lebst", sagte Kerry und strich sich das lange Haar von der Schulter. Die sanfte Beuge, wo sein

Schultermuskel mit seinem Schlüsselbein verbunden war, faszinierte Janus. Er verspürte den Drang, das Seewasser dort fortzulecken, sodass Kerrys Schlüsselbein stattdessen feucht von seinem Speichel glänzte.

Janus biss die Zähne zusammen und hielt sich zurück. Was war nur mit ihm los? Wolfgott, er brauchte Hilfe. Noch nie zuvor hatte er diese Art von sexueller Anziehung empfunden, und es würde wahrscheinlich nicht gut ankommen, wenn er ihr nachgeben oder sich auch nur etwas anmerken lassen würde. Er konzentrierte sich wieder auf das, was Kerry gesagt hatte, auch wenn es ihm schwerfiel, seine Gedanken von der Frage zu lösen, wie wohl Kerrys Haut schmecken mochte. „Richtig." Wow, er klang atemlos. *„Ich* werde hier nie ein Einheimischer sein. Aber du bist doch sicher einer?"

„Nein. Mein Vater stammte aus Sandhouzen nahe der Stadt, und ich wurde dort geboren."

„Eine nette Gegend in der Vorstadt", sagte Janus. Er hatte da draußen während einer seiner weniger nüchternen Phasen ein oder zwei Omegas gefickt. Angewidert rieb er sich die Stirn, als ihm bewusst wurde, dass er sich nicht einmal an deren Namen erinnern konnte.

„Ich erinnere mich nicht daran. Ich war erst zwei, als Pater mich herbrachte."

„Und das ist nicht gut genug für die Leute in Huds Basin?", fragte Janus und stupste Kerry leicht an der Schulter an.

Kerry lächelte. Seine weißen Zähne strahlten in der Sonne. Janus lächelte ebenfalls. „Nein. Absolut nicht gut genug."

„Ich habe keine Ahnung, wie das hier läuft. Aber wieso nicht?"

„Nun, für den Anfang bin ich hier in der Pension aufgewachsen.", erklärte Kerry und deutete in Richtung des Hauses. Die weiße Holzfassade schimmerte durch die Bäume, und auch das Fenster zum Dachboden leuchtete durch das Grün. Abends im Dunkeln waren auch die Lichter im Parterre von hier aus sichtbar. „Die nach

Stadt-Standard ziemlich heruntergekommen ist, ich weiß, aber nach Berg-Standard gilt das Haus als unheimlich vornehm."

„Das kann ich inzwischen bestätigen."

„Das glaube ich dir an diesem Punkt. Du hast gesehen, wie die Mehrheit von uns hier lebt."

„Du sagst ‚uns'. Dann betrachtest du dich als Mitglied der Gemeinde, obwohl sie dich nicht als einen der Ihren akzeptieren?"

„Mittlerweile ja. Aber damals, als ich es hätte tun sollen? Nein. Während ich hier in der Pension aufwuchs, begegnete ich vielen Menschen, die mir fast alle dasselbe sagten: Verschwinde von hier, wenn du kannst. Huds Basin ist gut für einen Besuch, um sich zu erholen und Urlaub zu machen. Aber es ist kein Ort zum Leben."

Janus runzelte die Stirn. Er wusste, dass es in Huds Basin vieles gab, das verbesserungswürdig war, und er entwickelte gerade erst Ideen, wie man das angehen könnte, aber der Berg und der See hatten ihren Charme. Die Menschen hier waren freundlich und freuten sich stets, ihn zu sehen, wenn er einem Ruf folgte. Es herrschte ein starkes Gemeinschaftsgefühl, das Janus noch nie zuvor erlebt hatte. Er mochte vielleicht stets ein Außenseiter bleiben, aber er sah keinen Grund, irgendwen von den Leuten in Huds Basin zu ermutigen, seine Heimat zu verlassen.

Janus nickte langsam. Er wollte mehr von Kerry hören, befürchtete jedoch, sollte er etwas sagen, dass Kerry sich erneut verschließen würde, so wie in den letzten Wochen.

„Also habe ich Huds Basin verlassen, sobald ich konnte. Denn ich hatte den lächerlichen Gedanken verinnerlicht, ich würde nicht wirklich hierher oder zu den Leuten hier gehören. Und Wolfgott kennt die Wahrheit, wenn ich sage, ich dachte, ich könnte es anderswo besser haben." Kerry lachte schnaubend, aber es klang sogar noch bitterer als alles, was er bisher von sich gegeben hatte. „Besser. Ha! Ich dachte, ich könnte es *besser* haben." Er schloss die Augen. Janus war in Versuchung, ihm einen Arm um die Schultern zu legen, aber er rührte sich nicht und wartete.

Als Kerry die Augen wieder aufschlug, fuhr er ruhig fort: „Die Leute hier haben mir das nie verziehen. Sie sagen, sie hätten. Aber ich weiß es besser."

„Vielleicht hast du dir selbst noch nicht verziehen", mutmaßte Janus vorsichtig. Er wusste, wie sich das anfühlte. Er musste nur an sein eigenes Verhalten denken, nachdem er seine Beziehung mit Caleb ruiniert hatte. Er war weggelaufen und hatte angefangen, sich wie ein herzloser Rüpel aufzuführen. Er musste nur daran denken, wie er Xan behandelt und mit ihm gesprochen hatte. An die Gemeinheiten, die er von sich gegeben hatte. Er war ein schrecklicher Mensch gewesen. Und irgendwo tief in seinem Inneren hatte er Angst, immer noch dieser Mensch zu sein. Und dieser Mensch verdiente weder Liebe noch Güte. Dieser Mensch sollte nicht hier sitzen, mit einer so verwundeten Seele wie Kerry.

Und doch konnte er sich nicht dazu bringen aufzustehen und wegzugehen. Noch nicht. Nicht während Kerry so verwundbar roch, und so offen. Nicht wenn Janus das Gefühl hatte, dass er alles tun würde, um diesen Mann mit seinem eigenen Körper bedecken zu dürfen, ihn vor der Welt abzuschirmen, ihn zu beschützen vor dem, was immer ihn innerlich so zerriss. „Sich selbst zu vergeben, ist das Schwierigste."

„Kann sein", gab Kerry zu. „Und vielleicht schäme ich mich auch. Mich geirrt zu haben. Alles so vermasselt zu haben."

Schweigend saßen sie da, ließen die Hände durchs Wasser gleiten und beobachteten die Fische. Ließen die Sonne auf ihre Schultern und Köpfe scheinen. Die Worte, die sie geteilt hatten, hingen in der Luft um sie herum. Schließlich, als genug Zeit verstrichen war und die Stille sich erneut sicher anfühlte, wagte Janus eine Frage: „Wann bist du hier weggegangen? Wie alt warst du da?"

Kerrys Antwort kam ohne Zögern. „Ich war fünfzehn. Ich wusste, dass die Zeit gekommen war. Wäre ich noch länger geblieben, wäre ich in Hitze gegangen, und das bedeutete, dass ich mir hätte einen Alpha suchen müssen, der sich darum kümmerte. Hier in den Bergen haben wir keinen Zugang zu Hitzedämpfern, die wir einnehmen können, bevor sie einsetzt. Deswegen gehen so viele von uns schon in ganz jungen Jahren Verträge ein. Und deswegen ist die Überlebensrate bei Geburten hier so niedrig."

Janus nickte. Dessen war er sich nur zu bewusst. Erst vor wenigen Tagen hatte er einen schwangeren Omega von erst siebzehn Jahren untersucht. In der Mittel- und Oberschicht der Stadt wäre so etwas schlicht undenkbar. Dort bekamen junge Omegas Hitzedämpfer, solange sie noch auf Mont Juror waren. Erst nachdem sie ihrem *Erosgápe* begegnet oder bereit zum Abschluss eines Vertrages waren, wurde das Mittel langsam abgesetzt. Die ersten Hitzen nach Jahren der chemischen Unterdrückung waren furchtbar, so wie Janus es verstand, aber es war immer noch besser, als bereits in so jungen Jahren Pater zu werden.

„Ich wollte nicht schon so jung Pater werden. Und es gab hier auf dem Berg auch keinen einzigen jungen Alpha, der mir gefiel. Ich wollte in die Stadt, eine Ausbildung erhalten und dann meinen *Erosgápe* finden, von dem ich fest überzeugt war, dass es ihn irgendwo dort gab. Ich wusste, ich würde ihn finden, tief in meiner Seele wusste ich es. Dass ich zu jemandem gehörte." Hier verstummte Kerry, und die Sehnsucht, mit der er gesprochen hatte erinnerte Janus an den Abend ihrer ersten Begegnung. Daran, wie Kerry gesagt hatte, der See würde nicht alles heilen können.

„Ich hatte auch einst geglaubt, ich würde meinen finden", sagte Janus leise. „Und als das nicht geschah …" Er schüttelte den Kopf. „Ich wandte mich von dem Mann ab, der mir etwas bedeutete – und dem ich etwas bedeutete – aus unfassbar egoistischen Motiven heraus, und dann traf ich einige furchtbar schlechte Lebensentscheidungen."

„Wie schlecht?"

„Sagen wir einfach, ich beschloss, wenn das Leben mit nicht geben wollte, was ich zu verdienen glaubte, dann würde ich das, was ich haben konnte, eben auch ruinieren. Ich trank. Ich spielte. Ich prügelte mich. Diese Sorte von schlecht."

Kerry wandte sich ihm zu, und ein kleines Lächeln umspielte seine Lippen. „Ich bin zwar nicht denselben Weg gegangen wie du, aber schlechte Lebensentscheidungen sind zumindest etwas, das wir gemeinsam haben."

Janus wollte widersprechen und sagen, dass sie viele Gemeinsamkeiten hatten, aber er wusste nicht, was das sein könnte. Im selben Haus zu leben, ganz zu schweigen davon, Kerry durch den Wald zu tragen – beide nackt und Kerry blutend und unter Schmerzen – schien Janus ausreichend, um den Beginn einer Freundschaft zu begründen, aber offensichtlich war es das nicht für jemand, der so argwöhnisch war wie Kerry. „Oh?", fragte Janus und hoffte, die neutrale Reaktion möge Kerry dazu ermutigen, sich weiter zu öffnen.

„Ich habe so viele schlechte Entscheidungen getroffen", sagte Kerry und rührte mit einer Hand im Wasser. „Nicht von Anfang an. Und nicht wissentlich." Er zog die Brauen zusammen. Seine Stimme klang belegt, als er fortfuhr. So als würde er starke Emotionen im Zaum halten. „Nicht absichtlich."

Kerry schaufelte etwas Wasser hoch und ließ es aus seiner Hand wieder zurückfließen. Ein sandiges Glitzern blieb in seiner Handfläche zurück. Er tauchte seine Hand ins Wasser und wusch es fort. „Jedenfalls, so kam es, dass ich mit fünfzehn aus Huds Basin fortging. Ich nahm Hitzedämpfer und ging nach Mont Juror. Eigentlich war ich noch ein wenig zu jung, um aufgenommen zu werden. Aber ich machte eine Prüfung, und sie ließen mich trotz meines Alters hinein. Und ich machte mich gut in meinen Kursen. Ich war zwar nicht der beste Student, aber ich erwies mich des

Stipendiums, das sie mir gewährt hatten, als würdig."

„Wenn du ein Stipendium hattest, dann bist du sehr intelligent."

Er schüttelte den Kopf. „Ich bekam das Stipendium wegen meiner Missbildung. Es war ein medizinisches Stipendium für Omegas, was zur Bedingung hatte, dass ich mich während meiner Ausbildung auf Mont Juror Tests und Untersuchungen unterziehen musste, die …" Er verstummte und deutete auf seine eingesunkene Brust. Wasser rann zwischen seinen Brustmuskeln herab. Janus' Blick wanderte erneut hinab zu Kerrys rundem Bauch, und der Drang, ihn anzufassen, war überwältigend. Aber er riss sich zusammen.

Kerry seufzte und legte das Kinn an seine Brust, um an sich hinabzublicken. Schließlich sah er mit einem Achselzucken wieder Janus an. „Ich hätte sie das nicht mit mir machen lassen müssen mit dem Wissen, dass ich als Kuriosität in irgendwelchen medizinischen Büchern enden würde. Aber es hat mir das Studium finanziert."

„Was für Untersuchen musstest du dich unterziehen?"

Kerry hob die Brauen. „Allen möglichen. Zum Beispiel, ein Arzt sagte mir, dass die Lage meines Gebärpaters, der tiefer liegt als beim durchschnittlichen Omega, die Geburt eines Kindes sicher machen würde. Wahrscheinlich." Er runzelte die Stirn. „Andere Ärzte waren da nicht so sicher."

Der Pfleger – und Pseudo-Doktor – in Janus horchte bei dieser neuen Information über Kerrys Chancen auf. Er musste mehr darüber erfahren, damit er sich auf alle Eventualitäten vorbereiten konnte, und er schämte sich ein wenig, weil er bis zu diesem Moment nicht einmal daran gedacht hatte zu fragen. Er war zu sehr damit beschäftigt gewesen, sich darüber den Kopf zu zerbrechen, warum Kerry das Kind nicht wollte, um sich Gedanken über die sicherste Art und Weise zu machen, ihn davon zu entbinden, wenn die Zeit gekommen war. „Gab es irgendeine Indikation dafür, dass, falls das Kind zu groß wird, die Geburt vorzeitig von einem Arzt eingeleitet werden sollte?"

Kerry zuckte mit den Schultern. „Ich erinnere mich nicht, dass darüber gesprochen wurde. Nein. Aber ich nehme an, es kann gefährlich werden, wenn das Kind sehr groß wird. Aber der Doktor auf Mont Juror sagte, mein Gebärpater läge sehr tief, fast unten zwischen meinen Hüften, also ..." erneut zuckte er die Achseln. Es musste nicht extra erwähnt werden, dass Kerrys Hüften sehr schmal waren und ein großes Baby daher ebenfalls eine Gefahr darstellen würde. „Stimmt das? Er liegt immer noch sehr tief, oder?"

Janus nickte. Er hatte das bei seiner Untersuchung ebenfalls bemerkt. Alle Omegas waren verschieden, aber bei den meisten lag der Gebärpater deutlich weiter oben. Wenn sich während der Hitze der Gebärpater senkte und öffnete, konnte nur ein Penis so lang wie der eines Alphas bis dorthin gelangen. Kerrys Gebärpater lag weit genug unten, dass Janus sich fragte, ob vielleicht auch ein übermäßig langer Beta-Penis eindringen könnte. Aber das war natürlich ein Experiment, das niemand durchführen würde.

Janus fuhr mit einer Hand über sein Gesicht und versuchte, jeglichen Gedanken an Penisse, die in Kerry eindrangen, abzuschütteln. Sie verärgerten und erregten ihn gleichermaßen, besonders die Vorstellung eines anderen Alpha-Schwanzes. Er musste vorsichtig sein. Der Alpha-Instinkt, einen verwundbaren, schwangeren Omega zu beschützen, war umfassend dokumentiert, aber seine Gefühle waren so sehr von erotischen und besitzergreifenden Anwandlungen begleitet, dass er Gefahr lief zu vergessen, dass Kerry niemals ihm gehören konnte.

„Jedenfalls habe ich nach Mont Juror *nicht* meinen *Érosgápe* getroffen", sagte Kerry leise. Die Enttäuschung schwang deutlich in seiner Stimme mit. „Ganz offensichtlich." Er hob einen kleinen Stein vom Lehmboden auf und warf ihn. Kreisförmige Wellen bildeten sich auf dem Wasser. „Ich bezog eine kleine Wohnung, zusammen mit meinem Freund Reyman. Er war ein Beta und hatte etwas Platz. Er war selbst aus Blumzound in die Stadt gekommen und wusste, wovor ich versuchte zu fliehen."

„Fliehen ..." Janus runzelte die Stirn. „Ich verstehe, dass du dich hier wie ein Außenseiter gefühlt hast, aber ich dachte, es hätte dir hier gefallen."

Kerry spritzte sich etwas Wasser ins Gesicht, und Janus bewunderte die kupferfarbenen Sommersprossen, die auf seiner Nase und seinen Wangen auftauchten. So hübsch. „Ja, schon. Aber bevor ..." Kerry verzog das Gesicht. „Bevor *alles* passierte, glaubte ich, *da draußen* wäre es besser. Überall da draußen. Die Pensionsgäste hatten mich überzeugt, dass die Alphas in der Stadt kultivierter und klüger waren, dass sie alle fantastische Jobs hatten und Vermögen. Ich träumte von einer Zukunft, in der ich nicht gerade so zurechtkam und das Beste hoffte, während ich mir die Finger wund arbeitete."

Janus hatte in den letzten paar Wochen genug gesehen und wusste, wovon Kerry sprach. Wäre Kerry in Huds Basin geblieben, hätte er jetzt wahrscheinlich mehrere Kinder und würde jeden Tag bis zur Erschöpfung arbeiten, nur um zu überleben.

Kerry fuhr fort: „Monkhaus sieht jetzt gut aus, aber vor sechs Jahren brach es praktisch zusammen." Kerry wand sich und warf einen schüchternen Seitenblick zu Janus. „Mein Alpha hat die Renovierung bezahlt. Ein Geschenk, während er mir den Hof machte. Eins von vielen. Zu vielen, wie ich jetzt weiß." Er ließ die Schultern hängen. „Das alles war es nicht wert."

Janus biss sich auf die Zunge. Er wollte widersprechen, aber etwas an dem abwesenden Blick in Kerrys Augen und der mühsam beherrschten Miene verriet Janus, dass sie an einer Weggabelung angekommen waren. Ein einziges falsches Wort von Janus konnte jetzt alles beenden.

Es erinnerte Janus an die Abende, als er Caleb auf den Philia-

Gesellschaften umworben hatte. Manchmal hatte er gespürt, dass Caleb ihm etwas Wichtiges gestehen wollte, hatte es aber nicht hören wollen, weil er geahnt hatte, dass es alles ändern würde. Und so hatte er Caleb absichtlich davon abgehalten, hatte immer wieder das Thema gewechselt und die Scharade ihrer potenziellen gemeinsamen Zukunft immer weiter hinausgezögert. Und sie beide damit verletzt.

Dieses Mal hielt er den Mund und ließ Kerry sagen, was immer er sagen musste. Sie waren nicht auf einer Kuppelparty, er machte Kerry nicht den Hof. Sie versuchten lediglich, Freunde zu sein. Oder Hausgenossen. Oder Arzt und Patient. Janus wusste es nicht mehr, aber er wollte, dass Kerrys Wahrheit offengelegt wurde, damit sie beide es hinter sich lassen konnten.

Kerry fing Janus' Blick auf und sagte mit fester Stimme: „Als ich ihn kennenlernte, war ich nichts und niemand. Er musste sich nicht sehr anstrengen, um mich für sich zu gewinnen. Ich wäre auch für *viel weniger* mit ihm gegangen."

Es lag so viel Kummer in Kerrys Stimme, dass Janus die Brust eng wurde.

„Ich kann dir auch genauso gut seinen Namen verraten", sagte Kerry und senkte den Blick. „Dann wirst du verstehen."

Janus wartete geduldig und versuchte sich zu erinnern, wie oft Caleb ihm lange Momente geduldigen Schweigens geschenkt hatte, während er sich von der Krankheit erholt hatte, sodass er sich alle Zeit nehmen konnte, die er brauchte, um zu reden. Zu einer Zeit, als er es am meisten gebraucht hatte.

Kerry flüsterte: „Ist dir die Familie Monhundy ein Begriff?"

Janus blinzelte. Dann starrte er Kerry entsetzt an, während es ihm dämmerte. „Du ... willst du mir damit sagen ..." Er brachte die Worte kaum heraus. „Du bist vertraglich an Wilbet Monhundy gebunden?"

Der Alpha war wegen Vergewaltigung von Prostituierten im

Calitan-Viertel verurteilt worden – und nicht nur Vergewaltigung, sondern auch schlimmste Körperverletzung.

Kerrys lange Wimpern legten sich fest auf seine Wangenknochen; ein Träne schlüpfte unter ihnen heraus und lief über seine sommersprossige Wange, als er den Kopf senkte und nickte.

„Wolfgott." Janus wusste nicht, was er sagen sollte. Ihm wurde die Kehle eng, und bittere Galle kam ihm hoch.

KAPITEL 12

„WILBET WAR KEIN netter Mann."
„Nein. War er nicht."
„Ist er immer noch nicht."
„Nein."

Caleb hatte in seinem Brief nicht übertrieben. Obwohl Janus immer noch nicht verstand, wieso Xan und Caleb das Gefühl hatten, Kerry mehr Zuwendung zu schulden als irgendeinem anderen misshandelten Omega.

Es spielte keine Rolle.

Janus versuchte, den Zorn und den Abscheu abzuschütteln, der ihn bei dem Gedanken erfüllte, dass Kerry in den Händen eines solchen Mannes war. Er hatte Schwierigkeiten, etwas zu finden, das er sagen könnte. Ihm gingen Fragen durch den Kopf, so viele Fragen, aber er glaubte nicht, auch nur eine davon stellen zu können. Er dachte an Fans so leidenschaftliches Argument, niemand könne je wirklich verstehen, aus welchen Gründen ein Omega sein Kind abtreiben wollte, und dass das Beste, was jemand anbieten konnte, bedingungslose Akzeptanz war. Er dachte zurück an die Zeit nach seiner ersten schweren Krankheit, als Caleb ihn gepflegt hatte. Erinnerte sich an die langen Momente offenen Schweigens. Dies hier erschien ihm wie eine ähnliche Situation, in der er behutsam vorgehen musste, mit so wenigen Worten wie möglich.

Janus sagte nichts, wandte aber den Blick nicht von Kerry ab.

„Was, wenn er wie sein Vater ist?", flüsterte Kerry und brach schließlich das Schweigen. Er berührte seinen Bauch mit seinen langen, eleganten Fingern und fuhr damit sanft über die Rundung unter dem klaren Wasser. Dann zog er sie hastig wieder weg, als hätte er sich verbrannt. „Wie soll ich ihn jemals lieben?"

Die Zeit für Worte war gekommen. Janus hoffte, er würde die richtigen finden.

„Was, wenn er wie *du* ist?" Janus berührte sanft Kerrys Kinn, spürte einen Hauch von Bartstoppeln unter seine Fingerspitzen. „Er ist auch aus *dir* gemacht, und du trägst ihn in deinem Bauch und wirst ihn an deiner Brust nähren."

Kerry blinzelte ihn an.

Janus fuhr fort: „Du bist ein starker Mann, Kerry. So viel stärker als ein Alpha, der seine Begierden nicht beherrschen kann. Dein Kind wird mehr wie du sein, und nicht–"

Kerry zog sein Kinn weg.

„Habe ich etwas Falsches gesagt?"

„Nein." Kerry fuhr sich mit der nassen Hand übers Kinn, als wollte er Janus' Berührung fortwischen. „Aber ich will nicht, dass du mich anfasst."

Janus schluckte die Kränkung herunter. „Entschuldigung. Meine Freunde waren in dieser Hinsicht immer sehr frei im Umgang miteinander, und ich dachte, wir würden Freunde werden."

„Nicht alle Freunde zeigen Zuneigung auf körperliche Weise", sagte Kerry. „Aber ja, ich bin dein Freund. Oder würde es gern sein. Denke ich. Ich weiß nicht. Nur ..." Er verstummte. Scham und Verzweiflung machten seine Stimme erneut rau. „Ich kann im Moment nicht so berührt werden. Verstehst du das?"

„Oh." Janus nahm einen langsamen Atemzug und riss sich zusammen, um nicht erneut die Hand nach Kerry auszustrecken. Eine neue Erkenntnis traf ihn heftig, wie ein Schlag ins Gesicht. „Er hat dir wehgetan."

„Er hat vielen Menschen wehgetan."

„Ich weiß, aber ..." Janus erstickte beinahe an den Worten und brachte den Rest kaum heraus. „Aber er hat dir körperlich wehgetan."

„Ja."

„Und mehr."

„Sexuell", gab Kerry zu. „Es gefiel ihm, mir Schmerzen zuzufügen."

Janus wusste nicht, ob er sich gleich übergeben würde oder vor Wut schreien. Die Welt um ihn herum verschwand mit jedem Herzschlag und tauchte beim nächsten wieder auf. Er wollte jemanden schlagen, oder *etwas*, aber da war niemand und nichts.

Kerry holte tief Luft, dann streckte er zögernd eine Hand aus und berührte Janus' Wange mit seinen nassen Fingern. „Ist schon gut", sagte er so rau, dass Janus es bezweifelte. „Er hat mir nicht so sehr wehgetan, wie er gekonnt hätte." Seine Finger strichen kühl und sanft über Janus' heißes Gesicht.

„Ich dachte, du willst nicht, dass ich dich berühre", stieß Janus hervor. Seine Gefühle schwankten wild zwischen Zorn, Kummer, Mitgefühl und einem besitzergreifenden Aufwallen von Verlangen hin und her.

Kerry flüsterte: „Das will ich auch nicht. Aber lass mich stattdessen dich berühren."

Janus hielt still und ließ Kerrys Finger über seinen Kiefer gleiten. Tränen stiegen Janus in die Augen, zu seiner eigenen Überraschung, und er legte sein Gesicht in Kerrys Handfläche. „Es tut mir so leid, dass er dir wehgetan hat, Kerry", flüsterte er.

„Mir auch." Kerrys Fingernägel kratzten zärtlich über Janus' Bartstoppeln, fast so, als würde er zwischen Kiwis Federn kratzen. „Aber ich bin nicht zerbrochen. Das hat er nicht geschafft."

Janus nickte zustimmend. Kerry war stark. Stärker als Janus sich hatte vorstellen können. Vielleicht waren alle Omegas so. Caleb war es. Und jetzt Kerry. Wie hatte er zuvor nur nie verstanden, welche innere Stärke Omegas besaßen? Er war blind gewesen.

Janus machte sich nicht die Mühe zu erklären, dass er vertrauenswürdig war und Kerry niemals verletzen würde. Das war genau die Sorte Versprechen, die ein Mann wie Kerry – ein Mann, der erlebt hatte, was Kerry in den Händen seines Alphas durchgemacht hatte – niemals glauben würde. Nein, Janus würde seine Vertrauenswürdigkeit durch Taten beweisen müssen.

Also hielt er vollkommen still und ließ Kerry mit den Fingern über sein Gesicht und an seinem Hals hinab fahren. Er ließ ihn seine Schlüsselbeine und seine Brust erforschen und seine Nippel berühren, ohne darauf zu reagieren – abgesehen von dem, was im Wasser unter seiner Gürtellinie passierte, denn darüber hatte er keine Kontrolle. Sein Schwanz wurde hart und pochte. Dennoch, Janus bewegte sich nicht. *Er* war kein Sklave seiner Triebe. Er konnte sein Verlangen beherrschen. Er würde Kerry zeigen, dass er ein Freund war, dem er vertrauen konnte.

Kerry streckte seine freie Hand aus und verschränkte seine Finger mit Janus', und dann – nach einem Atemzug, der offenbar dazu diente, Mut zu sammeln – hob er Janus' Hand und legte sie an seine Wange. Janus rührte selbst keinen Muskel. Er überließ Kerry das Streicheln, auch wenn ihm bei der Rauheit von Kerrys Bartstoppeln und der Weichheit von Kerrys Haut unter seiner Handfläche ganz heiß wurde. Eine Träne lief an Kerrys Wange herab, und Janus musste sich zusammenreißen, um sie nicht wegzuwischen.

„Deine Hände sind weich", murmelte Kerry schließlich. Dann ließ er Janus' Hand los und zog seine eigene von Janus' Gesicht weg.

„Danke."

„Wilbet war der erste Mann, den ich je traf, der weiche Hände hatte. Ich war so fasziniert davon."

Janus hätte am liebsten auf der Stelle an seinen eigenen Händen geschabt und gekratzt, bis sie rau waren, und kein bisschen so wie die Hände dieses Ungeheuers.

„Aber jetzt sind seine Hände rau und grob. Wie der Rest von ihm." Ein erstickter Laut entwich Kerry. „Innerlich war er schon immer grob."

„Es tut mir leid", sagte Janus erneut. Er wünschte, Kerry würde noch einmal seine Hand ergreifen und sie über mehr von Kerrys Körper führen. Er wollte Kerry trösten und ihm Güte und Zärtlichkeit zeigen. „Du hattest besseres verdient."

Kerry zuckte zurück, als würde er abrupt aus einem Traum erwachen, in den er versunken war, während sie einander berührt hatten. „Hatte ich das? Damals dachte ich das, aber nur Wolfgott allein kennt mein wahres Herz. Wolfgott wusste, dass ich mich für besser hielt als diesen Ort, so viel besser, als die groben Berg-Alphas es verdienten." Er verzog höhnisch den Mund. „Tja, Wolfgott hat mir ‚grob' gezeigt, nicht wahr?"

„Oh, Kerry."

„Das ist blasphemisch, ich weiß. Pater wäre empört."

„Nein, das meine ich nicht … ich meine, dass niemand so etwas verdient. Und Wolfgott wollte das nicht für dich."

„Kann sein. Wer weiß schon, was Wolfgott will?"

„Kerry–"

„Wilbet sagte, ich wäre wunderschön", unterbrach Kerry Janus und sah mit einem seltsamen Ausdruck zu ihm auf, den Janus nicht recht deuten konnte. „Er war der erste Alpha, der das zu mir sagte, und ich glaubte ihm. Ich hatte immer gedacht, ich wäre ganz passabel, aber die Alphas hier hatten mir stets klar gemacht, dass ich wegen meiner Brust auch nie mehr als das sein würde. Wilbet jedoch sagte, ich wäre wunderschön, sein wahr gewordener Traum." Kerry rückte ein wenig von ihm ab, und Janus musste dem Impuls widerstehen, ihn wieder an sich zu ziehen. Stattdessen ließ er sich vom Sog des Wassers ein wenig näher treiben. „Wilbet hat immer gern dick aufgetragen. Und ich war so jung und dumm, das ich es ihm abgekauft habe."

„Aber du *bist*–" Janus unterbrach sich. Er wusste nicht recht, was er sagen sollte.

Kerry hob langsam den Blick. Seine Sommersprossen leuchteten verführerisch. „Ich bin … was?" Ein schüchternes Lächeln umspielte unerwartet seine Lippen. „Hübsch? So wie Kiwi?"

Janus' Herz raste. Die plötzliche Wendung in ihrem Gespräch verwirrte ihn. Er nutzte den Augenblick und spritzte etwas Wasser auf sein Gesicht und seine Schultern, um die Wirkung, die Kerrys Lächeln auf ihn hatte, herunterzukühlen. Um das heiße und kalte Prickeln loszuwerden, das ihn drängte, etwas zu tun, irgendetwas – zu handeln, zu berühren, zu besitzen und– nein. *Nein.*

Das Wasser war kalt an seiner von der Sonne geröteten Haut. Die Sonne schien heiß und verbrannte zweifellos sie beide, aber Janus hatte nicht vor, sich von der Stelle zu rühren. Kerry würde vielleicht erneut aufhören, mit ihm zu reden, und wer konnte wissen, für wie lange dieses Mal? Tage vielleicht. Monate. Für immer.

„Nun?", hakte Kerry nach. „Ich bin was?"

„Hübsch", stieß Janus rau hervor. „Sehr hübsch. Monhundy war kein guter Mann, aber damit hatte er nicht gelogen. Du *bist* wunderschön."

Kerry biss sich auf die Lippe und senkte den Blick. Janus wollte Kerrys Unterlippe befreien, sie küssen, an ihr lutschen und … *Schluss damit!*

„Ich wünschte, ich würde das nicht so gern hören", flüsterte Kerry. „Aber das tue ich. Besonders von dir."

Janus' Herz pochte laut, und er fühlte sich, als hätte er an den Chemikalien in Calebs Druckwerkstatt geschnüffelt, ein wenig benommen, wie in einem Traum. Ein Alptraum? Ein schöner Traum? Eine grün-blaue Seifenblase der Intimität, die er nicht zum

Platzen bringen wollte.

Unter der Wasseroberfläche legte Kerry eine Hand auf seinen Bauch. Janus folgte der Bewegung mit seinem Blick und sah erneut Kerrys im Wasser schwebenden Schwanz und seine Hoden, so verlockend. Aber dann lenkte er seinen Blick wieder hinauf zu Kerrys langen Fingern, die auf der Rundung seines Bauches lagen. „Es gefällt mir, dass du mich für hübsch hältst. Aber lange wirst du nicht mehr so denken. Schon bald werde ich so dick sein wie ein Schwein mit einem Wurf Ferkel im Leib."

„Ich glaube nicht, dass es dich auch nur einen Deut weniger hübsch machen kann, dass du neues Leben in die Welt bringst", flüsterte Janus und hielt sich mühsam davon ab, seine eigene Hand über Kerrys zu legen. „Wenn überhaupt, macht dich das nur noch schöner." Der Drang, Kerry und das Kind zu beschützen, Kerry zum Lächeln zu bringen, zum Lachen, ihn zum Stöhnen und zum Orgasmus zu bringen, als würde Kerry ihm gehören, loderte wie ein Feuer an seinem Rückgrat aufwärts. Janus unterdrückte ein Stöhnen, als sich plötzlich sein Schwanz aufrichtete und steinhart wurde. Die Vorhaut zog sich zurück, und seine Eichel kam zum Vorschein. „Tut mir leid", flüsterte er.

„Was denn?" Kerry schaute hinab und erkannte das Problem. Janus wurde am ganzen Körper heiß, innen und außen, und er wollte sich erneut entschuldigen, aber er brachte kein Wort heraus. „Oh", hauchte Kerry. „Das ist ... du bist ... oh."

Angesichts Kerrys Schock fand Janus den Willen, Worte zu formen, und krächzte: „Es tut mir leid. Ich versichere dir, ich habe mich unter Kontrolle, und ich habe nicht die Absicht zu ..." Er blinzelte und suchte nach dem richtigen Wort, aber sein Kopf war wie hohl, und sein Schwanz wurde unter Kerrys beständigem Blick nur noch härter. „Das ist unanständig. Bitte verzeih mir."

Kerry nagte erneut an seiner Unterlippe, und zu Janus' Erstaunen wurde unter dem runden Bauch auch Kerrys Schwanz hart.

„Oh, wow. Das ist schon sehr lange nicht mehr passiert."

Janus stöhnte leise, als Kerry die Augen schloss und erschauerte – ein Reflex, den viele Omegas zeigten, wenn ihre Omegadrüsen Schlick abgaben. „Das sind die Pheromone der Schwangerschaft", flüsterte Kerry. „Sie wirken auf Alphas."

„Ja", stimmte Janus zu, auch wenn er bis ins Mark spürte, dass es mehr als nur das war.

„Ich bin ein Omega ohne Alpha, und dein Instinkt drängt dich ... mir zu helfen."

Janus wimmerte und hielt sich verzweifelt davor zurück, Kerry anzufassen und zu helfen. Ihn zu besitzen und zu ficken.

„Und die Hormone in mir ... sie ... ohhh." Ein tiefes Stöhnen entfuhr Kerry. „Sie beeinflussen schwangere Omegas. Sie wecken Verlangen in uns."

Janus nickte. Ja. Aber so? Er war nicht mehr sicher. Es schien unfassbar, dass er, ein Student der Medizin und Krankenpfleger, nicht vollends begreifen konnte, was ein schwangerer Omega ohne Alpha bedeutete. Natürlich wusste er, dass schwangere Omegas leicht erregbar waren – so leicht, dass sie nach vielen moralischen Standards als unanständig galten – und dass gesunde Omegas während der ganzen Schwangerschaft einen recht starken Sexualtrieb hatten. Er hatte es selbst gesehen. Er erinnerte sich an Xans Freund Vale, der während der ganzen Zeit, die er in Xans Haus in Virona verbracht hatte, regelmäßig von seinem Alpha Jason gerammelt worden war, bis zum Tag der Geburt. Sie waren ziemlich laut und indiskret gewesen, hatten es sogar im Garten getrieben, und in jedem Raum des Hause, der eine Tür hatte.

Aber die beiden waren *Érosgápe*. Und diese Art der Anziehung ...

War das natürlich? Dass Kerrys Bedürfnisse diese Wirkung auf ihn hatten, nur weil kein Alpha da war, der als Puffer zwischen ihnen stand? Es fühlte sich an wie eine Flutwelle, die nur gerade so von einem zerbrechlichen Damm zurückgehalten wurde, der jeden Augenblick bersten würde.

Aber Janus riss sich verzweifelt zusammen, denn er wusste um Kerrys Vorgeschichte und sein Trauma, und er wollte ihn nicht noch mehr verletzen oder einfach Dinge voraussetzen.

Aber es war Kerry, der zuerst aufgab. Er beugte sich zu Janus hinüber, packte ihn mit einer Hand im Nacken, zog ihn an sich und küsste ihn. Seine Zunge, begierig und ungezügelt, umschlang Janus', und seine Lippen und Zähne waren entfesselt, saugten an Janus' Lippen, knabberten an seinem Kiefer. Und als Janus schließlich ebenfalls seinem Verlangen nachgab, stöhnte Kerry erleichtert. Janus zerrte Kerry auf seinen Schoß, und der lehmige Boden wallte im klaren, flachen Wasser auf.

Kerry klammerte sich an ihn, und sein Herz hämmerte wie das eines panischen Vogels. Janus konnte es an seiner eigenen Brust spüren, während Kerry sein Gesicht an Janus' Hals verbarg, schwer atmend und erstarrt vor Angst und Lust gleichermaßen.

Janus gab tröstende Laute von sich. Seine nassen Hände rieben beruhigend Kerrys überhitzten Rücken. Er stöhnte, als Kerry sich an ihn schmiegte und seinen Schwanz fest gegen Janus' eigenen presste, die Hüften kreisen ließ und sich an ihm rieb. Die Bewegung und das Wasser machten die erforderliche Selbstbeherrschung ebenso frustrierend wie notwendig.

„Nicht", flüsterte Kerry. „Bitte nicht."

„Beruhige dich", sagte Janus, auch wenn es ihm alles abverlangte. Er löste seinen Griff an Kerrys Rücken und ließ die Arme sinken. „Ich werde dir nicht weh tun. Du musst das nicht tun, Kerry. Du kannst loslassen. Ich werde dir nicht nachstellen."

Kerry stöhnte und schüttelte den Kopf. Er klammerte sich fester an Janus. „Es ist so lang her", stöhnte er. „Du bist so gut zu mir. Kein Alpha ist je so gut zu mir gewesen. Nicht wirklich. Nicht so." Er presste sich erneut an Janus. Sein Atem ging schneller, und sein

Herz hämmerte wie verrückt, sodass sein ganzer Körper mit jedem Schlag erbebte.

Janus wollte nicht, dass Kerry das aus einer Art Dankbarkeit heraus tat. Er wollte, dass es mehr war als das. Aber seine Vernunft sagte ihm, dass er das überhaupt nicht haben sollte. Nicht mit einem Kerry, der praktisch schluchzte, weil Janus ihm etwas Schreckliches antun könnte, und sich gleichzeitig an ihn klammerte, als hätte er Angst, Janus könnte ihn loslassen.

„Bitte", stöhnte Kerry. „Bitte."

„Kerry, wenn du dich weiter so bewegst, werde ich kommen", warnte Janus atemlos. In seinem Schwanz zog wachsendes Verlangen mit jeder kreisenden Bewegung von Kerrys Hüften. Der Duft von Beeren und Moschus war überwältigend, und Janus wollte sich darin ertränken. Er wollte aus dem Wasser und irgendwohin, wo er seine Finger in Kerrys Arsch versenken konnte, um mehr von diesem köstlichen Aroma aus Kerrys Omegadrüsen zu drücken und sie beide damit überall einzureiben.

Verdammt. Er musste Kerry dazu bringen aufzuhören, oder es würde mit Orgasmen für sie beide enden. Und zwar schon recht bald. „Kerry, wenn du das hier nicht willst, musst du aufhören. Bitte."

Kerry schüttelte den Kopf und weigerte sich loszulassen. Er leckte in Janus Ohrmuschel und flüsterte zitternd: „Tu es einfach, Janus. Bring es hinter dich. Bitte. Um Wolfgottes willen. *Bitte hilf mir.*"

Es war wie ein Blitzschlag. Sein Schwanz war so verdammt hart wie seit Jahren nicht. Das süße Flehen, das verzweifelte Klammern und die Worte, nach denen jeder Alpha verrückt war – normalerweise während einer Hitze, aber ganz ehrlich jederzeit – *bitte hilf mir.* Oh, Wolfgott. Janus wollte sich unter Kontrolle haben. Er wollte die Sorte von Alpha sein, der unangemessenen sexuellen Begegnungen mit gebunden Omegas widerstehen konnte, aber …

„Scheiße", flüsterte er.

„Bitte, ja", sagte Kerry. „Bring es hinter dich. Hilf mir. Fick mich."

Janus wollte protestieren, den Rausch bremsen, und sie beide so weit beruhigen, dass sie vernünftig darüber reden konnten, ohne diesen Nebel von Lust und Verlangen. Damit sie gemeinsam verstanden, was hier passierte, und sichergehen konnten, dass sie das wirklich wollten, trotz allem, was es bedeutete.

Aber was er tat, war, Kerrys Hüften zu packen, seine Arschbacken und zu spreizen und ihn so auf seinem Schoß zu positionieren, dass die Schwerkraft Kerry half, auf Janus' Ständer abwärts zu gleiten, mit dem Wasser des Sees und Kerrys Schlick als Gleitmittel.

Und Auge in Auge, Nase an Nase, Atem an Atem – das war es, was Kerry tat.

Janus überließ es vollkommen Kerry, wie weit er hinabglitt, wie tief er Janus erlaubte einzudringen. Und Wolfgott, er nahm ihn zur Gänze in sich auf. Kerry ließ den Kopf zurückfallen und schloss die Augen. Tränen liefen ihm über das Gesicht, und ein Schrei purer Lust entrang sich seiner Kehle. Janus reagierte mit einem eigenen Aufschrei, hielt Kerry ganz fest und drückte ihn an sich, während sie beide von Empfindungen überwältigt erschauerten. Janus spürte, wie sein Schwanz gegen die Öffnung von Kerrys Gebärpater drückte, und stellte sich vor, wie er während einer Hitze dort eindringen würde, ihn mit seinem Samen füllen und–

Erneut schrie er auf, und sein Körper bebte unter einem Orgasmus. Er pumpte Sperma in Kerrys Passage, und in diesem Moment kam Kerry ebenfalls. Kerrys Schwanz pulsierte zwischen ihnen und spritzte ins kalte Wasser ab. Sperma schwamm zwischen ihnen; Kerry wand sich und zuckte, das Gesicht zum Himmel erhoben, und seine Hände packten Janus Schultern krampfhaft. Aber es war noch nicht vorbei ...

Der Nebel in Janus' Kopf löste sich nach dem ersten Orgasmus

etwas auf, aber da sein Schwanz noch immer in Kerrys krampfen-
dem Körper pulsierte, hatte er nur zwei klare Gedanken, einen
offensichtlichen und ein völlig irrationalen: *Wolfgott, er ist eng!* Und:
Verdammt, er gehört mir!

„Ja", stöhnte Kerry. Er ließ den Kopf sinken, während sein
Orgasmus nachließ, und verbarg sein Gesicht an Janus' Hals. Dort
atmete er tief ein, sog immer wieder Janus' Duft ein. „Du riechst
so ... Scheiße, so perfekt."

Janus küsste Kerrys Schultern, leckte an seinem Hals und kostete seine Haut. Er war herrlich, und Janus stimmte zu ... sein Duft
war göttlich. Dem perfektesten Duft nah, den er sich überhaupt
vorstellen konnte. So nah. So unheimlich nah.

Ein Gedanke nagte an Janus' Bewusstsein, wie ein Flüstern, aber
dann stöhnte Kerry erneut und zog seine Muskeln fester um Janus'
Schwanz zusammen. Kerry erhob sich, bis nur noch Janus' Eichel in
ihm war, dann senkte er sich erneut. Janus umklammerte Kerrys
Hüften und wusste nicht, ob er das, was passierte, stoppen sollte
oder überhaupt konnte. Er erbebte am ganzen Körper, als Kerry
sich erneut hob und senkte.

„Ja", hauchte Kerry, als würde Janus eine juckende Stelle kratzen, die seit Jahren unerreichbar gewesen war. „Du bist so groß. Es
ist, ahh, oh Wolfgott, Janus. Du bist perfekt."

Perfekt. Janus saß wie benommen da, während Kerry erneut
seinen Schwanz ritt, mit langsamen, flüssigen Bewegungen, sodass
das Wasser um sie herum hochschwappte. Sex hatte sich noch nie so
vollkommen angefühlt. So richtig. Sie passten so göttlich zusammen, die Reibung war so herrlich. Der Duft von Kerrys Hals, der
Geschmack seiner Lippen, wenn sie sich küssten, und Janus'
drängendes Verlangen – alles war einfach makellos.

So vollkommen. So gut. Wolfgott, Janus steckte in Schwierigkeiten.

Kerry schrie auf, dann wimmerte er. Sein Arsch zog sich um

Janus zusammen, als ein sanfter, analer Orgasmus ihn schüttelte. „Mehr" bettelte Kerry, selbst während sie noch vereint waren. „Bitte gib mir mehr. Ich brauche es."

Janus zog ihn an sich, küsste seine Brust und seine Nippel, leckte einen Pfad an Kerrys Hals aufwärts. Er spürte es, als Kerry erst lustvoll schauderte, dann aber furchtsam erstarrte. Janus hielt ihn weniger fest und überließ es erneut Kerry, wie er ihn reiten wollte. Kerrys Lust wuchs, baute sich wieder und wieder auf und gipfelte in mehreren analen Orgasmen. Seine Brust und seine Wangen waren gerötet, er zuckte und bebte, stöhnte und flehte um noch einen, und noch einen …

Janus ließ ihn einfach machen, erlaubte ihm, den besten Weg zu seinen Orgasmen zu finden. Janus selbst zitterte ebenfalls vor Erregung und Verlangen – sein Schwanz war steinhart, und seine Eier pulsierten mit dem Drang zu kommen. Jeder Nerv in seinem Körper fühlte sich lebendig an, jede Berührung war reine Ekstase. Als Kerry die Augen aufriss und erneut zum Höhepunkt kam, konnte Janus sich nicht länger zurückhalten. Er stöhnte lang und tief, als sein zweiter Orgasmus durch ihn hindurchpumpte, und als er in Kerrys Körper abspritzte und seinen Samen tief in ihn pflanzte, biss er Kerry ungewollt in die Schulter. Schließlich ließ der Lusttaumel nach, und Janus legte seinen Kopf an Kerry Schulter, die nun einen Bluterguss aufwies, und versuchte zu Atem zu kommen.

„Das ist der Grund, warum ich dir aus dem Weg gegangen bin. Warum ich nicht wollte, dass du mich anfasst", flüsterte Kerry, während sie beide langsam wieder zu sich kamen. „Ich wollte vermeiden, dass das passiert."

Janus fuhr hoch, als hätte man ihn geohrfeigt. Er starrte panisch in Kerrys dunkle Augen. Hatte sein Biss alles ruiniert? „Es tut mir leid. Ich wollte dir nicht weh tun." Er legte einen Finger auf den Bluterguss. „Ich wollte das nicht, das war nicht– bitte verzeih mir.

Ich würde niemals–"

Kerry schüttelte den Kopf. „Nein, nein. Schh. Das meinte ich nicht." Er drehte den Kopf und betrachtete die Stelle an seiner Schulter. In seinen Augen funkelte Überraschung." Das habe ich nicht einmal gespürt." Er zog Janus' Hand von der Schulter weg, dann küsste er Janus' Fingerspitzen. „Schon verziehen."

„Ja?"

„Ja."

„Aber was meintest du dann? Tut mir leid – ich habe gerade mein Gehirn durch meinen Schwanz gespritzt. Zweimal. Ich bin also etwas verwirrt."

Kerry Lippen zuckten leicht. Ein bitteres, aber auch amüsiertes Lächeln. Er küsste Janus auf die Nasenspitze, dann lehnte er sich etwas zurück, um Janus anzusehen. Ein seltsamer Ausdruck blitzte in seinem Gesicht auf. „Ich meinte, ich wollte uns nicht in diese Position bringen." Er deutete hinab unter Wasser, wo Janus noch immer tief in ihm steckte. „Es macht die Dinge kompliziert."

Janus sog scharf den Atem ein, als er etwas Seltsames spürte: ein Bewegung tief in Kerry. Etwas stieß leicht gegen seine Eichel. Ein Tritt des Babys in Kerry Gebärpater. Das Baby eines anderen Alphas. Unwillkürlich entfuhr Janus ein leises Knurren.

Sofort regte sich der Instinkt, Kerry – und wie eine Erweiterung von Kerry – auch das Baby zu beschützen. Er wollte der Alpha sein, der sie beide beschützte. Nie wieder sollte etwas Grausames auch nur in die Nähe von Kerry oder diesem Babys kommen. Nie wieder.

„Kompliziert", murmelte Janus zustimmend.

Kerry schluckte heftig und schaute verlegen. „Ja. Aber ich wusste, dass ich nachgeben würde, solltest du mich wollen."

„Warum?"

Kerry erschauerte, und die Bewegung massierte Janus' immer noch halbharten Schwanz. „Weil ich es brauche. Und weil an dir irgendetwas ist."

„Was ist an mir?", fragte Janus. Er musste es hören. Er musste wissen, dass er nicht der Einzige war, der den Verstand verlor.

Kerry zuckte die Achseln, aber er klang verletzlich, als er antwortete: „Ich bin sicher bei dir. Du passt auf mich auf."

Janus hatte das Gefühl, gleich in Tränen auszubrechen. Oder zu schreien. Oder Kerry so fest in die Arme zu nehmen, dass sie zu einer einzigen Person wurden. Auf ihn aufpassen? *Aufpassen?* Wolfgott, es war so viel mehr als das. „Ja", sagte er atemlos vor Verwirrung und Angst. „Ich passe auf dich auf."

„Ich weiß. Ich wusste es, als du mir geholfen hast. Und ich hatte Angst."

„Du hast Angst vor mir?", fragte Janus.

Kerry zuckte erneut mit den Schultern, und Janus spürte die Bewegung an seinem Schwanz, der immer noch tief in Kerrys Körper vergraben war. „Ich glaube nicht, dass dir die Antwort auf diese Frage gefallen wird."

Janus runzelte die Stirn. Kerrys Widersprüchlichkeit verwirrte ihn. Einerseits fühlte Kerry sich sicher bei ihm, aber andererseits hatte er Angst vor Janus? Kerry fand ihn perfekt, aber er war nicht das, was Kerry wollte? Janus spürte, wie sein Schwanz in Kerry zuckte und erneut eine Welle besitzergreifender Lust auslöste, scharf und zornig. Es war nichts Zärtliches daran. Kerry keuchte und drückte seine Stirn an Janus' Schulter. Er erschauerte und zitterte, als auch ihn ein kleiner Orgasmus überkam.

„Wolfgott", murmelte Kerry. „Es fühlt sich so gut an. Ich wusste nicht … ich hatte noch nie … so war es noch nie für mich." Er schauderte. Kerrys Schwanz zuckte zwischen ihren Körpern – ein weiterer, kleiner Orgasmus – und Sperma trieb im Wasser, als er von dem Höhepunkt wieder herunterkam.

Janus drückte einen sanften Kuss auf den Bluterguss an Kerrys Schulter und versuchte, seine Gedanken zu ordnen. Es gelang ihm nicht. Er hatte das Gefühl, völlig ins Schwimmen zu geraten, so flach das Wasser auch war.

KAPITEL 13

IN DEM SCHWEIGEN, das ihrem überraschenden Aufwallen von Lust folgte, erhob Kerry sich behutsam von Janus' immer noch hartem Schwanz. Janus' einziger Protest gegen die Bewegung war das langsame Gleiten seiner Fingerspitzen auf Kerrys Hüften, aber der Verlust von Kerrys fester Wärme um seinen Ständer ließ ihn leise wimmern.

Kerry schien es ebenso zu empfinden. Im Wasser kniend ließ er den Kopf zurückfallen und griff mit einer Hand zwischen seinen Schenkeln hindurch, um zu ertasten, wo Janus' Schwanz gerade noch gewesen war. Albernerweise hasste Janus das Wasser in diesem Moment, da es seinen Samen und jeden Beweis ihrer Vereinigung fortwusch.

Kaum dass sie voneinander getrennt waren, wünschte Janus, er fände einen Weg zurück in Kerry, und das Ziehen in seiner Brust verriet ihm, dass er es auf eine Weise meinte, die nichts mit seinem Schwanz zu tun hatte. Mit einem seltsam unwirklichen Gefühl fragte er: „Was ist gerade passiert? Warum haben wir das getan?"

Kerry verzog das Gesicht, aber dann rückte er beiseite, und das Ziehen in Janus' Brust wurde stärker und breitete sich aus, bis er es am ganzen Körper spürte. Schließlich kniete Kerry fast einen halben Meter entfernt von ihm im Lehm – sein halbharter Schwanz bewegte sich im flachen Wasser, und seine Nippel zogen sich in der kühlen Brise zusammen – als er es aussprach: „Pheromondelirium."

„Das gibt es nur zwischen *Érosgápe*." Janus runzelte die Stirn, und dieses neue Kribbeln in seinem Bewusstsein fing wieder an –

etwas, das er unbedingt verstehen wollte.

„Normalerweise, ja. Aber es ist fair zu sagen, dass wir einander *deswegen* wollen", sagte Kerry und deutete auf seinen wunderschön gewölbten Leib. Janus wollte ihn berühren. Das hatte er nicht getan, während sie gefickt hatten, aber jetzt wünschte er, er hätte es. Kerry schien das zu spüren und rückte noch ein paar Zentimeter von ihm weg. „Es fällt uns aus biologischen Gründen schwer zu widerstehen, denke ich. Ich bin ein schwangerer Omega ohne Alpha. Es ist ganz natürlich, dass ein alleinstehender Alpha den Drang verspürt, mich zu beschützen und meine Bedürfnisse zu befriedigen." Plötzlich sah Kerry ein wenig verschämt aus. „Es tut mir leid. Ich dachte, du wüsstest es, oder es wäre dir mittlerweile klar geworden."

„Was?"

„Dass mein Pater dich zum Teil deshalb als Pensionsgast akzeptiert hat, weil er hoffte, das hier würde passieren."

Janus schüttelte den Kopf. Das konnte nicht sein. Und es war so viel mehr als nur *das*. Was immer er empfand, was immer das hier war—

„Ohne diese Befriedigung ist Schwangerschaft für Omegas sehr schwer", sagte Kerry. Seine Stimme zitterte, und sein Blick schoss hierhin und dorthin, nur nicht zu Janus. Was bedeutete das? Wieso wusste Janus das nicht? Er hatte das Gefühl, er hätte es wissen *müssen*. „Pater wollte wahrscheinlich vermeiden, dass ich zu einem einheimischen Alpha gehe und Ärger auf dem Berg verursache. Niemand hier oben besitzt die Mittel, um die voraussichtlichen Konsequenzen abzuwenden."

Ein Knurren entfuhr Janus bei dem Gedanken von Kerry mit einem dieser Berg-Alphas, denen er an jedem anderen Tag und zu jeder anderen Zeit vorbehaltlos seinen Schutz und seine Hilfe anbot.

Kerrys Lippen zuckten verräterisch, so als würde er Janus' Reaktion mehr genießen, als er sollte. Aber dann wurde seine Miene wieder ernst. „Pater würde jedoch auch nicht wollen, dass ich mich ohne Hilfe nach dem verzehren muss, was ich brauche. Als also deine Anfrage für eine langfristige Zimmerbuchung eintraf, kam er auf den Gedanken, zwei Fliegen mit einer Klappe schlagen zu können. Er hat es absichtlich so arrangiert, dass du unser einziger Gast bist, ohne andere Bewohner, die alles nur komplizieren würden."

Janus blinzelte. War er so blind gewesen? Gewiss, ein Teil dessen, was er für Kerry empfand, war die natürliche Anziehung eines schwangeren Omegas, aber da war noch etwas anderes. Etwas Starkes und Leidenschaftliches und Aufregendes, das er nicht ignorieren konnte. Trotzdem hatte er nie in Erwägung gezogen, welche Rolle Zeke ihm zugedacht haben könnte, als er ihm das Zimmer zugesagt hatte.

Janus fühlte sich verwirrt, und schlimmer, benutzt. Aber da war diese Gewissheit, dass ihm ein wichtiges Stück des Puzzles fehlte. Das wundervolle Nachglühen des Orgasmus, und die Ablenkung durch das funkelnde Sonnenlicht auf Kerrys nasser Haut – all das überwog die unangenehmen Empfindungen.

„Und du bist sehr attraktiv", sagte Kerry mit einem Anflug von Verlegenheit und senkte schüchtern den Blick. „Das kommt noch hinzu."

Janus sah im klaren Wasser an seinem eigenen Körper hinab, als hätte er ihn noch nie zuvor gesehen. Die Muskelmasse, die er verloren hatte, kehrte allmählich zurück, und sein Schwanz stand so steil in die Höhe, als wäre er nicht gerade erst zweimal mit Kerry gekommen. Er wurde sogar noch härter. Janus weigerte sich, die intensiven Gefühle zwischen ihnen auf Schwangerschaftshormone zurückzuführen, und nicht auf … auf …

Janus konnte nicht in Worte fassen, welche anderen Ursachen es haben mochte.

„Aber ich wollte Paters Plan nicht folgen", fuhr Kerry fort. Vielleicht machte Sex ihn gesprächig, während Janus davon hirnlos zu werden schien, denn er konnte einfach nicht begreifen, was mit ihnen passierte. Er wusste nur, dass Kerrys Erklärungen wolfgottverdammter Blödsinn waren. Aber er machte immer weiter damit. „Als Beta versteht Pater nicht, wie kompliziert so eine Situation werden kann. Betas sind nicht wie Alphas und Omegas."

Janus blinzelte erneut. Beinahe hätte er gesagt: „Erzähl mir etwas, das ich noch nicht weiß." Aber das tat er nicht. Denn damit hätte er Kerry gekränkt, und das wollte Janus niemals tun. Auch wenn der Mann sich offenbar dumm stellte und Janus und sich selbst anlog, denn was sie getan hatten … das war kein Ficken. Es war mehr als das.

„Betas können nicht nachvollziehen, wie Hormone auf uns wirken", plapperte Kerry weiter. „Und welche Gefühle sie hervorrufen können. Wir mögen ja keine *Érosgápe* sein …"

Janus knirschte mit den Zähnen, weil Kerry das intensive, wundervolle *Etwas*, das sie miteinander geteilt hatten, so herunterspielte.

„Aber ein Alpha wird irgendwann jeden Omega, den er mehr als einmal fickt, besitzen wollen, mit Körper und Seele."

Kerry behauptete das, als wäre es eine wolfgottgegebene Tatsache, und Janus wollte ihm sagen, wie falsch er damit lag, wie viele Omegas er selbst wochenlang gefickt hatte, Monate sogar, ohne je deren Körper oder Seelen gewollt zu haben. Nicht so, wie er Kerry wollte.

Aber dann kam Kerry auf den Kern des Problems zu sprechen, eine schlichte Wahrheit, und Janus hatte Mühe, seinen nächsten Atemzug zu tun. „Und ich bin vertraglich an einen anderen Alpha gebunden. Und na ja, das werde ich immer sein. Ich werde sein Kind zur Welt bringen, und dann werden seine Eltern mich zwingen, es bei meiner nächsten Hitze erneut zu versuchen. Das ist meine Zukunft. Wir dürfen uns nicht verwirren lassen, nur weil …

das passiert." Er deutete in Richtung von Janus' immer noch steifem Schwanz. Wie konnte er immer noch so verdammt hart sein?

Janus gefror das Blut in den Adern. Moment! Wie konnte er das übersehen haben? Wie konnte ihm diese Wahrheit entgangen sein? „Er handhabt *immer noch* deine Hitzen? Im *Gefängnis*?"

Kerry schloss die Augen, und Janus konnte eine Veränderung in ihm riechen, eine schreckliche Veränderung, die nur aus Scham und tiefer Traurigkeit bestand. Janus streckte die Hand nach Kerry aus. Er wollte ihn an sich ziehen, ihn beschützen, dafür sorgen, dass dieser Geruch für alle Zeit verschwand.

Aber Kerry schüttelte den Kopf und sprang auf die Füße. In hilfloser Verwirrung starrte Janus ihn an, als Kerry davonging und das Wasser um seine Beine herumspritzte, und um seinen kleinen, festen Hintern.

Janus stand auf, um ihm zu folgen. Er war sich seiner blassen Gliedmaßen und seines weißen Hinterteils nur allzu bewusst, fühlte sich entblößt und entsetzt, wie ein zappelnder Fisch, der unerwartet auf den Strand geworfen worden war. Sein Schwanz war nun auch nicht mehr hart. Allein der Gedanke daran, dass Kerry seine Hitzen mit jemand anderem teilte – und ganz besonders mit jemandem wie Wilbet Monhundy, einem Mann, von dem die Presse ein klares und bedrohliches Bild gezeichnet hatte – erweckte in Janus nacktes Grauen und einen besitzergreifenden Zorn, von dem er nicht wusste, wie er ihn beherrschen sollte.

Er folgte Kerry aus dem Wasser, und er mussten all seine Willenskraft aufbieten, nicht nach ihm zu greifen, ihn sich über die Schulter zu werfen und zum Haus hinauf zu tragen, um ihn dort zusammen mit seinem hübschen Vogel in sein Zimmer einzusperren. Und ihn nie wieder herauszulassen. Damit sein Vertragsalpha ihm nie wieder wehtun konnte.

Denn Janus hatte keinen Zweifel, dass Monhundy Kerry während der Hitzen Gewalt antat, selbst im Gefängnis, selbst unter der

Aufsicht von Wachen. Ein Blick in Kerrys Gesicht, die Anspannung in seinen Schultern und die Änderung in seinem Geruch hatten ihm das verraten, und Janus wollte das alles auslöschen. Er wollte Kerry mit seinem eigenen Geruch bedecken, mit seinem Sperma, und Monhundy jedes Recht nehmen, das er auf Kerrys Körper oder Leben hatte. Er wollte verhindern, dass dieser Mann Kerry je wieder beknotete und seinen Samen in Kerrys Körper stopfte und ihn schwängerte.

Aber Janus hatte kein Recht, irgendetwas dergleichen zu tun. Er hatte keinerlei Recht an Kerry in diesem Szenario. Und auch ein wundervoller, berauschend perfekter Fick in den heilenden Wassern von Huds Basin gab ihm kein solches Recht.

„Bitte sag mir, dass du noch andere Optionen hast", flehte Janus, als er hinter Kerrys nackter Gestalt herlief. Als er ihn auf dem Strand erreichte, griff er nach seiner Hand und bettelte erneut. „Sag mir, es gibt einen anderen Weg für dich."

Kerry entzog sich ihm und zuckte die Achseln, dann trocknete er sich mit dem Handtuch ab, das Janus für sich selbst mit an den See gebracht hatte. Als er sprach, war seine Stimme rau aber fest, und die aufgesetzte Gelassenheit brach Janus das Herz. „Ich habe bei meinen Schwiegereltern um die Erlaubnis nachgesucht, einen Surrogat-Alpha für meine Hitzen haben zu dürfen, und sie haben abgelehnt. Sie wollen Enkelkinder." Kerry legte eine Hand auf seinen Bauch und versuchte ein Lächeln. Es war künstlich und entsetzlich. „Und hier ist Nummer eins."

Janus drehte sich der Magen um. Er streckte die Hand aus, um Kerry in eine Umarmung zu ziehen, aber Kerry entwand sich ihm mit einer schnellen Bewegung und schlug Janus' Hand weg.

„Hör auf", fauchte Kerry. Sein zorniger Blick traf Janus wie ein Pfeil. „Du hast kein Recht, mich zu bedauern. Du hast *überhaupt* keine Rechte, was mich betrifft."

Janus hörte alles, was Kerry sagte, hörte sein gebrochenes Herz in den Worten. Janus hatte nicht nur kein Recht, Kerry zu bedauern, er hatte auch kein Recht, ihn zu trösten oder auch nur eine Meinung über Kerrys Situation zu haben. Oder Gefühlen Ausdruck zu verleihen, die Kerry selbst auf reale und grausame Weise ertragen musste, und nicht nur in der Vorstellung.

Aber Janus konnte es einfach nicht gut sein lassen. Er hatte Kerry erst vor zehn Minuten in den Armen gehalten, seinen warmen, wundervollen Körper gespürt und gesehen, wie Kerrys Seele sich lustvoll erhoben hatte. Er hatte die Bewegungen des ungeborenen Kindes gespürt. Er würde nicht einfach mit den Schultern zucken und behaupten, dadurch hätte sich nichts geändert. Jahrelang hatte Janus an der Grenze zwischen richtig und falsch gelebt; er hatte hässliche Dinge gesehen, und manchmal war die Hässlichkeit von ihm selbst ausgegangen, aber das hier … es ging über alles hinaus, was ein unschuldiger Mann nach seiner Überzeugung zu ertragen gezwungen werden durfte. Wolfgott, der Glaube oder das Recht – nichts rechtfertigte die Herabsetzung der Seele eines wundervollen Mannes und das Risiko für sein Leben wegen eines Vertrages, oder? „Es muss einen Weg geben. Beantrage bei Gericht, deine Rechte zurückzubekommen. Omega-Befreiungsgruppen tun das andauernd."

„Und erreichen nichts." Der Wind vom See her wurde kräftiger. Janus bekam Gänsehaut an den Armen und seinem Rücken, und Kerrys Nippel zogen sich fest zusammen.

Janus schüttelte den Kopf. Er versuchte angestrengt, sich einen Zeitungsartikel ins Gedächtnis zu rufen, den er vor Monaten gelesen hatte. „Letzten Sommer gab es einen Omega, der ebenfalls vertraglich an einen Gefängnisinsassen gebunden war. Aber das Gericht sprach ihm das Recht zu, einen Surrogat-Alpha für seine Hitzen–"

„Er war ganz allein auf der Welt. Die Eltern seines Alphas waren tot. Genau wie seine eigenen. Denkst du, ich hätte solche Möglichkeiten nicht längst recherchiert?", stieß Kerry hervor. Seine Augen waren dunkel und zornig. Der Wind zerrte an seinen nassen Haaren. „Denkst du, ich wäre nicht bereits jede Option durchgegangen?"

Janus trat näher. Ein Instinkt stärker als alles, was er bisher gefühlt hatte, befahl ihm, den schwangeren Omega zu beruhigen und zu trösten, was auch immer dazu nötig sein mochte. Er berührte sanft Kerrys Arm.

Kerry zuckte erneut zurück. „Nicht."

„Ich will dir nur helfen."

„Das kannst du nicht. Weil ich nicht ..." Kerry schloss die Augen und senkte den Kopf. Er bedeckte sein Gesicht mit einer Hand. Sein langes Haar hing in nassen Strähnen vor seiner Brust. „Ich will wütend auf dich sein, das ist alles."

„Dann sei wütend auf mich. Damit komme ich klar." Und das war die Wahrheit. Wenn es das war, was Kerry brauchte, dann würde Janus es hinnehmen.

„Nein. Du verstehst nicht. Wenn du so liebevoll bist ... dich so um mich kümmerst, dann ... werde ich dich wieder wollen."

„Mich wieder wollen?"

„Ja." Kerry deutete auf seinen nackten Penis, der bereits wieder halbhart war. „Tut mir leid."

„Es tut dir leid, dass du mich willst?" Janus trat noch einen Schritt näher. Sein eigener Schwanz kribbelte und hob sich langsam mit jedem Schlag seines Herzens. „Ich will dich ebenfalls. Ich will, dass du dich sicher fühlst. Ich will, dass du sicher *bist*."

Kerry gab einen gequälten Laut von sich. Sein Schwanz zuckte bei Janus' Worten. „Hör auf. Du machst mich so ..."

„So was?"

„So verlangend. Wie ... wie ..."

Janus wusste, er konnte Kerry trösten, ihn halten, ihn ficken, diesen Moment zu etwas Gutem machen. Es war nicht richtig oder angemessen, und wahrscheinlich würde er sich später deswegen grämen, es vielleicht sogar bereuen. Aber in diesem Augenblick …

Er flüsterte: „Lass mich helfen."

„Nein", flüsterte Kerry zurück. „Das würde alles nur schlimmer machen. Das hat es bereits. Jedes freundliche Wort, das du sagst …" Seine Stimme brach, und seine Augen füllten sich mit Tränen. „Oh, Scheiße. Es ist zu spät."

„Zu spät? Wie meinst du das?" Der Duft von Schlick erfüllte die Luft zwischen ihnen, schwer und beharrlich.

„Ich will dich noch einmal. So sehr. Und falls ich dich lasse, würde es nicht bei diesem Mal bleiben. Wir würden damit etwas beginnen, das wir nicht beenden können."

Janus schüttelte den Kopf und streckte seine Hand aus. „Ich will dir helfen. Sag mir, dass ich dir helfen soll."

„Bitte hil …" Kerry schluckte den Rest herunter und schüttelte den Kopf. „Ich kann nicht."

„Bitte, lass mich für dich da sein, Kerry. Ich kann diese Verantwortung auf mich nehmen. Ich weiß, dass ich es kann."

„Du hast ja keine Ahnung."

„Doch. Ich habe schon Hitzen gehandhabt. Ich habe viele Omegas gefickt, aber nie aus den richtigen Gründen." Er trat nicht noch einmal vor, aber Kerrys Körper wurde weicher und lehnte sich ein Stück in Janus' Richtung. „Lass es mich dieses Mal aus dem richtigen Grund tun."

„Und der wäre?"

„Du. Du bist der richtige Grund." Janus hätte nicht sagen können, woher er das wusste, aber das tat er. Tief in seinem Inneren war etwas aufgebrochen und hatte einen Teil von ihm befreit, der weich und bedürftig war, und perfekt und heil, wenn er nur daran dachte, Kerry zu halten und in ihn einzudringen. Noch nie hatte er einem Omega gegenüber so empfunden. Es war beinahe, als ob …

Aber das war nicht möglich. Er würde es *wissen*. Er hätte es sofort gewusst.

Kerry wand sich. Seine Halsschlagader pulsierte sichtbar, und er biss sich auf die Unterlippe. Janus hätte gern daran gesaugt, bis sie ganz rot war. Er wollte all die Schreie der Lust und Erleichterung schlucken, die er Kerry entlocken würde. Er wollte Kerry in seinen Armen zum Schmelzen bringen, sich dem hingeben, was immer das zwischen ihnen war. Er wollte von Kerry die Erlaubnis, ihm auch mit dem größeren Problem helfen zu dürfen, mit seinem Vertrag.

Aber Kerry hatte anderes im Sinn.

„Noch einmal", flüsterte Kerry. „Aber das ist alles. Nur, um dieses Verlangen zu stillen und es loszuwerden."

„Du weißt, dass das so nicht funktioniert. Du hast es eben noch selbst gesagt", wandte Janus ein. Aber er trat trotzdem näher und zog Kerry in seine Arme. Er presste seinen erigierten Penis an Kerrys Hüfte und streichelte mit beiden Händen Kerrys Bauch, ließ sie über die pralle Rundung gleiten und fühlte eine wilde Freude, als sich das Kind unter seinen Handflächen regte. Kerry verzog das Gesicht. Er schob Janus' Hände weg von seinem Bauch und führte sie stattdessen zu seiner dicken Erektion.

„Ich will mich selbst belügen", flüsterte er. „Nur noch dieses eine Mal."

Janus nahm Kerrys warmen Schaft in die Hand und ließ seine lose Faust daran auf und ab gleiten, während er zärtlich Kerry Mund küsste und an der malträtierten Unterlippe saugte. Kerry lehnte sich mit seinem ganzen Gewicht an Janus und flüsterte: „Tu es, Janus. Schnell. Bitte, ich will dich in mir haben. Mach noch einmal, dass ich vergesse."

Janus war ohnehin kein Mann, der solche Bitten eines Omegas ignorieren würde, aber ganz gewiss konnte er niemals Kerry etwas abschlagen. Beeren und Moschus, süß und perfekt. Er rieb seine Nase an der warmen Stelle hinter Kerrys Ohr, dann drehte er ihn um und rieb seinen Ständer zwischen den Rundungen von Kerrys

Arsch.

Kerry stöhnte, bog den Rücken durch und präsentierte sich auf eine Weise, die der Lordosis-Position so nah kam, wie es ihm aufrecht stehend, schwanger und ohne etwas zum Festhalten möglich war. Janus sah sich verzweifelt nach etwas Stabilem um, das Kerry ergreifen konnte, und stöhnte erleichtert auf, als er einen umgestürzten Baumstamm am Waldrand entdeckte. Das würde gehen.

Er führte Kerry dorthin, indem er seine Hände über die seltsame Einbuchtung von Kerrys Brust gleiten ließ, über seinen gerundeten Bauch und weiter hinab, um schließlich seine Hüften zu packen und ihn vorwärts zu schieben. Sobald sie den Baumstamm erreicht hatten, brauchte Kerry keine weiteren Instruktionen. Er fiel dort auf die Knie und streckte den Hintern heraus, die Brust auf dem Stamm. Sein steifer Schwanz hob sich zu seinem Bauch und tropfte bereits. Schlick lief an seinen Schenkeln herunter mit einem unerträglich herrlichen Geruch, und Janus war so von Verlangen überwältigt, als würde sein ganzes Wesen in Kerry eindringen wollen, ihn besitzen, um den Verstand ficken und dann von oben bis unten abküssen.

Janus nahm sich nicht die Zeit, diese Gedanken genauer zu untersuchen. Stattdessen ließ er sich hinter Kerry auf den Boden sinken, drückte dessen Schenkel mit den Knien auseinander, und mit einem festen Griff an Kerrys Schultern drang er mit einem langen, schlüpfrig nassen Stoß in ihn ein. Kerrys Anus entließ einen pulsierenden Strom von Schlick; er stöhnte laut, und seine Hüften bebten und zuckten, als ein erster, heftiger analer Orgasmus ihn überwältigte.

Einfach. Herrlich. Ja. Janus' Gedanken waren schlicht, während er sich in der feuchten, engen Wärme von Kerrys Körper bewegte. *Ficke ihn, bis er kommt, und ficke ihn, bis er noch einmal kommt.*

Kerry schien ähnlich zu denken, denn er ritt Janus' Ständer, als wäre er in Hitze. Sein Körper wand sich, drehte sich, bebte, verzweifeltes Verlangen in jedem Muskel, bis er erneut kam und auf dem Waldboden unter sich abspritzte – ein Duft so intensiv, dass Janus Tränen in die Augen traten. Und dann ritt Kerry Janus' Schwanz sogar noch heftiger. Schweiß brach ihm am ganzen Körper aus, bis er schließlich triumphierend aufschrie und sein Anus sich unter einem weiteren analen Höhepunkt rhythmisch zusammenzog. Aber Kerry war noch nicht fertig. Er atmete schwer und wand sich auf Janus' Schwanz. Seine Brust und seine Wange ruhten an dem dicken Baumstamm, und eine Tiefe Röte überzog seinen Rücken.

Janus beugte sich hinab, um Kerrys Schultern und seinen Nacken zu küssen. Er flüsterte ihm süße Nichtigkeiten ins Ohr, die Kerry jedoch viel bedeuteten, wenn man nach seinem lustvollen Stöhnen und Wimpern urteilen wollte. Janus flüsterte: *Ich will, dass du mein bist ... so perfekt, oh, süßer Kerry ... noch nie war es so wundervoll ...*

Kerry kam noch mehrere Male, auf verschiedene Weise, während Janus ihn fickte – anale und penile Orgasmen, wieder und wieder ... während sie beide sich einer nie zuvor erlebten Lust hingaben, und einer Art blindem Wahnsinn, der sie Zeit und Ort vergessen ließ und bei dem sie nur noch einander wahrnahmen. Schließlich beugte Janus sich hinab, schnaufte an Kerrys nasser Wange – weinte er? – und schrie, als er heftig kam. Es war eine Art von alles beherrschender Lust, die beinahe qualvoll seinen ganzen Körper ergriff.

Kerrys Muskeln arbeiteten um Janus' Schwanz herum; immer noch lief Schlick aus seinem Anus und befeuchtete Janus' Eier und Schenkel. Die Wellen des Höhepunkts schienen nicht enden zu wollen. Er füllte Kerry mit so viel Sperma, dass es zusammen mit Kerrys Schlick wieder heraus lief. Unter ihnen war eine nasse, klebrige Sauerei, als Janus seinen Schwanz herauszog. Kerrys Eingang war weit offen, und nach seinem Zittern zu urteilen, dauerten seine Orgasmen immer noch an. Janus beugte sich hinab und leckte an dem Samen und Schlick rund um Kerrys Loch, entzückt über die bebenden Muskeln von Kerrys Anus und die ekstatischen Flüche aus Kerrys Mund.

„Das ist zu viel", keuchte Kerry schließlich und wand seine Hüften aus Janus' Griff. „Bitte hör auf. Er hat nie ... ich habe noch nie ..." Kerry verstummte; Tränen füllten seine Augen. Er sah aus, als würde er sterben, oder seine Zunge verschlucken, oder beides.

Janus hatte Fragen. So viele Fragen. Aber sein Verstand war im Augenblick erfüllt vom endlosen Dröhnen der Befriedigung. Er zog Kerry an sich, rieb sein Gesicht und seine Nase in Kerrys Haar, an seinem Hals und seiner Brust, und murmelte: „Bringen wir dich an einen sicheren Ort."

Kerry erschauderte an ihm, dann stöhnte er erlöst auf und verspannte sich unter einem neuen Orgasmus, bevor er wieder zusammensank. „Hör auf", schnaufte er schließlich und benutzte sein letztes bisschen Energie dazu, sich aus Janus' Umarmung zu lösen. „Hör auf, solche Sachen zu mir zu sagen. Das ist nicht fair. Und es ist nicht einmal wahr. Es gibt für mich keinen sicheren Ort, Janus." Er hatte Kratzer auf seiner rechten Wange, die gegen den umgestürzten Baumstamm gedrückt gewesen war, und auch auf der Brust waren kleine Schrammen. Janus wollte sie ordentlich verbinden und Kerry anschließend küssen, ihn um Verzeihung bitten dafür, dass er ihn verletzt hatte, dass er ihre Vereinigung so grob vollzogen hatte, aber Kerry fuhr fort: „Das war eine schlechte Idee. Ich kann es mir nicht erlauben zu ..." Er schüttelte den Kopf und sah hinab auf seinen schönen, gerundeten Leib. Er hob eine Faust, als wollte er seinen Bauch boxen, sich selbst verletzen, aber Janus sprang auf und fing Kerrys Hand in der Luft ab.

„Was denkst du dir nur?"

„Ich denke gar nichts", sagte Kerry und löste seine Faust. Aber Janus behielt Kerrys Unterarm in einem festen Griff. Dann erlosch das Feuer in Kerrys Augen, und plötzlich war er wieder der kalte, distanzierte Mann, den Janus von den Leseabenden in Zekes Wohnzimmer kannte. Sämtliche Wärme und alle Leidenschaft war in einem Wimpernschlag verschwunden. „Ich denke, ich sollte mich jetzt waschen und dann ins Haus gehen", sagte er wie aus weiter Ferne. „Das hier darf nie wieder passieren."

Janus starrte ihm perplex und frustriert hinterher, als Kerry auf wackeligen Beinen zurück zum Wasser ging, wo er sich seinen mit Sperma und Schlick bedeckten Penis, die Hoden und Schenkel abspritzte. Besonders gründlich reinigte Kerry sein Arschloch, und Janus spürte den Drang zu knurren und ihn daran zu hindern, ihrer beider gemischte Aromen fortzuwaschen. Am liebsten hätte er Kerry von Neuem mit seinem Geruch bedeckt. Auf der Stelle.

Aber Kerry zitterte heftig, und das nicht von dem Sex, den sie gehabt hatten. Sein Gesichtsausdruck war todernst und entschlossen, und als Janus aufstand, um ihm den Pfad hinauf zu folgen, schüttelte Kerry den Kopf und hob abwehrend eine Hand. „Lass mich in Ruhe", flüsterte er. „Bitte. Ich brauche Raum zum Atmen."

Janus hielt sich zurück; sein Herz hämmerte wie nach einem Marathon, und in seinen Händen kribbelte es, Kerry zu packen und an seine Seite zu ziehen. Aber er ließ ihn gehen. Das Letzte, was Kerry brauchte, war ein weiterer Alpha, der ihn zwang und verletzte. Dieser Gedanke war es auch, der ihn schweigen ließ. Kerry hatte ein Recht auf seine Gefühle und Ängste. Janus musste sie respektieren, nicht sie noch verstärken. Er musste sie lindern, nicht hervorrufen.

Kerry nahm das einzige Handtuch, sodass Janus, nachdem er sich ebenfalls mit tiefem Bedauern die Kombination ihrer beider Gerüche im See abgewaschen hatte, keine andere Wahl blieb, als sich in der Sonne trocknen zu lassen, falls er nicht nass in seine Kleidung schlüpfen wollte.

Er streckte sich auf einem Felsen nahe des Ufers aus, starrte hinauf zur Sonne und zu den Wolken, und versuchte zu begreifen, was passiert war, was sie getan hatten.

Er versuchte dahinterzukommen, ob es jemals wieder passieren konnte.

KAPITEL 14

„ICH WERDE IHN nicht ficken, Pater."

„Aber das hast du bereits", sagte Pater und verdrehte die Augen. Sie saßen in ihren Schaukelstühlen auf der Veranda, mit einem schönen Ausblick auf den funkelnden See. Es war Kerrys Lieblingsplatz zum Ausruhen und Nachdenken.

Janus hatte das Haus in der Morgendämmerung verlassen, um seine tägliche Arbeit bei Dr. Crescent anzutreten. Kerry hatte ihn gehen gesehen, als er zum Frühstück heruntergekommen war. Das gestrige Abendessen war peinlich und unangenehm gewesen, aber Kerry hatte so getan, als wäre er zu müde, um im Wohnzimmer zu lesen, und Janus hatte dasselbe behauptet. Also waren sie allein in ihre jeweiligen Zimmer gegangen, anstatt verlegen mit Zeke zusammenzusitzen.

Kerry hatte nicht damit gerechnet, überhaupt schlafen zu können, aber er war in tiefen Schlummer gefallen, sobald er im Bett gelegen hatte. Das Schwimmen und der Sex hatten ihren Tribut gefordert, und der Schlaf hatte ihn überrollt wie ein Güterzug. Zum ersten Mal seit einer Ewigkeit hatte er angenehme Träume gehabt. Als hätte Janus' Berührung die Alpträume von Wilbet für eine Zeitlang verbannt.

Der neue Morgen hatte einen frischen Hauch von Optimismus mit sich gebracht, den Kerry seit Jahren nicht mehr gefühlt hatte. Aber das hatte rasch nachgelassen, als die Erinnerung an Janus' Küsse, seine Berührungen und die Leidenschaft hochgekommen war, und damit neues Verlangen. Den ganzen Morgen über war

Kerry feucht gewesen, hatte sich nach mehr gesehnt und sich gewünscht, er hätte nie diesen ersten Geschmack bekommen. Und schlimmer noch, das Baby war unruhig, drehte sich und zappelte in seinem Leib – eine ständige Ermahnung daran, wie vollkommen verstrickt Kerry in einen anderen Alpha und ein anderes Leben war.

Entschlossen, sich auf die Realität dessen zu konzentrieren, was auf ihn zukam – ein Leben, das Janus' Leidenschaft und Fürsorge nicht einschließen konnte – schaukelte Kerry in seinem Stuhl und nähte aus dem Stoff, den Pater während Kerrys Treffen mit den Monhundys gekauft hatte, einen Baby-Schlafanzug. Kerry hatte bereits für sich selbst Schwangerschaftskleidung angefertigt, unter anderem die Hose mit Tunneldurchzug, die er nun trug, nachdem sein Bauch einen Umfang erreicht hatte, der ihm nicht mehr erlaubte, eine normale Hose zuzuknöpfen.

Pater jedoch wollte seinen Plan nicht so leicht aufgeben und fuhr fort: „Ich bin nur ein Beta und kann ihn vielleicht nicht an dir riechen, aber ich habe Augen im Kopf. Ich kann sehen, was passiert ist. Ihr seid beide weicher, und doch gleichzeitig auch angespannter. Ich weiß, dass du es mit ihm gemacht hast."

Kerry stöhnte und verdrehte erneut die Augen.

„Was denn? Es ist gut für dich, mein Junge. Wolfgott will, dass Omegas während der Schwangerschaft sexuelle Lust erfahren. Es macht die Geburt einfacher."

Kerry stach sich versehentlich mit der Nähnadel und fluchte leise, bevor er seinen Daumen in den Mund steckte und das Blut weglutschte. Ein winziger, roter Fleck erschien im Stoff, wo ein Blutstropfen hingelangt war. Kerry runzelte ungehalten die Stirn und betrachtete den Stoff gegen das Licht. „Ich habe einen Vertrag mit Wilbet."

„Nein", widersprach Pater kopfschüttelnd. „Merk dir meine Worte. Dieser Vertrag wird gebrochen werden. Er kann nicht halten."

„Pater, von was für einem Wahnsinn redest du? Der Vertrag ist *bindend*!", platzte Kerry aufgebracht heraus. Sein Daumen pochte, und er blinzelte gegen die drohenden Tränen an. Es war nur ein kleiner Stich – nichts, womit er nicht fertigwerden konnte. „Hör auf, an Märchen zu glauben, Pater. Die Monhundys wollen, dass ich weitere Babys für sie mache. Sei kein Narr. Sie wissen, dass Wilbet nie wieder einen anderen Omega für sich gewinnen wird. Niemand, der bei Verstand ist, würde je wieder eine Hitze mit ihm teilen. Sie werden mich also nicht gehen lassen. Das Beste, worauf ich hoffen kann, ist …" Kerry verstummte.

Er wusste es selbst nicht mehr. Er hatte gedacht, seine beste Hoffnung wäre ein Leben hier mit seinem Pater zwischen den Phasen kompletten Elends, wobei er seine Söhne den Monhundys zum Aufziehen überlassen müsste, aber er wusste nicht, ob das genügen würde. Wie viele Schwangerschaften würden sie versuchen aus ihm herauszuquetschen, bevor er starb? Oder bevor er den Verstand verlor? Oder schließlich wirklich beschloss, seinem Leben selbst ein Ende zu setzen?

Pater aber hatte eine Antwort auf die Frage. „Das Beste, worauf du hoffen kannst, ist, einen mächtigen Alpha für dich zu gewinnen, der dich davor retten wird, dein Leben–"

„Janus ist kein mächtiger Alpha. Er ist sogar noch ärmer als wir. Er kann sich kaum eine Extra-Kerze leisten."

„Jetzt bist du einfach nur ein stures Gör. Janus stammt aus einer einflussreichen Familie. Die Heelies sind reich genug, dass sogar ich hier in Huds Basin von ihnen gehört habe."

„Angesichts seiner Situation hier muss ich davon ausgehen, dass er die Unterstützung seiner Familie verloren hat. Und selbst falls nicht, werde ich ihn nicht auf diese Weise benutzen." Kerry warf den Baby-Schlafanzug in den Nähkorb neben dem Schaukelstuhl und schob erneut seinen Daumen in den Mund. Wieso hörte es nicht auf zu bluten? Falls er den Fleck nicht aus dem Stoff bekam, würde er ihn wegwerfen und noch einmal von vorn anfangen müssen. Selbst er war nicht so morbide, sein Kind in blutbefleckte Kleidung zu stecken.

„Oh ja, du wirst ihn exakt auf diese Weise benutzen", sagte Pater und schlug sich aufs Knie. „Um Wolfgottes willen, Kerry, er *will*, dass du ihn benutzt."

Kerry warf seinem Pater einen genervten Blick zu. „Er ist ein notgeiler Alpha, weiter nichts."

„Lüge. Er verzehrt sich nach dir. Du solltest sehen, wie er dich anschaut, Junge. Sein Verlangen steht ihm nur allzu deutlich ins Gesicht geschrieben."

Kerry schnaubte. Aus dem Augenwinkel sah er eine Wildkatze am Waldrand entlang huschen. „Das ist nur Pheromondelirium."

„Pheromondelirium ist allein *Érosgápe* vorbehalten, mein Sohn." Pater hob die Hand, als Kerry widersprechen wollte. „Ja, die Pheromone eines jeden Omegas wirken auf alle Alphas, das ist wahr. Aber das mit Janus ist mehr."

„Er ist ein Alpha, das ist alles. Wieso willst du daraus etwas machen, das es nicht ist?" Kerry starrte die Katze an, die sich nahe des Pfads in den Büschen versteckte, die Augen auf ein Kaninchen gerichtet, das unschuldig an dem langen Gras in Paters Garten knabberte. Kerry glaubte seinen eigenen Worten nicht; wieso also hoffte er, sein Pater würde sie glauben?

„Jeder Alpha wäre bereit, deine Bedürfnisse zu befriedigen, vor allem, falls ihr viel Zeit miteinander verbringen würdet, und das ohne die Anwesenheit deines Alphas als Puffer. Und ja, ich hatte darauf gehofft, dass Janus diesem Instinkt folgt. Aber Junge, die gute Nachricht ist, dass es weit darüber hinausgegangen ist. Janus will dich, wahrhaftig, wie nur ein Alpha einen Omega will. Hast du nicht bemerkt, wie er in der Luft schnuppert, sobald du einen Raum betrittst? Zwischen euch ist mehr als nur der übliche Fall von pheromongesteuerter Lust."

„Hör auf! Tu mir das nicht an, Pater", sagte Kerry. Ihm wurde die Kehle eng, und seine Stimme klang rau. Hastig fuhr er sich mit den Fingern über die feuchten Augen. „Mach mir keine Hoffnungen. Bitte. Das ist grausam."

„Ich versuche, dich zu retten."

„Das kannst du nicht!" Kerry erhob sich aus seinem Schaukelstuhl, ließ sein Nähzeug zurück und stapfte die Stufen zu seinem Zimmer hinauf, die Augen voller Tränen. Er schlug die Tür hinter sich zu, dann lehnte er sich zitternd mit dem Rücken daran.

Wolfgott, er wusste nicht, was er über das, was er mit Janus getan hatte, denken sollte, oder darüber, wie es sich angefühlt hatte. Noch nie zuvor war Sex so gewesen. Mit niemandem. Er war nicht mehr unbefleckt gewesen, als Wilbet ihn zum ersten Mal gefickt hatte. Er hatte davor mit seinem Zimmergenossen Reyman herumgemacht, aber der war ein Beta, und auch wenn es immer Spaß gemacht hatte und angenehm gewesen war, so war Kerry doch beim ersten Mal mit Wilbet vollkommen unvorbereitet gewesen, hatte nicht geahnt, was es bedeutete, von einem Schwanz in Alpha-Größe penetriert zu werden. Jahrelang hatte er sich eingeredet, dass er es hasste. Dass er das Gefühl hasste, sich so verletzlich und voll zu fühlen. Und er hatte es gehasst, jedes Mal danach so verletzt, offen und leer zu sein.

Aber nach Janus hatte er sich daran erinnert, dass es nicht stimmte – er hatte es nicht gehasst, von einem Alpha gefickt zu werden. Im Laufe des Tages hatte er sich mehr und mehr an die ersten paar Wochen seines Vertrages mit Wilbet erinnert. Ganz zu Anfang, direkt nach Vertragsschluss, war der Sex mit Wilbet gut gewesen. Aufregend. Schön. Aber nach ihrer Rückkehr von der Insel, wo sie Kiwi gekauft hatten, hatte Kerry die unangenehme Erfahrung gemacht, welche Art zu ficken Wilbet wirklich bevorzugte – gewalttätig, schmerzhaft, mit Faustschlägen am Ende – und danach war Sex nie wieder dasselbe gewesen.

Bis gestern.

Mit Janus hatte er wahres Verlangen erfahren, Erregung und Lust. Er hatte mehrere Orgasmen erlebt, auf verschiedene Arten, unterschiedlich lang, und *verdammt*, da waren auch liebevolle Gefühle im Spiel gewesen. Kerry hatte eine Heidenangst.

Was sollte er nur tun? Und dass Pater ihn erneut bedrängte, half nicht im Geringsten. Was, wenn es sich weiterhin so gut anfühlen würde? Was, wenn Kerry anfing, es zu *brauchen*? Die ganze Zeit? Was dann? Wie sollte er je wieder aufhören, sich so umsorgt und leidenschaftlich gefüllt fühlen zu wollen? Und was, wenn es in seiner Zukunft nichts gab außer Wilbets brutalen Händen, die seinen Hals zudrückten und ihn würgten, während er gezwungen wurde, auf Wilbets enormen Schwanz zu kommen und endlose Schwangerschaften aus dem Samen dieses Ungeheuers zu erdulden? Was, wenn Wilbet ihn beim nächsten Mal umbrachte?

Kerry hatte das Gefühl, den Verstand zu verlieren.

Er sank auf den Boden. Tränen liefen aus seinen Augen und Schlick aus seinem Loch, als er an Janus' Zärtlichkeiten zurückdachte. Der Sex war so gut gewesen. So unfassbar, intensiv gut. Kerry hatte nicht gewusst, dass es so sein konnte. Nicht im Geringsten. Selbst der „gute" Sex mit Wilbet, bevor es so schlimm geworden war, hielt keinem Vergleich stand.

Kerry legte eine Hand auf seinen Bauch und spürte, wie sich das Baby darin drehte. Wieso sollte Janus ihn wollen? Wieso war er so gut zu ihm? Kerry trug das Kind eines Ungeheuers in sich, wurde mit jedem Tag unförmiger, und Wolfgott, er war die meiste Zeit nicht einmal besonders nett zu Janus, weil ihn die Anziehung, die er ihm gegenüber fühlte, solche Angst machte.

Und dennoch hatte Janus ihn gewollt, vielleicht sogar mehr, als Kerry Janus gewollt hatte. Und beide Male, als Janus gekommen war, hatte sein riesiger Ständer wie eine Rakete in Kerrys Arsch pulsiert, und er hatte verzaubert, geblendet und völlig überwältigt ausgesehen. Er hatte Kerry beinahe angefleht, nicht zu gehen, sich von ihm helfen zu lassen, und doch …

Und doch war Janus in der Nacht nicht zu Kerrys Zimmer gekommen. Und er hatte auch nicht hereingeschaut, bevor er heute Morgen gegangen war. Was, wenn er inzwischen seine Meinung geändert hatte, was sein Verlangen nach Kerry betraf? Kerry machte sich selbst ganz verrückt mit all seinem Zweifeln und Sehnen.

Er schüttelte sich aus diesem Gedankensumpf und zwang sich, aufzustehen und an seinen kleinen Schreibtisch zu gehen. Er ignorierte die fortdauernde Absonderung von Schlick und das empfindsame Zucken seines verlangenden Anus', holte ein Stück Papier heraus und begann, einen Brief an seine Schwiegereltern zu schreiben.

KAPITEL 15

D R. CRESCENT UND Fan hatten draußen vor den Ställen Sitzgelegenheiten in Form von Baumstämmen um einen Tisch herum aufgebaut, auf dem mehrere Bücher und einige medizinische Gerätschaften und Modelle lagen, darin eingeschlossen Diagramme eines schwangeren Omegas, seines Gebärpaters und des Geburtskanals.

Es war der dritte Tag nach dem Ereignis am See, und Janus saß im Publikum, anstatt zu assistieren, denn das Thema Geburtshilfe war etwas, worin Fan langjährige Erfahrung hatte, und das ihm am Herzen lag. Fan stand am Tisch neben Dr. Crescent und demonstrierte einer Gruppe von Omegas und Alphas anhand der Modelle und Diagramme – sowie gelegentlich an seinem eigenen Körper und unter mimischer Darstellung des Geburtsvorganges – alles, was sie wissen mussten. Seine Vorführung geriet mitunter recht dramatisch, und einige der Alphas und Omegas lachten nervös, aber Fan hatte eindeutig einen Hang zum Theatralischen, und das Ganze zog sich ein wenig in die Länge.

„Nun, da wir die Grundlagen erläutert haben", sagte Dr. Crescent und half seinem Omega vom Tisch hoch, der Fan vorübergehend als „Gebärliege" für seine Lektion gedient hatte, „wird Fan noch einige andere Probleme durchgehen, mit denen schwangere Omegas es zu tun bekommen können. Liebling? Bitte fahre fort."

Fan schmunzelte und hob eine seiner dunklen Brauen. „Reden wir über unangemessene Erregung." Er warf einen vielsagenden

Blick in die Runde, der für einen Moment an Janus hängen blieb, bevor er weiterschweifte zu Kerry, der allein dasaß, eine Hand auf seinem Bauch und die Augen vor Sorge aufgerissen. „Alle schwangeren Omegas erfahren während der Schwangerschaft starkes sexuelles Verlangen. Der erhöhte Blutfluss zum Gebärpater entflammt den gesamten Genitalbereich. Schlick wird produziert, und Erektionen häufen sich und treten beim leichtesten Reiz auf, so wie in der Pubertät. Das ist vollkommen normal und kein Grund, sich zu schämen."

Die Alphas in der Gruppe lachten, legten die Arme um ihre Omegas und schüttelten sie liebevoll. Gemurmelte Bemerkungen wie „kleines Luder" und „das ist meine süße Schlampe" erhoben sich mit jovialer, neckender Begeisterung. Janus sah, wie Kerry rot wurde und den Blick senkte. Kerry schlang die Arme fester um sich selbst, und er sah klein und einsam aus. Janus musste gegen den Drang kämpfen, zu ihm zu gehen, ihn zu umarmen und zu beruhigen. Aber Kerry hatte ihn ausdrücklich aufgefordert, ihn in Ruhe zu lassen, und Janus wollte keinesfalls Kerrys Wünsche oder seine Autonomie verletzen. Er würde um Kerry werben, ihn aber niemals drängen.

„Oh, nun tut mal nicht so, als läge es nur an ihnen", unterbrach Dr. Crescent die erheiterten Alphas. „Ja, ja, sie sind so geil wie Karnickel in einer Vollmondnacht, aber ihr seid alle ganz genauso scharf auf Wolfgottes sogenannte Vereinigung der Seelen. So ist es nun mal."

Fan nickte zustimmend und hob einen Finger. „Nun, kann einer von euch mir sagen, warum?" Sein scharfer, dunkler Blick blieb erneut an Janus hängen. „Wie steht es mit dir, Janus?"

Janus hüstelte. Er war als Dr. Crescents medizinischer Assistent hier und nicht als Alpha eines schwangeren Omegas, deshalb hatte er keine Ahnung, wieso Fan entschieden hatte, ausgerechnet ihn aufzurufen. „Pheromone."

„Richtig." Fan schnippte mit den Fingern. „Das ist korrekt. Die Pheromone sind stets am stärksten zwischen *Érosgápe*, eine unbestreitbare Tatsache."

Dr. Crescent lachte. „Ihr werdet ficken und ficken, immerzu. Viel Spaß dabei." Eine neue Runde Gelächter erhob sich.

Fan hob geziert ein wenig das Kinn, dann fuhr er fort, als hätte sein Alpha gerade nicht so rüde gesprochen. „Die Anziehung, die an zweiter Stelle nach jener zwischen *Érosgápe* kommt, besteht zwischen vertraglich gebunden Paaren, die sich vereinigt haben. Auch zwischen einem Alpha und einem schwangeren Omega, die miteinander befreundet sind, kann es eine starke Anziehung geben. Das heißt, falls der Alpha, der den Omega geschwängert hat, diesen nicht angemessen beschützt." Janus bemerkte dass Fan nun jeden Omega in der Gruppe anschaute, nur nicht Kerry. Das an sich fand er grob und unhöflich. Kerry verschwand praktisch hinter seinen Haaren. „Und dann, ja, in extremen Situationen können sogar Fremde eine starke sexuelle Anziehung zueinander verspüren. Zum Beispiel, wenn ein Alpha seinen Omega während der Schwangerschaft verlässt."

Den letzten Satz richtete Fan direkt an Kerry, der die Augen aufriss, bevor er sich wieder hinter seinem langen, lockigen Haar versteckte.

„Das ist richtig", sagte Dr. Crescent nickend. „Wir alle haben Ähnliches von Zeit zu Zeit gefühlt, ist es nicht so?"

Die Alphas in der Gruppe nickten bedächtig oder aber verhielten sich auffällig neutral, sofern sie mit einem eifersüchtigen Omega zusammen waren. Janus betrachtete für seinen Teil lieber seine Fingernägel, als dass er es wagte, Kerry anzuschauen.

Fan trat vor seinen Alpha, immer noch in Kleiner-Professor-Modus. „Alle Alphas werden den Drang verspüren, einen schwangeren Omega zu beschützen. Und jüngste Forschungen durch Dr. Urho Chase und sein neues Team in Virona beleuchten präzise, warum das so ist."

Urho Chase. Janus verdrehte die Augen. *Natürlich.*

„Darüber hinaus", sagte Fan, „haben sie Studien über einige seltene Fälle angestellt, bei denen ein schwangerer Omega weniger empfänglich für sexuelle Begegnungen ist als üblich, und wie solchen Omegas ebenfalls durch die Schwangerschaft geholfen werden kann. Falls euer Omega dieses Problem haben sollte, zögert nicht, euch an mich zu wenden, an Dr. Crescent oder Dr. Heelies. Es gibt speziellen Rat und Maßnahmen, die in so einer Situation die Geburt erleichtern und sicherer machen können."

Von den anwesenden Alphas schien sich niemand Sorgen zu machen, dass ihre Omegas nicht genug ficken wollten, und alle Omegas mit Ausnahme von Kerry schienen auf schüchterne Art froh zu sein, dass sie die medizinische Erlaubnis hatten, sich jeden ihrer erotischen Wünsche zu erfüllen.

„Dann ist das also der Grund, wieso er ständig auf meinen Schwanz springen will, Doc?", fragte ein Alpha namens Lowsen und lachte, als sein Omega, ein großer Kerl namens Fray, die Augen verdrehte und erwiderte: „Ich? Und was ist mir dir? Du willst mich andauernd bumsen, selbst wenn ich gerade schwer damit beschäftigt bin, ein Nickerchen zu machen."

„Schwer beschäftigt mit Nickerchen machen, sagt er!", brüllte Lowsen, und alle lachten. Sogar Kerry lugte aus seinem schützenden Haarvorhang hervor und lächelte darüber.

„Nickerchen sind für schwangere Omegas eine ernste Angelegenheit und wichtig", sagte Dr. Crescent mit einem Nicken und grinste. „Wenn dein Omega jetzt schläft, dann unterbrich ihn nicht. Warte, bis er aufwacht, dann kannst du loslegen."

Erneut erhob sich Gelächter.

Fan schnippte mit den Fingern, um die allgemeine Aufmerksamkeit zurückzuerlangen. Als alle wieder ruhig waren, fragte er: „Hat irgendjemand eine Vermutung, was Dr. Chases Studien noch ergeben haben, *warum* Alphas schwangere Omegas erregend finden? Und nein, Lowsen, es ist nicht, weil ein schwangerer Omega ‚einfach so scharf‘ ist. Irgendjemand?"

Alle schüttelten die Köpfe.

Während der Morgen voranschritt, wurde es wärmer, und der Geruch von Schweiß und Erregung stieg in die Luft. Janus rieb sich die feuchte Stirn und beobachtete, wie Kerry erneut in sich zusammensank. Er konnte praktisch immer noch fühlen, wie Kerry in seinen Armen gezittert hatte, wie er heftig auf seinem Schwanz gekommen war und sich an ihn geklammert hatte, als hinge sein Leben davon ab. Er erinnerte sich an Kerrys Tränen. Vielleicht hatte er sich etwas vorgemacht, indem er glaubte, es wären Tränen der Freude und der Befriedigung gewesen. Aber selbst, wenn es Tränen der Trauer gewesen waren, wünschte er sich, sie fortwischen zu dürfen, Kerrys Wangen zu küssen und ihn vor seiner Zukunft zu schützen, was immer sie für ihn bereithalten mochte.

Fan räusperte sich, um Janus' Aufmerksamkeit zu erregen, und als er sicher war, dass Janus zuhörte, fuhr er beinahe vorlesungsartig fort: „Es gibt mehrere Gründe – teils gesellschaftliche, teils biologische – warum Alphas sich von schwangeren Omegas so angezogen fühlen, und jeder dieser Gründe ist der Entwicklung der menschlichen Rasse dienlich."

„Dauert es noch lange?", rief ein Alpha namens Tyson. Er war am Anfang der Woche da gewesen und hatte Dr. Crescent um ein Tonikum gebeten, das seine Manneskraft steigerte. „Sonst muss ich nämlich meinen Omega wegschleifen und auf der Stelle ficken." Alle prusteten und kicherten, ganz besonders der hochschwangere Omega neben ihm.

„Halte noch ein bisschen durch, Tyson. Du brauchst diese Information mehr als die meisten." Erneut wurde gelacht. Dann machte Fan mit seinem Vortrag weiter. „Reden wir zunächst einmal über die biologische Funktion dieser Anziehung."

Allgemeines Stöhnen war in der Gruppe zu hören. Fan hob die Stimme, um es zu übertönen. „Regelmäßiger Sex hält den Geburtskanal des Omegas geschmeidig und bereitet ihn auf die Geburt vor. Manche empfehlen Fisting als Technik zum Dehnen, falls die Sorge besteht, dass das Baby nicht genug Platz haben wird. Aber in der Regel wird ein Penis in Alpha-Größe ausreichende Wirkung haben, um die Passage des Omegas zu weiten und vorzubereiten." Fan schaukelte leicht auf den Fersen, und Dr. Crescent starrte ihn so hingerissen an, als würde Wolfgott selbst aus jedem Wort sprechen, das Fan äußerte. *Oh, Érosgápe. Manchmal waren sie wirklich nervig.*

„Dr. Chases Arbeit zeigt, dass regelmäßig penetrierte Omegas deutlich weniger Gefahr laufen, bei der Niederkunft auf Schwierigkeiten zu stoßen. Es wird spekuliert, dass gleichzeitig mit der Dehnung auch der Samen des Alphas – von dem wir schon seit Langem wissen, dass er entzündungshemmend und bei den Hitzen schmerzlindernd wirkt – Bänder und Gewebe weicher und nachgiebiger macht, was den Geburtskanal ebenfalls auf die Dehnung während der Geburt vorbereitet. Und dann ist da noch der potenziell vorteilhafte emotionale Effekt …"

„Ein gut gefickter Omega ist ein wohl geliebter Omega", warf Dr. Crescent ein.

„Ja, und ein wohl geliebter Omega setzt Vertrauen in seinen Gefährten, seine Zukunft und den Weg, der vor ihm liegt. Dr. Chases Forschung zeigt, dass schwangere Omegas, die regelmäßig penetriert werden, der Geburt optimistischer entgegen sehen, mehr Freude und Zufriedenheit empfinden, und weniger Angst und Zweifel. All das sind gute Voraussetzungen für eine komplikationslose Niederkunft."

Die Alphas murmelten zustimmend. Der Geruch von Erregung in der Luft wurde stärker, was nicht überraschend war, da alle in der Gruppe ohnehin schon geil waren. Vom Doktor und ihren Omegas die Erlaubnis zu bekommen, nach Herzenslust zu ficken, erregte sie alle eindeutig noch mehr.

„Dass Alphas unabhängig davon, ob eine Beziehung besteht oder nicht, Verlangen für einen schwangeren Omega entwickeln können, rührt Dr. Chase zufolge ebenfalls von evolutionären Vorteilen her. Die menschliche Rasse stand nach dem Großen Sterben so kurz vor der Auslöschung, dass die in der Alten Welt vorherrschende, instinktive Ablehnung dagegen, ein Kind aufzuziehen, das biologisch nicht das eigene war, von dem Instinkt ersetzt wurde, alle schwangeren Omegas begehrenswert zu finden und zu beschützen, unabhängig von der Vaterschaft.“

Fans Blick wanderte zu Kerry und ruhte dort einen Moment, bevor er sich für den nächsten Teil seiner Ansprache Janus zuwandte. „Dr. Chases Forschung enthält auch Fallstudien von Omegas, die ohne einen Alpha waren, der ihre Bedürfnisse befriedigte, und die Ergebnisse waren weniger wünschenswert.“ Janus rutschte unruhig hin und her, als ihm plötzlich klar wurde, was Fans Worte bedeuteten. War *jeder* auf dem Berg davon ausgegangen, er würde Kerry durch die Schwangerschaft ficken? Und warum wollte er Kerry vor dieser Annahme beschützen? Wenn es doch in der Tat genau das war, was er tun wollte? Fan hob vielsagend die Brauen und sagte: „Unter den Omegas, die während der Schwangerschaft sich selbst überlassen blieben, stieg die Sterblichkeitsrate, sowohl bei den Omegas selbst als auch bei den Babys.“

Janus Blut wurde zu Eis. Er warf einen Blick zu Kerry, der sich jedoch erneut hinter seinem Haar verbarg, sodass Janus seine Reaktion nicht im Geringsten abschätzen konnte.

An dieser Stelle warf Dr. Crescent ein: „Also folgt euren Instinkten. Habt jede Menge Sex. Es gibt keinen Grund für Enthaltsamkeit.“

Sowohl die Alphas als auch die Omegas in der Gruppe schauten zu Kerry, bevor ihre spekulativen Blicke zu Janus wanderten. Als der jedoch nur kühl zurückstarrte, sahen alle rasch wieder weg. Alle waren ohnehin eher darauf bedacht, ihren Partnern vielsagend in die Augen zu sehen und so bald wie möglich miteinander zu ficken.

Schließlich wurde die Versammlung aufgelöst, und die Teilnehmer reihten sich auf, um ihre nächsten Untersuchungstermine bei Dr. Crescent oder Janus zu machen. Die meisten fragten nach Hausbesuchen. Sie zogen es vor, daheim in vertrauter Umgebung zu sein, während sie untersucht wurden, insbesondere wenn dabei intime Regionen angeschaut oder behandelt werden mussten. Alphas mochten es ganz allgemein nicht, wenn andere ihre Omegas enthüllt sahen, und in der Sicherheit und Privatsphäre des eigenen Zuhauses fiel es ihnen leichter, zur Seite zu treten und einen anderen Alpha – und sei es auch ein Arzt – ihren Omega berühren zu lassen.

Während Janus sich von dem letzten Paar verabschiedete, mit dem er einen Hausbesuch vereinbart hatte, schaute er sich bereits nach Kerry um. Er konnte nicht erwarten, ihn nach Hause zu begleiten und ihn nach seiner Meinung über den Vortrag zu fragen. Aber zu seiner Enttäuschung konnte er ihn nirgends entdecken.

Er nahm seine Tasche und wollte sich gerade auf den Weg machen, als Fan ihn am Arm ergriff. „Komm mit mir", sagte Fan und warf einen Blick über seine Schulter, um sich zu vergewissern, dass Dr. Crescent noch eine Weile damit beschäftigt sein würde, den Verband eines Alphas zu erneuern, während dessen Omega zusah und liebevolle Worte murmelte. „Wir müssen reden."

Janus hatte keine Ahnung, was sie zu besprechen haben könnten. Er hatte Fans Rat befolgt und seinen Mund zu allem gehalten, was mit dem Abtreibungsversuch zu tun hatte. Und Kerry hatte ihn dafür mit wochenlangem Schweigen belohnt, gefolgt von verwirrender Intimität, sowohl der persönlichen als auch der sexuellen Art, wiederum gefolgt von Schweigen, das mittlerweile seit drei Tagen anhielt. Alles, was er jetzt wollte, war Kerry zu finden und ihn dazu zu bringen, dass ausnahmsweise einmal *er* zuhörte.

„Du musst Kerry davon überzeugen, dass er dich seine Bedürfnisse handhaben lässt", sagte Fan, sobald sie weit genug von den Ställen entfernt waren, dass Dr. Crescent und seine Patienten sie nicht hören konnten. „Er ist stur und hat Angst, jemandem zu vertrauen, aber kein Omega sollte während seiner Schwangerschaft allein sein. Er braucht jemanden, der sich um ihn kümmert und versorgt. Du hast gehört, was dieser Dr. Chase in seinen Studien herausgefunden hat. Kerrys Chancen verschlechtern sich, je einsamer er sich fühlt." Fan beugte sich nahe zu Janus und flüsterte drängend: „Du musst ihn verführen. Zu seinem eigenen Besten. Und um des Babys willen. Es ist deine Pflicht."

„Als Arzt?"

„Als Alpha!" Fan verdrehte die Augen. „Als Arzt, also bitte! Nein. Das ist nicht, was Ärzte tun, Janus." Er schnaubte erneut und warf einen Blick zu Crow, der nun dem Omega erklärte, wie er den Verband seines Alphas selbst wechseln konnte. „Aber Alphas müssen an die Zukunft unserer Spezies denken und an die Gesundheit der Omegas in unserer Mitte. Und außerdem, wäre es dir lieber, dass es einem anderen Alpha aus den Bergen in den Sinn kommt, Kerry zu helfen?"

Janus sträubte sich unwillkürlich. „Das würde Kerry nicht erlauben."

„Tatsächlich nicht? Wenn er sich allein fühlt, verletzlich und bedürftig?"

Janus dachte zurück an den See, und wie Kerry nachgegeben und ihn gedrängt hatte, Janus möge es „hinter sich bringen", als hätte er es gebraucht – vielleicht gewollt – aber kein wirkliches Vertrauen zu Janus gehabt. Kerry hatte das, was sie getan hatten, selbst als das Ergebnis von Pheromondelirium und als biologischen Drang zu ficken bezeichnet. Janus rieb sich mit der Hand übers Gesicht und kratzte sich den Bart, den er heute Morgen nicht rasiert hatte, weil er es so eilig gehabt hatte, pünktlich zu dem

Vortrag zu erscheinen. Er würde jedem Alpha, der Kerry anrührte, den Hals umdrehen. Er würde ihn würgen, schlagen, ihm den Schwanz abreißen und–

Wolfgott, wo kamen diese Gedanken her?

„Ah, ich verstehe", sagte Fan mit einem Hauch Selbstzufriedenheit. „Du hast ihn bereits gefickt. Das ist gut."

Janus knurrte genervt. Es war ärgerlich, wie leicht Fan ihn durchschauen konnte.

Fan lachte leise. „Und du spürst den Beschützerdrang. Das ist sogar noch besser. Es bedeutet, du hast auch eine emotionale Bindung aufgebaut. Aber um ganz ehrlich zu sein, ist das auch ein wenig problematisch. Wie du sicher weißt, ist Kerry vertraglich an einen vermögenden und einflussreichen Mann gebunden, der außerdem auch ein brutaler Verbrecher ist."

„Sie zwingen ihn, weiterhin mit diesem Ungeheuer seine Hitzen zu teilen", krächzte Janus mühsam beherrscht. Übelkeit stieg in ihm hoch, und Schweiß brach auf seinem Rücken aus. „Sie lassen ihm keine Wahl. Ist das nicht praktisch Vergewaltigung?"

„Rechtlich kommt der Vertragsschluss dem Einverständnis gleich, seine Hitzen zu teilen", sagte Fan und verzog das Gesicht. „Omegas können nicht ihre Meinung ändern, wenn sie in Hitze sind. Das weißt du. Nach dem Gesetz muss Kerry tun, was sein Alpha verlangt, ob er nun ein Krimineller ist oder nicht, solange der Vertrag bindend ist. Und wenn es nicht sein eigener Alpha ist, dann bestimmt darüber, wer immer die Angelegenheiten seines Alphas übernommen hat. Höchstwahrscheinlich die Eltern."

Aus den Tiefen des Waldes war der Gesang von Vögeln zu hören. „Es muss einen Ausweg für ihn geben."

Fan neigte den Kopf zur Seite und dachte nach. „Hast du schon daran gedacht, einen Rechtsanwalt zu fragen? Viele Omega-Befreiungsgruppen suchen nach Fällen wie diesen, um sie vor Gericht zu bringen und das herrschende Rechtssystem auf die Probe zu stellen. Kerry ist ein gutes Beispiel dafür, wie die Gesetze auf schreckliche Weise missbraucht werden, um Gewalt gegen Omegas auszuüben und ihre Rechte auf unfaire Weise einzuschränken. Man könnte argumentieren, dass dieser Missbrauch die Chancen des Omegas auf erfolgreiche Fortpflanzung schädigt. Du weißt ja, wie die Gerichte *dazu* stehen."

Fans Blick richtete sich auf etwas über Janus Schulter, mit nur einem winzigen Hauch Sorge darin. „Crow! Komm her, Geliebter, und verabschiede dich von Janus. Er versucht mich dazu zu überreden, nächste Woche Beerenpastete zu machen." Dann wandte er sich wieder Janus zu, und in seinem Gesicht stand eine Anspannung, die Janus noch nie zuvor bei ihm gesehen hatte. Er fuhr mit seiner Lüge fort: „Ich habe gute Dinge über Zekes Kochkünste gehört, aber ich weiß, er hat noch nie in seinem Leben eine anständige Pastete zustande gebracht."

Mit einem gekünstelten Lachen drehte Janus sich zu Dr. Crescent um. Er wusste nicht, wieso Fan das Gespräch vor seinem Alpha verheimlichte. Vielleicht war die Erwähnung von Omega-Befreiungsgruppen zu liberal für einen älteren *Erosgápe*-Alpha wie Dr. Crescent. Oder vielleicht fürchtete er, was der immer noch unfruchtbare Fan tun würde, wenn Omegas mehr Rechte hätten – *Erosgápe* oder nicht.

„Ich liebe die Pasteten, die Ihr Fan zubereitet", sagte Janus achselzuckend, um die Sache herunterzuspielen. „Vielleicht eine mit Schneebeeren? In der Tarte neulich waren die so köstlich, dass mir fast die Tränen kamen. In einer Pastete wären sie bestimmt sogar noch besser." Dann drehte er sich wieder zu Fan. „Ich melde mich freiwillig, die Beeren zu sammeln, Fan, falls das die Sache einfacher macht."

„Nein, das mache *ich*", widersprach Dr. Crescent besitzergreifend und legte einen Arm um Fans Schultern. Er schaute zu ihm hinab mit dieser beinahe Übelkeit erregenden *Erosgápe*-Hingabe, welche Alphas dazu brachte, selbst für die kleinste Kleinigkeit, die sie für ihre Omegas taten, die Meriten ernten zu wollen – in manchen Fällen ging es so weit, dass sie ihnen die Schuhe schnürten.

Der Vater eines von Janus' früheren Liebhabern hatte in der Tat jeden Morgen die Schnürsenkel seines behinderten Omegas gebunden, als Teil eines ausgefeilten Ankleide-Rituals. Der Mann hatte den Gedanken nicht ertragen, dass Beta-Diener seinen *Érosgápe* berührten. Es war eine Mischung aus Hingabe und Besessenheit, und Janus hatte nicht gewusst, was er davon halten sollte.

Bis jetzt.

Würde Kerry in einem Rollstuhl sitzen, unfähig, sich selbst die Schuhe zu binden, dann würde Janus ebenfalls derjenige sein wollen, der es für ihn tat. Er würde jeden einzelnen Zeh küssen wollen, und auch Kerrys schlanke Fesseln, bevor er ihm die Socken überstreifte. Er würde Kerrys kräftige, leicht behaarte Waden streicheln wollen, und dann …

Wolfgott, er verlor den Verstand!

Seit wann hatte er solche Gefühle gegenüber einem anderen Omega als Caleb? Und selbst bei Caleb war er nicht gewillt gewesen, Opfer zu bringen, oder? Deshalb hatte er ihn ja überhaupt verloren. Er hatte alles gewollt, und das auf Calebs Kosten. Und danach hatte er sich nie wieder gestattet, etwas anderes von einem Omega zu verlangen als die eine Sache, die Caleb ihm nicht hatte geben können: Sex.

Aber Kerry …

Wolfgott, bei Kerry hatte Janus das Gefühl, so gut wie alles opfern zu wollen, um für den Mann da sein zu dürfen. Natürlich konnte er das leicht sagen, nachdem sie bereits gefickt hatten und es klar war, dass Kerry ein starkes Interesse daran hatte. Sex war für Janus wichtig, oder war es gewesen, bis er entschieden hatte, keinen mehr zu haben, um an der Formung seines Charakters zu arbeiten. Aber falls Kerry nie wieder Sex mit ihm haben wollen würde, dann war es eben so. Es gab andere Wege für einen Alpha, sich um einen schwangeren Omega zu kümmern.

Und Janus würde einen Weg finden, um auf andere Weise für Kerry da zu sein, komme was wolle. Er würde um Kerry werben, ihm zeigen, was es bedeutete, umsorgt, geschätzt und angebetet zu werden, so wie jeder schwangere Omega behandelt werden sollte. Und er würde noch mehr tun. Er würde sich mit einem Anwalt in Verbindung setzen und herausfinden, welche Optionen wirklich bestanden, und ob es vielleicht eine engagierte Freiheits-Initiative gab, die einen Testfall suchte.

Kerry konnte in jedem Fall davon profitieren, andere Männer auf seiner Seite zu haben, selbst falls er von jetzt an Janus' fleischliches Begehren komplett ablehnte. Ja, es musste etwas geben, das Janus für den stillen, verschlossenen Mann tun konnte, den er inzwischen verzweifelt beschützen und trösten wollte.

Er räusperte sich, nahm Abschied von Fan und Dr. Crescent und machte sich auf den Weg den Hügel hinunter zum Monkhaus. Er fragte sich, ob er sich darüber ärgern sollte, dass Zeke – und nun auch Fan – ihn eindeutig in eine Situation verwickeln wollten, die weit über seiner Gehaltsklasse lag und über alle Maßen kompliziert war.

Aber als er ankam und die Haustür öffnete, wehte ihm der Duft von Beeren und Moschus entgegen. Er hörte Kerry, der auf dem Dachboden Kiwi etwas vorsang, und die Frage spielte keine Rolle mehr. Er wollte einfach nur dieses Gefühl von *Nach-Hause-kommen* in Flaschen abfüllen und täglich eine davon entkorken. Janus musste einen Weg finden, Kerry in Wahrheit zu dem seinen zu machen.

Wenn Kerry es ihm nur erlauben würde ...

KAPITEL 16

KERRY STARRTE DEN Pfirsich an, der in der Mitte seines Kopfkissens lag.

Er war perfekt. Pelzig und reif. Seine goldenen und rosa Farben leuchteten im Licht, das durchs Fenster schien. Und da war auch eine Notiz. Zwei Worte.

Für dich.

Nicht Paters Handschrift. Es musste also Janus gewesen sein. Kerry nahm die Frucht und hielt sie unter seine Nase, um den süß-säuerlichen Duft einzuatmen, und er stellte sich vor, wie der frische Geschmack auf seiner Zunge explodieren würde. Er leckte mit der Zungenspitze an der pelzigen Schale, biss aber noch nicht in den Pfirsich hinein.

Seit dem Schwangerschaftskurs bei Dr. Crescents Ställen waren zwei Tage vergangen, und Kerry war bisher allen Versuchen Janus', mit ihm zu reden, beharrlich aus dem Weg gegangen. Der Pfirsich lag schwer in seiner Hand, ein liebevolles und fürsorgliches Angebot.

Kiwi zwitscherte in seinem Käfig, und Kerry ließ ihn heraus. Er lächelte, als der Vogel kurz umhertanzte und sich dann enthusiastisch aufschwang, um durchs Zimmer zu flattern, mit Zwischenlandungen auf dem Kopfende des Betts, dem Nachttisch und schließlich auf Kerrys Schulter. Kerry neigte das Kinn, und Kiwi rieb sich an seinem unrasierten Kiefer. Manchmal war Kerry überzeugt, Kiwi würde schnurren wie eine Katze, wenn er könnte.

„Schon vom Schwimmen zurück?", fragte Pater aus dem Flur.

Kerry drehte sich um und sah ihn vor der Zimmertür stehen, als wäre er gerade zufällig vorbeigekommen und hätte Kerry entdeckt. „Ja", antwortete Kerry, dann hielt er die Frucht hoch. „Weißt du, was das hier soll?"

Pater zuckte die Achseln. „Ich habe Janus heute morgen draußen beim Baum gesehen. Er hat einen Pfirsich nach dem anderen inspiziert und schließlich den da ausgesucht. Hat ihn gepflückt. Mit ins Haus gebracht. Ich dachte, er hätte ihn gegessen, aber wie ich sehe, ist er entschlossen, sich um dich zu kümmern."

Kiwi flatterte auf die Fensterbank und zwitscherte beim Anblick der Landschaft vor den Glasscheiben. Kerry rieb den Pfirsich an seinen Lippen, dann sagte er: „Ich hätte verhindern sollen, dass du ihn als Dauergast hier aufnimmst. Ich kannte deinen Plan."

„Vielleicht, aber du musst zugeben, es war kein schlechter Plan."

Kerry wollte widersprechen, aber Pater war bereits weitergegangen und auf dem Weg zur Treppe und dem, was auch immer er in der Küche zu tun hatte, um das Abendessen vorzubereiten. Kerry legte sich aufs Bett, eine Hand auf seinem geschwollenen Bauch, und nahm erneut die Notiz in die Hand. Immer noch nur zwei Worte. Weiter nichts.

Dennoch … es wärmte ihn, die klaren, ordentlichen Linien von Janus' Buchstaben zu sehen. Die Schlichtheit der Botschaft. Der Pfirsich war ein Geschenk für Kerry. Nicht mehr und nicht weniger. Keine Forderungen. Keine Versprechen.

Schließlich nahm Kerry einen Bissen und stöhnte leise. Die süße, reife Frucht füllte seinen Mund mit saftigem Pfirsichfleisch, und der Geschmack explodierte auf seiner Zunge. Ein wenig Saft lief kühl an seinem Kinn hinab, und er wischte ihn mit dem Handrücken fort. Und bevor er es recht bemerkte, hatte er den ganzen Pfirsich verspeist, und zurück blieben nur der Kern und etwas Klebrigkeit.

Er stand auf, um sich Gesicht und Hände zu waschen. Nicht

zum ersten Mal fragte er sich, ob es einen Weg gab zu bekommen, was er brauchte, ohne Janus' Leben zu ruinieren. Die klebrige Süße auf seinem Gesicht und an seinen Fingern erinnerte ihn an seinen eigenen Schlick und daran, wie er aus ihm herauslief, wenn er erregt war – was seit dem Fick am See beinahe ständig der Fall war. Er brauchte Janus nur irgendwo im Haus zu riechen, und schon bekam er weiche Knie und ein nasses Arschloch. Er wollte die Dinge nicht noch komplizierter machen, als sie schon waren, aber er war sich immer weniger sicher, sich weigern zu können, sollte Janus kommen und ihm mehr anbieten als nur einen Pfirsich.

Er wusch sich rasch Gesicht und Hände, dann zog er ein frisches Hemd an, das nicht nach Seewasser roch und ihn an den Fick erinnerte, den sie bereits gehabt hatten, an Pfirsiche, oder an die Ficks, die er haben könnte, wenn er zu Janus ginge und darum bäte.

Er wollte darum bitten, sehnte sich nach jener Zärtlichkeit und Leidenschaft. Wenn er nur glauben könnte, dass Ficken die Dinge besser machen würde anstatt schlimmer. Aber seiner Erfahrung nach endeten Omegas, die sich emotionale Verwicklungen gestatteten, nur in Kummer und Elend.

Und davon hatte er bereits genug für ein ganzes Leben.

IN DIESER NACHT drückte Kerry mit zitternden Händen die Tür zu Janus' Zimmer auf. Schlick lief bereits an seinen Beinen herunter und machte seine Schenkel nass. Er hatte sich geschworen, gleich wieder zu gehen, falls Janus schlief. Dass er sein Verlangen für sich behalten und sich in seinem eigenen Zimmer erneut einen herunterholen würde, allein und einsam und ungeliebt. Ungewollt.

Aber Janus war wach. Und nackt. Sein Körper war in voller Pracht auf dem Bett ausgebreitet wie eine wunderschöne Statue, sein Schwanz hart und aufrecht in seiner Faust, während seine

Hüften zuckten und pumpten. Sein Blick fand Kerrys, aber er hörte nicht auf zu masturbieren. Er fickte weiter in seine lose Faust und starrte Kerry an, schweigend, glühendes Verlangen im Blick.

Kerry schloss die Tür hinter sich und ließ sein langes Nachtgewand zu Boden fallen, entzückt über den kehligen Laut, den Janus beim Anblick seines nackten Körpers von sich gab. Er spürte die Bewegungen des Kindes in sich, was ihn nur noch verlangender machte, denn er wollte vergessen. Er wollte etwas fühlen, das nicht Angst war.

Janus erhob sich vom Bett. Sein Ständer stand steif von seinem Körper ab, und seine großen Hoden hingen tief. Er streckte schweigend die Hand aus. Seine Brust hob und senkte sich heftig mit jedem Atemzug, als würde er nicht genug Luft bekommen, aber er wartete, stark, schwitzend, gesünder mit jedem Tag, und sehr bereit.

Kerry trat in seine Arme und vergrub sein Gesicht an Janus' warmem, duftenden Hals. Er keuchte freudig erregt, als Janus' Finger seine Arschritze fanden, seine Hinterbacken spreizten und drei Finger in ihn eindrangen. Janus fickte ihn mit den Fingern, während Kerry sich zitternd an ihn klammerte. Kerry kam schnell und heftig, mit offenem Mund an Janus' Hals hechelnd, die Zunge herausgestreckt, um Janus' Haut zu kosten, und sein Körper zuckte vor Lust.

„Das ist mein süßer Omega", flüsterte Janus. „Komm noch einmal für mich, Kerry. Zeig mir, wie gut es sich für dich anfühlt."

Er musste es Kerry nicht zweimal sagen. Der Druck auf seine Omegadrüsen und Prostata, und die feste Reibung von Janus' Fingern, die sich in ihn hinein und wieder heraus drehten, machten ihn schwach. Nur aufrecht gehalten von Janus' starken Armen, wand er sich in Ekstase. Der nächste Orgasmus war sogar noch heftiger, und sein Anus krampfte sich rhythmisch um Janus' Finger zusammen. Er schrie auf, als der Höhepunkt ihn übermannte, und seine warme Ladung Sperma landete auf Janus' Bauch und Oberschenkel.

„Ja", keuchte Janus. „So ist es gut." Er zog seine Finger heraus, was Kerry offen und sehnend zurückließ, nahm etwas Sperma auf seine Fingerspitzen und verteilte es auf seinem eigenen Schwanz. Dann schob er Kerry zum Bett und legte ihn dort flach auf den Rücken, bevor er Kerrys Arsch an die Kante der Matratze zerrte.

In dieser perfekten Position hielt Janus Kerry offen, dann drang er mit einem einzigen, harten Stoß in ihn ein. „Wolfgott", wimmerte Janus. „Oh, Wolfgott, Kerry. Es ist perfekt."

Perfekt? Nein, es war *göttlich*. Kerry fühlte sich bis in den letzten Winkel gefüllt und befriedigt.

Janus berührte Kerrys Wange, beugte sich tief hinab und rieb seine Nase an Kerrys Schläfe. „Lass mich dich küssen", flüsterte er. „Bitte."

Kerry knurrte und erzitterte; sein Körper wand sich vor Lust. „Ja. Bitte." Es war seltsam, daran zu denken, dass sie sich erst einmal geküsst hatten, an dem Tag am See. Er griff nach oben und zog Janus zu sich herunter – wobei beide vorsichtig mit Kerrys Bauch waren – und dann versank er in Janus' leidenschaftlichem Kuss. Er erbebte, dann verspannte er sich, und sein ekstatischer Aufschrei wurde von Janus' Lippen verschlungen. Kerrys Anus zog sich fest zusammen, und sein Schwanz spritzte ab, als Kerry von einer Welle der Lust überspült wurde, die sich nur mit den Orgasmen einer Hitze vergleichen ließ.

Janus fickte ihn gründlich. Kerry kam wieder und wieder, mit zitternden Beinen und klaffendem Arschloch, wenn Janus seinen Ständer herauszog, fluchend und entschlossen, lange durchzuhalten.

Danach, als sie erschöpft im Bett lagen und einander in den Armen hielten, sprach Kerry schließlich. „Ich sagte dir ja, du hättest mich für viel weniger haben können. Alles, was nötig war, war ein Pfirsich, und hier war ich und machte für dich die Beine breit."

„Es war mehr nötig als ein Pfirsich", flüsterte Janus. „Es war nötig, dein Vertrauen zu gewinnen. Und das fing schon am ersten Tag an, als du Kiwi auf deiner Hand hattest – und ich vollkommen verzaubert davon war, wie dein wunderschönes Haar im Wind wehte. Von dem Schmerz in deinen Augen, von deinem Duft. Ich wollte dich vom ersten Moment an, aber ich wusste nicht, wie ich dich erreichen sollte."

„Jetzt hast du mich", flüsterte Kerry. „Ich weiß nicht, für wie lange das so bleiben kann. Aber in diesem Augenblick gehöre ich ganz dir."

Janus legte eine Hand auf Kerrys Bauch. „Und ihm."

Kerry schob Janus' Hand weg. „Nein. Noch nicht. Nur dir. Kannst du mich das haben lassen? Bitte?"

Janus nickte und zog Kerry näher an sich. Er legte sein Gesicht an Kerrys Hals. „Wir müssen aber bald über ihn reden. Und über deine Pläne."

Kerry hatte den Verdacht, dass Janus selbst ein paar eigene Pläne hatte, aber er würde den Moment nicht noch weiter verderben, indem er nach ihnen fragte. Stattdessen zuckte er die Achseln und flüsterte: „Steck mir deine Finger rein, ja? Bitte? Hilf mir."

Janus knurrte leise, und kurz darauf wand Kerry sich auf drei Fingern, die in seinem Eingang steckten, dann auf einem vierten, und schließlich nahm er auch noch Janus' Daumen in sich auf. Als Kerry an diesem Morgen erwacht war, hätte er nicht gewagt sich vorzustellen, dass der Tag mit Janus' Hand in ihm enden würde. Aber als der Mond vollends über den Bäumen aufgegangen war, lag er ausgestreckt auf dem Bett, mit Janus' Faust in sich, gefangen in einem herrlichen Kreislauf von berauschender Ekstase, gefolgt von noch berauschenderer Ekstase, wenn er kam.

Janus für seinen Teil war eindeutig verzaubert und schob jede Diskussion über die Zukunft, das Baby oder irgendwelche Pläne beiseite, um sich der Lust hinzugeben. Es war für Kerry beängstigend. Janus zu vertrauen, fiel ihm leichter, als es sollte, und seine Faust zu reiten, war ebenfalls herrlich einfach. Aber sich selbst genug zu vergeben, um alles zu vergessen und es einfach zu genießen, war schwer.

Mit begieriger Entschlossenheit schüttelte Kerry alle Furcht und Schuldgefühle ab und erlaubte sich, in Janus' Duft, seiner Fürsorge und seinen Zärtlichkeiten zu schwelgen. Für den Augenblick war er sicher.

Es war so beängstigend wie Wolfgottes eigene Hölle, sich auch nur für einen einzigen Moment solcher Ekstase hinzugeben. Seinen Schutzschild fallen zu lassen und sich einfach nur gut zu fühlen. Aber um Janus willen und für die Freude, ihn so ekstatisch zu sehen, tat er es.

Nein, nicht für Janus. Für *sich selbst*.

TEIL DREI

Spätsommer

KAPITEL 17

KERRY SUMMTE LEISE vor sich hin, während seine Stricknadeln in schnellem Tempo klapperten. Sein Bauch wurde immer runder, während die Tage länger wurden, und oft führte das Baby kleine Tänze in seinem Gebärpater auf. Und immer noch lagen die Wehen vor Kerry, sowie der beängstigendste und gefährlichste Teil der Schwangerschaft, aber er fühlte sich dennoch so sehr wie sein früheres Ich wie schon seit Jahren nicht mehr.

Sobald Janus heute mit seiner Arbeit bei Dr. Crescent fertig war, würden sie sich zu einem Picknick am See treffen, und heute Nacht würden sie sich in Janus' Bett ihren intimen Vergnügungen hingeben. Im Laufe der vergangenen Wochen hatte Kerry es aufgegeben, sich gegen die gegenseitige Anziehung zu wehren, und stattdessen die meiste Zeit mit Tagträumen über die Stunden verbracht, die er sicher und nackt an Janus' Seite erlebt hatte. Wenn er schon unter Wilbets Tyrannei und den Wünschen der Monhundys leiden musste, ganz zu schweigen davon, dieses monströse Kind zu gebären, dann würde er alles an Freude nehmen, was er von Janus bekommen konnte. Und mit beiden Händen festhalten, solange er konnte.

Aber Sex war nicht das einzige, was sie teilten. Selbst Kerry konnte nicht leugnen, dass seine Bindung zu Janus auch außerhalb des Schlafzimmers wuchs. Er genoss die kleinen Aufmerksamkeiten von Janus, wie zum Beispiel, jeden Morgen nach dem Duschen eine frische Frucht auf seinem Kopfkissen vorzufinden, oder eine Handvoll duftender Blumen, die Janus auf seinem Weg zum Haus eines Patienten gefunden hatte. Oder wenn Janus ihm hübsche Kieselsteine schenkte, die er nach dem Schwimmen am Seeufer sammelte. Oder ein Gedicht, das Janus in seiner klaren Handschrift aus einem Buch herauskopiert und wie einen Segensspruch an eines von Kerrys Hemden gesteckt hatte, die auf der Wäscheleine gehangen hatten. Nichts Extravagantes und nichts, das von Kerry eine Gegenleistung oder auch nur eine Antwort verlangte. Einfach nur ständige Erinnerungen daran, dass Janus sich um ihn sorgte, und dass Kerry ihm etwas bedeutete. Es war berauschend und geradezu suchterzeugend.

Neben den Babysachen, die Kerry sich durchgerungen hatte herzustellen, strickte er auch einen Schal für Janus. Bis zum Wintereinbruch in den Bergen würde der Schal fertig sein, und schön warm. Kerry würde dann natürlich nicht mehr hier sein, um darauf zu achten, dass Janus den Schal auch trug. Er würde in der Stadt sein und das Baby stillen. Aber er hoffte, Janus würde jedes Mal, wenn er sich den Schal um den Hals wickelte, etwas von Kerrys Dankbarkeit und Zuneigung spüren.

Ein Klopfen schallte durchs Haus, und Kerry zuckte zusammen und blickte von dem kleinen Pullover auf, den er für das Baby strickte. Er hegte zwar keine Zweifel, dass die Monhundys in der Stadt die modischsten Sachen für das Baby kaufen würden, aber er wollte nicht, dass das Kleine in der Zwischenzeit nichts zum Anziehen hatte. Es mochte ja das Kind eines Ungeheuers sein, aber es würde dennoch ein hilfloser, kleiner Säugling mit zarter, empfindlicher Haut sein. Kerry benutzte eine besonders weiche Wolle.

„Einen Moment!", rief er. „Ich bin gleich da." Kerry beendete die Reihe, und als er aufsah, entdeckte er Rodes, den Postboten, der mit einem Umschlag in der Hand um die Ecke der Veranda kam.

„Tut mir leid zu stören. Brief für den neuen Doc", sagte Rodes, womit er Janus meinte. „Das Siegel ist gebrochen, Mr. Monkburn, aber ich schwöre, dass ich das nicht war. Das kam schon so an."

Kerry winkte Rodes heran und nahm ihm den cremefarbenen, dicken Umschlag aus den wulstigen Fingern. „Ich glaube dir. Auf dem Schrank in der Küche kühlt gerade ein Pfirsichkuchen ab, anstelle von Trinkgeld, wenn du magst. Tut mir leid, ich habe gerade kein Bargeld hier. Aber mein Pater ist heute runter nach Blumzound zur Bank gefahren. Ich verspreche, beim nächsten Mal haben wir etwas mehr für dich."

Rodes war mit dem Pfirsichkuchen mehr als zufrieden, denn jeder liebte Paters Bäckereien. Fröhlich pfeifend machte er sich wieder auf den Weg. Kerry nahm seine Strickarbeit wieder in die Hand, aber dabei fiel der Umschlag herunter. Da das Siegel gebrochen war, rutschte der Brief heraus und fiel auf die Dielen der Veranda, zusammen mit einem Foto. Kerry hob beides auf und steckte den mehrseitigen, gefalteten Brief wieder zurück in den Umschlag, Dann wollte er dasselbe auch mit dem Foto tun, aber stattdessen saß er einfach da und starrte unverwandt das Bild an.

Es zeigte einen engelsgleich schönen Mann mit blondem, kinnlangen Haar. Sein strahlendes Lächeln galt dem Kind, das er auf dem Foto hielt. Ein Neugeborenes, noch ganz faltig und winzig. Das vor Gesundheit strotzende, kleine Ding schrie aus vollem Halse. Kerry musste schwer schlucken, als ihn ein seltsames Gefühl überkam. Er legte eine Hand auf seinen gewölbten Bauch und drehte das Foto um.

In flüssiger Handschrift stand auf der Rückseite: *Bekhem Riggs Heelies, vier Stunden alt.*

Kerry blickte sich um; eine plötzliche, unerwartete Neugier hatte ihn gepackt. Er hatte Janus alles Mögliche aus seinem Leben erzählt, und ihm wurde erst jetzt bewusst, dass er Janus kaum nach seinem gefragt hatte. Vielleicht hatte Kerry sich mit dem Mann so verzweifelt sicher fühlen gewollt, dass er Angst davor gehabt hatte, irgendetwas zu tun, das dieses Gefühl mindern könnte. Wer wusste schon, was er finden mochte, sollte er in Janus' Vergangenheit graben?

Aber jetzt, als er das Foto dieses hinreißenden Omegas in der Hand hielt, kribbelte es ihm in den Fingern zu erfahren, was in dem Brief stand. Sicher verkündete er in allen Einzelheiten die Geburt dieses Bekhem Riggs Heelies, aber vielleicht stand auch mehr darin? Eine Art Schlüssel zu Janus, nach dem zu suchen Kerry nicht einmal in den Sinn gekommen war, und von dem er nicht gewusst hatte, dass er ihn brauchte? Vielleicht war das aber auch nur eine Ausrede, um in Janus' Privatleben zu schnüffeln und den Brief wieder aus dem Umschlag zu ziehen. Kerry ignorierte die Gewissensbisse und begann zu lesen.

Lieber Janus,

ich freue mich Dir mitzuteilen, dass Deine Gebete für eine weitere komplikationslose Niederkunft nicht vergeblich waren. Bekhem kam vor anderthalb Wochen gesund auf die Welt, und es geht mir sehr gut. Oh Janus, er ist so ein wunderhübscher Junge! Ich bin ganz außer mir vor Liebe für ihn! Jedes Mal, wenn ich schwanger bin, denke ich, dass ich auf keinen Fall ein neues Kind so lieben kann wie diejenigen, die vor ihm kamen, und dann ist es doch jedes Mal so. Er ist ein kleiner Engel. Obwohl er kein bisschen so aussieht wie Xan, und auch nicht wie ich. Wolfgott sei Dank sieht er nicht aus wie Urho! Je weniger darüber gesagt wird, umso besser, offensichtlich. Immerhin ist es auch nicht so, als wäre das keine Möglichkeit ...

Urho sagt, der Kleine sieht ein bisschen aus wie Xans Pater, aber eigentlich finde ich, er sieht einfach nur aus wie er selbst.

In Deinem Brief fand ich zwischen all den Zeilen, in denen Du der Sorge um meine Gesundheit Ausdruck gegeben hast, viel Interessantes. Und alles nur, weil ich auf die drei Briefe, die Du im Laufe der Woche zuvor geschickt hast, nicht so

schnell geantwortet habe, wie Du wolltest. Drei Briefe innerhalb einer Woche, Janus! Ernsthaft? Ein bisschen viel, findest
Du nicht? Hast Du schon mal etwas von dieser kleinen Sache
gehört, die man Geduld nennt?

Aber wie auch immer, ich entschuldige mich. Ich fürchte,
ich war ziemlich beschäftigt damit, oh, ein Kind zu gebären?
Und dann musste ich eine lächerlich lange Erholungspause über
mich ergehen lassen, zu der mich mein hingebungsvoller Alpha
und mein besorgter Doktor gezwungen haben. Ich fühlte mich
sofort nach Bekhems Geburt schon wieder bestens, aber oh nein,
sie wollten nichts davon hören, dass ich irgendetwas tue, was
auch nur im Ansatz anstrengend sein könnte. Wozu scheinbar
auch das Lesen von Post gehört. Also ja, es tut mir leid, dass ich
nicht früher geantwortet und Dich beunruhigt habe. Mein
Alpha und mein Doktor können ziemlich nervtötend sein, um
es gelinde auszudrücken, aber sie sind geradezu absurd beschüt-
zerisch und fürsorglich rund um Geburten. Vor allem, seit ich
nach Levi solche Schwierigkeiten hatte, wieder zu Kräften zu
kommen. Levis Geburt war brutal, aber er war ein so süßes,
fettes Baby. Zum Glück ist Bekhem ein Leichtgewicht und
flutschte nur so heraus. Und er ist so gesund, wie es nur geht.

Jedenfalls, was ich sagen sollte, ist, dass ich zwischen Deinem besorgten Geplapper wegen meiner Gesundheit
herausgelesen habe, dass sich offenbar etwas in Deiner Beziehung zu K verändert hat. Deine Zeilen über ihn haben einen,
sagen wir: liebevollen und beschützerischen Tonfall angenommen. Bitte sei vorsichtig. Die Monhundys sind ein Clan, mit
dem man sich nicht anlegen sollte. Sie sind einflussreich und
werden sicher nicht davor zurückschrecken, ihre eigenen Inte-
ressen über die von K zu stellen.

Auch wenn ich zugeben muss, dass ihr gesellschaftlicher
Einfluss geschwunden ist, seit ihr Sohn den Familiennamen

beschmutzt hat, so ändert das nicht das geltende Gesetz bezüglich der Kontrolle, die sie über den Omega ihres Sohnes haben. Außerdem, was ist gefährlicher als ein verwundeter Löwe? Nicht, dass ich jemals selbst einen Löwen gesehen hätte, geschweige denn einen verwundeten, aber Du weißt, was ich meine.

Davon abgesehen bleibt mein Rat an Dich bezüglich K derselbe: behutsam, behutsam, behutsam und fürsorglich, liebster Janus. Auch er ist ein verwundeter Mann. Benutze Deine pflegerischen Fähigkeiten so wirkungsvoll, wie Du kannst.

Nun zu Deinen anderen Sorgen: Urho und Xan bestehen darauf, dass ich mich weiterhin erhole (was immer das bedeuten soll, denn ich fühle mich recht gut), bevor ich irgendwelche Arrangements für die Wohltätigkeitsauktion treffe, um die du mich wegen des armen Jungen mit dem zerschmetterten Fuß gebeten hast. Aber keine Sorge. Ich werde mich in der Tat darum kümmern, Deinen Bergbewohnern in ihrem Kampf um ein gesünderes und besseres Leben zu helfen. Deine Bergbewohner … siehst Du, was hier gerade passiert ist, Liebes? Ich habe schon mehr oder weniger akzeptiert, dass wir Dich dauerhaft an die Berge verloren haben.

Der Schwung und die Lebendigkeit in Deinen Briefen mögen vielleicht nicht reines Glück verströmen, aber dafür Hingabe und Leidenschaft. Und das endlich auf etwas Nützliches gerichtet zu sehen, teurer Freund, ist etwas, das mich mit Dankbarkeit erfüllt. (Und wenn wir ganz aufrichtig zueinander sind, was wir immer sind, dann freue ich mich, dass Deine Leidenschaft ausnahmsweise einmal **nicht** mir gilt.)

Bitte schreibe mir bald wieder. Ich brauche dringend Unterhaltung. Die Alphas in diesem Haushalt lassen mich noch mindestens eine weitere Woche nicht einmal in meinem Atelier arbeiten. Ich habe einige Stücke, die ich fertigstellen muss, und *nun auch noch eine Auktion vorzubereiten. Aber ich überlege, danach ein wenig zu reisen. Ich bin die Seeluft leid – immer salzig und windig und frisch. Was meinst Du, Janus? Würdest Du für einen Szenenwechsel einen Aufenthalt in Deinen wunderschönen Bergen empfehlen? Sind in Deiner Pension noch Zimmer frei?*

Ah, mein hübscher Alpha ruft nach mir. Es ist Zeit, Bekhem zu stillen, also muss ich diesen Brief nun rasch beenden.

Xan und Urho lassen Dich herzlich grüßen, die Kinder schicken Plappergrüße, und ich wünsche Dir wie immer nur das Beste.

In freundschaftlicher Liebe,
Caleb

Kerry starrte die Unterschrift an. In seinem Herzen zog es schmerzhaft, und er biss die Zähne zusammen. Sein Blick wanderte erneut zu dem Foto des wunderschönen Mannes mit dem Säugling. Es gab keinen Vergleich. Selbst als Kerry selbst noch jung und auf dem Gipfel seiner Schönheit gewesen war, hatte er nicht halb so hell gestrahlt wie dieser Omega. Er steckte Brief und Foto zurück in den Umschlag, dann legte er ihn in seinen Nähkorb, um ihn später Janus zu geben. Aber sobald er sich mit seinem Strickzeug in den Händen zurückgelehnt hatte, war die Verlockung da, den Brief erneut hervorzuholen und noch einmal zu lesen. Auch wenn sich die Worte bereits in seine Erinnerung gebrannt hatten.

Janus und Caleb teilten keine gewöhnliche Freundschaft. Der Brief war mit so viel Offenheit und Neckerei geschrieben, dass es an Flirten grenzte, und Kerry fragte sich unwillkürlich, welche Geschichte die beiden Männer verbinden mochte. Waren sie einst Liebhaber gewesen? Waren sie es immer noch? War das der Skandal, der Janus dazu getrieben hatte, die Stadt und sein gesellschaftliches Umfeld zu verlassen? Sich an den Omega eines anderen Alphas heranzumachen, war mehr als nur unanständig, und doch wusste jeder, dass so etwas passierte. Aber den Omega seines Cousins als Liebhaber zu nehmen, wäre etwas, das weder Familie noch Gesellschaft auf die leichte Schulter nehmen würden.

Kerry legte seine Strickarbeit zur Seite und rieb sich mit der Hand übers Gesicht. Wolfgott, vielleicht war das der Grund, warum Janus Kerry so unbesorgt zum Liebhaber genommen hatte, trotz seines Vertrags mit Wilbet. Janus musste es gewohnt sein, Männer zu ficken, die anderweitig gebunden waren. Vielleicht gefiel es ihm, dass Kerry ihm niemals gehören konnte, vielleicht … wie nannte man so etwas? Vielleicht war es eine Art Fetisch?

Kerry wurde übel. Zorn stieg in ihm hoch. Er hatte das Gefühl, sich übergeben zu müssen. So fühlte sich also Eifersucht an. Etwas, das er noch nie wirklich erfahren hatte. Als er mit Wilbet zusammen gewesen war, war er nur dankbar gewesen, wenn andere Männer Wilbets Aufmerksamkeit erregt hatten. Auch wenn es demütigend gewesen war zu wissen, dass Wilbet ihn betrog – es hatte auch die Wahrscheinlichkeit verringert, dass Wilbet zu Kerrys Bett kam und ihm zum Vergnügen Schmerzen zufügte. Kerry war auf jene Männer nie eifersüchtig gewesen. Er hatte sie höchstens bedauert.

Und was sein Sexualleben vor Wilbet betraf, so war Kerry noch nie verliebt gewesen. Er hatte auch nie einen engen Freund gehabt, dem er sich anvertrauen konnte. Eigentlich gab es überhaupt niemanden in Kerrys Leben, mit dem er so offen und mit so liebevoller Neckerei reden könnte, wie sie zwischen Janus und diesem Caleb bestand. Nicht einmal Pater. Und ganz sicher nicht Janus.

Obwohl Kerry Janus so sehr vertraute, wie er überhaupt irgendeinem Alpha vertrauen konnte, nachts, befriedigt an Janus' muskulösen Körper gekuschelt, während er schlief, so rechnete Kerry doch immer noch jederzeit damit, dass Janus ihn hinterging. Erneut warf er einen Blick zu dem Brief. Vielleicht musste er gar nicht weiter auf das Unvermeidliche warten. Vielleicht hinterging Janus ihn schon die ganze Zeit. Caleb, Kerry, andere Männer … wer konnte das schon sagen?

Kerry stand auf und ging auf der Veranda auf und ab, dann einmal ums Haus herum. Seine Hände zitterten und sein Magen drehte sich um. Er steckte die Hände in seine Hosentaschen, dann nahm er sie wieder heraus. Das Baby in seinem Bauch drehte sich und trat mit seinen kleinen Füßen gegen Kerrys innere Organe. Es tat weh.

„Wolfgott möge ihn verdammen", flüsterte Kerry, dann stürmte er von der Veranda herunter und begann, den Bergpfad zu Dr. Crescents Haus hinauf zu stapfen. Er wusste nicht, ob Janus heute dort arbeitete oder ob sie unterwegs zu Hausbesuchen sein würden, aber falls er Janus nicht persönlich zur Rede stellen konnte, würde er Fan um Rat fragen. Fan würde die Geheimnisse, die Omegas ihm anvertrauten, mit ins Grab nehmen. Und auch wenn Kerry Fan nicht direkt als Freund bezeichnen würde, so bewahrte er bereits eines von Kerrys Geheimnissen. Vielleicht hatte er noch Platz für ein weiteres.

Als Kerry auf die Lichtung in der Nähe der Ställe stürmte, wo Dr. Crescent seine Patienten behandelte, war er verblüfft über die lange Schlange von Leuten, die den Doktor sehen wollten. Irgendwo in den Ställen schrie ein Baby, und als Kerry näher kam, sah er Janus, der das Kind an seine Brust gedrückt hielt und das kleine Ding tröstete, während Dr. Crescent einen blassen, bewusstlosen Omega behandelte, den Kerry sofort als den kränklichen, jungen Charlie Myles erkannte. Dessen Alpha Dax Gregg stand dabei und rang stöhnend die Hände.

„Kerry!" Fans Stimme ertönte in der Nähe des Hauses. Er stand im Gemüsegarten, mit einem breitkrempigen Hut auf dem Kopf und Handschuhen, schien aber gerade keine Arbeit zu verrichten. Er winkte Kerry zu sich, und kaum dass Kerry ihn erreichte, schlang

Fan die Arme um ihn und drückte ihn herzlich.

Kerry war so schockiert, dass er eine Sekunde lang nicht wusste, was er tun sollte. Aber als Dax einen entsetzlichen Schrei ausstieß, begriff Kerry und schlang ebenfalls seine Arme um Fan. Sie klammerten sich in einem Akt gegenseitiger Omega-Solidarität aneinander. Das Baby in Kerrys Leib verstand den Ernst des Augenblicks nicht und trat um sich, bis Fan eine Hand auf Kerrys Bauch legte. Als ob das Baby es von innen spüren konnte, beruhigte es sich sofort.

„Ist er tot?", flüsterte Kerry.

„So gut wie", antwortete Fan, ebenfalls im Flüsterton. „Dax hat ihn zweimal täglich zum See hinunter gebracht, anstatt mit ihm herzukommen."

„Atmet er noch?"

„Ich weiß es nicht", sagte Fan. In diesem Moment fiel Dax neben dem Tisch, auf dem Charlie reglos lag, auf die Knie, nahm dessen Kopf in beide Hände und schluchzte. Dr. Crescent fuhr fort, an Charlie zu arbeiten, bis er rief: „Janus, gib das Baby jemand anderem. Ich brauche hier deine Hilfe, Junge. Wir haben nichts mehr zu verlieren." Er hielt einen dicken Schlauch hoch, der an irgendeine Maschine mit einer Art Blasebalg angeschlossen war.

Fan ließ Kerry los und rannte zu den Ställen. Unterwegs warf er seinen Hut und die Handschuhe von sich. Rasch nahm er Janus das Baby ab, dann kam er mit entschlossenen Schritten und weit aufgerissen Augen zurück zu Kerry. Janus sah nicht in Kerrys Richtung, sondern trat zu Dr. Crescent an den Behandlungstisch, um zu helfen. Er nahm Charlies Kopf, bog ihn zurück und hielt dessen Mund offen, während Dr. Crescent den Schlauch einfettete.

„Ins Haus", sagte Fan und ergriff Kerrys Arm. „Bringen wir den Kleinen hinein. Hier draußen können wir nichts tun. Dax ist schon genug im Weg."

Kerry folgte Fan, warf aber besorgte Blicke über seine Schulter.

Dax schluchzte und schwankte hin und her. Dr. Crescent führte den Schlauch in Charlie Hals ein. Erschaudernd betrat Kerry das kühle Haus und nahm das Baby, als Fan es ihm reichte.

„Ellis hat Hunger", sagte Fan mit einem Nicken zum Baby, das wimmerte und schrie und an seiner kleinen Faust nuckelte. „Wie es aussieht, hatte Charlie schon seit Tagen keine Milch mehr." Er schüttelte den Kopf. „Ich weiß nicht, wieso sie nicht hergekommen sind, als Charlie sich mit Ellis' Husten angesteckt hat. Vielleicht schämten sie sich, weil sie nicht bezahlen konnten, aber Charlie hat besseres verdient."

Kerry steckte seine Nase in Ellis' Haar und schnupperte den köstlichen Babygeruch – eine reine, perfekte Süße, die später nachlassen würde, wenn das Baby größer wurde und seinen eigenen, einzigartigen Geruch entwickelte. Das Kind in seinem Leib trat noch einmal und ein weiteres Mal, dann wurde es wieder ruhig. Kerry fragte sich, ob sein eigener Sohn ebenfalls so gut riechen würde. Das war sehr wahrscheinlich. Und wie seltsam würde das sein? Etwas zu verabscheuen, das so himmlisch duftete?

„Und jetzt", sagte Fan, drückte Kerry eine Flasche mit einem Gumminuckel in die Hand und schob ihn zu einem bequemen Sessel beim Kamin, „füttere ihn."

Fan ging ans Fenster und beobachtete einen Moment lang die Geschehnisse draußen. „Sie benutzen den Blasebalg, um Luft in seine Lungen zu pumpen. Dax steht jetzt auf. Oh! Oh nein. Janus schlägt mit der Faust auf Charlies arme Brust." Fan stockte der Atem. „Warum nur ist das Leben so hart?"

Kerry sagte nichts. Er schaute auf die vollen Lippen des Babys, während es an dem Nuckel saugte. Nach ein paar festen Zügen jedoch ließ es den Nuckel los, fing an zu weinen und rieb sich mit seinen kleinen Fäusten die Augen.

„Setz ihn ein wenig aufrecht hin", schlug Fan vor und trat an Kerrys Seite. „Er vermisst den Geruch seines Paters."

Der Satz hing zwischen ihnen in der Luft, und sie sahen einander an. Kerrys Lippen zitterten, und ein schreckliches Gefühl drehte ihm den Magen um.

„Oh nein, das geht jetzt nicht", sagte Fan. „Der Kleine hier braucht unsere Stärke." Er streichelte dem Kind über sein glattes, seidiges Haar, das noch kaum den kahlen Babykopf bedeckte. „Iss, Ellis", flüsterte er. „Dann kannst du schlafen, bis das Schlimmste vorbei ist."

„Was wird mit ihm geschehen?", fragte Kerry, nachdem Ellis das Fläschchen wieder angenommen hatte. Das winzige Gewicht des Kleinen ruhte an Kerrys Bauch.

„Das hängt davon ab, wie es da draußen enden wird."

„Sie sind *Erosgápe*."

Fan nickte mit blassem Gesicht und ernster Miene. „Füttere einfach das Baby. Mehr können wir im Augenblick nicht tun."

Er setzte sich in den Sessel, der neben dem stand, in den er Kerry verfrachtet hatte. Und dann schwiegen sie eine gefühlte Ewigkeit lang. Dax' und Charlies Baby schlief ein, und das in Kerrys Bauch schien dasselbe zu tun. Im Zimmer war es warm, obwohl der Sommertag draußen immer noch kühl war, wie es hier in den Bergen typisch war.

Schließlich wurde die Tür aufgestoßen, und Janus kam herein, mit zerzaustem Haar und wildem Blick. Er blieb schockiert stehen, als er Kerry entdeckte, aber dann lief er weiter zum Spülbecken in der Küche. „Wie brauchen frisches Wasser. Frisches ... äh, kaltes Wasser, ja." Er nahm ein Glas vom Regal, füllte es und rannte damit wieder hinaus. Über die Schulter zurück rief er: „Bringt mehr!"

Fan sprang auf und nahm einen Eimer aus einer Ecke in der Küche, den er an der Spüle mit Wasser füllte. Kerry fühlte sich hilflos und gefangen mit dem Baby, das auf seinem Schoß schlief, aber er wollte den Kleinen nicht wecken und dem Chaos da draußen auch noch Babygeschrei hinzufügen. Und es *herrschte* draußen Chaos! Er konnte es hören!

Männergeschrei, Dr. Crescents gebrüllte Anweisungen und das verzweifelte Wehklagen von Dax. Dann kam Fan zurück ins Zimmer. „Er atmet! Er war tot, aber jetzt atmet er wieder!"

„Was?"

„Janus und Crow haben zusammen gearbeitet, und irgendwie haben sie ihn offenbar ins Leben zurückgeholt."

Die Tür öffnete sich erneut, und dieses Mal erschienen Janus, Dr. Crescent, Dax sowie einige der Patienten, die darauf gewartet hatten, bei Dr. Crescent dranzukommen. Behutsam trugen sie Charlies schmächtigen Körper durch die Tür ins Wohnzimmer. Dax weinte noch immer und betete lautstark zu Wolfgott.

„Tut mir leid, Pummelchen", sagte Dr. Crescent. Er ging und hielt die Tür zu Fans Hinterzimmer auf, während er es den anderen Männern überließ, Charlie zu tragen. „Aber wir brauchen dein Zimmer für Charlie. Wir müssen ihn über Nacht hierbehalten, wahrscheinlich die ganze Woche."

„Ich werde ihn nicht verlassen", sagte Dax und drängte sich grob in den Raum.

„Das würden wir auch nicht anders erwarten", sagte Fan, der den Männern den Weg ins Zimmer ebnete – vorbei an Kerry, der immer noch mit dem schlafenden Baby im Sessel festsaß – und ihnen zeigte, wo sie Charlie ins Bett legen konnten.

Dann schlug die Tür zu, und die anderen Patienten, Janus und Kerry blieben im Wohnzimmer zurück, während Fan, Dr. Crescent und Dax sich hinter der Tür um Charlie kümmerten. Janus fuhr sich mit der Hand durch sein Haar, dann drehte er sich um. Sofort war seine Aufmerksamkeit bei Kerry, nicht bei den Männern, die bereits seit Stunden darauf gewartet hatten, einen Arzt zu sehen.

„Was tust du hier?", fragte er. Er kniete zu Kerrys Füßen auf dem Boden und streckte die Hand aus, um Kerrys Stirn zu fühlen.

„Geht es dir gut? Ist es das Baby? Was ist los?"

„Es geht mir gut", antwortete Kerry. Die brennenden Fragen wegen Calebs Brief lösten sich angesichts der echten Sorge in Janus' Augen in Luft auf. „Wird er überleben?"

„Wer? Charlie?" Janus' Hände tasteten ihn weiter besorgt ab, prüften den Puls – der ruhig und kräftig war – und ruhten schließlich auf Kerrys Bauch, bis Janus fühlte, wie das Baby protestierend trat. „Ja, vielleicht. Wir wissen es nicht. Aber er atmet."

„Er erhob sich von den Toten wie Wolfgottes eigener Sohn!", sagte ein kräftig gebauter Omega, den Kerry als Bryant Mox erkannte, inbrünstig und mit weit aufgerissenen Augen, und er starrte Janus an, als sähe er einen Heiligen. „Und du hast das getan. Du hast auf seine Brust gehämmert, bis sein Herz wieder anfing zu schlagen. Wolfgott segne dich."

Janus hatte aufgehört, Kerry zu untersuchen, und widmete sich nun dem Baby in Kerrys Armen. Er fühlt dem Kind den Puls, hob seine Ärmchen und zog behutsam an den kleinen Beinen. „Er muss mehr essen. Er ist zu klein."

Kerry hielt die halb ausgetrunkene Flasche hoch. „Er ist eingeschlafen, bevor er fertig war."

Janus runzelte die Stirn. „Normalerweise würde ich sagen, weck ihn wieder auf. Aber er muss erschöpft sein." Dann wandte er sich an die anderen Männer. „Wer von euch hat einen echten Notfall? Den werde ich gleich bei den Ställen erwarten. Aber die anderen" er scheuchte sie praktisch hinaus – „müssen leider warten. Wir haben hier eine Krise, und jetzt ist nicht die Zeit, mich um Tinkturen zu bitten, die euer vollkommen gesundes Augenlicht verbessern, damit ihr mehr Eichhörnchen fürs Abendessen schießen könnt."

Die Männer lachten, und nur einer von ihnen bat darum, Janus ihn in den Ställen sehen zu dürfen. Die anderen waren einverstanden zu gehen, ganz offensichtlich begierig darauf, die Geschichte zu erzählen, wie Dr. Heelies und Dr. Crescent ein Wunder vollbracht hatten – mit einem Schlauch, einem Blasebalg und Schlägen auf Charlies Brust. Kerry saß schließlich allein mit dem Baby am Kaminfeuer und lauschte auf die Stimmen hinter der geschlossenen Tür zu dem Raum, wo Fan ihn behandelt hatte. Er konnte die Worte nicht verstehen, aber es klang alles sehr ernst und bedrückt. Von Zeit zu Zeit konnte er Dax immer noch schluchzen hören.

Schließlich kam Fan mit ernüchterter Miene heraus und kniete sich vor Kerry. „Ich muss dich um einen sehr großen Gefallen bitten."

„Was immer es ist."

Fan lächelte und streichelte Kerrys Wange. „Oh, das sagst du jetzt, aber wenn du hörst, was es ist, wirst du dich sicher sträuben."

„Was soll er für dich tun?", unterbrach sie Janus' Stimme. Nachdem er seinen Patienten im Stall behandelt hatte, war er zurückgekehrt und hatte fast lautlos das Haus betreten. „Kerry ist nicht in der Verfassung, irgendetwas Anstrengendes zu tun."

Fan verdrehte die Augen. „Natürlich nicht. Charlie wird für einige Tage hierbleiben müssen, selbst wenn er überlebt. Dax als sein *Érosgápe* wird ihm nicht von der Seite weichen, und ganz ehrlich, er ist auch nicht in der geistigen Verfassung, sich um den kleinen Ellis zu kümmern. Er wird viel zu sehr damit beschäftigt sein, Crow zu helfen, also …"

Kerry riss die Augen auf, als ihm dämmerte, was Fan von ihm wollte. „Aber ich weiß gar nicht, was ich tun muss."

Fan hob eine Braue und warf einen vielsagenden Blick auf Kerrys Bauch. „Dann wird es eine gute Übung für dich sein."

„Schon gut", sagte Janus. „Ich kann helfen. Und dein Pater auch. Wir nehmen den kleinen Ellis mit nach Hause. Wir brauchen nur ein paar von diesen Flaschen mit den Gummisaugern. Hast du noch welche?"

„Natürlich. Ich bin der Omega eines Arztes. Ich muss hier alle möglichen Dinge bereithalten für die unerwartete Ankunft von unerwarteten Patienten." Fan stand auf und packte ein Bündel. „Windeln, Flaschen und Sauger. Ein paar Sachen zum Anziehen, die ihm wahrscheinlich passen werden. Aber es ist auch völlig in Ordnung, wenn er nackt ist."

„Du weißt viel darüber, wie man Babys versorgt", murmelte Kerry und versenkte seine Nase erneut in den Duft des Babys in seinen Armen. „Woher?"

„Wie schon gesagt. Omega eines Arztes. Ich wurde nie mit einem eigenen Kind gesegnet, aber ich musste mich schon oft vorübergehend um eines kümmern." Fan wirkte erschöpft, dabei hatte die Sonne noch nicht einmal angefangen unterzugehen. Und jetzt, wenn es euch nichts ausmacht, muss ich zurück in das Zimmer, um Crow zusammenzuhalten, damit er Dax zusammenhalten kann."

„Ja, natürlich", sagte Janus. „Ich habe in den Ställen bereits saubergemacht und aufgeräumt." Er nahm Kerry den schlafenden Ellis aus den Armen – wundersamerweise, ohne ihn zu wecken – dann half er Kerry aus dem Sessel. „Lass uns nach Hause gehen, mein Herz. Wir haben eine ungewöhnliche Nacht vor uns."

In Kerrys Kopf summte es seltsam. Mein Herz? *Mein Herz.* Was meinte er damit? War es ihm nur so herausgerutscht?

„Bereit?", fragte Janus, als er Kerry beim Ellenbogen nahm und zur Tür führte.

„Ich kann das Baby halten", sagte Kerry. Er nahm Ellis und drückte ihn an sich. Der Geruch des Baby beruhigte sein klopfendes Herz. „Und du kannst darauf achten, dass ich auf dem Weg den Berg hinunter nicht falle."

„Ich würde dich niemals fallen lassen", antwortete Janus. Er schloss die Tür des Blockhauses, dann geleitete er Kerry zu dem Pfad, der den Berg hinunter führte. „Du kannst dich auf mich verlassen."

KAPITEL 18

„NUN ISS SCHON", flüsterte Janus. Seufzend rieb er den Nuckel der Flasche über den Mund des Babys. Er hatte den Kleinen dazu gebracht, gut die Hälfte aus der Flasche zu trinken, aber mehr schien der winzige Körper nicht aufnehmen zu können. Er müsste öfter und regelmäßig mit kleineren Portionen gefüttert werden.

„Hier", sagte Kerry und griff nach dem Baby. „Lass es mich versuchen."

Janus reichte Kerry den Kleinen. „Er ist ein dickköpfiges, kleines Ding."

„Vermisst den Geruch seines Paters", murmelte Kerry, als würde er etwas wiederholen, das er jemand anderen hatte sagen hören. Seinen eigenen Pater vielleicht? Allerdings hatte Zeke, als er aus Blumzound zurückgekehrt war und das Baby gesehen hatte, angefangen wie wild zu kochen. Er hatte gesagt, Fan sollte nicht ganz allein zwei Alphas und einen kranken Mann versorgen müssen. Nachdem er mit Backen und Kochen fertig war und Essen für mehrere Tage zusammengestellt hatte, war er zu Bett gegangen und hatte es Kerry und Janus überlassen, sich um den kleinen Ellis zu kümmern.

Kerry ließ sich in einer Ecke des bequemen Sofas im Wohnzimmer nieder, legte den Kleinen auf seinem Babybauch ab, hielt ihn an seine Brust und drückte den Sauger der Flasche in Ellis Mund. Ellis schloss die Augen und begann zu nuckeln, ein wenig ungehalten zu Anfang, aber besser als zuvor.

„Ich bin nicht sein Pater, aber wahrscheinlich riecht er die einschießende Milch", murmelte Kerry.

Janus summte zustimmend. Er blinzelte, als er sich plötzlich erinnerte, wie Kerry in der vergangenen Nacht seinen Schwanz geritten hatte. Milch war aus seinen Nippeln getropft und hatte dem üblichen Geruch nach Moschus und Schlick und Sperma einen neuen, süßen Duft hinzugefügt. Es war ein wunderschöner Anblick gewesen, und absolut aufregend zu kosten. Kerry hatte nicht protestiert, sondern Janus sogar an seine Brust gehalten und ihn nach Herzenslust an seinen Nippeln lutschen lassen. Und der Orgasmus, den es Kerry verschafft hatte, schien besonders lustvoll gewesen zu sein, nach Kerrys Lauten zu urteilen. Sie hätten eigentlich versuchen sollen, leiser zu sein, denn gewiss hatten sie Zeke beim Schlafen gestört.

Aber jetzt war nicht der Moment, an solche Dinge zu denken. Sie hatten ein Baby, um das sie sich kümmern mussten, und sich von der Erinnerung daran ablenken zu lassen, wie süß Kerrys Milch schmeckte, war ganz und gar nicht hilfreich.

Janus setzte sich neben Kerry aufs Sofa und klopfte mit der flachen Hand auf seinen Schoß.

„Was?", fragte Kerry.

„Leg deine Füße hier hin."

Kerry schaute ihn ein wenig argwöhnisch an, aber dann drehte er sich so, dass er mit dem Rücken an der Armlehne ruhte. Dabei hielt er den immer noch trinkenden Ellis an seine Brust gedrückt, damit er nicht herunterrutschte. Janus nahm Kerrys bestrumpfte Füße in die Hand und begann sie zu massieren. Die Wolle der Strümpfe kratzte an Janus' Handflächen, also zog er sie aus, ohne um Erlaubnis zu fragen, und entblößte Kerrys wohlgeformte Füße und Zehen.

„Wolfgott, was tust du da?", fragte Kerry und konnte ein Lachen kaum zurückhalten, als Janus seinen rechten Fuß hochhob und sich gleichzeitig hinabbeugte, um daran zu schnuppern.

Janus zuckte die Achseln und beschnupperte zu allem Überfluss auch noch den linken Fuß. Und nachdem er zufrieden festgestellt hatte, dass Kerry dort genauso köstlich roch wie überall sonst, begann er erneut behutsam, Kerrys Füße zu massieren.

„Fester", sagte Kerry, der immer noch versuchte, nicht zu lachen oder zu zucken, weil er das Baby nicht stören wollte. „Ich bin kitzelig. Du musst fester zupacken, sonst trete ich dir aus Versehen ins Gesicht."

Janus kicherte. „Soll das eine Drohung sein?"

„Es ist eine Warnung."

Janus drückte seine Finger fester hinein, und Kerry entspannte sich und konnte aufhören, mit unterdrücktem Lachen zu zucken. Ellis trank weiter aus seinem Fläschchen; seine langen Wimpern ruhten auf seinen zu hageren Wangen. Der Duft des Kindes erfüllte das Zimmer – eine Ablenkung von Kerrys üblichem Geruch. Aber der Geruch von Babys war etwas, das alle Menschen gern rochen. Wie das leckerste Dessert und der süßeste Wein zusammen. Janus erinnerte sich daran, wie das Kind von Xans nervtötendem Freund gerochen hatte, dem Sabel-Jungen. Wie hatten sie den Kleinen genannt? Virona, oder kurz: Viro.

Der Gedanke an seine Zeit in Virona erinnerte ihn daran, wie lange es her war, seit er zuletzt etwas von Caleb gehört hatte. Er fragte sich, was ihn davon abhalten mochte zu antworten, und hoffte, es war kein Problem mit der Schwangerschaft oder seiner Gesundheit. Er musste einfach daran glauben, dass es Caleb gut ging. Zumindest konnte Janus sich darauf verlassen, dass Xan und Urho auf Caleb aufpassten und ihm die beste und modernste Pflege zukommen ließen. Nicht jeder Omega hatte dieses Glück.

„Charlie hätte früher zu uns kommen sollen", sagte Janus, während er Kerrys Spann massierte.

„Ich weiß."

„Warum hat er gewartet?", fragte Janus mit einem Kloß in der Kehle. „Das Baby braucht ihn. Dax betet ihn an. Wieso sind sie stattdessen zum See gegangen? Das alte Omega-Märchen ..."

„Der See *hat* heilende Kräfte", beharrte Kerry. „Aber manche Dinge sind nicht heilbar. Manche Krankheiten brauchen Medizin. Ich habe Gerüchte über die beiden gehört. Dax ist sehr besitzergreifend. Er hasst es, wenn irgendjemand Charlie anfasst. Ich bin nicht überrascht, dass er so lange gewartet hat, bevor er ihn zu euch gebracht hat."

Janus schnaubte und verdrehte die Augen. „Alphas."

Kerry lächelte liebevoll. Es sah so aus, als wollte er die Hand ausstrecken und Janus übers Haar streichen, aber das ging nicht, ohne das Baby zu stören. „Es liegt eher daran, dass sie *Érosgápe* sind. Dieser Bund macht sie manchmal zu besitzergreifend."

„Nein, es sind immer die Alphas", widersprach Janus. „Du wirst nie einen Omega sehen, der sich weigert, einen Arzt seinen Alpha berühren zu lassen."

„Ein Alpha mit einem anderen Alpha stellt kein Risiko dar. Es besteht keine Anziehung."

„Du würdest dich wundern", murmelte Janus. „Aber das spielt auch keine Rolle. Das Problem ist immer der Alphastolz. Wir sind besitzergreifende Arschlöcher."

„Das kann ich nicht bestreiten", sagte Kerry mit einem schiefen Lächeln. „Und als Arzt, der ihre Omegas behandelt, siehst du diese Alphaeigenschaft sicher oft."

„Und fühle sie auch", sagte Janus mürrisch. „Da ich selbst Alpha bin."

Kerry neigte den Kopf zur Seite. „Wie meinst du das?"

„Ich würde nicht wollen, dass Dr. Crescent dich anfasst", sagte Janus leise. Seine Wangen glühten. Er war nicht sicher, dass er das zugeben sollte, aber es war ihm klargeworden, wie wahr es war, sobald Kerry Dax als besitzergreifend bezeichnet hatte. Er hasste den

Gedanken, dass Dr. Crescent Kerry in irgendeiner Weise berührte. Dabei war Kerry nicht einmal an Janus gebunden, weder vertraglich noch anderweitig. „Ich würde dich natürlich trotzdem zu ihm bringen, wenn ich dich nicht selbst behandeln kann. Ich würde meine Instinkte unterdrücken. Für dich." Aber wären sie *Erosgápe*, wäre der Drang, für seinen Omega alles zu sein, schwerer zu bezwingen, selbst im Angesicht von Nachteilen oder Gefahr.

„Dax glaubte wirklich, er könnte Charlie selbst behandeln", sagte Kerry. „Mit dem See und dem, was er daheim im Medizinschrank hat. Da bin ich mir sicher."

„Ich weiß. Und das ist genau, was ich meine." Janus schnaubte. „Alphas. Wir sind Arschlöcher."

„Ich weiß nicht recht. Du warst bisher ziemlich nett zu mir." Dann erstarrte Kerry plötzlich auf seltsame Weise, und seine Füße verspannten sich unter Janus' Händen.

„Was? Kitzelt es wieder?"

Kerry schüttelte den Kopf und zog seine Füße von Janus' Schoß, bevor er sich sorgfältig mit Ellis auf dem Arm erhob. Sein langes Haar fiel offen über seine Schultern und klebte ein wenig an dem weichen Schwangerschaftshemd, das er trug.

„Was ist los?", fragte Janus.

Kerry biss sich auf die Unterlippe und runzelte die Stirn. „Ich hatte ganz vergessen ..."

„Was?"

„Dass ich heute wütend auf dich war."

Janus riss die Augen weit auf. „Wütend auf mich? Was habe ich getan?"

Das Baby begann in Kerrys Armen zu zappeln; es war Zeit für sein Bäuerchen. Kerry stellte die nun fast leere Flasche hin, dann legte er Ellis an seine Schulter und begann ihn auf und ab zu wiegen, während er ihm zart auf den Rücken klopfte. Janus hatte das über die Jahre schon viele Omegas tun gesehen, aber er war nicht sicher, ob Kerry es richtig machte, bis Ellis ein Rülpsen von sich gab, das lauter war als Janus' eigenes.

Janus konnte einen Moment lang nicht weiterhin ernst schauen und lachte ein wenig, aber dann ernüchterte er wieder. „Ganz schön laut, der Kleine."

„Ich denke eigentlich nicht, dass ich ein Recht hatte, wütend zu sein", sagte Kerry, während er mit dem Baby vor dem Sofa auf und ab ging, wo Janus noch immer saß. Das Baby, das nun satt und erschöpft war, schlummerte an seiner Schulter ein. Kerry lief weiter hin und her und war sich offenbar nicht der Tatsache bewusst, dass der Kleine längst schlief. „Ich war bei Dr. Crescent, weil ich dich zur Rede stellen wollte."

„Dann tu das jetzt."

„Ich weiß nicht, ob ich das Recht dazu habe", murmelte Kerry. Er wirkte bedrückt.

„Ich habe nichts vor dir zu verbergen, Kerry. Wenn ich etwas getan habe, was dich gekränkt hat, dann hätte ich gern Gelegenheit, mich dafür zu entschuldigen. Wie man mir sagte, kann ich diesbezüglich jede Chance zum Üben gebrauchen."

„Wer ist Caleb?", platzte Kerry heraus und blieb schließlich direkt vor Janus stehen.

Janus starrte ihn einen Moment lang an. „Caleb Riggs ist der Omega meines Cousins", sagte er langsam.

„Und was ist er sonst noch für dich? Wieso schreibt er dir lange, flirtive Briefe voller Hinweise auf eine gemeinsame Vergangenheit und unterzeichnet sie liebend? Ist er der Grund, warum du die Stadt verlassen musstest? Bist du in ihn verliebt?"

„Nein." Janus war genauso überrascht, wie Kerry ihn ansah, nachdem er so entschieden geantwortet hatte. „Früher einmal war ich in ihn verliebt, aber jetzt bin ich das definitiv nicht mehr."

„Warum?"

Janus stand auf und nahm Kerry das Baby ab. Er bettete den

Kopf des kleinen Ellis sorgfältig an seinem Bizeps, dann trug er ihn zu dem provisorischen Bettchen, das sie für ihn in einer Kiste mit den weichsten Decken und Kissen gemacht hatten, die sie im Haus hatten. Nachdem er das Baby hineingelegt und zugedeckt hatte, und es mit roten Wangen und offenem, feuchtem Mündchen schlummerte, drehte er sich wieder zu Kerry um und bedeutete ihm, sich wieder auf das Sofa zu setzen.

„Warum habe ich Caleb früher geliebt? Oder warum liebe ich ihn jetzt nicht mehr?", hakte Janus nach. Er zupfte Kerry am Ärmel, damit er sich neben ihn setzte. „Was genau willst du wissen?"

Kerry wand sich ein wenig; Röte überzog seinen Hals und sein Gesicht. „Ich habe kein Recht, diese Fragen zu stellen. Ich bin vertraglich an einen anderen Alpha gebunden, und du ..." Er deutete mit verwirrtem Gesichtsausdruck zu Janus. „Wir bedeuten einander nichts."

Janus runzelte die Stirn. Ihm gefiel ganz und gar nicht, wie das klang. „Ich habe dir zugehört, als du mir am See von deiner Vergangenheit erzählt hast. Wieso tust du mir nicht denselben Gefallen? Es gibt viel, das du nicht über mich weißt, und Caleb ist ein Teil davon."

Kerry rutschte auf dem Sofa herum, als wollte er aufstehen und aus dem Zimmer rennen, aber dann nickte er knapp. „Na gut. Ich höre." Er verschränkte die Arme vor der Brust, und in seinem verspannten Kiefer zuckte ein Muskel. Aber er blieb sitzen und sah Janus mit argwöhnischem Blick an.

„Ich traf Caleb mit Anfang zwanzig auf einer Philia-Abendgesellschaft. Er war zugegeben der schönste Mann, den ich je gesehen hatte. Außerdem war er klug, witzig und nicht gewillt, mit irgendeinem Alpha eine Bindung einzugehen. Ich sprach ihn an, warb um ihn und war sicher, ihn für mich gewinnen zu können. Aber dann gestand er mir etwas über sich selbst, eine verborgene Wahrheit, auf die ich nicht vorbereitet war, geschweige denn sie akzeptieren konnte. Ich war jung und dumm, und ehrlich gesagt, auch ziemlich arrogant. Ich glaubte, es wäre einfach, einen anderen Mann zu finden, der mir so viel bedeuten würde, wie Caleb mir bedeutet hatte. Und als sich herausstellte, dass das alles andere als einfach war, dass ich mir selbst das Herz gebrochen hatte, indem ich ihn abwies, begann ich mich selbst zu bestrafen – und auch jeden anderen, den ich für das bestrafen konnte, was ich als zutiefst unfair betrachtete. Die Ichbezogenheit der Jugend. Ich erkannte nicht einmal, dass ich auf gewisse Weise auch Caleb das Herz gebrochen hatte."

„Was war das für eine verborgene Wahrheit, die so entsetzlich war?", murmelte Kerry und schluckte hörbar. „Nach allem, was du von mir gesehen hast, frage ich mich ernsthaft, was ein Omega tun muss, um dich abzustoßen."

„Ich war nicht abgestoßen", sagte Janus. „Ich war am Boden zerstört." Er zuckte die Achseln. „Ich war jung und wollte Dinge von Caleb, die er mir nie geben würde."

„Kinder?", vermutete Kerry, aber dann runzelte er die Stirn. „Aber er hat mehrere Kinder. Gerade erst hat er wieder eins bekommen."

„Das muss ein sehr informativer Brief gewesen sein", sagte Janus mit klopfendem Herzen. „Ich nehme also an, dass sein dritter Sohn auf der Welt ist?"

„Ja. Es tut mir leid. Lass mich den Brief holen. Er ist in meinem Zimmer, zwischen meinem Nähzeug."

Janus zog Kerry zurück aufs Sofa. „Schon gut. Du kannst ihn mir später geben. Ist alles gut verlaufen? Und ist das Baby gesund?"

Kerry nickte. „Ich wollte ihn nicht lesen. Das Siegel war beschädigt, und der Umschlag ist mir heruntergefallen. Ein Foto rutschte heraus. Er sah so hübsch aus, da ... wurde ich neugierig." Kerry senkte den Blick, und seine Wangen glühten noch mehr. War er eifersüchtig geworden? Janus vermutete es fast, auch wenn Kerry es nie zugeben würde. Der Gedanke wärmte ihn durch und durch. Kerry fuhr fort: „Ich habe deine Privatsphäre verletzt, und es tut mir sehr leid."

„Das hast du, aber es macht mir nichts aus. Das sollte es, tut es aber aus gewissen Gründen nicht. Es fühlt sich richtig an, dass du alles über mich weißt. Ich habe keine Geheimnisse vor dir, Kerry." Janus nahm Kerrys Hand und war erleichtert, als Kerry es zuließ. „Caleb ist ein Mann, den ich in meiner Jugend liebte, bis ich die Beziehung zu ihm ruinierte. Und dann ruinierte ich auch mein eigenes Leben. Affären mit gebundenen Omegas, Glücksspiel, Alkohol, illegale Ringwettkämpfe. Das Schlimmste, was ich getan habe, war, aus Eifersucht meinen Cousin dafür zu schmähen, dass er klüger war als ich und einen Vertrag mit Caleb schloss, obwohl er anders war als andere Omegas."

Kerry neigte den Kopf zur Seite. Er brannte offensichtlich darauf zu erfahren, was es mit Caleb auf sich hatte, aber Janus hatte nie sein Versprechen gebrochen, Calebs Geheimnis zu wahren. Jedenfalls nicht, so weit er sich erinnern konnte. Möglicherweise hatte er in betrunkenem Zustand das eine oder andere Verletzende von sich gegeben. Das war nicht unwahrscheinlich und beschämte ihn.

„Einmal hat er mich geschlagen", sagte Janus und rieb sich unwillkürlich das Kinn.

Kerry keuchte überrascht. „Und trotzdem magst du ihn noch?"

„Ich hatte es verdient. Er schlug mich, weil ich ihm zu nahe getreten war und Xan beleidigt hatte. Meinen Cousin, Calebs Alpha. Er schlug mich, weil ich einfach ein Arsch war."

„Niemand verdient es, geschlagen zu werden."

„Oh, mein Herz, *du* könntest das gewiss niemals verdienen, aber ich verdiente es so sicher wie Wolfgottes eigene Hölle." Janus seufzte. „Ich war kein guter Mensch. Aber ich schwor, mich zu bessern. Caleb inspirierte mich dazu. Nachdem er mir vergeben hatte, sagte er mir, ich könnte ein guter Mensch werden, wenn ich mich nur ein wenig anstrengen würde. Und aus irgendeinem Grund glaubte ich ihm." Janus stieß ein hilfloses Lachen aus. „Und ich würde sagen, dass es auch ganz gut geklappt hat, aber jetzt habe ich schon wieder eine Affäre mit einem gebundenen Omega, also …"

Kerry drückte seine Hand.

Janus erwiderte die Geste. „Diese Affäre jedoch fühlt sich alles andere als falsch an. Nicht so wie die mit den gebundenen Männern aus meiner Vergangenheit. Oder wie das, was ich Caleb angetan habe."

Kerry senkte den Blick. „Es klingt, als würdest du trotzdem Reue fühlen."

„Für mein Verhalten und dafür, dass ich Caleb verletzt habe. Für die Jahre, in denen ich ein arroganter Narr war, ja. Aber ich sehne mich nicht länger nach ihm. Jetzt will ich sein Freund sein, sonst nichts." Kerry blickte nicht auf, und seine Körpersprache zeigte, dass er Janus nicht glaubte. Das konnte Janus nicht so stehen lassen. „Mein Herz gehört jetzt einem anderen."

„Falls du damit mich meinst, dann bist du immer noch ein arroganter Narr – kein bisschen klüger", murmelte Kerry bitter. „Etwas für mich zu empfinden, ist sinnlos. Mein Leben ist für etwas anderes bestimmt. Das Gesetz wird Wilbets Recht auf mich aufrechterhalten, solange er am Leben ist." Er zog seine Hand weg. „Falls du mit mir irgendwelche anderen Absichten hast als – wie du es selbst nennst – eine Affäre mit einem gebundenen Omega, dann klammerst du dich nur an einen weiteren, selbstzerstörerischen und, ehrlich gesagt, erbärmlichen Traum. Genauso erbärmlich wie das, was du von diesem Caleb wolltest und er dir nicht geben würde, was immer das auch war." Kerry schnaubte. „Vielmehr, falls du wieder ihn begehren kannst, dann solltest du das vielleicht tun. Trotz seines Vertrags mit deinem Cousin stehen deine Chancen, mit ihm glücklich zu werden, besser, als sie es bei mir sind."

„Das kann ich nicht. Und ich will es auch nicht", sagte Janus. „Ich werde Caleb immer als teuren Freund lieben und ihn als Inspiration schätzen – als Ermahnung daran, welche Selbstsucht in mir wohnt. Aber ich glaube, dass eben diese Selbstsucht in der Situation mit dir etwas Gutes bewirken könnte, anstatt nur Schlechtes. Ich bin nicht gewillt zu sagen, dass wir nicht mehr haben können als ein Techtelmechtel, Kerry. Außer es ist wirklich alles, was *du* willst?"

„Es steht mir nicht zu, etwas zu wollen, Janus."

„Es steht dir zu, *mich* zu wollen", flüsterte Janus. „Du musst mir nichts versprechen. Vielleicht hast du recht, und es gibt für uns keine Zukunft. Aber es gibt keinen einzigen Mann auf der Welt, der dich zwingen kann, mich *nicht* zu wollen. Das Gesetz mag gewisse Dinge über dein Leben bestimmen, aber es kann nicht dein Herz kontrollieren." Erneut nahm er Kerrys Hand und legte sie an seine Brust, sodass Kerry den gleichmäßigen Schlag seines Herzens spüren konnte. „Es steht dir zu, mich zu wollen. Und mir ist es erlaubt, dich ebenfalls zu wollen."

„Aber danach zu handeln, ist …"

„Kein Verbrechen, das mit dem Tod bestraft wird", erinnerte Janus ihn. „Und wir wissen bereits, dass du im Zweifel gewillt bist, ein so schweres Verbrechen zu begehen, um eine Chance auf ein besseres Leben zu haben. Und ist das, was zwischen uns geschieht, nicht besser als das, was vorher war?"

„Und wenn ich gezwungen bin, das Kind eines anderen Alphas zur Welt zu bringen?", stieß Kerry hervor und deutete auf seinen Bauch. „Und wenn ich gezwungen bin, meine nächste Hitze mit ihm zu verbringen, so wie es das Gesetz und meine Schwiegereltern fordern? Und wenn ich ihm dann ein weiteres Kind gebäre, und noch eins und noch eins und *noch eins*, für den Rest meines fruchtbaren Lebens? Wie wirst du dich dann fühlen? Zufrieden? Glücklich mit dem Leben, das wir zusammen haben?" Kerry schnaubte. „Ich denke nicht.“

„Reden wir jetzt über die Zukunft? Das ist ein Fortschritt“, sagte Janus. Er streichelte Kerrys Wange. Kerry zuckte zurück. „Vor ein paar Minuten noch haben wir einander deiner Aussage zufolge nichts bedeutet. Und jetzt reden wir über die kommenden Jahre und wie ich mit der Verletzung deiner Rechte–“

„Hör auf. Ich hätte es nicht so ausdrücken sollen. Du drehst mir die Worte im Mund herum. Ich sage nicht, dass ich eine Zukunft mit dir will. Was ich sage, ist, dass wir keine Zukunft haben. Das ist etwas anderes.“

„Wir wissen beide, was du gesagt hast“, antwortete Janus. „Aber die Zukunft ist ungewiss. Wir haben gerade erst begonnen, zusammen zu kämpfen. Du stehst nicht länger allein gegen die Monhundys. Ich weigere mich zu glauben, dass deine Zukunft so hoffnungslos ist, wie du denkst. Omega-Befreiungsgruppen–“

Kerry fuhr ihm ins Wort. „Janus, Omega-Befreiungsgruppen können mir nicht helfen!“ Er sprang auf und begann erneut, auf und ab zu gehen. „Du und Pater! Ihr seid beide so frustrierend! Besteht darauf, dass es Hoffnung gibt, wenn es nicht die geringste gibt. Ich ertrage das nicht. Und ich werde mir das nicht mehr anhören. Ihr *könnt* mir keine Hoffnung machen. Ich weigere mich zu hoffen.“ Kerry kam direkt vor Janus zum Stehen, die Augen weit aufgerissen und die Hände flehend ausgestreckt. „Können wir nicht einfach miteinander ficken, bis das Baby kommt, und es damit gut sein lassen?“

„Nein, ich glaube nicht, dass wir das können“, sagte Janus leise.

Kerry erstarrte. „Warum nicht?“

„Weil du wissen wolltest, wer Caleb ist und ob ich in ihn verliebt bin. Wir sind längst darüber hinaus, nur zu ficken und damit zufrieden zu sein, mein Herz, und dabei tun wir es erst seit wenigen Wochen.“

„Dann sollten wir besser aufhören“, sagte Kerry zähneknirschend. „Es ist jetzt schon zu kompliziert."

Janus stand auf. Er streichelte Kerrys Wange, dann glitt er mit der Hand in Kerrys Haar und packte mit festem Griff ein paar Strähnen. Er zog Kerry an sich und lehnte seine Stirn an Kerrys. Kerry hielt die Augen geschlossen, aber sein erregter Atem wehte über Janus' Lippen, und der Duft von Schlick erhob sich zwischen ihnen. Janus bewegte sich nicht, sondern hielt Kerry einfach nur fest und atmete den Duft ein – Kerrys, den des Babys in seinem Leib, den Schlick und die Süße seines Atems.

Schließlich gab Kerry nach und neigte den Kopf, um seinen Mund auf Janus' zu drücken und ihn nahezu verzweifelt zu küssen. Janus drängte Kerry in Richtung des Flurs und der Treppe, die hinauf zu ihren Zimmern führte. Kerry zögerte und warf einen Blick über die Schulter zu der provisorischen Babywiege. „Wird Ellis okay sein?", flüsterte er. Sein Atem ging schnell, und seine Hände klammerten sich an Janus' Kragen.

„Er schläft", sagte Janus mit rauer Stimme. „Sollte er aufwachen, wird er schreien, und wir werden ihn hören."

Kerry küsste Janus erneut. Seine Zunge glitt in Janus' Mund; seine Zähne knabberten zart an Janus' Lippen. Er schob das Becken vor, sodass sein harter Schwanz gegen Janus' Bein drückte, und der Geruch seines Schlicks wurde immer stärker. Und sein Drang, sich die Kleider vom Leib zu reißen, bevor seine Hose ganz durchnässt war, wuchs ebenfalls.

Beeren und Moschus, süße Milch, Schlick und Speichel. Janus schwelgte in allem. Was immer sie eben noch diskutiert hatten, spielte keine Rolle mehr. Er verzehrte sich danach, Kerry auf sein Bett zu werfen, um ihm so lange Lust zu bereiten, bis der Mann begriff, dass sie einander *nicht* nichts bedeuteten. So war es nie gewesen, und so würde es niemals sein.

Sie waren Alpha und Omega. Der Anfang und das Ende.

Sie waren alles.

KAPITEL 19

IN DEN TAGEN nach Charlies beinahe tödlichem Zusammenbruch vergaß Kerry vollkommen, Janus Calebs Brief zu geben, und Janus vergaß, danach zu fragen. Beide waren viel zu sehr damit beschäftigt, sich um Ellis zu kümmern und dabei weiterhin ihre alltägliche Arbeit mit den Patienten und in der Pension zu verrichten, nachts wie die Tiere zu ficken und Paters vielsagende Blicke während der Mahlzeiten zu ignorieren.

In diesem allgemeinen Chaos und dem Hochgefühl, so wunderbar und gründlich befriedigt zu werden, vergaß Kerry auch noch andere Dinge. Was sich an dem Morgen zeigte, nachdem Dax gekommen war, um Ellis zu holen.

Durch Wolfgottes Gnade war Charlie inzwischen kräftig genug, um sich aufzusetzen und nach seinem Kind zu verlangen. Dax besaß nicht viel, aber in seiner Dankbarkeit für ihre Hilfe mit Ellis und für Janus' Rolle bei Charlies Wiederbelebung hatte er einen ziemlich neu aussehenden Schaukelstuhl auf die Veranda gezerrt, mit Worten des Dankes.

„Ob das Charlies Schaukelstuhl ist? Was denkst du?", fragte Pater, als Dax davonging und das Baby glücklich an seine Brust drückte, gehalten von einem praktischen Tragetuch. Kerry überlegte, für sich selbst auch ein solches Tuch zu machen, um seinen Rücken zu entlasten, wenn … nun ja, wenn das Unvermeidliche geschehen war.

„Ich denke ja", sagte Kerry leise.

„Den Dax ihm als *Érosgápe*-Geschenk gemacht hat?", fragte

Pater weiter.

Kerry nickte, legte eine Hand auf die Lehne des Schaukelstuhls, und die andere auf seinen Bauch.

„Ach, Mann. Ich denke, wir sollten ihn zurückschicken."

„Alphas haben ihren Stolz, Pater", entgegnete Kerry. „Es ist besser, wir behalten ihn. Er wird zweifellos einen neuen für Charlie machen."

Dax und Ellis waren kaum außer Sicht und auf dem Pfad hinauf zu Dr. Crescents Haus und Charlies Krankenlager dort verschwunden, als ein überdurchschnittlich adretter Botenjunge auftauchte. Er trug eine schicke Kappe, die seine Augen vor der Sonne abschirmte, aber die Art, wie er die makellos weiße Botschaft vor sich hielt, als wäre es eine bissige Schlange, verriet Kerry alles, was er über den Absender wissen musste.

Mit zitternden Fingern nahm Kerry die Nachricht entgegen, ging damit zur Rückseite des Hauses und sank in seinen Schaukelstuhl. Er überließ es Pater, dem Jungen ein Trinkgeld zu geben.

Da Du es versäumt hast, unserer Vereinbarung zu folgen und uns wöchentlich über den Zustand der Dinge zu informieren, haben wir es für nötig erachtet, nach Blumzound zurückzukehren. Triff uns heute Nachmittag im Hotel. Du wirst mit uns zusammen speisen. Bereite Dich darauf vor, die Nacht im Hotel zu verbringen.

Deine liebenden Eltern
Monte & Lukas Monhundy

Liebende Eltern, dachte Kerry höhnisch, als er das Papier faltete und in seine Hosentasche steckte. Pater, der aufgebracht wirkte, folgte Kerry zurück ins Haus.

„Was wollen sie?"

„Dass ich sie heute Nachmittag in Blumzound treffe." Kerry

begann die Treppe hinaufzusteigen. Pater folgte ihm auf den Fersen.

„Wohin gehst du?"

„Eine Tasche packen."

Pater sog scharf den Atem ein. „Nein. Kommt nicht in Frage. Ich werde Janus holen."

Kerry blieb auf halber Treppe stehen und drehte sich um. „Warum? Was soll das nützen?"

„Sie können dich nicht mit in die Stadt nehmen. Sie haben zugestimmt, dass du hier bleiben darfst." Paters unausgesprochenes „bei mir" schwang unverkennbar mit.

„Es ist nur für eine Nacht, Pater. Sie werden mich hierher zurückkommen lassen. Sie machen sich nur Sorgen, weil ich vergessen habe, sie auf dem Laufenden zu halten. Es ist meine eigene Schuld."

Pater verschränkte die Arme vor der Brust. „Janus sollte dich begleiten."

„Janus kann auf keinen Fall mit mir kommen", erwiderte Kerry, als wäre Pater verrückt geworden.

„Wieso nicht? Er wird zumindest auf dich aufpassen. Ich würde mich besser fühlen, wenn er bei dir wäre."

Kerry schüttelte den Kopf. „Es ist eine lange Geschichte, aber falls du glaubst, es wäre eine gute Idee, den Alpha, der meine Bedürfnisse erfüllt" – seine Wangen glühten bei dem Geständnis – „auch nur in die Nähe von Wilbets Eltern zu lassen, dann bist du wahnsinnig. Sie würden mich ganz sicher auf der Stelle mitnehmen! Und es sprechen auch noch andere Gründe dagegen."

„Was für Gründe?"

„Pater, lass mich einfach in Ruhe meine Tasche packen. Ich nehme das Auto, und morgen früh bin ich dann zurück."

Kerry ließ Pater mit grimmigem Gesicht auf der Treppe stehen. Sobald er in seinem Zimmer war, nahm er sich einen Moment, um seine Fassung zurückzugewinnen. Er holte Kiwi aus dem Käfig, küsste seinen Schnabel und murmelte leise: „Ich habe dich in letzter Zeit vernachlässigt, mein Kleiner ... mit dem großen, menschlichen Baby im Haus, das all meine Aufmerksamkeit beansprucht hat." Er runzelte die Stirn, als ihm bewusst wurde, dass es nicht mehr lange dauern würde, bevor das Baby in seinem Bauch sämtliche Aufmerksamkeit fordern würde, die früher Kiwi zuteil geworden war.

Kerrys Bauch war jetzt so groß und rund. Sein Gang war watschelnd geworden, und er fand es verwirrend, dass Janus seinen Körper zu genießen schien, obwohl er vollgestopft war mit dem Kind eines anderen Alphas. Janus scheute nie davor zurück, seinen geschwollen Bauch zu berühren oder an seinen Nippeln zu lecken, wenn sie Liebe mach—

Kerry zuckte zusammen. Beinahe hätte er ihre Aktivitäten als etwas bezeichnet, das ... er nicht sollte. Er streichelte zärtlich Kiwis Federn, dann setzte er den Vogel zurück in den Käfig. Er verzog das Gesicht, als Kiwi protestierend tschilpte. „Ich lasse dich morgen fliegen, mein Süßer."

Dann suchte er seine Sachen zusammen und stopfte sie in die abgewetzte Ledertasche, die er auch mitgenommen hatte, als er erstmals Huds Basin verlassen hatte, um in die Stadt zu gehen. Er besaß schönere Taschen, die er über die Jahre geschenkt bekommen hatte – zuerst von Wilbet, dann von seinen Schwiegereltern – aber Kerry bevorzugte diese. Sie war robust und erinnerte ihn an sein Zuhause. Einst hatte sie seinem biologischen Pater gehört – ein Geschenk seines Vaters – und abgesehen von Kerry selbst war diese Tasche das, was seine Eltern am längsten überdauert hatte.

Als er die Treppe hinunterging, wurde ihm das Herz schwer. Aus der Küche waren Stimmen zu hören, und auch wenn sie nur gedämpft durch die geschlossene Tür drangen, erkannte Kerry eine davon als Janus' Tenor.

Auf Zehenspitzen schlich er zur Vordertür.

„Was glaubst du, wohin du gehst?"

Kerry erstarrte, dann drehte er sich langsam um. Noch nie zuvor hatte er diese Strenge in Janus' Stimme gehört. Er klang beinahe zornig, aber vielleicht auch ein wenig furchtsam. „Ich wurde von meinen Schwiegereltern bestellt. Ich muss gehen."

„Ich werde dich begleiten", sagte Janus.

Kerry verdrehte die Augen und ließ seine Tasche fallen. Staub wirbelte auf und erinnerte ihn daran, dass er endlich mal wieder den Flur fegen musste. „Nein, das wirst du nicht."

„Dein Pater findet, es ist das Beste, wenn ich mitkomme."

„Dann ist er ein Narr", rief Kerry laut genug, damit Pater in der Küche es ebenfalls hörte. „Ein Narr, der nicht alle nötigen Informationen hat." Kerry verschränkte die Arme vor der Brust.

„Ich werde nicht zulassen, dass sie dich in die Stadt mitnehmen."

Kerry breitete frustriert die Arme aus. „Das werden sie nicht tun. Sie wollen nur wie immer ihre Kontrolle ausüben und mich nach ihrer Pfeife tanzen lassen. Ich zeige ihnen meinen Bauch, lasse sie den Herzschlag hören und ihren Doktor meinen Gebärpater untersuchen. Das Übliche."

Janus erstarrte. „Dein Gebärpater wurde bereits von einem Doktor ..."

„Lass das."

„Ich habe ihn jede Nacht untersucht."

„Mit deinem Schwanz?" Kerry lachte. „Oh, verdammte Scheiße, Janus, tu mir das jetzt nicht an. Ich muss gehen. Sie warten auf mich. Und du kannst nicht mitkommen."

„Gib mir einen einzigen, wolfgottverdammten Grund, warum nicht!"

„Weil sie denken, dass du ein Beta bist! Der Erfahrung darin hat, Babys von Omegas auf die Welt zu holen, die eine Brustmissbildung haben! Weil ich sie angelogen habe, damit sie zustimmen, dass ich Huds Basin bleiben kann! Weil dein Geruch mich als

Lügner entlarven wird, und dann werden sie mich garantiert zwingen, mit ihnen zurück in die Stadt zu kommen!"

Janus blinzelte verwirrt. „Wieso hast du–"

„Ich musste sie glauben machen, dass ich hier in Huds Basin in ebenso guten, wenn nicht sogar besseren Händen bin, wie ich es in der Stadt wäre. Und zur Hölle, vielleicht wollten sie es glauben, weil ich für sie eine schmerzhafte Erinnerung an schwierige Zeiten bin." Kerry rieb seinen Bauch. „Sie *wollen* dieses Kind. Einen Neuanfang. Mich selbst wollen sie gar nicht unbedingt in der Nähe haben – ich bin nur leider die einzige Babymaschine, die sie in die Finger bekommen können, und sie wollen mehr von mir als nur dieses eine Kind."

Janus starrte ihn aus weit aufgerissenen Augen an. „Also hast du sie belogen und gesagt, ich wäre kein Alpha?"

„Glaubst du etwa, sie wollen, dass sich ein Alpha um meine Bedürfnisse kümmert? Dass sie Paters Wunsch teilen, ich möge während der Schwangerschaft Sex haben, und riskieren, dass ich mich verliebe und ihnen noch mehr Skandale und Probleme bereite? Höchstwahrscheinlich denken sie, dass ich hier in Huds Basin ausreichend isoliert bin, um verfügbare Alphas von mir fernzuhalten, denen es in den Fingern kribbelt, ein notgeiles, schwangeres Loch zu ficken."

Janus zuckte zusammen. „Rede nicht so über dich selbst."

„Warum nicht?"

„Weil ich es sage."

„Und wer bist du, dass du mir Vorschriften machen kannst?"

„Dein Alpha!"

„Das bist du so sicher wie Wolfgottes eigene Hölle nicht! Vergiss es!" Kerry machte auf dem Absatz kehrt und ergriff seine Tasche. „Ich muss gehen. Ich habe für so etwas jetzt keine Zeit."

Janus folgte ihm durch den Flur. „Ich komme mit dir. Ich werde mich nicht vorstellen. Und ich werde nicht direkt mit dir zu ihnen gehen. Aber ich lasse dich das nicht allein machen."

Kerry ignorierte ihn, riss die Vordertür auf und ging zu dem Anbau, in dem das Auto geparkt war. Janus blieb ihm auf den Fersen. Kerry sagte nichts.

So sehr er auch hasste, es zugeben müssen – er *wollte* Janus bei sich haben. Er wollte sich sicher fühlen, selbst wenn er wusste, dass er sich damit etwas vormachte.

Er wollte Janus.

MIT DEM AUTO verging die Fahrt den Berg hinunter deutlich schneller als Janus' ursprünglicher Weg hinauf per Kutsche. In seinen anderthalb Monaten in Huds Basin hatte er beinahe vollkommen verdrängt, dass da draußen noch eine andere Welt existierte. Seine innere Landkarte war lediglich in drei Orte aufgeteilt: Huds Basin, die Stadt und Virona. Sie alle existierten, ja, aber als voneinander getrennte Einheiten ohne jede Verbindung, abgesehen von der Post.

Aber nein, am Fuße des Berges gab es tatsächlich eine funktionierende, kleine Stadt. Als Janus ursprünglich per Bahn angekommen war, hatte er hier sogar übernachtet, bevor er die Kutsche nach oben genommen hatte. Die Stadt war überraschend lebendig, und er bemerkte eine ganze Reihe von Ladenfassaden, die bei seinem letzten Besuch hier noch nicht da gewesen waren.

„Ich lasse dich hier aussteigen", sagte Kerry. Er umklammerte das Lenkrad, das sein Bauch fast berührte. „Ich darf nicht mit dir gesehen werden. Das Hotel ist am Ende des Häuserblocks. Bitte unternimm nichts, außer sie versuchen, mich zu verschleppen."

Janus nickte. Er hatte einen Kloß in der Kehle, und in seinen sämtlichen Muskeln regte sich angespannter Widerstand. Er wollte Kerry nicht im Auto zurücklassen, ungeschützt und schwanger auf den Straßen dieser fremden Stadt.

Aber er hatte diesem Plan zugestimmt und verstand die Notwendigkeit dafür. Sie hatten auf dem Weg hierher ausführlich darüber gesprochen. Kerry hatte seine Gründe, die Monhundys zu belügen. Er hatte sogar den Namen Heelies als Trumpfkarte ausgespielt. Bisher war er offenbar damit durchgekommen. Falls er aufflog, stand sein Wunsch, für die Geburt in Huds Basin bleiben zu können, unter keinem guten Stern.

Auf der Fahrt hatte Janus auch endlich ein Thema angeschnitten, das ihn bereits seit einiger Zeit geplagt hatte: Was Kerry vorhatte, sobald das Baby geboren war. Schon lange hatte Janus ein schlechtes Gefühl deswegen gehabt. Und eine seltsame Furcht, dass Kerry mit dem Kind Huds Basin verlassen würde. Aber Kerry hatte kategorisch alle Fragen abgeblockt und gesagt, das ginge Janus nichts an, und dass er außerdem noch nicht bereit wäre, darüber zu reden. Was nicht gut klang.

Aber angesichts der weit aufgerissenen Augen Kerrys, und wie blass sein sonst so golden schimmerndes Gesicht geworden war, sobald sie sich Blumzound näherten, hatte Janus ihn nicht weiter gedrängt. Kerry hatte Angst vor dem Treffen mit seinen Schwiegereltern, auch wenn er versuchte, sich nichts anmerken zu lassen. Und wenn ein Gespräch über Kerrys Pläne nach der Geburt ihm noch mehr Stress bereitete, dann konnte das warten.

Jetzt mussten sie erst einmal diesen Tag und die Nacht überstehen und sicherstellen, dass Kerry nach Hause zurückkehren durfte. Und bis dahin sämtliche Verdachte und Zweifel seiner Schwiegereltern zerstreuen. Das war schon genug.

„Janus, du musst hier aussteigen", sagte Kerry bestimmter und beugte sich über ihn, um die Beifahrertür zu öffnen. Der Duft von Beeren und Moschus erhob sich aus seinem vom Wind zerzausten Haar – sie waren mit offenem Fenster gefahren – und Janus hätte am liebsten Kerrys Kopf gepackt, an seine Brust gedrückt und den

Duft tief eingesogen. Aber Kerry lehnte sich sofort wieder zurück, sobald die Tür offen war, und machte eine scheuchende Geste. „Bitte geh."

Janus stieg aus und schloss die Tür. Dann beugte er sich hinab, um durch das offene Fenster zu fragen: „Bist du sicher, dass sie dich nicht zwingen werden, sofort mit ihnen zu kommen?"

„Ich bin sicher. Sie werden meinen Bauch sehen und erleichtert sein. Sie werden im Salon des Hotels mit mir Tee trinken. Sie wollen mich ein bisschen zu Kreuze kriechen sehen, dann lasse ich mich in dem Hotelzimmer, das sie gebucht haben, untersuchen, und zum Schluss werden wir ein ungemütliches Abendessen zusammen einnehmen. Ich verbringe die Nacht im Hotel, ertrage ein gemeinsames Frühstück, und bis zum Mittag können wir wieder zuhause sein."

Janus hatte keine Ahnung, wie Kerry sich so sicher sein konnte, und angesichts seiner Blässe bezweifelte er auch, dass er es wirklich war.

„Janus, lass das Auto los", sagte Kerry sanft. „Lass mich gehen."

Janus packte die Wagentür noch ein wenig fester, aber dann zwang er sich loszulassen und zurück auf den Gehsteig zu treten, wo er dann hilflos stand und Kerrys Wagen hinterher sah.

Als es ihm endlich gelang, die böse Vorahnung abzuschütteln, die ihm den Magen umdrehte, begann er, den Gehweg entlang Richtung Hotel zu marschieren. Der Duft frisch gebackenen Brotes und gerösteten Kaffees wehte ihm um die Nase, und als er sich umsah, nahm er erstmals wahr, wie idyllisch Blumzound war. Pferdekutschen schienen immer noch das vorherrschende Transportmittel zu sein; nur wenige Automobile glitten die breiten Straßen entlang. Die Städtebauer hatten eindeutig bereits den Boom der Autohersteller in Betracht gezogen und jede Menge Platz für die Zukunft eingeplant.

Die Gehsteige waren belebt, aber nicht so überfüllt wie in der

Stadt, und es gab zahlreiche Läden. Die meisten Männer, die er durch die Fenster der Geschäfte oder auf der Straße sah, waren entweder Geschäftsleute, die hier ihre Angelegenheiten erledigten, oder schlicht Leute, die per Zug auf der Durchreise waren.

An jedem anderen Tag hätte Janus gern etwas von dem Gebäck gekostet, das er in der Auslage der Bäckerei sehen konnte, oder den örtlichen Schneider besucht, um eine neue, robuste Hose für sich zu kaufen. Aber alles, woran er denken konnte, war, das jede einzelne Person auf der Straße ihm dabei im Weg stand, das Hotel zu erreichen, wo er tun würde, was möglich war, um Kerrys Interaktion mit seinen Schwiegereltern im Auge zu behalten.

Als er das Hotel endlich erreichte, war er ein wenig verschwitzt. Erst jetzt stellte er entsetzt fest, dass er in seiner Eile, Kerry zu folgen, versäumt hatte, sich präsentable Kleidung anzuziehen. Wie war ihm nur entgangen, dass er ein durchgeschwitztes Hemd und eine schmuddelige Hose trug? Zum Glück hatte er seine Brieftasche dabei, da er sie heute Morgen in Erwartung seines „Lohns" – der sich als ein paar Münzen und mehrere Pfund getrockneten Rehfleisches herausstellte – eingesteckt hatte. Das Fleisch hatte er den Berg hinunter zu Zeke getragen, wo er dann von Kerrys Situation mit den Monhundys erfahren hatte.

An der Hoteltür zögerte Janus. Er sah an seinen Sachen herab, dann die Straße entlang zurück zu dem Second-Hand-Bekleidungsgeschäft, an dem er vorbeigekommen war. Er durfte in dem Hotel keine Aufmerksamkeit erregen, falls es ihm gelingen sollte, unter dem Radar der Monhundys zu bleiben.

Einige Münzen später – beinahe alles, was er mit seiner Arbeit bei Dr. Crescent verdient hatte – trug er ein gestärktes Hemd. Es hatte einen winzigen Fleck am unteren Saum, der sich aber leicht verbergen ließ, wenn das Hemd in die Hose gesteckt war. Auch hatte er eine anständig aussehende Jacke mit passender Hose erworben – beide waren makellos, soweit Janus es beurteilen konnte, abgesehen von dem Umstand, dass die Sachen bereits von jemand anderem getragen worden waren. Er hatte noch nie zuvor in einem solchen Laden etwas gekauft. Früher war seine Kleidung immer maßgeschneidert gewesen. Aber es erschien ihm jetzt recht ökonomisch, zukünftig gut erhaltene, gebrauchte Sachen zu kaufen. Schließlich war es nicht so, als würde er in naher Zukunft an gesellschaftlichen Ereignissen teilnehmen.

Dennoch betrat er nun das vornehmste Hotel, das die Gegend zu bieten hatte, und zumindest sah er sauber und ordentlich aus. Der Verkäufer in dem Second-Hand-Laden hatte ihm erlaubt, die Toilette zu benutzen, wo Janus sich Gesicht und Hände gewaschen und sein zotteliges Haar geglättet hatte. Er hatte überrascht zur Kenntnis genommen, wie lang sein Haar geworden war. Er überlegte, vielleicht einen Friseur aufzusuchen, solange er in Blumzound war. Aber für den Moment hatte er seine Locken mit den Fingern aus dem Gesicht gestrichen, bis er immerhin aussah wie jemand, der sich eine Nacht in einem Hotel leisten konnte.

Als er die Hotellobby betrat, musste er zugeben, dass sie schöner und eleganter war als alle Gebäude, die er seit seinem Weggang aus der Stadt gesehen hatte. Aber gemessen an seinen früheren Standards war sie immer noch schäbig. Alles war glänzend und neu, wirkte aber irgendwie übertrieben. Es war offensichtlich, dass man versucht hatte, den rustikalen Kern des Hotels unter einer modernen Fassade zu verstecken.

Der Mann an der Rezeption trug einen wesentlich schickeren Anzug als Janus, auch wenn der Schnitt schon seit einigen Saisons aus der Mode gewesen war, als Janus vor mehreren Monaten die Stadt verlassen hatte. Aber der Mann zuckte nicht mit der Wimper, als Janus für die Nacht ein Zimmer reservierte.

„Sie haben Glück, dass wir überhaupt noch etwas haben. Der letzte Zug hat eine große Menge Touristen hier abgeladen, und der nächste Zug geht erst wieder morgen früh. Aber wir haben ein

Zimmer im obersten Stock frei. Sie werden dort eine ruhige Nacht haben, weil die anderen Suiten auf dieser Etage sämtlich von einem *Erosgápe*-Paar aus der Stadt und einem Doktor gebucht worden sind. Sie sind Stammgäste hier." Der Rezeptionist plapperte und plapperte, während er mit den Papieren hantierte, die nötig waren, um Janus einzuchecken und seine Bezahlung via Banküberweisung entgegenzunehmen. „Sie kommen von Zeit zu Zeit her, um ihren Sohn zu besuchen. Ich weiß zwar nicht, was für eine Geschichte dahinter steckt, aber das geht mich ja auch nichts an."

Und Janus ging es ebenso wenig an, aber er war dankbar für die Information und den Glücksfall, der ihm ein Zimmer auf derselben Etage wie Kerry beschert hatte. Er hoffte, das zu seinem Vorteil nutzen zu können, um für Kerrys Sicherheit zu sorgen.

„Oh. Wenn man von Wolfgottes Verwandten spricht …", murmelte der Mann. Er reichte Janus den Zimmerschlüssel und warf einen Blick zur Treppe. „Das ist wahrscheinlich Wolfgottes Art, mich daran zu erinnern, dass es eine Sünde ist zu tratschen."

Janus warf einen Blick über die Schulter und sah Kerry zwischen zwei hochgewachsenen Männern. Der Rothaarige hatte einen Arm um Kerrys Schultern geschlungen, und die Hand des anderen ruhte auf Kerrys Bauch, was das Gehen auf der Treppe unnötig erschwerte. Ein kleines Lächeln lag auf Kerrys Lippen … falsch und gekünstelt in Janus' Augen – aber die Männer schienen es ihm abzukaufen. Am Ende der Treppe wandten sie sich um und führten Kerry zu einem Raum im hinteren Teil des Hotels.

„Was ist da hinten?", fragte Janus.

„Ah, der Salon für die Zeit zwischen den Mahlzeiten", antwortete der Rezeptionist.

„Wird noch Tee serviert?", fragte Janus, der Kerry und seine Schwiegereltern nicht aus den Augen ließ, bis sie in dem Raum verschwunden waren.

„Ja, noch zwei Stunden lang. Dann wird die Teeküche geschlossen und alles für die Abendcocktails vorbereitet." Der Mann folgte Janus' Blick und, obwohl er sich eben noch selbst fürs Tratschen gescholten hatte, sagte: „Ihr Sohn sieht nicht allzu glücklich aus, oder? Tut er nie. Wirklich seltsam." Er schnalzte mit der Zunge, dann fuhr er fort: „Und er ist schon ein bisschen zu schwanger, um noch den Berg hinauf und herunter zu fahren, finden Sie nicht auch? Ich bin überrascht, dass sein Alpha ihn das tun lässt."

Janus biss die Zähne zusammen. Die Kritik traf ihn bis ins Mark. „Ich bin sicher, er hat das nicht gewollt. Wahrscheinlich blieb ihm keine Wahl. Sie wissen ja, wie Omegas sind."

Der Rezeptionist, ein Beta, grinste. „Habe ich gehört. Eigensinnige, kleine Dinger, oder? Und die Alphas können sich gegen ihre Überredungskünste einfach nicht wehren." Sein Tonfall klang anzüglich, und Janus ballte verärgert die Fäuste.

Aber er entspannte sie wieder, lächelte gekünstelt und sagte: „Sie wissen, wir Alphas sind hilflos, wenn es um die Bedürfnisse des Mannes geht, den wir lieben." Es würde nichts bringen, in der Hotellobby eine Szene zu machen. Und der Rezeptionist war sehr hilfreich gewesen.

„Tja, ich wünschte jedenfalls, dieser Omega müsste sich nicht hier mit seinen Eltern treffen. Irgendwas stimmt da nicht." Dann, als ihm klar wurde, dass er schon wieder tratschte, und auch noch vor einem Alpha, zog der Mann verlegen den Kopf ein. „Entschuldigen Sie, Sir. Ich hoffe, Sie genießen Ihren Aufenthalt bei uns."

Janus, der es nun eilig hatte, in den Salon zu gehen und einen Platz zu finden, von dem aus er Kerry im Auge behalten konnte, nickte lächelnd. „Möge Wolfgott Ihren Tag segnen", sagte er und benutzte einen Abschiedsgruß, den er oft von den Bergbewohnern hörte, die er behandelte.

„Und Ihren", antwortete der Mann, bevor er seine Aufmerksamkeit einem offenbar gut-situierten Beta-Paar widmete, das sich dem Tresen mit einer Handvoll Touristik-Flyern näherte und wissen wollte, wie hoch oben auf dem Berg der berühmte, heilende See lag.

Die Einrichtung im Salon hatte viel Ähnlichkeit mit den Hinterzimmern der Philia-Abendgesellschaften, die Janus in seiner Jugend besucht hatte. Er war in mehrere, halb-private Sektionen unterteilt. In jeder davon gab es ein bequemes Sofa mit einem kniehohen Couchtisch, sowie Vorhänge, die bei Bedarf halb oder ganz zugezogen werden konnten, sodass man noch mehr Privatsphäre hatte.

Janus entdeckte die Monhundys und einen Beta-Kellner, die Kerry in eine Sitznische im hinteren Teil des Raumes führten. Kerrys Gang war nicht mehr der kräftige, anmutige Schritt, den Janus gesehen hatte, als sie sich erstmals begegnet waren, sondern eher ein vorsichtiges Watscheln. Sein Babybauch war riesig und würde noch weiter wachsen. Janus spürte einen Beschützerinstinkt, der beinahe unerträglich war, besonders als Kerry halb vornüber fiel, während seine Schwiegereltern ihn in die Mitte des Sofas drängten. Das Manöver schien ihm in seiner jetzigen Gestalt Schwierigkeiten zu bereiten. Janus musste sich beherrschen, um nicht zu ihm zu eilen und Kerry beim Hinsetzen zu helfen. Stattdessen lenkte er sich damit ab, sich nach einer freien Sitznische umzuschauen, die in der Nähe derjenigen war, wo die Monhundys Kerry nun zwischen sich eingekesselt hatten.

Natürlich wäre die nebenan liegende Nische ideal gewesen, besonders da Janus dort hätte lauschen können, aber sie war derzeit in Gebrauch. Janus lehnte unweit von den Monhundys lässig an der Wand.

„Kann ich Ihnen dabei behilflich sein, einen Platz zu finden, Sir?", fragte ein Beta-Kellner. Sein Schnurrbart glänzte von ein bisschen zu viel Pomade.

„Nein, vielen Dank. Ich warte auf einen Kollegen", sagte Janus.

„Ich kann Sie gern zu einem Sitz bringen und Ihren Freund auf

Ihren Platz aufmerksam machen, wenn er eintrifft."

„Ich weiß noch nicht, ob wir hier bleiben werden", sagte Janus. „Er erwähnte einige andere Optionen. Ich werde einfach hier warten."

„Selbstverständlich, Sir", sagte der Kellner, dann huschte er davon, um ein Tablett mit Tee zu holen und es zu einer jungen Familie zu bringen, die einen Platz in der Nähe der Tür belegte.

Janus neigte den Kopf in Richtung des Vorhangs, der ihn davon abhielt, Kerry sehen zu können, und lauschte. Er konnte zwar die Stimmen hören, aber leider verstand er dort, wo er stand, nichts von ihrem Gespräch. Er wurde immer frustrierter und besorgter. Aber dann sah er mit aufgeregter Erleichterung, wie sich der Vorhang der Nische öffnete, die er ursprünglich als besten Standort für seine Überwachung erachtet hatte. Zwei Männer kamen heraus, die entschieden ein wenig zerrupft aussahen, und die Lippen des Omegas waren rot und geschwollen. Außerdem hatte er einen Knutschfleck am Hals, den jeder sehen konnte. Offensichtlich ein frisch verbundenes Paar in den Flitterwochen.

Janus sah sich rasch um. Die Kellner und Hotelangestellten waren alle beschäftigt und abgelenkt, also schlüpfte er unbemerkt in die frei gewordene Nische und schloss den Vorhang. Er ignorierte die Reste von Tee und Kuchen, die das Paar kaum angerührt hatte, und rutschte auf dem Sofa zu der Seite der Nische, die direkt an die der Monhundys grenzte. Behutsam und mit so wenigen Bewegungen wie möglich, richtete er den Fall des Vorhangs so aus, dass er in die benachbarte Nische lugen konnte. Und falls er ganz still war, konnte er endlich hören, was dort gesagt wurde.

„Schätzchen, du musst die Wahrheit nicht vor uns verbergen", sagte der rothaarige Omega – Kerry hatte ihn Monte genannt, falls Janus sich richtig erinnerte. „Wir wissen, wie Schwangerschaften sind. Ich habe es ja selbst erlebt, als ich mit ..." Er verstummte und sprach den Namen seines Sohnes nicht aus. „Und es ist schwer ohne einen Alpha, der diese Bedürfnisse stillt."

Kerry zuckte mit den Schultern. „Ich verstehe, was ihr meint, aber ich habe keinerlei Schwierigkeiten damit gehabt."

Janus schnupperte vorsichtig in der Luft. Als er den Duft von Beeren und Moschus auffing, entspannten sich seine verkrampften Muskeln sofort. Aber er unterdrückte ein Seufzen, um nicht zu verraten, dass er hier saß und lauschte.

„Überhaupt nicht?", fragte Lukas, der Alpha, misstrauisch. „Omegas sind immer geil, das weiß jeder, und ganz besonders in der Schwangerschaft."

Kerry biss sichtlich die Zähne zusammen, aber er setzte ein Lächeln auf. Am liebsten wäre Janus hinüber in die Nische gekrochen und hätte Lukas gewürgt dafür, dass er so abfällig mit Kerry redete. „Ich habe kaum ein Kribbeln gespürt", sagte Kerry.

Die Monhundys wechselten einen Blick, der Janus überhaupt nicht gefiel. „Nun, wie auch immer – wir haben jedenfalls gute Neuigkeiten."

Kerry verlagerte sein Gewicht, als würde er versuchen, das Baby von seiner Blase oder einem anderen empfindlichen Organ herunter zu schieben. „Oh? Und worum handelt es sich dabei?"

Lukas sagte: „Unser Anwalt hat die Gefängnisaufsicht davon überzeugt, dass – unsere Unterstützung und Bürgschaft vorausgesetzt – bei Wilbet kein Fluchtrisiko besteht."

Monte unterbrach ihn: „Und angesichts deiner derzeitigen Bedürfnisse, und da du keinerlei Schuld an den Ereignissen trägst, wurde Wilbet die Option gestattet, den Rest deiner Schwangerschaft unter Hausarrest bei uns daheim zu verbringen. Auf diese Weise kann er dir während deiner bedürftigen Zeit helfen und auch bei der Geburt seines Sohnes dabei sein. Sind das nicht wundervolle Neuigkeiten, Kerry? Er wird zuhause sein und endlich wieder in deinen Armen."

Zorn ließ Janus' Blut kochen. Er packte die Armlehne des Sofas und hielt den Atem an. Falls er sich jetzt bewegte, würde er alles nur schlimmer machen. Sie redeten davon, dieses Ungeheuer *seinen* Kerry anfassen zu lassen. *Seinen* Omega. *Seinen* verletzlichen und schwangeren Omega. Was, wenn Wilbet dem Baby Schaden zufügte? Und daran, dass er Kerry wehtun würde, bestand kein Zweifel. Janus musste sich so sehr beherrschen, still zu sitzen, dass ihm Schweiß den Rücken hinab und über seine Schläfen lief.

Kerry starrte seine Schwiegereltern an. Sein Blick war so hohl, dass seine Augen beinahe schwarz waren. „Wieso sollte ich das jemals wollen?", flüsterte er.

„Wieso du …? Schätzchen, er ist dein Alpha!", rief Monte aus. Er legte Kerry eine Hand auf die Schulter und rieb sie behutsam. „Ich weiß, es gibt viel, das du ihm verzeihen musst, aber du weißt genauso gut wie ich, dass du ihn brauchst."

„Ich weiß nichts dergleichen", stieß Kerry hervor. „Ich habe euch erzählt, was er mir angetan hat. Ich habe euch angefleht, mir für meine Hitzen einen Surrogat-Alpha zu erlauben, und–"

„Weil du gekränkt warst. Eifersüchtig, weil er dir nicht treu gewesen ist. Aber Schätzchen, alle Alphas, die keine *Érosgápe* sind, sind so. Unersättliche Biester. Ist es nicht so, Lukas? Wären wir nicht als *Érosgápe* verbunden, würdest du jeden Omega ficken, den du in die Finger kriegen kannst."

„Nicht so", sagte Lukas finster. „Hüte deine Zunge, Monte. Du gehst zu weit."

Montes Wangen röteten sich, und er senkte kurz den Blick. Aber dann machte er weiter. „Schätzchen, was er getan hat, war furchtbar falsch, und er verbüßt dafür eine lange Strafe. Aber verdient er nicht einen kleinen Aufschub für die wenigen Wochen, die du noch hast, bis–"

„Nein." Kerrys Stimme klang wie Asche, die von einem Feuerrost gekratzt wurde. „Absolut nicht. Ihr werdet mir das nicht aufzwingen. Es ist mir egal, wie sehr ihr ihn zuhause haben wollt;

ich werde das nicht tun. *Ich werde es nicht tun!*"

„Wir sind nicht verpflichtet, dir zu erlauben, dass du bei deinem Onkel bleibst", begann Monte und verengte die Augen.

„Monte, hör auf." Lukas klang beinahe so finster, wie Kerry aussah, aber nicht halb so erzürnt, wie Janus war.

Monte machte ein verkniffenes Gesicht, und seine Augen funkelten, aber er hörte auf zu sprechen, so wie sein Alpha es verlangte. Dennoch rückte er näher zu Kerry, nahm dessen Arm und beugte sich zu ihm, sodass Kerry kaum noch Luft zum Atmen blieb.

„Kerry", sagte Lukas langsam. „Ich kann nicht einmal so tun, als würde mich deine Reaktion überraschen. Ich habe nicht damit gerechnet, dass du den Vorschlag akzeptierst, und ganz ehrlich, kann ich dir das auch nicht übelnehmen. Wir wissen beide, dass mein Sohn ein abscheuliches Ungeheuer –"

„Nein!", rief Monte aus, aber Lukas brachte ihn zum Schweigen, indem er einfach nur einen Finger hob.

„Doch, Geliebter, er ist ein Ungeheuer. Er hat Kerry misshandelt, und er hat Prostituierte vergewaltigt und verprügelt. Du willst die Wahrheit über ihn nicht sehen, weil er dein einziges Kind ist und du ihn liebst. Aber ich habe mich den Tatsachen schon vor langer Zeit gestellt."

„Wenn das so ist, warum hast du ihm dann erlaubt, mich immer weiter zu vergewaltigen?", stieß Kerry mit rauer Stimme hervor. Janus war kurz davor, die Vorhänge herunterzureißen und Monte und Lukas in Stücke zu fetzen. „Warum hast du mein Ersuchen um einen Surrogat-Alpha abgelehnt? Bin ich für euch so entbehrlich?"

Lukas schluckte schwer, und auch, wenn Janus ihn nur im Profil sehen konnte, wirkte der Mann, als müsste er etwas abscheulich Schmeckendes herunterwürgen. „Um es kurz zu sagen: ja." Janus' Puls hämmerte so laut in seinen Ohren, dass er den Rest fast nicht hören konnte. „Wir brauchen einen Erben, und du bist das einzige Mittel, das uns zu diesem Zweck zur Verfügung steht. Aber mir missfällt der Gedanke, dich zu quälen, Kerry. Wir tun, was wir tun müssen, aber mehr nicht. Und nun, da wir deine Reaktion auf unseren Vorschlag gesehen haben, würde ich gern glauben, dass Monte zu demselben Schluss kommt wie ich."

Monte gab einen leisen Zischlaut von sich, und seine Finger gruben sich fest genug in Kerrys Arm, dass er schmerzverzerrt das Gesicht verzog. Aber dann sackte Monte in sich zusammen, als hätte man die Luft aus ihm herausgelassen, und erschlaffte am Tisch. Er ließ Kerrys Arm los, beugte sich nach vorn und schlug die Hände vor sein sommersprossiges Gesicht. „Wilbet hat sich geändert, Kerry. Er hat mir *versprochen*, dass er sich geändert hat."

Kerry blinzelte Monte nur an. Seine Miene war in einem Ausdruck puren Entsetzens festgefroren.

„Wenn Kerry ihn während dieser Zeit nicht will, dann würde es nur die Schwangerschaft gefährden, ihn dazu zu zwingen", sagte Lukas leise. „Du musst die richtigen Prioritäten setzen, Geliebter."

„Oh, ich verstehe", fauchte Kerry. „Es gefällt dir nicht, mich zu quälen, aber wenn es gut für das Baby wäre, dann … was? Dann würdest du mich zwingen?"

„Jüngste Studien lassen keinen Zweifel daran, dass die Überlebenschancen für Omega und Baby steigen, wenn der Omega während der Schwangerschaft von einem fürsorglichen Alpha beschlafen wird." Lukas hob eine Augenbraue, bitter und höhnisch. „Ich denke, das entscheidende Wort hier ist ‚fürsorglich'. Und ich bin sicher, das Ergebnis der Studie würde zeigen, dass die Aussichten für einen Omega, der gegen seinen Willen von einem gewalttätigen Alpha beschlafen wird, recht düster wären."

Kerry zitterte am am ganzen Körper, und Janus ging es nicht besser. Nur bei ihm war der Grund Wut, nicht Furcht.

„Ich hatte so oder so geplant, es zu verbieten, aber ich hatte gehofft, sobald Monte deine aufrichtige Reaktion sieht, würde er mir glauben, wenn ich sage, für unseres Sohnes Seele gibt es keine

Hoffnung. Unsere einzige Hoffnung ruht auf deinem Gebärpater und der Leibesfrucht darin." Dann wandte er sich wieder an Monte. „Also bitte, Geliebter, lass Wilbet in der Vergangenheit und wende dich der Zukunft zu. Sie liegt direkt vor dir." An dieser Stelle legte er eine Hand auf Kerrys Leib, und Monte, der in Tränen ausbrach, tat dasselbe.

Kerry saß einfach wie erstarrt da, der Blick dunkel vor Abscheu und Wut, und seine Haut war bleicher, als Janus sie jemals gesehen hatte. Dann holte er plötzlich tief Luft und riss die Augen auf. Sein Blick fand den von Janus, und die mühsam unterdrückten Tränen quollen über und liefen an seinen Wangen herunter, während er Janus hilflos und wortlos anstarrte. Janus wurde die Kehle eng, sein Herz raste, und um Kerrys willen hielt er sich mit all seiner Willenskraft zurück. Denn ganz gleich, was er empfand – das Gesetz war eindeutig.

Sie sahen einander lange, schreckliche Minuten lang an, während die Monhundys Kerrys Bauch rieben, sich darüber beugten und in einer Art Babysprache redeten, bevor sie einander darüber küssten – eine kurze, aber eindeutige Demonstration von Kerrys Stellung in ihren Zukunftsplänen. Und nur kurze Zeit später bestanden sie darauf, dass Kerry mit ihnen nach oben ging, um sich von ihrem Doktor untersuchen zu lassen. Und Kerry, der hohl und verzweifelt wirkte, folgte ihnen unterwürfig.

Der Vorhang von Janus' Nische zuckte, und Janus sprang rasch aufs Sofa, wo er dann verlegen vor der Tee- und Kuchen-Hinterlassenschaft des vorherigen Paares saß, als ein Kellner den Kopf hereinsteckte, die Augen diskret geschlossen, und sagte: „Meine Herren, ich denke, Sie sollten die Nische jetzt räumen. Mein Manager schlägt vor, dass Sie die Sache vielleicht auf Ihrem Zimmer fortsetzen möchten?"

Janus räusperte sich, und der Kellner schlug überrascht die Augen auf. „Oh! Oh, herrje! Ich dachte, Sie würden noch auf Ihren

Freund warten. Wo ist das Paar, das … oh, verzeihen Sie. Darf ich Ihnen einen Tee bringen, Sir? Oder etwas Kuchen?"

„Schon gut, danke", sagte Janus, schlüpfte aus der Nische und folgte Kerry und den Monhundys aus dem Salon und in die Hotellobby. Er wartete, bis sie einen guten Vorsprung auf der Treppe hatten, dann folgte er ihnen unauffällig, merkte sich das Zimmer, in das Kerry geführt wurde, und eilte zu seinem eigenen, wo er bleiben würde, bis er einen neuen Plan gefasst hatte.

Kerrys Rettung konnte keine Sekunde zu früh kommen.

KAPITEL 20

KERRY SAß ALLEIN im Hotelzimmer. Nachdem die Untersuchung gezeigt hatte, dass er bei perfekter Gesundheit war, mit einem robusten Geburtskanal, der offenbar ausreichend gedehnt und bereit für die Geburt war, hatte er sich geweigert, zum Abendessen herunterzukommen. Das Baby in seinem Leib hatte angegeben und reichlich Drehungen und Tritte vollführt, was Monte so entzückt hatte, dass seine Tränen versiegt waren. Der Herzschlag des Kindes war kräftig, und der Doktor hatte angemerkt, müsste er eine Wette platzieren, dann würde er sagen, es bestünde eine gute Chance, dass das Baby ein Alpha war. „Alphas sind nachweislich aktiver im Paterleib", hatte er mit einem breiten Grinsen behauptet. „Sie werden wahrscheinlich feststellen, dass dieses Kind von der sportlichen, aktiven und dominanten Sorte ist."

Lukas war nicht ganz so handgreiflich gewesen wie Monte, aber auch er hatte Kerry oft angefasst, und als schließlich alles gesagt und getan war, hatte Kerry sofort vorgegeben, zu müde zum Essen zu sein, und versprochen, später etwas beim Zimmerservice zu bestellen. Der Doktor hatte bestätigt, dass das völlig in Ordnung und auch zu erwarten war nach der Fahrt den Berg hinab von Huds Basin, der emotionalen Diskussion beim Tee und der anschließenden, umfassenden Untersuchung.

Monte hatte ausgesehen, als wollte er widersprechen, aber Lukas hatte einen Arm um seinen *Érosgápe* gelegt und ihm etwas ins Ohr geflüstert. Danach waren beide zuckersüß gewesen, hatten sich erkundigt, was sie tun könnten, um es Kerry noch behaglicher zu machen, und ob er noch irgendetwas von ihnen brauchte, bevor sie zum Essen hinuntergehen und sich danach für die Nacht zurückziehen würden.

„Nichts", hatte Kerry gesagt, bevor er ihnen die Tür vor der Nase zugemacht und abgeschlossen hatte. „Absolut nichts, bitte. Ich muss jetzt einfach nur schlafen."

Aber er konnte nicht schlafen. Er fühlte sich nicht sicher, und er fühlte sich vergewaltigt. Er fühlte sich nicht einmal sicher genug, um die Augen zu schließen. Dass Janus auch irgendwo hier im Hotel war, trug nur wenig dazu bei, das widerliche Gefühl von Verrat zu lindern, das er bei Lukas' Ansprache am Tisch empfunden hatte. Zu wissen, dass etwas Schreckliches der Wahrheit entsprach, war eine Sache. Aber es so direkt bestätigt zu bekommen, war eine ganz andere.

Und während Dr. Rose ein guter Arzt war, und wahrscheinlich auch ein guter Mensch, so hatten seine Hände doch nicht das Zartgefühl und die Zärtlichkeit von Janus' Händen gehabt, als er sie hineingeschoben hatte, um alles abzutasten, die Nachgiebigkeit des Geburtskanals zu prüfen, die Lage des Gebärpaters, und wie gut Kerrys Omegadrüsen gefüllt waren. Die Ergebnisse seiner Untersuchung schienen ihn ein wenig überrascht zu haben, und sein Blick hatte fragend auf Kerry geruht, als er gesagt hatte, dass alles „gut geölt" zu sein schien. Er hatte sogar gewagt, als Teil der Untersuchung zu fragen: „Wie oft wirst du beschlafen?" Und er hatte nur einmal kurz geblinzelt, als Kerry geantwortet hatte. „Überhaupt nicht. Es gibt niemanden."

Kerry schloss die Vorhänge seines Zimmers, setzte sich aufs Bett und starrte vor sich hin. Er nahm lange, tiefe Atemzüge und versuchte, einen Hinweis auf Janus' Anwesenheit in der Luft zu finden. Aber das Hotel war groß und gut belüftet durch ein modernes Ventilatorensystem, und außerdem waren da die Gerüche all der Parfüms und duftenden Pflegeprodukte, die aus dem

Zimmer der Monhundys kamen. Kerry konnte nicht die geringste Spur von Janus riechen.

Die Wände des Zimmers schienen ihn zu erdrücken. Dunkelheit umgab ihn. Sie roch nach der Verlassenheit und der Furcht, gegen die er angekämpft hatte seit dem Moment, als Monte ihm eröffnet hatte, dass Wilbet seine Strafe im Hausarrest verbringen durfte, damit er Kerry vergewaltigen konnte.

Er musste würgen.

Ein seltsames Rascheln kam von der Zimmertür. Er ignorierte es, aber dann ertönte ein einzelnes, scharfes Klopfen. Er stand auf um nachzusehen, und fand ein Stück Papier, das unter der Tür hindurch geschoben worden war.

Ich bin es. Lass mich herein.

Die Handschrift war Kerry von den Nachrichten vertraut, die Janus zusammen mit seinen kleinen Geschenken überall im Haus verteilt hatte. Also schloss Kerry behutsam die Tür auf und öffnete sie einen Spaltbreit. Janus stand im Flur, sein Haar ein wildes Durcheinander, so als hätte er in den letzten zwei Stunden seit ihrem Augenkontakt im Salon wenig mehr getan, als mit den Händen darin herumzuwühlen. Kerry trat zurück und ließ Janus hinein, dann schloss er die Tür wieder hinter sich und lehnte sich mit dem Rücken daran. Sein Herz hämmerte, und seine Augen füllten sich mit Tränen, während er Janus dabei zusah, wie er durch das Zimmer schlich, als würde er es auf die Anwesenheit von Raubtieren überprüfen.

Als Janus sich umdrehte und zu ihm kam, erschauerte Kerry wegen des dunklen Ausdrucks in seinen Augen. Aber als er bei Kerry ankam, nahm Janus ihn so zärtlich in die Arme, dass Kerry auch das letzte bisschen Fassung verlor, das er noch bewahrt hatte, und schluchzend in Janus' Armen zusammenbrach.

Janus tröstete ihn und streichelte ihn, küsste sein Haar und seine Ohren, sein Kiefer und seinen Hals. Es war keine Erregung oder Lust in den Küssen, nur Trost und Schutz, und Kerry schwelgte darin. Er versuchte es in jeder seiner Zellen zu speichern – ein Balsam gegen Verletzungen – indem er sich fester an Janus' harten Körper presste. Das Baby war natürlich wie immer im Weg, aber Kerry schmiegte sich dennoch enger an Janus, um besser in seine Arme zu passen.

Schließlich küsste Janus ihn auf den Mund, leckte ihn offen und schlüpfte mit der Zunge hinein. Seine Hände glitten hinab zu Kerrys Arsch und packten seine Hinterbacken, bevor seine Finger Kerrys Ritze erforschten und ihn da berührten, wo er sich nach der ärztlichen Untersuchung immer noch ein wenig benutzt fühlte.

„Bitte", flüsterte Kerry, während er spürte, wie bei der zärtlichen Berührung von Janus' Fingerspitzen Schlick aus ihm herauslief. „Mach, dass ich mich wieder sicher fühle."

Offenbar war das alles, was Janus hören musste, denn er nahm Kerrys Gesicht in beide Hände, hob seinen Kopf und küsste ihn lang und entschieden und reinigte Kerrys Verstand von allen anderen Gedanken außer dem, wie vollkommen sicher er sich in Janus' Armen fühlte.

Der Kuss wurde leidenschaftlich, und Janus schob Kerry in Richtung des Bettes, drückte ihn auf die Matratze und entledigte ihn und sich selbst rasch aller Kleidung. Er begann bei Kerrys Füßen, küsste und leckte sich von dort einen Weg hinauf zu Kerrys Oberschenkeln, und dann rieb er seine Nase an Kerrys Schwanz, der sich zu dessen rundem Bauch hinaufreckte. Kerry versank in einen traumartigen Rausch, erfüllt von dem umfassenden Drang, Janus so nah wie körperlich möglich zu sein und sich mit ihm zu vereinen. Er ließ Janus nicht einmal dazu kommen, seinen Schwanz zu lutschen, bevor er ihn von sich drückte, zur Seite rollte und seinen Arsch in einer Haltung präsentierte, die der Lordosis-Position so nah kam, wie es mit seinem dicken Bauch möglich war.

„Ist es das, was du willst?", fragte Janus.

„Ich brauche es", flüsterte Kerry mit Tränen in den Augen. „Bitte, Janus. Lass mich nicht warten."

Janus gehorchte stets, wenn Kerry bettelte, und das war auch jetzt nicht anders. Er brachte sich in Position, und das Gefühl seiner Eichel, die gegen Kerrys misshandeltes Loch drückte, entriss Kerry ein Stöhnen. Dann gaben seine Omegadrüsen einen Schwall Schlick ab, und Janus glitt hinein, dick und lang und tief genug, um den fest verschlossenen Gebärpatermund anzustupsen.

„So ist es gut", murmelte Janus an Kerrys Ohr. „Öffne dich für mich. Und nur für mich. Verstanden?"

Kerry erschauerte … es waren der besitzergreifende Ton und die Worte, der feste Griff an seinen Hüften, und als Janus sich herauszog und dann wieder zustieß, kam Kerry auf der Stelle, spritzte über das Laken und die Wand neben dem Bett ab.

„Verdammt",flüsterte Janus. „Das gefällt dir, ja? Wenn ich dich besitze?"

Kerry wand sich auf Janus' Schwanz, und sein eigener Ständer zuckte erneut – eine hohle, trockene Ekstase, die eher ein schmerzvolles Verlangen war. Er wünschte, Janus *würde* ihn wahrhaftig besitzen, wäre sein Alpha. Aber er würde sich nicht erlauben, jetzt an irgendetwas anderes zu denken als an diesen Moment.

Janus fuhr mit den Händen über Kerrys Babybauch, dann wieder aufwärts, um an seinen empfindsamen Nippeln zu zupfen. Milch begann aus ihnen zu tropfen, und der saubere, süße Duft erhob sich um sie herum und mischte sich mit den anderen Gerüchen, die sie einzeln und zusammen erzeugten. Janus schnaufte an Kerrys Hals, hob sein langes Haar an und zur Seite, rieb seine Nase hinter Kerrys Ohr und küsste seine Ohrmuschel.

„Du bist mein Omega", flüsterte Janus. „Meiner. Von jetzt an. Und niemand wird dich mir wegnehmen."

Kerry schloss die Augen und konzentrierte sich auf die Lust, die schnell und tief in ihm wuchs, dann erschauerte er, als ein Orgasmus ihn überwältigte, und keuchte, als Janus' Hand seinen Mund bedeckte, um die Schreie zu dämpfen. Es war ihm gleich, dass Janus' Deklaration unmöglich war. In diesem Moment erlaubte er sich, sie als Wahrheit zu empfinden, und die Worte hallten in jeder Zelle wieder. Reine Glückseligkeit. Der Orgasmus war süß und willkommen, so anders als die brutale, ungewollte Lust einer Hitze, dass er sich so heilsam anfühlte wie sein geliebter See.

Kerry wiegte sich auf Janus' Ständer, ließ alle Barrieren fallen, und für einen kostbaren, heilsamen Augenblick gehörte er voll und ganz Janus: geschätzt, beschützt, sicher.

ALS JANUS' HÖHEPUNKT endete, ruhte sein Schwanz fest an Kerry Gebärpatermund, und er konnte die Bewegungen des Lebens dahinter spüren. Er lachte leise, und dann zog er sich behutsam aus Kerrys immer noch nachgiebigem Körper zurück, stolz und glücklich darüber, sämtliche falsche Gerüche auf seinem Omega mit seinem eigenen Duft überdeckt zu haben.

Das ganze Zimmer roch nun nach Sex und Verpaarung. Milch, Schlick, Schweiß, jede Menge Sperma, ihre individuellen Pheromone und Düfte, und Janus liebte es. Er ließ sich auf die Matratze sinken und zog Kerry an sich, sodass dessen Rücken an Janus Seite geschmiegt war, und dann lag er schwer atmend und schweißgebadet da, und tiefe Befriedigung drang aus jeder seiner Poren, wie Honig aus einer Bienenwabe.

Ein scharfes Klopfen kam von der Zimmertür, dann rüttelte es an der Klinke.

„Kerry, Schätzchen, wir haben dir etwas zu essen mit herauf gebracht! Du musst essen, um des Babys willen!"

Kerry erstarrte; jeder seiner schlanken Muskeln verspannte sich und wurde hart. Dann rollte er sich auf alle viere. Janus konnte in dem Licht, das durch den Spalt in den Vorhängen drang, Kerrys immer noch klaffendes Loch sehen, und sein eigenes Sperma, das an Kerrys schlicknassen Schenkeln heruntertropfte.

„Einen ... einen Moment!", rief Kerry. Seine Arme und Beine zitterten immer noch sichtlich nach dem intensiven Sex. Er sah sich entsetzt um. Sein Haar war ein totales Chaos, und einige Strähnen standen trotz ihrer Länge sogar in die Höhe.

Erneut rüttelte es an der Türklinke. „Kerry? Müssen wir jemanden von der Rezeption holen, der uns die Tür öffnet?"

„Nein! Ich bin nur ... einen Moment, bitte."

Kerry starrte Janus schockiert an, und Janus – zu seiner Schande – starrte einfach nur zurück. So zahlreiche gebundene Omegas er in seiner Vergangenheit auch gefickt hatte, so war er noch nie in diese spezielle Situation geraten. Natürlich waren seine Affären auch aufgeflogen, aber er war nie in flagranti erwischt worden, wie die Italiener der Alten Welt es genannt hatten.

Er sprang auf, und während er in seine Hose schlüpfte, fasste er gleichzeitig einen Plan. Es war kein besonders schöner, und Kerry würde ihn wahrscheinlich nicht gut finden, aber es war der einzige Plan, der ihm einfiel. Und das war ganz offensichtlich seine eigene Schuld – schließlich hatte er zugelassen, dass sie sich ihren sexuellen Impulsen hingaben, obwohl die Gefahr so nah war. Sein Bedürfnis, Kerry zu trösten, hätte seinem Bedürfnis, ihn zu beschützen, folgen sollen. Aber in dem Augenblick, als sie sich vereint und und gemeinsame Ekstase empfunden hatten, war ihm beides wie dasselbe vorgekommen. Nun jedoch standen Kerrys Schwiegereltern vor der Tür, und Janus erkannte, dass sie miteinander reden und ihren Plan für den nächsten Morgen hätten besprechen müssen. Sie hätten sich etwas überlegen müssen, um sicherzustellen, dass die Monhundys ganz und gar Abstand von der Idee nahmen, Wilbet im Hausarrest zu haben, damit der sich um Kerrys Bedürfnisse kümmerte. Janus hoffte, was er jetzt tun würde, gefährdete Kerry nicht noch mehr.

Er warf Kerry einen Bademantel zu, der über einer Stuhllehne hing – wahrscheinlich noch von der medizinischen Untersuchung – dann marschierte er zur Tür, trotz Kerrys gefauchtem: „Was tust du denn? Das kannst du nicht machen!"

Janus riss die Tür weit auf, straffte seine Schultern und starrte in die schockierten Gesichter von Monte und Lukas Monhundy. „Wer sind Sie?", fragte er streng und mit einem Grollen in der Stimme. Er sammelte alles, was er an entrüstetem Alpha-Gebaren aufzubringen hatte.

„Wer sind *Sie*?", gab Lukas Monhundy zurück. Er ballte die Fäuste, und seine Nasenflügel waren zornig aufgebläht.

„Ich bin Jordan Riggs und mitten im Dienst an einem sehr vernachlässigten und sehr schwangeren Omega. Wer sind Sie, dass Sie glauben, uns unterbrechen zu können?"

„Seine Eltern!"

Monte und Lukas blinzelten aufgebracht und rümpften die Nasen über den Geruch von Sex und Pheromonen, der aus dem Zimmer wehte. Sie schienen in den Raum drängen zu wollen, aber in diesem Moment trat Kerry hinter Janus und sagte: „Es tut mir leid. Aber … kurz nachdem ihr zum Essen gegangen seid, bin ich in die Lobby gegangen, um nach Eis zu fragen, und er war dort, und ich war dort …" Kerry verstummte und rang nervös die Hände. Sein Bauch lugte ein wenig aus dem Bademantel hervor, der sich nicht ganz schließen ließ.

„Schwangere Omegas haben Bedürfnisse", sagte Janus verächtlich, aber bestimmt. „Wo ist der Alpha dieses Omegas? Als seine Eltern sollten Sie sich schämen, dass er in einem solchen Zustand ist. Er sagt, er ist ganz allein."

Monte und Lukas stammelten eine Antwort, aus der auch irgendwie hervorging, dass sie nur Kerrys Schwiegereltern und sich seines Zustands nicht ganz bewusst gewesen waren. Und sie rochen dabei eindeutig nach Scham und Entsetzen.

„Es hat mich einfach überkommen", sagte Kerry schüchtern. „Es war so lang her, seit ich zuletzt einem ungebundenen Alpha begegnet bin. All die Alphas in Huds Basin sind bereits verpaart, und …" Er rümpfte angewidert die Nase. „Nicht mein Typ."

Lukas und Monte starrten ihn mit offenen Mündern verunsichert an.

„Wenn Sie uns dann jetzt entschuldigen würden", bellte Janus. „Mein Zug geht morgen früh, und dieser Omega muss dringend beschlafen werden. Und es ist meine Pflicht, das zu tun."

„Aber dein Abendessen", sagte Monte und hielt ein gut eingewickeltes Paket hoch, mit einer Serviette und Besteck darauf.

Janus nahm es ihm ab. „Danke. Ich werde dafür sorgen, dass er es isst. Und jetzt gehen Sie. Heute Nacht gehört er mir."

Janus machte Monte und Lukas die Tür vor der Nase zu und verschloss sie mit einer kräftigen Handbewegung. Das schwere Einrasten des Riegels verursachte ein befriedigendes Geräusch. Kerry sank gegen ihn, und Janus hielt ihn fest. Sie beide atmeten flach und leise, während sie auf Geräusche aus dem Flur lauschten.

„Na komm, Monte", sagte Lukas mit fester Stimme. Sie standen immer noch draußen vor der Tür. „Wie es scheint, kann der Junge selbst dafür sorgen, dass seine Bedürfnisse befriedigt werden, auch ohne dass du dich einmischst. Nach allem, was wir wissen, ist er vielleicht schon die ganze Zeit einmal die Woche mit dem Wagen hergekommen, den unser wahnsinniger Sohn ihm gegeben hat, und hat für seine Grundbedürfnisse Durchreisende aufgabelt."

„Er hat gesagt, es gäbe niemanden", widersprach Monte.

„Und ich sah den Blick des Doktors bei dieser Antwort. Er hat ihm nicht geglaubt. Er hat Kerry innerlich abgetastet und gesagt, er wäre gut gedehnt. Natürlich gesteht Kerry seine Bedürfnisse nicht vor uns ein, wenn du versuchst, unseren Sohn – den Mann, der ihn misshandelt hat – aus dem Gefängnis zu holen, damit er sich um ihn ,kümmert'!"

„Aber …", stammelte Monte. „Wie kannst du das gutheißen?"

„Solange es nicht immer der gleiche Alpha ist, ist das in Ordnung. Wir dürfen nicht riskieren, dass daraus Gefühle erwachsen, aber solange es nur Sex ist, wird ihn niemand verurteilen, selbst wenn es zuhause bekannt werden sollte. Schwangere Omegas sind notgeile Omegas, und das ist nun einmal der Lauf der Dinge. Kerry hat sich als recht einfallsreich erwiesen, wie ich finde. Und er hat Schneid. Ich bewundere das."

„Er fickt einen Fremden in diesem Zimmer, und unser Enkelkind ist mittendrin. Es gibt *Krankheiten*, Lukas. Was, wenn er sich irgendetwas einfängt? Was, wenn das Baby Schaden nimmt?"

„Der Alpha ist in Ordnung, Monte. Er ist vollkommen gesund. Außerdem setzt er die richtigen Prioritäten."

„Du kennst ihn ja nicht einmal!"

„Ich habe ihn gerochen. Manchmal sind das alle Informationen, die ein Alpha braucht. Er wird sich heute Nacht um Kerry kümmern, und nach dem Geruch in diesem Zimmer zu urteilen, macht er seine Sache verdammt gut. Keine Sorge. Unserem Enkelkind wird das nur zum Vorteil gereichen. Komm, Geliebter. Jetzt kümmere *ich* mich um *dich*, wie wäre das? Du kannst so tun, als wärest du wieder schwanger, und wir …" Seine Worte verklangen, als sie in ein Flüstern übergingen.

Aber Monte protestierte. „Wie kannst du jetzt an so etwas denken, wenn …" Ein dumpfes Geräusch war zu hören – ein Körper, der gegen die Wand neben der Tür gedrückt wurde. Atemlose Küsse, und dann: „Oh, *oh* … na gut."

Janus und Kerry standen eng aneinander gedrängt da, bis sie hörten, wie die Tür von Montes und Lukas' Zimmer geöffnet und wieder geschlossen wurde. Das Baby trat fest zu, und Kerry keuchte. Lukas legte eine Hand auf Kerrys Bauch, um das Kind zu beruhigen. Wie immer schien das zu funktionieren, sobald seine

Handfläche den Kontakt herstellte. Keine weiteren Tritte, Boxschläge oder Purzelbäume.

Auch Kerry entspannte sich langsam, aber er zitterte immer noch, nur dieses Mal nicht unter den Nachwirkungen von fantastischem Sex, sondern vor Furcht.

„Oh, Wolfgott. Was, wenn sie das als Beweis nehmen, dass ich Wilbet -" Kerry verstummte und beugte sich vornüber, als hätte er einen Schwächeanfall. Janus fing ihn auf, bevor er fallen konnte. „Monte will das. Er will seinen Sohn zuhause haben. Ich bin ihm ganz egal. *Vollkommen* egal, Janus."

„Aber nicht Lukas", sagte Janus. Er richtete Kerry wieder auf und führte ihn zu dem zerwühlten, nassen Bett. „Solange er glaubt, dass du hier hochklassige Männer auf der Durchreise wählst, wird er zufrieden sein."

„Aber wieso? Das ist ja nicht gerade sicher. Das weißt du genauso gut wie ich."

„Für das Baby ist es nicht weniger sicher, als Wilbet auf dich loszulassen. Wenn dem Kind jemand Schaden zufügt, dann höchstwahrscheinlich sein Vater."

Kerry schauderte und wand sich. Er konnte sich auf dem Bett nicht entspannen. Janus nahm ihn von hinten in die Arme und machte ihn zum kleinen Löffel, dann sang er leise in Kerrys Ohr. Es war ein Schlaflied, das sein Pater ihm früher vorgesungen hatte, und Kerrys Anspannung ließ nach, langsam, aber sicher.

Erneut füllte sich die Luft mit dem Duft von Schlick. Janus knöpfte seine Hose auf und positionierte seinen Schwanz so, dass er an Kerrys Eingang ruhte. Er unterbrach das Lied, um zu sagen: „Es liegt ganz bei dir."

Und Kerry schob ein Bein vor, seinen Arsch nach hinten, und ließ Janus' Ständer in sein enges, warmes Loch gleiten. Dann flüsterte er: „Mach Liebe mit mir, Janus. Bitte."

Janus wurde das Herz weit in der Brust; es explodierte wie Konfetti, das aus Scherben gemacht war, und schien ihn zu zerreißen. Er stieß seinen Schwanz tief und hart hinein, dann hielt er still und spürte, wie Kerry um ihn herum vibrierte.

„Ich werde die ganze Nacht Liebe mit dir machen", flüsterte Janus. „Halt dich fest. Du wirst dich fühlen wie nie zuvor, mein Herz."

Als Kerry schließlich fünf Stunden später in den Schlaf fiel, schien der Mond durch die Vorhänge. Janus hatte ihn gefickt, während Kerry sich durch so viel unfassbar herrliche Lust geschluchzt hatte, dass er schließlich atemlos gestanden hatte, nicht zu wissen, wie er ohne das weiterleben sollte.

Janus, dessen Schwanz immer noch tief in Kerrys schlafendem Körper steckte, empfand ziemlich genau dasselbe.

Er grübelte über das Problem der Monhundys und Kerrys Vertrag nach. Er hatte sich so sehr von der sexuellen Entwicklung zwischen ihnen ablenken lassen, dass er es versäumt hatte, sich um einen Anwalt in der Sache zu bemühen. Aber er wusste, wen er fragen konnte, und nahm sich fest vor, seinen Cousin anzurufen, bevor sie Blumzound verließen.

KAPITEL 21

„HEELIES ENTERPRISES ARBEITET mit verschiedenen Anwälten zusammen", sagte Ray. Seine Stimme klang blechern über die Telefonleitung. „Aber in dieser speziellen Angelegenheit solltest du, denke ich, einen Beta wählen. Jemanden, der sowohl der Sache als auch der Familie freundlich gesinnt ist. Hast du schon einmal etwas von Xans Freund Yosef Deckel gehört? Er hat schon öfter mit Omega-Befreiungsgruppen gearbeitet, und vor ein paar Jahren sprach ich einmal mit ihm wegen, nun, eines Interesses, das ich an einem Omega hatte, der in schwierigen Lebensumständen steckte. Es brachte nicht ganz den erwünschten Erfolg, aber das war die Schuld des Omegas, nicht Yosefs."

Janus hätte gern mehr darüber erfahren, aber er hatte nicht so viel Zeit. Jede Minute kostete Geld, und nach den neuen Sachen, dem Hotelzimmer, in dem er nicht einmal geschlafen hatte, und nun diesem Anruf bei seinem Cousin Ray, dem Geschäftsführer und Kopf hinter Heelies Enterprises, war er fast pleite.

„Ich fürchte, ich habe nicht viel Zeit, Ray, und mir gehen auch die Münzen für diesen Anruf aus. Besteht irgendwie die Möglichkeit, dass dieser Anwalt mich per Post kontaktiert? Könntest du das arrangieren? Es würde dann alles ein wenig länger dauern, aber angesichts der Kosten für einen Anruf wie diesen hier und meiner gegenwärtigen finanziellen Lage denke ich, das wäre im Augenblick der beste Weg."

Ray schwieg einen Moment lang, dann fragte er: „Kommst du da oben zurecht, Janus?"

„Ich komme sehr gut klar." Erneut tickte der Zähler, und der Besitzer des Telefons streckte seine gierige Hand nach einer weiteren Münze aus. Janus reichte sie widerstrebend hinüber. Er hatte nur noch wenige übrig, und die mageren Ersparnisse auf seinem Bankkonto brauchte er für Kost und Logis im Monkhaus, sowie möglicherweise, um diesen Yosef als Kerrys Anwalt anzuheuern. Er ging davon aus, dass Kerry und Zeke nicht dafür aufkommen konnten, jedenfalls nicht allein.

„Na gut. Nun, du weißt, dass ich dich unterstütze. Ich bin nicht vollkommen von Vater abhängig. Ich habe eigene Ersparnisse. Falls du also–"

„Ich komme klar", wiederholte Janus. „Ich möchte dir oder sonst jemandem nichts schulden. Ich werde es allein schaffen."

„Natürlich wirst du das, aber bis es so weit ist, gibt es keinen Grund für dich zu leiden. Deine Familie steht hinter dir."

Janus verzog das Gesicht. Er verdiente Rays Loyalität gar nicht. Nicht nach allem, was er dessen kleinem Bruder angetan und gesagt hatte. Aber vielleicht hatte Xan die schlimmsten Geschichten für sich behalten. Und falls es so war, dann war es nur eine weitere Sache, die Janus nicht verdiente. „Danke, Cousin. Ich bin dir wirklich sehr dankbar. Ich werde keine Hilfe für mich selbst brauchen, aber vielleicht für einen Freund. Für besagten Omega."

„Natürlich. Auch dazu bin ich gern bereit, wenn er dir wichtig ist."

Janus schluckte, als ihm ein seltsamer Kloß in die Kehle stieg. „Ja. Ich denke, das ist er wahrhaftig. Mir wichtig, meine ich."

Ray lachte leise. „Schon kapiert."

Bevor der Zähler ein weiteres Mal ticken konnte, beendete Janus den Anruf. Er musste zurück zu der Straßenecke, wo er und Kerry verabredet hatten, sich zu treffen, sobald seine Schwiegereltern ihn gehen lassen würden. Janus dankte dem Besitzer des Telefonladens, wischte sich seine verschwitzten Hände an den

Hosenbeinen ab, und trat hinaus in die Morgensonne.

Er hoffte, dass es Kerry gut ging und er das voraussichtliche Verhör seiner Schwiegereltern beim Frühstück gut überstand. Vor allem aber hoffte er, dass er mit seinem Instinkt, Lukas Monhundy betreffend, richtig lag, und Kerry von nun an vor weiteren Einmischungen sicher war, bis das Baby kam.

Sobald das Kind jedoch erst einmal geboren war, würden die Monhundys kein Halten mehr kennen.

NACH EINER NACHT voller Glückseligkeit war das Frühstück ein einziges Elend.

Kerry stocherte einige Minuten lang in seinem Rührei, bis er Montes misstrauischen Blick bemerkte; dann begann er, es herzhaft in seinen Mund zu befördern. Dasselbe machte er mit seinem Marmeladentoast, dem gebratenen Speck und einer vollen Schale Haferbrei. Als er alles verdrückt hatte, konnten sie keinesfalls mehr behaupten, er würde nicht gut essen oder sonstige Anzeichen schlechter Verfassung zeigen. Ganz im Gegenteil – nach der durchgefickten Nacht zeigte der Spiegel gegenüber ihres Tisches, dass Kerrys Gesicht geradezu leuchtete. Mit ein wenig verschämter Röte vielleicht, aber trotzdem.

„Also", begann Monte, sobald Kerry seine Gabel abgelegt hatte. Natürlich konnte er sich eines gründlichen Verhörs nicht enthalten. „Wer war dieser Alpha gestern Abend? Woher kennst du ihn wirklich?"

„Wir sind uns in der Lobby begegnet", sagte Kerry. Er bemühte sich um einen angemessenen Tonfall und wischte sich mit der Serviette den Mund ab. Er war nicht sicher, ob er sich ungerührt, beschämt oder trotzig verhalten sollte. Irgendwie hatte er das Gefühl, wie eine Mischung aus allen dreien zu wirken. „So wie ich sagte. Und ich glaube, er sagte, sein Name ist Jared oder Jordith? Na ja, *irgendwas* Riggs. Ich war ein wenig zu abgelenkt, um es richtig mitzubekommen."

Monte wurde im Gesicht so rot wie sein Haar, und Lukas lachte leise in sich hinein.

„Und was macht er beruflich?", fragte Monte schließlich, als er wieder atmen konnte.

„Ich fürchte, ich habe keine Ahnung. Was machen Alphas schon so? Irgendetwas Geschäftliches, stimmt's? Vielleicht besitzt er eine Firma." Kerry runzelte die Stirn und dachte darüber nach. „Er sagte etwas in der Art von, dass ‚der Ritt' so glatt lief wie ein nagelneues Motorrad, und ich denke, er meinte das als Kompliment." Monte verschluckte sich beinahe und keuchte, aber Kerry fuhr fort, als wüsste er es nicht besser. „Vielleicht fabriziert er Motorräder. Vielleicht kennen die Sabels ihn? Was spielt das für eine Rolle? Es war eine einzige Nacht – eine nette Erinnerung, die längst nur noch in meinem Rückspiegel existiert. Weiter nichts." Kerry fand, dass er recht überzeugend klang.

„Dr. Rose erzählte uns heute Morgen, dass letzte Nacht jede Menge Enthusiasmus aus deinem Zimmer zu hören war. Er hatte das Zimmer direkt nebenan", sagte Monte mit boshafter Miene. Eindeutig hoffte er, Kerry in Verlegenheit zu bringen. Was ihm auch gelang. Aber Kerry ließ sich nichts anmerken.

„Oh ja, Mr. Riggs war wirklich gut. Wahrscheinlich der Beste, den ich je hatte. Wäre er nicht bereits heute Morgen mit dem Zug abgereist, hätte ich ihn vielleicht um eine weitere Nacht gebeten." Kerry zuckte die Achseln. „Na ja. Aber so ist es nun mal. Und ich nehme an, es ist am besten so. Wir wollen ja nicht, dass sich dabei Gefühle entwickeln. Schließlich habe ich Pflichten." Er lächelte seine Schwiegereltern an, aber er wusste, es war ein hässliches Lächeln. Es war ihm gleich. Verflucht sollten sie sein, weil sie ihm das antaten.

Da er Lukas nun besser verstand, sah er keinen Sinn mehr darin, Enthusiasmus vorzutäuschen. Sollte Wilbets Vater ruhig Schuld empfinden für das, was er tat. Wenigstens einer von den beiden sollte das. Kerry vermied es, Montes erhitztes und wütendes Gesicht direkt anzusehen, als er an seinem Kaffee nippte. Er fragte sich, ob Wilbet seine Gewissenlosigkeit von seinem Pater geerbt hatte. Es kam ihm sehr wahrscheinlich vor.

Schließlich kam Lukas zu seiner Rettung, auch wenn das angesichts der ganzen Situation ein wenig zu kavalierhaft ausgedrückt war. „Lass den Jungen in Ruhe, Monte. Es ist nicht seine Schuld, wie sich die Dinge entwickelt haben, sondern Wilbets."

Wie immer war dieser Name wie eine Bombe mitten auf dem Tisch. Monte erstarrte, sein Lächeln wurde so schneidend wie ein Messer. Und Kerry demonstrierte seine komplette Missachtung dafür, indem er sein bisher unangetastetes Glas Orangensaft erhob und daran nippte, als wäre nichts Besonderes gesagt worden.

„Aber ist es nicht teilweise auch *seine* Schuld?", fauchte Monte. Seine Augen verdunkelten sich vor hilfloser Wut. „Hätte er besser zu Wilbets Vorlieben gepasst, und hätte er dieselben Dinge gemocht, dann wäre Wilbet vielleicht nie zu diesen Prostituierten gegangen. Es hätte etwas sein können, das sie zusammen genießen konnten."

Lukas starrte seinen *Érosgápe* mit bleichem Gesicht an. „Willst du damit sagen, Geliebter, dass nichts von all dem passiert wäre, wenn es Kerry gefallen hätte, dass Wilbet ihm Gewalt angetan hat?"

„Genau." Monte nickte eifrig. „Ich bin sicher, er hat nicht einmal versucht, es zu mögen."

Lukas blinzelte ein paarmal, dann erhob er sich vom Tisch. „Steh auf. Sofort."

Monte schluckte.

Lukas knirschte sichtlich mit den Zähnen. „Würdest du das vielleicht gern ausprobieren? Sehen, ob du ‚versuchen kannst, es zu mögen', wenn du geschlagen wirst? Vielleicht sollten wir herausfinden, wie du das findest, wenn wir wieder zuhause sind."

Montes Kinn zitterte, und seine Augen füllten sich mit Tränen. „Sei nicht böse auf mich, Geliebter. Bitte. Ich meinte damit nicht … er ist … bitte, Lukas."

„Tut meine Abscheu über das, was du gesagt hast, weh?", sagte Lukas und knüllte seine Serviette, die er immer noch in der Hand hielt, zu einem Ball. „Versuch doch einfach, es zu mögen. Denn es wird sich nicht in absehbarer Zukunft ändern."

Streit zwischen *Érosgápe* verursachte intensiven emotionalen Schmerz, das wusste Kerry, aber zu sehen, wie Monte angesichts von Lukas' Zorn zusammenbrach, war dennoch unglaublich befriedigend. Kerry nahm einen Schluck Orangensaft und wartete.

„Es tut mir leid", sagte Monte. Er atmete heftig, und dicke Tränen liefen ihm übers Gesicht. „Ich wollte nur–"

„Ich will deine Rechtfertigungen nicht hören. Entschuldige dich bei Kerry, und dann gehen wir."

Zuerst schien Monte sich dagegen zu sträuben, aber dann drehte er sich mit tränenfeuchten Augen und roter Nase zu Kerry um. Er schaute ihn jedoch nicht an. Stattdessen starrte er über Kerrys Schulter hinweg. „Es tut mir leid. Es war schrecklich von mir, das zu sagen. Es war nicht deine Schuld. Es war … Wilbets." Seine Stimme brach, und er ließ den Kopf hängen. „Es war Wilbets Schuld. Es tut mir leid. Es tut mir sehr leid."

Kerry biss die Zähne zusammen. *Ich vergebe dir nicht*, lag auf seiner Zunge, aber er hielt sich zurück. Es war ihm wichtiger, dass sie endlich gingen, anstatt das Messer noch tiefer hineinzustoßen. Dennoch konnte er sich nicht enthalten zu sagen: „Ich werde erneut darum ersuchen, bei meiner nächsten Hitze einen Surrogat-Alpha zu nehmen. Werdet ihr dem stattgeben?"

Lukas und Monte wechselten einen langen Blick. Dann schüttelte Lukas den Kopf.

Kerry stand auf und legte seine Serviette auf den Tisch. Ohne ein weiteres Wort verließ er das Restaurant. Weder Lukas noch Monte versuchten, ihn aufzuhalten. Er ging nach oben, um seine Tasche und seinen Autoschlüssel zu holen, dann zögerte er nicht länger, sondern verließ das Hotel, ohne sich zu verabschieden.

Wozu taugte eine Entschuldigung, wenn sie doch vorhatten, ihn weiterhin zu missbrauchen und seinen Körper zu benutzen? Zu gar nichts.

Wie verabredet, wartete Janus an der Straßenecke, und sein Anblick – schlank und stark, groß und aufrecht an der Fassade der Apotheke lehnend – traf Kerry mitten ins Herz. Er konnte kaum etwas durch seine Tränen sehen, als er am Straßenrand anhielt, und er verbarg das Gesicht in den Händen. Sein Haar fiel wie ein Vorhang zu beiden Seiten herunter.

Janus stieg in den Wagen und setzte sich auf den Beifahrersitz. „Mein Herz, Wolfgott, was ist passiert? Warum weinst du?"

„Ich bin so froh, dich zu sehen", keuchte Kerry. Seine Nase war ganz verrotzt, und ein Schluchzen machte ihm die Kehle eng. „Ich bin einfach nur so froh, dass du hier auf mich gewartet hast."

Janus gab einen verwirrten Laut von sich, aber er griff über die Mittelkonsole und zog Kerry zu sich. Er achtete darauf, nicht zu sehr auf Kerrys Babybauch zu drücken, dann begann er, das Lied von letzter Nacht zu singen. Ein Lied, das Kerry auswendig lernen und auch für ihn singen wollte.

Ihr persönliches Schlaf- und Liebeslied.

KAPITEL 22

IN DER WOCHE nach dem anstrengenden Treffen mit den Monhundys ging es hektisch zu. Ein heftiger Sommersturm hatte eine Mine überflutet und mehrere Bergleute eingeschlossen. Nachdem sie gerettet worden waren, benötigten sie medizinische Versorgung für verschiedene Probleme, von Unterkühlung über Wunden bis hin zu Panikattacken. Zusammen mit den täglichen Patienten und den Omegas, die kurz vor der Geburt standen oder bei denen die Wehen tatsächlich einsetzten (und die glücklicherweise alle überlebten), hatte Janus lange, anstrengende, Arbeitstage. Ganz zu schweigen von der medizinischen Pflege, die Charlie noch immer benötigte, während er sich erholte. Am Ende war Janus zu erschöpft, um seinen Antwortbrief an Yosef Deckel zu schreiben und Kerrys Lage zu erläutern. Und beinahe fehlte ihm sogar die Energie, um in der Nacht Kerry zu genießen.

Aber schließlich war die Woche vorüber und der Ruhetag angebrochen. Es gab keine wirklichen Notfälle, und auch Charlie war mittlerweile entlassen und auf dem Weg nach Hause, sodass Janus ein wenig ausschlafen konnte. Danach ließ er sich Zeit für ein ausgiebiges Frühstück und ging für ein paar Stunden hinunter an den See, um sich zu sonnen. Und Wolfgott, es fühlte sich so gut an.

Besonders alles mit Kerry. Das fühlte sich perfekt an.

Janus war aufgefallen, dass Kerry mit seinem Stapel Babysachen gut vorankam. Aber daneben arbeitete Kerry auch an einer Strickerei, die er jedoch verbarg, wann immer Janus in der Nähe war. Janus nahm an, es sollte eine Art Geschenk werden, wollte sich jedoch keine Hoffnungen machen, nur um dann vielleicht enttäuscht zu werden, falls sich herausstellte, dass es etwas für Zeke war. Aber die Vorstellung, dass Kerry vielleicht an einem Geschenk für ihn arbeitete, bereitete ihm trotzdem viel Freude. Was immer es war, ganz sicher würde es in jeder Hinsicht perfekt sein.

So wie Kerry.

Er stutzte bei diesem Gedanken. In letzter Zeit hatte er immer solche Gedanken gehabt, unwillkürlich und impulsiv, aber …

Objektiv betrachtet, war Kerry alles andere als ein perfekter Mann. Aber es brachte nichts, sich das zu sagen, denn ein bedeutender Teil seiner selbst wollte Kerry besitzen, und dieser Teil war gewillt zu kämpfen.

In seinen Augen *war* Kerry perfekt. Es war seltsam. Noch nie hatte er gegenüber irgendeinem Omega so empfunden. Und abgesehen von *Érosgápe*, hatte er auch noch nie von einem anderen Alpha diese Art von Gefühlen beschreiben gehört. War das Liebe?

Die Sonne war bereits auf halbem Weg zu ihrem Zenit, und er beschloss, seine Sorgen im kühlen Wasser des Sees zu ertränken, bevor er zum Haus zurückging, um seinen Brief an Yosef zu schreiben. Er watete in den See und spürte den heilenden Balsam des Wassers auf seiner erhitzten Haut. Mit einem Seufzen tauchte er ein und schwamm ein ganzes Stück hinaus. Als er wieder auftauchte, drehte er sich auf den Rücken und ließ sich treiben. All der Stress, die Anspannung und Sorgen fielen von ihm ab. Wenn jetzt noch Kerry hier bei ihm gewesen wäre, dann wäre es perfekt gewesen.

Und da war das Wort wieder. *Perfekt.*

Janus richtete sich auf und trat Wasser. Er sah zum Haus hinauf und fragte sich, was Kerry wohl gerade machte. Zuletzt hatte er zusammen mit Pater die ungenutzten Zimmer der Pension gelüftet, nachdem am Morgen eine Nachricht aus Blumzound gekommen war.

Obwohl Ruhetag war, konnte man Zeke augenscheinlich mit der Aussicht auf ein ansehnliches Extra-Einkommen dazu bewegen, die geschlossenen Zimmer für Reisende zu öffnen, die den mirakulösen See von Huds Basin besuchen wollten. Durch die Bäume hindurch konnte Janus sehen, dass sich auf dem Pfad etwas bewegte. Wahrscheinlich Kerry, der endlich mit seiner Arbeit fertig war und nun herunterkam, um Janus im See Gesellschaft zu leisten.

Janus duckte sich unter die Wasseroberfläche und schwamm zum Ufer.

Als er voller freudiger Erwartung auftauchte, sah er zum Pfad, konnte aber niemanden entdecken. Schließlich erreichte er das flache Uferwasser, stand auf und trat auf den Strand, nackt wie immer. „Kerry?", rief er.

Dann tauchte eine Gestalt auf dem Pfad auf, die Janus als Allerletztes hier erwartet hätte. Er blinzelte verwirrt und glaubte ernsthaft zu träumen. Aber nein, als er genauer hinsah, musste er zugeben, dass die Person real war.

Aus dem schattig-grünen Tunnel der Bäume trat Caleb in die Sonne, ein strahlendes Lächeln im Gesicht und ein Baby vor seine Brust geschnallt. „Janus!", rief er. „Ich hatte schon befürchtet, du würdest hier in den Bergen wild werden. Und wie es aussieht, hatte ich damit recht."

Janus marschierte auf ihn zu, klatschnass und höllisch verwirrt, aber er nahm Caleb fest in die Arme und machte dessen weiße Kleidung – und das Baby – ebenfalls nass. Dann ließ er ihn los und musterte ihn von oben bis unten. „Du bist hier? Warum? Wie?"

„*Wie* ist einfach. Wir sind mit dem Zug gekommen. Dann mussten wir über Nacht auf jemanden warten, der gewillt war, uns mit dem Auto hierher zu fahren, weil ich nämlich nicht vorhatte zu riskieren, dass Bekhem sich in einer Kutsche den Hals bricht. Und das *Warum* ist auch nicht schwer: Du hast nicht zurückgeschrieben, und Ray erzählte von deinem Anruf und dass du nach einem

Anwalt gefragt hast. Und nach deinen fast täglichen Briefen und dann der plötzlichen Funkstille war diese Information, gelinde gesagt, besorgniserregend."

„Und da bist du mit deinem neugeborenen Sohn auf den nächsten Zug gesprungen?"

„Ja", sagte Caleb lachend. „Oh, Xan war nicht besonders glücklich darüber, das kann ich dir sagen."

„Ist er auch hier?"

„Nein, auf dieser Reise ist Yosef mein Begleiter. Xan und Urho wollten mitkommen, aber ich bestand darauf, dass sie bleiben und sich um unsere beiden anderen Kinder kümmern. Und ehrlich gesagt, brauche ich mal eine Pause von meinem Alpha und meinem Doktor. Sie sind wie Glucken, wenn ich schwanger bin oder noch stille. Erdrücken mich fast mit ihrer Liebe. Es ist grauenvoll." Caleb grinste. „Aber ich bin glücklich. Und trotzdem auch froh, ein paar Tage ohne sie zu sein." Er legte Janus einen Arm um die Schultern. Das Baby an seiner Brust schlief einfach weiter und merkte offenbar gar nicht, dass es nass geworden war. „Also erzähl mal. Was ist los? Wie kann ich helfen?"

„Du kannst helfen, indem du ihn nicht anfasst." Kerrys Stimme war tief und drohend. Caleb trat hastig von Janus zurück.

Janus drehte sich wieder zum Pfad um, wo Kerry mit einem ausgebreiteten Handtuch stand. „Du hast das hier wieder vergessen", sagte er und ließ Caleb nicht aus den Augen. Die Brise vom See her zerzauste sein langes Haar und ließ das Handtuch flattern. „Wie immer."

Janus nahm ihm dankbar das Handtuch ab und bedeckte sich damit. Nacktheit war etwas, an das er sich so sehr gewöhnt hatte, vor allem beim Schwimmen im See, dass er nicht einmal daran gedacht hatte, welchen Eindruck er bei Caleb hinterließ. Außerdem hätte der Anblick von Janus' Körper ohnehin keine Wirkung auf Caleb gehabt, wegen seiner persönlichen Besonderheit. Abgesehen vielleicht von dem einen oder anderen Scherz später, nachdem sie ein, zwei Drinks gehabt hatten.

Kerry aber schien ganz und gar nicht glücklich darüber zu sein, Janus nackt mit seinem alten Freund vorzufinden, und als Janus einen Arm ausstreckte, um Kerry an sich zu ziehen und ihn vorzustellen, trat Kerry zur Seite und watschelte wieder zurück den Pfad hinauf. Mit langsameren Schritten, als ihm offensichtlich lieb war.

„Oh, Mann", murmelte Caleb. „Das war nicht der erste Eindruck, den ich bei ihm hinterlassen wollte. Sicher weiß er doch, dass ich nicht … nun ja, das wir nicht …? Er weiß, dass ich an so etwas kein Interesse habe, richtig?"

Janus zuckte die Achseln. „Es ist nicht so, als würde ich deine Privatangelegenheiten verbreiten, Caleb. Den Teil habe ich für mich behalten. Ich bin nicht sicher, was er über dich denkt, aber er weiß, dass ich dich einst geliebt habe."

„Oh. Gut", sagte Caleb mit einem leisen Lachen. „Einst. Das liegt also jetzt in der Vergangenheit? Was für eine Erleichterung."

Janus lachte beinahe ebenfalls. Caleb hatte so eine Art, die ihn oft zum Lachen brachte. Aber er hielt sich zurück aus Angst, dass Kerry ihn vielleicht hörte und dachte, er würde über ihn lachen. „Ja. Das liegt jetzt in der Vergangenheit. Ich hoffe, du fasst das nicht als Kränkung auf."

„Es ist das Beste, was ich seit Wochen gehört habe. Na ja", lenkte er mit einem Blick auf das Baby in seinen Armen ein. „Wenigstens das Beste, was ich heute gehört habe. Ich höre sehr gern die Laute von dem Kleinen hier und das Lachen meiner beiden anderen. Aber wirklich, Janus. Wenn du ihm hintergehen und die Sache bereinigen musst, dann tu das."

„Ich bringe das mit ihm schon wieder in Ordnung. Aber zuerst erklär mir noch einmal, was du hier machst. Ich bin nicht ganz sicher, ob ich das verstanden habe."

Während er sich abtrocknete und anzog, erklärte Caleb ihm seine Entscheidung, für einen kurzen Aufenthalt nach Huds Basin zu kommen und zu helfen, wie immer er konnte. Und Janus überkam große Erleichterung, als ihm klar wurde, dass es sich bei Calebs Reisebegleiter um *den Yosef* handelte – den Anwalt, von dem Ray überzeugt war, dass er Kerry helfen konnte.

Wolfgott, brauchte Kerry Hilfe. Und so sehr, wie Janus in ihn verliebt war, brauchte er selbst auch welche.

„Danke", sagte er mit rauer Stimme und zog Caleb mitsamt dem Baby erneut in seine Arme. „Ich weiß gar nicht, wie ich dir danken soll."

Caleb drückte ihn fest, dann löste er sich von ihm. „Dich hier zu sehen, so verändert und wieder mehr der Janus, der du warst, als wir uns kennenlernten – das ist genug Dank für mich." Er lächelte. „Jetzt lass uns gehen und sehen, ob wir deinen Omega wieder in gute Laune versetzen können."

KERRY HATTE KEINE Ahnung, für wen dieser Caleb Riggs sich hielt, einfach hier aufzukreuzen mit seiner weißen Kleidung und seinem breiten Lächeln, leuchtend und wunderschön, nachdem er gerade erst ein Kind geboren hatte, aber Kerry hasste ihn. Besonders hasste er, wie Janus' Augen aufleuchteten, wenn er Caleb ansah.

Er hasste es.

Was albern war und unhöflich und Janus zufolge komplett unbegründet. Aber es spielte keine Rolle, denn Kerrys Herz war bitter, und Calebs strahlendes Lächeln zu sehen, machte es nur noch schlimmer. Da war ein Mann, der alles hatte, was er sich wünschte, darin eingeschlossen offenbar ein Leben, in dem er Kinder gebar, die er wollte, gezeugt mit einem Mann, den er liebte. Wie schön für ihn!

Kerry hätte kotzen können.

Das Abendessen verlief nervtötend fröhlich. Janus und Caleb erzählten Geschichten aus ihrer gemeinsamen Vergangenheit, Und Caleb brachte Janus auf den neuesten Stand, was ihre Familie und Freunde betraf. Kerry stocherte in seinem Essen und wünschte, sie würden alle einfach die Klappe halten.

Pater genoss den Abend natürlich immens und lachte mit den anderen. Verräter. Kerry warf ihm einen finsteren Blick zu, aber Pater verdrehte darüber nur gutmütig die Augen.

„Und was machen Sie so, Mr. Deckel?", fragte Pater schließlich den schlanken Mann mit dem gepflegten weißen Haar und Bart. Er sah aus wie Ende vierzig – vielleicht war er auch schon in den Fünfzigern – und war so stilvoll gekleidet, dass Kerry ihn auf der Stelle unsympathisch fand.

Er hatte in der Stadt Männer getroffen, die sich wie Yosef Deckel kleideten, und sie waren durch die Bank reiche, eingebildete Arschlöcher gewesen. Natürlich waren sie auch alle Freunde von Wilbet gewesen, und dieser Mann war viel zu alt, um da hineinzupassen. Aber der sorgsam getrimmte Bart, der makellose Schnitt und Fall seiner Anzughose ... eindeutige Beweise gegen seinen Charakter, unabhängig vom Alter.

„Ich bin Fachanwalt für Vertragsrecht. Aber in letzter Zeit habe ich angefangen, mich auf Omegarechte zu spezialisieren", antwortete Mr. Deckel mit einem Lächeln. „Das ist zum Teil der Grund, warum ich Caleb auf dieser Reise begleite. Wie ich gehört habe, könnten Sie meine Hilfe gebrauchen."

Pater riss die Augen auf und griff aufgeregt nach Kerrys Arm. „Oh, Wolfgott sei gesegnet, das können wir in der Tat."

„Eigentlich können wir *nicht*", sagte Kerry mit verkniffener Miene. Er warf einen zornigen Blick in Janus' Richtung.

„Sei nicht–"

Kerry stand abrupt vom Tisch auf. „Wir brauchen seine Hilfe

nicht."

„Setz dich wieder", sagte Janus in einem tiefen Alpha-Befehlston, dem Kerry gehorchen *wollte*, aber er hob trotzig das Kinn und weigerte sich. Stattdessen stürmte er aus dem Zimmer. Na ja, er watschelte aus dem Zimmer. Er war seit über einem Monat nirgends mehr hingestürmt.

Janus folgte ihm auf den Fersen, packte Kerrys Ellenbogen und bremste ihn im Flur aus, bevor er die Treppe erreichen konnte. „Was soll das? Das ist der Mann, den ich engagieren will. Jetzt ist er hier und bereit zu helfen, und du weigerst dich? Wieso?"

Kerry riss seinen Arm weg. „Ich mag ihn nicht."

Verdattert riss Janus die Hände hoch. „Wieso denn nicht?"

„Weil ..." Kerrys Blick zuckte zurück in Richtung der Küche. Es war still dort. Wahrscheinlich lauschten sie.

„Weil er mit Caleb gekommen ist?", schnaubte Janus. „Wie oft muss ich dir noch sagen, dass Caleb keine Bedrohung für dich darstellt? Aber diese ... Sturheit von dir, und die Eifersucht – das *sind* Bedrohungen für dich, für *uns*!"

„Es gibt kein Uns, Janus", gab Kerry zurück. „Wie oft muss *ich dir* das noch sagen?"

Und dann lachte Janus. Er lachte so sehr, dass ihm die Tränen kamen und er fast einen Schluckauf bekam.

„Was?", fauchte Kerry.

Janus wischte sich die Augen, atmete lang und geräuschvoll aus und stieß schließlich hervor: „Rede dir das nur weiter ein. Es wird nichts ändern, Kerry. Es gibt definitiv ein Uns, und das weißt du ganz genau. Aber wenn du lieber einen Eifersuchtsanfall haben willst, bevor du ihre Hilfe annimmst, nur zu."

Kerrys Gesicht wurde heiß bis unter die Haarwurzeln, und er zog eine wütende Grimasse.

Janus jedoch gab nicht nach. „Schon gut. Sei nur ängstlich und wütend. Das steht dir zu. Aber sie sind hergekommen, um sowohl mir als auch dir zu helfen, und sie werden nicht so leicht aufgeben."

„Ohne meine Zustimmung können sie *gar* nichts tun."

„Mein Herz, du bist die frustrierendste Person, der ich je begegnet bin, und ich liebe dich. Wenn du glaubst, ich lasse dich diese Chance einfach wegwerfen …" Janus warf die Hände in die Luft. „Dann geh nur. Geh nach oben, schmolle und tu, was immer du tun musst. Aber wenn du heute Nacht in mein Zimmer kommst, dann werde ich wissen, dass du bereit bist, für uns zu kämpfen."

Kerry tat, was Janus sagte, eilte hinauf in sein Zimmer und riss dort das Fenster auf, um hinab auf den See zu starren. Kiwi begann zu tschilpen, als er ihn sah, und Kerry ging zu ihm, nahm ihn aus seinem Käfig und küsste den kleinen Schnabel.

„Er denkt, er könnte mich so lange nerven, bis ich tue, was er will, hm?" Kerry straffte die Schultern, sein Magen drehte sich um. Tränen stiegen ihm in die Augen, aber er blinzelte sie fort. „Ich bin nicht sein Omega", flüsterte er. „Das kann ich nie sein."

In dieser Nacht ging er nicht in Janus' Zimmer.

Und auch nicht in der nächsten.

Aber am dritten Tag von Calebs und Mr. Deckels ärgerlichem Besuch lief er Janus am See über den Weg, und ohne Worte fielen sie einander in die Arme, ausgehungert und voller Begehren, ihren Bund zu erneuern.

Und hinterher musste Kerry schwer atmend, befriedigt und – zum ersten Mal, seit er Caleb in Janus' Umarmung gesehen hatte – *glücklich* zugeben, dass Janus recht hatte. Es gab ein Uns, und trotz seiner Furcht und Eifersucht war er bereit, dafür zu kämpfen.

Wenn dieser attraktive Alpha jetzt nur lernen würde, es gut sein zu lassen.

KAPITEL 23

„ICH WEIß, ICH habe gesagt, ich würde dir Zeit lassen", räumte Janus ein. Zärtlich strich er Kerry das Haar hinters Ohr. „Aber mein Herz, wir haben nicht mehr viel Zeit. Was geschieht, wenn er erst geboren ist?"

Kerry rollte sich auf den Rücken und schaute hinauf zu den weißen Wattewolken, die fröhlich über den Himmel zogen. „Müssen wir jetzt darüber reden? Wir haben gerade Liebe gemacht."

Janus grinste. „Sag das nochmal."

Kerry verdrehte die Augen und schlug spielerisch Janus' Hand weg, die gerade seinen Babybauch gestreichelt hatte. Das Baby drehte darin einen Purzelbaum, und Kerry seufzte. „Du hast mich schon beim ersten Mal verstanden."

„Das stimmt. Aber ich hätte nie gedacht, du würdest zugeben, dass es das ist, was wir tun. Bisher hast du immer darauf beharrt, dass es nur Pheromondelirium und Alpha-Beschützerinstinkt ist."

Kerry, der froh war, Janus vom Thema abgebracht zu haben, lächelte und drehte sich wieder auf die Seite. Mit einer Hand glitt er an Janus' Brust aufwärts. „Wir könnten es noch einmal machen. Der Tag ist noch jung, und du fühlst dich in mir so gut an."

Janus stöhnte und beugte sich hinab, um Kerry zu küssen, seine Zunge warm und fordernd in Kerrys Mund. Aber dann riss er mit einem Lachen seine Lippen fort und stupste Kerrys Nase mit dem Finger an. „Also bitte! Du versuchst, damit durchzukommen, dass du mir nicht antwortest, oder? Das wird nichts. Wie lautet dein Plan, Kerry? Was passiert, wenn das Baby da ist?"

Kerry stöhnte frustriert; sein Ablenkungsmanöver hatte versagt. Er setzte sich auf und zog ein Handtuch über seinen Schoß, um seinen halb harten Schwanz zu bedecken. „Es wird dir nicht gefallen."

„Ich bin sicher, das wird es nicht", stimmte Janus zu. „Sag's mir trotzdem."

„Ich werde ihn hier zur Welt bringen. Dann aber muss ich mit ihm in die Stadt gehen, wo ich ihn zwei Jahre lang stillen werde. Danach komme ich zurück, warte auf meine nächste Hitze, und dann …" Kerry zuckte die Achseln. „Geht alles wieder von vorn los."

Janus knirschte hörbar mit den Zähnen. „Ich bin in Versuchung, an dem Gedanken hängen zu bleiben, dass du denkst, du würdest eine weitere Hitze mit *ihm* verbringen. Aber das werde ich nicht zulassen. Yosef sagt, dass–"

„Ja. Ich weiß. Aber ich will weder dir noch ihm glauben. Es wird zu sehr schmerzen, wenn sich herausstellt, dass ihr beide euch irrt."

Janus streichelte Kerrys Wange und ließ das Thema fallen. „Aber das Baby, Kerry. Was passiert mit dem Baby nach den zwei Jahren in der Stadt?"

Kerry schluckte schwer. „Ich werde ihn dort lassen. Monte und Lukas werden ihn aufziehen. Das ist, was sie wollen. Und ich will das auch."

Janus starrte ihn an. Seine Wangen waren so bleich, als hätten sie nie die Sonne gesehen. „Das kannst du nicht tun."

„Ich kann, und ich werde."

Janus schluckte hörbar. „Kerry, sie haben ein Ungeheuer aufgezogen."

„Sie sind keine vollkommen schlechten Menschen", flüsterte Kerry und legte eine Hand auf seinen Bauch. Er fühlte, wie das Baby sich unter seiner Handfläche regte. „Und sie werden mich ihn auf keinen Fall behalten lassen, selbst wenn ich das wollte."

„Und du willst das nicht?"

„Ich kann ihn nicht lieben, Janus. Ich habe es versucht."

„Mein Herz, du hast dir gar nicht erlaubt, ihn zu lieben, weil du nicht vorhast, ihn zu behalten."

Kerry stöhnte gequält. „Wo liegt das Problem dabei? Ich bin für die Familie ein Mittel zum Zweck. Er wird der Erbe sein, falls er ein Alpha ist, und falls nicht, dann der erstgeborene Sohn, und …" Kerry zuckte die Achseln. „Er wird es besser haben bei Männern, die ihm nicht vorwerfen, woher er stammt."

„Kerry …"

„Ich sagte ja, es würde dir nicht gefallen. Aber ich war ehrlich", sagte Kerry bitter, rollte sich wieder auf den Rücken und beendete damit den Augenkontakt. „Können wir es damit bitte einfach gut sein lassen? Tut mir leid, dass ich dich enttäusche. Es tut mir leid, dass ich kein Mann bin, der bedingungslos lieben kann. Ich habe es versucht, aber Janus, du warst nicht dabei, als er … als Wilbet …" Kerry wurde die Kehle so eng, dass er fast nicht mehr atmen konnte.

„Schh", machte Janus, zog ihn an sich und küsste sein Haar und seine Wange. „Ich weiß. Ich weiß."

„Du weißt *gar* nichts. Er hat mich gewürgt. Er hat mich geschlagen. Er kneift und beißt, aber nicht aus Leidenschaft, sondern weil er mich schreien hören will. Er *kann nicht kommen*, außer er hört meine Schreie, begreifst du das? Und falls dieses Kind auch nur eine einzige Eigenschaft seines Vater geerbt hat, dann werde ich es verabscheuen. Abgrundtief. Wie sollte ich auch nicht?"

Janus tröstete Kerry und drückte ihn an sich. „Es tut mir leid. Ich verstehe. Es ist deine Entscheidung, Kerry. Es hätte immer deine Entscheidung sein sollen."

Kerry ließ sich von Janus in den Armen halten und wiegen. Er war verwirrt darüber, dass Janus' schnelle Kapitulation ihn ärgerte.

Er hatte keine Ahnung, wieso er wollte, dass Janus um das Baby kämpfte. Vielleicht musste er einfach nur wissen, dass, sollte er sich entscheiden, Mr. Deckels Hilfe anzunehmen und das Baby zu behalten, Janus es ebenfalls haben wollen würde. Hatte er mit seiner Aufrichtigkeit alles ruiniert? „Denk nicht darüber nach", sagte Kerry, immer noch einen Kloß in der Kehle. „Was ich gerade gesagt habe … vergiss es einfach. Bitte. Ich will nicht, dass du in dieser Weise von mir denkst."

„Ich liebe dich", sagte Janus mit heiserer Stimme. „Ich werde dafür sorgen, dass dir so etwas nie wieder passiert. Vorher würde ich ihn töten."

„Viel Glück damit", sagte Kerry mit einem kurzen, bitteren Lachen. „Er wird hervorragend bewacht."

„Unfälle passieren immer wieder", antwortete Janus düster.

„Nein", murmelte Kerry. „Das Letzte, was ich will, ist, dass du auch noch im Gefängnis landest. Lass es einfach gut sein."

„Nein, das kann ich nicht und werde es nicht. Und du auch nicht. Deshalb ist Yosef hier, und Caleb – um dir da rauszuhelfen. Wir werden tun, was immer nötig ist, um dich zu beschützen."

„Ich kann auf mich selbst aufpassen."

Janus nickte, aber sie wussten beide, dass das nicht stimmte. „Caleb will dir ebenfalls helfen, weißt du? Mit Geld. Mit dem gesellschaftlichen Einfluss, den mein Cousin Xan besitzt. Wie immer er kann."

Kerry verspannte sich ein wenig in Janus' Armen. „Wieso sollte ich Hilfe von dem hinreißenden Omega deines Cousin annehmen? In den du einst verliebt warst!"

Janus vergrub seine Nase in Kerrys Haar. „Dir gehört jetzt mein ganzes Herz. Dir und dir allein."

Kerry ließ Janus seinen Hals küssen, und dann machten sie erneut Liebe.

Aber Kerry konnte die Eifersucht auf den engelsgleichen Mann, der wie ein Traumwesen aufgetaucht war und nun das Haus mit seinem Duft und herzlichem Lachen erfüllte, nicht vollkommen ablegen. Wie sollte Kerry je mit einem wunderschönen, kultivierten Omega wie ihm konkurrieren?

Aber er nahm an, wenn Janus akzeptierten musste, dass Kerry einem anderen Alpha gehörte, dann musste Kerry wohl akzeptieren, dass ein Teil von Janus Caleb gehörte. Trotzdem … er hätte dem Mann am liebsten die Augen ausgekratzt dafür, dass Janus' Herz ihm zuerst gehört hatte.

AM NÄCHSTEN MORGEN beim Frühstück – das im Esszimmer anstatt in der Küche stattfand, um allen Gästen Platz zu bieten – stimmte Kerry zu, sich mit Mr. Deckel allein ins Wohnzimmer zu setzen und ihm über seine Situation Rede und Antwort zu stehen, so gut er konnte.

„Zu diesem Zeitpunkt sind wir immer noch in der Informationsphase", sagte Mr. Deckel, während er seinen Toast butterte. „Ich muss die Situation in- und auswendig kennen und verstehen, was bedeutet, dass ich mit deinem Pater und sehr wahrscheinlich auch mit Janus reden muss – sofern die beiden dazu bereit sind und du dein Einverständnis gibst."

„Wenn es hilft", sagte Pater. „Ich würde bereitwillig meine Seele Wolfgottes gefallenen Kindern überlassen, wenn es hilft."

„Ich beantworte gern alle Fragen," sagte Janus. „Wenn Kerry damit einverstanden ist, dass ich erzähle, was ich – unter anderem – über die *Einzelheiten* unseres Lebens weiß."

Kerry schlug die Augen nieder und nickte. Zum ersten Mal verstand er, warum seine Schwiegereltern wichtige Dinge nicht gern während des Essen besprachen. Er musste zugeben, dass ihm der Appetit vergangen war. Dennoch pickte er kleine Bissen von seinem

Rührei heraus und bekam auch ein paar Schlucke von der herzhaften Morgenbrühe herunter, die Pater serviert hatte. Dann legte er seinen Löffel beiseite. Er wartete noch, bis alle anderen mit ihrem Frühstück fertig waren, dann stand er auf, schob seinen Stuhl zurück und fragte Mr. Deckel: „Also, wie fangen wir an?"

„Ich würde gern zuerst mit Janus sprechen. Wenn ich recht verstanden habe, erfordert sein Stundenplan, dass er ein bisschen den Berg hinaufklettern muss, um zur Arbeit zu kommen, und vor dem späten Nachmittag oder Abend nicht zurück sein wird. Das Gespräch sollte nicht allzu viel Zeit in Anspruch nehmen, da er kaum Erfahrungen mit der Familie deines Vertrags-Alphas gemacht hat. Den größten Teil des restlichen Tages werde ich dann wohl mit dir verbringen, Kerry. Und Zeke, falls es dir recht ist, hätte ich gern heute Nachmittag irgendwann eine Stunde mit dir."

„Das klingt für mich alles sehr gut."

„Kerry?", fragte Mr. Deckel. Seine freundlichen Augen baten Kerry um die Zustimmung, die schlimmsten Erinnerungen seines Lebens ausgraben zu dürfen.

„Ja. Ich werde in der Zwischenzeit ..." Er verstummte und warf einen Seitenblick zu Caleb, der in der Morgensonne, die durchs Fenster schien, geradezu leuchtete. Sein Haar funkelte in dem goldenen Licht. Ganz gleich, was Janus gesagt hatte – wie sollte man einfach aufhören können, jemanden zu lieben, der so aussah? Er räusperte sich. „Ich werde in meinem Zimmer warten, wenn es recht ist."

„Ich habe zu arbeiten, Mr. Riggs, aber Sie können sich hier sich im Haus oder auf dem Grundstück vollkommen frei fühlen und sich umschauen", sagte Pater.

„Natürlich", antwortete Caleb leise. „Ich wollte noch einmal zum See hinunter gehen und meine Füße eintauchen. Es heißt, sein Wasser habe heilende Kräfte."

„Das ist in der Tat so", bestätigte Pater voller Überzeugung.

Kerry konnte nicht umhin hinzuzufügen: „Sei auf dem Pfad vorsichtig wegen des Babys. Es gibt hier Wildkatzen. Wir wollen ja nicht, dass der Kleine gefressen wird."

Schockiertes Schweigen am Tisch. Caleb riss die Augen so weit auf, dass es beinahe zum Lachen war, dann beugte er sich hinab, um seinem Sohn einen Kuss auf das weiche, hellbraune Haar zu geben. Kerry wünschte, er empfände nicht solche Befriedigung darüber, den selbstbewussten und unerschütterlichen Mann aus der Bahn geworfen zu haben.

„Hör nicht auf Kerry", sagte Janus mit einem verlegenen Lachen. „Er macht gern Scherze über die Wildkatzen, aber ich bin jetzt seit Monaten hier und habe noch keine gesehen."

Kerry warf Janus einen vernichtenden Blick zu. „Ich scherze nicht." Er erhob sich und hatte es so eilig, aus dem Zimmer zu kommen, dass er beinahe über den dicken Teppich unter dem Tisch gestolpert wäre. „Es gibt hier Wildkatzen, und das Baby sollte draußen zu keinem Zeitpunkt unbeaufsichtigt bleiben."

„Ich bin sicher, Mr. Riggs hat nicht vor, das Bab–", begann Pater, aber Kerry brachte auch ihn mit einem Blick zum Schweigen.

„Entschuldigt mich. Ich bin heute nicht in der Stimmung für Gesellschaft", sagte Kerry. „Ich sollte auf mein Zimmer gehen und mich für das Gespräch mit Mr. Deckel sammeln."

„Bitte nenn mich Yosef."

Kerry nickte. „Gern. Bis dahin also."

Er versuchte, elegant aus dem Zimmer zu gleiten, aber sein Bauch machte das unmöglich. Also watschelte er mit so viel Würde, wie er aufbringen konnte – was wahrscheinlich nicht allzu viel war – und ließ die Gruppe in peinlichem Schweigen zurück.

Sollten sie sich ruhig unbehaglich fühlen. Er selbst fühlte sich körperlich schon seit Monaten so, und jetzt mit der Invasion durch den Ex-Geliebten, oder Ex-*Irgendwas*, fühlte er sich noch unbehaglicher. Warum also nicht die „Freude" teilen?

Als er oben ankam und den Flur entlang zu seinem Zimmer ging, hörte er, wie unten Stühle über den Boden geschoben wurden, dann Paters Entschuldigung für Kerrys Benehmen. Rasch gefolgt von der Bestätigung, dass es hier in der Tat Wildkatzen gab, und dass es, auch wenn sie überwiegend harmlos waren, nicht schaden konnte, unten am See besonders achtzugeben.

Kiwi pickte an seinem kleinen Spiegel, und als er Kerry hereinkommen sah, drehte er sich um und tanzte mit forderndem Gezwitscher und Geschrei auf der Stange. Kerry befreite ihn aus dem Käfig, nahm ihn auf die Hand und ließ ihn dann zwischen seinen Handfläche hin und her trippeln. Schließlich schüttelte Kiwi seine Federn, flog quer durchs Zimmer und landete auf der Fensterbank, um hinaussehen zu können.

„Möchtest du ein Bad?", fragte Kerry, dem einfiel, dass er bei all den Ablenkungen der letzten Tage nicht oft dazu gekommen war, Kiwi im Waschbecken spielen zu lassen.

Kiwi wackelte aufgeregt mit dem Kopf und gab leise Klicklaute von sich, dann flog er auf Kerrys Schulter. Kerry ging mit ihm zum Waschbecken, wo er den Stöpsel in den Abfluss drückte und den Wasserhahn öffnete. Das Wasser kam ein wenig zu heftig heraus, und Kiwi kreischte entrüstet. Aber Kerry drehte den Hahn wieder zu, bis es nur noch ein dünner Strahl war, dann setzte er Kiwi ins Becken und beobachtete, wie der Vogel seinen Kopf unter das Rinnsal hielt und mal zur einen, mal zur anderen Seite drehte. Schließlich breitete er die Flügel aus und schüttelte sich unter den Wassertropfen.

Kiwis Freude im Wasser erinnerte Kerry an Janus im See. Auch wenn Janus deutlich gemacht hatte, dass er nicht an Huds Basins heilende Kräfte glaubte, liebte Janus es offensichtlich über alles, im See zu schwimmen. In den kühleren Monaten würde Janus das sicher vermissen, es sei denn, er war so verrückt wie einige der älteren Alphas in den Bergen und schwamm sogar im Winter, wenn es schneite und fror. Kerry wusste, er würde dann nicht mehr hier sein, um es herauszufinden. Er würde mit dem Baby in der Stadt sein, es stillen und hoffen, die zwei Jahre in Montes und Lukas' Fängen zu überstehen.

Zumindest hoffte er, zwei Jahre zu haben. Sobald er nicht mehr stillte, würde er innerhalb eines Monats in Hitze gehen und, nun ja, das war etwas, das er so lange wie möglich hinauszögern wollte.

Es klopfte an der Zimmertür. Überrascht, dass Janus' Gespräch mit Yosef schon so schnell vorüber war, schloss Kerry den Wasserhahn. Kiwi ließ er im Waschbecken, sodass der Vogel weiter planschen konnte. Vielleicht war es ja auch Pater, der ihm die Leviten lesen wollte, weil Kerry die Gäste erschreckt hatte – darunter einen, der ihm einen unfassbar unverdienten Gefallen tat. Kerry verdiente die Predigt und würde sie beschämt akzeptieren.

Aber als er die Tür öffnete, fand er nicht seinen Pater vor, sondern Caleb, ohne Baby, mit ruhiger Miene, der ihm auf der Handfläche einen reifen Pfirsich entgegen streckte. „Darf ich reinkommen?"

Kerry nickte und bedeutete Caleb mit einer Geste, auf dem einzigen Stuhl Platz zu nehmen, der im Zimmer stand – vor dem Fenster, wo Kerry ihn vor mehreren Tagen zurückgelassen hatte.

Caleb setzte sich, und Kerry stellte verlegen fest, dass nur noch auf der Fensterbank Platz zum Sitzen war. Oder auf dem Bett, aber dann hätte Caleb sich mitsamt dem Stuhl umdrehen müssen, und Wolfgott, die Situation war auch ohne das schon unbehaglich. Allerdings war es auch nicht einfach, mit einem riesigen Babybauch auf die Fensterbank zu klettern. Er stemmte sich hoch, wenn auch nicht gerade anmutig, und ließ sich langsam nieder.

„Du hättest den Stuhl nehmen sollen", sagte Caleb, als die Sache erledigt war. „Ich hätte es auch angeboten, aber ich bin davon ausgegangen, dass du dich weigern würdest, und tja, jetzt sitzt du ja."

Kerry schnaubte ein leises Lachen und strich sich das lange, lockige Haar hinter die Ohren. Er wünschte, er hätte so perfekt glattes, kinnlanges Haar wie Caleb, anstelle seiner störrischen Kringellocken, die sich in alle Richtungen drehten.

„Nun, zunächst einmal, der Pfirsich ist für dich", sagte Caleb und hob ihn hoch. „Ein Geschenk von einem Mann, der offensichtlich vollkommen vernarrt in dich ist."

„Vernarrt. Wird dieses Wort tatsächlich außerhalb von Liebesromanen benutzt?", murmelte Kerry, ohne den Pfirsich anzunehmen.

„Ich mag Liebesromane", sagte Caleb achselzuckend. „Und da ich selbst dieses Gefühl der Vernarrtheit noch nie erlebt habe, genieße ich es umso mehr, von Figuren zu lesen, die es erleben. Von diesem beinahe gewalttätigen Verliebtsein, das Herzen zum Rasen bringt. Es ist irgendwie bezaubernd."

„Bezaubernd."

Caleb lachte und zuckte erneut mit den Schultern. „Oh, ich weiß nicht. Aber es hat auf jeden Fall etwas. Auf jeden Fall ist es chaotisch, und damit meine ich nicht nur den Sex, der unweigerlich dazu gehört. Ich meine das emotionale Chaos. Ich bin froh, dass ich damit nichts zu tun habe. Oder ich bin *jetzt* froh darüber. Es gab eine Zeit, da dachte ich, mit mir wäre irgendetwas falsch." Er runzelte die Stirn und streckte Kerry erneut den Pfirsich hin. „Aber ich komme vom Thema ab. Janus will, dass ich dir diesen Pfirsich bringe und bleibe, bis du ihn gegessen hast. Laut Janus enthält er viele Nährstoffe für das Kind und reichlich Süße für dich."

Kerry schnaubte erneut. „Er ist also der Meinung, ich brauche heute Morgen etwas Süßes, um mich milde zu stimmen?"

„Ist es nicht so?"

Anstatt über Calebs Direktheit gekränkt zu sein, entspannte Kerry sich überraschenderweise. Er streckt die Hand aus und nahm den Pfirsich. „Danke. Dafür, dass du mir den Pfirsich gebracht und die Nachricht überliefert hast."

„Lass mich bei dieser Gelegenheit ein paar Dinge richtigstellen. Was immer du über Janus und mich denkst, jetzt oder in der Vergangenheit – du irrst dich", sagte Caleb leise. „Hauptsächlich, weil du eifersüchtig bist. Und dazu hast du keinen Grund. Nicht den geringsten."

Kerry wand sich wie ein beschämtes Kind; die Demütigung pulsierte in seinen Adern wie ein lebendiges Ding. „Weil du seine Liebe nicht erwidert hast."

Caleb erschreckte Kerry mit einem perlenden Lachen, das fast genauso hübsch war wie der Mann selbst. Kerry wünschte, er könnte darüber verärgert sein anstatt verzaubert, aber das war er nicht. Nun, höchsten ein kleines bisschen. „Oh, ich habe ihn geliebt, aber nicht so, wie er es wollte. Oder wie er glaubte, es zu wollen." Caleb runzelte die Stirn, und seine Wangen röteten sich. „Es gibt verschiedene Arten der Liebe, und als Freund liebte ich ihn sehr. Ich liebte ihn, ehrlich gesagt, als jemanden, dem ich meine Zukunft anvertraut hätte – mit einigen Einschränkungen und Verständnis für meine eigenen Bedürfnisse. Oder den Mangel daran."

Kerry neigte den Kopf zur Seite.

Caleb zuckte die Achseln. „Normalerweise rede ich nicht darüber. Weil es niemanden etwas angeht. Aber angesichts der Situation hier und der Intimität, die uns zusammengeführt hat", sagte Caleb und deutete auf Kerrys Bauch, „werde ich ganz offen mit dir sein. Vielleicht wird uns das beide in Verlegenheit bringen."

„Du musst nicht …"

„Ich weiß. Aber ich werde es tun. Denn du musst begreifen: Auch wenn ich ihn geliebt habe und er mich hintergangen und meine Liebe verraten hat, so war es zu unser aller Besten. Ich bin eine Anomalie. Ich bin ein Omega, der Sex ganz allgemein abstoßend findet. Ich fühle mich nicht von Alphas angezogen.

Selbst in Hitze fühle ich kein sexuelles Begehren. Mir graut vor dem Akt und ich sträube mich gegen die Empfindungen."

Kerry starrte ihn sprachlos an.

„Nur mit der Hilfe meines sehr geduldigen Alphas und unseres hingebungsvollen Doktors gelingt es mir, einen Zustand zu erreichen, in dem ich die Hitze beinahe genießen kann. Ich habe immerhin einen Alpha, dem ich bedingungslos vertraue, dass er mir durch die Hitzen hilft, niemals und in keiner Weise gewalttätig wird, sondern stets meine Zustimmung sucht und alles tut, um es mir schön zu machen. Und er ist nicht gekränkt, wenn ich außerhalb der Hitzen nichts *in dieser Weise* mit ihm zu tun haben will."

Calebs Wangen waren noch immer rot, aber er sprach mit derselben selbstbewussten Stärke, mit der er über alles andere sprach. Sein Geständnis verunsicherte ihn kein bisschen, und das faszinierte Kerry. Dennoch …

„Dein Mangel an Verlangen hat Janus jedoch nicht davon abgehalten, dich zu wollen", sagte Kerry.

Caleb zuckte mit den Schultern. „Kann sein. Aber du hast doch sicher auch andere Männer begehrt, oder, Kerry?"

Kerry starrte ihn an. „Ja."

„Du warst sogar schon in einen anderen Mann verliebt."

Kerry schüttelte den Kopf. „Nein", flüsterte er. „Nie."

„Nie? Nicht einmal in deinen Alpha, bevor er …"

Kerry schüttelte erneut den Kopf. „Es gab andere Gründe, warum ich den Vertrag mit ihm schloss. Aber ich wusste da auch noch nicht, wer er wirklich ist. Ich hatte gehofft, ihn eines Tages lieben zu können."

Caleb nickte. „Ich verstehe. Janus hegte Gefühle für mich. Liebte mich. Wollte mich. Bewunderte mich."

Kerrys Eifersucht drehte ihm den Magen um wie hundert bissige Schlangen. Worauf wollte Caleb hinaus?

„Aber er hat mich kein einziges Mal so behandelt, wie er dich behandelt."

„Soll heißen?"

„Er hat mich sitzen gelassen. Er hat mich weiß Wolfgott wem überlassen, schutzlos und verwundbar, anstatt seine eigenen Wünsche zu opfern oder mit mir darüber zu verhandeln oder auch nur darüber zu reden. Die Hürde war zu hoch für ihn, um mich zu lieben."

Kerry starrte Caleb an und versuchte zu begreifen, was der Mann sagte. Sollte das eine Warnung sein, sich nicht mit Janus einzulassen? Wollte er Janus als herzlosen, nicht vertrauenswürdigen Hallodri darstellen?

„Und nun betrachte die Situation hier mit dir", fuhr Caleb fort. In seiner Stimme lag eine sanfte Güte, die jedes anderen Mannes Vorbehalte dahingeschmolzen hätte, aber Kerry konnte seine noch nicht aufgeben. „Du bist schwanger mit dem Kind eines anderen Alphas, vertraglich an einen Kriminellen gebunden, mit Schwiegereltern, die dich nicht mit dem Respekt behandeln, den du verdienst, und rechtlich in Pflichten und Zwänge eingebunden, welche eine Zukunft für euch beide schwierig machen. Und doch kämpft er um dich, richtig? Er hat Ray angerufen, damit er Yosef kontaktiert. Er hat dich nach Blumzound begleitet, um dich vor den Monhundys zu beschützen, für dich zu kämpfen, falls nötig. Das ist es, wie wahre Liebe aussieht, Kerry. Die Sorte Liebe zwischen Männern, die für ein gemeinsames Leben bestimmt und mehr als, nun ja, nur gute Freunde sind."

Kerry blinzelte. „Was, wenn ich diese Art Liebe nicht verdiene?"

„Was, wenn niemand von uns sie verdient?" Caleb zuckte mit einer Schulter. „Hab Vertrauen in ihn. Und in uns als seine Freunde – jetzt auch *deine* Freunde – dass wir nicht so leicht aufgeben werden."

„Wir werden überhaupt nicht aufgeben", knurrte Janus, der in der Tür auftauchte.

Kerry zuckte zusammen. Er war so gefesselt von Calebs Worten gewesen, so voller Verlangen, sie mögen wahr sein, dass er Janus' Ankunft weder gehört noch gerochen hatte. Aber jetzt, als er ihn sah, ließ sich nicht leugnen, dass Janus' köstlicher Geruch die Luft erfüllte.

„Tschirp, Tschirrup, Piiiep!"

Kerry lachte und rutschte vorsichtig von der Fensterbank, wiederum deutlich weniger elegant, als ihm in Calebs anmutiger Anwesenheit lieb gewesen wäre. Dann eilte er ins Bad, um Kiwi aus dem Waschbecken zu befreien. Durchnässt und fröhlich flatterte Kiwi mit seinen Flügeln und zwitscherte Kerry etwas zu, bevor er aufflog und sich stolz auf Kerrys Schulter niederließ.

Janus betrat das Zimmer und sagte: „Ich muss gehen, aber Yosef ist jetzt bereit, mit dir zu reden."

Kiwi flog von Kerrys Schulter auf und landete auf Janus', wo er prompt einen Klecks auf dessen sauberes, weißes Hemd fallen ließ. Janus blinzelte. Kerry erstarrte. Und Calebs hübsches Lachen perlte erneut durchs Zimmer.

„Er ist eifersüchtig darauf, wie viel du Kerry bedeutest", sagte Caleb und stand auf.

„Es soll Glück bringen", sagte Kerry leise und trat vor, um den schamlosen Kiwi von Janus' Schulter zu pflücken und zurück in den Käfig zu setzen. „Sagt jedenfalls Pater. Aber Kiwi scheißt andauernd auf meine Hemden, und um mein Glück steht es nicht gerade gut."

„Ich …" Janus starrte den Fleck auf seinem Hemd an. Dann zuckte er die Achseln und wandte seine Aufmerksamkeit wieder Kerry zu. „Ich bin nur gekommen, um dir zu sagen, dass Yosef jetzt Zeit für dich hat, und dass ich gehen muss. Auch wenn es schwer fällt."

Kerry schluckte und sagte zunächst nichts. Er kontrollierte sorgfältig, ob der Käfig richtig verschlossen war. „Du solltest dich umziehen und gehen. Dr. Crescent wird ungehalten sein, wenn du zu spät kommst."

Janus nickte, und dann, nach einem kurzen Blick zu Caleb, zog er Kerry an sich und küsste ihn auf die Stirn. „Ich lasse nicht zu, dass dir je wieder etwas Schlimmes passiert. Versprochen."

„Geh", sagte Kerry schmunzelnd. „Du hast Scheiße auf deinem Hemd."

Janus verdrehte die Augen, küsste Kerrys Kinn, dann seine Wange – scheinbar machte es ihm nichts aus, dass Caleb sie beobachtete – dann verließ er das Zimmer.

„Wo ist Bekhem?", fragte Kerry, als er zusammen mit Caleb die Treppe hinunterging.

„Dein Pater hat ihn in den Garten mitgenommen. Er schläft in einem kleinen Korb im Schatten. Dein Pater hat Babys gern. Er wird ein toller Großpater für deins sein."

Kerry lächelte bemüht, und obwohl es klar war, dass Caleb etwas Falsches gesagt hatte, so hatte er doch keine Zeit, es zu erklären. Yosef nahm ihn am Fuß der Treppe in Empfang und führte ihn ins Wohnzimmer, um ihn dort zu befragen.

Während Yosef die Tür hinter ihnen schloss, setzte Kerry sich auf die Couch. Er rieb mit schwitzenden Händen seinen Bauch und wartete.

„Ich kann nicht versprechen, dass dieses Gespräch schmerzlos verlaufen wird", sagte Yosef und nahm gegenüber in einem Sessel Platz, in den Händen ein Notizbuch, das schon recht gut gefüllt zu sein schien. „Aber es ist wichtig, dass du ganz ehrlich antwortest und nichts verschweigst. Ich brauche alle Einzelheiten. Auch die hässlichen."

„Wo soll ich beginnen?", fragte Kerry. Seine Kehle war wie zugeschnürt.

„Fang bei deiner ersten Begegnung mit Wilbet Monhundy an. Dann sehen wir weiter."

JANUS HATTE DIE Art der Fragen, die Yosef ihm gestellt hatte, nicht ganz nachvollziehen können. Er hatte erwartet, dass sie viel Zeit damit verbringen würden, Sachverhalte zu klären und das Gespräch zwischen Kerry und den Monhundys durchzugehen, das Janus in der Woche zuvor in Blumzound belauscht hatte.

Stattdessen hatte Yosef ihn praktisch einem Verhör über seine Absichten gegenüber Kerry unterzogen – wie ernst es Janus mit ihm war, und was genau er bereit war, vor einem Gericht und vor der Heiligen Kirche von Wolf zu schwören, in Bezug auf die Zukunft und seine Fürsorge für Kerry und dessen Sohn, der in Kürze auf der Welt sein würde.

Janus hatte aufrichtig geantwortet, aber in seinem Hinterkopf war der nagende Gedanke immer lauter geworden, dass Yosef nicht derjenige sein sollte, der diese Dinge als Erster hörte. Kerry verdiente die volle Wahrheit, und zwar lieber früher als später. Natürlich würde Kerry sie nicht hören wollen – er schien völlig zufrieden damit zu sein, ganz und gar in der Gegenwart zu leben, so als wäre kein Baby unterwegs und als gäbe es keine Zukunft zu planen. Und Janus, der Kerry vollends verfallen war, hatte nur zu gern nachgegeben.

Das würde sich ändern müssen.

Das hatte auch Yosef völlig klar gemacht und gesagt, dass ein wichtiger Teil ihrer Petition bei Gericht ein zuverlässiger und entschlossen vorgetragener Zukunftsplan sein musste. Einer, dem sowohl Janus als auch Kerry zustimmten. Ein Plan, der gleicherma-ßen die konservativen Richter und die prüden Herzen der Kirchenführer überzeugen würde. Und der vorzugsweise Recht und Gesetz entsprach.

Als Janus die Lichtung erreichte, sah er, dass eines der Pferde fehlte und zwei Patienten vor den Ställen darauf warteten, einen Arzt zu sehen. Dr. Crescent konnte er nirgends entdecken, aber Fan war draußen beim Wäsche aufhängen, und sein dunkles Haar glänzte in der Sonne.

Janus winkte den beiden Betas zu, die auf ihn warteten, dann ging er zu Fan, um ihn zu begrüßen. „Wo ist der Doc hin?", fragte er, sobald Fan sich mit einem Lächeln zu ihm umgedreht hatte.

„Er ist schon vor dem Morgengrauen losgeritten. Whitehoul kam her, weil einer seiner Omegas in den Wehen liegt. Ich fürchte, ich erinnere mich nicht, welcher von beiden. Hoffentlich geht alles gut." Fan blickte hinauf zur Sonne. „Ist schon ziemlich spät. Die Männer da warten schon eine Weile."

„Tut mir leid deswegen. Ich hatte ein Treffen mit einem Anwalt. Wegen Kerry."

Fan legte das Hemd, das er gerade aufhängen wollte, wieder zurück in den Korb, beschattete seine Augen mit einer Hand und schwieg für einen langen Moment. Dann sagte er: „Er will um das Baby kämpfen?"

Janus runzelte die Stirn. „Er wird um *sich selbst* kämpfen."

„Ah." Fan rieb sich das Kinn; sein Blick wanderte in die Ferne. „Ich hatte es so verstanden, dass er das Baby den Eltern seines Alphas überlassen will, sobald seine Pflicht zum Stillen vorüber ist."

„Wenn der Anwalt das Gericht und die Kirche überzeugen kann, den Vertrag aufzuheben, wird Kerry überhaupt keine Pflichten gegenüber diesen Leuten mehr haben."

Fan hob die Brauen. „Dazu braucht man ganz schön Schneid. Welche Gründe plant der Anwalt vorzubringen?"

Janus wurde bewusst, dass es ein Fehler gewesen war, die Sache vor Fan zu erwähnen. Es stand ihm nicht zu, über die Einzelheiten des Missbrauchs zu reden, den Kerry erduldet hatte. „Im Augenblick sammelt der Anwalt noch Informationen. Aber er denkt, dass die Chancen nicht schlecht stehen."

„Das sagen Anwälte immer", wandte Fan ein. „Sie wollen schließlich Geld verdienen." Aber dann zuckte er die Achseln. „Ich wünsche ihm viel Glück. Kerry hatte es nicht leicht. Er ist ein anständiger Kerl und verdient Besseres."

Janus stimmte zu. „Ich kümmere mich jetzt besser um die Patienten."

Fan nickte. „Ja, das wäre gut." Als Janus wegging, fügte Fan hinzu: „Ich freue mich für ihn. Wirklich. Falls ich in irgendeiner Weise helfen kann, lass es mich wissen. Obwohl ... in Anbetracht dessen, was ich sonst noch weiß, ist es vielleicht am besten, wenn ich nicht unter Eid aussage. Ich habe den Verdacht, dass meine Vorstellung von einem guten Mann nicht mit der des Gerichts übereinstimmt."

Janus nickte, dann kehrte er zu den Ställen zurück, um den wartenden Betas zu helfen. Sie beide litten unter Bauchschmerzen – höchstwahrscheinlich von einer Mahlzeit mit verdorbenem Fisch, die sie geteilt hatten. Janus schickte sie mit einer Dose Tabletten und der Ermahnung, vorsichtiger zu sein, nach Hause. Lebensmittelvergiftungen waren kein Spaß.

Genauso wenig wie mit einer Petition vor Gericht und Kirche zu treten. Aber Janus war bereit dazu.

Für Kerry.

KAPITEL 24

„ER HAT ZUGEGEBEN, einen Abtreibungsversuch unternommen zu haben", sagte Yosef. Er stocherte mit einem langen Zweig im Sand des Seeufers. „Ich will dir keine Angst machen, Janus, aber das ist alles andere als gut. Wir müssen alles Menschenmögliche tun, um zu verhindern, dass das Gericht davon erfährt."

„Niemand weiß davon, abgesehen von mir, Zeke und dem Mann, der Kerry die Pillen gegeben hat. Und der wird offensichtlich nichts sagen, weil er sich sonst selbst belasten würde."

„Kerry ist leicht aus der Fassung zu bringen", gab Yosef zu bedenken. „Sie werden ihn nach seinen Gefühlen gegenüber dem Kind fragen, und nach deinen auch. Er könnte unbeabsichtigt etwas sagen, das sie veranlasst nachzuhaken. Wir müssen uns auf diese Möglichkeit vorbereiten. Kerry muss in der Lage sein, flüssig zu lügen, ohne Zögern."

„Ich werde mit ihm daran arbeiten", sagte Janus.

„Tu das", stimmte Yosef zu. Sein weißer Bart leuchtete in der Sonne. „Ich bin zuversichtlich, dass du deine Sache gut machen wirst, ihn vorzubereiten. Es ist nur … er hat so viel durchgemacht. Ich hasse es, ihm das auch noch antun zu müssen. Du weißt, wie die Richter sind, und die Kirchenführer sind sogar noch schlimmer. Die gute Nachricht ist: Sie werden positiv darauf reagieren, dass ihr zusammen eine Familie bilden wollt, dass ihr weitere Kinder in die Welt setzen und zusammen aufziehen wollt. Aber die Monhundys besitzen Geld. Sie werden dagegen angehen. Richter und Kirchenführer sollen sich zwar an das Gesetz und den Glauben halten, aber sie lassen sich kaufen."

„Dann werden sie eben gekauft", warf Caleb ein, der neben ihnen auf einem Baumstamm saß und Bekhem stillte. Das Kind nuckelte so gierig, dass Brust und Hals seines Paters von Röte überzogen waren. Aber Caleb schien deswegen wie immer nicht verlegen zu sein. „Ich werde sie kaufen. Oder besser, Xan wird."

Yosef runzelte die Stirn, widersprach jedoch nicht. Seine buschigen Brauen zogen sich nachdenklich zusammen.

„Kerry würde nicht wollen, dass–"

„Xan wird das gern tun", unterbrach Caleb mit einer wilden Entschiedenheit, die Janus bei ihm selten sah oder hörte – außer das eine Mal, als er Janus' Bitte abgewiesen hatte, seinen Vertrag mit Xan zu verletzen und mit Janus durchzubrennen. „Xan hat noch eine eigene Rechnung mit Wilbet Monhundy offen."

Es lag eine Dunkelheit hinter Calebs Worten, die Janus gern ergründet hätte, aber Caleb schüttelte nur den Kopf, widmete seine Aufmerksamkeit wieder seinem Sohn und sprach süße Worte zu ihm, als hätte er nicht eben noch ausgesehen wie jemand, der zu Mord bereit war.

„Kerry darf davon nichts wissen", sagte Yosef. „Nicht nur, weil ich denke, dass er diese Art Hilfe ablehnen wird, sondern weil er es sich nicht leisten kann, auch noch wegen Bestechung angeklagt zu werden, sollte etwas davon durchsickern."

Caleb nickte. „Einverstanden."

Janus hasste den Gedanken, etwas vor Kerry zu verheimlichen, besonders wenn es etwas war, das direkt Kerrys Leben betraf. Er war bereits missbraucht und seine Wünsche missachtet worden, aber ... er hätte auf keinen Fall den Hauch einer Chance gegen Richter, die von den Monhundys gekauft waren. Falls Xan eigene Gründe hatte, dieser Familie zu schaden und gleichzeitig Kerry zu befreien, dann war es eben so. Dann würde Janus seinen Cousin dessen unermesslichen Reichtum benutzen lassen, um etwas zu erreichen, das unbestreitbar gut war.

So wie Kerry. Er seufzte. Oh, sein Omega war so, so gut.

„Es wird schon schwer genug werden, ihn dazu zu bringen, dass er sich vor Gericht zu einer Zukunft mit dir bekennt", sagte Yosef. „Er hat sich während des Gesprächs dagegen gesträubt." Yosef warf Janus einen prüfenden Blick zu. „Hast du ihm nicht gesagt, was du fühlst? Er scheint zu denken, dass du einer solchen Verpflichtung nicht zustimmen würdest, selbst als ich ihm sagte, dass du mir das bei unserem Gespräch bereits versichert hattest. Er schien zu denken, ich hätte dich unter Druck gesetzt."

Janus rieb sich mit einer Hand übers Gesicht und stöhnte. „Ich habe es noch nicht so deutlich formuliert."

„Aber er muss wissen, dass du ihn liebst", sagte Caleb. „Wolfgott weiß, er liebt dich. Er ist halb verrückt vor Eifersucht wegen mir." Er verdrehte die Augen. „Bring das in Ordnung, Janus. Löse dieses Problem."

„Er weigert sich, mit mir über die Zukunft zu sprechen!", platzte Janus heraus. „Ich habe es versucht. Er macht dann jedes Mal sofort dicht. Ich würde ihm liebend gern sagen, wie sehr und tief ich–"

„Wie sehr du ihn bewunderst?", lachte Caleb. „Oh, Janus. Stell dich der Realität. Ich denke, du musst deine Absichten richtig in deinen Omega hineinbohren." Er schmunzelte. „Das kannst du jetzt auffassen, wie du willst."

Yosef seufzte. „Zumindest müsst ihr beide euch einig werden. Vielleicht müssen wir Gericht und Kirche bestechen, und Wolfgott sei Dank, verfügt Xan über die Mittel dazu. Aber sie werden auch begierig darauf sein, in der Presse gut dazustehen. Die Zeitungen werden sich auf den Fall stürzen, und wir brauchen eine überzeugende und mitreißende Geschichte – zwei Liebende, Alpha und Omega, die füreinander bestimmt sind. Das macht die bittere Pille leichter zu schlucken. Kein Alpha sieht es gern, wenn sein Vertrag gebrochen wird; das macht ihn angreifbar."

„Aber die meisten Verträge sind auch nicht so wie Kerrys", wandte Caleb ein. „Meine Eltern waren nicht sehr hilfreich, als ich den Vertrag mit Xan schloss, aber Xan sorgte dafür, dass ich einen eigenen Top-Anwalt hatte. Und du hättest mich niemals einen Vertrag unterzeichnen lassen, der mir nicht gewisse Rechte zusichert."

„Genau. Und natürlich kann ich Kerry, sobald er frei ist, bei einem solchen Vertrag mit dir helfen, Janus. Darin enthalten die Klausel, dass Kerry dich jederzeit verlassen kann, aus welchen Gründen auch immer. Er kann dich verlassen, falls du ihn auch nur falsch anlächelst."

Caleb lachte erneut.

Janus verzog das Gesicht.

„Oh, hör auf, Herzchen. Er wird dich niemals verlassen. Wieso sollte er? Du betest ihn an. Und wenn du ihm die Freiheit eines lockeren Vertrages gibst, dann wird das den Bund zwischen euch nur stärken." Das Baby ließ mit einem leisen Plopp von Calebs Brust ab, und Caleb bedeckte sich rasch, bevor er den Kleinen an seine Schulter legte und seinen Rücken klopfte, bis eine Serie herzhafter Bäuerchen ertönte.

„Nett", sagte Yosef mit einem Lachen, bei dem sich fröhliche Falten an seinen Augenwinkeln bildeten.

„Natürlich habe ich keine Probleme mit einem lockeren Vertrag", sagte Janus. „Ich will nur, dass er sich der Sache sicher sein kann. Er ist schon zu viel zu vielen Dingen gezwungen worden."

„Ja", stimmte Yosef grimmig zu. „Es war entsetzlich, die Einzelheiten zu hören."

Caleb wurde ernst. „Braucht er ... noch andere Hilfe? Wir haben neue Ärzte in der Stadt. Spezialisten, die traumatisierten oder geistig verwirrten Männern helfen."

„Kerry hat einen starken Geist", widersprach Janus. „Er muss nur seine Flügel wiederfinden. Das mag eine Weile dauern, aber er wird von allein wieder fliegen."

„Wie sein kleiner Vogel", sagte Caleb lächelnd.

Die Abenddämmerung senkte sich herab, und Caleb gab zu, schon wieder Hunger zu haben. Das Stillen ließ einen Mann stets hungriger zurück als üblich. Zusammen stiegen sie den Pfad zum Haus hinauf und unterhielten sich dabei über weniger ernste Themen – wie etwa Yosefs Partner Rosen und dessen Kunstausstellung in der Stadt. Was Caleb dazu brachte, seinen Plan für die Wohltätigkeitsauktion zu erwähnen, und Yosef versicherte, dass ja – Rosen sich auch daran beteiligen wollen würde.

Janus genoss das Gefühl, dass sich zwischen Yosef und ihm eine Freundschaft entwickelte, und das Gefühl seiner bestehenden Freundschaft mit Caleb, die zum ersten Mal nicht von den Begehren der Vergangenheit belastet zu sein schien. Er blieb stehen und ließ die anderen vorausgehen, als er einen klobigen Stein auf dem Pfad entdeckte. Er räumte ihn zur Seite. Kerry hätte darüber stolpern und, mit seinem verschobenen Körperschwerpunkt, gefährlich fallen können.

„Janus!", rief Zeke von irgendwo weiter oben auf dem Pfad. Seine nächsten Worte kamen panisch und hastig heraus. „Komm schnell! Es ist Kerry!"

Janus' Herz setzte für einen Schlag aus, zahlreiche und schreckliche Möglichkeiten schossen ihm durch den Kopf. „Was ist passiert?", rief er, rannte den Pfad hinauf und überholte Yosef und Caleb. „Was ist los?"

„Er hat Schmerzen. Ich glaub', es ist das Baby!" Zekes Akzent trat deutlicher hervor. „Ich glaub', es kommt zu früh."

Janus blinzelte. Es war ganz und gar kein gutes Zeichen, falls das Baby tatsächlich kam. Es würde zu klein sein, um zu überleben, und … Janus hatte jetzt keine Zeit, darüber nachzudenken. Er musste erst einmal zu Kerry und sich vergewissern, ob Zekes

Vermutung richtig war, und falls es stimmte, würde er diverse Dinge aus Dr. Crescents Praxis benötigen. Er konnte keine Zeit mit Sorgen verschwenden.

Ihm war nicht einmal bewusst, dass er die anderen, Zeke eingeschlossen, zurückließ, bevor er schon die Treppe hinaufstürmte, immer zwei Stufen auf einmal. Er wollte einfach nur zu Kerry, dessen lautes Stöhnen er hören konnte, sobald er durch die Vordertür war.

Er riss die nur angelehnte Tür von Kerrys Zimmer weit auf und eilte an sein Bett, wo Kerry schwitzend saß, ohne Hemd, und sich den Bauch hielt. Als Kerry aufblickte, stand Panik in seinen Augen, aber er sagte nichts, sondern biss nur stöhnend die Zähne zusammen, als seine Bauchmuskeln sich sichtlich verkrampften.

Mehr brauchte Janus gar nicht zu sehen, um zu wissen, dass er die Wehen stoppen musste. Aber zuerst musste er Kerrys Patermund untersuchen. Falls der noch geschlossen war, handelte es sich wahrscheinlich um Vorwehen, die oft eine Woche oder so vor dem Geburtstermin auftraten. Auch dafür war es noch ein bisschen früh, aber nicht besorgniserregend. Falls jedoch der Patermund geöffnet war, würden sie sich an diesem Punkt für einen schrecklichen und traurigen Ausgang wappnen müssen.

Er verbarg seine eigene Furcht, lächelte Kerry sanft an und redete beruhigend auf ihn ein. „Es ist alles gut. Ich bin jetzt da. Ich bin bei dir." Er half Kerry, sich auf die Seite zu legen, stopfte ein Kissen unter seinen Kopf und streichelte seine Stirn. „Ich muss dich innen untersuchen. Okay, mein Herz?"

Kerry flüsterte: „Ja."

„Lass mich etwas holen, das die Sache leichter macht, nur für den Fall, dass deine Omegadrüsen entzündet sind." Janus drehte den Kopf, als er die donnernden Schritte mehrerer Füße auf der Treppe hörte.

„Zeke, du musst so schnell wie möglich zu Dr. Crescent. Falls er nicht da ist, rede mit Fan. Er wird dir helfen. Ich brauche Krampf-rinde, sowohl in Tablettenform als auch als Paste. Und dasselbe in Schwarzdorn. Und du kannst auch gleich Rebhuhnbeere und Haferblüte mitbringen, als Tee und Tabletten."

Zekes Augen waren weit aufgerissen. Aber Yosef hatte Stift und Notizblock in der Hand und schrieb alles auf. „Ich werde dich begleiten", sagte er und packte Zeke bei den Schultern. „Beeilen wir uns."

Zeke zögerte und schien Kerry nicht allein lassen zu wollen, aber als Janus ihm einen drängenden Blick zuwarf, trödelte er nicht länger.

Caleb blieb in der Tür stehen, das Baby vor die Brust gebunden, schwieg aber zum Glück für den Augenblick. Janus wusste nicht, welche Hilfe er von ihm erbitten sollte, abgesehen von grundsätzli-chen Dingen. „Bitte koche Wasser für den Tee, wenn sie zurückkommen. Und … kannst du mir die Tube mit der Gleitsalbe bringen, die neben meinem Bett liegt?" Er wurde ein wenig rot, weil Caleb sich denken konnte, wozu die Salbe diente. Aber sein Freund sagte nichts, sondern eilte nur, um die Tube zu holen, und verschwand nach unten, sobald er sie abgeliefert hatte.

Und so war Janus allein mit Kerry, der sich immer noch den Unterleib hielt und stöhnte. „Lass mich einen Blick werfen. Ich muss dir die Hose ausziehen."

Kerry nickte. Er atmete schwer zwischen unterdrücktem Stöh-nen.

Hastig löste Janus das Taillenband und zog die Hose an Kerrys Beinen herunter und über seine Füße. Er warf sie zur Seite, denn er wusste, er würde Kerry noch mehrere Male untersuchen müssen, bevor das hier vorüber war. Rasch verließ er das Zimmer, um seine Hände zu waschen, und kehrte genauso rasch wieder zurück, während er sich die Hände noch mit einem sauberen Handtuch abtrocknete. Dann kniete er sich wieder hin.

„Schieb dein oberes Knie nach vorn. So ist es gut. Geht es dir gut?"

Kerry schüttelte den Kopf und stöhnte.

Janus rieb seine rechte Hand mit einer großzügigen Menge Salbe ein, und dann, während er mit der linken Hand Kerrys hielt, schlüpfte er mit der rechten an Kerrys Schwanz und Hoden vorbei zu seinem Anus. Er betastete ihn – ein wenig geschwollen, aber das konnte noch von ihrem Liebesspiel letzte Nacht herrühren – dann glitt er hinein. Ein Schwall Schlick trat hervor, und dann noch einer, beinahe ein Strom. Das war nicht so vielversprechend, wie es ihm lieb gewesen wäre. Ja, es erleichterte die Untersuchung, aber es bedeutete auch, dass Kerrys Körper sich darauf vorbereitete, etwas Großes aufzunehmen oder auszustoßen. Und in diesem Fall sprach alles dafür, dass er sich dafür bereitmachte, das Baby zu gebären.

„Schh", sagte Janus und hielt Kerrys Hand fester, während er zunächst mit den Fingern und dann auch mit dem Daumen und bis zu dem breitesten Teil seiner Hand eindrang. „Presse nicht nach unten wie sonst", sagte Janus leise. Er wollte nicht riskieren, dass der Gebärpater auch nur den kleinsten Teil des Baby ausstieß, auch wenn die Kontraktionen an sich bereits heftig genug waren, um das zu tun. „Entspann dich einfach und lass mich machen."

Kerry funkelte ihn einen Moment lang mit tränennassen Augen an, dann aber nahm er einen zittrigen Atemzug und ließ ihn wieder hinaus. Seine Oberschenkel verloren die Anspannung, dann sein unterer Rücken, und schließlich schien sich auch sein Anus um Janus' Knöchel zu lösen, und die ganze Hand glitt hinein.

„Das ist mein süßer Omega", lobte Janus, küsste Kerrys Hüfte und drückte erneut seine Hand. „Du machst das toll." Er ließ Kerrys Hand los, um sich auf seinen Knien aufrichten und sich dabei abstützen zu können. „Ich muss nur noch ein kleines Stück tiefer. Nicht allzu sehr. Dein Gebärpater liegt tief ... und, ah." Janus blinzelte hastig und hoffte, sein Entsetzen zeigte sich nicht in seiner Miene.

Kerrys Patermund war noch nicht ganz offen, aber er öffnete sich bereits wie eine reife Blüte. Das sonst so feste Gewebe war weich und nachgiebig.

„Was?", keuchte Kerry. „Was fühlst du?"

„Es ist ein bisschen weich", murmelte Janus. „Aber eine gute Krampfborkenpaste und Schwarzdorntee werden den Patermund wieder verfestigen. Es wird alles gut werden." Er tastete noch einmal, um sicherzugehen, dass er verstand, was er da fühlte, dann zog er behutsam seine Hand wieder heraus. Kerry drehte den Kopf ins Kissen und atmete, während sein Anus sich verkrampfte und bebte, bevor er sich wieder zusammenzog. Janus zog eine Decke über Kerrys Unterleib, damit er nicht so entblößt dalag, wenn Zeke und Yosef zurückkehrten.

„Was passiert, wenn wir es nicht aufhalten können?", fragte Kerry, als die nächste Wehe vorbei war.

„Dann wird er höchstwahrscheinlich geboren und ... nicht überleben."

Kerry verzog das Gesicht. Er biss sich auf die Unterlippe, und seine dunklen Augen blickten gequält. „Ich weiß nicht, was ich mir wünschen soll", sagte er leise. „Wolfgott helfe mir, aber ich weiß nicht mehr, was richtig ist."

Janus küsste ihn auf die Stirn und wünschte, er hätte auch Kavawurzel bestellt. Sie würde jetzt helfen, Kerrys Nerven zu beruhigen. Er wusste nicht, was er angesichts Kerrys brutaler Ehrlichkeit antworten sollte. Er fand, dass Fans Rat – nichts zu sagen und Kerry fühlen zu lassen, was er fühlte, ohne irgendwelche Forderungen zu stellen, was er wollen oder wie er die Dinge sehen sollte – wahrscheinlich auch in diesem Augenblick ein guter Rat war.

Kerry konnte schließlich immer noch die Behandlung verweigern. Das war sein Recht. Und während ein Gericht oder die

Heilige Kirche von Wolf Kerrys Verweigerung von Medizin möglicherweise streng unter die Lupe nehmen könnte, würden sie das sehr wahrscheinlich nicht tun. Religion ging oft Hand in Hand mit dem Glauben an Wolfgottes Willen, und das bedeutete oft die Ablehnung von Wissenschaft. Die Heuchelei der Mächtigen in Bezug auf die Wissenschaft war kein Geheimnis. Aber wahrscheinlich würde sich niemand überhaupt so intensiv mit Kerrys Situation befassen.

Zeke und Yosef kehrten mit Tablettendosen und Tees zurück, sowie mehreren Flaschen mit Tinkturen und einer hastig geschriebenen Nachricht von Fan, wie die weniger bekannten Mittel anzuwenden waren, die er geschickt hatte. Darunter eines, das „die Fehlgeburt beschleunigt, sollte sie sich nicht mehr aufhalten lassen, und somit die Schmerzen und das Trauma der Austreibung reduziert".

Janus schluckte schwer und stellte diese spezielle Flasche sorgfältig beiseite, weit weg von den anderen Mitteln, mit denen er die Geburt aufhalten wollte – vorausgesetzt, Kerry gab ihm die Erlaubnis dazu. Er erklärte Kerry nicht die Wirkung jedes einzelnen Mittels, aber Kerry beobachtete ihn aufmerksam, als er die Dosen und Flaschen aufreihte.

„Der Tee wird gleich fertig sein", sagte Janus. „Und die Paste muss ich innerlich auftragen."

Kerry starrte ihn aus großen, dunklen Augen an. Dann nickte er.

Zeke, der sich einfach nicht fernhalten konnte, kam ins Zimmer und machte sich hier und da an Kerrys Bett zu schaffen, Schließlich blieb er stehen, wo Janus saß, und las noch einmal die Nachricht von Fan. Und dann packte er hastig Jasons Arm und zog ihn hinaus auf den Flur, drängend und ohne sich dafür zu entschuldigen, dass Kerry allein zurückblieb. „Was ist der Plan?", flüsterte er mit einem gehetzten Blick an Janus vorbei in das Zimmer, wo Kerry nun zwischen den Kontraktion ruhiger zu sein schien.

„Der Plan ist, was er sein muss: Ich werde mein Bestes tun. Der Patermund ist weich. Ich bin nicht sicher, ob wir den Prozess noch aufhalten können. Aber ich werde es versuchen."

Zeke starrte in Janus' Augen. „Und wenn er es gar nicht versuchen will?"

Janus schluckte schwer, und sein Magen zog sich zusammen. „Dann versuchen wir es nicht."

„Du bist gewillt, das zu tun?"

„Ich werde ihm keine Gewalt antun und ihn zwingen", sagte Janus. „Davon hatte er bereits mehr als genug."

Zeke nickte, dann flüsterte er ohne jede Kontrolle über seinen Akzent: „Bitte lass ihm nix gescheh'n. Das Baby ... ich könnt' das Baby lieben, auch wenn er es nich' kann. Aber wenn ich mich entscheid'n muss ... Kerry is' mein Herz."

„Er ist auch meines."

Zeke presste die Lippen zusammen und nickte heftig. Tränen standen in seinen Augen.

Janus ging zurück in das Zimmer und fand Kerry neben dem Vogelkäfig, Kiwi auf seiner Hand. Er stand dort mit dem Bettlaken um seinen gewölbten Leib gewickelt. Sein nackter Oberkörper leuchtete in der Abendsonne, die durchs Fenster schien, und er beobachtete den Vogel, der auf seiner Handfläche hin und her tippelte. Zu Janus' Erstaunen sang Kerry Kiwi mit leiser, vibrierender Stimme etwas vor. Janus erkannte das Schlaflied, das er Kerry nachts vorsang.

Während er zusah, wie die Brise vom offenen Fenster sich in Kerrys Haar fing, überkam ihn eine große Emotion, und sein Herz zog sich zusammen. Er würde alles für diesen Mann tun. Einfach alles.

Er würde ihm sogar die andere Medizin verabreichen, die Fan geschickt hatte, falls Kerry das wollte. Er wollte ihm nur den Schmerz nehmen und ihn vor einer unangenehmen Zukunft voller

Furcht bewahren. Er wollte Kerry singen hören, ihn lächeln sehen. Er wollte, dass Kerry sich ihm öffnete wie eine Blüte in der Sonne der Liebe.

Eine neuer Krampf packte Kerrys Mitte; er krümmte sich heftig und unterbrach Janus' romantischen, geistigen Ausflug. Kiwi flog auf, flatterte durch den Raum und kreischte besorgt und ängstlich. Janus eilte zu Kerry und half ihm zurück ins Bett.

„Wir dürfen keine Zeit mehr verlieren", sagte er, obwohl er genau das vor wenigen Momenten getan hatte. „Wir müssen jetzt eine Entscheidung treffen, Kerry. Nimmst du die Medizin und versuchst, das Baby zu retten? Oder warten wir ab, was Wolfgottes Plan ohne sie ist?"

Kerrys Lippen zitterten, und er warf einen Blick über seine Schulter. Er hob einen Arm, dann ließ er ihn wieder fallen. „Kiwi", sagte er leise.

„Du kannst ihn später wieder halten", sagte Janus. „Jetzt musst du dich konzentrieren. Was willst du tun, Kerry? Es ist deine Entscheidung. Ich bin nur hier, um dir bei dem, was du willst, zu helfen."

Kerry schluckte, und sein Adamsapfel hüpfte in seiner schlanken Kehle. Sein Blick schweifte zum Fenster, und er starrte für einen langen Moment hinaus. Janus ließ ihn nicht aus den Augen. Er saß einfach nur da und atmete mit Kerry. Ein und aus. Ein nächster Atemzug. Und noch einer.

„Es ist wie mit dem See", sagte Kerry schließlich, und seine Stimme brach ein wenig.

„Was ist so, mein Herz?"

„Wolfgott gab uns den See, um uns zu heilen. Er erwartet, dass wie ihn benutzen. Dasselbe gilt für die Wissenschaft. Und für dich."

Janus schüttelte verwirrt den Kopf.

„Wolfgott hat dich hierher zu mir geschickt. Du hast mich im Wald gefunden. Und jetzt bist du hier an meiner Seite." Er blickte zu Janus auf. „Er hat dich geschickt, und ich denke, ich sollte dich benutzen, wie ich den See benutzen würde."

„Du musst das nicht tun, weil du denkst, dass es das ist, was Wolfgott will", sagte Janus. „Er ist ein verzeihender Gott." Nicht wirklich, der Heiligen Kirche von Wolf zufolge, aber Janus war sowieso nicht so gut darin, an all das Zeug zu glauben. Er wollte nicht, dass Kerry seine Entscheidung aus Furcht traf.

Kerry nickte und starrte erneut aus dem Fenster. „Hätte ich ihn damals verloren, als ich all diese Pillen geschluckt habe, das wäre zum Besten gewesen. Aber das habe ich nicht. Wenn ich ihn jetzt verliere, dann …" Er wandte sich wieder Janus zu. „Es wird grausam und hässlich werden, oder?"

Janus schüttelte den Kopf. „Er wird nicht länger leben als eine Minute oder zwei. Aber es werden schwere Minuten sein,"

„Ich will das nicht."

„Es liegt ganz bei dir."

„Ich sagte, ich will das nicht", stieß Kerry heftig hervor. Plötzlich lag Zorn in seinem Blick. „Ich wollte ihn damals loswerden, und wäre mir das gelungen, schön. Aber nicht so. Also gib mir die Medizin. Wende die Paste in mir an. Ich werde ihn tragen, solange ich kann. Ich mag ihn nicht lieben, aber ich will ihn auch nicht so sterben sehen."

Janus nahm einen langen Atemzug, um nicht vor Frust aufzuschreien. Es gab heute keine gute Antwort – nichts, worüber man Erleichterung oder Stolz fühlen konnte. Er nahm die erste Pillendose und begann, die Medizin zu erklären, während er Kerry eine Tablette nach der anderen mit etwas Wasser reichte, um die bitteren Pillen herunterzuspülen.

KERRY WAR DANKBAR dafür, dass Dr. Crescent nicht zuhause

gewesen war, als Pater und Yosef dort waren. Es war nicht so, dass er Dr. Crescent nicht traute, aber nun, da er mit Janus zusammen war, wollte er nicht, dass ein anderer Alpha seine Finger in ihn hineinsteckte, um die Paste anzuwenden und seinen Patermund zu untersuchen.

Calebs Baby weinte hin und wieder, während die Stunden verstrichen. Und die Krämpfe kamen und gingen, wurden schlimmer und ließen wieder nach. Und als sie endlich ganz aufhörten, war Kerry völlig erschöpft. Und traurig. Bekhems Geschrei war eine konstante Hymne, beinahe wie ein Klagelied. Kerry wusste nicht, wie er sich fühlen sollte, als Janus ihm sagte, sein Gebärpater wäre immer noch ausreichend geschlossen. Die Paste hatte gewirkt. Also lag er im Bett und starrte er aus dem offenen Fenster, den Rücken der Tür zugewandt – und den besorgten Männern, die sich im Flur herumtrieben.

Später wurde Kerry von einem donnernden Klopfen an der Vordertür aus dem Schlummer gerissen. Er hörte die Stimme von Dr. Crescent, der um Einlass bat. „Ich will ihn nicht", sagte Kerry und warf seinen verschwitzten Kopf auf dem Kissen hin und her. „Zwing mich nicht, ihn zu sehen. Ich will nur dich. Nur dich."

Janus drückte Kerry einen Kuss auf die Schläfe, machte aber keine Versprechungen. Dann verließ er das Zimmer, um Dr. Crescent über die Lage ins Bild zu setzen und – hoffentlich – Kerrys Bitte zu übermitteln, für heute in Ruhe gelassen zu werden.

Als Janus unten ankam, begaben sich alle ins Wohnzimmer und schlossen die Tür, sodass ihre Stimmen nur gedämpft und unklar zu hören waren. Kerry konnte nicht alles verstehen, was gesagt wurde. Aber er lauschte dennoch konzentriert. Janus' entschiedener Tonfall erleichterte ihn, genau wie die Ruhe in Dr. Crescents Antwort. Kerry war bei seinem Alpha in guten Händen.

Er seufzte, zu müde, um diesen auf Abwege geratenen Gedanken zu korrigieren. Für heute, für diesen Moment, würde er sich

erlauben, so zu denken. Genau hier und jetzt würde er Janus'
Omega sein und sich unter dessen Schutz und Liebe sicher fühlen.

Sein Blick schweifte durchs Zimmer zu Kiwis Käfig und seine
Gedanken zu der seltsamen Entscheidung, die er getroffen hatte.
Eine Art Handel. Ein Geschäft.

Er wusste nicht, ob Wolfgott so arbeitete – Gleiches mit Glei-
chem, ein Opfer für einen Gefallen – aber er hatte es tief in sich
gefühlt. Also hatte er nichts gesagt, als er den Handel eingegangen
war. Oder fast nichts. Er hatte nur Kiwis Namen gerufen. Davon
abgesehen hatte er den Handel mit Schweigen besiegelt. Er hoffte,
dass Kiwi nach so langer Zeit im Käfig noch lernen konnte, frei zu
sein.

Er wusste nicht, ob er selbst je wieder diese Chance bekommen
würde.

JANUS VERBRACHTE ÜBER eine Stunde damit, Dr. Crescent zu
überzeugen, das alles in Ordnung war, erläuterte die Entscheidungen, die er getroffen hatte, und ließ sich von Dr. Crescent
versichern, dass er richtig gehandelt hatte. Dr. Crescent hätte gern
einen Blick auf Kerry geworfen, aber als Janus ihm sagte, dass Kerry
ausdrücklich darum ersucht hatte, nur von Janus behandelt zu
werden, lachte er nur. Dann fuhr er fort, alle möglichen Fragen
darüber zu stellen, wie lange sie schon miteinander gefickt hatten.
Was Janus nicht wirklich in allen Einzelheiten diskutieren wollte,
aber Dr. Crescent wollte unbedingt wissen, wie die Zukunftspläne
aussahen, da Janus und Kerry offensichtlich einen Bund über den
„medizinischen" Aspekt der Dinge hinaus entwickelt hatten.

Janus hatte erzählt, was ihm weise erschien, und das war nicht
viel.

Schließlich waren sie in die Küche gegangen, wo Zeke nach

dem aufregenden Abend einen späten Snack für alle zubereitet hatte. Janus schuldete Zeke ein Update, und so erzählte er ihm über einem Sandwich alles, was er auch Dr. Crescent berichtet hatte. Nun, das Meiste davon. Die Information, wie lange er und Kerry schon fickten, ließ er aus.

„Hatte das etwas mit seiner Missbildung zu tun?", fragte Zeke.

Janus blinzelte. Obwohl seine Hände beinahe jede Nacht Kerry Körper berührten, hatte er die Missbildung fast völlig vergessen. Sie war einfach ein Teil des Omegas geworden, den er liebte. Aber nun erschien ihm der Gedanke, dass Kerry wegen der Missbildung frühzeitige Wehen bekommen hatte, nur allzu offensichtlich. Das Baby war gewachsen und inzwischen recht groß. Das konnte er mit seinen Händen fühlen. Und wenn man bedachte, was für ein großer Alpha Wilbet war, konnte die Größe des Babys eigentlich keine Überraschung sein. Den Berichten nach war Monhundy ein Schrank von einem Mann.

Bei jedem anderen Omega würden sich die Rippen leicht verschieben, um Platz zu schaffen, aber Kerrys Brustkorb konnte das nicht in ausreichendem Maße, und das Baby brauchte mehr Raum. Also hatte Kerrys Körper naturgemäß reagiert und entschieden, dass der Zeitpunkt gekommen war, an dem das Baby besser draußen aufgehoben war als drinnen. Bevor es Platz einnahm, der für Kerrys vitale innere Organe benötigt wurde.

Dr. Crescent hatte die Missbildung nicht erwähnt, aber vielleicht hatte auch er sie vergessen. Wer wusste schon, wie lange es her war, seit er Kerry zuletzt ohne Hemd gesehen oder untersucht hatte? Kerry war ein zurückgezogener Mann. Ganz zu schweigen davon, dass der Stadt-Doktor der Monhundys die meisten Untersuchungen durchgeführt hatte.

Nach dem Gespräch mit Zeke – und Janus' wiederholter Versicherung, dass er alles tun würde, um für Kerrys Sicherheit zu sorgen und ihm gleichzeitig helfen würde, das Baby so lange wie möglich zu tragen – machte er einen Zwischenstop in Calebs Zimmer, um nach ihm zu sehen. Er akzeptierte eine Umarmung und tröstende Worte von seinem Freund, der immer noch wach war und in einem Sessel am Fenster las. Nachdem er Calebs trübsinnige Fragen beantwortet hatte, betrachtete er lange das lebendige, atmende Baby, das in seinem provisorischen Bettchen schlief, und weidete sich an der Hoffnung und Lieblichkeit, die es umgab.

Schließlich ignorierte er Zekes und Yosefs Stimmen, die immer noch von unten zu hören waren – sie diskutierten über Politik und das Leben in den Bergen. Janus wollte nur noch in Kerrys Zimmer zurückkehren und mit ihm allein sein.

Er fand Kerry im Bett auf der Seite liegend, völlig erschöpft und fast eingeschlafen. Er strich ihm das lange, seidige Haar aus dem Gesicht, beugte sich hinab und küsste seinen prominenten Wangenknochen. „Wie fühlst du dich?", fragte er.

„Kiwi ist fort", murmelte Kerry. Seine Erschöpfung zog ihn hinab in den Schlaf. „'s ist gut. Ich habe ihn freigelassen."

Janus riss den Kopf hoch und sah zum Käfig. Der kleine Kiesel Sorge in seinem Bauch wurde rasch zu einem sinkenden Stein. Der Käfig stand weit offen, genau wie das Fenster. Wieso war ihm das nicht sofort aufgefallen?

Eine hastige Durchsuchung des Badezimmers, des Zimmers selbst und der restlichen oberen Etage ergab nicht das kleinste Anzeichen von Kiwi. Janus starrte aus dem Fenster in die dunkle, mondlose Nacht, die die Außenwelt verschlang. Dann richtete er seinen Blick auf den schlafenden Kerry in seinem Bett, und eine seltsame Furcht ergriff sein Herz. Aber Kerry schlief friedvoll. Seine langen Wimpern lagen auf seinen Wangen, und seine Lippen öffneten sich leicht mit jedem langsamen Atemstoß.

Janus ging zum Käfig und machte das Türchen so weit auf, wie es ging. Er ließ das Fenster geöffnet und legte noch eine zusätzliche Decke aufs Bett. Er wusste nicht, was er sonst tun sollte.

Kiwi war weggeflogen.

KAPITEL 25

EINE WEITERE WOCHE war vergangen, und der Sommer war nun richtig erblüht – alles war saftig grün, die Luft war heiß und schwül unter einer glühenden Sonne, als es Kerry schließlich erlaubt war, das Bett zu verlassen und nach draußen zu gehen, um in seinem Lieblings-Schaukelstuhl auf der hinteren Veranda zu sitzen. Mittlerweile hatte er Janus' Schal fertig, musste aber noch ein paar Feinheiten an verschiedenen Babysachen erledigen.

Noch eine Woche, und es wäre für ihn sicher, mit der Einnahme der Tabletten und den Tees aufzuhören. Das Baby war dann groß genug, um zu überleben, wenn es geboren war, sagte Janus. Und die Medizin würde mehr schaden als nützen, wenn man sie zu lang oder in zu hohen Dosen nahm.

Am Tag zuvor hatten Caleb und Yosef für die Heimreise gepackt. In Kürze schon würden sie aufbrechen. Yosef würde zu seinem Künstler-Partner in die Stadt zurückkehren und damit beginnen, einen Fall aufzubauen, der Kerry aus seinem Vertrag oder zumindest von der Verpflichtung befreite, seine Hitzen mit Wilbet zu verbringen.

Caleb würde nach Virona zurückkehren, wo zwei Alphas schon sehnsüchtig auf ihn und Bekhem warteten. Kerry war nicht dumm, und die Art, wie Caleb von Xan und „unserem Urho" sprach, machte nur allzu deutlich, dass im schönen Virona so etwas wie eine polyamouröse Beziehung im Gange war. Aber Kerry stellte keine Fragen. Er war der Letzte, der über so etwas urteilen durfte.

Caleb kam hinaus auf die Veranda und setzte sich zu ihm. Sein von Kopf bis Fuß weißes Ensemble sah wundersamerweise makellos rein aus, trotz Baby Bekhems Neigung zum Spucken. Caleb überkreuzte die Beine an den Fesseln. Kerry bemerkte, dass er barfuß war, so wie immer, wenn er im Haus war. Das Baby musste wohl schlafen, denn er hatte es nicht mit nach draußen gebracht. „Wirst du zurechtkommen?", fragte Caleb, als er es sich gemütlich gemacht hatte, und begann zu schaukeln.

„Da weißt du genauso viel wie ich", antwortete Kerry schmunzelnd, während er Garn in eine Nähnadel fädelte. „Was denkst du?"

„Du bist jung und stark. Und du liebst Janus. Das ist ein Bonus."

Kerry sah Caleb an. „Auch wenn das Baby nicht von ihm ist?"

„Natürlich." Caleb schaukelte entspannt in seinem Stuhl. Unter ihm knirschte eine Diele. „Wirst du ihn behalten?"

„Das Baby oder Janus?"

Caleb lachte. „Ich meinte das Baby. Aber wir können auch gern über Janus reden, wenn dir das lieber ist."

„Ich weiß nicht. Wegen des Babys. Ich glaube nicht, dass ich es lieben kann." Kerry runzelte die Stirn. „Mein Alpha ist ein schlechter Mensch. Ich weiß nicht, ob ich es ertragen kann, sein Gesicht in den Zügen des Kindes zu sehen."

Calebs Miene war offen. Kerry sah kein Urteil in seinem Ausdruck, also fuhr er fort. „Meine Schwiegereltern werden ihn lieben. Sie werden ihn verwöhnen und ihm alles geben, was er braucht. Und wenn er ein Alpha ist, wird er der Erbe sein."

„Ich verstehe."

„Aber ich stelle mir immer noch vor, dass es schwer sein wird", sagte Kerry. „Ich nehme an, wenn ich ihn sehe, ihn halte und stille ... dass ich vielleicht doch etwas fühlen werde. Ich denke nur nicht, dass ich es fühlen *will*, was immer es auch ist."

Caleb nickte, und schwieg.

„Fühlst du etwas? Wenn du Bekhem hältst?"

„Oh ja. Das tue ich. Aber ich wollte ihn. Und ich liebe seinen Vater sehr. Nun, auf meine Art der Liebe, die sicher eine andere ist als deine. Aber er ist der beste Mann, den ich kenne. Also ... das lässt sich nicht richtig vergleichen." Er schenkte Kerry ein mitfühlendes Lächeln. Kein Mitleid, was nur allzu leicht und sogar verdient gewesen wäre. Aber Mitgefühl war so viel weniger herablassend. Und in diesem Augenblick entschied Kerry, den Mann trotz allem zu mögen.

„Ich habe mir immer gewünscht, eines Tages ein Pater zu sein", gestand Kerry. „Als ich klein war, habe ich mit Puppen gespielt und mir ausgemalt, es wären meine Babys. Damals verstand ich noch nicht, dass ich einen Alpha brauchen würde, der mir hilft, Babys zu machen. Aber sobald ich alt genug war und Pater mich aufgeklärt hatte, war ich auch darauf ganz erpicht. Ich wollte jemandes Omega sein. Der Geliebte eines guten, starken Mannes."

„Janus ist gut und stark."

„Ist er das? Er sagte mir, zu dir wäre er nicht gut gewesen."

Caleb lächelte. „Nein, er war grauenvoll zu mir. Und noch schlimmer zu Xan. Aber tief in seinem Herzen ist er gut, und das hat er auch bewiesen, oder nicht? Und ich glaube, du hast ihn sogar zu einem noch besseren Mann gemacht."

„Er sollte einen Omega finden, der ihm ganz–"

„Schh. Wenn es um die Liebe geht, gibt es kein ,sollte'. Du liebst ihn. Er liebt dich. Dazwischen gibt es kein ,sollte'."

„Ich weiß nicht ..."

„Aber ich. Wir müssen daran arbeiten, aus den Bruchstücken unserer selbst und der Welt um uns das beste Leben für uns zu erschaffen. Und das ist alles, was wir tun können."

„Und wenn das Leben, das wir uns erschaffen, gegen die Regeln ist?"

„Umso besser." Caleb grinste vielsagend.

Zum ersten Mal seit schrecklich langer Zeit erhob sich in Kerrys

Herzen so etwas wie Hoffnung. „Das glaubst du?"

„Ich lebe danach." Dann erhob Caleb sich aus dem Schaukel-stuhl, küsste Kerry auf die Wange und sagte: „Die Geburt wird leicht werden und das Baby gesund. Und du wirst stark sein. Möge Wolfgott es so richten."

Kerry nahm den Segen an, als den Caleb seine Worte meinte, und war dankbar für seinen neuen Freund.

KERRYS FEHLER WAR es dieses Mal nicht, dass er vergaß, den Monhundys Briefe zu schicken. Er hatte ihnen pflichtbewusst jeden zweiten Tag geschrieben, selbst während der von den Haferblüten verursachten Verwirrung nach der Beinahe-Fehlgeburt.

Nein, dieses Mal lag sein Fehler darin, dass er zu viele Informa-tionen schickte. Die Haferblüten und hin und wieder ein Schlückchen Schnaps, um besser schlafen zu können, hatten dazu geführt, dass ihm der Stift zu locker in der Hand lag. Und das Ergebnis war dieses Mal auch keine Nachricht, sondern ein unangekündigter Besuch der Monhundys, die plötzlich mitsamt Dr. Rose und genug Gepäck, um keinen Zweifel an ihrer Absicht und ihren Aufenthaltsplänen zu lassen, auf der Vorderveranda des Monkhauses standen.

Pater konnte Kerry nur noch warnen, indem er besonders pol-ternd die Treppe hinaufstampfte und dabei laut mit den Monhundys redete, die ihm folgten. „Er ist oben in seinem Zimmer und im Bett, wo er hingehört. Ja, Ja. Natürlich, kann er rauf und runter gehen. Nein, es geht ihm ausgezeichnet. Er lässt es nur ruhig angehen, um sich nicht zu überanstrengen und … hey! Kein Grund, sich an mir vorbei zu drängeln!"

Kerry setzte sich hastig im Bett auf, wo er nach dem Frühstück ein Nickerchen gemacht hatte, und blinzelte hektisch. Er trug ein weißes Nachthemd und eine weiche Schlafanzughose mit Tunnel-durchzug. Sein Haar musste fürchterlich aussehen. Sein Zimmer fühlte sich ohne Kiwi leer an, war aber davon abgesehen in aufgeräumtem Zustand. Was gut war, denn die Tür wurde aufgestoßen, und Monte und Lukas platzten herein, gefolgt von Pater und schließlich – etwas höflicher – Dr. Rose.

Kerry starrte sie mit weit aufgerissenen Augen und offenem Mund an. Er versuchte nicht einmal, seinen Schock und seinen Ärger zu verbergen. Die ganze Aktion war so beispiellos von Seiten der Monhundys, dass er nicht wusste, was er tun oder denken sollte. Gottseidank war Janus bereits zur Arbeit gegangen, aber er würde zurückkommen, und dann würde die Bombe platzen. Außer, es gelänge ihm, die Monhundys davon zu überzeugen, vorher wieder abzureisen. Aber das war nicht sehr wahrscheinlich. Nicht ange-sichts Montes entschlossener Miene und des scharfen Blickes von Lukas, der sich im Raum umsah.

„Was macht ihr hier?", brachte Kerry schließlich heraus, unfä-hig, sich gegen Montes Küsse auf seinem Gesicht und seinem Kopf zu wehren. Lukas für seinen Teil blieb zurück und starrte Kerry misstrauisch an. „Ihr kommt doch nie hier herauf."

„Wir dachten, es wäre mal an der Zeit", sagte Lukas mürrisch.

„Oh, deine Briefe haben uns so in Sorge versetzt, Schätzchen", platzte Monte heraus. „All das über eine Beinahe-Fehlgeburt und die vorzeitigen Wehen, und dass Dr. Heelies dich mit irgendeiner Paste und weiß Wolfgott was noch alles behandelt hat. Das klang absolut barbarisch. Dr. Rose war verfügbar und willens, die Reise mit uns zu machen. Wir wollten ihn hier haben, damit er dich für den Rest deiner Schwangerschaft betreut. Und wir wollen ebenfalls bleiben, um zu helfen."

„Ich brauche keine– ich meine, wir kommen bestens zurecht. Wir brauchen keine Hilfe. Es ist ein guter Arzt im Haus und–"

„Ja, ja, dieser Dr. Heelies", sagte Lukas mit strengem Gesichtsausdruck, der Kerry bis ins Mark fuhr. „Ich habe mich über ihn erkundigt, nachdem du in deinen Briefen den Zwischenfall erwähnt hattest. Und, nun ja, ich denke, du weißt, was ich herausgefunden habe."

Kerry schluckte schwer, schüttelte aber verneinend den Kopf.

„Doch, ich denke, das tust du", sagte Lukas kalt.

Kerry schüttelte erneut heftig den Kopf. Auch wenn er nicht mehr wusste, warum. Er sollte einfach alles gestehen. Aber ... was würde dann geschehen?

„Janus Heelies ist kein Arzt. Er ist kaum ein Pfleger. Und schlimmer noch, er ist ein Alpha. Es war in der Tat recht unangenehm, Doxan Heelies anzurufen und nach seinem kostbaren Neffen, dem Beta-Doktor zu fragen, nur um dann herauszufinden, dass der einzige Neffe, den er in Huds Basin hat, nicht nur *kein* Beta ist, sondern auch *kein* Doktor. Er ist ein Pfleger und ein Alpha. Er ist eine Schande. Ohne jegliche Erfahrung, was deine besondere Missbildung betrifft."

Montes Augen waren größer und größer geworden während Lukas' Ansprache. Offenbar hatte der Mann diese Informationen bis zu diesem Moment noch nicht mit seinem Omega geteilt. Mit einem Ausdruck schockierten Zorns, der die sonst so höfliche Maske wegwischte, drehte Monte sich wieder zu Kerry um. „Du hast uns *angelogen*? Um mit *ihm* hier in diesem *Drecksloch* bleiben zu können?"

Kerry hielt es für das Beste, überhaupt nichts zu sagen. Er konnte sich nicht verteidigen, also starrte er seine Schwiegereltern einfach nur aufsässig an. Hoffte er. Vielleicht war er auch zu krank und zu verängstigt, um aufsässig zu wirken.

„Kommen Sie", sagte Dr. Rose mit einer sicheren Ruhe, die Kerry zu schätzen wusste. „Verlieren wir jetzt nicht die Prioritäten aus den Augen. Das Kind geht vor, und in Kerrys Zustand stellt jede Aufregung ein Risiko für das Baby dar. Wir müssen versuchen, die Wehen so lange wie möglich hinauszuschieben. In diesem Stadium zählt jede Stunde. In manchen Fällen sogar jede Minute. Der Körper des Babys macht jetzt die letzten, wichtigen Entwicklungsschritte, und jede Unterbrechung kann potenziell tödlich sein."

Lukas' Kiefermuskeln zuckten, aber er neigte den Kopf und trat hinaus auf den Flur. Monte starrte Kerry noch einen Moment lang hasserfüllt an, dann flüsterte er: „Ich werde herausfinden, warum du das getan hast. Und ich werde dich voll verantwortlich machen, sollte das Baby auch nur den kleinsten Schaden nehmen."

„Fick dich", flüsterte Kerry zurück.

Montes ganzes Gesicht bebte vor Wut und er stürzte sich auf Kerry, aber Dr. Rose ging dazwischen, und Pater packte Montes Arm. „Ich werde dieses Haus nicht verlassen, bis das Baby geboren ist", sagte Monte. „Und dann werde ich es mitnehmen. Und was dich angeht? Das habe ich noch nicht entschieden."

Kerry verzog keine Miene über die Drohung. Das Schlimmste war noch nicht vorbei. In Kürze würden sie die ganze Wahrheit über Janus herausfinden, und das würde in mehr als nur einer Hinsicht hässlich enden. Kerry wandte sich an Dr. Rose und sagte: „Ich nehme an, Sie wollen mich untersuchen?"

„Das will ich."

„Meinem Alpha wird das nicht gefallen."

„Dein Alpha ist im Gefängnis und hat keinen Einfluss darauf", sagte der Arzt verwirrt. „Und bisher hast du noch nie protestiert."

„Mein Alpha lebt in diesem Haus. Und es wird ihm nicht gefallen, wenn Sie mich anfassen", sagte Kerry ruhig.

„Wilbet Monhundy ist hier im Haus?", fragte der Doktor besorgt. Dann griff er in seine Tasche und wühlte darin herum. Schließlich zog er ein Thermometer heraus. „Hast du Fieber gehabt, Kerry?" Er drehte sich mit fragendem Blick zu Zeke um, der in der Tür stand und sich weigerte, Kerry allein zu lassen. „War er immer ganz richtig im Kopf?"

„Ja, absolut", sagte Pater. „Und nein, seinem Alpha wird es nicht gefallen, wenn Sie ihn ohne Erlaubnis anfassen. Ich rate dringend davon ab. Kerry wurde heute bereits untersucht, und es ist alles in Ordnung."

Dr. Rose starrte sie beide an, als hätten sie den Verstand verloren.

Und dann, als hätte er den ganzen Weg den Berg hinauf gespürt, dass etwas nicht stimmte, öffnete sich die Haustür unten mit einem Knall, und Janus' schwere Schritte waren zu hören.

„Wessen Auto ist das da draußen?" rief er hinauf, seine Stimme fröhlich und gutmütig. Also gut, er hatte die Gefahr also nicht gespürt. „Mehr Überraschungsgäste?"

Seine Schritte kamen die Treppe herauf. Pater starrte Kerry entsetzt an; sein Mund stand offen, und die Furcht war ihm ins Gesicht geschrieben. Kerry nahm an, er selbst sah nicht viel anders aus. Insbesondere, da er gewisse Dinge wusste, von denen Pater keine Ahnung hatte. Wie zum Beispiel …

„Sie!" Montes Stimme ließ die Wände im Flur wackeln. „Sie waren in dem Hotel!"

„*Sie* sind der Alpha-Pfleger?", brüllte Lukas.

„Kerry!", rief Janus, dann waren aus dem Flur die Geräusche von Gerangel zu hören. Dr. Rose lief zur Tür, und Kerry konnte zwischen seiner und Paters Gestalt nur Janus' weißes Hemd und seine schwarze Hose sehen. Er schien mit jemandem handgreiflich zu sein, aber Kerry konnte nicht erkennen, mit wem.

Mit hämmerndem Herzen und ohne die geringste Anmut zwang er sich aus dem Bett und lief zur Tür. Dr. Rose und Pater waren ebenfalls in den Flur getreten, und die Schreie des Gerangels zeigten, dass es Monte war, der auf Janus eintrommelte und ihn anschrie, während Lukas versuchte, ihn wegzuziehen. „Liebling, nein. Pass auf; du tust dir nur weh. Monte! Hör auf!"

Und Janus hielt sich mit aller Willenskraft zurück, um den Mann nicht zu schlagen. Kerry erkannte das an Janus' hochrotem Gesicht, den geballten Fäusten und dem Grollen, das tief aus seiner Brust kam. Dr. Rose hatte sich hinter Janus aufgebaut und versuchte zu verhindern, dass die Auseinandersetzung sich in Richtung der Treppe bewegte und zu einer noch größeren Katastrophe wurde. Und Pater schrie: „Lukas! Bring deinen Mann zur Vernunft! Ich werde die Polizei holen!"

Als hätte die Polizei irgendetwas tun können. Bis Pater gegangen und mit den Polizisten wieder zurück wäre, hätten sie sich längst gegenseitig umgebracht.

Kerry trat weiter auf den Flur hinaus, mit dem Bauch voraus. „Aufhören!", rief er. Seine tiefe Stimme war ganz brüchig. „Sofort aufhören!"

Alle erstarrten, abgesehen von Monte, der die Gelegenheit nutzte, um Janus einen Kinnhaken zu verpassen, bevor Lukas ihn wegziehen konnte. „Du dreckiger Bastard. Den Omega unseres Sohnes zu ficken. Sich in sein Leben zu drängen", fauchte Monte. Er sträubte sich gegen Lukas' Griff und zappelte mit ausgestreckten Händen, als wollte er seine Krallen in Janus' Fleisch schlagen.

„Kerry", sagte Janus und wandte kurz den Blick von der Gefahr ab, welche die Monhundys in seiner Wahrnehmung für seinen Omega darstellten. Denn Kerry wusste, so sah Janus ihn, als *seinen* Omega. „Geh zurück in dein Zimmer und verschließ die Tür. Lass niemanden herein, bis ich sage, dass es okay ist."

Kerry schüttelte den Kopf. „Und was hast du vor zu tun? Sie totschlagen?"

„Ist nicht die schlechteste Idee."

„Alle müssen sich auf der Stelle beruhigen!", rief Dr. Rose, dessen zuvor so ordentlich pomadierte Frisur wild hin und her flappte. „Alle müssen sich beruhigen, bevor dieser Mann sein Baby verliert!"

Monte und Lukas hörten auf, miteinander zu ringen, und Janus nahm behutsam Kerrys Hand und schaute ihm in die Augen. „Geht es dir gut?", fragte er.

„Ja."

„Ich muss mich vergewissern."

„Ist gut."

„Er hat dich nicht angefasst, oder?" Janus drehte den Kopf, um Dr. Rose finster anzufunkeln, der bei der Anschuldigung verwirrt und entrüstet blinzelte.

„Nein." Kerry lächelte Dr. Rose an. „Ich sagte ihm, das würde dir nicht gefallen."

„Und wer, wenn ich fragen darf, ist *er*, dass er glaubt bestimmen zu können, was mit deinem Körper passiert? Du bist per Vertrag an meinen Sohn gebunden, und in seiner Abwesenheit habe ich die Kontrolle über dich, und–"

„Nein." Janus hob die Hand, wie um Montes Wortschwall abzufangen. „Er ist ein menschliches Wesen, und kein Sklave."

„Das Gericht und die Heilige Kirche von Wolf werden dazu etwas zu sagen haben."

„Sollen sie", sagte Janus mit einem Grollen. „Macht nur. Besorgt euch einen Gerichtsbeschluss oder einen Priester oder sonstwen, der diesen Mann zur irgendetwas zwingen will." Er trat drohend vor. „Ich werde jeden Einzelnen von ihnen in Stücke reißen, sollten sie ihn anrühren. Er gehört mir. Und niemandem sonst."

„Das Kind im Leib dieses Hurenknaben ist das meines Sohnes!", schrie Monte.

„Viel Glück dabei, ihn zu bekommen, falls Kerry ihn behalten will", sagte Janus düster. „Sobald er geboren ist, steht auch er unter meinem Schutz."

„Unter seinem Schutz", höhnte Monte. „Hast du das gehört, Lukas?"

„Das habe ich." Lukas war bleich, aber in seinem Gesicht stand mehr schockiertes Begreifen als Wut. „Ich glaube, wir sollten auf unser Zimmer gehen und uns erst einmal beruhigen, Monte. Bevor du etwas sagst oder tust, das du nicht zurücknehmen kannst."

Monte keuchte. „Was? Bist du … Lukas, dieses Baby ist unsere Chance auf einen Neuanfang!"

Lukas beugte sich nah zu ihm herab und sagte scharf: „Ja. Es ist wahrscheinlich unsere einzige Chance, Monte. Und jetzt halt die Klappe. Auf der Stelle."

Er packte Monte fest am Arm, dann schien er einen Moment lang nicht zu wissen, wohin er gehen sollte.

„Hier entlang", sagte Pater ruhig. Er gestikulierte den Gang entlang zu einem der offenen Zimmer auf der gegenüberliegenden Seite von Kerrys Zimmer. Er hielt nicht seine übliche Rede über das Licht oder die Kerzen und erwähnte nicht das Gepäck, das unten am Fuß der Treppe zurückgeblieben war, so weit Kerry sehen konnte. Er brachte die beiden in ein Zimmer, schloss die Tür hinter ihnen und drehte sich dann zu Janus um, als wartete er auf Anweisungen.

„Wenn Sie wollen, Dr. Rose", sagte Janus mit einer Anspannung in der Stimme, die zeigte, wie sehr er sich um Fassung bemühte, „können Sie mit in Kerrys Zimmer kommen und von der Tür aus zuschauen, wenn ich ihn untersuche."

Dr. Rose nickte seine Zustimmung zu diesem Angebot, und Kerry ließ sich von Janus zurück ins Zimmer bringen, wo Janus ihn sofort in die Arme zog und vom Hals zur Brust und wieder zurück beschnupperte. Sobald Janus sich zu seiner Zufriedenheit vergewissert hatte, dass Kerry in der Tat unberührt und unversehrt war, führte er Kerry zum Bett.

„Hier, mein Herz",flüsterte er. „Jetzt schlüpf unter die Decke und zieh deine Hose aus. Ich werde behutsam sein. Und er wird nicht das Geringste sehen."

Kerry ließ den Blick nicht von Janus' Gesicht, während er sich zunächst innerlich und dann auch äußerlich von ihm untersuchen ließ. Er lehnte die Gelegenheit ab, durch das Stethoskop selbst den Herzschlag des Babys zu hören – Dr. Rose hatte ihm nie diese Wahl gelassen, sondern das Gerät stets ungefragt in seine Ohren gedrückt. Schließlich wandte Janus sich mit strenger Miene an Dr. Rose. „Nun? Sind Sie zufrieden?"

„Das bin ich." Dr. Roses Blick wanderte zwischen Janus und Kerry hin und her. „Wie haben Sie … ich meine, wann haben Sie es gewusst?"

„Was gewusst?", fragte Janus.

Kerry starrte nur schweigend.

„Sie meinen, Sie wissen es nicht? Ich wollte sagen, es ist nicht der Fall? Wie kann es sein, dass Sie sich so sehr wie *Erosgápe* verhalten, und doch …" Er zuckte die Achseln. „Verspüren Sie nicht den Sog?"

Kerry und Janus wechselten überraschte Blicke. Janus verschränkte die Arme vor der Brust und sah Dr. Rose aus verengten Augen an. „Er gehört mir. Das ist alles, was ich weiß und was für mich eine Rolle spielt. Aber das hat sich langsam entwickelt. Wir sind nicht *Erosgápe*."

Dr. Rose runzelte mit offensichtlicher Verwirrung die Stirn. „Wenn Sie es sagen", murmelte er zweifelnd. „Ich bin sicher, Sie würden es wissen."

„Ja", sagte Kerry und sah Janus fragend an. „Das würden wir wissen."

JANUS KONNTE NUR vermuten, dass der ganze Stress der Ankunft der Monhundys daran schuld war.

Kerrys Schmerzen begannen mitten in der Nacht, stark dieses Mal und begleitet von jeder Menge Wasser und Blut – und das beseitigte jeden Zweifel. Dieses Mal würde sich die Geburt nicht mehr aufhalten lassen. Sie konnten nur hoffen, das Kind war kräftig genug und bereit, selbstständig zu atmen.

Zeke – der Dr. Rose nicht traute und sich Sorgen machte, dass Janus in seiner Liebe zu Kerry vielleicht die Nerven verlor, sollte etwas schiefgehen – holte Dr. Crescent, daher waren sozusagen viel zu viele Köche in der Küche, während Kerry in den Wehen lag. Dr. Rose mit seinen ständigen, emotionslosen Vorschlägen. Janus mit seiner leicht panischen Konzentration auf jeden Schmerz, den Kerry verspürte. Und Dr. Crescent mit seiner robusten, unerschütterlichen Das-wird-schon-Einstellung, die Janus an den meisten Tagen beruhigend fand. Aber an diesem Tag hätte er den Mann am liebsten umgebracht.

„Ich will zum See", schrie Kerry, als ihn eine neue Wehe überrollte. Es war anderthalb Stunden her, seit Dr. Crescent eingetroffen war, und das Baby schien seiner Geburt noch keinen Schritt näher gekommen zu sein. „Bitte. Lass mich zum See gehen. Ich *will* den See."

„Liebes, es ist alles gut. Ich bin hier bei dir."

„Ich sagte, ich will den See", stieß Kerry hervor. In seinen Augen lag fast so etwas wie Irrsinn. „Jetzt. Ich will ihn jetzt."

Dr. Crescent, der am Fußende des Bettes die Dinge im Auge behielt und auf erste Anzeichen des Babykopfes wartete, hob den Blick. „Du willst das Kind im See gebären?"

„Ja. Bitte. Im See. Jetzt."

„Kerry, es ist mitten in der Nacht, und du bist schon zu weit–" Aber bevor Janus ausreden konnte, unterbrach ihn Dr. Crescent.

„Dann gehen wir zum See, mein Junge", sagte der Doktor und brachte Janus mit einem Klaps auf die Schulter zum Schweigen. „Was immer deinem Omega hilft, sich stark und bereit zu fühlen." Er fing Janus' Blick auf. „Verstanden? Was habe ich dir immer über Geburten gesagt?"

„Die richtige Einstellung in der Schlacht ist der halbe Sieg."
Aber das war so viel leichter zu glauben, wenn es der Omega eines
anderen war, der in den Wehen lag. Nun jedoch war es sein eigener
Omega, der mitten in der Nacht einen dunklen Waldpfad hinunter
zu einem See gehen wollte, mit Wildkatzen und deren Jungen und
wer wusste schon, was noch alles, während sein Pater und seine
Schwiegereltern vor der Tür herumlungerten und jede von Janus'
Entscheidungen beurteilten und in Frage stellten, und … nun ja …

Janus errötete, als hätte irgendwer seine Gedanken hören können. Kerry war nicht sein Omega, und das Kind war auch nicht
seines. Dass sie sich in den letzten Monaten näher gekommen waren
und er mit jeder Berührung, jedem Kuss und jeder Liebkosung
mehr das Gefühl bekommen hatte, Kerry würde ihm gehören,
bedeutete nicht, dass dieser Mann in irgendeiner Art und Weise
tatsächlich der seine war. Auch wenn er selbst inzwischen voll und
ganz Kerry gehörte, ob der Mann ihn wollte oder nicht. Rechtlich
hatte er keinerlei Anspruch, ganz egal, was er oder Kerry wollten
oder was an diesem Abend auf dem Flur gesagt worden war.

„Der See", sagte Kerry erneut und machte Anstalten, sich seit-
lich aus dem Bett zu rollen. „Jetzt. Ich will jetzt sofort gehen. Es ist
wichtig. Ich muss dort sein."

Dr. Crescent warf Janus einen vielsagenden Blick zu, und entgegen besseren Wissens half Janus dem schwitzenden, nackten
Kerry aus dem Bett. Dr. Crescent ging voraus, Janus und Dr. Rose
flankierten Kerry, und so verließen sie das Zimmer.

„Wo bringt ihr ihn hin? Was ist los?", fragte Monte. Seine Augen waren gerötet, und er hielt ein zerknülltes Taschentuch in der
Hand, als hätte er geweint.

Zeke warf nur einen Blick zu Janus, dann sagte er: „Also zum
See?"

Woher der alte Mann das wusste? Janus hatte keine Ahnung.
Vielleicht hatte er gelauscht, oder vielleicht hatte Kerry schon früher

einmal mit ihm darüber gesprochen. Aber wie auch immer – Zeke hielt die Monhundys davon ab, ihnen zu folgen oder sie zu bedrängen indem er ihnen die Situation lange und ausführlich genug erklärte, um Kerry die Treppe hinunter und zur Hintertür hinaus zu schaffen.

Unter dem Licht des Halbmondes schafften sie es hinunter zum See. Nicht zum ersten Mal fiel Janus auf, wie hell der Mond hier oben in den Bergen leuchtete. So viel klarer und weißer als in der Stadt, wo das elektrische Licht seine Kraft dämpfte.

„Wolfgott, bitte lächele auf diese Geburt herab", betete er, den Blick hinauf zu der weißen Mondsichel gerichtet, wo Wolfgott seine Zähne bleckte, sei es vor Freude oder Zorn. Janus betete, es möge Freude sein.

Kerry bis hinunter zum Wasser zu bringen, dauerte länger, als ihm lieb war. Mehrere Male mussten sie wegen der Kontraktionen pausieren, die zunehmend schmerzhafter wurden. Aber sobald sie dort waren, zog Dr. Crescent seine Schuhe und seine Hose aus und stapfte in das flache Wasser, als wäre es das Natürlichste der Welt.

Kerry für seinen Teil stolperte ebenfalls hastig ins Wasser, so gut es ging. Janus ließ ihn los, sobald Dr. Crescent Kerrys Arm gepackt hatte, schlüpfte aus seinem Hemd und seinen Schuhen, und ging ebenfalls hinein. Seine Hose klebte an ihm, aber er konnte nicht warten. Kerry war entschlossen, weiter hineinzuwaten, und Dr. Rose zeigte nicht das geringste Interesse mitzukommen, schon gar nicht in all seiner Kleidung.

Janus schlang seinen Arm um Kerry und geleitete ihn weiter in den See, bis ihnen das Wasser bis zur Taille reichte. Kerry stöhnte und ließ seinen verschwitzten Körper in das nachtkühle Wasser sinken. Er wimmerte, als eine neue Schmerzwoge ihn überrollte, und Janus hielt ihn fest. Beruhigend streichelte er Kerrys Haar, während der sich wand, um dem Schmerz zu entkommen.

„Es ist schlimmer als an jenem Tag am Strand, als ich–"

„Schh", unterbrach Janus ihn mit einem raschen Blick in Dr. Roses Richtung. Der Doktor war am Strand zurückgeblieben. Janus bemerkte die hüpfenden Lichtkegel von Taschenlampen auf dem Pfad. Zeke hatte die Monhundys also lange genug warten lassen, um besseres Licht für den Weg nach unten aufzutreiben. Das war gut. Das hatte ihnen Zeit verschafft, Kerry ohne den Protest der Monhundys ins Wasser zu bringen. „Ich weiß, dass es wehtut, mein Herz. Es dauert nicht mehr lang. Hoffe ich."

Kerry ergriff Janus' Hand und drückte sie fest. Ein Schrei entrang sich ihm bei der nächsten Wehe. Sie kamen jetzt in kürzeren Abständen. Schneller und schneller.

„Du hast versprochen, nicht zuzulassen, dass mir je wieder jemand Schmerzen zufügt", keuchte Kerry, als der Krampf nachließ. Seine Augen waren groß und dunkel, und sein Gesicht eine Maske des Schmerzes und der Erschöpfung.

„Oh, mein Herz, wenn ich diesen Schmerz von dir nehmen könnte, würde ich es tun. Ich würde ihn zehnfach auf mich nehmen, wenn ich dir damit das Leid ersparen könnte, und ich–"

Kerrys Schrei hallte über den See und wurde von den Bergen zurückgeworfen. Janus wurde lebhaft an den Tag erinnert, als er Kerry hier gefunden hatte, auf allen vieren aus der Wildnis kriechend, nackt und blutend bei dem Versuch, genau diesen Moment zu verhindern.

„Ich kann das nicht!", schrie Kerry.

„Du kannst."

„Nein. Es geht nicht."

„Du schaffst das", sagte Janus ruhig. „Ich habe dich in meinen Armen. Der See hat dich. Lass es einfach geschehen. Lass ihn heraus. Du musst jetzt pressen."

Kerry schnaufte und atmete, und schließlich presste er mit aller Kraft. Dr. Crescent hatte sich vor ihm hingehockt, so dass nur noch sein Kopf über Wasser war. Er streckte die Hände zwischen Kerrys

Beinen aus, tastete, suchte …

Dann leuchtete sein Gesicht auf. „Da ist der Kopf. Ich kann ihn fühlen. Nur noch einmal fest pressen, Kerry, dann ist es geschafft, und du kannst den Kleinen halten."

Kerry begann zu schluchzen. „Ich will nicht", flüsterte er und starrte Janus aus tränennassen Augen an. „Ich will ihn nicht hal– ahhh!" Er schrie erneut und presste heftig.

Dr. Crescent beugte sich hastig vor und wäre beinahe umgefallen, aber dann erhob er sich rasch und hielt triumphierend das Baby vor sich. Wasser rann von dem Säugling; die Nabelschnur pulsierte und zuckte, dann lag sie still. So wie auch das Kind. Der kleine Kopf sank herunter, und Janus' Herz sank ebenfalls wie ein Stein.

Kerry wimmerte. „Ist er … warum ist er nicht … oh Wolfgott, ist er tot?"

„Nein", stieß Janus hervor und nahm Dr. Crescent das Baby aus den Händen. „Nein, er ist nicht tot. Er kann nicht tot sein. Nein."

Das Baby bewegte sich nicht.

„Dreh ihn um, schnell", sagte Dr. Crescent. „Drück ihn an deine Brust, mit dem Bauch an dein Brustbein. Lass ihn dein Herz hören. So ist es gut." Dann schlug er dem Kleinen auf den Po, und das Baby zuckte an Janus' Brust und stieß einen schwachen Schrei aus.

Kerry fing an zu weinen und streckte die Hände nach ihm aus. „Bitte, bitte", flüsterte er, während Tränen über sein Gesicht rannen. „Bitte."

Janus gab ihm das Baby, das nun aus vollem Hals schrie, und war schockiert, als Kerry in das Geschrei einstimmte. Kerry hielt das Kind mit steifen Armen, weg von seinem Körper, schluchzte mit fest geschlossen Augen und zitterte wie Espenlaub.

Aber Dr. Crescent schien zu wissen, was zu tun war. Er drückte Kerry das Baby an die Brust und hielt es dort, bis Kerry das von selbst tat. Kerry hielt es und wiegte sich im Wasser, weinend und wimmernd. Und sie alle waren überwältigt von Erschöpfung und Erleichterung.

Kerry schnupperte an seinem Sohn und beugte sich hinab, dann zuckte er zusammen. Er hob den Blick und starrte Janus an. Dann holte er tief Luft und stöhnte.

„Was?", fragte Janus und ging in die Hocke, um ihnen beiden näher zu sein. „Was ist los?"

Und dann roch er es ebenfalls. Der Unterschied in der Mischung aus Beeren und Moschus und purer Perfektion. Der Himmel. *Heimat.* Die Welt schien sich auf den Kopf zu stellen, der Himmel plötzlich unter seinen Füßen zu sein. Als Janus wieder atmen konnte, hielt er Kerry und das Baby in den Armen, seine Nase an Kerrys Hals vergraben, während seine Zunge die Vollkommenheit seines Gefährten kostete.

„Tja, ich will wolfgottverdammt sein", flüsterte Dr. Crescent irgendwo neben ihnen. „Fick mich und den Gaul, auf dem ich hergeritten bin."

Janus hob den Kopf und starrte Kerry an – schockiert zunächst, und dann voller Gewissheit. „Du", sagte er. „Du bist es."

„Ja", flüsterte Kerry. „Ich bin's."

Hinter ihnen ertönte das Geräusch platschenden Wassers, aber Janus war nicht in der Stimmung, sich mit Monte Monhundys Arroganz auseinanderzusetzen. Er drehte sich um, bereit, den Mann zum Teufel zu jagen, der seinen *Érosgápe* so kurz nach der Geburt nur aufregen würde.

„Was?"

„Sie sind verbunden", sagte Dr. Crescent. „Aufgeprägt. *Érosgápe.* Unfassbar."

Janus drehte dem nun in sich zusammengesunkenen Monte den Rücken zu und richtete seine ganze Aufmerksamkeit einzig auf Kerry. „Bringen wir dich aus dem Wasser. Ich muss dich untersuchen, und er muss gestillt werden."

Kerry starrte Janus hingerissen an, die Luft um sie herum angefüllt mit dem neuen Wissen. Er nickte langsam, und Janus führte seine Lieben zum Strand, eine Hand an Kerry Rücken und die andere auf dem Baby in Kerrys Armen. Er funkelte jeden am Ufer finster an, mit Ausnahme von Zeke, obwohl es all seiner Willenskraft bedurfte, Zeke näherkommen zu lassen, damit der seinen Enkelsohn sehen konnte.

Monte und Lukas jedoch hielt er auf Abstand, und Dr. Crescent versuchte gar nicht erst, sich zu nähern, sondern lachte nur in verblüfften Staunen vor sich hin. „Ich will wolfgottverdammt sein", flüsterte er immer wieder. „Kann gar nicht erwarten, meinem Fan davon zu erzählen."

Nachdem Janus geholfen hatte, das Baby an Kerrys milchigem Nippel anzulegen, weinte der Kleine nicht mehr. Er nuckelte zunächst halbherzig, dann aber immer kräftiger, und Kerry starrte abwechselnd hinunter zu ihm, dann wieder hinauf zu Janus, mit einer wilden Mischung von Emotionen in seinen schönen, dunklen Augen.

„Es wird alles gut werden", sagte Janus mit fester Stimme. „Jetzt, da ich dich gefunden habe. Es wird alles in Ordnung kommen."

KAPITEL 26

„ABER DAS KIND ist unseres", sagte Monte und schlug mit den Fäusten auf den Tisch. Seine Wangen waren so rot wie sein Haar. „Er gehört dem Gesetz nach Wilbet."

Das Gesetz war in einigen Fragen unmissverständlich: Babys gehörten den Alphas, die sie zeugten, ungeachtet dessen, dass Omegas diejenigen waren, die sie trugen, gebaren und mit ihren Körpern ernährten. Weniger klar war die rechtliche Lage, was ein Baby betraf, dessen Alpha-Vater im Gefängnis saß, und Kerry wünschte, Yosef wäre jetzt bei ihnen, um seine Meinung zu der Sache beizusteuern.

„Er wird nicht dieses Haus verlassen", sagte Janus düster. Seine rechte Hand lag fest an Kerrys unterem Rücken, die andere auf dem Tisch, zur Faust geballt.

Kerry drückte das Kind fester an sich und beugte sich hinab, um an seinem Köpfchen zu schnuppern. Es roch nicht nach Wilbet. Der Junge roch überhaupt nicht nach irgendetwas Schlechtem. Er duftete nicht so wundervoll wie Janus, aber dennoch angenehm und süß. Sogar besser, als Calebs Baby gerochen hatte, oder Charlies kleiner Ellis, obwohl alle Säuglinge aus einem Grund köstlich rochen. Aus diesem Grund.

„Ihr wolltet, dass ich ihn zwei Jahre lang stille", sagte Kerry leise. Er war immer noch erschöpft von der Tortur der Geburt, und seine untere Region war wund und schmerzte, nachdem er ein so großes Kind herausgepresst hatte. Das war immerhin etwas Offensichtliches, das der Junge mit seinem Erzeuger gemeinsam hatte: Er war groß. Kerry versuchte, nicht daran zu denken.

„In der Stadt. Bei uns. Und du hast *zugestimmt*." Monte war derjenige, der unentwegt redete. Lukas saß schweigend am Tisch – ganz sicher eine Triebkraft, aber eine stille. Er trug zu der Diskussion nichts bei, keinen Gedanken, keine Meinung, ließ Monte die Argumente hervorbringen. Kerry wusste nicht, was er davon halten sollte. Er wagte nicht zu glauben, dass das Schweigen von Wilbets Vater etwas Gutes bedeuten könnte.

„Das war, bevor er von mir wusste", sagte Janus.

„Aber ihr hattet euch bereits kennengelernt!"

Die zeitliche Abfolge der Ereignisse – Janus' Ankunft und der Beginn ihres Verhältnisses – war jetzt dokumentiert, wie eine Art Wegkarte, die auf dem Tisch ausgebreitet lag. Eine einzelne Linie markierte Daten und Aktivitäten, der Verlauf ihres sexuellen Bundes, in losen Euphemismen und nüchternen Begriffen notiert, zeigte vom Start bis zum Ziel ihren holprigen Weg in die Erkenntnis.

„Das Baby hat Kerrys Duft überdeckt", sagte Dr. Crescent. Er lehnte sich zurück und faltete die Hände über seinem runden Bauch. Dabei grinste er, als würden die am Tisch Anwesenden nicht vor kaum beherrschter Anspannung kochen.

Besagte Anwesende waren Kerry, Janus, Zeke, Dr. Crescent, Monte und Lukas, und Dr. Rose natürlich. Der nickte jetzt zustimmend und fügte hinzu: „So etwas passiert, wenn auch selten. Ein schwangerer Omega, der das Kind seines *Érosgápe* trägt, wird natürlich auch einen anderen Duft annehmen, der jedoch nichts überdecken wird, da das Kind der Sohn seines *Érosgápe* ist. Jedoch ein Omega, der das Kind eines anderen Alphas trägt … nun, das kann seinen Geruch ausreichend überdecken, um die Aufprägung zu verhindern, bis das Kind geboren ist. Ich habe von einem anderen solchen Fall während meines Medizinstudiums gelesen. Aber wie gesagt, es ist selten. Recht ungewöhnlich."

Draußen vor dem Haus standen außerdem noch sechs Dutzend weitere Leute auf dem Rasen – alles Patienten von Janus und Dr. Crescent. Charlie, Dax und Ellis waren unter ihnen, zusammen mit Whitehoul und seinen Omegas. Und noch andere. Irgendwer hatte Alarm gegeben und verbreitet, dass Leute aus der Stadt versuchten, einem Berg-Omega sein Kind wegzunehmen, und dass jener Berg-Omega der *Érosgápe* des Mannes war, den sie als Dr. Janus Heelies kannten.

Das letzte Mal, als Kerry aus dem Fenster geschaut hatte, waren die Leute mit Schaufeln, Äxten und ganz allgemein einer „Legt euch nicht mit uns an"-Haltung bewaffnet gewesen. Und irgendwie beruhigte Kerry das fast so sehr wie Janus' starke Präsenz an seiner Seite. Er vermutete, dass Fan den Aufruhr angezettelt hatte, nachdem Dr. Crescents Nachricht über die geglückte Geburt, das gesunde Baby und das überraschende *Érosgápe*-Ereignis bei ihm eingetroffen war. Zweifellos hatte Crow auch den Ärger erwähnt, den die anwesenden, städtischen Schwiegereltern machten, sodass Fan wissen würde, was zu tun war. Und ganz offensichtlich hatte Fan entsprechend gehandelt.

„Also, was bedeutet das jetzt?", fragte Zeke.

„Es bedeutet, dass Monte und ich in die Stadt zurückkehren, wo wir die Dokumente aufsetzen werden, die den Vertrag zwischen Kerry und unserem Sohn für null und nichtig erklären", sagte Lukas und brach damit schließlich sein Schweigen.

„Was?" Monte wirbelte in seinem Stuhl herum, die Augen weit aufgerissen. „Nein!"

„Du kennst das Gesetz genauso gut wie ich. Der Bund zwischen *Érosgápe* hat Vorrang vor allen anderen Vereinbarungen oder Versprechen."

„Schön. Aber das Kind gehört uns", fauchte Monte.

„Nein, tut es nicht", widersprach Lukas. „Er hat es besser bei Kerry. Wir hatten unsere Chance, und sieh, was daraus geworden ist. Mir gefällt nicht, was diese Schwangerschaft aus dir gemacht hat, Monte, was sie aus uns gemacht hat. Mir gefällt nicht, was wir getan haben, um das Kind an uns zu reißen. Und wenn Kerry in seinem Herzen die Fähigkeit findet, den Jungen zu lieben, dann verdient er es, ihn aufzuziehen. Und er wird das besser machen als wir."

„Man kann uns nicht für Wilbets Verhalten verantwortlich machen. Wir konnten das nicht voraussehen. Und Kerry wird ihn nicht lieben! *Er liebt ihn nicht.* Sieh dir nur sein Gesicht an. Es sagt doch alles."

Kerry bemühte sich um eine neutrale Miene, aber er wusste, es war die Wahrheit. Das Schuldgefühl ließ sich genauso wenig zurückhalten wie die Luft in einem undichten Ballon. Er liebte das Baby nicht. Er hatte ihm bis jetzt nicht einmal einen Namen gegeben. Aber ein Teil von ihm war auch nicht bereit, ihn Monte und Lukas auszuhändigen. Vielleicht waren die beiden nicht schuld daran, dass Wilbet ein solches Ungeheuer war, und vielleicht waren sie es doch. Aber es spielte keine Rolle, weil …

„Ich liebe ihn", sagte Janus mit einer Bestimmtheit, die keinen Widerspruch duldete. „Wie auch immer Kerry fühlen mag, ich werde dieses Kind genug für uns beide lieben."

Dr. Crescent gab einen langen Seufzer von sich, so als würde er starke Emotionen zurückhalten. Dann holte er ein Taschentuch hervor und schnaubte sich die Nase.

Zeke richtete sich auf. „Und ich liebe ihn auch. Er wird hier sicher sein. Geliebt. Umsorgt. Wir werden ihn gut aufziehen."

Monte biss die Zähne zusammen; eine Explosion vulkanischen Ausmaßes schien sich zusammenzubrauen. Aber dann sank er plötzlich über dem Tisch zusammen und schluchzte haltlos. Lukas rieb ihm den Rücken, sagte aber nichts, sondern hob nur den Blick zur Zimmerdecke und blinzelte heftig, als müsste er selbst die Tränen zurückhalten.

„Ich denke, damit wäre wohl alles geklärt", sagte Dr. Rose und stand auf. „Ich würde empfehlen, dass Ihr Anwalt eine Vereinbarung aufsetzt, bevor sie ihre Meinung ändern. Aber wir wissen alle, dass es die richtige Entscheidung ist."

„Wie bitte?", sagte Lukas, offenbar verärgert über Dr. Roses Unverfrorenheit, ihn aus seiner Verzweiflung zu reißen.

„Ich habe gesagt, was zu sagen ist", murmelte Dr. Rose. „Wenn Sie mich nun bitte entschuldigen wollen, dann werde ich meine Sachen packen. Ich nehme an, wir brechen umgehend auf?"

Lukas nickte. Und dann schaffte er es mit einigen Mühen, Monte auf seine Arme zu heben und ihn aus dem Esszimmer zu tragen. Lukas ging kerzengerade und erhobenen Hauptes, um seine Würde zu bewahren. Aber Monte hatte alles davon eingebüßt. Er klammerte sich an Lukas wie ein Kind und schluchzte herzzerreißend. Kerry hatte beinahe Mitleid mit ihm. Er wusste, wie es sich anfühlte, alle Hoffnungen für die Zukunft in einem Scherbenhaufen auf dem Boden zu sehen.

Aber genau in diesem Moment begann das Baby zu jammern, und Kerrys Mitleid wurde von den Pflichten der Paterschaft verdrängt. Er öffnete sein Hemd, legte das Baby an seine Brust und schloss die Augen, als es schmerzhaft anfing zu nuckeln. Es fühlte sich an wie scharfe Nadelstiche in seinen Achselhöhlen und in der Brust, als die Milch einschoss, aber das Gefühl ließ auch wieder nach. Dr. Crescent hatte gesagt, das wäre normal.

Kerrys Augen öffneten sich unwillkürlich, als Janus seine Nase an Kerrys Hals rieb und erneut an ihm schnupperte, so wie er es seit der Geburt für Stunden immer wieder getan hatte. Das Esszimmer hatte sich geleert – nur noch sie beide waren da, und das Baby. Janus vergrub seine Nase in Kerrys Haar, roch an seinem Kiefer und dann tiefer an seiner Brust und an der Milch, die im Mund des Babys verschwand.

„Wie wollen wir ihn nennen?", fragte Janus, als er sich sattgeschnuppert hatte, mit einem glücklichen und friedvollen Ausdruck im Gesicht.

Kerry schluckte schwer und zuckte die Achseln. „Darüber habe ich mir noch keine Gedanken gemacht."

„Keine einzige Idee? Nach all den Monaten?"

Kerry lächelte sanft. Überraschenderweise steckte die Antwort irgendwo in seinem Hinterkopf. „Ich dachte wohl immer, Monte und Lukas würden einen Namen aussuchen, aber …"

„Aber?"

„Aber während ich für ihn die Sachen genäht habe, dachte ich im Kopf immer an ihn als …" Kerry verstummte. Plötzlich brachte es ihn in Verlegenheit, den Namen laut aussprechen zu müssen.

„Als?"

„Tristan."

„Tristan Heelies", sagte Janus. „Das gefällt mir. Willst du ihm einen zweiten Vornamen geben?"

Kerry wurde die Kehle eng und er drückte das Baby ein wenig fester, als er sollte. Protestierend hörte der Kleine auf zu trinken. Hastig entspannte Kerry seine Arme wieder und kämpfte gegen die Tränen, als er fragte: „Du willst, dass er deinen Nachnamen trägt?"

Janus, der Tristan gerade behutsam wieder an Kerrys Nippel legte, blickte auf. „Natürlich. Ja. Welchen Namen soll er denn tragen? Deinen? Wenn es das ist, was du willst? Tristan Monkburn ist auch ein feiner Name."

Kerrys Kinn begann zu zittern. Seine Augen waren feucht, und er wusste, jeden Moment würden die Tränen fließen.

„Oh, um Wolfgottes willen", murmelte Janus und beugte sich vor, um die Tränen wegzuwischen. „Als würde ich je zulassen, dass unser Kind *seinen* Namen trägt. Er gehört jetzt uns. Sie haben den Verhandlungstisch verlassen. Lukas wusste in dem Moment, als er mich sah, dass sie verloren hatten. Und Monte ist das nun auch klar geworden. Es ist vorbei, mein Herz. Du, ich und Tristan, wir sind jetzt eine Familie. Und Zeke natürlich nicht zu vergessen."

„Tristan Ezekiel Heelies?"

Janus nickte und küsste Kerry auf die Stirn. „Perfekt. Lass uns nach oben gehen. Wir könnten beide ein wenig Schlaf gebrauchen. Es war ein langer Tag."

Kerry widersprach nicht. Er ließ sich von Janus die Treppe hinauf und in sein Zimmer bringen. Beide versuchten das Schluchzen zu ignorieren, das aus dem Zimmer am Ende des Flurs drang. Stattdessen kuschelten sie sich in Kerrys schmalem Bett aneinander, das immer noch nuckelnde Baby zwischen ihnen.

Der goldene Vogelkäfig stand in der Mitte des Raums. Das Fenster war noch immer geöffnet, als würde Kiwi zum Haus zurückkehren und geradewegs wieder hineinfliegen. Aber Kerry wusste, das würde nicht geschehen.

Ein gefangenes Wesen, sobald es erst einmal befreit war, wollte nie wieder zurück.

Er schmiegte sich in die Arme seiner Freiheit – seines geliebten *Érosgápe* – und atmete tief ein. Zum ersten Mal seit sehr, sehr langer Zeit senkte sich Frieden über ihn, und er wusste ganz tief in sich, dass er wahrhaftig sicher war.

Und geliebt.

EPILOG

Drei Wochen nach Tristans Geburt

Lieber Janus,

Herzlichen Glückwunsch! Das muss als Allererstes gesagt werden, richtig? All meinen Segen für Dich und Kerry zu dem glücklichen Ereignis, einander als Érosgápe gefunden zu haben. Einerseits bin ich erstaunt über diese Neuigkeit, aber andererseits auch nicht im Geringsten schockiert. Rückblickend muss ich zugeben, dass es gewisse Schlüsselereignisse und Zeichen gab, die sogar ich hätte erkennen müssen.

Was unsere geschäftlichen Angelegenheiten betrifft, so bin ich gern bereit, eine Sorgerechtsvereinbarung aufzusetzen und dafür zu sorgen, dass sie unterschrieben wird. Des Weiteren werde ich meine Verhandlungen in Kerrys Namen mit den Omega-Befreiungsgruppen abbrechen. Ich muss zugeben, dass mein einziges Bedauern nach der Nachricht, dass Ihr Érosgápe seid, diesen Gruppen gilt, die bereit waren, sich für die Sache einzusetzen. Ein erfolgreicher Präzedenzfall – vorausgesetzt, sie hätte ein humanes Urteil bewirken können – hätte anderen Omegas eine deutlich bessere Position verschafft.

Aber wie dem auch sei, Ihr seid Érosgápe, und die Gesetzeslage dazu ist eindeutig. Andere Omegas werden einfach warten müssen, bis ein anderer verzweifelter Mann sich in der Lage findet, gegen die brutalen Gesetze vorzugehen. Während die Wissenschaft Fortschritte macht und sowohl die Geburtenrate als auch die Überlebensrate für Omegas steigt, bete ich, dass die so drakonischen Gesetze und Maßnahmen bald permanent unwirksam werden.

Rosen und ich haben außerdem ein kleines Geschenk für Euren neuen Sohn beigefügt. Es sind Adoptionspapiere. Ich musste zahllose historische Dokument durchforsten, um eine gute Quelle für eine wasserdichte Adoption zu finden. Wie Du weißt, besteht, anders als vor dem Großen Sterben, heutzutage selten Bedarf für Adoptionsverfahren. Aber natürlich wollen wir, dass alles bindend ist, sodass weder Wilbet selbst, noch seine Eltern ihre Meinung ändern können.

Bitte unterzeichne die Papiere, lass auch Kerry unterschreiben, und ich werde mich um die Gegenzeichnung durch die Monhundys kümmern. Keine Bange. Ich werde sicherstellen, dass alles seine Ordnung hat.

Übermittele Kerry und seinem Pater meine besten Wünsche. Und gib dem Baby einen Kuss von mir.

Yosef Deckel

Janus legte den Brief zur Seite, dann öffnete er das Paket, das zur selben Zeit geliefert worden war. Es war von Caleb, Xan und Urho, dem Absender zufolge, und enthielt weiche Spielzeuge, Decken und mehr für das Baby. Außerdem war darin ein Brief:

Teuerster Janus und lieber Kerry,

mein Herz jubelt über die Neuigkeiten! Ich wünschte, ich könnte sagen, dass ich das alles vorausgesehen habe, aber ich war genauso blind was Euren Érosgápe-Bund betrifft, wie Ihr selbst. Ich bin überglücklich, dass damit mit einem Schlag sowohl Kerry als auch das süße Kind außer Gefahr sind. Bitte nehmt unsere Gaben für den kleinen Tristan und die Kamera als Geschenk zu Eurer Vereinigung an. Xan beharrt darauf, dass die Kamera Dir gefallen wird, und er hat auch Film da-

zugelegt. Schickt ihn einfach zu uns, wenn er voll ist. Wir werden ihn dann hier entwickeln lassen und die Bilder an Euch zurückschicken. Das wird wunderbar!

Bekhem wächst jeden Tag, so wie auch meine anderen herrlichen Kinder. Riki hat sogar schon angefangen zu schreiben. Er ist ein kleiner Schlaumeier. Wie sein Pater, wenn ich das selbst so sagen darf. Und Levi hat gelernt zu rennen und kennt nur zwei Geschwindigkeiten: volles Tempo oder Stillstand. Ich fürchte immer, dass er über einen Klippenrand rennt, aber Urho sagt, die Bewegung ist gut für ihn. Bewegung, ja. Aber er sollte mehr darauf achten, wohin er seinen kleinen Körper bewegt!

Ich wünschte, ich hätte Zeit, um mehr zu schreiben, aber ich bin jetzt schon zu spät dran für das Organisationstreffen für die Erste Jährliche Berg-Medizin-Wohltätigkeitsauktion. Erwarte einen baldigen Zustrom hilfreicher finanzieller Mittel.

Alles Liebe von mir für Dich, Kerry und Tristan,
Caleb

Janus zeigte Kerry die Briefe, als sie an diesem Abend am Kamin lasen. Zeke war bereits zu Bett gegangen. Das Baby lag in Kerrys Arm und trank – der Kleine schien unentwegt zu nuckeln – und Janus hielt Kerrys Füße auf dem Schoß und massierte sie. Er trug den Schal, den Kerry für ihn gemacht hatte. Er war weich und die Maschen an manchen Stellen ein wenig ungleichmäßig, aber Janus liebte ihn.

Kerry betrachtete den Stapel mit den Sachen, die Caleb geschickt hatte und sagte: „Das können wir ihnen niemals zurückzahlen."

„Sie gehören zur Familie, mein Herz. Das sind Geschenke."

Kerry nickte. Er schnupperte an Tristans Kopf, dann schenkte er Janus ein Lächeln. „Das ist schön, oder?"

„Perfekt."

Kerry neigte den Kopf zur Seite. „Aber wie wollen wir genug Geld verdienen? Nachdem mein Vertrag mit Wilbet erst offiziell gelöst ist, werden seine Eltern wohl kaum weiterhin Geld schicken. Nicht, wenn du das Baby adoptierst."

„Mein Onkel hat auch geschrieben", enthüllte Janus Kerry. „Mein *Érosgápe*-Bund ist der einzige in der Familie seit seinem eigenen mit seinem Omega George. Er scheint darüber ziemlich freudig erregt zu sein und hat mir eine große Geldsumme als Verpaarungsgeschenk angeboten. Damit sind wir für mehrere Jahre versorgt. Hoffentlich so lange, bis ich hier als Arzt etwas mehr verdiene. Es geht das Gerücht, dass Dr. Crescent in absehbarer Zeit in den Ruhestand gehen will."

„Aber von der Wohltätigkeit eines anderen Mannes zu leben, ist …"

„Da ist auch immer noch das Einkommen durch die Pension. Und jetzt, wo Tristan auf der Welt ist, gesund und munter, kann dein Pater die anderen Zimmer wieder öffnen."

Kerry nickte nachdenklich. „Ich bin ganz schön verwöhnt von dem ruhigen Leben hier, nur mit dir und Pater." Er rieb seine Nase an Tristans Köpfchen. Soweit Janus wusste, hatte Kerry das Baby noch nicht geküsst, aber er kam der Sache näher und näher. „Und jetzt mit ihm."

„Er ist ein gutes Baby", sagte Janus. „Ein aufmerksamer, stiller Junge."

„Und ein hungriger", sagte Kerry seufzend, dann legte er Tristan an die andere Seite seiner Brust. Kerrys nasser, zurückgelassener Nippel blieb entblößt und zog Janus magisch an. Er kostete gern die süße Milch, die Kerry produzierte, und ihr Duft verlockte ihn, sich vorzubeugen und daran zu lecken.

Kerry schloss sein Hemd ein wenig, sodass der Nippel verborgen war. Janus lächelte in sich hinein. So sehr es ihn auch verlangte, sich tief in seinem Omega zu vergraben, um die *Érosgápe*-Verbindung zu genießen – nun da sie sie entdeckt hatten – er musste warten, bis sein Geliebter ganz geheilt war. Und auch wenn es wundervoll war, an Kerry zu nuckeln, so wusste er doch auch, dass er angesichts der zögerlich wachsenden Zuneigung Kerrys zu dem vormals ungewollten Kind nichts tun sollte, was die Stillerfahrung für Kerry irgendwie beeinträchtigte.

„Er wird ein guter Junge werden", versicherte Janus Kerry, denn er wusste, dass sein Omega das immer wieder hören musste. „Und dann wird aus ihm auch ein guter Mann."

Kerry nickte. Ein Falte bildete sich zwischen seinen Brauen. Nach einer kleinen Weile seufzte er, als würde es ihn große Mühe kosten, und entspannte seine Stirn. „Noch ein weiterer ruhiger Monat wäre gut, und dann können wir die Pension für die Herbstgäste öffnen. Im Winter haben wir immer den üblichen Ansturm von Leuten, die der Grippesaison entfliehen wollen. Wir werden zurechtkommen."

„Ja, das werden wir", stimmte Janus zu. Er rieb Kerrys Füße ein wenig fester, dann beugte er sich hinab und küsste einen großen Zeh. „Ich liebe dich."

Kerry lächelte, und der Blick seiner Augen wurde weicher, voller Vertrauen und Freude. „Ich liebe dich auch."

Das Baby ließ einen Furz, und sie beide lachten.

Dreizehn Monate nach Tristans Geburt

„TRINK! BITTE TRINK. Bitte", flüsterte Kerry drängend. Sein Nippel sah geschwollen aus, weil Tristan nicht nuckeln wollte. Janus wusste, dass es für den Pater recht unangenehm sein konnte, wenn das Baby langsam abgestillt wurde.

„Das geht vorbei", sagte Janus beruhigend und trat ins Zimmer. „Ich weiß, es ist im Moment unangenehm, aber in ein paar Tagen wird dein Körper sich darauf umstellen, weniger Milch zu produzieren ... oder falls das Baby gar nicht mehr will, die Produktion ganz einzustellen."

Kerry starrte ihn mit matten Augen voller Schmerz an.

Janus bekam ein flaues Gefühl im Magen, wie ein Knäuel sich windender Schlangen. „Was ist los?"

„Er muss trinken."

„Er ist schon alt genug, um allein zu essen. Dein Pater hat ihn neulich mit Kartoffelpüree gefüttert. Du kannst ihn ja nicht für alle Zeit stillen."

„Wenn ich ihn nicht mehr stillen kann ..." Kerry verstummte, schloss die Augen und knirschte mit den Zähnen. „Wenn er aufhört, werden meine Hitzen zurückkommen."

Aus Janus' flauem Bauchgefühl wurde echte Übelkeit. Daran hatte er gar nicht gedacht.

Kerry versuchte erneut, seinen Nippel in Tristans Mund zu schieben, aber der Kleine weigerte sich. Er drehte sein Gesicht weg und zappelte mit den Armen, die Lippen dickköpfig zusammengepresst.

„Du kannst ihn nicht zwingen, sich weiter stillen zu lassen, Kerry. Und du kannst nicht verhindern, dass er wächst", sagte Janus schließlich. Er nahm Kerry das Baby ab und strich Tristan die süßen Locken aus der Stirn. Dann legte er ihn auf den Boden und sah zu, wie er sich umdrehte und mit großer Entschlossenheit zu seiner Decke und dem Haufen Babyspielzeug krabbelte, das Caleb geschickt hatte. „Es muss eine andere Lösung geben."

„Ich habe Angst", sagte Kerry verzagt und wischte sich mit einer Hand übers Gesicht. „Ich weiß, dass du mir nicht wehtun würdest, aber meine Hitzen waren immer so ..." Kerry erschauerte. „Und ich habe Angst, dass sich zwischen uns etwas verändern wird, falls ... falls es wehtut ... und ich kann das nicht noch einmal durchmachen. Alles verlieren, was ich zu haben glaubte, diese ganze ...

wolfgottverdammte Sache." Er blinzelte, und dann wurde seine Stimme tiefer, heiserer. „Verzeih mir. Bitte. Es tut mir so leid, dass ich Angst davor habe."

„Du musst dich dafür nicht entschuldigen, mein Herz. Natürlich hast du Angst. Aber wir können nichts dagegen tun, dass die Hitze kommen wird. Wir können einander nur versprechen, unser Bestes zu tun. Ich will dir niemals wehtun."

Kerry nickte, immer noch niedergeschlagen. Traurig senkte er den Blick.

Janus hob sein Kinn an. „Ich liebe dich. Die Hitze soll die gesegnete Vereinigung von *Érosgápe* sein. Wir bekommen das hin."

Kerry schlang die Arme um Janus' Hals und hielt sich fest. Janus hielt ihn ebenfalls fest und betete zu Wolfgott, dass sein wundervoller, traumatisierter Omega in seinen Armen Ekstase finden möge. Die Hitze würde kommen, so oder so, und mit ihr Orgasmen – die ohne Liebe nur hohle, unablässige Lusterzeugung sein konnten. Es würde Janus' Verantwortung sein, es zu einem freudvollen Erlebnis zu machen.

Denn Kerry war eindeutig viel zu verängstigt von der Aussicht.

Fünfzehn Monate nach Tristans Geburt

KERRY WAR GERADE bei Fan – sie tranken Tee, und er ließ den Mann mit Tristan spielen – als das scharfe Prickeln der beginnenden Hitze einsetze. Es war ein unablässiges Stechen unter der Haut, von dem er wusste, es würde nicht nachlassen, ganz gleich, wie viele kalte Duschen er nahm. Und es war das Zeichen, dass der Moment gekommen war, den Monhundys Bescheid zu geben, dass er in Kürze zum Gefängnis gefahren werden musste.

Nur … jetzt war alles anders. Kerry freute sich zwar nicht gerade auf seine Hitze – so weit würde er nicht gehen. Aber der schwere Stein des Entsetzens, der ihm viel zu lange im Magen gelegen hatte,

hatte sich unter Janus' Versicherungen in den letzten paar Monaten aufgelöst. Sein hingebungsvoller Alpha hatte immer wieder geschworen, dass eine Hitze zwischen ihnen vollkommen anders sein würde als alles, was Kerry je zuvor erlebt hatte.

Er vertraute Janus blindlings, und so setzte er auch in dieser Sache sein Vertrauen in ihn.

„Fan", sagte er behutsam, als könnte es dazu führen, dass die Hitze schneller kam, wenn er zu laut oder zu schnell sprach. Er hatte Zeit. Er hatte immer noch viel Zeit. „Fan, ich muss nach Hause. Ich denke, ich muss mich auf ein paar Tage Zurückgezogenheit vorbereiten. Ich spüre die beginnende Hitze unter meiner Haut."

Fan erhob sich vom Boden, wo er mit dem pummeligen, kleinen Tristan gespielt hatte, und ging unverzüglich zur Vordertür. Er öffnete sie und rief zu den Ställen hinüber: „Janus! Komm schnell!"

„Mach ihm doch keine Angst", sagte Kerry lachend. Er stand vorsichtig auf, strich sich das Haar hinter die Ohren, und bückte sich, um Tristans Sachen einzusammeln. „Er denkt sonst nur, dass etwas—"

Die Vordertür flog auf. Janus stürmte herein und kam in der Mitte des Raum schlindernd zum Halt. Es war beinahe zum Lachen. „Was ist passiert?", fragte er. Sein Blick zuckte durch den Raum, auf der Suche nach dem Problem. Als er sah, dass Kerry und Tristan wohlauf und dabei waren, Spielsachen vom Boden aufzuheben, entspannte sich seine angstvolle Miene. Tristan war eigentlich mehr damit beschäftigt, auf einem der Spielzeuge herumzukauen, aber das war eben seine Art zu helfen.

„Mein Hitze kommt", sagte Kerry. „Nicht jetzt gleich", räumte er hastig ein und hob die Hand, um zu verhindern, dass Janus ihn hochhob und davontrug, um ihn in dieser Sekunde irgendwo um den Verstand zu ficken. „Aber bald. Wir haben noch Zeit, uns vorzubereiten."

Janus schnappte sich das Baby und alle Sachen, dann half er auch Kerry vom Boden auf. „Also los, gehen wir."

Kerry lachte. „Wir haben Zeit!"

„Ich weiß, aber … lass uns gehen." Janus trat verlegen von einem Fuß auf den anderen.

Kerry schüttelte den Kopf, immer noch lachend. „Es ist ja nicht so, als müssten wir üben."

„Doch, das müssen wir", sagte Janus. „Und dein Pater wird zumindest für einige Tage auf den Kleinen aufpassen müssen."

„Ich kann auch helfen", sagte Fan. „Zeke soll ihn herbringen, wenn er mal eine Pause braucht." Dann drängte er die kleine Familie zur Tür hinaus. „Viel Spaß, ihr zwei. Als ich in eurem Alter war, habe ich die Hitzen immer sehr geliebt. All dieses Potenzial. So viel Spaß."

Kerry machte sich nicht die Mühe, Fan zu erklären, dass er und Janus im Voraus vereinbart hatten, für die absehbare Zukunft Alpha-Kondome zu benutzen. Kerry war noch nicht bereit für eine neue Schwangerschaft oder eine Geburt, und Janus hatte es damit auch nicht eilig.

Kerry umarmte Fan zum Abschied und nahm seine besten Wünsche entgegen. Dann setzte er sich Tristan auf die Hüfte, nahm Janus' Hand, und zusammen gingen sie nach Hause.

Eine Familie.

„Denkst du, sie werden uns hören?", fragte Kerry und warf einen Blick ins Esszimmer, wo die Gäste – zwei Betas, ein *Érosgápe*-Paar und ein einzelner, älterer Omega – noch beim Abendessen saßen.

„Mach dir darüber keine Gedanken", sagte Janus. Sein Herz zog sich zusammen, weil Kerry so verletzlich klang.

In den letzten Tagen hatten sie im Haus die Nachricht verbreitet, dass Kerrys Hitze bevorstand, und zwei Alpha-Gäste hatten beschlossen abzureisen, bevor ihre Ferien vorbei waren. Sie wollten sich nicht der Frustration aussetzen, ständig zu riechen, was sie selbst nicht haben konnten. Aber diejenigen, die geblieben waren, hatten ohnehin nur eine oder zwei Übernachtungen gebucht und daher beschlossen, die Unruhe hinzunehmen, die zweifellos von der Hitze verursacht werden würde.

Das *Erosgápe*-Paar schien sogar erfreut darüber zu sein. Zweifellos planten die beiden, sich von dem Geruch der Hitze in ihrer eigenen Leidenschaft füreinander beflügeln zu lassen. Die Betas waren mehr oder weniger immun gegen den Geruch, aber natürlich nicht taub. Sie würden höchstwahrscheinlich in ihrer Nachtruhe gestört werden. Zeke hatte ihnen für ihre letzte Nacht in der Pension zum Ausgleich einen Preisnachlass von fünfzig Prozent angeboten.

„Im Gefängnis haben sie immer zugesehen", sagte Kerry, als sich die Tür ihres Schlafzimmers hinter ihnen schloss. Er rieb sich die Oberarme und schauderte. Die Hitze näherte sich immer schneller, während die Minuten dahingingen. Schon bald würde er in das typische Delirium fallen, und Janus würde handeln müssen.

Bevor es aber so weit war, musste er Kerry helfen, sich zu beruhigen.

„Niemand wird uns hier beobachten. Du bist sicher."

Kerry umarmte sich selbst fest. Janus stand ihm gegenüber, die Arme weit ausgebreitet. Kerry starrte ihn an, und dann wagte er ein Lächeln. „Ich bin sicher bei *dir*", entgegnete er. „Bei dir bin ich *immer* sicher."

Als Kerry sich in seine Arme warf, flüsterte Janus: „Ich kann ihnen immer noch sagen, dass sie gehen sollen. Ihre Taschen packen. Und verschwinden. Sie würden abreisen."

„Ich weiß", flüsterte Kerry mit einem kleinen geschnaubten Lachen zurück. „Ich kann mir schon vorstellen, wie du das machen würdest. Sie würden die Flucht ergreifen, ohne ihre Sachen mitzunehmen.“

Janus nickte. „Wenn es das ist, was du brauchst …“

Kerry schüttelte den Kopf. „Schon gut. Halt mich einfach nur. Schon bald werde ich ohnehin keinen Gedanken mehr an die Leute verschwenden.“

Janus hielt Kerry fester. „Auf das Geld sind wir nicht angewiesen, falls es das ist, was dich davon abhält, mich sie rauswerfen zu lassen.“

„Ich weiß. Nein, es ist nur … ich will mir selbst beweisen, dass ich das tun kann. Ich bin sicher hier in unserem Zuhause. Mit dir.“ Kerry zitterte in Janus’ Armen. „Es geht los. Ich kann es fühlen.“

„Hab keine Angst, mein Herz. Ich bin bei dir.“

Janus half Kerry, seine Kleidung abzulegen. Er würde sie für mehrere Tage nicht brauchen. Seine Bauchdecke zeigte Dehnungsstreifen von Tristans raschem Wachstum während der Schwangerschaft, und Janus liebte die glatten, silbrigen Linien. Er fuhr mit den Fingern darüber und drückte Küsse darauf, als er sich hinkniete, um Kerry Hose und Schuhe auszuziehen. Er warf die Sachen einfach über seine Schulter. Die Schuhe landeten irgendwo mit einem Poltern, und Kerry musste lachen.

Janus sah zu ihm auf und grinste, zufrieden darüber, dass sein süßer Omega seinen Humor wiederfand.

„Jetzt du“, sagte Kerry. Er half Janus mit seinen Sachen, war dabei aber eher hinderlich als alles andere. Er zitterte jetzt so heftig, dass Janus wusste, Kerry kämpfte gegen die Hitze an. Was natürlich sinnlos war. Die Hitze würde kommen.

Janus führte Kerry zu ihrem großen Bett am Kamin und half ihm auf die Matratze. Dann legte er sich neben ihn, zog ihn an sich und flüsterte: „Lass dich einfach gehen, mein Herz. Ich kümmere mich um dich. Du bist sicher bei mir.“

Kerry nickte, dann drehte er sich mit weit aufgerissenen Augen zu Janus um. „Sie kommt. Es ist so weit. Oh!" Er klammerte sich an Janus' Schultern. Schweiß brach auf seiner Haut aus, und seine Pheromone stiegen rasch und heftig. Der Duft von Schlick erfüllte die Luft, und Janus kämpfte gegen jeden Instinkt, der ihm befahl, Janus auf den Bauch zu drehen und zu sehen, wie er sich in eine instinktive Lordosis-Haltung hob, und dann haltlos in ihn einzudringen.

Stattdessen legte er ein Alpha-Kondom an, schob sich behutsam zwischen Kerrys Schenkel, spreizte sie ein wenig weiter und glitt in ihn hinein. Dabei murmelte er fortwährend Worte der Liebe und des Trosts. Kerry bebte um ihn herum und kam auf der Stelle. Sein Schwanz – der schon seit Tagen immer wieder hart geworden war, während die Hitze näher kam – spritzte heftig ab, und seine sonnengeküsste Haut rötete sich am ganzen Körper. Der *Érosgápe*-Bund zwischen ihnen rastete ein, und Janus kamen die Tränen. Wann hatte er jemals solche Nähe und Verbundenheit gefühlt, solch schützende Anbetung? Er küsste Kerrys Kehle, strich ihm das lange Haar zurück und rieb seine Nase hinter Kerrys Ohr, schnupperte, kostete und liebte ihn.

„Ich bin bei dir", flüsterte er erneut, erhöhte das Tempo seiner Hüftstöße und bebte am ganzen Körper, als Kerry auf seinem Schwanz kam und Schlick und Omega-Sperma und erregte Worte ungezügelt aus ihm hervorquollen.

„Fester, bitte ... ich brauche ... hilf mir, Janus ... oh, hilf mir! Es ist so gut. Bitte, bitte ..."

Janus konnte seinem *Érosgápe* nie irgendetwas verwehren, vor allem nicht sexuelle Lust. Aber in dieser Hitze gab er alles, was er hatte. Kerry stöhnte und verkrampfte sich, zitterte und kam, und keine Sekunde lang wehrte er sich gegen die Ekstase. Janus flüsterte ihm süße, lobende Worte zu. Seine eigene Seele schmolz und formte sich neu, sein Herz brach und heilte, seine Lust wuchs, erreichte ihren Höhepunkt, und dann wuchs sie von Neuem. Wieder und wieder.

Wundervoll. Perfekt.

„Oh, gib mir deinen Knoten", flehte Kerry. Seine Stimme war wie ein Knurren. Er wand sich und packte Janus' Arsch mit beiden Händen. „Gib ihn mir. Jetzt."

Janus schrie auf und warf den Kopf zurück. Pure Lust überwältigte ihn. Er stieß hart zu und spürte, wie seine Eichel in Kerrys Gebärpater vordrang. Die Bewegungen seiner Hüften waren so unfassbar lustvoll, dass er schließlich die Beherrschung verlor. Er stieß so tief zu, wie er konnte, dann erstarrte er – die Ekstase wie eine Pumpe in seinem Inneren. Er verlor sich darin wie ein Blinder und nahm nichts anderes mehr wahr. Nur Kerrys selige Laute drangen noch zu ihm durch.

Als die Donnerschläge seines Herzens sich langsam beruhigten, stöhnte Janus. Kerrys süßer Pulsschlag pochte gegen seinen Knoten, und Kerrys Patermund melkte jeden Tropfen Samen aus ihm heraus. Janus vergrub sein Gesicht an Kerrys Hals und fragte atemlos: „Alles in Ordnung?"

Kerry erschauerte unter ihm; sein Körper bebte noch immer unter den Wogen der Lust. „Ja."

Janus küsste sein Ohr, seine Nase, sein Kinn. „Ich liebe dich."

„Ich weiß. Nicht reden."

„Warum nicht?"

Kerry schrie auf und erschauderte erneut. Sein Eingang zog sich um Janus' Schaft zusammen und sein Patermund pulsierte um die Eichel. Janus lachte, und die Flut wilder Lust baute sich erneut auf und schlug über ihnen zusammen. Janus' Kondom war mit Samen gefüllt, und sein Knoten war tief in Kerry verankert.

Die Wärme von Kerrys Körper war perfekt, und der Geruch seiner Lust absolut himmlisch. „Ich liebe dich", sagte Janus noch einmal. Er schob eine Haarsträhne zur Seite, damit er an Kerrys Ohrläppchen kam. „Ich liebe dich."

Kerry schlug ihm spielerisch auf den Arm. „Ich *weiß*."

„Sag du es ebenfalls."

„Ich liebe dich auch.“

„Und war das…“ Janus verstummte und küsste Kerrys Ohrmuschel. „War das okay?“

„Das weißt du doch“, sagte Kerry atemlos. „Hör auf zu reden. Ich kriege davon einen Orgasmus.“

„Aber du hast gern Orgasmen.“

„Janus.“

„Kerry.“

Kerry starrte zu ihm hinauf, aber er war zu überwältigt, um wirklich strafend zu gucken. Er flüsterte: „Ich liebe dich auch.“

„Ich weiß, das tust du.“

Sie mussten beide ein wenig lachen, was eine neue Woge der Lust auslöste. Als sie sich wieder beruhigt hatten, sagte Kerry leise: „Das ist kein bisschen so, wie ich gefürchtet hatte. Es ist, wie Fan sagte. Gut.“ Er küsste Janus’ Schulter, dann nahm er Janus’ Gesicht in beide Hände und schaute ihm ernst in die Augen. „Wunderschön.“

„Wirst du die Worte sagen?“

Kerry schluckte bewegt. „Ja.“

„Es sind heilige Worte.“

„Ich sagte sie zu ihm. Aber er hatte sie nicht verdient.“

Janus musste sich zusammenreißen, um nicht mit den Zähnen zu knirschen bei dem Gedanken, dass Wilbet den heiligen Schwur zu Kerry gesprochen hatte. Aber jetzt war Kerry bei ihm, sicher und geliebt. *Érosgápe*. Kein anderer Schwur konnte je Bedeutung haben. „Ich werde sie verdienen“, sagte Janus. „Das verspreche ich.“

Kerry nickte. „Ja. Das tust du bereits.“ Er rieb seine Wange an Janus’ Hals, dann sah er ihm fest in die Augen. „Alpha, mit Wolfgottes Segen, beknote deinen Omega.“

Janus schob leicht die Hüften vor und presste seinen Knoten fester in Kerrys Körper. Die herrliche Anspannung, die Kerry ergriff, raubte Janus den Atem und trieb ihm Tränen in die Augen.

Als sein Orgasmus vorüber war, hauchte Kerry: „Wir sind Alpha und Omega, der Anfang und das Ende."

„Wir sind Alpha und Omega. Wir sind alles", fügte Janus seinen Teil feierlich an.

„Ja", stimmte Kerry zu. „Mein Alles."

Vier Jahre nach Tristans Geburt

KERRY KLOPFTE DAS Herz bis zum Hals; seine Kehle war eng. Dort auf dem Pfad stand Tristan, groß für sein Alter, mit einem Stein in der Hand. Er hatte den Arm erhoben, um mit dem Stein nach einem unschuldigen Kaninchen am Waldrand zu werfen. Bevor Kerry rufen konnte, um ihn davon abzuhalten, hoppelte das Kaninchen auf Tristan zu, und aus dem Unterholz sprang eine große Wildkatze und landete wütend fauchend vor Tristans kleiner Gestalt.

„Nein!", befahl Tristan mit fester Stimme und machte Anstalten, sich zwischen die Katze und das Kaninchen zu stellen. „Böse Katze! Das Kaninchen ist nicht für dich!"

Kerry wurde das Herz weit. Im Bruchteil einer Sekunde ordnete die Welt sich neu, als er die Situation im richtigen Licht sah – und mit neuem Entsetzen. Eine Wildkatze, die weit größer war als Tristan, stand da mit gebleckten Zähnen und erhobener Pranke, als wollte sie die Füllung aus Kerrys kleinem Sohn reißen.

„Tristan", flüsterte Kerry, aber seine Stimme war tonlos, kaum mehr als ein Atemhauch. Er war starr vor Angst. Die Katze war Tristan zu nah, und Kerry erkannte mit überwältigender Klarheit, dass sein Sohn zu kostbar war, um ihn zu verlieren.

Die Zeit schien in all dem glänzenden, grün gefärbten Schweigen stillzustehen, als würde auch der Wald den Atem anhalten.

Ohne Warnung flatterte ein kleiner, grün- und orangefarbener

Vogel aus den oberen Zweigen des Baumes hinter Tristan und flog direkt in das Gesicht der Katze. Die Wildkatze sprang rückwärts und fuhr mit der Tatze durch die Luft, dann drehte sie sich um und rannte fauchend zurück in den Wald. Der Vogel fiel vor Tristans Füßen auf den Boden.

„Nein!", rief Tristan. „Oh, Vögelchen! Nein!" Er fiel auf seine pummeligen Knie und begann zu schluchzen. Tränen strömten ihm übers Gesicht. Seine kleinen Schultern bebten über dem Körper des Vogels.

Kerry rannte zu ihm und hob ihn vom Boden auf. Er drückte ihn an seine Brust, und der Junge verbarg sein Gesicht an Kerrys Hals. „Schh, mein Schatz", murmelte Kerry. „Pater ist ja da. Es wird alles gut. Ich bin ja da."

Kerry zitterte wie Espenlaub, die Augen weit vom Schock, als er auf Kiwis leblosen Körper hinabsah. Er hatte seinen Vogel nie wieder gesehen oder gehört seit jener Nacht, als er ihn fliegen gelassen hatte. Und doch war er nun hier …

Tristans lautes Klagen und Schluchzen erregte oben im Haus Aufmerksamkeit. Janus und Pater kamen den Pfad herunter gerannt. Beide mit weit aufgerissenen Augen. Pater humpelte ein wenig von einer Fußverletzung, die er sich vor ein paar Monaten zugezogen hatte.

Janus erreichte sie als Erster. Er zog Kerry und Tristan in seine Arme und sah sich hektisch nach der vermeintlichen Gefahr um. „Was ist passiert?" Dann fiel sein Blick auf den Vogel, der auf dem Waldboden lag. Er blinzelte mehrmals, dann sagte er: „Ist das …?"

„Ja. Es ist Kiwi", antwortete Kerry mit einer Stimme, die rauer und tiefer war als gewöhnlich.

„Hat *er* …" Mit Furcht und Entsetzen im Blick starrte Janus hinab auf Tristans verschwitzten Kopf an Kerrys Brust. „Hat er ihn getötet?"

„Nein", sagte Kerry und hielt seinen Sohn nur noch fester. „Kiwi hat Tristan gerettet. Vor einer Wildkatze. Tristan versuchte, ein Kaninchen davor zu bewahren, gefressen zu werden, und die Katze wollte ihn angreifen ... ich war vor Schreck wie erstarrt. Und ich hatte Angst, wenn ich eine falsche Bewegung mache, dass die Katze dann zuschlagen würde. Und falls nicht, dass sie dann *erst recht* zuschlagen würde, weil Tristan nicht verstand, dass er still stehenbleiben musste." Seine Stimme brach. „Und dann ..." Er deutete auf den toten Vogel. „Er kam wie aus dem Nichts. Stürzte sich auf die Katze. Und vertrieb sie."

„Wolfgott", keuchte Janus. „Heiliger Wolfgott."

„Ja", murmelte Kerry und drückte einen inbrünstigen Kuss auf Tristans Haar. Sein Herz schlug immer noch wie wild, und die panischen Tränen, die aufsteigen und heraus wollten, machten ihm die Kehle eng.

„Kommt ins Haus", sagte Janus und drehte sich zu Zeke um, der verdattert den Vogel am Boden anstarrte. Janus nahm Tristan aus Kerrys Armen, küsste seinen Sohn auf die Wange und wischte seine Tränen weg. „Wir brauchen eine Schachtel, damit wir unseren Freund anständig begraben können, nicht wahr?"

Tristan schüttelte den Kopf. „Bitte, Vater", sagt er mit seiner kleinen Stimme. „Vögel kommen nicht in die Erde. Sie kommen in den Himmel."

Kerry suchte Janus' Blick und schluckte schwer. Die Ernsthaftigkeit in der Stimme seines Sohnes brach ihm das Herz.

„Du hast recht, das tun sie." Janus sah nachdenklich aus. „Vielleicht braucht dieser Freund eine Feuerbestattung? Das Feuer wird ihn in Asche verwandeln, und die Hitze wird ihn hoch in die Lüfte tragen. Wie klingt das?"

Tristans Augen füllten sich erneut mit Tränen, als er zu dem reglosen Vogel hinuntersah. „Er wird nicht fliegen, Vater?"

„Nein, mein Schatz. Ich fürchte nicht."

Der Junge nickte. Sein kleines Kinn zitterte, als er so gefasst wie möglich sagte: „Na gut. Das Feuer und die Asche können ihm dann helfen. Aber wir dürfen ihn nicht in die Erde tun, Vater." Er legte seine kleinen Finger an Janus' Wange. „Nicht in die Erde, ja?"

„Versprochen."

Dann war Zeke dran mit Tristan. Er nahm seinen Enkel bei der Hand, ging mit ihm langsam zum Haus zurück und redete beruhigend mit dem Jungen. Kerry sank in Janus' Arme und weinte.

„Schh. Es ist vorbei. Er ist in Sicherheit."

„Wir müssen etwas tun, damit er nicht allein auf dem Pfad herumläuft. Ich hatte solche Angst, Janus. Ich dachte ..." Kerry zitterte in Janus' Armen; sein Herz hämmerte. „Ich liebe ihn so sehr."

„Das weiß ich."

„Ich liebe ihn", sagte Kerry noch einmal. „So sehr."

„M-hm, ich weiß", sagte Janus und drückte Kerry fest an sich. „Und du weißt es jetzt ebenfalls, auch wenn du dich erst zu Tode erschrecken musstest, um es zu begreifen. Wolfgott sei Dank für Kiwi. Ich frage mich, wo er all die Jahre gesteckt hat."

Kerry klammerte sich an seinen Alpha, und das Herz schlug ihm bis zum Halse. Er war überwältigt von der schieren Größe der Liebe, die durch seine Adern pumpte. Sie war schon seit sehr langer Zeit dort. Lange genug, dass der kleine Tristan sicher nie gespürt hatte, dass sie jemals gefehlt hatte.

„Lass uns gehen, mein Herz. Wir müssen eine Feuerbestattung vorbereiten."

Kerry ließ sich von Janus den Pfad hinauf führen, mit einem Arm um seine Taille. „Er ist ein guter Junge."

Janus lächelte Kerry an. „Ja. Ein lieber, süßer Junge. Er ist wie sein Pater."

„Ich? Ich bin bitter."

„Nein, du bist so süß wie ein Pfirsich."

Nachdem sie am Seeufer einen winzigen Scheiterhaufen aufgeschichtet hatten, betteten sie die sterblichen Überreste des wunderschönen Vogels darauf, den Kerry vor vielen Jahren von einer tropischen Insel mitgebracht hatte. Janus trat vor, und nach einem Gebet zündete er vorsichtig das Petroleum darunter an. Während die Flammen golden flackerten, dachte Kerry an den goldenen Käfig, der nun auf dem Dachboden stand. Er war schon so lange leer gewesen; Kerry hatte nicht erwartet, Kiwi je wiederzusehen. Sie beide waren befreit worden.

„Sing für ihn, damit er zu Wolfgott findet", sagte Tristan. „Bitte, Pater? Sing für ihn."

Kerry räusperte sich, dann begann er zu singen. Er wählte das Lied, das er von Janus gelernt hatte, und er sang es von ganzem Herzen und hob seinen süßen Vogel mit der Asche gen Himmel. Janus stand neben ihm, und Tristan schlang seine Ärmchen um Kerrys Bein und hielt sich daran fest. Zusammen beobachteten sie, wie die Hitze des Feuers die brennenden Federn hoch in die Luft trug. Pater stand feierlich dabei, und die kleine Familie war in ihrer respektvollen Trauer vereint.

Plötzlich begann auch Tristan zu singen. Seine kleine Stimme bebte vor Emotion. Bilder aus Tristans kurzem Leben tauchten vor Kerrys innerem Auge auf: seine Geburt im See, sein kleines Kinderbett in ihrem Schlafzimmer, seine ersten, wackeligen Schritte, und seine Freudenschreie beim Spielen in den Pfützen an einem verregneten Nachmittag, der noch nicht lang zurücklag. Überwältigt von Liebe und mit feuchten Augen hörte Kerry auf zu singen, als seine Stimme an einer Note brach.

Tristan umarmte Kerrys Bein fester. „Sing, Pater", sagte er. „Es ist nicht schlimm, wenn du weinen musst. Ich tröste dich. Aber sing."

„Ja, mein Herz, sing", drängte auch Janus.

Mit erfülltem Herzen öffnete Kerry den Mund und ließ seine Liebe heraus.

ENDE

Ein Brief von Leta

Liebe/r Leser/in,

vielen Dank dafür, dass du *Bittere Hitze* gelesen hast, das dritte Buch der Reihe *In der Hitze der Liebe*. Falls dir das Buch gefallen hat, hoffe ich, dass du auch die ersten beiden Bände der Serie gelesen hast: *Langsame Hitze* und *Alpha-Hitze*. Und falls du Jason und Vale in *Langsame Hitze* mochtest, kannst du ihrer Geschichte weiter in *Langsame Geburt* folgen.

Bitte melden Sie sich hier für meinen Newsletter für deutsche Leser an. Zusätzliche Geschichten zu diesem und anderen Buch-Universen findest du auf meinem Patreon.

Um über neue Veröffentlichungen in dieser und anderen Buch-reihen informiert zu werden, folge mir auf BookBub oder Amazon. Du findest mich außerdem auf Facebook, wo ich Auszüge, Leseproben und Geschichten aus meinem Alltag als Autor poste. Um einige meiner Inspirationen zu sehen, folge meinem Pinterest Board. Außerdem bin ich auf Instagram.

Wenn dir das Buch gefallen hat, nimm dir bitte einen Moment Zeit und hinterlasse eine Rezension. Rezis helfen nicht nur anderen Lesern dabei zu entscheiden, ob ein Buch etwas für sie ist, sie sorgen auch dafür, dass das Buch beim Suchen auf Amazon angezeigt wird.

Für Liebhaber von Audiobüchern sind *Slow Heat* und *Alpha Heat*, die ersten beiden Bücher der Reihe in englischer Sprache, überall erhältlich, wo es Audiobücher gibt, gelesen von dem begabten Michael Ferraiuolo.

Danke, dass du ein/e Leser/in bist!
Leta

Buch 1 der Reihe „In der Hitze der Liebe"

LANGSAME HITZE

von Leta Blake

Ein heißblütiger, junger Alpha findet seinen vorherbestimmten Gefährten in einem älteren Omega mit Vergangenheit.

Professor Vale Aman hat sich ein gutes Leben aufgebaut. Als ungebundener Omega in den Dreißigern hat er schon vor Langem die Hoffnung aufgegeben, einem kompatiblen Alpha zu begegnen, ganz zu schweigen von seinem vorherbestimmten Gefährten. Er hat eine Karriere, die ihn erfüllt, seine Gedichte, seine Katze und seine Freunde.

Als Jason Sabel, ein bedeutend jüngerer Alpha, in schockierender und öffentlicher Weise auf ihn geprägt wird, weckt das Sehnsüchte, die nicht ignoriert werden können. Jason und Vale müssen gegen die starke sexuelle Anziehung ankämpfen und zunächst einen Vertrag aushandeln, bevor sie ihren leidenschaftlichen Bund vollziehen dürfen.

Aber für Vale würde das bedeuten, seine Unabhängigkeit zu verlieren und seine Zukunft in die Hände eines ungeprüften Alphas zu legen. Und er müsste sich den Narben seiner turbulenten Vergangenheit stellen. Vale ist sich nicht sicher, ob es das wert ist. Aber Jason ist nicht bereit, seinen vom Schicksal für ihn bestimmten Gefährten kampflos aufzugeben.

Buch 2 der Reihe „In der Hitze der Liebe"

ALPHA-HITZE

von Leta Blake

Ein verzweifelter, junger Alpha. Ein älterer Alpha mit Helfersyndrom. Eine verbotene Liebe, die sich nicht leugnen lässt.

Der junge Xan Heelies weiß, dass er nie haben kann, was er wirklich will: eine leidenschaftliche Romanze und ein glückliches Leben mit einem anderen Alpha. Nicht nur verbietet der herrschende Glaube das aufs Strengste, solche Verbindungen sind auch illegal.

Urho Chase ist ein Alpha in mittleren Jahren mit tragischer Vergangenheit. Er ist stets so umsichtig, beherrscht und unerschütterlich in seinen Ansichten, dass seine Freunde ihn als altmodisch und spießig bezeichnen. Als Urho das gefährliche Geheimnis entdeckt, das Xan mit sich herumträgt und das er sich niemals hätte vorstellen können, gerät Urhos Welt aus den Fugen, und er wird überwältigt von sehnsüchtigem Verlangen. Die sorgsam geflickten Nähte, die sein Leben nach dem Tod seines Omegas und seines Kindes zusammenhielten, geben nach – und er selbst ebenfalls.

Aber um einander zu lieben und sich eine gemeinsame Zukunft aufzubauen, würden Xan und Urho ihr Leben aufs Spiel setzen. Mit der Hilfe des asexuellen und aromantischen Omegas Caleb – Xans treuem Freund – versuchen sie, die Kraft und den Mut aufzubringen, der Gefahr zu trotzen und die Familie aufzubauen, die sie verdienen.

LANGSAME GEBURT

von Leta Blake

In dieser Novelle kehren Jason und Vale zurück in das Universum von „In der Hitze der Liebe".

Ein romantischer Kurztrip endet dramatisch, als Vale eine unerwartete Hitze überfällt. Jason bleibt keine Wahl; er muss handeln. Die daraus resultierende Schwangerschaft ist gefährlich für Vale und ein Schock für Jason, aber mit der Hilfe von Freunden und Familie beschließen sie, sich ihrer ungewissen Zukunft zu stellen. Gemeinsam finden sie Liebe, Glück und die Kraft, um die Ereignisse durchzustehen.

Da die Geschichte den Figuren aus *Langsame Hitze* folgt, kann man sie am besten genießen, wenn man zuvor *Langsame Hitze* gelesen hat – sie schließt direkt daran an.

Weihnachtlich angehauchte Bonus-Geschichten der „In der Hitze der Liebe"-Reihe von Leta Blake in englischer Sprache

WINTERHERZ

Der Winterfuchs bringt Tristan immer die besten Geschenke.
An jedem Feiertag des Winters findet Tristan beim Erwachen ein neues Geschenk vor, das ihn erfreut oder ihn etwas Wichtiges lehrt.

Dies ist eine Geschichte um Tristan, den Sohn von Kerry und Janus aus *Bittere Hitze*. Das kleine Bonus-Buch enthält keine vergleichbar heißen Szenen wie die vollen Romane der Buchreihe, hat aber alle Qualitäten einer kuscheligen und hoffnungsvollen Weihnachtserzählung. Auch wenn sie ein romantisches Ende hat, so ist es **keine** klassische Liebesgeschichte.

*Die Geschichte funktioniert **nicht** als abgeschlossenes Werk, sondern sollte zusätzlich zu den anderen Büchern der* In der Hitze der Liebe-Reihe *gelesen werden.*

WINTERWAHRHEIT

Der Winterfuchs schenkt Viro einige überraschende Wahrheiten zum Fest.

Viro Sabel ist elf Jahre alt und immer noch eine unschuldige Seele. In diesem Jahr bekommt er vom Winterfuchs einige überraschende Wahrheiten geschenkt, die seine Sicht aufs Leben und seinen Platz darin völlig verändern.

Diese festliche Novelle ist eine Geschichte um Viro, den Sohn von Vale und Jason aus *Langsame Hitze*. Sie enthält heiße Szenen zwischen Vale und Jason, beschreibt das Familienleben und emotionale Momente. Der Epilog deutet eine zukünftige Liebesbeziehung für den erwachsenen Viro an und endet mit dem Geheimnis um die Identität dieser Person.

*Die Geschichte funktioniert **nicht** als abgeschlossenes Werk, sondern sollte zusätzlich zu den anderen Büchern der In der Hitze der Liebe-Reihe gelesen werden, am besten in dieser Reihenfolge:* Langsame Hitze, Alpha-Hitze und Langsame Geburt.

Weitere Bücher von Leta Blake in deutscher Sprache

Smoky Mountain Dreams
Stay Lucky
Auch in diesem Leben
Norths Zuckerstange
Mein Dezember Daddy

Liebe ohne Halt
Free Fall
Free Heart

Mr. Christmas-Serie
Mr. Frosty Pants
Mr. Naughty List
Mr. Jingle Bells

In der Hitze der Liebe
Langsame Hitze
Alpha-Hitze
Langsame Geburt
Bittere Hitze

Heat For Sale (Deutsche Ausgaben)
Heat for Sale: Adrien und Heath
Alpha for Sale: Ned und Ezer

Training Season
Training Season
Training Complex

Zusammen mit Alice Griffiths
Überraschend … verheiratet!
Überraschend … verliebt!
Endlose Flitterwochen

Zusammen mit Indra Vaughn
Vespertine: Der Priester und der Rockstar
Cowboy Sucht Ehemann

Gay Romance Newsletter

Letas Newsletter (auf Deutsch) hält Sie über Neuerscheinungen, Angebote und Schnäppchen sowie über Letas zukünftige Schreibprojekte und mehr aus der Welt der schwulen Liebesromane auf dem Laufenden. Melden Sie sich noch heute für Letas Mailingliste an und erhalten Sie „Weiße Hitze", eine eigenständige Prequel-Novelle aus dem „In der Hitze der Liebe"-Universum, kostenlos!
Letas deutscher Newsletter
dl.bookfunnel.com/okcr1e34q0

Weitere Bücher in englischer Sprache von Leta Blake

Any Given Lifetime
The River Leith
Smoky Mountain Dreams
The Difference Between
My Skin Begs You Please
Stay Lucky
Omega Mine: Search for a Soulmate
Bring on Forever
Angel Undone
Punching the V-Card
Raise Up, Heart
North's Pole
My December Daddy

Mr. Christmas Series
Mr. Frosty Pants
Mr. Naughty List
Mr. Jingle Bells

Free Fall Series
Free Fall
Free Heart

The Training Season Series
Training Season
Training Complex

Heat of Love Series
Slow Heat
Alpha Heat

Slow Birth
Bitter Heat
White Heat
Winter's Truth
Winter's Heart

Heat for Sale Series
Heat for Sale
Bully for Sale

'90s Coming of Age Series
Pictures of You
You Are Not Me
Only You

Zusammen mit Indra Vaughn
Vespertine
Cowboy Seeks Husband

Zusammen mit Alice Griffiths
The Wake Up Married serial
Will & Patrick's Endless Honeymoon

Gay Fairy Tales
Flight
Levity

Hörbücher
Leta Blake at Audible
audible.com/author/Leta-Blake/B008R3NH4S

Erfahren Sie mehr über den Autor online
Leta Blake
letablake.com

Über die Autorin

Die Autorin des Bestsellers *Smoky Mountain Dreams* und des unter den Fans besonders beliebten Buchs *Training Season* kann auf eine Ausbildung und berufliche Erfahrung sowohl in Psychologie als auch im Finanzwesen zurückblicken. Aber ihre Leidenschaft gehörte schon immer dem Schreiben. Sie genießt es, Liebesgeschichten zu kreieren und dabei die Psyche von erfundenen Figuren zu erforschen. Zuhause im Süden der USA, arbeitet Leta hart daran, die Balance zwischen ihrem bürgerlichen Beruf, der Schriftstellerei und der Familie zu halten.

www.ingramcontent.com/pod-product-compliance
Lightning Source LLC
Chambersburg PA
CBHW020519110726
47899CB00004B/1163